中國古典文學理論批評專著選輯

金代詩論輯存校注

下

胡傳志　校注

人民文學出版社

卷七　其他作者文章

輯文

濟陽雜記

宇文虛中

徐凝為《廬山瀑布詩》云：『千古長如白練垂，一條界破青山色。』〔一〕東坡笑之，謂之惡詩〔二〕。及坡自題，則曰：『擘開蒼玉峽，飛出兩白龍。』〔三〕予謂東坡之『擘開』，與徐凝之『界破』，其惡一也。（《敬齋古今黈》卷二引）

【注釋】

〔一〕徐凝：中唐詩人，《廬山瀑布》有名，前二句為『虛空落泉千仞直，雷奔入江不暫息』。垂：一作『飛』。

〔二〕東坡笑之：蘇軾有詩：『世傳徐凝瀑布詩云：「一條界破青山色。」至為塵陋。又偽作樂天詩稱美此句，有「賽不得」之語。樂天雖涉淺易，然豈至是哉！乃戲作一絶曰：「帝遣銀河一派垂，古來惟有謫仙詞。飛流濺沫知多少？不與徐凝洗惡詩。」』

〔三〕『擘開』二句：出自蘇軾《開先漱玉亭》。

朗然子劉真人詩跋〔一〕

方壺知足居士

朗然子齊人也〔二〕，因隨唐玄宗幸蜀，遇神仙司馬承禎〔三〕，口訣傳金液還丹大藥訣，自後修煉成功，卻歸洛陽，鄉老傳言朗然子于宋端拱年間醉死于桃花坊。時天大雪，惟尸臥處周圍丈餘無一點雪，官吏檢尸，惟見鼻口耳中，有金蟬遞返出入，良久飛上空中去。衆皆仰視，及回顧，卻不見地上尸矣。萬靈朝元宫道士趙隱微〔四〕，收得朗然子詩篇，化緣立石，廣行其傳，叩門告余，出示此詩，予親詳此詩語，亦不過運氣吞液、保陽去陰，與予符契，喜為之書。皇統元年三月二日〔五〕，方壺知足居士謹題〔六〕。（《金文最》卷四十七）

【注釋】

〔一〕朗然子劉真人：北宋道士，本名劉希嶽，字秀峰。《山堂肆考》卷一百五十五《飛蟬》：『劉希嶽，漳州人，宋端拱中為道士，居西都老子觀，遇異人得道，號朗然子。一日沐浴更衣，陳席而臥，斯須飛出一金蟬，遂失所在。』其講道詩三十首，作於端拱元年（九八八），見《正統道藏》。《全宋詩》未收錄，張如安《全宋詩訂補稿》錄之。

〔二〕齊人：疑誤。其《太玄朗然子講道詩三十首》自序曰：『余乃生居漳水，業本豪家。』

〔三〕『因隨唐玄宗』二句：皆是傳聞，不足信。司馬承禎（六三九—七二七），道教上清派第十二代宗師，隱居天台山玉霄峰。武則天、唐睿宗、玄宗先後召入宫中，與陳子昂、李白、孟浩然、王維等號仙宗十友，有《修真秘旨》等。

〔四〕趙隱微：　其人不詳。
〔五〕皇統元年：　一一四一年。
〔六〕方壺知足居士：　其人不詳。

孟友之與西堂和尚帖跋〔一〕

魏道明

孟君友之，大梁之奇士也〔二〕。余往年嘗親見其為人。其學問淵源，度越流輩遠甚。惜乎方少年進取，從事於場屋間〔三〕，獨以詩格賦律見稱〔四〕。□盡君之才耶？而又連取四魁〔五〕，以成其賦，名人皆以為榮，余獨以為不幸。何者？使其不為時學〔六〕，而大發於古文，則必有桓桓之聲〔七〕、渾渾之力〔八〕，追配於昔人，又豈止傳道八韻而已哉〔九〕！亦嘗覽其賦矣，皆約束俊氣，徘徊窘步，以俯就時律，此尤足惜也。今復于學宮□錄處，見其與西堂數帖，字畫娬媚，又騠騠於賦格矣。一其盡力於彼而未暇於此耶？不知我者，將以余言為詈，知我者，當以余言為深知友之者也。雷溪魏道明題〔一〇〕。（《金文最》卷四十八）

【注釋】

〔一〕孟友之：　孟宗獻，字友之，開封人。因連中四元，人稱孟四元。深於佛學。參見《中州集》卷九《孟內翰宗獻》。西堂和尚：　據魏辛《西堂頌跋》與高陟《刻孟宗獻與西堂和尚帖》，西堂和尚是洞林大覺禪寺的開山和尚寶公禪師，後退居普照西堂，故曰西堂和尚。大定十五年，孟宗獻拜訪西堂和尚，作《西堂頌》（已佚）。現存孟宗獻《與西堂和尚書》一通，見《金文最》卷五十四，即魏道明所跋之帖。

〔二〕大梁：開封。

〔三〕場屋：科舉考試的場所。

〔四〕以詩格賦律見稱：劉祁《歸潛志》卷八：『金朝以律賦著名者曰孟宗獻友之、趙樞子克。』

〔五〕連取四魁：《中州集》卷九《孟内翰宗獻》：『大定三年，鄉府省御四試皆第一。』

〔六〕時學：時文，科舉考試用的文章。

〔七〕桓桓：威武的樣子。《詩經·魯頌·泮水》：『桓桓於征。』

〔八〕渾渾：廣大的樣子。

〔九〕八韻：指律賦。

〔一〇〕雷溪：河流名，在河北易縣。《中州集》卷八《雷溪先生魏道明》：『暮年居雷溪，自號雷溪子。』

蘇文忠公書李太白詩卷跋〔一〕

蔡松年

老坡平生多與異人遇。此詩帖云傳於丹元〔二〕。丹元者，道人姚安世自號也〔三〕。先生將赴定武前兩月〔四〕，與姚相會于京師，出南岳典寶、東華李真人像及所作二詩〔五〕，言近有人於海上見之，蓋太白云。雖事涉荒怪，然決非火食人所能贋作。嗟夫！二公未遺世時，世皆以謫仙目之，今當相從於閬風弱水之上〔六〕，醉笑調謔，靈音相答，皆九霞空洞中語。眾不可，蓋後復有神

遊八表者，傳誦而來，洗空萬古俗氣。吾老矣〔七〕，尚或見之。正隆四年閏六月西山蔡松年題。〔八〕

【注釋】

〔一〕蘇文忠公：蘇軾。高衎《蘇文忠公書李太白詩卷跋》稱『老泉飄逸絕倫之字』，或是蘇洵也曾書寫過李太白詩？據《式古堂書畫匯考》卷十，蘇軾所書太白詩，一是『朝披夢澤雲』，一是『人生燭上花』。二詩為姚安世所得的李白佚詩，蘇軾有《記太白詩》，啟功有文辨明上述二詩並非李白所作。蘇軾所書原帖現藏日本大阪市立美術館。

〔二〕傳於丹元：原帖作：『元祐八年七月十日，丹元復傳此二詩。』

〔三〕姚安世：北宋道士，號丹丘，與秦觀、蘇軾等人交往。

〔四〕定州：今河北定州。蘇軾於元祐八年（一〇九三）六月除定州，十月到任。

〔五〕南岳典寶：不詳。東華李真人：指李白。黃庭堅於元祐八年七月亦書寫《東華李真人詩卷》。

〔六〕閬風弱水：傳說在崑崙山是西王母的居地，後泛指神仙居住的地方。

〔七〕吾老矣：蔡松年生於大觀元年（一一〇七），作此文時五十三歲。

〔八〕正隆四年：一一五九年。蔡松年卒於該年八月二十八日。

蘇文忠公書李太白詩卷跋〔一〕

施宜生

頌太白此語，則人間無詩；觀東坡此筆，則人間無字。今有丞相蔡衛公所題〔二〕，則人間無所啟其喙。縱復妄發，適為滓穢清虛。此卷當有神物護持，自非夙緣留名十洲三島者〔三〕，未易得見。矧擅有而藏之者，豈陸行人哉〔四〕？二公仙去已久，衛公且謂復有傳九霞空洞中語而來，僕敢言蕭閑住世〔五〕，今此身是，何謂尚或見之耶？施宜生謹書。

【注釋】

〔一〕參見上一條蔡松年《蘇文忠公書李太白詩卷跋》注釋。

〔二〕蔡衛公：蔡松年。蔡松年被封為衛國公，不見於他書記載。

〔三〕十洲三島：傳說中神仙所居之地。

〔四〕陸行人：凡人。

〔五〕蕭閑：蔡松年之號。住世：身居現實世界。

蘇文忠公書李太白詩卷跋

高衎

太白清奇出塵之詩，老泉飄逸絕倫之字〔一〕，非衛公品題，無以發明。施老以謂二公仙去已久，蕭閑今此身是，誠非虛語。正隆己卯立秋前一日，高衎題〔二〕。

【注釋】

〔一〕老泉：蘇洵之號，一說為蘇軾之號。與蔡松年、施宜生所跋不同。

〔二〕正隆己卯立秋前一日：正隆四年（一一五九）七月十六。高衎：字穆仲，遼陽渤海人。年二十六進士及第，仕至吏部尚書。《金史》卷九十有傳。

蘇文忠公書李太白詩卷跋

蔡珪

玉局傳東華之詩〔一〕，蕭閑題玉局之字，三住老仙發揚之〔二〕，金闕侍郎秘藏之〔三〕。雖至寶所在，有物護持，終恐六丁持去〔四〕。如珪輩薄福之人，或不得時見之也。此所以捧玩再四，遲遲其還，是月中休日〔五〕，蔡珪謹書。（以上《金文最》卷四十七）

【注釋】

〔一〕玉局：蘇軾。東華：李白。

〔二〕三住老仙：施宜生號三住老人。施宜生生於元祐六年（一〇九一），正隆四年（一一五九）已六十九歲，故蔡珪稱其為三住老仙。

〔三〕金闕侍郎：指高衎，《金史·高衎傳》載其曾擔任吏部郎中、吏部尚書，未載其擔任侍郎一職。當是《金史》漏載。

〔四〕六丁：道教所說的六個陰神，受天帝驅使。

〔五〕是月：在高衎題跋的同月，即七月。中休：二十日。

清涼洞記跋〔一〕

韓希甫

鄧先生為人也〔二〕，自束髮以來，志在君子儒，才高日進，時人比白樂天才業〔三〕，大丞相呂公奇之〔四〕。蘇學士子瞻所知，與之倡和〔五〕。公輕名利，歸耕故里，樂性著書〔六〕，適值章子厚拜相秉政，書召，欲命以官，公惡其為人也，匿書不赴召。公住山洞，聚徒解釋老，講道德，教儒生，化鄉民，以孝悌，行節儉，勸耕桑，潔己節，行超逸，有古之遺賢七人之餘風。言行法則足為人師，痛惜公考古厥記，可鐫刻於洞首山石像，其記不墜於世。後人知清涼洞秦梁元造，不惑於他說，公之子孫當為之。公之所知亦當為之，奈何悉絕？城邑村落有力及好古抱義英哲，又捐三千刊石，鄧公泉下足矣哉！大定二十一年七月二十八日〔七〕，巨野韓希甫書。（《金文最》卷四十八）

【注釋】

〔一〕《清涼洞記》：北宋鄧御夫撰，已佚。

〔二〕鄧先生：指鄧御夫（一〇三二—一一〇七），字從義，號海山子，濟州巨野（今屬山東）人。自幼辛苦讀書，嘗試太學為異等。方壯，則棄舉子業，結茅於北郭水濱，有石几丹墨，事蹟見晁補之《鄧先生墓表》。

〔三〕白樂天：白居易。時人之論不可考。

〔四〕呂公：呂夷簡（一九七八—一〇四四），字坦夫，壽州（治今安徽鳳臺）人，祖籍萊州（今屬山東），宋真宗年間以刑部郎中權知開封府。宋仁宗立，拜同中書門下平章事。晁補之《鄧先生墓表》：『蚤為司空平章事呂公所知。』

〔五〕蘇學士子瞻：蘇軾。蘇軾與鄧御夫之間的唱和，不可考。

〔六〕著書：鄧御夫著有《老子注》以及《農曆》一百二十卷。

〔七〕大定二十一年：一一八一年。

重陽教化集序〔一〕

范　懌

丹陽先生遇重陽真人〔二〕，顧不異哉！真人一性靈明，夙悟前知，自終南至於吾鄉，地之相去三千餘里，不辭徒步之遠，而有知己之尋。大定丁亥中元後一日〔三〕，真人抵郡，竹冠弊衣，攜笠策杖，徑入于余姪明叔之南園〔四〕，憩於遇仙亭。丹陽先生馬公繼踵而至，不差頃刻，可謂不期而會焉。二人相見，禮揖而罷，問應之際，歡若親舊。坐中設瓜，唯真人從蒂而食，衆皆異之。丹陽先生先題詩于亭壁，有『沈醉無人扶』之句，真人讀而笑曰：『吾不遠數千里而來，欲扶醉人耳。』又問：『如何是道』？對曰：『大道無形、無名，出五行之外，是其道也。』清談終晷〔五〕，坐者聽之纚纚忘倦〔六〕，使人榮利之心、驕氣淫志，頓然失去。先生邀真人就城而館之，待以殊禮，日益恭敬，卒至於成，因命所居庵曰『全真』。究其相遇之由，若合符節，苟非夙緣仙契，孰能至於是哉？

先生系出扶風〔七〕，累世青紫，吾鄉顯族也。生而異稟，識度不群，其所居之地，馬范二街相對〔八〕，與余世為姻家，有朱陳之好〔九〕。幼同嬉戲，長同講習。在郡庠數十年間〔一〇〕，花時月夕，把酒論文，未常不相從為樂也。先生資産豐厚，輕財好施，故能捨巨萬之富，揖真一之風，真人遂以方便，誘夫婦入道〔一一〕。尚恐未從，乃出神入夢，以天堂地獄警之，俾漸悟焉。至於鎖庵百日〔一二〕，密付玄機，謂『石火光陰，難得易失，如不早悟，虛過一生，下手速修，猶太遲也。』謂『攀緣妄想，動成罪業』，索梨分而送之，兼以栗芋賜之，使知其離分而立遇也。謂『不捨冤親〔一三〕，煩惱不斷，去邑里之冗，為雲水之遊，則鄉好離也。』凡詩詞往來，賡唱迭和，皆予一一目睹而親見之。雖片言隻字，無非發揮至奧，冥合於希夷之趣也〔一四〕。是以收聚所藏，編次至三百餘篇，分為三帙，共成一集。丹陽門人靈真子朱抱一，欲鏤板印行，廣傳四方，矚予為序。余忘其固陋，即其意而序之。既美其至人相遇之異，又美其仙風勝概，可垂勸于後人，使修真樂道之士，玩詠斯文，豈小補哉！大定癸卯寧海州學正范懌謹序〔一五〕。（《金文最》卷三十八）

【注釋】

〔一〕《重陽教化集》：三卷，收王喆、馬鈺唱和詩詞曲二百餘首。

〔二〕丹陽先生：馬鈺（一一二三—一一八三），全真教第二代掌教。重陽真人：王喆（一一一二—一一七〇），全真教創立者。

〔三〕大定丁亥：大定七年（一一六七）。中元：農曆七月十五日。

〔四〕明叔：范明叔，生平不詳。

〔五〕終晷：終日，整天。晷：測日影以計時之器。

〔六〕纚纚：連綿不斷。

〔七〕扶風：今陝西扶風，為馬氏郡望。

〔八〕馬范二街：馬鈺與范懌家皆是當地富紳，各占一街。

〔九〕朱陳之好：兩家結成姻親。白居易《朱陳村》詩：『徐州古豐縣，有村曰朱陳……一村唯兩姓，世世為婚姻。』

〔一〇〕郡庠：府學。

〔一一〕夫婦：馬鈺之妻孫不二（俗名富春，一一一九—一一八二），為全真七子之一。

〔一二〕鎖庵百日：參見趙抗《重陽教化集序》。

〔一三〕冤親：仇人和親人。

〔一四〕冥合：暗合。希夷：指虛寂玄妙。《老子》第十四章：『視之不見名曰夷，聽之不聞名曰希。』

〔一五〕大定癸卯：大定二十三年（一一八三）。

重陽教化集序

梁　棟

嘗聞之，得其道則仙可成，遇其人則道可得，以此知仙之難成，道之難得，人之尤難遇也。

彼道家者流，例多不遇至人〔一〕，徒學搬運嚥漱，區區屑屑，殊可笑也。夫至人之道，其甚易知，其甚易行，所傳於人者，豈徒然哉！必視乎有仙風道骨，又知乎聯夙昔之契〔二〕，雖相去數千里之遠，必勤勤懇懇，付之道而後已。此有以見重陽之于馬公也〔三〕。

重陽早遇至人，口傳至道，乃結廬于甘水之上〔四〕，既而雲遊山東，直抵寧海〔五〕，蓋預知有人可以傳道也。一見馬公，情契道合，其一話一言，未嘗不以下手速修為喻。然馬公寧海巨族，家貲千萬，子孫詵詵，雖素樂恬淡，亦未易猛捹也。重陽乃于孟冬之首〔六〕，鎖庵百日，出神入夢，以天堂地獄為之警勸，又嘗以賜馬公梨一枚、詩一篇，其後十日索梨一枚，分而為二，又賜以芋栗，各有其數，冥合陰陽奇偶之妙，無非託物以諭意，假言而明理。馬公一旦開悟，以所賜詩頌，依韻賡和〔七〕，欣然棄家，易於去弊屣矣。於是師重陽，西遊汴梁之間〔八〕。重陽既傳道于馬公，屬以後事，遂尸解仙去〔九〕。馬公果能敷暢玄風，發揚妙理，遠近奉教者不可勝數。其前日賡唱詩頌，有欲願見而不可得者，門人遂收散亡共三百餘篇，欲鏤板印行，傳之四方。偉哉！用心之廣也！一日，馬公門人靈真子朱抱一〔一〇〕，擕《下手遲集》以求序于余〔一一〕，曰：『某欲刊行此文，意使棲心向道之士，諷其言辭，味其旨趣，以之破迷解惑，皆知石火光中，雖務速修，猶太遲也！』余聞是言，加以素慕全真之風，兼目睹其實，不能以鄙陋為拒，姑敘其大概云。癸卯歲寧海州東牟鄉貢進士梁棟謹序〔一二〕。（《金文最》卷三十九）

【注釋】

〔一〕至人：道家指超凡脱俗，達到無我境界的人。《莊子集解》卷一《逍遥遊》：『至人無己。』

〔二〕夙昔之契：前世因緣。

〔三〕馬公：馬鈺。

〔四〕『重陽早遇至人』三句：王喆於正隆四年（一一四八）在甘河鎮遇二道士，得秘文，遂棄官入道。

〔五〕寧海：寧海州，治在今山東牟平。

〔六〕孟冬之首：十月。

〔七〕依韻賡和：王喆與馬鈺此番交往與唱和，後編成《重陽分梨十化集》。

〔八〕西遊汴梁：事在大定九年（一一六九）。

〔九〕尸解仙去：事在在大定十年（一一七〇）。

〔一〇〕朱抱一：其人不詳。

〔一一〕《下手遲集》：已佚。

〔一二〕癸卯歲：大定二十三年（一一八三）。梁棟：生平不詳。

重陽教化集序

劉愚之〔一〕

夫全真之教，妙矣！其道以無為為本，以清靜為宗，其旨易知，其實易從。然世之人，類履之而無終，行之而鮮久者，何哉？以其信之不篤，執之不固，抱兒女子之惑〔二〕，無烈丈夫之志，徒眷眷於火宅〔三〕，不能高蹈遠引而去故也。今丹陽先生其能終始是道〔四〕，而得至於仙者歟！

先生世居東牟，資產巨萬，貌偉神秀，無一點塵俗氣，自總角知書〔五〕，淡乎無仕進意，混處閭里，德不外耀，鄉人以是慕之。已而，重陽真人徒步出關，直造寧海〔六〕，且謂與先生有夙昔之契，因警之以詩，悟之以詞，要與俱游乎八極之表。先生始而疑，中而信，又終而從，遂執弟子之禮而師焉。一旦撥置家務，棄去井邑，而偕為汴梁之行〔七〕，無復有繫著念。雖使陟危蹈傾，冒艱履困，竟志類鐵石，確然而不之變也。以是而盡能傳重陽公之道。若夫陰陽造化之理、性命保全之術、點化傳度之訣、無為清靜之旨，靡不洞索而通明之。以至於重陽歸真〔八〕，卒赴其託而主其教焉。故全真之風，於公廣行，無智愚賢不肖，願從而歸之者，唯恐其後。先生事師，凡四年而師終，師終凡十餘年，而又不返，則先生離鄉之志可知矣。然先生之離鄉，豈徒然哉？蓋有說在焉。

僕為先生里人，乃得其詳。方先生之遇也，心雖許之從，而身未之逮也，姑以私第南館名其庵而居。一日，重陽真人指先生而誨之曰：『子知學道之要乎？要在於遠離鄉而已。遠離鄉則無所係，無所係則心不亂，心不亂則欲不生，無欲欲之，是無為也，無為為之，是清淨也。以是而求道，何道之不達？以是而望仙，何仙之不為？今子之居是邦也，私故擾擾，不能息於慮；　男女嗷嗷，不能絕於聽；　紛華種種，不能掩於視。　吾懼終奪子之志，而無益於吾之道也，子其計之。』先生乃懼而悟，顧而笑，即日拂袖去，用能斷宿緣，剔塵染，寂然與物無著，杳然與物無累，乘雲馭風，飄飄為神仙中人矣。　先生自受師前言，而至於了達，然不敢默默自蓄於胸中，特取疇昔唱和三帙，舉其一以名之曰《好離鄉》，庶覺諸未悟者，必式此以為進道之階。　噫！　先生之用心，可謂仁且大矣！　僕敢不竭慮而讚揚之？　因丹陽門人靈真子朱抱一求序，姑序其萬一云。　大定癸卯歲寧海州東牟鄉貢進士劉愚之謹序〔九〕。（《金文最》卷三十九）

【注釋】

〔一〕劉愚之：　生平不詳。

〔二〕兒女子：　指婦孺之輩。

〔三〕火宅：　出家人謂世俗煩惱生活為火宅。

〔四〕丹陽先生：　馬鈺。

〔五〕總角：　古代未成年的人把頭髮紮成髻，指童年。

〔六〕出關：　馬鈺於大定六年離開陝西赴山東。　寧海：　寧海州，治在今山東牟平。

〔七〕汴梁之行：　事在大定九年（一一六九）。

〔八〕歸真：　去世。

〔九〕大定癸卯：　大定二十三年（一一八三）。

重陽教化集序

國師尹〔一〕

甚哉！高尚至人，世不常有也！譬如景星慶雲〔二〕，非遇聖朝昌運，則豈泛泛而見？自太上出關之後，有關令尹喜傳襲其道〔三〕，下逮鍾離、處士呂洞賓、陳圖南者〔四〕，皆相繼而出。於今得重陽真人及丹陽先生，亦接踵於世。噫！寥寥乎幾千百年之間，此數君者，未易多得，可謂高尚至人，世不常有者也！

丹陽先生馬宜甫〔五〕，本冠裳大姓，富甲寧海。自童稚時，其仙風道骨，灑落不凡，已為閭里欽重，長從鄉校積學為文，便能入第一等，忽遇重陽真人，以一言悟意，棄金帛如弊屣，視妻子如路人。幅巾杖屨之外，一無所有，澹如孤雲，悠然西邁，以為物外之遊，意將不受幻化。儻非夙緣定分、了悟生死者，其孰能與於此？

先生入道之後，凡述作賦詠僅數百篇，一一明達至理，深得真詮。門人高弟等命同其議，裒綴成集，門人靈真子朱抱一，命工鏤板，將行於世，乃屬本府醫學博士韓扆，同扶風馬川訪予求序〔六〕，諄諄懇至。適有客在坐，聞之則掀髯抵掌，捨席趨進而問曰：『道家者流，嘲弄風月，固當如是乎？』予即應之曰：『噫嘻！子亦誤矣。且如明眼禪和〔七〕，欲傳妙道，亦必垂一則語，以示後之學者，矧茲高尚至人，力欲恢弘正教，闡揚家風，必以言語訓誡，發為文章而啟迪迷人，庶有覺悟。況此冷淡生活，本是道人風味，兼其間無一字塵凡氣，殆非吟詠風月者無用之空言也。子無誚焉！』客乃醒然改容，悚赧請退，曰：『僕誠淺陋，言且過矣！其徒所請既堅，子盍序之？』予因作此俚語，以書卷首。大定癸卯冬十有一月上休日，營丘府學正國師尹序〔八〕。（《金文最》卷三十九）

【注釋】

〔一〕國師尹：大定年間任營丘學正，餘不詳。

〔二〕景星慶云：祥瑞的星雲。

〔三〕太上出關：相傳老子騎青牛西出函谷關，函谷關令尹喜挽留老子，老子因作《道德經》。

〔四〕鍾離：名權，字雲房，一字寂道，號正陽子，漢咸陽人。呂洞賓：原名呂岩，字洞賓，以字行，道號純陽子，中唐人。陳圖南：陳摶，字圖南，號扶搖子，賜號『白雲先生』、『希夷先生』，北宋人。

〔五〕馬宜甫：馬鈺，原名從義，字宜甫，入道後更名鈺，字玄寶，號丹陽子。

〔六〕本府：淄州府。扶風：今陝西扶風。韓㞌、馬川：二人生平不詳。

〔七〕禪和：禪和子，參禪之人。

〔八〕大定癸卯：大定二十三年（一一八三）。營丘：今山東淄博。

重陽教化集序

趙　抗〔一〕

仁人之用心也，大矣哉！身已適於正也，欲天下之人皆去偽而歸真矣。吾鄉丹陽先生之徒〔二〕，行是道者也。

先生舊為寧海著性，祖宗皆以通儒顯宦，自弱冠之年，遊庠序，工詞章，不喜進取，好虛無，樂恬淡，已深悟玄元之理〔三〕。一日，重陽真人自終南徒步而來〔四〕，一見而四目相視，移時不已。及開談笑語，如舊交夙契，或對月臨風，或遊山玩水，或動作閑宴，靡不以詩詞唱和，皆以性命道德為意。謂人生於電光石火，如隙駒朝露，不思治身，妄貪名利，倘修之不早，若一入異境，則雖悔何追？常以是而深切勸勉，冀一悟而超脫塵世，顧丹陽依違而未決〔五〕，乃歎曰：『下手遲也！』遂入環堵〔六〕，令丹陽日親饋一食。自十月朔而處，所須唯文房四寶、布衣草屨，枕石而席海藻，隔窗牖而求詩詞者接跡〔七〕，舉意即就，略無思索。當隆冬積雪之際，和氣滿室，居百日而方出。嘗入夢於丹陽，警之以天堂地獄，又索梨栗芋，每十日而分賜之。自一以至五十五，為陰陽奇偶之數，皆以詩詞往復酬和而顯其旨意。於是丹陽夫婦開悟，厭塵俗而樂雲水，書誓狀，願師事于真人。茲《分梨十化》之由也。自此易麤衣，分三髻〔八〕，日從事于重陽，視富貴如浮雲，棄子孫如弊屣，忻然違鄉里，西游梁汴之間，盡傳其道。不久而真人蛻升〔九〕，遂西入關陝，至終南重陽舊地，築環堵以居焉。無塵事之縈，無火院之累〔一〇〕，專心致志，以精窮內事〔一一〕。雖祁寒酷暑，不易常服，或忽然長嘯，而自歌自舞，已得希夷之真趣〔一二〕，故人心歸向，無賢不肖，咸願為門弟子。吾邦之士，素慕其名德，不憚數千里之遠，往而求見者無虛日。斯見離五行之外，而超俗出世者也，豈不曰《好離鄉》乎？凡當時之一篇一詠，不徒然而發，皆所以勸戒愚蒙，免沈溺於愛河欲海，非專為於己也。故門人裒聚二先生之詩詞，分為三集，上曰《教化下手遲》，次曰《分梨十化》，又其次曰《好離鄉》，共三百餘篇。玩其文、究其理者，則全真之道思過半矣。

自丹陽得遇，殆今一紀有餘〔一三〕，闡揚其教，四民瞻禮〔一四〕，多入道而從。《下手遲》三集，雖關中已鏤板印行，以道途遼邈，傳于山東者百無一二，而樂道之士罕得聞見。一日，丹陽門人靈真子朱抱一訪予曰：『先生因重陽真人之誘掖而棄俗〔一五〕，究重陽真人之詩詞而悟道，或以篇章，或以言說，廣行其教，欲人人咸離迷津，超彼岸，得全真之理，豈肯獨善其身哉！茲見仁人之用心也廣大矣。況此三集皆在吾鄉所作，有目有耳者，皆親聞見之，實丹陽發跡之根抵，而得道超脱之因盡在是也。欲命工重雕印造以廣其傳，俾世人皆得以披覽稽考，知趨正而歸真矣。』求余為文以敘其事，予老矣！昔與丹陽鄰里同，在郡庠又相友好〔一六〕，不唯常仰丹陽之道高德重，抑又見門人之仁心弘遠也。雖才學淺陋，不足以形容其事，然於義固不可辭，姑以當時之親見，以道其實。其在他出處之跡，顯異之行，前數公序之詳矣，此不復載。大定癸卯寧海州學錄趙抗謹序。（《金文最》卷三十九）

【注釋】

〔一〕趙抗：據文末，為寧海人，曾任州學錄。餘不詳。

〔二〕丹陽先生：馬鈺。

〔三〕玄元：老子，唐初追封老子為太上玄元皇帝。

〔四〕重陽真人：王喆。

〔五〕依違：猶豫不決。

〔六〕環堵：房屋。

〔七〕接跡：足跡前後相接，形容人多。

〔八〕三髻：一種髮型，有紀念王喆之意。『喆』本是三個吉字組成。馬鈺在《自述》詩中解釋頭分三髻的用意：『頭梳三髻即非虔，人問因由事怎傳。揚顯師名宜頂戴，包藏士口處心堅。爭知在世山侗子，不讓朝元獨角仙。今日對君親說破，他年功滿步雲煙。』

〔九〕真人蜕升：指王喆去世。

〔一〇〕火院：指煩惱世界。

〔一一〕內事：當指全真教內之事。

〔一二〕希夷：指虛寂玄妙。《老子》第十四章：『視之不見名曰夷，聽之不聞名曰希。』

〔一三〕一紀：十二年。馬鈺遇王喆在大定七年（一一六七）。

〔一四〕四民：士、農、工、商。

〔一五〕誘掖：誘導扶持。

〔一六〕郡庠：府學。

重陽教化集序

劉孝友〔一〕

有生最靈者人，人生至重者命，性命之真，弗克保全〔二〕。其為人也，未如之何？語所以保全性命之真者，非大道將安之乎？世之人，徒意乎高爵之貴以為榮，豐貲之富以為樂〔三〕，謂可以滋益性命于永久，而不知富貴之中，美食華衣，饒結於口體，繁聲豔色，侈奉於視聽，心猿易放，情竇難窒，嗜欲耽荒，皆因以萌，驕奢淫佚，靡所不至，而勞神傷氣、戕性賊命之患，舉在於是〔四〕，良可鄙也，豈侔乎邁世違凡，棲心溯道，黜聰明，去健羨〔五〕，所樂者淡薄，所守者清淨，紛華弗容蠱於外，情欲無所啟於內，純純悶悶〔六〕，專氣致柔〔七〕，久而靈臺湛然〔八〕，神明自得，全真契妙，仙升太清，不其韙歟！達是理者，今吾鄉丹陽先生其人也。

先生本儒官名家，金穴豪士〔九〕，自幼讀書，聰敏之性，異於髫豎輩〔一〇〕。迨冠，染翰摛藻，衡視秀造〔一一〕，吾儕亦咸所推重。每於暇日親朋宴集間，多笑發名談，雅有方外趣，鄉黨以是知先生亦習道念之深也。大定丁亥〔一二〕，有重陽真人自終南而來〔一三〕。一見先生，謂宿有仙骨，可與為閬苑蓬壺逍遙侶，乃溫顏青眼，傾蓋交談，勸其遠俗脫塵，亟探道妙。先生初以家貲廣貯，妻孥愛深，未之遽從。迨重陽多方警化，屢示以詩詞，激切勸諭，識其玄機微旨，皆神仙語，忽爾覺悟，願執弟子禮，從真人游，將所示篇什，依韻賡酬，以形服教進道、永矢弗渝之意。己丑歲重陽西返〔一四〕，道徒從焉，先生乃銳然捐產捨家，違妻離子，顛髫體褐〔一五〕，躡後而行，徑入梁汴間，棲泊期月〔一六〕。重陽謂吾道之玄微授先生者已竟，乃蟬蛻仙去。先生復絜徒西上，之終南，訪重陽舊庵所，築環堵而居，尊師踵武，養道闡教。居人及鄰州不以長幼歆慕而宗師者，無慮千餘輩。

閱禩逾紀〔一七〕，至壬寅仲夏〔一八〕，先生默想鄉邦遐僻之地，意其苦海愚迷、喪真積釁者眾，即振策東歸，深慈悲之念，躬拯化之勤，庶使人人悟過修真，俱登道岸。杖屨所至，亦靈異之征屢昭，臨井呪泉而泉即變甘〔一九〕，救旱祈雨而雨遽應降，修醮儀而彩雲集於庵上〔二〇〕，焚魚網而海市見於臘天〔二一〕，餘多異跡，謂非顯然，眾所共見者，難以縷形。遂致遠邇之人，咸欽風服化，其丱髮緼袍〔二二〕，願受教為門弟子者，日差肩而前〔二三〕，不可數計。先生既化行如是，復想其遇師得道之始，與重陽唱和詩詞數百篇，皆發揮道妙，足以為破迷解惑、超凡度世之梯航，要廣傳於世，俾玩辭味旨者，率醒心明道，遠塵勞之苦，全性命之真，異時俱為丹臺籍客也〔二四〕。曩者雖門人已嘗編集分卷命名，印施陝右，尚慮其傳之未周，及知其中多有舛誤字句，由是門人再行編集，詳加讎正，欲於鄉中募工鏤板，普傳四方，委丹陽門人靈真子朱抱一辦其事。一日朱公惠臨圭竇〔二五〕，諭予作序，予自商埤汙椎魯〔二六〕，曾奚足以發揚玄旨？固辭弗可，遂勉摭先生遇師得道闡化之崖略，濡毫燥吻，作淟涊〔二七〕，下俚語，姑酬其請云。時大定癸卯歲〔二八〕，寧海州鄉貢進士劉孝友序。（《金文最》卷三十九）

【注釋】

〔一〕劉孝友：生平不詳。

〔二〕弗克：不能。

〔三〕豐貲：資財豐厚。

〔四〕舉在於是：都在於此。舉：皆。

〔五〕健羨：貪欲。《史記·太史公自序》：『至於大道之要，去健羨，絀聰明，釋此而任術。』

〔六〕純純悶悶：純樸不明的樣子。《老子》第五十八章：『其政悶悶，其民醇醇。』

〔七〕專氣致柔：專守精氣，使形體柔順。《老子》第十章：『專氣致柔。』

〔八〕靈臺：心靈。湛然：清澈。

〔九〕金穴：富裕人家。

〔一〇〕髫豎：兒童。

〔一一〕衡視：平視。秀造：有名望的人。

〔一二〕大定丁亥：大定七年（一一六七）。

〔一三〕重陽真人：王喆。

〔一四〕己丑歲：大定九年（一一六九）。

〔一五〕顛髻體褐：頭分三髻，身著粗衣。趙抗《重陽教化集序》：『易粗衣，分三髻。』

〔一六〕期月：一整月。

〔一七〕閲祺：閲世。逾紀：超過十二年。

〔一八〕壬寅：大定二十二年（一一八二）。

〔一九〕呪泉：對泉水施以法術。

〔二〇〕醮儀：道士祭神的禮儀。

〔二一〕臘天：冬天。海市蜃樓一般出現在夏天。

〔二二〕丱髮：童髮，指少年。縕袍：以亂麻為絮的袍子，指窮人。

〔二三〕差肩：比肩，肩挨肩。

〔二四〕丹臺：仙界。

〔二五〕圭竇：形狀如圭的牆洞，指貧寒人家。

〔二六〕自商：自我揣度。埤汙椎魯：卑下愚魯。

〔二七〕淟涊：卑污。

〔二八〕大定癸卯：大定二十三年（一一八三）。

重陽教化集後序〔一〕

王　滋

太上有言曰：『吾所以有大患者，為吾有身。及吾無身，吾有何患？』〔二〕蓋古之至人，尚且以身為累，況於其身之外者乎？且家盈百口，徒益勞生；室累千金，難逃物化，可不諦惟泡幻，漸遠世緣〔三〕？故當滌去塵根，獨露全體。其有寂心暫住，熟境未除，火宅炎炎，徒起亡家之念。仙都杳杳，妄興脫屣之懷；不念玉蕊金蓮，豈產行尸之腹？瑤臺絳闕，肯容舐痔之人？自非澡雪神情，捐棄塵累，則何足以仰膺師訓，深造道樞，從乎汗漫之游、達彼逍遙之趣〔四〕？

惟我丹陽真人，冰清玉立，淵渟谷虛〔五〕，視富貴如涕洟，等聲名於桎梏。嘗遇重陽真人，親授密旨。所謂目擊心會，色授神與者矣〔六〕。而重陽公又復著為詩詞，發明真要。丹陽公隨機酬和，如回應聲，前後僅數萬言，辭質而義明，言近而旨遠。其勤勤懇懇若此者，蓋欲指示學徒，易為開覺故也。其門人靈真子朱抱一等，相與裒集編次，計三百餘篇。厘為三卷，嘗請諸其師，而名之曰《下手遲》、曰《分梨十化》、曰《好離鄉》。集既成，一時修真之士，共修珍秘之，惟恨得見之晚。

一日，其門人靈元先生衛公〔七〕，攜所謂靈真子朱抱一者，奉是集而來，謂余曰：『此吾之師重陽、丹陽二真人唱和集，今好事者傳寫之不暇，竊惟此編真詮妙論，了見古人直截下手處，實屬昏衢之指南〔八〕，倘獨擅於己而不廣其傳者，不惟有負吾師著述之意，亦豈仁人之用心哉？有志於道者，誠所不忍也。吾將刊木以貽諸同志。前此雖已有總序〔九〕，子其為我各為之引。』滋辭以不敏，非特不足以發揚玄奧，恐適以為贅疣之累耳。況此集一出，將見如夜光尺璧〔一〇〕，紫芝瑞雲，璀璨灼爍〔一一〕，人爭先睹之為快，又豈復俟滋為之引而後顯耶？衛公曰：『有是玄哉！且子亦嘗游吾師之門牆，聆吾師之論議者屢矣。吾且以子為頗造其關閾者，竊謂子必喜為之，而吾與子復有平昔之好，故以吾為介，期子之不我拒也。豈意過自謙，抑誠非所望焉，雖然，必强為我著之。』

既不獲請，滋乃伏而思曰：惟二師之教，章章然，著在人耳目，故不待傳而傳矣。念衛公者，昔以詩書世其家，實好學能文之士。方年少時，藉藉然有聲於場屋間，晚節養高自晦，甘於恬退，不妄然諾。今從丹陽公遊，鄉里所共好之，滋亦嘉其道之篤，而靈真子朱先生意復益堅，故不敢復讓，勉留其所謂《好離鄉》集。再四披繹〔一二〕，大率皆以刳心遺形〔一三〕、忘情割愛、嗇神挫鋭〔一四〕，體虛觀妙為本，其要在拯拔迷徒，出離世網，使人人如孤雲野鶴，飄然長往，擺脫種種習氣，俾多生歷劫，攀緣愛念，如冰消瓦解，離一切染著，無一絲頭許凝滯，則本來面目自然出現，此全真之大旨也。而凡夫之性，計我我、數人人、蓬心蒿目〔一五〕，認賊為子，不識本源，徒自執著，虛妄流轉，觸途患生〔一六〕，無有窮已，為可憐憫。故因目是集為《好離鄉》。將使學人因文解義，離其所染著，離其所愛戀，遍離一切諸有，以至於離無所離之離，真清真靜、無染無著，至實相境界，則舉足下足，無非瑤池閬苑矣。一至於是，則前所謂『吾有何患』者，果何有哉？愚之妄意，以為如此，因摭此而勉為之序，其他則備見於後總序，此不復記。登州黃山王滋德務述。（《金文最》卷三十九）

【注釋】

〔一〕《重陽教化集》後序：據文中所説，本文當是其中《好離鄉集》的後序。王滋：字德務，登州黃山（今山東龍口)人,餘不詳。

〔二〕太上: 老子。所引文字出自《老子》第十三章。

〔三〕諦惟: 審思。泡幻: 虛幻。

〔四〕汗漫之遊: 漫無邊際的出遊。

〔五〕丹陽真人: 馬鈺。淵渟: 潭水積聚不流的樣子。谷虛: 空靜的山谷。比喻深沉、寧靜、博大。

〔六〕色授神與: 形容心意投合。

〔七〕靈元先生衛公: 其人不詳。

〔八〕昏衢: 昏暗的道路。佛教、道教常喻指迷塗。

〔九〕總序: 據文末所說,當是總後序。

〔一〇〕夜光尺璧: 夜光珠、直徑一尺的玉璧。葛洪《抱朴子·内篇·袪惑》:『凡探明珠,不於合浦之淵,不得驪龍之夜光也;采美玉,不于荆山之岫,不得連城之尺璧也。』

〔一一〕灼爍: 光亮的樣子。

〔一二〕披繹: 披閲尋繹。

〔一三〕刳心: 摒棄雜念。《莊子·天地》:『夫道,覆載萬物者也,洋洋乎大哉! 君子不可以不刳心焉。』

〔一四〕嗇神挫鋭: 愛惜精神,摧折鋭氣。

〔一五〕蓬心蒿目: 心如飛蓬,目似野蒿,比喻心志迷茫。

〔一六〕觸途: 處處。

歸山操跋〔一〕

范懌

吾鄉劉宜之〔二〕，郡城之北，有庵一所，寬閑清靚，以館四方雲水之士，命僧竺律師主之〔三〕；予因暇日與丹陽馬真人嘗游息其中〔四〕，名之曰三教堂。一日焚香晏坐，有鄜州道士王公抱琴而來，作金石弄，其聲清越，遠山與之俱應。真人作《歸山操》，以示衆人，皆升仙妙語，無一點塵氣，人敬愛之。噫！真人已羽化矣〔五〕，斯文不可復得，命工刻之于石，用傳不朽耳。大定甲辰中元日〔六〕，州學正范懌跋，男景仁書。（《全金石刻輯校》）

【注釋】

〔一〕《歸山操》：馬鈺所作，不見於其《洞玄金玉集》。陳垣《道家金石略》收此詩，詩如下：『能無為兮無不為，能無知兮無不知，知此道兮誰不為，為此道兮誰復知。風蕭蕭兮木葉飛，聲嗷嗷兮雁南歸，嗟人世兮日月催，老欲死兮猶貪癡。嗟人世兮魂欲飛，傷人世兮心欲摧，難可了兮人間非，指青山兮當早歸。青山夜兮明月飛，青山曉兮明月歸，饑餐霞兮渴飲溪，與世隔兮人不知。無乎知兮無乎為，此心滅兮那復疑，天庭忽有雙華飛，登三宫兮遊紫微。』范懌：字德裕，牟平（今山東牟平）人，曾任寧海州學正。

〔二〕劉宜之：其人不詳。

〔三〕竺律師：一作燭律師，疑誤。其人不詳。

〔四〕丹陽馬真人：馬鈺。

〔五〕羽化：去世。馬鈺卒於大定二十三年（一一八三）。

〔六〕大定甲辰：大定二十四年（一一八四）。中元：七月十五日。

磻溪集序〔一〕

胡光謙

玉峰老人講經四十年〔二〕，緣深未斷，丙午春，演《羲易》于條陰之北郊〔三〕。有三仙者，自隴山來謁我祇宮〔四〕，囊出一篇，乃磻溪丘公長春舉揚玄諦、開誘迷朋而作也。啟緘閱焉，其文豪縱，意出新奇，蓋匪俗學所能知者。昔王官李樂然〔五〕，與玉峰俱出靳秀覺之門〔六〕，而李自穎悟，玄言驚人，非世才之所能窺。既與序而傳之矣。嘉哉！道之聰，非世之聰也；道之言，非世之言也。何以徵之乎？俗學者，雖能鼓頰揮毫，不過歌詠情性、搜羅景物。至造理者，明天人之際，助聖賢之教，亦可與日月爭懸。若夫悟真之士，特不斯然。發無言之言，上明造化、彰無形之形，下脫死生，信手拈來，不勞神思，空暗自震，奮為雷霆。本文不作，燦成斗星。玉峰老人今于群仙而證之，不求高而自高，不期神而自神。豈非一氣通徹，六窗洞闢〔七〕，動容無不妙，出語總成真，本來如是，非假他通者耶？如《磻溪集》云：『手握靈珠常奮筆，心開天籟不吹簫。』〔八〕又云：『頂戴松花吃松子，松溪和月飲松風。』〔九〕又云：『偏撮山頭三伏暑，都教化作一團冰。』〔一〇〕又云：『有無皆自定，貪愛復何為？』〔一一〕又云：『酒傾金露滑，茶點玉芝香。』〔一二〕又詞云：『般般放下頭頭是，選甚花街并柳市。』〔一三〕『虛空體，本來一物無凝滯。』〔一四〕又云：『天下周遊身不動，人間照了心無用。』〔一五〕又云：『踏盡鐵鞋迷，不出庵門透。』〔一六〕略舉二三數，讀者當廣知也。

嗚呼！今之仙緣，必宿有仙契者乎！昔在東庵，與王風仙全真結緣〔一七〕，在長安與馬丹陽結緣〔一八〕，去秋海州人來，與譚仙結緣〔一九〕，唯丘公遠處隴上。是數者皆風仙之徒，今悉得結其緣，非人力之所能致也！雖然，丘仙之道，豈為吾而顯也？蓋光輝之大，世有不可掩者，於是乎亦得結緣焉。時大定丙午歲五月日，中條山玉峰老人胡光謙序。（《金文最》卷三十九）

【注釋】

〔一〕《磻溪集》：全稱《長春子磻溪集》，丘處機撰。六卷。作者道號長春子，居磻溪學道，故以此名書。胡光謙：字子金（一一一〇—？），河中蒲州人，隱於中條山，號玉峰老人，明昌三年（一一九二），八十三歲，特賜進士及第，授將仕郎、太常寺奉禮郎。

〔二〕玉峰老人：胡光謙自稱。四十年：以文末所署大定二十六年（一一八六），胡光謙自皇統七年（一一四七）即開始講道。

〔三〕丙午：大定二十六年（一一八六）。《羲易》：《周易》的別稱。條陰：中條山之北。

〔四〕三仙：三位道長。隴山：指隴州龍門山，丘處機隱居之地。祇宮：本是周穆王的行宮，此處指住所。

〔五〕李樂然：其人不詳。

〔六〕靳秀覺：其人不詳。

〔七〕六窗：六根。

〔八〕『手握靈珠』二句：見《磻溪集》卷一《贊丹陽長春悟道》。

〔九〕『頂戴松花』二句：見《磻溪集》卷一《公山十四首》（其一）。
〔一〇〕『偏撮山頭』二句：見《磻溪集》卷一《公山夏》。
〔一一〕『有無皆自定』二句：見《磻溪集》卷二《示衆二十首》（其五）。
〔一二〕『酒傾金露滑』二句：見《磻溪集》卷二《清興二首》（其二）。『酒傾』作『□傾』。
〔一三〕『般般放下』二句：見《磻溪集》卷三《妙用》二首（其一）。
〔一四〕『虚空體』二句：同上。
〔一五〕『天下周遊』二句：見《磻溪集》卷三《妙用》二首（其二）。
〔一六〕『踏盡鐵鞋迷』二句：見《磻溪集》卷三《黄鶴洞中仙·贈同道》。
〔一七〕王風仙：王喆（一一一三—一一七〇），字知明，道號重陽子，故稱王重陽。北宋末京兆咸陽（今陝西咸陽）大魏村人。全真教宗師，自稱王害風。
〔一八〕馬丹陽：馬鈺（一一二三—一一八三），字玄寶，號丹陽子，世稱馬丹陽。山東寧海（今山東牟平）人。全真教宗師。
〔一九〕譚仙：譚處端（西元一一二三—一一八五），初名玉，字伯玉，後改法名處端，字通正，號長真子。洛陽人。全真教宗師。

磻溪集序

毛麾〔一〕

蘭生深林，不以無人而不香；鶴鳴九皋，自然有聞而及外。高人勝士，或幽棲窮處，甘枯槁於山樊；或混雜同塵，肆沉淪於鄽市〔二〕。雖室邇而人遠，覺心靜而地偏。飄飄泛泛，喻孤飛之靈雲，不繫之舟，隱起滅於丹霄滄溟之際，將何往而不自適耶？加之玄元為師，泰和為友〔三〕，遐襟曠跡，淵渟谷虛〔四〕，效內觀之達人〔五〕，法勤行之上士〔六〕，修真養命，累功及人。間亦寄興言懷，高吟大著，遵皇人之紫筆〔七〕，演大洞之空歌〔八〕，文辭章句，往往見於世焉。是以蘭之吹香，鶴之聲聞乎！我儀圖之〔九〕。今長春子丘公，非斯人之徒歟而誰歟？

公本登州棲霞人〔一〇〕，與劉公、譚公、馬公俱圖學于終南王風子先生〔一一〕，著名海上，遠近敬仰。號丘、劉、譚、馬，若古《祛惑論》所謂神仙道士〔一二〕，若太上說養性得仙三十六法，『寂寞在人間』者也〔一三〕。門人弟子齎公所作詩曲、雜文來謁序引〔一四〕，余素未遂覯止臨江之表，而獲睹雄篇，嘉其恬淡閒逸，縱凡儷俚，無所拘礙，若遊戲於翰墨畦徑外者，不雕不琢，匪丹匪青，土鼓蕢桴之不求聲奏〔一五〕，玄酒大羹之不事味亨〔一六〕。知音知美，其在斯乎？唐蔣防稱靜福山廖沖曰：『仙書無文，仙語無詞。以心傳心，天地不知。放情逍遙，今古為誰。』〔一七〕予丘公復云〔一八〕。時大定丁未長至日〔一九〕，文林郎前太常博士兼校書郎雲騎尉致仕平陽毛麾序。（《金文最》卷三十八）

【注釋】

〔一〕毛麾：參見《中州集》卷七《毛宮教麾》。

〔二〕鄽市：街市。

〔三〕玄元：天地萬物本源的道。泰和：天地間沖和之氣。

〔四〕淵渟：潭水積聚不流的樣子。谷虚：空靜的山谷。比喻深沉、寧靜、博大。

〔五〕內觀：道家指用意念或慧光照耀體內各種景象。

〔六〕勤行之上士：《老子》第四十一章：『上士聞道，勤而行之。』

〔七〕皇人：天真皇人，道教信奉的前劫修真獲得極道的遠古仙人。紫筆：傳為神仙所用的紫色筆。

〔八〕大洞：或指《大洞真經》，道教經典，亦稱《三十九章經》。

〔九〕儀圖：揣想忖度。《詩經·大雅·烝民》：『我儀圖之，維仲山甫舉之，愛莫助之。』

〔一〇〕登州棲霞：今山東棲霞。

〔一一〕劉公：劉處玄。譚公：譚處端。馬公：馬鈺。王風子：王喆。

〔一二〕神仙道士：《初學記》卷二十三引《三洞道科》曰：『道士有五：一天真道士，高玄皇人之流也；二神仙道士，杜沖、尹軌之例也。』注引《祛惑論》曰：『赤松子、鬼谷子、劉叔卿、欒子長、安期先生、王方平、魯女生亦是也。』

〔一三〕太上：老子。養性得仙：《初學記》卷二十三引崔玄山《瀨鄉記》曰：『老子為十三聖師，養性得仙，各自有法，凡三十六。或以五行六甲……或以寂寞在人間，或以藥石上騰雲。』

〔一四〕齎：帶著。

〔一五〕土鼓：陶制的鼓。蕢桴：用草和土摶成的鼓槌。《禮記·明堂位》：『土鼓、蕢桴、葦籥，伊耆氏之樂也。』

〔一六〕玄酒大羹：玄酒，古代當酒用的水。大羹，不和五味的肉汁。比喻詩文風格古樸雅淡。

〔一七〕蔣防：字子徵，常州義興（今江蘇宜興）人，曾任翰林學士，寶曆元年（八二五），貶官任連州刺史，在連州作《連州靜福山廖先生碑銘》。靜福山，在連州境內，道教福地之一。廖沖曾於大通三年至光大二年（五二九—五六八）在靜福山修道。《連州靜福山廖先生碑銘》曰：『仙書無文，仙語無詞；以心傳心，天地不知。放情逍遙，今古為誰。』

〔一八〕予丘公：《金文最》有校云：『「予」下疑脱「於」字。』

〔一九〕大定丁未：大定二十七年（一一八七）。長至：夏至。

磻溪集序

移剌霖〔一〕

且夫至道之妙，不得以聲色求，而不得以形跡窺，必賴至人為馴致計。揣章摘句，俾得傳誦之，歌詠之，而漸能遊聖域而造玄門者也〔二〕。然而句乏警策，文無淵底，則烏可以歆豔當時而激勵後之學者哉？今見長春子丘公《磻溪集》，片言隻字，皆足以警聾瞽而洗塵囂也〔三〕。寧非生而穎悟，未弱冠而志於道，不寐者餘四十載，日記三千言，身行萬里地，三教九流，貯蓄於胸臆，照耀於神識故也。宜乎聲馳丹闕，有綸音之邀〔四〕，契偶真仙，喜金麟之得〔五〕。因知從重陽之役者，無慮千百輩，唯丘、劉、譚、馬四公特為秀出〔六〕。然翹翹之譽，獨有歸焉。適有舊友隴西公亨道〔七〕，自東萊直抵奉城郡署〔八〕，懇求集序。拜手而加額者數四，自知弓刀薄領之手〔九〕，不足為形容髣髴，然稔慕風聲，恨未披際，況李侯之來〔一〇〕，引繩不可抱，故讓之無計，而勉書數字。時泰和丙寅歲重午後一日〔一一〕，昭義大將軍武定軍節度使兼奉聖州管內觀

察使提舉常平倉護軍漆水郡開國侯食邑一千戶食實封一百戶移剌霖題。（《金文最》卷三十九）

【注釋】

〔一〕移剌霖：一作耶律霖，字仲澤，契丹人，大定間進士，承安間，仕為陝西按察使，泰和年間任武定軍節度使，有《驪山有感》傳世。

〔二〕聖域：儒家聖人的境界。玄門：道教的玄妙之門。

〔三〕聾瞽：聾子瞎子。

〔四〕丹闕：指朝廷。綸音：皇帝的詔命。

〔五〕真仙：指王喆。金鱗之得：王喆在點化丘處機的詩歌中將之喻為金鱗：『細密金鱗戲碧流，能尋香餌會吞鉤。』

〔六〕丘、劉、譚、馬：丘處機、劉處玄、譚處端、馬鈺。

〔七〕隴西公亨道：李亨道，其人不詳。

〔八〕奉城：奉聖州，治在今河北張家口市涿鹿縣。

〔九〕簿領：公事文書。劉楨《雜詩》：『沉迷簿領書，回回自昏亂。』《文選》李善注：『簿領曰文簿而記錄之。』

〔一〇〕李侯：指李亨道。

〔一一〕泰和丙寅：泰和六年（一二〇六）。

磻溪集序

陳大任〔一〕

昔蒙莊著書三十三篇〔二〕，大率寓言藉外之論，後之談道者，然以黜聰去羨、頤神養氣為本〔三〕。至於接物誘俗，革頑釋蔽，亦不免托默於語。東州高士長春子丘公，世居登之棲霞，未冠一年，遊崑崙山〔四〕，遇重陽子王害風〔五〕，一言而道合，遂師事之，王遺以詩，有『被余緩緩收綸線，拽入蓬萊永自由』〔六〕，其深入理窟可知已。久之與同志馬公、譚公、劉公，陪從重陽子游南京〔七〕，識者目丘、劉、譚、馬為林下四友。居無幾，重陽子捐館〔八〕，四人護喪歸殯終南，廬於墓次，服除，各議所之適，惟公樂秦隴之風，居磻溪廟六年〔九〕，龍門山七年〔一〇〕。丐食飲以度朝夕，聲名藉甚。大定戊申〔一一〕，世宗皇帝聞之，驛召至京師，賜以冠巾條服，見於便殿，前後凡四進長短句，以述修真之意，上嘉歎焉。及還山之後，接物應俗，隨宜答問，有詩、頌、詞、歌，無慮若干首〔一二〕。文直而理到，信乎無欲觀妙〔一三〕，深造自得者歟。其徒裒為巨帙〔一四〕，將鋟木以廣其傳，謁文以冠篇首。

愚以謂古隱君子有三概：或自放草澤，名往從之，人主之尊，猶物色而招訪；或持峭行不屈於俗，雖有所應，終不可縻以物，務使人人想望丰采；或資槁薄，而樂山林，逃空虛而不返，使天下常高其德，不可加訾〔一五〕。長春子兼而有之，宜乎以野服承聖明，使四方懷想而企慕焉。非如放利之徒，假隱自名〔一六〕，欺愚誑瞽為得計哉〔一七〕！先生今在棲霞太虛觀，未有承顏接膝之期〔一八〕，所以敘其崖略者〔一九〕，庶他時邂逅，不以我為生客。

泰和戊辰閏四月望日〔二〇〕，翰林學士中順大夫知制誥兼國子司業輕車都尉潁川縣開國伯食邑七百戶賜紫金魚袋安東陳大任序。

【注釋】

〔一〕陳大任：曾任翰林學士，金章宗時曾主持修撰《遼史》。

〔二〕蒙莊著書：指《莊子》三十三篇。

〔三〕黜聰去羨：去除聰明和貪欲。《史記·太史公自序》：「至於大道之要，去健羨，絀聰明，釋此而任術。」

〔四〕遊崑崘山：丘處機於大定六年（一一六六）十九歲時，遊崑崘山。崑崘山：在今山東煙臺威海間。

〔五〕重陽子王害風：王喆。

〔六〕「被余」二句：清潘昶《金蓮仙史》引此詩，佚題，前有兩句：「細密金鱗戲碧流，能尋香餌會吞鈎。」

〔七〕馬公：馬鈺。譚公：譚處端。劉公：劉處玄。南京：今河南開封。游南京：事在大定九年（一一六九）。

〔八〕捐館：去世。

〔九〕磻溪廟：在今陝西寶雞境內。

〔一〇〕龍門山：在今陝西隴縣境內。

〔一一〕大定戊申：大定二十八年（一一八八）。

〔一二〕無慮：大約。
〔一三〕無欲觀妙：《老子》第一章：『故恒無欲也，以觀其妙；恒有欲也，以觀其竅。』
〔一四〕裒：收集，編輯。
〔一五〕『古隱君子有三概』十四句：出自《新唐書·隱逸傳序》。訾，議論，指責。
〔一六〕放利之徒：逐利之人。《新唐書·隱逸傳序》：『然放利之徒，假隱自名，以詭祿仕，肩相摩於道，至號終南、嵩少為仕途捷徑。』
〔一七〕欺愚誑瞽：欺騙愚蠢不明之人。
〔一八〕承顏：順承尊長的顏色。謂侍奉尊長。接膝：促膝，坐得很近。
〔一九〕崖略：大略，梗概。
〔二〇〕泰和戊辰：泰和八年（一二〇八）。

水雲集序〔一〕

范懌

東牟，古牟子之國〔二〕，齊之大郡也。戶口浩繁，人性質樸，東連滄海，煙浪雲濤，浩渺無涯，不知其幾萬里。南揖崑崳〔三〕，層巒疊嶂，峻極於天，不知其幾萬丈。海山鍾秀，人傑地靈，異人名士，代不乏人，宜乎真人仙子相繼而生也。

譚公先生名處端，號長真子，吾鄉大族也。生而穎悟，識度不凡。善草隸書，為人剛正，有操行，鄉里敬憚之。大定丁亥歲〔四〕，重陽憫化妙行真人，飛錫東來〔五〕，仙遊海上，以往契夙緣，訪尋知友，于吾鄉得丹陽子馬公、長真子譚公〔六〕。于東萊掖水得長生子劉公〔七〕，又於登州棲霞得長春子丘公〔八〕，結為方外眷屬，所謂譚、馬、丘、劉是也。相從真人之游，西抵夷門〔九〕，真人付以口訣，囑以後事，厭世而上升〔一〇〕。四子殯葬禮終，挈徒而西至終南山，即真人之舊隱，傳襲其道十有餘年。自時厥後，各從所之。長真先生往來于洛川之上，行化度人，從其教者，所至雲集。其述作賦詠，舉筆即成。詩頌詞章，僅數百篇。又述《語錄》、《骷髏》、《落魄歌》〔一一〕，警悟世人，皆包藏妙用，敷暢真風，引人歸善，甚有益於時也。浚州全真庵主王琉輝等〔一二〕，鏤板印行，廣傳四方。值丙午歲〔一三〕，大水漂沒，其板散亡。掖水長生先生劉公，運慈悲心，開方便路，遣門人徐守道、李道微、于悟仙等詣吾鄉〔一四〕，屬予為序，欲再命工發槧〔一五〕，以永其傳，可謂仁人之用心也。

竊嘗謂長真先生與余同鄉里，年相若而志頗同，幼為兒童之戲，長為朋友之游。而先生中年遇師學道，蟬蛻登真。余蒼顏華髮，尚區區於名利之場，甘分待終〔一六〕，隨物衰謝，何其愚也！余將掣肘，捐老牛舐犢之愛〔一七〕，去碩鼠畏人之貪〔一八〕，逍遥於自得之鄉，笑傲於真閑之境。學先生之道，誦先生之文，高養天和，以寄餘生，未審先生異日有舊遊之念，肯乞飛霞佩乎〔一九〕？嗚呼！先生已羽化矣，後之學者不能見先生之步趣，聞先生之謦欬〔二〇〕，其玄機妙旨，遺範餘風，詳味斯文則可矣。大定丁未歲正月望日〔二一〕，東牟州學正范懌德裕序。

（《金文最》卷三十八）

【注釋】

〔一〕《水雲集》：譚處端撰，三卷。

〔二〕東牟：今山東牟平。牟子：牟子國，東夷古國名。

〔三〕崑崙：山名，在今山東煙臺威海南。

〔四〕大定丁亥：大定七年（一一六七）。

〔五〕重陽憫化妙行真人：王喆。飛錫：指僧道出遊，如執錫杖飛空而來。

〔六〕丹陽子馬公：馬鈺。長真子譚公：譚處端。

〔七〕東萊掖水：今山東萊州市。劉公：劉處玄。

〔八〕長春子丘公：丘處機。

〔九〕夷門：大梁（開封）的別稱。

〔一〇〕上升：升天，死亡。王重陽卒於大定十年（一一七〇）。

〔一一〕《語錄》：即《示門人語錄》。《骷髏》：即《骷髏歌》。《落魄》：《落魄歌二首》。均見《水雲集》卷上。

〔一二〕浚州：今河南浚縣。王琉輝：其人不詳。

〔一三〕丙午歲：大定二十六年（一一八六）。

〔一四〕徐守道、李道微、于悟仙：劉處玄弟子，餘不詳。

〔一五〕發槧：刊刻。

〔一六〕甘分待終：甘願等待壽終。

〔一七〕老牛舐犢之愛：指父母憐愛子女之情。《後漢書·楊彪傳》：『子修為曹操所殺，操見彪問曰：

「公何瘦之甚？」對曰：「愧無日磾先見之明，猶懷老牛舐犢之愛。」』

〔一八〕碩鼠畏人之貪：指官吏貪愛錢財。《詩經·魏風》有《碩鼠》詩，《毛詩序》曰：『國人刺其君重斂，蠶食於民，不修其政，貪而畏人，若大鼠也。』

〔一九〕飛霞佩：以飛霞為佩。韓愈《調張籍》：『乞君飛霞佩，與我高頡頏。』

〔二〇〕謦欬：咳嗽聲，引申為言笑。

〔二一〕大定丁未：大定二十七年（一一八七）。

水雲集後序

范□〔一〕

人生天地間，圓首方足，抱識含情，稟五行之秀，為萬物之靈，佛性仙材無不具，藥爐丹灶無不備，若能屏嗜欲，棄浮華，絕貪求，去名利，靜息虛凝，則可以長生久視。長真譚公仙人以宿緣符契〔二〕，壯歲得遇重陽祖師〔三〕，與丹陽、長生、長春同師也〔四〕。厥後相從真人西抵汴梁〔五〕，付以口訣，後至洛川，積功累行，先厭世而登真〔六〕，有留語錄、詞章僅數百篇，皆包藏妙用，窮達造化，命之曰《水雲集》，傳之四方久矣。值丙午間浚郡大水漂沒〔七〕，神仙長生劉公聞之〔八〕，不勝憫悼，即命工重刊於東萊全真堂，今又值累年兵革，天下無有全者，路鈐高友並其妻孟常善〔九〕，舉家孜孜慕道，往來於淮楚間，訪尋真人遺稿，乃於門弟子處，疑若神授，得其全帙，恐其斯文泯絕，今復鏤板印行於山陽城西庵，實見高君用心於教門之切也。嗚呼！其人羽化已久，斯文不

可再得，及見僕先父所作前序〔一〇〕，又囑予為後跋，遂不揆荒蕪勉述〔一一〕。（《金文最》卷四十六）

【注釋】

〔一〕本文作者是范懌之子，未署名，疑為范懌《歸山操跋》中的范景仁。
〔二〕譚公仙人：譚處端。宿緣：前生的因緣。符契：符節。
〔三〕重陽祖師：王喆。
〔四〕丹陽長生長春：丘處機。
〔五〕真人：王喆。汴梁：今河南開封。
〔六〕登真：成仙，指去世。
〔七〕丙午：大定二十六年（一一八六）。浚郡：今河南浚縣。
〔八〕長生劉公：劉處玄。
〔九〕路鈐：路一級的武官名。高友、孟常善：無考。
〔一〇〕先父所作前序：指范懌《水雲集序》。
〔一一〕不揆：不自量。

增廣類林序〔一〕

王朋壽

傳記百家之學，率皆有補於時。然多散漫不倫，難於統紀。故前賢有區別而為書，號為

《類林》者〔二〕。其來尚矣。惜乎次第失序，門類不備，予因暇日，輒為增廣，第其次序。將舊篇章之中，添入事實者加倍。又復增益至一百門，逐篇係之以贊，為十五卷。較之舊書，多至三倍。若夫人君之聖智聰明，臣子之忠貞節義，父子兄弟之孝慈友愛，將相之權謀大體，卿士之廉潔果斷，隱遁之潛德幽光，文章之麗藻清新，風俗之好尚，陰德之報應，酒醴之躭沈〔三〕，恩怨之報施，形體之長短，容貌之美惡，男子之任俠剛方，婦人之妍醜賢慝〔四〕，神仙之清修，鬼神之情狀，宮室之華靡，屋宇之卑崇，天地之運移，日星之行度，山海之靈潤，醫筮之精專，草木之奇秀，金石之精良，蠻夷之頑獷，禽魚之巨細。凡六合之內所有，無不概舉。雖不敢謂之知所未知，亦可謂之具體而策矣。其於善者不敢加於褒飾，惡者不敢遂有貶斥，姑取其本所出處，芟其繁節其要而已。覽者味其雅正，則可以為法。視其悖逆，則可以為戒，豈止資談柄而詫多聞。不為無可取也。鄉人李子文一見曰〔五〕：『專門之學，不可旁及。至如此書，無施不可，好學通變之士之所願見，我為君刊鐫以廣其傳，如何？』予謹應之曰：『諾。』於是舉以畀之，並為之序。時大定己酉歲夏晦〔六〕，平陽王朋壽魯老序。（《金文最》卷三十八）

【注釋】

〔一〕增廣類林：全稱《增廣類林雜說》，十五卷，王朋壽編，現存，有《續修四庫全書》本。王朋壽：字魯老，平陽（今山西臨汾）人。餘不詳。

〔二〕《類林》：唐代通俗類書，立政編，十卷，已佚。

〔三〕酒醴：泛指各種酒。
〔四〕慝：邪惡。
〔五〕李子文：其人不詳。
〔六〕大定己酉：大定二十九年（一一八九）。

增廣類林・百篇贊・文章篇

王朋壽

文章貫道，琢磨乃成。日月雲漢，煥然彰明。詩傳雅頌，書歌載賡〔一〕。褒揚休功，紀述太平。繡紋霞綺，玉價金聲。播之千古，騰躍飛英。

【注釋】

〔一〕書歌載賡：《尚書・益稷》：『臯陶拜手稽首，颺言曰：「念哉，率作興事，慎乃憲，欽哉，屢省乃成，欽哉。」乃賡載歌曰：「元首明哉，股肱良哉，庶事康哉。」』孔傳：『賡，續；載，成也。』

增廣類林・百篇贊・歌謠篇

王朋壽

童穉無知，有物斯使。事過多驗，一皆有理。天其或者，以戒先事。人苟能遷，災為休美。

其或不悛，應無變軌。慎厥聽斯〔一〕，考祥視履〔二〕。

【注釋】

〔一〕慎厥：慎厥終，《尚書·仲虺之誥》：『慎厥終，惟其始。』聽斯：聽斯聰。

〔二〕考祥視履：語出《易經·履卦·上九》：『視履考祥，其旋元吉。』其意是檢視過去的足跡，判斷未來的吉凶。

博州戰姑庭楸詩並引〔一〕

丘處機

聊城之南鄒氏之室，有戰姑者，本蓬萊人。生含巧思，以綵縷紉結鳥獸、魚蟲、花草之類〔二〕，隨物變態，不待規模而應之於手，其精理過於生者遠甚。自中年後，守寡通道甚篤。建庵設食，以待四方煙霞之侶，且有日矣。無何，佻薄者構成謗妒之私，用浼松筠之操〔三〕，姑知不易明辯，即會其戚屬，指庭下枯楸而祝之曰：『今仙聖在上，妾身若無毫髮過，願樹復榮，苟或不然，是妾自負矣，吾誓不與若等共天日。』祝後歲幾半，窅無朕兆。里人笑而嘲之曰：『緊樹若生，不特爾之貞，而我亦富且貴矣。』姑聞之春夢然。彼楸樹者，以大定庚子始植〔四〕，既植即死，風摧雨剝，殆幾五稔，形質朽殘，固無生理。越明年建巳之夏〔五〕，即姑始禱之月也，忽爾靈芽筍發於枯樹之下，狀如朱草〔六〕，日引修條茂葉，蔽於堆砌。予初在陝右，屢聞是說，然未詳所見。逮明昌辛亥〔七〕，途經此州，聞閭里贊道，及寓宿于姑之家庭，而後悉其事為不誣。自樹之復榮，於今六載矣，高可倍尋，枝幹扶疏，異於凡木，其傍枝四出，偃蹇遒勁，森然有拔俗淩雲之氣象。長春先生曰：『至誠感物，明德動天。』〔八〕戰姑之謂乎？孰謂道之云遠，人病不誠其德耳！因得四十字，用紀天神之應。時某年月日。

外口生非謗，虛心禱證明。長楸根已爛，朽枿筍重榮〔九〕。
孟氏悲黃竹〔一〇〕，田真歎紫荆〔一一〕。昔年聞孝義，今日表忠貞。（《金文最》卷四十六）

【注釋】

〔一〕博州：今山東聊城。楸：一種落葉喬木。
〔二〕紉結：編織。
〔三〕浼：污染。松筠之操：堅貞的操守。
〔四〕大定庚子：大定二十年（一一八〇）。
〔五〕建巳：乙巳年（一一八五）。
〔六〕朱草：傳說中的一種紅色瑞草。
〔七〕明昌辛亥：明昌二年（一一九一）。
〔八〕長春先生：丘處機。
〔九〕枿：古同蘖，新長的枝條。
〔一〇〕孟氏悲黃竹：《三國志·吳書·孫晧傳》裴松之注引《楚國先賢傳》曰：『（孟）宗母嗜筍，冬節將至，時筍尚未生，宗入林哀嘆，而筍為之出，得以供母，皆以為至孝之所致感。』

〔一二〕田真歎紫荆：《説郛》卷一百五十五下《紫荆樹》：『京兆田真兄弟三人，共議分財，生貲皆平均，惟堂前一株紫荆樹，共議欲破三片，明日就截之。其樹即枯死，狀如火然，真往見之，大驚謂諸弟曰：「樹本同株，聞將分斫，所以顦顇，是人不如木也。」因悲不自勝，不復解樹，樹應時榮茂，兄弟相感，合財寶，遂為孝門。真仕至大中大夫。』

成趣園詩文序〔一〕

初昌紹

獻州古河間郡，其地鹹鹵〔二〕，不宜花木。去城十里之外，膏腴膴膴〔三〕，連阡接陌，桑蔭障日。近城之地，幾不可以種植。城之東北隅，有田宜稼，獨異其餘，乃沃壤也。梁公子直買田於此〔四〕，至三頃餘五十畝。乃結廬鑿井，築垣作圃而居焉。遍其田，則樹之以桑，環所居，則種之以榆柳。在圃之外，植之以果；在圃之内，藝之以花；花圃之中，構之以亭；環亭之左右前後，列之以松篁栝柏〔五〕。清樾交合，蔥茜蓊鬱。坐亭之中，四面景物，皆可得而有焉。又作松窗柏徑，藤架竹橋，以為散策遊歷之地。至於花木之行列，亭軒之規制，欄檻之布置，無一不適人之意者。觀其所居之亭，不取乎丹刻其楹桷〔六〕，侈大其制度，以為遊人耳目之樂。蓋方丈之地，一榻翛然，但要容膝自安而已。所植之花，不必珍卉奇木，姚黄魏紫〔七〕，但得秀而實者，隨所有而種。其與之遊者，不必達官聞人、名流勝士，但曠達之輩、方外之流、道同氣合，無不為之友。其所觀之書，不必《三墳》、《五典》、《八索》、《九丘》〔八〕，如道經禪話、醫方丹訣，無不愛而玩。榜其園曰『成趣』，亭曰『容安』〔九〕，軒曰『靜樂』，皆取其退居閒靜之義。

公先豪於貲〔一〇〕，為一郡之冠，然與眾異趣耳。瓦礫財貨，膏肓泉石〔一一〕，不以壟斷為心，以澹泊為事。即之則無一點膏粱羅紈氣；與之語則真通達之士也。家事無大小，一切諉之於二子。日詣其園，或命巾車〔一二〕，或乘款段〔一三〕，或幅巾杖屨，乘興而往，朝至暮還，如願就宿於此，亦或有焉。客有扣門，則命壺觴，具雞黍，講道論德，俯仰二儀，錯綜人物〔一四〕。客去，則闔扉而居，優遊偃仰，既而焚香默坐，誦淵明詩，讀南華真人語〔一五〕，所謂『逍遥一世之上，睥睨天地之間，不愛當時之譽，永保性命之期，可以淩霄漢、出宇宙之外矣』〔一六〕。

由是，朝廷名卿，山林高隱，以至碩儒衲子〔一七〕，或過獻陵〔一八〕，睹其雅致，留心賦詠；或聞公之高尚，景慕其為人。寄贈吟箋，長篇短歌，記文贊序，珠聯璧綴，焜耀璀璨，照映巾匭〔一九〕。公於其暇，焚香盥手，一一展玩。諷詠其辭章，咀嚼其意味。且曰：『隋侯之珠，和氏之璧〔二〇〕，天下之至寶，豈可專擅？久則恐為神物奪去。與其私室什襲而藏之〔二一〕，曷若寫之貞珉〔二二〕，傳之不朽？』仍屬僕為序。僕曰：『天下之名言，必得天下之名士為之序。僕何預焉？』公堅懇不已，義不能辭，姑述其素所見聞者而為書。（《金文最》卷四十二）

【注釋】

〔一〕成趣園：據本文及路伯達《成趣園記》，成趣園位於獻州（今河北獻縣）城北，由梁子直修建。梁子直，生平無考，党懷英有《梁子直墓誌》（已佚）。初昌紹：時任獻州軍判，朝城（今山東境内）人。餘不詳。成趣園詩文：包括路伯達《成趣園記》、党懷英等人十四首詩，明萬曆年間出土，現存。《成趣園詩文》似非一時一地所作，具體時間不詳，約在明昌年間。成趣，取名於陶淵明《歸去來兮辭》：『園日涉以成趣。』

〔二〕鹹鹵：鹽鹼地。

〔三〕膴膴：肥沃。

〔四〕梁公子：梁子直。從公子一詞來，梁子直當時應是青壯年。

〔五〕栝：檜樹。

〔六〕楹桷：柱子與椽子。

〔七〕姚黃魏紫：兩種名貴的牡丹花。

〔八〕《三墳》、《五典》、《八索》、《九丘》：上古時代的四種圖書，後指代珍貴圖書。

〔九〕容安：取名于陶淵明《歸去來兮辭》：『審容膝之易安。』

〔一〇〕貲：同『資』，財物。

〔一一〕膏肓泉石：酷愛山林泉水已成為很難改變的癖好，指隱居不願做官。

〔一二〕巾車：有帳篷的車子。或命巾車：陶淵明《歸去來兮辭》：『或命巾車，或棹孤舟。』

〔一三〕款段：馬行遲緩的樣子，後來借指馬。

〔一四〕二儀：天地。《後漢書·仲長統傳》：『與達者數子，論道講書，俯仰二儀，錯綜人物。』

〔一五〕南華真人語：指《莊子》。

〔一六〕『逍遥一世之上』五句：出自《後漢書·仲長統傳》。

〔一七〕衲子：出家人。

〔一八〕獻陵：即獻州。《嘉靖河間府志》：『以其河間獻王封國，獻陵在焉，故特名其州曰獻。』

〔一九〕焜耀：光輝。巾甗：用布包裹的小箱子，此處指書箱。

〔二〇〕隋侯之珠，和氏之璧：傳説中的兩件寶物。《韓非子·解老》：『和氏之璧，不飾以五采；隋侯之珠，不飾以銀黄，其質至美，物不足以飾之。』《淮南子·覽冥訓》：『譬如隋侯之珠，和氏之璧，得之者富，失之者貧。』

〔二一〕什襲：將物品層層包裹，形容極珍重地收藏物品。

〔二二〕貞珉：堅固的玉石。

成趣園記

路伯達〔一〕

自仲尼而後，稱以道鳴者，孟某、楊雄其選也。孟有曰：『舜何人也，予何人也，有為者，亦若是。』〔二〕楊亦有曰：『希驥之馬，亦驥之駕；希顔之人，亦顔之徒。』〔三〕若舜與顔，仁賢之大者，學之尚可以至，況其餘乎？此二公所以進人之善心，使見賢而思齊也。《詩》云：『高山仰止，景行行止。』〔四〕其斯之謂歟？

獻陵梁君〔五〕，任性曠夷，寄懷遐遠，厭闤闠之喧〔六〕，樂林泉之勝，蚤以家事悉委於其子。嘗讀《晉史·隱逸傳》，愛陶淵明之為人，慨然思之。於是背城而東幾一里，膏腴膴膴間，買田治園，為閑散計，幅巾杖履，晨往夕還，迺命之曰『成趣』，以書求予為記，凡三至，辭不獲已而述之曰：美哉名乎，誠慕陶之深矣。昔淵明去彭澤，返故居，日涉其園，而至於成趣者〔七〕，蓋其所向之意深焉。嘗摭陶事而論之，得其所以謂之趣者。陶蓄素琴一張，弦徽不具，每與朋會，則撫而和之，曰：『但識琴中趣，何勞弦上聲。』〔八〕又著《孟府君嘉傳》〔九〕，桓溫嘗問嘉：『酒有何好，而卿嗜之？』嘉笑而答曰：『明公但不識酒中趣爾。』〔一〇〕蓋惟琴抱太古之質，惟酒適無何之鄉，以其妙意有不可言傳者，故謂之趣。而園中之遊，亦得稱其趣者，豈非寓不傳之妙而與琴酒均耶？今梁君之榜園，必取此者，是欲因其名而究其實，誦其語而師其行，予故曰：誠慕陶之深矣。如或用志不分，乃凝於神，則兀然而遺世，寂然而忘言，揖南山之佳氣〔一一〕，臥北窗之清風，其於羲皇上人〔一二〕，幾何其不為也？語曰：『我欲仁，斯仁至矣。』〔一三〕可不勉哉！有人若曰：『彼之行，誠高矣，我何敢望？』是自棄也，安免聖賢之罪人？予是以樂道梁君之善而與其進，復設此以戒其惰，故並書之。

若其亭軒之位序，橋彴之規模〔一四〕，藤架松窗，竹溪柏徑，接有道之士，為忘形之友，起居談笑，惟情之適，已詳見於軍判初公之詩序〔一五〕，故茲不復云。（《金文最》卷三十）

【注釋】

〔一〕路伯達：路仲顯，字伯達，冀州人。參見《中州集》卷八《路冀州仲顯》。

〔二〕『舜何人也』四句：出自《孟子·滕文公上》。

〔三〕希驥之馬：出自《揚子法言》卷一：『學者所以求為君子也，求而不得者有矣夫，夫未有不求而得之者也。睎驥之馬，亦驥之乘也。睎顏之人，亦顏之徒也。』睎：仰望。顏：顏回。

〔四〕『高山』二句：出自《詩經・小雅・車舝》，形容他人的品行才學像高山一樣，要人仰視，像大道一行，讓人追隨。

〔五〕獻陵：獻州，今河北獻縣。梁君：梁子直。參見初昌紹《成趣園詩文序》。

〔六〕闤闠：街市。

〔七〕『淵明去彭澤』四句：陶淵明《歸去來兮辭》：『園日涉以成趣。』

〔八〕『陶蓄素琴一張』五句：出自《晉書・陶潛傳》。

〔九〕《孟府君嘉傳》：全稱為《晉故征西大將軍長史孟府君傳》。府君：太守的尊稱。孟府君嘉：孟嘉為陶淵明的外祖父。

〔一〇〕『桓溫』二句：見陶淵明《晉故征西大將軍長史孟府君傳》。

〔一一〕南山之佳氣：出自陶淵明《飲酒》其五：『采菊東籬下，悠然見南山。山氣日夕佳，飛鳥相與還。』

〔一二〕北窗之清風：出自陶淵明《與子儼等疏》：『常言五六月中，北窗下臥，遇涼風暫至，自謂是羲皇上人。』

〔一三〕『我欲仁』二句：見《論語・述而》。

〔一四〕橋彴：獨木橋，小橋。

〔一五〕軍判初公：初昌紹，參觀其《成趣園詩文序》。

題李山《風雪松杉圖》詩跋〔一〕

王庭筠

『繞院千千萬萬峰，滿天風雪打杉松。地爐火暖黃昏睡，更有何人似我慵。』此參寥詩〔二〕，非本色住山人不能作也。黃華真逸書〔三〕，書後客至曰：此賈島詩也。未知孰是。〔四〕

【注釋】

〔一〕李山：金代畫家，平陽（今山西臨汾）人，擅山水，章宗泰和（一二〇一—一二〇八）間入直秘書監。《風雪松杉圖》，現存於美國華盛頓的弗利爾美術館。

〔二〕參寥：參寥子，北宋詩僧道潛的別號。

〔三〕黃華真逸：王庭筠自號，僅見於此文。

〔四〕『繞院』四句：《全宋詩》卷五六作潘閬詩，題作《宿靈隱寺》。

李山風雪松杉圖跋

王萬慶〔一〕

此老在泰和間，猶入直於秘書監〔二〕，予始識之，時年幾八十矣，而精力不少衰。每於屋壁間，喜作大樹石，退而睨之，乃自歎曰：『今老矣，始解作畫。非真積力久，工夫至到，其融渾成就處，斷未易省識。』今觀此《風雪松杉圖》，其精緻如此。至暮年自負其能，亦未為過。而世俗豈能真有知之者？故先人翰林書前人詩以品題之〔三〕，蓋將置此老于古人之地也，覽之使人增感云。癸卯六月廿有二日〔四〕，萬慶謹書。

【注釋】

〔一〕王萬慶：亦作曼慶，字禧伯，號澹游，王庭筠養子，為其弟庭掞次子。

〔二〕泰和：金章宗年號（一二〇一—一二〇八）。入直於秘書監：進入秘書監值班供職。

〔三〕先人翰林：指其父王庭筠。參見其《題李山〈風雪松杉圖〉詩跋》。

〔四〕癸卯：元太宗乃馬真后二年（一二四三）。

移剌相公驪山有感跋〔一〕

失名

詩之興也久矣，其源本出於國風之計，濫觴於漢魏，派演於六朝，下逮唐宋，汪洋大肆，靡所不至。大率以煉格、煉意、煉句、煉字為法，而少能相兼，自各名家而已。必求其粹然可稱道者，亦不多得焉。嗚呼！詩道之難也如此。

按察相公人品高秀，天性奇穎。始以儒業自舉，一遊場屋，芥拾甲科〔二〕。已而事與願違，投筆就宦，然遊戲翰墨之間，初未廢其寸陰。大篇短什，率皆出前人用心不到處，士子仰之，如泰山北斗。向提憲關中〔三〕，嘗有《題華清宮三絕句》〔四〕，遠近傳誦，不啻膾炙，方以不多見為恨。頃因再遊，復留一絕，格愈老，意愈新，句愈健，字愈工，恬然備四煉體〔五〕。自非深于文章者，其孰能與於此。友人賀吉甫已作傳遠計〔六〕，迺命遼東孫極之書諸石〔七〕，九嵕徐從周刻其字〔八〕，晉陽舊部吏聞而喜之〔九〕，復識歲月於後云。承安屠維協洽書雲後七日謹跋〔一〇〕。

（以上《金文最》卷四十七）

【注釋】

〔一〕移剌相公：移剌霖，仕為陝西按察使。《驪山有感》：詩如下：『蒼苔徑滑明珠殿，落葉林荒羯鼓樓。渭水都來細如線，若為流得許多愁。』

〔二〕芥拾甲科：輕易進士及第。移剌霖及第時間不詳。

〔三〕提憲關中：指按察陝西。

〔四〕《題華清宮三絕句》：已佚。

〔五〕四煉體：指注重煉格、煉意、煉句、煉字的詩歌。

〔六〕賀吉甫：其人不詳。

〔七〕孫極之：其人不詳。

〔八〕九嵕：山名，在今陝西禮泉縣境內。

〔九〕晉陽：今山西太原一帶。舊部吏：移剌霖過去的部下。

〔一〇〕屠維協洽：太歲在己曰屠維，太歲在未曰協洽，即己未年。承安屠維協洽：承安四年（一一九九）。書雲：冬至。

雙溪小稿序〔一〕

呂鯤

中書省掌書記李暐〔二〕，一日袖書一編，詣余曰：『此雙溪之歌詩也，即公蒙年所為者約千首〔三〕，且十竊其一焉，兼附近作，共得一百五十餘篇，離為五卷〔四〕，目之曰《雙溪小稿》，今欲廣傳之，庶在綺紈者見而思齊焉〔五〕，因之可以起吾風之已僨者也〔六〕，請子文以引其端，幸毋讓。』余受而觀之，見韁龍軛鳳，鞭虯笞鼇〔七〕，以求其變，極其所變而發諸心思，則羅雲縠月，紉秋藻春〔八〕，以盡其情。嘻！實天下之奇作也，如『金極夜延螢燭暗，翠簾風窣月鉤閑』〔九〕，此時年十五耳。『兩漢水乾秋飲馬，五南霜重夜屯兵』〔一〇〕，此又十七時語也。蓋天與其性，發言便高。

公諱鑄，字成仲，雙溪自號也。公以東丹王之後〔一一〕，右丞文獻公之孫〔一二〕，中書令玉泉老之子〔一三〕，鑠盡貴氣，屈己以下人，刮去驕佚，折節以讀書，及所為詩文又如此，在天地間豈易得哉！故樂為之引。甲辰年上巳日〔一四〕，龍山居士雁門呂鯤書。（《雙溪醉隱集》卷首）

【校記】

金極：《雙溪醉隱集》卷四《哀長安》作『金殿』。

【注釋】

〔一〕《雙溪小稿》：耶律鑄早期詩集，由其門人李暐所編，五卷，收一五〇多首詩歌。耶律鑄號雙溪，故名。原書久佚。四庫館臣從《永樂大典》中輯成的《雙溪醉隱集》，收錄了其中少量詩歌。呂鯤：號龍山居士，雁門（今山西代縣）人，與趙著並稱。二人均出耶律楚材門下。

〔二〕李暐：字明之。生平不詳。中書省掌書記：耶律楚材與耶律鑄先後任中書令，李暐即是其部下。

〔三〕蒙年：童蒙之年。

〔四〕離：同『釐』，整理。

〔五〕在綺紈者：指富家子弟。柳宗元《送蕭煉登第後南歸序》：『雖在綺紈，而私心慕焉。』

〔六〕僨：敗壞。

〔七〕『轠龍輀鳳』二句：形容耶律鑄詩歌驅使神異，追新逐奇。

〔八〕『羅雲縠月』二句：形容華美精細的辭章。

〔九〕『金極』二句：原詩題作《哀長安》。

〔一〇〕『兩漢』二句：原詩已佚。

〔一一〕東丹王：耶律倍（八九九—九三六），遼太祖耶律阿保機長子，神冊元年（九一六）立為皇太子。天顯元年（九二六），太祖滅渤海國，建東丹國，封為東丹王。

〔一二〕右丞文獻公：耶律履，參見《中州集》卷九《右相文獻公耶律履》。

〔一三〕玉泉老：耶律楚材號玉泉老人。

〔一四〕甲辰年：乃馬真后三年（一二四四）。

雙溪小稿序〔一〕

趙著

《詩》之為義也，大矣哉！《三百篇》而下，《離騷經》得風雅之變，秦亡漢興，王澤未遠，元鼎已來，河梁之別始作〔二〕，得《離騷》之變也。黄初綿絡以至於大業之際〔三〕，詩文比比，而出大名於世者，亦不可多得。漢有蘇李〔四〕，魏有曹劉〔五〕，晉有潘陸〔六〕，宋有陶謝而已〔七〕，是故遺風不泯焉。武德再造〔八〕，徐庾淫靡尚且存焉〔九〕，為陳子昂一變而至於魯〔一〇〕，為李太白、杜子美，再變至於道〔一一〕。退之後來，使文起八代之衰，道濟天下之溺〔一二〕，于文章慎許可，至於歌詩，獨推之曰：『李杜文章在，光焰萬丈長。』〔一三〕及乎天寶亂息〔一四〕，大曆、元和詩律再變〔一五〕，以至今日矣。嗚呼！風雅不可復得，見唐人之餘烈〔一六〕，斯可矣。《雪浪齋日記》有云：『建安纔六七子，開元數兩三人。』〔一七〕則所取其難如此。又云：『書止於晉，詩止於唐。』〔一八〕誠不誣矣。若李若杜若韓若柳，豈愧六朝諸賢歟！

國朝自取魏以來，詩人益盛，余嘗在貞祐季年〔一九〕，親見玉泉大老懷親詩云〔二〇〕：『黄犬不來愁耿耿，白雲望斷思依依。欲憑鱗羽傳音信，海水西流雁北飛。』〔二一〕又云：『黄沙三萬里，白髮一孀親。腸斷邊城月，徘徊照旅人。』所以見哀思之情，極矣。又和人詩云：『仁義說與當途人，恰似春風射馬耳。』〔二二〕此見感憤之懷，亦以極矣。思之有以見唐人餘烈焉。

雙溪成仲，即玉泉中令君之子也〔二三〕。生長北溟〔二四〕，十三作歌詩，下筆便入唐人之閫奥〔二五〕，嘗作《高城曲》云：『城高三百尺，枉教人費力。賊不從外來，當察城中賊。』又《日將出》、《帶將來》〔二六〕、《小胡笳》〔二七〕、《擬回文》〔二八〕、《暮春曲》〔二九〕、《磨劍行》〔三〇〕、《春夜吟》、《獨倚門》之類，皆十三時作也。又《陰不雨》、《惜花吟》、《琵琶詞》、《公子行》、《廣陵散》〔三一〕，十五六作也。又《贈坐竿道士》〔三二〕、《水平橋》〔三三〕、《題藍采和》〔三四〕、《早行吟》〔三五〕，十八九作也。又《山市吟》〔三六〕、《暮春對花》、《寄故人》、《題牧牛圖》〔三七〕，二十一二作也，則知興寄情趣，前人間有所不到者。此詩向時往往傳至燕臺〔三八〕，人初未甚信，及其去歲秋八月，來自北庭，大葬既已〔三九〕，明日首禮於香山寺，元、呂及余從行〔四〇〕，禮成，長老拂几捧硯，請各賦詩。雙溪即書古詩云：『渺渺入平野，悠悠到上方。雲開見天闕，回首超凡鄉。』〔四一〕元、呂垂書，余亦落筆，既而雙溪復次元韻云：『人去豪華山好在，夢回歌舞水空流。』〔四二〕又次余韻云：『翠輦不回天地老，白雲飛盡海山秋。』〔四三〕時已夕矣，不及次呂之韻。會九日登瓊花島，用呂香山詩韻留題云：『蓬萊宮殿遺基在，休對西風子細看。』〔四四〕及載觀次韻之作，如蘭依修竹，菊映青松，輝彩省淨，氣韻深長，便覺首倡，大似落絮飛花，雖有流風回雪之態，豈能倫擬？未幾，復書途中之所作，云《松聲曲》〔四五〕、《春雪謠》、《蟄龍行雨圖》、《休嗟行路難》〔四六〕，大傳燕市，使向之未甚信者，私用慚怍。自是與燕士大夫唱酬無虛日，每一篇出，識者益增嘆服，不及悉書，俱在前帙。

或謂余曰：『雙溪自十三以至今日，方二十有餘〔四七〕，便入唐人之閫奧，而雕蟲篆刻，白首坐窗，見之者莫能，何謂也？』余曰：『且騏驥墮地，一日千里，駑駘百歲，十駕而始至〔四八〕，分也，又何足怪！』歐陽文忠公有云：『能以技自顯於一世，亦悟之天，非積習致然。』〔四九〕信哉！愚謂源深者自長矣，向玉泉作懷親詩時，亦是方冠之餘〔五〇〕，今雙溪思親三絕，云『一上居庸萬里心』，又『一聲長笛野雲秋』，又云：『躊躕搔首無人會，時下樓來卻上樓。』〔五一〕有是父，有是子，良然。繼作《甕山有感三絕》，云『仙佩飄飄駕彩鸞』〔五二〕，感之至也。又《雪後吟》〔五三〕、《立春前一日曲》〔五四〕，情之至也。《春日登蓬萊島》頸聯云〔五五〕：『既解寶藏秦照膽，也須珍惜漢吹毛〔五六〕。』用事之至也。《過故宮》云：『柳陌風來雪滿沙。』〔五七〕理之至也。《擬古》云：『水涵春色柳涵煙，半是人間半是仙。』〔五八〕境之至也。以代留別余云：『燕南春色老，燕北草初肥。露冷野花瘦，月明江樹稀。』〔五九〕又云：『芳草不隨鶯燕老，好山依舊水雲深。』〔六〇〕遠之至也。惜乎李子取之不多，詞彩風流，皆可備於管弦矣。其容雅而體閑，意深而情婉，氣修而色粹，調逸而聲諧，抑之則紆餘委備，揚之則條達疏暢，得不蕩搖情性者哉？執此過余，求為後引，懇切再四，義不可辭，此非小道，實文章之菁華也。可以意名，難以言狀，噫！古今之人，惟貴耳而賤目，特異者迺見此耳，不然安能結天下識者之舌也！其經國圖遠之略，推賢去惡之心，而已形諸歌詠，余雖老矣，猶可拭目而待，續勒銘於雙溪未晚云。趙著序。

【校記】

水平橋：《雙溪醉隱集》卷五作『水準橋』。

【注釋】

〔一〕《雙溪小稿》：參見呂鯤《雙溪小稿序》。趙著，字光祖，號虎岩，與龍山呂鯤並稱，仕至編修官。

〔二〕元鼎：漢武帝年號（前一一六—前一一一）。河梁之別：指李陵《與蘇武》詩，詩曰：『攜手上河梁，遊子暮何之？徘徊蹊路側，悢悢不得辭。……行人難久留，各言長相思。』

〔三〕黄初：魏文帝曹丕年號（二二〇—二二六）。綿絡：綿延。大業：隋煬帝年號（六〇五—六一七）。

〔四〕蘇李：蘇武、李陵。

〔五〕曹劉：曹植、劉楨。

〔六〕潘陸：潘岳、陸機。

〔七〕陶謝：陶淵明、謝靈運。

〔八〕武德：唐高祖年號（六一八—六二六）。

〔九〕徐庾：指南北朝時期徐摛、徐陵父子和庾肩吾、庾信父子。

〔一〇〕一變而至於魯：《論語·雍也》：『子曰：「齊一變至於魯，魯一變至於道。」』

〔一一〕再變至於道：見上。

〔一二〕『文起八代之衰』二句：見《蘇軾文集》卷十七《潮州韓文公廟碑》。

〔一三〕『李杜』二句：出自韓愈《調張籍》。

〔一四〕天寶亂息：安史之亂平息之後。

〔一五〕大曆：唐代宗年號（七六六—七七九）。元和：唐憲宗年號（八〇六—八一九）。

〔一六〕餘烈：遺留的業績。

〔一七〕《雪浪齋日記》：佚名著，原書已佚，為宋詩話所引。『建安』二句：見胡仔《苕溪漁隱叢話》前集卷二，說是前輩所云。

〔一八〕『書止於晉』二句：見胡仔《苕溪漁隱叢話》前集卷二。

〔一九〕貞祐：金宣宗年號（一二一三—一二一六）。

〔二〇〕玉泉大老：指耶律楚材。

〔二一〕『黃犬不來』四句：出自《思親有感二首》（其一），見《湛然居士集》卷二。黃犬，即黃耳，陸機所養之犬，用來給家人傳送音信。

〔二二〕『黃沙』四句：原詩已佚。『仁義』二句：原詩已佚。

〔二三〕雙溪成仲：耶律鑄，字成仲，號雙溪。玉泉中令君：耶律楚材，號玉泉老人，仕至中書令。

〔二四〕北溟：傳說中的北方地名。耶律鑄童年隨其父親居於尋思干（今烏茲別克斯坦共和國撒馬爾罕市）。

〔二五〕閫奧：深邃的內室，此處借指詩歌的精微深奧之處。

〔二六〕《高城曲》、《日將出》、《帶將來》：見《雙溪醉隱集》卷五。

〔二七〕《小胡笳》：原詩已佚。

〔二八〕《擬回文》：《雙溪醉隱集》卷六有《擬回文二首》。

〔二九〕《暮春曲》：原詩已佚。

〔三〇〕《磨劍行》：《雙溪醉隱集》卷六有《磨劍行》

〔三一〕《春夜吟》至《廣陵教》共七首，原詩已佚。

〔三二〕《贈坐竿道士》：　見《雙溪醉隱集》卷四。

〔三三〕《水平橋》：　《雙溪醉隱集》卷五有《水準橋》詩。

〔三四〕《題藍采和》：　《雙溪醉隱集》卷六有《題藍采和圖》詩。

〔三五〕《早行吟》：　《雙溪醉隱集》卷三有《早行》詩。

〔三六〕《山市吟》：　《雙溪醉隱集》卷五有《山市吟》詩。

〔三七〕《暮春對花》、《寄故人》、《題牧牛圖》：　原詩已佚。

〔三八〕燕臺：　黄金臺，指燕京一帶。

〔三九〕去秋：　當是乃馬真后二年（一二四三）。北庭：　今新疆維吾爾自治區吉木薩爾縣。大葬：　隆重的葬禮，指其母親蘇氏的葬禮。該年耶律鑄護送其母親靈柩至燕京，葬於甕山（今北京萬壽山）。

〔四〇〕元、呂：　元好問、呂鯤。元好問該年應耶律楚材之請，為其父兄作碑文。

〔四一〕『渺渺入平野』四句：　原詩失考。

〔四二〕『人去豪華』二句：　耶律鑄原詩已佚。所和元好問詩，疑為《即事呈邦瑞》，詩曰：『鄭莊父子重相留，似為良辰散客愁。陋巷新成一茅屋，今年連醉兩中秋。開尊便覺賢人近，汙足寧論力士羞。明日燕臺傳盛事，坐中賓客盡名流。』該詩作於乃馬真后二年閏八月中秋前後。

〔四三〕『翠輦不回』二句：　趙著原唱與耶律鑄和作均佚。

〔四四〕『蓬萊宮殿』二句：　呂鯤原唱與耶律鑄和作均佚。

〔四五〕《松聲曲》：　《雙溪醉隱集》卷二有《松聲行》，卷五有《松聲》四首。

〔四六〕《春雪謠》、《蟄龍行雨圖》、《休嗟行路難》：　原詩已佚。

〔四七〕方二十有餘：　該文作於乃馬真后三年（一二四四），耶律鑄二十四歲。

〔四八〕騏驥：駿馬。駑駘：劣馬。意謂駑馬雖然百歲，但十天才能走完駿馬一天的路程。《荀子·勸學》：「騏驥一躍，不能十步；駑馬十駕，功在不舍。」

〔四九〕歐陽文忠公：歐陽修。「能以技自顯於一世」三句：見《新唐書》卷二百〇四《方技列傳》。

〔五〇〕方冠之餘：二十多歲。

〔五一〕思親三絶句：現存四首，為兩組《憶大人領省二首》，見《雙溪醉隱集》卷六。「一上」句：即《憶大人領省二首》（其一）：「一上居庸萬里心，居庸關上望和林。和林城遠望不見，日落雲明山水深。」「一聲」句：即《憶大人領省二首》（其一）：「一聲長笛野雲秋，忍上高臺最上頭。紅葉暮煙人北望，青山落日水東流。」「躊躕」句：出自《憶大人領省二首》（其二）：「一度思量一樣愁，一回傷極一低頭。躊躇搔首無人會，待下樓來卻上樓。」

〔五二〕《甕山有感三絶》：原詩題作《燕城之北垂三十里，有甕山，原先妣國夫人墳室在焉。予過之，哀感不已，而貯之詩，仍寄呈尊大人領省，以慰其戚云》，其一曰：「仙佩飄飄駕彩鸞，白雲深鎖甕山寒。自從好夢風吹斷，誰念孤兒淚不乾。」見《雙溪醉隱集》卷六。

〔五三〕《雪後吟》：原詩見《雙溪醉隱集》卷五，曰：「雪助夜寒更漏澀，何能盼得到天明。乾坤已落羲和手，休更瓊瑤陌上行。」

〔五四〕《立春前一日曲》：《雙溪醉隱集》卷五有《立春前一日對雪》詩，曰：「桃李無言盼斷春，值春潛處暖生雲。晚來縱有殘風雪，明日人間總屬君。」

〔五五〕《春日登蓬萊島》：原詩已佚。

〔五六〕秦照膽：秦代可以照見肝膽的寶鏡。葛洪《西京雜記》卷三《咸陽宮異物》：「高祖初入咸陽宮，周行庫府……有方鏡，廣四尺，高五尺九寸。表裏有明，人直來照之，影則倒見……又女子有邪心，則膽張心動。秦始皇常以照宮人，膽張心動者則殺之。』漢吹毛：漢代可以吹毛斷髮的利劍。胡曾《平城》：『漢帝西征陷虜塵，一朝圍解議和親。當時已有吹毛劍，何事無人殺奉春。』

〔五七〕《過故宮》：見《雙溪醉隱集》卷五，詩曰：『柳陌風來雪滿沙，錦宮春老野人家。鶯鶯燕燕空饒舌，明日西園是落花。』

〔五八〕《擬古》：原詩已佚。

〔五九〕『燕南春色老』四句：原詩見《雙溪醉隱集》卷五，題作《留別趙虎岩呂龍山》。

〔六〇〕『芳草不隨』二句：原詩見《雙溪醉隱集》卷三，題作《春日寄懷魏隱居邦彥》。

雙溪小稿序〔一〕

麻革

中書大丞相之子〔二〕，有奇名，善為詩，余在朔方時嘗見其一二〔三〕，駭唶以為異〔四〕，及獲觀《雙溪小稿》，始信向所傳不謬云。趙虎巖、呂龍山〔五〕，世雄於歌詩，為之序引甚備〔六〕，余辭其贅歟？古人嫌其少作，往往削稾不傳，如李賀七歲賦《高軒過》〔七〕，迄於今傳誦亹亹在人口不能廢，則少作何負乎？況雙溪相門子〔八〕，生長北庭戎馬間，甫十餘歲，已能為歌詩至於斯，嘻，亦過人遠甚。搏而躍之，有激頹俗，可無傳乎？門下生秦人李暐明之實為倡〔九〕，而我曹又和之，其傳蓋無疑。今雙溪已嗣行中書事〔一〇〕，將見沛然為文黼〔一一〕，為卿雲〔一二〕，蒸為雨露，以芘澤其天下〔一三〕，此特土苴耳〔一四〕！雖然，源於細流，乃成江漢，則是集其權輿

乎〔一五〕？固不可以不志。麻革序。（《金文最》卷四十五）

【注釋】

〔一〕麻革：字信之，號貽溪，山西永濟虞鄉王官村人，河汾諸老之一。

〔二〕中書大丞相：指耶律楚材。耶律楚材於蒙古太宗三年（一二三一），任中書令（宰相）。

〔三〕余在朔方時：金亡後，麻革北渡，一度流寓至居延（在今内蒙古額濟納旗）。其《游龍山記》：『革代以來，自雁門逾代嶺之北，……越既留滯居延。』

〔四〕駭唶：驚訝嗟歎。

〔五〕趙虎巖：趙著，字光祖，號虎巖，與龍山呂鯤並稱，仕至編修官。呂龍山：呂鯤，號龍山，雁門（今山西代縣）人。趙、呂二人均出耶律楚材門下。

〔六〕為之序引：趙、呂二人所作之序，現存，見《雙溪醉隱集》卷首。呂序作於甲辰年（一二四四）。

〔七〕《高軒過》：據王定保在《唐摭言》云，該詩為李賀七歲時所作，實為元和三年（八〇八）十九歲時所作。

〔八〕雙溪：耶律鑄的別號。

〔九〕李暐：字明之，曾任職中書省掌書記。

〔一〇〕嗣行中書事：甲辰年（一二四四），耶律楚材卒後，耶律鑄襲其位，行中書令事。

〔一一〕文黼：古代禮服上的華麗紋飾。

〔一二〕卿雲：慶雲，吉祥的彩雲。

〔一三〕芘澤：庇澤，庇護造福於他人。

〔一四〕土苴：　渣滓，糟粕，比喻微賤的東西。

〔一五〕權輿：　草木的萌芽狀態，指事物的起始。

雙溪小稿跋

性　英〔一〕

雙溪，一代佳公子也。早歲作詩有聲，每一篇出，輒誦人口，遇得意處，不下古手，此蓋天機穎脱，有不可掩者使然也。是歲秋八月〔二〕，以詩近百篇寄趙虎岩〔三〕，虎岩趙君，詩人也，見之擊節賞歎，以謂天下奇才，而欲板行一新衆目焉，而屬予題其後。或者曰：『乃公之少作，其可乎？』余曰：『不然，昔唐元微之有《代曲江老人百韻》及《清都夜境》等篇〔四〕，至於元和中李長吉《高軒過》〔五〕，二公之作，皆年未及冠，今在集中，數百年間，孰能以少壯為辨而少之耶？言詩者，不當以區區歲月計其工拙矣。歲次甲寅季冬二十有五日，木庵老衲性英題。

【校記】

甲寅：　據呂鯤《雙溪小稿序》，甲寅當是甲辰之誤。

【注釋】

〔一〕性英：　英禪師，號木庵，金末著名詩僧。詳參元好問《木庵詩集序》。

〔二〕是歲：　當是甲辰年（一二四四）。

〔三〕趙虎岩：趙著，參見麻革《雙溪小稿序》。

〔四〕元微之：元稹。《代曲江老人百韻》：現存，題下注曰：『年十六時作。』《清都夜境》：現存，題下注曰：『自此至《秋夕》，並年十六至十八時詩。』

〔五〕《高軒過》：作於元年三年（八〇八），李賀時年十九。

雙溪小稿跋〔一〕

王萬慶

嘗觀雙溪詩，氣體高遠，清新絕俗，道前人之所不道，到前人之所不到，情思飄如馭風騎氣，真仙語也，彼騷奴詩偷〔二〕，安識所謂神者？每以不多得為恨。今年秋八月〔三〕，承寄僅百篇於趙虎岩光祖〔四〕，不敢珍藏秘惜，乃復刊行之，以新世欲見而不得者。此可與奪標掣鯨手道〔五〕，難為餘子言也。王萬慶跋。

【注釋】

〔一〕《雙溪小稿》：參見麻革《雙溪小稿序》。

〔二〕騷奴詩偷：比喻才華不足的詩人。

〔三〕今年：甲辰年（一二四四）。

〔四〕趙虎岩光祖：趙著，參見麻革《雙溪小稿序》。

〔五〕奪標掣鯨手：比喻優秀詩人。

古仙人辭跋〔一〕

雷淵　李純甫

興定庚辰夏六月望〔二〕，予與元好問、趙郡李獻能同游玉華谷〔三〕，又將歷嵩前諸剎，因憩于少姨廟〔四〕。元周行廊廡，得古仙人詞于壁間，然其首章直屋漏雨，為所漫剝，殆不可辨。乃磴木石而上，拂拭汎滌，迫視者久之，始可完讀。觀其體則柏梁〔五〕，事則終始二漢，字畫在鍾王之間〔六〕，東井又元鼎所都〔七〕，幽州必賢宗子虞也〔八〕。夫眷眷不忘幽州者，非吾田疇尚誰歟〔九〕？田復所事之讎〔一〇〕，卻曹瞞之賞〔一一〕，衰俗波蕩中，挺挺有烈丈夫風氣，其死而不忘蓋無疑，其能道此語亦無疑。觀者不應以文體古今之變，而疑仙語也。噫！仙山靈嶽，宜有閎衍博大之真人〔一二〕，往來乎其間，而世人莫之識也。予三人者，乃今見之，夫豈偶然哉！再拜留跡，以附知音者末。渾源雷淵題。

此詩為仙語無疑，然直謂田疇，則似亦未安。屏山李純甫題。（《中州集》卷六）

【注釋】

〔一〕《古仙人辭》：原詩見《中州集》卷六，詩如下：『夢入雲山宮闕幽，鸞鷟同侶鴛鳳流。桂月竟夜光不收，世俗擾擾成囂湫。醉飛星馭鞭金虬，八仙浪跡追真遊。龜玉筌蹄二十秋，摩霄注壑須人求。覓劍如或笑刻舟，陽燧非無用綺儔。元鼎以來虛崑丘，東井徒勞冠帶修。松飡竹飲度蜃樓，嵩頂坐嘯垂直鉤，只應慚愧劉幽州。』詩末有注：『知音者無惜留跡。』

〔二〕興定庚辰夏六月望：興定四年（一二二〇）六月十五日。

〔三〕趙郡：李氏郡望之一，治在今河北趙縣。李獻能：參見《中州集》卷六《李右司獻能》。玉華谷：在嵩山少室山。

〔四〕少姨廟：即少室山廟。

〔五〕柏梁：七言古詩的一種，每句押韻。相傳漢武帝在柏梁臺上和群臣共賦七言詩，人各一句，句皆用韻，後人遂以每句用韻者為柏梁體。

〔六〕鍾王：指書法家鍾繇、王羲之。

〔七〕東井：即井宿，二十八宿之一。因在玉井之東，故稱。元鼎：漢武帝年號。所都：《文選》卷二張衡《西京賦》六臣注：『高祖入關，五星合列于東井，東井，星屬秦分。』

〔八〕宗子虞：指三國時漢室宗親劉虞，曾鎮守幽州，深得民心。

〔九〕田疇：字子泰（一六九—二一四），右北平無終（今河北玉田）人，東漢末年隱士。好讀書。初為幽州牧劉虞從事，劉虞被公孫瓚殺害後，田疇仍去謁祭劉虞。事見《三國志·魏書·田疇傳》。

〔一〇〕田復所事之讎：田疇原本要為劉虞報仇，後袁紹征幽州，殺了公孫瓚。《三國志·魏書·田疇傳》：『疇得北歸，率舉宗族附從數百人，掃地而盟曰：「君仇不報，吾不可以立於世。」』

〔一一〕曹瞞：曹操。建安十二年（二〇七），曹操北征烏桓，田疇任司空戶曹掾，為之嚮導，有功，封亭侯，不受。

〔一二〕閎衍：宏大廣博。真人：道教稱修真得道者為真人。

閑閑老人滏水集序〔一〕

楊雲翼

學以儒爲正，不純乎儒，非學也；文以理爲主，不根於理，非文也。自魏晉而下，爲學者不究孔孟之旨，而溺異端，不本于仁義之説，而尚夸辭，君子病諸。今禮部趙公實爲斯文主盟〔二〕，近自擇其所爲文章，釐爲二十卷，過以見示。予披而讀之，粹然皆仁義之言也，蓋其學一歸諸孔孟，而異端不雜焉〔三〕，故能至到如此。所謂儒之正、理之主，盡在是矣。天下學者，景附風靡，知所適從，雖有狂瀾横流，障而東之〔四〕，其有功吾道也大矣。予生多幸，得從公遊，然聾瞽無與乎視聽，故不足知公。後生可畏，當有如李之尊韓、蘇之景歐者出焉〔五〕。予雖老矣，猶幸及見之。元光二年〔六〕，歲次癸未，冬十一月庚戌日，前翰林學士中奉大夫知制誥臯落楊雲翼序〔七〕。（《金文最》卷四十一）

【校記】

閑閑老人滏水集序：四部叢刊本作『滏水文集引』。

【注釋】

〔一〕閑閑老人：趙秉文别號。《滏水集》：又名《滏水文集》，二十卷，現存。

〔二〕禮部趙公：趙秉文曾任禮部尚書，故云。

〔三〕異端不雜：據劉祁《歸潛志》卷九記載，趙秉文本喜佛老之學，晚年自編《滏水集》，削去佛老之言。有關佛老之言，另編《閑閑外集》，交與性英禪師刊行。所以，《滏水集》可謂『異端不雜』，但趙秉文之學則不可謂『異端不雜』。

〔四〕障而東之：防堵縱橫奔流的河流，使之向東流入大海。

〔五〕李之尊韓：李翺尊從韓愈。蘇之景歐：蘇舜卿仰慕歐陽修。

〔六〕元光二年：一二二三年。

〔七〕皋落：山名，在其家鄉山西樂平。

二蘇墓詩跋〔一〕

史學

文以氣為主，氣以道為囿，極其指歸，則無出於忠信仁義而已。此眉山兩蘇公所以冠千古而獨步。少卿先生今日重為兩公拈出〔二〕，世之學者，文不□華，氣不流暴，則然後可以少卿語語之。噫，少卿之心，兩公之心，兩公之心，周孔之心也。吾輩宜式之〔三〕。延安學題。（《金文最》卷四十七）

【校記】

文不□華：《三蘇墳資料彙編》作『文不泥華』。

延安學：《三蘇墳資料彙編》作『延安史學』。史學：字學優，延安人，正大元年（一二二四）及第，釋褐舞陽簿，改盧氏令，卒官。

【注釋】

〔一〕二蘇：蘇軾、蘇轍。二蘇墓：在今河南郟縣。二蘇墓詩：指苑中所作《題二蘇墳》，郟城縣令李無黨、京西分治戶部張秀華、汝州防禦使護軍裴滿奕為之刻石立牌，下有延安史學題跋、河中屈子元跋語。碑現存于郟縣三蘇墓園。苑中《題二蘇墳》，清編與今人所編《全金詩》均未收錄，參見本書卷五。

〔二〕少卿先生：苑中（一一七六—一二三二），字極之，大興人。承安中進士，曾任京西路司農少卿。苑中遊覽二蘇墓，當在正大初年。參見《中州集》卷八《苑滑州中》。重為兩公拈出：指苑中詩中『人知兩蘇文中龍，不知道配義與忠』等語。

〔三〕式之：以之為式。

二蘇墓詩跋

屈子元〔一〕

東坡先生，古今忠義一人而已。其作為文章，見於行事者，故不一而足。無何，道之不行，命宮磨蝎〔二〕，竄居黃岡數年，然後歸隱。流離頓挫，處之自若，胸中一點可謂之養浩然者也。後卒於常州，逮邁輩護喪而歸〔三〕，與弟潁濱先生〔四〕，俱葬於郟城之峨眉〔五〕，蓋平所見，今得其死所矣。墓之側，賢士大夫留詩者甚多，唯司農苑公先生〔六〕，獨以二老所蘊藉，詩人不能形容者，一詩盡之矣，二老英魂其有遺恨乎？河中屈子元跋。（《金文最》卷四十七）

【校記】

蓋平所見：《三蘇墳資料彙編》所錄碑文作『平生所欠』。

一詩盡之矣：《三蘇墳資料彙編》所錄碑文作『一時書之重吟』。

【注釋】

〔一〕二蘇墓詩跋：參見史學《二蘇墓詩跋》。屈子元：生平不詳。

〔二〕命宮磨蝎：蘇軾《書退之詩》：『退之詩云：「我生之辰，月宿南斗。」乃知退之得磨蝎為身宮，而僕乃以磨蝎為命，平生多得謗譽，殆是同病也。』命宮：星象家專用術語。磨蝎：星宿名，星象家認為命居此宮者多磨難。

〔三〕卒於常州：蘇軾卒於建中靖國元年（一一〇一）七月。邁輩：蘇軾之子蘇邁等人。

〔四〕潁濱先生：蘇轍，號潁濱遺老。蘇轍卒於政和二年（一一一二）。

〔五〕郟城之峨眉：郟縣城西北的小峨眉山。

〔六〕苑公先生：苑中，參見史學《二蘇墓詩跋》。

相臺詩話〔一〕

樂　著

赫⿰牜尧字進道，性峭直，篤學，仕至刺史，有詩名〔二〕。王萬鈞字彥平，自入仕，常滯不調，後除衛邸文學〔三〕，坐累，適錦州祭判，知命不怨，以母老致仕。弟萬石，字彥端。曄〔四〕，⿰牜尧子。天翼〔五〕，字鵬舉。起〔六〕，字彥發，皆永和人〔七〕。

道寧字德淵，仕至太學博士。子從義，字子宜，舉兩科，南京府試經義魁。正倫〔八〕，見《人物志》，俱湯陰人。

居中字鼎臣，性明斷，所至著稱，登封令〔九〕。

仲周字君美〔一〇〕，性醇靜，終日默坐，亡戲談，不臧否人，雖休沐，惟覽誦經史，自監察御史，授大府丞。冬，監卒取木炭皮為仲周爨，仲周曰：『此亦官物。』卻之。復亨編修〔一一〕，權子。權字元輿〔一二〕，善為詩，皆臨漳人〔一三〕。

敏修字忠傑〔一四〕，戶部郎中，北渡居館陶〔一五〕。《甲午元日》詩曰〔一六〕：『憶昔三朝侍紫宸〔一七〕，鳴鞘聲送鳳池春〔一八〕。繁華已逐流年逝，潦倒猶甘昔日貧。蓂曆怕看驚換世〔一九〕，椒觴愁舉痛思親〔二〇〕。異鄉節物偏多感，但覺愁添白髮人。』後還林慮〔二一〕。《游黃華》詩：『溪流漱石振蒼崖，林樹號風吼怒雷。為謝山靈幸寬貰，漫郎投劾已歸來。』〔二二〕玠字佩玉〔二三〕，尚書省掾，後歸林慮，教授，髦士皆出其門〔二四〕。盧天錫字子美〔二五〕，臨漳簿，有惠政。康瑭字良輔〔二六〕，沁州節度使，皆林慮人。

金之將亡也，遺老儒碩皆來居相。蒙城田芝〔二七〕、北燕劉驥〔二八〕，永平王磐〔二九〕、古鄭周子維〔三〇〕、武安胡德珪〔三一〕、渾源劉祁〔三二〕、緱山杜瑛〔三三〕、太原高鳴〔三四〕、劉漢臣〔三五〕、燕山尚子明、林慮張允中，洺水徐世英、李仲澤〔三六〕，汴魏獻臣〔三七〕、田仲德〔三八〕、郭謙甫〔三九〕，各以經術教授，相蓋彬彬乎多文學之士矣。（《續相臺志》，見《鄴都佚志輯校注》）

【注釋】

〔一〕相臺：相州（今河南安陽）的别稱，其地有銅雀臺，故名。《相臺詩話》，樂著撰，三卷，原書已佚。元代《續相臺志》列舉金進士題名五十一人：劉彧、常琥、郭輯、李松年、范穀、王闊、李宗尹、王萬鈞、赫㑀、王萬石、鄭元、張天翼、鄭飾、劉可與、赫曄、元起、董膺、元論、道甯、高天禄、張彤、張觀、王辟、王子初、張仲思、劉延賞、尹崇敏、高天祐、張安中、王天章、劉漢賓、馬可臣、溫琰、邵崇、董元、藺元章、盧天錫、薛居中、張正倫、李世隆、朱方、酈復亨、張仲周、房椿、樂著、張敏修、張玠、康瑭、秦鑄、張天翼、張都、梁之棟。隨後介紹樂著其人曰：『樂著字仲和，永和人，為荆王府文學，博辯多識，能為賦。北渡居聊城，嘗以事至都下，諸公聞著至，索詩，著詩曰：「滿院落花春避戶，一窗寒雨夜挑燈。」皆服，後還鄉里，恐鄉哲無聞，乃作《相臺詩話》三卷。今采其可誦說者，著於篇。』據薛瑞兆《金代科舉》，樂著於大安元年（一二〇九）進士及第。《續相臺志》所引《相臺詩話》，當是改編，而非原文。

〔二〕赫㑀：赫㑀有《奠謁祠下題記》傳世，題曰：『安陽赫㑀按劾過此，奠謁祠下。明昌辛亥十月二十有八日題。鄉人主簿夏昭德懋同來。明昌二年十一月十五日立石。忠顯校尉、行鄴縣尉、武騎尉崔宗尹，昭信校尉、行鄴縣主簿、雲騎尉夏昭。』（《孟子林廟歷代石刻集》，劉培桂編，齊魯書社二〇〇五年〇九月第一版）。明昌辛亥為明昌元年（一一九〇），赫㑀或在相州刺史任上。

〔三〕衛邸：衛王邸。

〔四〕曄：赫曄。

〔五〕天翼：張天翼。

〔六〕起：元起。

〔七〕永和：今河南安陽市永和鎮。

〔八〕正倫：張正倫（一一七六—一二四三），字公理，湯陰（今屬河南安陽）人。泰和三年（一二〇三），年二十八登詞賦進士第，官至吏部尚書。生平參元好問《資善大夫吏部尚書張公神道碑》。

〔九〕居中： 薛居中，薛瑞兆《金代科舉》考為泰和三年（一二〇三）進士及第。元好問有《薛明府去思口號七首》、《登封縣令薛侯去思頌》盛讚其政績。《登封縣令薛侯去思頌》曰：『興定二年（一二一八）冬十月二日，詔以王屋令薛侯涖登封。』可知，興定二年之後曾任王屋、登封縣令。

〔一〇〕仲周： 張仲周。

〔一一〕復亨： 酈掖，字復亨，泰和六年（一二〇六）進士。編修： 酈掖曾任國史編修。

〔一二〕權： 酈權。參見《中州集》卷四《酈著作權》。

〔一三〕臨漳： 今河北臨漳。

〔一四〕敏修： 張敏修，大安元年（一二〇九）進士及第。釋褐吉州鄉寧主簿，授登仕郎，正大中，仕為南京漕司判官。天興二年（一二三三），任戶部郎中。

〔一五〕北渡： 指金王朝滅亡。館陶： 今河北館陶。

〔一六〕甲午： 天興三年（一二三四）。

〔一七〕三朝： 指衛紹王、金宣宗、金哀宗三朝。紫宸： 指代朝廷。

〔一八〕鳴鞘： 揮動鞭梢發出的聲響。

〔一九〕蓂曆： 日曆。因蓂莢的更換而知日月，故名。

〔二〇〕椒觴： 盛有椒漿酒的杯子，此處指酒杯。

〔二一〕林慮： 今河南林州。

〔二二〕黃華： 山名，在林慮。漫郎： 散漫之人。唐代元結自稱浪士，入官後，人稱漫郎。投劾： 呈遞彈劾自己的狀文，以主動棄官。

〔二三〕玠：張玠，興定五年（一二二一）進士及第。

〔二四〕髦士：英俊之人。

〔二五〕盧天錫：承安五年（一二〇〇）進士及第。

〔二六〕康瑭：康斌之孫，本遼陽人。其父康得璋仕至京兆府推官，致仕後，愛林慮山水，有終焉之志。康瑭當居於林慮，故《續相臺志》將之視為林慮人。元好問《輔國上將軍京兆府推官康公神道碑》：『瑭，興定五年擢詞賦進士第，官正奉大夫、鈞州刺史，權沁南軍節度使兼懷州招撫使。』

〔二七〕田芝：字信之，蒙城人，號香林先生，貞祐三年（一二一五）進士，仕至鎮南軍節度使。生平參王惲《大元故蒙軒先生田公墓誌銘》。

〔二八〕劉驥：字思齊，通州人。正大四年（一二二七）進士。入元後，仕為中書省掾，終於彰德府學官。生平參王惲《蛻齋劉先生真贊》。

〔二九〕王磐：字文炳（一二〇二—一二九三），永年人，正大四年（一二二七）進士及第，授歸德府錄事判官，入元後，官至翰林學士承旨。《元史》卷一百六十有傳。

〔三〇〕周子維：生平不詳。

〔三一〕胡德珪：原文後有小注：『景崧子。』胡德珪：胡璉，字德珪，武安人，胡景崧長子，胡祗遹之父。正大四年（一二二七）詞賦進士，仕為儒林郎、富平縣主簿。參見胡祗遹《怡軒先生胡德珪墓銘》。

〔三二〕劉祁：字京叔（一二〇三—一二五〇），號神川遁士，渾源人，劉從益之子。著有《歸潛志》。

〔三三〕緱山：緱氏山，在今河南偃師。杜瑛：字文玉（一二〇四—一二七三），霸州信安（今河北霸州市）人。金亡之際，避地河南緱氏山，後遷居彰德。

〔三四〕高鳴：字雄飛（一二〇八—一二七四），岢嵐（今屬山西忻州）人。入元為彰德路總管，歷翰林學士、太常少卿、侍御史、禮部尚書。《元史》卷一百六十有傳。

〔三五〕劉漢臣： 字堂甫，段直曾聘其在廟學任教。 李俊民有《劉漢臣堂甫北歸》、《段正卿西學請劉漢臣疏》。

〔三六〕尚子明、張允中、徐世英： 其人不詳。

〔三七〕汴魏獻臣： 魏獻臣。

〔三八〕田仲德： 田文鼎（一二一一—一二七三），字仲德，蒙城人，田芝之子。金末任武節將軍、西南面元帥府總領，入元後任彰德課稅所經歷、入河東行臺幕。 生平見王惲《大元故蒙軒先生田公墓誌銘》。

〔三九〕郭謙甫： 生平不詳。

錦堂賦詩序〔一〕

李俊民

士大夫詠情性，寫物狀，不託之詩，則託之畫。故詩中有畫，畫中有詩〔二〕，得之心，應之口，可以奪造化、寓高興也。侯之別墅〔三〕，葺一室曰『錦堂』，時時班春往來於此，合親友而燕之。因命畫史以春水、夏雲、秋月、冬松繪之于壁，蓋取陶靖節之句也〔四〕。四時之景叢於目前，滌煩慮，暢幽懷，超然與造物者游，坐上之興溢矣。侯乃語客曰：『今夕之賓樂乎？但恨對景無言，敢請逐題而賦之〔五〕。』客曰：『古人之詩，今人之畫，二者盡矣，言之則贅。然景與時遇，人與景會，不嫌冷淡，可停杯而待。』侯乃口占而首唱之，時壬寅十一月望日序〔六〕。

（《莊靖先生遺集》卷八）

【注釋】

〔一〕錦堂：由澤州侯段直所建，李俊民另有《錦堂上梁文》等。

〔二〕詩有中畫：出自蘇軾《書摩詰〈藍田煙雨圖〉》：『味摩詰之詩，詩中有畫；觀摩詰之畫，畫中有詩。』

〔三〕侯：指段直，字正卿，澤州晉城人，為澤州長官二十餘年，多延納士人，四方士人如李俊民皆歸之。生平見劉因《靜修集》卷十六《澤州長官段公墓碑銘》。

〔四〕陶靖節：陶淵明。《四時》詩曰：『春水滿四澤，夏雲多奇峰。秋月揚明輝，冬嶺秀孤松。』該詩《藝文類聚》卷三引作顧愷之《神情詩》。

〔五〕逐題而賦之：李俊民有《錦堂四景圖》、《錦堂四詠》，皆是逐句而賦的詩歌。

〔六〕壬寅：一二四二年。望日：十五日。

無名老人天游集序〔一〕

李俊民

元陽子一日攜無名老人《天游集》見囑曰〔二〕：『守一自簪冠以來，出入玄門中〔三〕，皆老人引度也，不敢忘其德，今將平日遺稿，命工刊行，使傳於後，庶不負平昔諄諄之意，願題其端，且為老人光華。』

老人姓陶，農家子，平水襄陵人。父珍，母賈氏。初，母夢青童，金盤中獻一大果如瓜，半黄半紅，言上仙賜汝無名果也。因而娠，十三月而生，皇統壬戌十一月十三日也〔四〕。性沉靜寡欲，舉動與群兒異。正隆年間〔五〕，全家避役陝州靈寶縣〔六〕。時年方壯，有勇力，喜談道，雖不讀書，便解義，補縣弓箭手，縣令許子靜與語〔七〕，奇之，時贈以詩，不以常人待也。大定壬辰八月十三日〔八〕，隨丹陽馬祖師過關〔九〕，服勤三年。祖師曰：『此非干汝修行事，汝自修行去。』於是浩然長往，隨方乞化〔一〇〕。與苦志趙公為侶〔一一〕，每歸，一人背坐相倚，不言不笑，人莫能測。凡七年，忽覺體中屈者伸，窒者通，神與氣非故吾也。遊戲人世三十餘年，行步如風，一日，讀《太上西昇經》〔一二〕，豁然有省，謂同行曰：『我今還鄉去也。年前，有韶州岳家沿王氏請住庵，我已許諾，不可食言。』已而王氏果至，迎歸所指處，到庵，索湯沐，浴畢，振衣入靜位〔一三〕，留《辭世頌》，儼然而逝，春秋八十有六，葬于永寧縣西〔一四〕，時正大丁亥三月初七日也〔一五〕，無名之號，以其夢歟！集中詩頌一百八十三，長短句九十一，信手拈得，如萬斛泉源，不擇地而出，皆仙家日用事也。七言有『造化遠離生死外，機關超過有無中』，『古木開花春寂寂，寒潭浸月夜澄澄』，『但言造化都歸妄，畢竟陰陽總屬私』，『千里暮霞烹絳雪，半林明月擣玄霜』，『汞死鉛乾天地靜，龍吟虎嘯鬼神藏』，『有作有為俱妄想，無名無字是真常』，『頤君早悟玄中趣，學我優遊物外修』，五言有『對客談黃卷，呼童烹紫芝』，『性似山猿獨，心如野鶴孤』，『頤神春寂寂，調息夜綿綿』，『俯仰長春景，遨遊不夜鄉』。若此等句，頭頭見道，無一字閑，非煙火食人所能道也。中間舛錯，講師祁定之校正〔一六〕，觀者無憾焉。辛丑年七月望日序〔一七〕。（《莊靖先生遺集》卷八）

【注釋】

〔一〕《天遊集》：據本文，為陶姓道士所著，已佚。李俊民：字用章（一一七六—一二六〇），自號鶴鳴老人，澤州晉城（今屬山西晉城）人。承安五年（一二〇〇）經義狀元，授應奉翰林文字，未幾，棄官，教授鄉里，後隱居嵩山。金亡後，忽必烈召之不出，卒謚莊靖。有《莊靖集》。

〔二〕元陽子：據李俊民《大方集序》：『元陽子紇石烈守一索余序之。』可知，元陽子為紇石烈守一的道號，餘不詳。

〔三〕簪冠：插簪於冠，指做官。玄門：此指全真教。

〔四〕皇統壬戌：皇統二年（一一四二）。

〔五〕正隆：海陵王年號（一一五六—一一六〇）。

〔六〕靈寶：今河南靈寶。

〔七〕許子靜：許安仁，字子靜，獻州交河人。大定七年（一一六七）進士，大定十三年（一一七三），為靈寶縣令。參見《中州集》卷三《許內翰安仁》。

〔八〕大定壬辰：大定十二年（一一七二）。

〔九〕丹陽馬祖師：馬鈺（一一二三—一一八三），全真道祖師，原名從義，字宜甫，入道後更名鈺，字玄寶，號丹陽子，世稱馬丹陽。山東甯海（今山東牟平）人。過關：成功通過修養道業的關口。

〔一〇〕隨方乞化：隨處化緣。

〔一一〕苦志趙公：趙苦志，其人不詳。

〔一二〕《太上西昇經》：即《老子西昇經》，魏晉時期道教經典，主要闡釋《道德經》要義。

〔一三〕靜位：清淨之所。

〔一四〕永寧：今河南洛寧。

〔一五〕正大丁亥：正大四年（一二二七）。

〔一六〕祁定之：其人不詳，與李俊民有所交往。《莊靖集》中有多首贈詩。

〔一七〕辛丑：一二四一年。

變古樂府小序

楊弘道〔一〕

元光、正大間〔二〕，李長源、王飛伯輩〔三〕，競效樂府歌詩〔四〕，沿襲陳爛，殊無意味。近有三篇以舊題為律詩〔五〕，道今日事，前未有如此作者，因欲收拾古樂府盡入此格，俾後之詩人言此格自吾家始，亦詩之一變也。（《小亨集》卷六）

【注釋】

〔一〕《變古樂府》：由三首舊題樂府組成，原詩已佚。楊弘道：字叔能（一一八七—一二七〇），號素庵，淄川（今山東淄博）人。生平見《秋澗集》卷八十七《儒士楊弘道賜號事狀》。有《小亨集》，原為十五卷，久佚，清人從

《永樂大典》中輯成《小亨集》六卷。

〔二〕元光：金宣宗年號（一二二二—一二二三）。正大：金哀宗年號（一二二四—一二三二）。

〔三〕李長源：李汾，參見《中州集》卷十《李講議汾》。王飛伯：王鬱，參見《中州集》卷七《王鬱》。

〔四〕競效樂府歌詩：李汾擬樂府詩現存極少，參見《中州集》卷十。王鬱則較多，參見《中州集》卷七。

〔五〕三篇以舊題為律詩：其詩不詳。

滹南遺老集引

李治

黃鳥止于邱阿〔一〕，流丸止於甌臾〔二〕，群言止於公是。夫言生於人心，心既不同，言亦各異。其在彼也一是非，其在此也一是非。左右佩劍，其誰能正之〔三〕？必有大人者出，獨立當世，吐辭立論，掃流俗之所徇〔四〕，取古今天下之所共與者與諸人，有以塞其口而厭其心，而後呶呶之說息矣〔五〕。自秦火以來〔六〕，漢武帝表章六經，不謂無功于聖人。然諸儒曲學，往往反為所汩，陵遲至於唐〔七〕、宋，人自為說，雖其推明隱奧為多，其間踳駁淆混，詿誤後生〔八〕，蓋亦不少。顧六經且如是，況百家乎？子長，實錄也〔九〕，劉子玄黜其煩〔一〇〕；孟堅，巨筆也〔一一〕，劉貢父刊其誤〔一二〕；子京，俊才也〔一三〕，劉器之病其略〔一四〕。顧史氏且如是，況雜述乎！

然則有人於此，品藻其是非，覼縷其得失〔一五〕，使惑者有所釋，鬱者有所伸，學者有所適從，則其澤天下也，不既厚矣乎！ 今百餘年鴻生碩儒，前後踵相接，考其撰著，訇磕彪炳〔一六〕。今文古文，無代無之。惟於議論之學，殆為闕如。豈其時物文理，相與為汙隆耶〔一七〕？ 其磊落之才，閎大之器，深識英眄〔一八〕，為世欆表者〔一九〕，不常有耶？ 抑亦有其人，遭世多故，不幸而無以振發之也。

滹南先生，學博而要，才大而雅，識明而遠，所謂『雖無文王猶興』者也〔二〇〕。以為傳注，六經之蠹也，以之作《六經辨》；《論》、《孟》，聖賢之志也，以之作《論孟辨》；史所以信萬世，文所以飭治具，詩所以道情性，皆不可後也，各以之為辨。而又辨歷代君臣之事蹟，條分區別，美惡著見，如粉墨然。非夫獨立當世，取古今天下之所共與者與諸人，能然乎哉？ 嗚呼，道之不明也久矣，凡以群言掩之也，故卑者以陷，而高者以行怪；拙者以惛〔二一〕，而巧者以徇欲。傳者如是，受之者又如是，尖纖之逞而浮誕之夸，吾將見天下之人一趨於壞而已耳。如先生之學，誠處之王公之貴，賴以範世填俗〔二二〕，其庶乎道復明於今日也。先生今已矣，後百年千年得一人焉。食先生之餘，廣先生之心，能使斯文之不墜，則雖百年千年吾知其為一日也。欒城李治引〔二三〕。

【校記】

黜其煩： 淡生堂本、《四庫全書》本作『黜其煩』。

無代無之： 《四庫全書》本作『無或無之』，淡生堂等本作『無惑無之』。

【注釋】

〔一〕『黃鳥』句：《詩經·小雅·綿蠻》：『綿蠻黃鳥，止于丘阿。道之云遠，我勞如何。飲之食之，教之誨之。命彼後車，謂之載之。』

〔二〕流丸：滾動的丸。甌臾：坑穴。《荀子·大略》：『語曰：「流丸止於甌臾，流言止於知者。」』

〔三〕左右佩劍：《新唐書·楊嗣復傳》：『覃曰：「論邊事安危，臣不如玨；嫉朋比，玨不如臣。」嗣復曰：「臣聞左右佩劍，彼此相笑，未知覃果謂誰為黨耶？」因當香案頓首曰：「臣位宰相，不能進賢退不肖，以朋黨獲譏，非所以重朝廷。」固乞罷，帝方委以政，故尉安之。』

〔四〕所徇：所曲從。

〔五〕呶呶之說：喋喋不休的說法。

〔六〕秦火：指秦始皇焚書坑儒。

〔七〕陵遲：衰敗，敗壞。

〔八〕踳駁：雜亂。詿誤：貽誤。

〔九〕子長：司馬遷。

〔一〇〕子玄：劉知幾（六六一—七二一），唐史學家。字子玄，彭城（今江蘇徐州）人。所著《史通》，是中國第一部史學評論的專書，對歷代史書及體例的評論尤詳。黜：一本作『點』。其《史通》卷十五《點煩》批評《史記》用語煩瑣之病。

〔一一〕孟堅：班固。

〔一二〕貢父：劉攽（一〇二三—一〇八九），字貢父，號公非，宋臨江新喻（今江西新餘）人，劉敞之弟。生平見《宋史·劉敞傳》後附傳。劉攽著有《公非集》、《彭城集》等。

〔一三〕子京：宋祁（九九八—一〇六一），字子京，開封雍丘人，宋庠弟。生平見《宋史・宋庠傳》附傳。宋祁與歐陽修一起編纂《新唐書》，主要撰寫列傳部分。

〔一四〕劉器之：劉安世（一〇四八—一一二五），字器之，號讀易老人，北宋大名人（今屬河北），學者稱元城先生。著有《盡言集》。《宋史》卷三四五有傳。《元城語錄解》卷下引劉安世語曰：「《新唐書》敍事好簡略其辭，故其事多鬱而不明，此作史之弊也且文章豈有繁簡也。」

〔一五〕覼縷：委曲陳述。

〔一六〕訇磕：巨大的聲響。

〔一七〕汙隆：高下。

〔一八〕英眄：睿智的目光。

〔一九〕標表：表記，表率。

〔二〇〕雖無文王猶興：《孟子・盡心》：「待文王而後興者，凡民也。若夫豪傑之士，雖無文王猶興。」

〔二一〕惛：糊塗。

〔二二〕範世：給世人作模範。填俗：鎮俗，抑制庸俗的世風。

〔二三〕李治：一作李治（一一九二—一二七九），字仁卿，真定欒城人，號敬齋，《元史》卷一百六十有傳。

滹南遺老集引

王鶚

予以剽竊之學，由白衣入翰林〔一〕，當代巨公如趙閑閑、楊禮部、滹南先生〔二〕，皆士林儀表，人莫得見之。而一旦得侍几硯，渾源雷晞顏〔三〕，良鄉王武升〔四〕，河中李欽叔〔五〕，亦稱天下之選，而十年得遇從遊。故予嘗自謂叨取科第，未足為幸，而忝厠英遊之末，茲所以為幸也歟！玉堂東觀〔六〕，側耳高論，日夕獲益實多。然愛予最深，誨予最切，愈久愈親者，滹南先生一人而已。

先生性聰敏，早歲力學，以明經中乙科〔七〕，自應奉文字至為直學士，主文盟幾三十年，出入經傳，手未嘗釋卷。為文不事雕篆，唯求當理，尤不喜四六〔八〕。其主名節，區別是非，古人不貸也〔九〕。壬寅之春〔一〇〕，先生歸自范陽，道順天〔一一〕，為予作數日留，以手書四帙見示，曰：『吾平生頗好議論，嘗所雜著，往往為人竊去〔一二〕，今記憶止此，子其為我去取之。』予再拜，謝不敏。明年春，先生亡矣。越四年，其子恕見予於燕京〔一三〕，予盡以其書付之。又二年，藁城令董君彥明益以所藏〔一四〕，釐為四十五卷，與其丞趙君壽卿倡議募工〔一五〕，將鏤其板以壽其傳，囑為引。予為先生之學之大，本諸天理，質諸人情，不為孤僻崖異之論〔一六〕。如三老〔一七〕、三宥〔一八〕、五誅〔一九〕、七出〔二〇〕之說，前賢不敢訾議，而先生斷之不疑。學者當於孔孟而下求之，不然，殆為不知先生也。先生諱若虛，慵夫其自號云。歲屠維作噩閏月初吉日〔二一〕，後進東明王鶚斂衽書〔二二〕。

【校記】

不敢訾議：原本缺『訾』字，據《四庫全書》本補。

【注釋】

〔一〕剽竊之學：　指科舉考試。王鶚（一一八一—一二七三），字百一，曹州東明人。正大元年（一二二四）狀元及第，授應奉翰林文字，官左右司郎中。入元後，官至翰林學士承旨。著有《汝南遺事》傳世。《元史》卷一百六有傳。

〔二〕趙閑閑：　趙秉文（一一五九—一二三二），號閑閑老人。楊禮部：　楊雲翼（一一七二—一二二八），字之美，章宗明昌五年（一一九四）考中經義進士第一名，曾任禮部尚書。滹南先生：　王若虛，號滹南遺老。

〔三〕雷晞顔：　雷淵（一一八四—一二三一），字希顔，一字季默，應州渾源（今山西渾源）人。至寧元年（一二一三）進士及第。《中州集》卷六、《金史》卷一百一十有傳。

〔四〕良鄉：　今北京房山區良鄉。王武升：　其人不詳。

〔五〕李欽叔：　李獻能（一一九二—一二三二），字欽叔，河中人。辭賦進士，仕為右司郎中。金末死於内亂。《中州集》卷六、《金史》卷一百二十六有傳。

〔六〕玉堂：　翰林院。東觀：　東漢藏書之地，後指代藏書機構。

〔七〕明經中乙科：　王若虛於承安二年（一一九七）經義進士及第。

〔八〕不喜四六：　《滹南遺老集》卷三十七：『四六，文章之病也。而近世以來，制誥、表章率皆用之，君臣上下之相告語，欲其誠意交孚，而駢儷浮辭，不啻如俳優之鄙，無乃失體耶？　後有明王賢大臣一禁絕之，亦千古之快也。』

〔九〕不貸：　不寬免。

〔一〇〕壬寅：　蒙古乃馬真后元年（一二四二）。

〔一一〕范陽：　今河北涿州。順天：　今河北保定。

〔一二〕為人竊去：劉祁《歸潛志》（一二三五年成書）卷九徵引王若虛的一些言論，可以證明《滹南遺老集》在刊行之前就有部分內容流傳於世。

〔一三〕子恕：元好問《內翰王公墓表》：『娶某郡趙氏，封太原郡夫人。子男一人，即恕也。』《中州集》卷六：『子恕，字寬夫。』

〔一四〕董君彥明：董文炳（一二一七—一二七八），字彥明，藁城萬戶董俊長子，董文用之兄，《元史》卷一百五十六有傳。

〔一五〕趙君壽卿：趙椿齡（一二一八—一二九〇），字壽卿，藁城縣令趙迪之子。仕至荊湖北道宣慰使。生平見姚遂《牧庵集》卷二十八《中奉大夫荊湖北道宣慰使趙公墓誌銘》。

〔一六〕崖異：乖異，不合常理。

〔一七〕三老：《禮記·文王世子》：『天子視學，大昕鼓徵，所以警眾也。眾至，然後天子至。乃命有司行事，興秩節，祭先師、先聖焉。有司卒事反命，始之養也。適東序，釋奠於先老，遂設三老、五更群老之席位焉。』漢代鄭玄以來，對『三老』有多種解釋，王若虛予以反駁，見《滹南遺老集》卷二。

〔一八〕三宥：《禮記·王制》：『王三又，然後制刑。』鄭玄《注》：『又，當作「宥」。宥，寬也。一宥曰不識，再宥曰過失，三宥曰遺忘。』王若虛予以反駁，見《滹南遺老集》卷二。

〔一九〕五誅：《荀子·宥坐》：『孔子為魯攝相，朝七日而誅少正卯。門人進問曰：「夫少正卯，魯之聞人也。夫子為政而始誅之，得無失乎？」孔子曰：「居，吾語汝其故，人有惡者五，而盜竊不與焉。一曰心達而險，二曰行辟而堅，三曰言偽而辯，四曰記醜而博，五曰順非而澤。此五者有一於人，則不得免于君子之誅，而少正卯兼有之，故居處足以聚徒成群，言談足以飾邪營眾，强足以反是獨立，此小人之桀雄也，不可不誅也。」』《滹南遺老集》卷二對此予以反駁。

〔二〇〕七出：《孔子家語》所載孔子之語：『婦有七出三不去』。七出指不順父母者、無子者、淫僻者、嫉妒者、惡疾者、多口舌者、竊盜者。王若虛認為七出非孔子之意。見《滹南遺老集》卷二。

〔二一〕屠維：天干中『己』之別稱，作噩，地支中『酉』之別稱。屠維作噩，即己酉年，蒙古海迷失后元年（一二四九）。閏月：閏二月。初吉日：初一。

〔二二〕王鶚（一一九〇—一二七三）：字百一，東明（今山東東明）人。正大元年（一二二四）狀元，授翰林應奉，遷尚書省郎中，金亡後，居保定十餘年，徙大都，任翰林學士承旨。

重刊李長吉詩集序

趙衍〔一〕

龍山先生為文章〔二〕，法六經，尚奇語，詩極精深，體備諸家，尤長於賀。渾源劉京叔為《龍山小集》敘云〔三〕：『《古漆井》、《苦夜長》等詩〔四〕，雷翰林希顏、麻徵君知幾諸公稱之〔五〕，以為全類李長吉。』亂後隱居海上〔六〕，教授郡侯諸子，卑士先與余讀賀詩〔七〕，雖歷歷上口，于義理未曉，又從而開省之〔八〕，然恨不能盡其傳。及龍山入燕，吾友孫伯成從之學〔九〕。余繼起海上，朝夕侍側，垂十五年，詩之道頗得聞之。嘗云：『五言之興，始於漢而盛於魏；雜體之變，漸於晉而極於唐。窮天地之大，竭萬物之富，幽之為鬼神，明之為日月，通天下之情，盡天下之變，悉歸於吟詠之微。逮李長吉一出，會古今奇語而臣妾之〔一〇〕，如「千歲石床啼鬼工」、「雄雞一聲天下白」之句〔一一〕，詩家比之「載鬼一車」、「日中見斗」〔一二〕；「洞庭明月一千里，涼風雁啼天在水」〔一三〕，過《楚辭》遠甚。』」又云：『賀之樂府，觀其情狀，若乾坤開闔，萬彙濈濈〔一四〕，神其變也，欲駭人耶。韓吏部『一言為天下法』，悉力稱賀〔一五〕；杜牧又詩之雄也，極所推讓，前序已詳矣〔一六〕。人雖欲為賀，莫敢企之者，蓋知之猶難，行之愈難也。至有博洽書傳〔一七〕，而賀集不一過目，為可惜也。』

雙溪中書君〔一八〕，詩鳴於世，得賀最深，嘗與龍山論詩及賀，出所藏舊本，乃司馬溫公物也〔一九〕，然亦不無少異，龍山因之校定，且曰：『喜賀者尚少，況其作者耶？』意欲刊行，以廣其傳，冀有知之者。會病不起，余與伯成緒其志而為之。此書行，學賀者多矣，未必不發自吾龍山也。丙辰秋日〔二〇〕，碭石趙衍題。

【注釋】

〔一〕趙衍：號西巖，碭石（漢西域國名，都城在今新疆喀什）人。從呂鯤學詩，詩宗李賀。王惲有《西巖趙君文集序》。

〔二〕龍山先生：呂鯤，與耶律鑄、趙著等人交往，有《雙溪小稿序》傳世。

〔三〕劉京叔：劉祁。《龍山小集》：呂鯤詩集，已佚。劉祁所作序，已佚。

〔四〕《古漆井》、《苦夜長》：二詩已佚。

〔五〕雷翰林希顏：雷淵，參見《中州集》卷六《雷御史淵》。麻徵君知幾：麻九疇，參見參見《中州集》卷六《麻徵君知幾》。

〔六〕海上：或是龍山，龍山在今遼寧建昌境內，近海，故云。
〔七〕卑：同『俾』，使。
〔八〕開省：開導啟發，讓人理解。
〔九〕孫伯成：其人不詳。
〔一〇〕臣妾之：以之為臣妾。
〔一一〕『千歲石床』句：出自李賀《羅浮山人與葛篇》。『雄雞一聲』句：出自李賀《致酒行》。
〔一二〕詩家：或是泛指。載鬼一車：語出《易·睽·上九》：『見豕負塗，載鬼一車。』李賀詩多寫鬼，故云。日中見斗：中午見到北斗，語出《易·豐·六二》，形容荒誕不經。
〔一三〕『洞庭明月』二句：出自李賀《帝子歌》。
〔一四〕濈濈：水流聚集的樣子。
〔一五〕韓吏部：韓愈。一言為天下法：出自蘇軾《韓文公廟碑》：『匹夫而為百世師，一言而為天下法。』悉力稱賀：《新唐書·李賀傳》：『（賀）七歲能辭章，韓愈、皇甫湜始聞未信，過其家，使賀賦詩，援筆輒就如素構，自目曰《高軒過》。二人大驚。自是有名。』
〔一六〕『杜牧』三句：杜牧《李賀集序》，對李賀詩『雲煙綿聯』、『虛荒誕幻』的文辭意象深加讚賞，以為『蓋《騷》之苗裔，理雖不及，辭或過之』。
〔一七〕書傳：泛指經史典籍。
〔一八〕雙溪中書君：耶律鑄。
〔一九〕司馬溫公：司馬光。
〔二〇〕丙辰：蒙古憲宗六年（一二五六）。

元遺山詩集引

段成己〔一〕

余亡友曹君益甫嘗謂予曰〔二〕：『昔與元遺山為東曹同舍郎〔三〕，雖在艱危警急之際，未嘗一日不言詩。迨今垂三十年，其所與論辨，歷歷猶可復。北渡而後〔四〕，詩學日興，而遺山之名日重。世之留意於詩者，雖知師宗之，至其妙處，人未必盡知之也。自僑居平陽時〔五〕，為諸生舉似其一二〔六〕，然以未見其全，為學者惜。間遣人即其家，盡得所有律詩，凡千二百八十首。又續采所遺落八十二首，將刻梓以傳，以膏潤後學。』未及，而益甫沒〔七〕。於後四年，子輗繼成父志〔八〕，同門下客楊天翼〔九〕，命工卒其事。俶落於至元戊辰之秋〔一〇〕，迨庚午夏〔一一〕，首尾歷六十五旬有五日。工既訖功，二子來謁，求序其事。踏吾門而請者六七至〔一二〕，無倦色而意益勤。余以為詩非待序而傳者也，若其刻詩之大略，不可以不言焉，姑摭實以題其端云〔一三〕。稷亭段成己引〔一四〕。

【注釋】

〔一〕段成己：字誠之（一一九〇—一二七九），號菊軒，本貫河東，世居絳州稷山（今山西稷山）與其兄段克己並稱『二妙』。金正大七年（一二三〇）進士，仕為宜陽主簿。

〔二〕曹君益甫：曹之謙，字益甫，號兑齋，雲中應州（今山西應縣）人。金興定二年（一二一八）進士，官尚書省左司都事，為河汾諸老之一。

〔三〕東曹同舍郎：指尚書省掾。同居一舍的郎官，後亦泛指僚友。正大末年元好問、曹之謙同任尚書省掾。

〔四〕北渡：指天興二年（一二三四）五月，金亡，元好問等人北渡黃河之事。

〔五〕平陽：今山西臨汾。曹之謙金亡後長期客居平陽。

〔六〕舉似：展示，指點。

〔七〕益甫沒：曹之謙卒於至元元年（一二六四）。

〔八〕子輗：曹輗，生平不詳。

〔九〕楊天翼：生平不詳。

〔一〇〕俶落：開始。至元戊辰：至元五年（一二六八）。

〔一一〕庚午：至元七年（一二七〇）。

〔一二〕躋：小步走路。

〔一三〕摭實：摘取事實。

〔一四〕稷亭：在稷神山下，此處指代稷山。

元遺山詩集序

李　治

唐開、天間，李邕、李白皆以文章鳴世〔一〕。邕之所至，阡陌聚觀，以為異人，衣冠尋訪，門巷填溢〔二〕；白則王公趨風，列嶽結軌，群賢翕習，如鳥歸鳳〔三〕。是豈懸市相誇、沽聲索價而後得之哉！要必有以漸漬其骨髓，動盪其血氣，藻𤌤其襟靈，故天下之人爲之咨嗟淫液〔四〕，鼓舞踴躍，景附響合，而不能自已也。吾友元君遺山，其二李後身乎？始齔能詩〔五〕，甫冠時〔六〕，名已大振。尋登進士上第〔七〕。興定、正大中，殆與楊、趙齊驅〔八〕。壬辰北還〔九〕，老手渾成，又脱去前日畦畛矣〔一〇〕。

君嘗言：人品實居才學氣識之上。吾因君言，亦嘗謂天下之事皆有品，繪事、圍棋，技之末也，或一筆之奇，一著之妙，固有終身北面而不能寸進者，彼非志之不篤，習之不專也，直其品不同耳。如君之品，今代幾人？方希刷羽天池〔一一〕，揚光紫微〔一二〕，不幸遘疾而歿〔一三〕。其遺文數百千篇，藏於家，雖有副墨〔一四〕，而洛誦者率不過什得一二〔一五〕，其所謂大全者，曾莫見焉。是以天下之大夫士，歉焉若懷宿負而未之償也〔一六〕。東平嚴侯弟忠傑〔一七〕，有文如《淇澳》〔一八〕，好善如《干旄》〔一九〕，獨能求得其全編，將鋟之梓，且西走書數百里，命余序引。余謂遺山之文之名，有目爭睹，有耳咸聳，庸何序爲？惟君有蓋棺之恨，此其可言者，得以論述之。主上向居藩邸〔二〇〕，挹君盛譽，一見遽以處之太史氏〔二一〕。不數歲，神聖御天〔二二〕，文治蝟興，稽古建官，百度修舉。其於玉堂、東觀、金華、廷閣之選〔二三〕，尤所注意者，曷嘗不設燎以待之〔二四〕，而側席以求之哉〔二五〕？向使遺山不死，則登鑾坡、掌綸誥、稱内相久矣〔二六〕。奈何遇千載而心違，際昌辰而身往〔二七〕！此非君遺恨也邪？尚賴柳如京之賢，有慰韓吏部之志〔二八〕。文工命拙，雖抱憾于九原；人亡書存，足騰芳於百世。顧余樸學〔二九〕，未暇題評，言念舊遊，聊為揚搉云爾〔三〇〕。中統三年陽月，封龍山人李治序〔三一〕。

【注釋】

〔一〕李邕：即李北海（六七八—七四七），字泰和，鄂州江夏（今湖北武漢）人。唐代書法家。其父李善。李邕少年即成名，後召為左拾遺，曾任戶部員外郎、括州刺史、北海太守等職。

〔二〕『邕之所至』五句：《新唐書·李邕傳》曰：『邕蚤有名，重義愛士，久斥外，不與士大夫接，既入朝，人間傳其眉目瓌異，至阡陌聚觀，後生望風內謁，門巷填隘。』

〔三〕『白則王公趨風』四句：李陽冰《草堂集序》：『自三代已來，風騷之後，馳驅屈宋，鞭撻揚馬，千載獨步，唯公一人，故王公趨風，列嶽結軌，群賢翕習，如鳥歸鳳。』列嶽，高山，比喻位高名重者。結軌，軌跡交結，形容車輛絡繹不絕。翕習，翕然。

〔四〕淫液：聲音綿延不絕。

〔五〕始齔：童年。

〔六〕甫冠：剛剛二十歲。

〔七〕登進士上第：元好問於興定五年（一二二一）進士及第。

〔八〕興定：金宣宗年號（一二一七—一二二一）。正大：金哀宗年號（一二二四—一二三一）。楊、趙：楊雲翼、趙秉文。

〔九〕壬辰：天興元年（一二三二）。

〔一〇〕畦畛：常規。

〔一一〕刷羽：禽類以喙整刷羽毛，以便奮飛。

〔一二〕紫微：指帝王宮殿。

〔一三〕遘疾而歿：元好問於蒙古憲宗七年（一二五七）九月，卒於獲鹿寓舍。

〔一四〕副墨：副本，臨摹之本。

〔一五〕洛誦：反復誦讀。

〔一六〕歉焉：歉疚不安。宿負：久欠的債務。

〔一七〕東平嚴侯：指東平嚴實之子嚴忠濟。嚴忠傑：嚴忠濟之弟，餘不詳。

〔一八〕《淇澳》：一作《淇奧》，見《詩經·衛風》。《毛詩序》曰：『美武公之德也。有文章，又能聽其規諫，以禮自防，故能入相于周。』

〔一九〕《干旄》：見《詩經·鄘風》。《毛詩序》曰：『美好善也。衛文公臣子多好善，賢者樂告以善道也。』

〔二〇〕主上：忽必烈。元好問於元憲宗二年（一二五二）與張德輝一同覲見忽必烈，忽必烈尚未即位。藩邸：藩王的宅第。

〔二一〕太史氏：史官。王鶚《元遺山詩集序》亦有此説。

〔二二〕御天：指登帝位。《易·乾》：『大明終始，六位時成，時乘六龍以御天。』

〔二三〕玉堂：翰林院。東觀：東漢宮廷中貯藏檔案、典籍和從事校書、著述的處所。金華：金華殿，指內廷。廷閣：朝廷官署。

〔二四〕設燎：在庭院中設置火炬，以待賢者。《韓詩外傳》卷三：『齊桓公設庭燎，為士之欲造見者。』

〔二五〕側席：謙恭以待賢者。《後漢書·章帝紀》：『朕思遲直士，側席異聞。』李賢注：『側席，謂不正坐，所以待賢良也。』

〔二六〕鑾坡：翰林院。唐德宗時，嘗移學士院於金鑾殿旁的金鑾坡上，後人遂以鑾坡為翰林院的別稱。編誥：皇帝的詔令文告。內相：翰林學士的別稱。

〔二七〕心違：心願沒有達到。昌辰：盛世。

〔二八〕柳如京：柳開，因任如京使，故名。柳開推崇韓愈。

〔二九〕樸學：質樸之學，此處是謙詞。

〔三〇〕揚搉：舉其大概。

〔三一〕中統三年：一二六二年。陽月：十月。封龍山人：李治自號。

元遺山詩集序

王　鶚

正大中，詔翰林院官各舉所知〔一〕。時閑閑先生方握文柄〔二〕，于人材慎許可，首以元子裕之應詔〔三〕。朝議是之，而天下無異辭。蓋子之幼也，已得其先大夫東巖君之指授〔四〕；稍長，博極群書，且多與名士游，故於蚤歲嶄然見頭角，肆筆成章，往往膾炙人口。貞祐南遷〔五〕，文譽日崇，作書自名一家。其于古調樂府為尤長，不惟可以進配古人，而一時學者，罕見其匹，士林英彥，不謀而同，目之曰『元子』，尊之也。後雖出知劇縣〔六〕，入主都司〔七〕，簿書倥傯之際〔八〕，不廢吟詠。北渡以來〔九〕，放懷詩酒，遊戲翰墨，片言隻字，得者猶以為榮。間作《中州》一集〔一〇〕，旁搜遠引，發揚前輩遺美，其敍事之工，概可見矣。國朝將新一代實錄，附修遼、金二史，而吾子榮膺是選。無何，恩命未下，哀訃遽聞。使雄文巨筆，不得馳騁於數千百年之間。吁，可悲夫！東平嚴侯弟忠傑〔一一〕，富貴而好禮者也。即其家購求遺稿，捐金鳩匠，刻梓以壽其傳，屬余為引。余與子同庚甲〔一二〕，又同在史館者三歷春秋〔一三〕。義深契厚，固不當辭。然仁卿大手，已序於前〔一四〕，顧余荒謬，安敢贅長語於其旁？感念疇昔，姑以平日親所聞見，與夫同志之所常談者，書諸卷末云。歲昭陽大淵獻秋七月己丑〔一五〕，慎獨老人曹南王鶚識〔一六〕。

【注釋】

〔一〕翰林院：王鶚正大元年（一二二四）狀元及第，即授翰林應奉。

〔二〕閑閑先生：趙秉文。正大元年，趙秉文任翰林學士同修國史。

〔三〕元子裕之：元好問。

〔四〕先大夫東巖君：元好問父親元德明，號東巖。參見《中州集》卷十《先大夫詩》。

〔五〕貞祐南遷：指貞祐二年（一二一四）金王朝遷都汴京之事。

〔六〕出知劇縣：元好問先後擔任鎮平、內鄉、南陽縣令。

〔七〕入主都司：元好問於天興元年（一二三二），任尚書省掾、左司都事。

〔八〕簿書：官署中的文書簿冊。倥偬：繁忙迫促。

〔九〕北渡：指金亡後，元好問北渡黃河之事。

〔一〇〕《中州》一集：指《中州集》。

〔一一〕東平嚴侯：指東平嚴實之子嚴忠濟。嚴忠傑：嚴忠濟之弟，餘不詳。

〔一二〕同庚甲：同歲。元好問與王鶚都生於明昌元年（一一九〇）。庚甲：舊時星命術士把人出生的年、月、日、時用干支配合成八字來表示，據以推算命運，謂之庚甲。

〔一三〕三歷春秋：疑是虛詞。元好問於正大元年（一二二四）進入史館，次年夏即辭去史館職務。

〔一四〕仁卿：李治。大手：大手筆。李治所撰《元遺山詩集序》，見上文。

〔一五〕歲昭陽大淵獻：即癸亥年（一二六四）。昭陽：《爾雅·釋天》：『（太歲）在癸曰昭陽。』大淵獻：《爾雅·釋天》：『（太歲）在亥曰大淵獻。』

〔一六〕慎獨老人：王鶚別號。曹南：曹州，東明是其所屬之縣。

元遺山詩集序

杜仁傑〔一〕

自有書契以來〔二〕，以文字名世得其全者，幾人耳。六經諸子在所勿論。姑以兩漢而下至六朝，及隋、唐、前宋諸人論之，上下數千載間，何物不品題過？何事不論量了？大都幾許不重複？文字凡經幾手，左撏右扯，橫安豎置，搓揉亦熟爛盡矣！惟其不相蹈襲、自成一家者為得耳。噫！後之秉筆者，亦訒乎其為言哉〔三〕！

今觀遺山文集，又別是一副天生爐鞴〔四〕，比古人轉身處更覺省力。不使奇字，新之又新；不用晦事，深之又深；但見其巧，不見其拙；但見其易，不見其難。如梓匠輪輿〔五〕，各輪技能，可謂極天下之工；如肥濃甘脆，疊為飣餖〔六〕，可謂併天下之味。從此家跳出，便知籍、湜之汗流者多矣〔七〕。必欲努力追配，當復積學數世，然後再議。曩在河南時，辛敬之先生嘗為余言〔八〕：『吾讀元子詩，正如佛說法云：「吾言如蜜，中邊皆甜。」〔九〕』此論頗近之矣。雖倡優駔儈、牛童馬走聞之〔一〇〕，莫不以為此皆吾心上言也。若夫文之所以為文，亦安用艱辛奇澀為哉？敢以東坡之後，請元子繼，其可乎？不識今之作者，以為如何？或者曰：『五百年後，當有揚子雲復出。子何必喋喋乃爾？』濟南杜仁傑善甫序。

【注釋】

〔一〕杜仁傑：字仲梁，號止軒。先名之元，先號善夫，晚號散人。濟南長清（今山東長清）人。長於詞賦，擅名齊魯間。金末，仁傑曾從元好問等人游，金亡返歸故里，客食嚴門，後入東平嚴實幕。

〔二〕書契：文字。

〔三〕訒：出言緩慢謹慎。

〔四〕爐鞴：火爐鼓風的皮囊。亦借指熔爐。

〔五〕梓匠：木工。輪輿：制車輪和木箱的人。泛指有手藝的人。

〔六〕飣餖：將食品堆疊在盤中。

可望。』

〔七〕籍、湜：張籍、皇甫湜。二人追隨韓愈。蘇軾《潮州韓文公廟碑》：『汗流湜籍走且僵，滅沒倒景不可望。』

〔八〕辛敬之先生：辛愿，參見《中州集》卷十《溪老詩老辛愿》。

〔九〕『吾言』二句：出自《四十二章經》卷一：『佛言：人為道，猶若食蜜，中邊皆甜。吾經亦爾。』

〔一〇〕駔儈：馬匹交易的經紀人，後泛指經紀人、市儈。牛童：牧童。馬走：僕役。

卷八　歸潛志

歸潛志（節選）

《歸潛志》為金末劉祁（一二〇三—一二五〇）所撰。劉祁字京叔，號神川遯士，應州渾源（今山西渾源）人。出身名門望族，曾祖撝，字仲謙，天會元年（一一二三）詞賦狀元。祖父劉汲字伯深，號西巖。天德三年（一一五一）進士。父劉從益字雲卿，大安元年（一二〇九）進士，歷仕葉縣令、翰林應奉、監察御史等官職。劉祁少從父祖游，為太學生時，甚有文名。但屢試不第，金亡後，復出就試得中，選充山西東路考試官，入徵南行臺拈合幕，七年後去世。工於詩文，有《神川遯士集》，不傳。劉祁在壬辰（一二三二）北還，以『歸潛』稱書室。《歸潛志》十四卷，作於金亡第二年（一二三五），全書以紀人為主。卷一至卷六為金代人物傳記，為一百二十五人作傳，其中能詩文者占大多數。這些人物傳記重點是評詩論文，明顯具有詩話性質。卷七至卷十雜記遺事，多是金末政壇、文壇軼事，其中有作者對金代詩、文的評論。卷十一至卷十四為雜說，以金末史事為多，也有少量談詩論文的內容，卷十三至卷十四還載入劉祁的一些詩文。此書有《知不足齋叢書》本、《武英殿聚珍版書》本，中華書局一九八三年崔文印點校本。本書採用崔文印點校本。原書無條目，為便於閱讀，特拟加條目名稱。

海陵庶人

金海陵庶人讀書有文才〔一〕，為藩王時，嘗書人扇云：『大柄若在手，清風滿天下。』〔二〕人知其有大志。正隆南征，至維揚〔三〕，望江左賦詩云：『屯兵百萬西湖上，立馬吳山第一峰。』〔四〕其意氣亦不淺。

【注釋】

〔一〕海陵庶人：完顏亮（一一二二—一一六一），皇統九年（一一四九）弒金熙宗自立，正隆元年（一一六一）六月伐宋，十一月在揚州被部下所殺。金世宗將之降為海陵郡王、海陵庶人。

〔二〕『大柄若在手』二句：原詩已佚。

〔三〕維揚：揚州。

〔四〕屯兵百萬西湖上：岳珂《桯史》卷八引此詩，尚有前兩句：『萬里車書盍混同，江南豈有別疆封。』後人將此詩題為《南征至維揚望江左》或《題西湖圖》。

章宗

章宗天資聰悟〔一〕，詩詞多有可稱者。《宮中》絕句云：『五雲金碧拱朝霞，樓閣崢嶸帝子家。三十六宮廉盡捲，東風無處不揚花。』真帝王詩也。《翰林待制朱瀾侍夜飲》詩云〔二〕：『夜飲何所樂，所樂無喧嘩。三杯淡醽醁〔三〕，一曲冷琵琶。坐久香成穗，夜深燈欲花。陶陶復陶陶，醉鄉豈有涯？』《聚骨扇》詞云〔四〕：『幾股湘江龍骨瘦，巧樣翻騰，疊作湘波皺。金縷小鈿花草鬬，翠條更結同心扣。　金殿日長承宴久，招來暫喜清風透。忽聽傳宣須急奏，輕輕褪入香羅袖。』〔五〕又擘橙為軟金杯〔六〕，詞云：『風流紫府郎，痛飲烏紗岸〔七〕。柔軟九回腸，冷怯玻璃碗。　纖纖白玉蔥，分破黃金彈〔八〕。借得洞庭春，飛上桃花面〔九〕。』嘗為《鐵券行》數十韻〔一〇〕，筆力甚雄。又有《送張建致仕歸》〔一一〕、《吊王庭筠下世》〔一二〕詩，具載《飛龍記》中〔一三〕。

【校記】

翠條：《全金元詞》作『翠條』。『金殿』以下《全金元詞》作：『金殿珠簾閒永晝，一握清風，暫喜懷中透。忽聽傳宣須急奏，輕輕褪入香羅袖。』

【注釋】

〔一〕章宗：完顏璟（一一六八—一二〇八），大定二十九年（一一八九）即位，在位二十年。

〔二〕朱瀾：字巨觀，大定二十八年（一一八八）進士，歷官應奉翰林文字、翰林待制。參見《中州集》卷七《朱宮教瀾》。

〔三〕醽醁：酒名。

〔四〕聚骨扇：聚頭扇，摺扇。

〔五〕《全金元詞》收錄此詞，詞牌為《蝶戀花》。

〔六〕軟金杯：將香橼、鮮橙等水果切成兩半，去掉瓤，用皮做成的酒杯。

〔七〕紫府郎：指朝廷官員。烏紗岸：高高的烏紗帽。

〔八〕白玉葱：形容女子的手指。黄金彈：指柳丁。

〔九〕洞庭春：酒名。桃花面：酒讓女子面若桃花。《全金元詞》錄此詞，詞牌為《生查子》。

〔一〇〕《鐵券行》：七言古詩，已佚。元好問《章宗皇帝鐵券行引》：「道陵朝，有以田氏所藏唐賜藩鎮鐵券來上者，上為製七言長詩以破其說，名曰《鐵券行》。」

〔一一〕《送張建致仕歸》：參見《中州集》卷七《蘭泉先生張建》。

〔一二〕《吊王庭筠下世》：參見《中州集》卷三《黄華王先生庭筠》。

〔一三〕《飛龍記》：已佚。

豫王允中

豫王允中，世宗第四子也〔一〕。好文，善歌詩〔二〕，有《樂善老人集》行於世〔三〕。

【注釋】

〔一〕豫王允中：據《金史》卷八五《世宗諸子傳》，世宗第四子為豫王永成。允中是世宗長子（又名永中）。

樂善老人當為完顏永成。

〔二〕好文：《金史》卷八五《世宗諸子傳》：『永成風姿奇偉，博學，善屬文。』

〔三〕《樂善老人集》：完顏永成晚年自號樂善老人。

密國公璹

密國公璹字仲寶，世宗之孫，越王允功之子也〔一〕。幼有俊才，能詩，工書，自號樗軒居士。宣宗南渡，防忌同宗，親王皆有門禁。公以開府儀同三司奉朝請。家居止以講誦、吟詠為樂。時時潛與士大夫唱酬，然不敢彰露。正大間，余入南京，因訪僧仁上人〔二〕，會公至，相見欣然。其舉止談笑真一老儒，殊無驕貴之態。後因造其第，一室蕭然，琴書滿案，諸子環侍無俗談，可謂賢公子矣。乃出其所藏書畫數十軸，皆世間罕見者。後余適陳，送以二詩〔三〕，甚佳。又為予先子集作後序〔四〕。一時文士如雷希顔、元裕之、李長源、王飛伯皆游其門〔五〕。飛伯嘗有詩云：『宣平坊裏榆林巷，便是臨淄公子家。寂寞畫堂豪貴少，時容詞客聽琵琶。』〔六〕蓋實錄也。

……

公平生詩文甚多，晚自刊其詩三百首、樂府一百首，號《如庵小藁》，趙閑閑序之〔七〕，行於世。其佳句有《聞閑閑再起為翰林》云〔八〕：『蓮燭光中久廢吟，一朝超擢睿恩深。四朝耆舊大宗伯，三紀聲名老翰林〔九〕。人道蛟龍得雲雨，我知麋鹿强冠襟。寳巖硿谷西窗夢〔一〇〕，不信秋來不上心。』又，《過胥相墓》云〔一一〕：『亭亭華表立朱門，始信征南宰相尊〔一二〕。下馬讀碑人不識，夷山高處望中原〔一三〕。』甚有唐人遠意。又，絶句：『孟津休道濁於涇〔一四〕，若遇承平也敢清。河朔幾時桑柘底，只談王道不談兵。』不可謂無志者也。

【校記】

立宋門：《中州集》卷五作『映朱門』。

征南：《中州集》卷五作『征西』。

【注釋】

〔一〕『密國公』三句：《金史》卷八五《世宗諸子傳》：『璹本名壽孫，世宗賜名，字仲實，一字子瑜。』參見《中州集》卷三《密國公璹》。

〔二〕南京：今河南開封。仁上人：不詳。劉祁於正大元年（一二二四）、四年（一二二七）、七年（一二三〇）三度入京參加進士考試。王慶生《金代文學家年譜》將劉祁與完顏璹相見時間確定在正大四年。

〔三〕陳：陳州，治在今河南淮陽。劉祁正大末年居淮陽，疑完顏璹送劉祁詩，時在正大七年（一二三〇）。其詩已佚。

〔四〕先子：劉祁父劉從益。參見《中州集》卷六《劉御史從益》。所作後序已佚。

〔五〕雷希顏：雷淵。元裕之：元好問。李長源：李汾。王飛伯：王鬱。

〔六〕宣平坊裏榆林巷：《中州集》卷七録此詩，題作《飲密國公諸子家》。

〔七〕《如庵小藁》：元好問《如庵詩文序》：『公詩五卷，號《如庵小稿》者，汴梁鬻書家有之。』趙閑閑：趙秉文。其序已佚。

〔八〕《聞閑閑再起為翰林》：趙秉文於興定五年（一二二一）三月，因知貢舉被降職，致仕，同年秋起復翰林學士。

〔九〕四朝：指金世宗、金章宗、衛紹王、金宣宗四朝。耆舊：年高望重者。大宗伯：周時春官，掌邦國祭祀、典禮等事，這裏指禮部尚書。三紀：三十六年。趙秉文大定二十五年（一一八五）進士，至興定五年（一二二一），恰好三十六年。

〔一〇〕谽谷：空而深的山谷。

〔一一〕《過胥相墓》：《中州集》卷五錄此詩。胥相：胥鼎（？—一二二五），曾任宰相。參見《中州集》卷九《胥莘公鼎》。

〔一二〕征南：興定元年（一二一七）三月，胥鼎移鎮陝西，兼左副元帥，命統秦、鞏、鳳翔兵伐宋。胥鼎上書反對無效。

〔一三〕夷山：夷門山，在今開封東北。胥鼎墓在夷門山。

〔一四〕孟津：縣名，在今河南孟津。宋時名河清，金時改名孟津，黄河經過其地。

趙學士秉文

趙學士秉文，字周臣，磁州滏陽人〔一〕。少擢第〔二〕，作詩及字畫有名……公幼年詩與書皆法子端〔三〕，後更學太白、東坡，字兼古今諸家學。及晚年，書大進。詩專法唐人，魁然一時文士領袖，壽考康寧爵位，士大夫罕及焉。性疏曠，無機鑿〔四〕。治民鎮靜，不生事。在朝循循無異言。家居未嘗有聲色之娛，夫人卒，不再娶。斷葷肉，麤衣糲食不恤也。酷好學，至老不衰。後兩目頗昏，猶孜孜執卷鈔錄。上至六經解，外至浮屠、莊老、醫藥丹訣，無不究心。其所著有《太玄解》、《老子解》、《南華指要》、《滏水集》、《外集》〔五〕，無慮數十萬言。自號閑閑居士云。

【注釋】

〔一〕趙秉文：參見《中州集》卷三《禮部閑閑趙秉文》、元好問《閑閑公墓銘》。

〔二〕少擢第：趙秉文大定二十五年（一一八五）進士及第，年二十七。

〔三〕子端：王庭筠。參見《中州集》卷三《黃華王先生庭筠》。

〔四〕機鑿：機變狡詐。

〔五〕《太玄解》：疑即《太玄箋贊》，元好問《閑閑公墓銘》作《太玄箋贊》六卷。《老子解》：《千頃堂書目》卷十六著錄為四卷。《南華指要》，或即《閑閑公墓銘》所謂《南華略釋》一卷。《滏水集》：現存二十卷。《外集》，即《滏水外集》，疑為十卷，已佚。

李翰林純甫

李翰林純甫，字之純，宏州襄陰人〔一〕……公幼穎悟異常兒。初為詞賦學，後讀《左氏春秋》，大愛之，遂更為經義學……

公為人聰敏，於學無所不通。少自負其才，謂功名可俯拾，作《矮柏賦》，以諸葛孔明、王景略自期〔二〕。由小官上萬言書〔三〕，援宋為證，甚切。當路者以迂闊見抑，士論惜之。中年，度其道不行，益縱酒自放，無仕進意。得官未嘗成考〔四〕，旋即歸隱。居閑，與禪僧、士子遊，惟以文酒為事，嘯歌袒裼，出禮法外。或飲數月不醒，人有酒見招，不擇貴賤，必往，往輒醉。雖沉醉，亦未嘗廢著書。至於談笑怒駡，燦然皆成文理。天資喜士，後進有一善，極口稱推。一時名士，皆由公顯於世。又與之拍肩爾汝，忘年齒相歡。教育、撫摩，恩若親戚，故士大夫歸附，號為當世龍門。嘗自作《屏山居士傳》，末曰：『雅喜推借後進。』如周嗣明、張穀、李經、王權、雷淵、余先子、宋九嘉皆以兄呼〔五〕。而居士使酒玩，世人忤其意，輒嫚駡之，皆其志趣也。其自贊曰：『軀幹短小而芥視九州，形容寢陋而蟻虱公侯〔六〕。言語蹇吃而連環可解〔七〕，筆劄訛癡而挽回萬牛。寧為時所棄，不為名所囚。是何人也耶？吾所學者，淨名、莊周〔八〕。』晚自類其文，凡論性理及關佛老二家者，號《內稿》，其餘應物文字如碑誌、詩賦，號《外稿》，蓋擬《莊子》內外篇。又解《楞嚴》、《金剛經》、《老子》、《莊子》〔九〕，又有《中庸集解》、《鳴道集解》〔一〇〕，號為『中國心學，西方文教』，數十萬言。嘗曰：『自莊周後，惟王績、元結、鄭厚與吾。〔一一〕』此其所學也。每酒酣歷歷論天下事，或談儒釋異同，雖環而攻之，莫能屈。世豈復有此俊傑人哉！

【校記】

忘年齒相歡：原作『志年齒相歡』，據《四庫全書》本改。

余先子：原作『余先子姓名劉從益』，後五字當是後人闌入，故刪。

【注釋】

〔一〕李純甫：參見《中州集》卷四《屏山李先生純甫》

〔二〕《矮柏賦》：已佚。王景略：王猛（三二五—三七五），字景略，北海郡劇縣（今山東濰坊壽光東南）人，前秦丞相、大將軍，輔佐苻堅掃平群雄，統一北方，被稱作『功蓋諸葛第一人』。

〔三〕小官上萬言書：大安二年（一二一〇），蒙古入侵，李純甫上書論事。

〔四〕未嘗成考：指未任滿一任。

〔五〕余先子：劉祁父親劉從益。周嗣民以下諸人參見《中州集》相關內容。

〔六〕寢陋：醜陋。

〔七〕蹇吃：口吃。

〔八〕淨名：維摩詰居士，維摩詰漢譯即是淨名。

〔九〕解《楞嚴》、《金剛經》、《老子》、《莊子》：四書皆佚。《湛然居士集》卷十三有《楞嚴外解序》、《屏山居士金剛經別解序》。

〔一〇〕《中庸集解》：已佚。《鳴道集解》：當是《鳴道集說》，五卷，現存。

〔一一〕鄭厚：字景韋（一一〇〇—一一六一），一字敘友，鄭樵從兄，紹興五年（一一三五）進士。先任左從事郎、泉州節度推官、昭信軍節度推官，後改左承高郎，知湘鄉縣。

雷翰林淵

雷翰林淵，字希顏，應州渾源人〔一〕，與余同里閈，且姻家也〔二〕……公博學有雄氣，為文章專法韓昌黎，尤長於敍事。詩雜坡、谷，喜新奇。好收古人書畫、碑刻藏于家，甚富。喜結交，凡當途貴要與布衣名士，無不往來。居京師，賓客踵門，未嘗去舍。後進經公品題以為榮……嘗為文祭高公獻臣〔三〕，其詞高古，一時傳誦。工于尺牘，辭簡而甚文，朋友得之，輒以為珍藏。發書頃刻數十軸，皆得體可愛。在館，與諸同年友制辭〔四〕，皆摘其不及以箴之。如誥商衡平叔云〔五〕：『將迎間有，亦須風節之自持。』誥聶天驥元吉云〔六〕：『讀書大可益人，宜勤講學。』少年賦《松庵》詩曰：『庵中偃臥龍，閱世須髯古。人天共護持，半夜起風雨。』《過華山懷陳希夷》云〔七〕：『五季乾坤半晦冥，先生有意俟澄清。齁齁四十年來睡，開眼東方日已明。』又《梅影》云：『維摩丈室冷于冰，千劫蕭然無盡燈。天女散花愁不寐，夜深高髻影鬅鬙。』人皆傳之。初善李屏山〔八〕，後善馮公叔獻〔九〕，後善高公獻臣〔一〇〕，最後善趙公周臣、陳公正叔〔一一〕。早與余先子交，嘗同鄉校，同太學，後同朝。先子歿，公寄挽詩有云：『鄉校連裾春誦學，上庠同榻夜論心。』〔一二〕

【注釋】

〔一〕雷翰林淵：參見《中州集》卷六《雷御史淵》。

〔二〕里閈：里門，指代鄉里。姻家：劉祁曾祖劉撝娶雷氏，雷氏為雷思之女，雷淵之姐。

〔三〕高公獻臣：高廷玉，參見《中州集》卷五《高治中廷玉》。雷淵所作祭文，已佚。

〔四〕在館：指在翰林院。同年友：同一年進士及第者。

〔五〕商衡：字平叔，曹州人。崇慶二年（一二一三）進士，累遷監察御史，後為敵兵所獲，引刀自刎。參見《金史》卷一二四《忠義傳》。

〔六〕聶天驥：字元吉，五臺人，崇慶二年（一二一三）進士，累官右司員外郎，崔立變，被創而死。參見元好問《聶元吉墓誌銘》。

〔七〕陳希夷：陳摶（八七一—九八九），字圖南，號扶搖子，賜號希夷先生。亳州真源縣（今河南鹿邑縣）人，五代宋初著名道教學者、隱士。後人稱其為『陳摶老祖』、『睡仙』、希夷祖師等。曾隱居於華山雲臺觀，多著述。

〔八〕李屏山：李純甫。

〔九〕馮公叔獻：馮璧。

〔一〇〕高公獻臣：高廷玉。

〔一一〕趙公周臣：趙秉文。陳公正叔：陳規。

〔一二〕連裾：連袂。上庠：太學。所引詩句見《中州集》卷六《劉御史雲卿挽詞二首》之二。

宋翰林九嘉

宋翰林九嘉，字飛卿，夏津人〔一〕。少遊太學，有詞賦聲。從屏山遊，讀書、為文有奇氣，與雷希顏、李天英相埒也〔二〕……飛卿為人剛直，豪邁不群，能政能文，甚為時望所屬，不幸中以病廢。哀哉！初，召至南京時，屏山亦在，予每從之遊〔三〕，亂後予居八仙館〔四〕，與飛卿相邇，日相見屬和，其詩猶在予橐中。少時《題太白泛月圖》云：『江心月影盡一掬，船頭杯酒盡一吸。夜深風露點宮袍，天地之間一李白。』可想見其意氣也。文辭簡古，法宋祁《新唐書》，惜乎為吏事所奪，不多著。性不喜佛，雖從屏山游，常與爭辯。在關中時，因楊煥然赴舉〔五〕，書與屏山薦之曰：『煥然，佳士，往見吾兄，慎無以佛老乃嫚之也。』屏山持之示交遊，以為笑。其後西行，予以序送之〔六〕，備論其守道不回，今茲云亡，豈復見此挺特之士乎！（以上《歸潛志》卷一）

【注釋】

〔一〕宋翰林九嘉：參見《中州集》卷六《宋翰林九嘉》。

〔二〕雷希顏：雷淵。李天英：李經。相埒：相當。

〔三〕南京：今河南開封。

〔四〕亂後：指金亡。八仙館：在汴京萬歲山之東。劉祁於天興二年四月崔立降城之後，居八仙館，五月北渡。

〔五〕在關中時：宋九嘉曾任藍田、高陵、扶風、三水四縣縣令。楊煥然：楊奐，參見元好問《贈答楊煥然》。

〔六〕其後西行：正大元年（一二二四），宋九嘉辭職離京，後被延安帥府辟為經歷官。劉祁所送之序，已佚。

李經天英

李經天英，錦州人〔一〕。少有異才。入太學肄業〔二〕，屏山見其詩曰：『真今世太白也。』盛稱諸公間，由是名大震。字畫亦絕人。再舉不第，拂衣歸〔三〕。南渡後，其鄉帥有表至朝廷，士大夫識之，曰：『此天英筆也。』朝議以武功就命倅其州，後不知所終。天英為詩刻苦，喜出奇語，不蹈襲前人，妙處人莫能及。號無塵道人。《題太真圖》云〔四〕：『君前欲拜還未拜，花枝無力東風羞。』又《夜雨》云：『燈火萬家夜，蕭蕭簾下聲。』《晚望》云：『夕陽萬里眼，人立秋黃中。』《夜起》云：『夜半不得月，河漢空星辰。』又《步雲意》云：『一片崑崙心，夕陽小煙樹。』又四言云：『老峰蹙雲，壁立挽秀。林陰灑雨，蒼蒼玉鬪。虛明滿鏡，夜氣成畫。』此其詩體也。

【注釋】

〔一〕李經天英：參見《中州集》卷五《李經》、趙秉文《答李天英書》。

〔二〕入太學肄業：李經於泰和六年（一二〇六）來京應試，不第，入太學。

〔三〕再舉不第：李經於大安元年（一二〇九）再次應試，落第東歸，李純甫、趙秉文等多人以詩送行。

〔四〕太真：楊貴妃。

張瑴伯玉

張瑴伯玉，許州人，伯英運使弟也〔一〕。少有俊才，美丰姿，髯齊於腹。為人豪邁不羈，奇士也。初入太學，有聲。從屏山游，與雷、李諸君及余先子善〔二〕。雅尚氣任俠，不肯下人。再舉不中，遂輟科舉計。居許之郾城〔三〕，有園囿田宅甚豐。日役使諸姪治生事，而已則以詩酒自放，偃然為西州豪俠魁。邑令過使，皆下之。喜稱人善，交遊有患難，極力挈扶。俗子少不愜意，輒嫚罵。年四十餘不娶，有一妾，因小過以鐵簡殺之。嘗衣紫綺裘，半醉坐堂上，人望之如神。迨酒酣興發，引紙落筆，往往有天仙語。後病腦疽死〔四〕，年未五十。麻九疇知幾為文以祭〔五〕，辯其為人大略。少時與屏山飲燕市，有詩云：『日日飲燕市，人人識張鬍〔六〕。西山晚來好，飲酒不下驢。』又云：『昨日上高樓，西山翡翠堆。今日上高樓，西山如死灰。想見屏山老，療饑西山隈。餐盡西山色，高樓空崔嵬。』〔七〕又賦《古鏡》云：『軒姿古鏡黑如漆，錦華鱗皴秋雨濕。』〔八〕人以為不減李長吉云。

【校記】

餐盡：《中州集》卷四《為蟬解嘲》引作『餐却』。

【注釋】

〔一〕張轂伯玉：參見《中州集》卷八《張轉運轂》。伯英運使：張轂，字伯英，大定二十八年（一一八八）進士，仕至河南路轉運使。

〔二〕雷、李：雷淵、李純甫。余先子：劉從益。

〔三〕許之郾城：許州郾城（今河南郾城）。

〔四〕腦疽：生於腦後項部的有頭疽。

〔五〕麻九疇知幾：參見《中州集》卷九《麻徵君九疇》。所撰祭文已佚。

〔六〕張鬍：張轂綽號，因『鬍齊於腹』而得名。

〔七〕昨日上高樓：《中州集》卷四李純甫《為蟬解嘲》詩中注引此詩，曰：『張有《登樓詩》云云。』

〔八〕賦《古鏡》：原詩已佚。鱗皴：像鱗片般的皺皮或裂痕。

周嗣明晦之

周嗣明晦之，真定人〔一〕。叔昂德卿〔二〕，名士，文章氣勢一時流輩推之。屏山最愛之，嘗曰：『若德卿操履端重，學問淳深，真韓、歐輩人也。』晦之為人有學，長於議論，自號放翁。屏山嘗與作《真贊》〔三〕，與雷、宋、張、李輩頡頏〔四〕。同余先子擢第後〔五〕，從其叔北征，在軍中。軍敗，父子俱縊死。屏山《贅談》，晦之序也。屏山《送李天英》詩云：『髯張元是人中龍〔六〕，喜如俊鶻盤秋空。怒如怪獸拔枯松〔七〕。更著短周時緩頰，智囊無底眼如月。斫頭不屈面如鐵，一說未終復一說。勍敵相阨已錚錚，二豪同運又連衡。屏山直欲樹降旌，那得人間有阿英。阿英魁奇天下士，筆頭風雨三千字。醉倒謫仙元不死，時借奇兵攻二子〔八〕。』可想見三人者也。

【校記】

阿英：《中州集》卷四《送李經》作『阿經』。

【注釋】

〔一〕真定：今河北正定。

〔二〕叔昂德卿：周昂，參見《中州集》卷《常山周先生昂》。

〔三〕《真贊》：當是為周嗣明所寫真贊，已佚。

〔四〕雷、宋、張、李：雷淵、宋九嘉、張瑴、李經。

〔五〕同余先子擢第：周嗣明與劉從益於大安元年（一二〇九）進士及第。

〔六〕髯張：張瑴。

〔七〕怒如怪獸拔枯松：該句下有缺誤。《中州集》卷四錄此詩，題作《送李經》，下有『老我不敢嬰其鋒』。

〔八〕時借奇兵攻二子：所引詩歌不完整，全詩見《中州集》卷四《送李經》。

麻九疇知幾

麻九疇知幾，初名文純，易州人〔一〕……知幾為人耿介清苦，雖居貧，不妄干求，卓然以道自守。然性隘狹，交遊少不愜意，輒怒去，蓋處士之剛者也。初，因經義學《易》，後喜邵堯夫《皇極書》〔二〕，因學筭數。又喜卜筮、射覆之術〔三〕，晚更喜醫方，與名醫張子和遊〔四〕，盡傳其學。為文精密巧健，詩尤奇峭，妙處似唐人。嘗作《透光鏡》、《篆韻》詩〔五〕，人爭傳寫。後以避謗、畏時忌，持戒不作詩，益潛心為易學。與張伯玉、宋飛卿、雷希顏、李欽叔及余先子善〔六〕。先子初攝令郾城〔七〕，日與唱酬為友。後知幾試開封〔八〕，先子為御史，監試，而王翰林從之、李翰林之純為有司〔九〕，因相與讀舉子之文，見其有雄麗者，相謂曰：『是必知幾。』因擢為魁。已而果然，士林以得人相賀。晚最為趙閑閑所知，有《送麻徵君序》並《詩》云〔一〇〕。

【注釋】

〔一〕麻九疇：參見《中州集》卷六《麻徵君九疇》。

〔二〕邵堯夫：邵雍。《皇極書》：《皇極經世書》，是一部運用易理和易教推究宇宙起源、自然演化和社會歷史變遷的著作，以河洛、象數之學顯於世，共十二卷六十四篇。

〔三〕射覆：在甌、盂等器具下覆蓋某一物件，讓人猜測裏面的物品。

〔四〕張子和：名從正（一一五六？—一二二八），以字行，睢州考城（今河南蘭考）人，名醫，著有《儒門事親》等。

〔五〕《透光鏡》：《中州集》卷六收錄，題詞作《賦伯玉透光鏡》。《篆韻》：《中州集》卷六《麻徵君九疇》曰：『作詩工於賦物，如《夏英公篆韻》。』並注引其詩。

〔六〕張伯玉：張瑴。宋飛卿：宋九嘉。雷希顔：雷淵。李欽叔：李獻能。

〔七〕先子初攝令郾城：劉從益於貞祐二年（一二一四）攝令郾城。

〔八〕知幾試開封：興定四年（一二二〇），麻九疇參加開封府試。

〔九〕王翰林從之：王若虛。李翰林之純：李純甫。

〔一〇〕趙閑閑：趙秉文。送麻徵君序並詩：《滏水文集》卷十五有《送麻徵君引》，卷五有《送麻徵君知幾》詩。

辛愿敬之

辛愿敬之，河南人〔一〕，自號女几野人，又號溪南詩老。幼嗜書，苦學，坐環堵數年〔二〕，由是六經百家無不通貫。喜作詩，五言尤工，人以為得少陵句法。平生不為科舉計，且未嘗至京師，砉然中州一逸士也〔三〕。為人質古，不嫻世事，麻絛草履，或倚杖讀書，市中人訝之亦不恤。

嘗謂王鬱飛伯曰：『王侯將相，世所共嗜者，聖人有以得之亦不避。得之不以道，與夫居之不能行己之志，是欲澡其身而伏於廁也。此言他人難聞，子宜保之。』此可見其志趣也。貞祐初，先子主長葛簿〔四〕，敬之素不識，聞其名來謁，相得甚歡。及別，厚贈之。歸而買牛，使其子躬耕以自給。居女几山下〔五〕，往來長水、永寧間〔六〕，惟以吟詠講誦為事，朝士大夫願交而不得也。正大中，先子令葉〔七〕，復來遊，後歸洛下，病歿〔八〕。有詩數千首，常在行橐中。其佳句有云：『院靜寬留月，窗虛細度雲。』〔九〕又：『鶯銜晚色啼深樹，燕掠春陰入短牆。』〔一〇〕又：『波搖朗月浮金鏡，嶺隔華星斷玉繩。』〔一一〕又：『箕山潁水春風裏，喚起巢由共一杯。』〔一二〕又：『黃綺暫來為漢友，巢由終不是唐臣。』〔一三〕真處士詩也。

【注釋】

〔一〕辛愿敬之：參見《中州集》卷十《溪南詩老辛愿》。

〔二〕環堵：居室。

〔三〕砉然：超脫流俗貌。

〔四〕先子主長葛簿：劉從益於崇慶元年（一二一二）任長葛（今河南長葛）主簿，至寧元年（一二一四）調任許州。

〔五〕女几山：在福昌縣西南（今河南宜陽境內）。

〔六〕長水、永寧：二縣名，在福昌縣西南。永寧：今河南永寧。

〔七〕先子令葉：劉從益於元光二年至正大二年（一二二三—一二二五）任葉縣（今河南葉縣）令。

〔八〕病殁：元好問《遷然子墓銘》記載與此不同：『敬之則被掠而北，為非類所困折，死于山陽。』

〔九〕院靜寬留月：原詩已佚。

〔一〇〕鶯銜晚色啼深樹：原詩見《中州集》卷十，題作《亂後還三首》（之一）。

〔一一〕波搖朗月浮金鏡：原詩見《中州集》卷十，題作《同趙長水泛舟》。

〔一二〕箕山潁水春風裏：原詩見《中州集》卷十，題作《過嵩山》。

〔一三〕黄綺暫來為漢友：原詩已佚。黄綺：商山四皓中的夏黄公崔廣、綺里季吳實。巢由：巢父、許由。

趙宜禄宜之

趙宜禄宜之，忻州人〔一〕。幼舉童子第。及壯，病目失明，自號愚軒居士。高才能詩，其所讀書，皆自少時不忘。居西山下，止以吟詠為樂，名士無不與游，趙、李諸公甚重之〔二〕。屏山嘗賦愚軒云：『我雖有眼不如無，安得恰似愚軒愚？』〔三〕後病殁，有《愚軒集》〔四〕。其《題嵩陽歸隱圖》云〔五〕：『風煙萬頃一椽茅，丘壑端能傲市朝。』『窈窕雲山三兔穴，飄飄風樹一鳩巢。』〔六〕『本來無取亦無與，只合自漁還自樵。三十六峰俱可隱，願從君後不須招。』《送辛敬之》云：『李白久矣騎長鯨，後五百歲之純生。』〔七〕

【校記】

我雖有眼：《中州集》卷四《趙宜之愚軒》作『屏山有眼』。

【注釋】

〔一〕趙宜祿：又名趙元。參見《中州集》卷五《愚軒居士趙元》。

〔二〕趙、李：趙秉文、李純甫。

〔三〕我雖有眼不如無：原詩見《中州集》卷四《趙宜之愚軒》。

〔四〕《愚軒集》：已佚。

〔五〕《題嵩陽歸隱圖》：原詩已佚，下引詩歌是否是一首詩，存疑。

〔六〕『窈窕』二句：又見《中州集》卷五《書懷》：『窈窕雲山三兔窟，漂搖風樹一鳩巢。』

〔七〕《送辛敬之》：原詩已佚。之純：李純甫。

史學學優

史學學優〔一〕，河南人〔二〕。昆弟三人，兄才長亦知名〔三〕。學優之學，長於史傳、地理。工詩，絕句殊妙。年五十，擢南省魁〔四〕，後中廷策，得主武陽簿，頗有政聲。再辟盧氏令〔五〕，病卒。興定末，與余同試於廷〔六〕，始識之，中夜棘闈談至旦〔七〕。後先子令葉〔八〕，學優復來遊。先子歿，學優寄挽詩〔九〕。未幾，亦下世。有詩數百首，其《七夕》云：『箱牛回馭錦機閑，天上悲歡亦夢間。月夜憑肩人不見，蕭蕭風葉滿驪山。』〔一〇〕又絕句：『石壁城頭夜斬關，軟紅塵底曉催班。道人一笑那知此，門外清溪屋上山。』〔一一〕又，《哭屏山》云〔一二〕：『張侯新作九原人〔一三〕，梁子今為戰血塵〔一四〕。四海交遊零落盡，白頭扶杖哭之純。』

【校記】

武陽：《中州集》卷七《史學》作舞陽（今河南舞陽），是。

憑肩：《中州集》卷七《七夕》作『并肩』。

【注釋】

〔一〕史學：參見《中州集》卷七《史學》。

〔二〕河南人：《中州集》卷七《史學》作『延安人』，當是。其《二蘇墓詩跋》自署『延安史學』。

〔三〕兄才長：《中州集》卷七《史學》曰：『兄才字才長。』

〔四〕擢南省魁：《中州集》卷七《史學》曰：『學優正大中省試第一人。』據《金代文學家年譜》，事在正大元年（一二二四）。

〔五〕盧氏：今河南盧氏縣。

〔六〕興定末：興定五年（一二二一）。

〔七〕棘闈：考場、考試院。

〔八〕先子令葉：劉從益於元光二年至正大二年（一二二三—一二二五）任葉縣（今河南葉縣）令。

〔九〕先子歿：劉從益卒於正大三年（一二二六）五月。史學挽詩，已佚。

〔一〇〕《七夕》：該詩入選《中州集》卷七。箱牛：牽牛星。《詩經·小雅·大東》：『睆彼牽牛，不以服箱。』箱牛句寫牛郎織女分別。

〔一一〕絶句：該詩入選《中州集》卷七，題作《李道人嵩陽歸隱圖》。催班：上朝前的準備。

〔一二〕屏山：李純甫，字之純，號屏山。李氏卒於元光二年（一二二三）。

〔一三〕張侯新作九原人：原注：『伯玉。』張瑴，字伯玉。

〔一四〕梁子今為戰血塵：原注：『仲經父。』梁持勝，字仲經。參見《中州集》卷五《梁太常持勝》。

李獻能欽叔

李獻能欽叔，河中人〔一〕。……欽叔苦學博覽，無不通，尤長於四六。南渡，擢南省魁，復中宏詞〔二〕，遂入翰林，為應奉。……欽叔為人眇小而黑色，頗有髯。善談論，每敷說今古，聲鏗亮可聽。作詩有志于風雅，又刻意樂章。在翰院，應機敏捷，號得體。趙閑閑、李屏山嘗曰〔三〕：『李欽叔，天生今世翰苑材。』故諸公薦之，不令出館。嘗謂人云：『吾幼夢官至五品，壽不至五十。』後竟如其言，異哉！

【注釋】

〔一〕李獻能：參見《中州集》卷六《李右司獻能》。

〔二〕擢南省魁：《金史》卷一百二十六《李獻能傳》：『貞祐三年（一二一五），特賜詞賦進士，廷試第一人，宏詞優等。』

〔三〕趙閑閑：趙秉文。李屏山：李純甫。

冀禹錫京父

冀禹錫京父，惠州龍山人〔一〕。幼聰敏絶倫，年十九，擢大興魁，入太學，有聲。弱冠登高第〔二〕，時雷希顔、宋飛卿皆同榜〔三〕，號為得人。……京父少年作詩，鍛煉甚工，寫畫亦勁健可喜。其贈先子詩有云〔四〕：『忠策萬言憂國獻，好詩千首課兒鈔。』又，哭先子云：『大才自古無高位，吾道何人主後盟。』又：『醉鄉廣大寬留地，仕路崎嶇小作程。』〔五〕《聞誅高琪詔下寄聶元吉》云〔六〕：『開函喜讀故人書，四海窮愁一豁無。見説帝庭新殛鯀，逆知天意欲亡吴。兩宫日月開明詔，萬國衣冠入坦途。莫向新亭共囚泣，中興豈止一夷吾？』散文亦精緻，嘗作余先子哀詞〔七〕，雷丈希顔善之。

【校記】

惠州：《中州集》卷六作『利州』，是。

【注釋】

〔一〕冀禹錫：參見《中州集》卷六《冀都事禹錫》。

〔二〕弱冠登高第：據《中州集》卷六《冀都事禹錫》，冀禹錫於崇慶二年（一二一三）進士及第，時年二十二歲。

〔三〕雷希顔：雷淵。宋飛卿：宋九嘉。

〔四〕先子：劉祁父劉從益。所贈詩已佚。

〔五〕『大才自古』二句與『醉鄉廣大』二句：已佚。

〔六〕高琪：朮虎高琪（？—一二一九），大定二十七年（一一八七）充護衛。大安三年（一二一一）蒙古軍入關，他帥軍入衛中都（今北京），升元帥右都監。貞祐元年（一二一三）因連戰失利，懼為權臣紇石烈執中所殺，乃發動政變，殺執中。詣闕待罪，宣宗赦之，以為左副元帥，拜平章政事，任以國政。四年（一二一六）升尚書右丞相。力勸宣宗伐宋，興定三年（一二一九）為宣宗誅殺。聶元吉：聶天驥，字元吉，五臺人，崇慶二年（一二一三）進士及第，累官右司員外郎，崔立兵變之後，被創而死。生平參元好問《聶元吉墓誌銘》。

〔七〕先子哀詞：劉從益卒於正大三年（一二二六）五月。冀禹錫所作哀詞不傳。

王渥仲澤

王渥仲澤〔一〕，後名仲澤，太原人，家世貴顯。少遊太學，有詞賦聲〔二〕。……性明俊不羈，博學，無所不通。長於談論，使人聽之忘倦。工尺牘，字畫遒美，有晉人風。作詩多有佳句，其《過潁亭》云：『九山西絡煙霞去，一水南吞澗壑流。賓主唱酬空翠琰，干戈橫絕自滄州。』〔三〕又，《贈李道人》云：『簿領沈迷嫌我俗，雲山放浪覺君賢。』又，《潁州西湖》云：

『破除北客三年恨，慚愧西湖五月春。』又，《過龍門》云：『詩成一大笑，浩浩淇波東。』〔四〕

【校記】

過潁亭：原詩入選《中州集》卷六，題作『潁亭』。

【注釋】

〔一〕王渥：參見《中州集》卷六《王右司渥》。

〔二〕少遊太學，有詞賦聲：元好問《四哀詩·王仲澤》：『太學聲華弱冠馳，青雲歧路九霄飛。』

〔三〕翠琰：碑石的美稱。

〔四〕《贈李道人》、《潁州西湖》、《過龍門》：原詩已佚。潁州：今安徽阜陽。

李汾長源

李汾長源〔一〕，先名讓，字敬之，太原人。少游秦中，喜讀史書，覽古今成敗治亂，慨然有功名心。工于詩，專學唐人，其妙處不減太白、崔顥。為人尚氣，跌宕不羈。頗褊躁，觸之輒怒，以是多為人所惡。嘗以書謁行臺胥相國鼎〔二〕，胥未之禮也。長源後投以書，盡發胥過惡，胥大怒，然以其士人，容之。元光間游梁〔三〕，舉進士不中。能詩聲一日動京師，諸公辟為史院書寫。時趙閑閑為翰林，雷希顔、李欽叔皆在院〔四〕，長源不少下之，諸公怒，將逐去，亦不屑，後以病目免歸……平生詩甚多，不自收集，故往往散落。其《再過長安》有云〔五〕：『三輔樓臺失歸燕，上林花木怨啼鵑。空餘一掬傷時淚，暗墮昭陵石馬前。』又，《下第》絕句云：『學劍攻書事兩違，回頭三十四年非。東風萬里衡門下，依舊中原一布衣。』〔六〕又，《記時事》云：『捕得酒泉生口說，衆酋剺面哭單于。』〔七〕《望少室》云：『圭影靜涵秋氣老，劍鋒橫倚斗杓寒。』〔八〕《夏夜》云：『鴉銜暝色投林急，螢曳餘光入草深。』《鸛雀樓》云：『白鳥去邊紅樹少，斷雲横處碧山多。』〔九〕樂府歌行尤雄峭可喜。

【校記】

事兩違：《中州集》卷十作『謾自奇』。

三十四年：作『三十六年』，疑是。中原，作『并州』。

【注釋】

〔一〕李汾：參見《中州集》卷十《李講議汾》。

〔二〕胥相國鼎：胥鼎，貞祐四年（一二一六）拜樞密副使，權尚書左丞，行省於平陽。參見《中州集》卷九《胥莘公鼎》。

〔三〕元光間游梁：李汾於元光二年（一二二三）赴汴梁參加科考。

〔四〕趙閑閑：趙秉文。雷希顏：雷淵。李欽叔：李獻能。

〔五〕《再過長安》：《中州集》卷十《李講議汾》引此詩，未著題。

〔六〕《下第》絕句：入選《中州集》卷十。

〔七〕生口：俘虜。剺面：以刀劃面。古代匈奴、回鶻等族遇大憂大喪，則劃面以表示悲戚。單于：疑指孛兒只斤・鐵木真（成吉思汗）。成吉思汗卒於金正大四年（一二二七）。《記時事》：原詩已佚。

〔八〕《望少室》：原詩已佚。少室：嵩山山峰之一。

〔九〕《夏夜》、《鸛雀樓》：原詩已佚。

李夷子遷

李夷子遷〔一〕，後名僦，字季武，陳郡人。……為文尚奇澀，喜唐人，作詩尤勁壯，多奇語，然不為鄉里所知。貞祐末，先子為陳幕〔二〕，一見喜之，為延譽諸公間。後為麻知幾、雷希顏所重〔三〕，東方後進皆推以為魁。若侯季書、雷伯威、王飛伯、杜仲梁、曹通甫輩皆以兄事〔四〕，與余最深。子遷既死，余嘗為哀詞〔五〕，道其為人之詳。平生詩不甚多，不如意，輒毁去。嘗賦《古鏡》，諸公稱之〔六〕。其詩曰：『盤盤古皇州，夢斷繁華缺。一鞭春事忙，耕出壟頭月。土蝕背花暗，蹄涔駭龍蹲〔七〕。須髯殆欲張，不敢著手捫。星環紫極位，劍外十三字。細看清用文，其篆文云為清日用。溟漠君墓誌〔八〕。壽堂鎖菱花，引得阿紫家。榛煙夕霏時，幾照拂雙鴉。神物汙雖久，一日落吾手。壽光閲人多，嘗有此客不？呵呵吾戲云，雅志踵先民。鏡裏春風面，泉下今日塵。九原不可作，哲弟師有若。摩挲一面銅，便有親炙樂。』又，《吊張伯玉》云〔九〕：『匣内青蛇亦悲吼，竟憑誰識抉雲材。』又，《贈赤腿王》云〔一〇〕：『石鼎夜聯詩句

健，布囊春醉酒錢麤。』〔一一〕（以上《歸潛志》卷二）

【校記】

繁華缺：《中州集》卷七《李夷》作『繁華歇』。

殆欲张：《中州集》卷七作『怒欲张』。

不敢著于捫：《中州集》卷七作『縮手不敢捫』。

【注釋】

〔一〕李夷：參見《中州集》卷七《李夷》。

〔二〕先子為陳幕：劉從益於貞祐四年（一二一六）任陳州防禦判官。

〔三〕麻知幾：麻九疇。雷希顔：雷淵。

〔四〕侯季書：侯冊，參見《中州集》卷七《侯冊》。雷伯威：雷琯，參見《中州集》卷七《雷琯》。王飛伯：王鬱，參見《中州集》卷七《王鬱》。杜仲梁：杜仁傑，見《元遺山詩集序》注〔一〕。曹通甫：曹居一，字通甫，一字聽翁，號南湖散人，太原人。金末進士，入元仕為行臺員外郎。元好問有《送曹吉甫兼及通甫》詩。

〔五〕余嘗為哀詞：已佚。

〔六〕《古鏡》：《中州集》卷七《李夷》亦引此詩。

〔七〕蹄涔：牛蹄足跡中的雨水，形容容量小。

〔八〕溟漠：昏暗。

〔九〕張伯玉：張瑴。

〔一〇〕赤腿王：王予可，參見《歸潛志》卷六和《中州集》卷九《王先生予可》。

〔一一〕『石鼎夜聯』二句：原詩已佚。《中州集》卷九《王先生予可》亦引此兩句。

侯策季書

侯策季書〔一〕，先字君澤，中山人。少不喜學，鬭雞走狗雄鄉里。南渡後，慨然有為學心，與一時名士游，盡絕少年事。喜作詩，刻苦向學，自漢魏六朝、唐宋諸集，無不研究。初為李子遷所知〔二〕，薦于余，先子亦喜之。王飛伯負其材〔三〕，素少許可，一見季書詩，即加敬。為人任俠尚氣，然修謹無過失，與余交最深。久之，居南頓〔四〕。一云久居陳之南頓。家甚貧，遇朋友，傾所有共樂。天興改元，陳亂，失妻，獨走大梁〔五〕，詣余。會疾作，數月死。諸朋友為買棺，葬西城。余為誌其墓〔六〕，刻石。平生詩甚多，同王飛伯唱和南頓，同余唱和梁園，又喜效西崑體，甚有得。其《吊一貴人》云：『歌翻薤露芻靈遠，門掩秋風甲第深。』〔七〕又云：『峰前兩送閨中夢，樓上雲凝扇底歌。』又：『明月花樓閑玉鳳，秋風桂漏戛銅龍。』又：『九疑湘瑟悲龍竹，子夜秦簫隔鳳樓。』又：『幽鳥弄音花覆地，斷虹沈影水明河。』又，《詠雨》云：『勢侵書帙湘芸潤，聲入簾旌蠟炬清。』又，《和飛伯》云：『世事催人南去早，夢魂失路北歸遲。』〔八〕置之唐人集中，誰復疑其非也？

【校記】

唱合：疑為『唱和』之誤。

【注釋】

〔一〕侯策：一名侯冊。參見《中州集》卷七《侯冊》。

〔二〕李子遷：李夷。

〔三〕王飛伯：王鬱。

〔四〕南頓：縣名，治在今河南項城西。

〔五〕天興改元：天興元年（一二一七）。大梁：今河南開封。

〔六〕余為誌其墓：劉祁所撰墓誌已佚。

〔七〕《吊一貴人》：原詩已佚。薤露：古代挽歌。芻靈：用茅草紮成的人馬，為古人送葬之物。

〔八〕《詠雨》、《和飛伯》：原詩已佚。

雷琯伯威

雷琯伯威〔一〕，坊州人。父秀實，亦名進士〔二〕。伯威博學能文，作詩典雅，多有佳句，時輩稱之。初，余過陽夏聞其名〔三〕，及一見，傾倒歡甚。後伯威赴葬餘先子淮陽，為誄文〔四〕，雅淡可喜。余以示雷翰林〔五〕，奇之。已而，以家貧母老，為國史院書寫。秩滿，為八作使〔六〕。亂後南奔，道為兵士所殺，年未四十，哀哉！伯威為人議論刻深，然於文字甚工細。每酒酣，談說今古莫能窮。又欲取奇異功名，自喜，亦不羈之士也。其詩多散落，有《游龍德宫》云：『千年金谷銅駝怨，萬里蜀天杜宇啼。』〔七〕又『明月清風一壺酒，與君同酹信陵墳。』〔八〕

【注釋】

〔一〕雷琯：參見《中州集》卷七《雷琯》。
〔二〕父秀實：雷秀實生平失考。
〔三〕陽夏：古地名，金時為開封府泰康縣（今河南太康）。
〔四〕赴葬余先子淮陽：劉從益卒於正大三年。淮陽：今河南淮陽。雷琯所撰誄文已佚。
〔五〕雷翰林：雷淵。
〔六〕八作使：官名，金代設『八作左右院』，八作使為從五品。
〔七〕《游龍德宫》：入選《中州集》卷七，所引兩句作『千年洛苑銅駝怨，萬里坤維杜宇啼』。
〔八〕明月清風一壺酒：《中州集》卷七《雷管》引此二句，言是送李汾之詩，『明月』作『明日』，當是。信陵：魏無忌，信陵君墳在開封市郊。

王鬱飛伯

王鬱飛伯〔一〕，奇士也。少余一歲〔二〕，與余交最深。儀狀魁奇，目光如鶻，步武翩然，相者云：『病鶴狀貌也。』少居鈞臺〔三〕，閉門讀書，不接人事數載。為文閎肆奇古，動輒數千百言，法柳柳州，歌詩飄逸，有太白氣象……其論為文，以為近代文章為習俗所蠹，不能遽洗其陋，非有絕世之人奮然以古作者自任，不能唱起斯文，故嘗欲為文取韓柳之辭、程張之理，合而為一，方盡天下之妙。其論詩，以為世人皆知作詩，而未嘗有知學詩者，故其詩皆不足觀。詩學當自《三百篇》始，其次《離騷》、漢魏六朝、唐人，近皆置之不論〔四〕，蓋以尖慢浮雜，無復古體。故先生之詩，必求盡古人之所長，削去後人之所短。其論詩之詳皆成書〔五〕。

【注釋】

〔一〕王鬱飛伯：參見《中州集》卷七《王鬱》。

〔二〕少余一歲：劉祁生於泰和三年（一二〇三），知王鬱生於泰和四年。

〔三〕鈞臺：在今河南禹州市。

〔四〕近：指宋代以來。

〔五〕論詩之詳皆成書：是否成書，不可考，亦未見著錄。

劉昂霄景賢

劉昂霄景賢〔一〕，陵川人〔二〕。博學能文，從屏山遊〔三〕，又與雷希顏、辛敬之、元裕之善〔四〕。嘗由任子入官〔五〕，已而隱居洛西山水間。踰四十，病卒〔六〕。其詩有云：『歲月銷磨詩硯裏，河山浮動酒杯中。迢迢萬里乾坤眼，凜凜千年草木風。』〔七〕元裕之嘗稱之，余恨未之識也〔八〕。

【校記】

景賢：《元好問全集》卷二十三《劉景玄墓銘》作『景玄』。

【注釋】

〔一〕劉昂霄景賢：參見《中州集》卷七《劉昂霄》、《元好問全集》卷二十三《劉景玄墓銘》。

〔二〕陵川：今山西陵川。

〔三〕屏山：李純甫。

〔四〕雷希顔：雷淵。辛敬之：辛愿。元裕之：元好問。

〔五〕任子：高官子弟憑藉父兄地位而得官的制度。劉昂霄之父為劉俞，明昌二年（一一九一）進士，官至管勾承發司。

〔六〕病卒：元好問《劉景玄墓銘》曰：『以元光二年六月十三日，春秋三十有八，終於永寧之寓居。』

〔七〕『歲月銷磨』四句：原詩見《中州集》卷七，題作《中秋日同辛敬之、魏邦彦、馬伯善、麻信之、元裕之燕集三鄉光武廟，諸君有詩，昂霄亦繼作》：『積甲原頭漢闕宮，登臨還喜故人同。超超萬里乾坤眼，凜凜千年草木風。今古消沉詩句裏，河山浮動酒杯中。極知勝日須轟醉，更得銀盤上海東。』

〔八〕識：記録。元好問稱贊上引詩歌的言論，不可考。

朮虎邃士玄

朮虎邃士玄〔一〕，先名玹，字溫伯，女直納鄰猛安也〔二〕。雖貴家〔三〕，刻苦為詩如寒士。喜與士大夫游。初，受學于辛敬之〔四〕，習《左氏春秋》。後與侯季書交〔五〕，築室商水大野中〔六〕。惡衣糲食〔七〕，以吟詠為事，詩益工……少年詩云：『山連嵩少雲煙晚，地接崤函草木秋。』其寄余云：『西湖風景昔同遊〔八〕，醉上蘭舟泛碧流。楊柳風生潮水闊，芙蕖煙盡野塘幽。花邊落日明金勒，雲裏清歌繞畫樓。今夜相思滿城月，梁臺楚水兩悠悠。』又，《睢陽道中》云〔九〕：『又渡溵江二月時〔一〇〕，淮陽東下思依依〔一一〕。邱園寂寞生春草〔一二〕，城闕荒涼對落暉。去國十年初避亂，投荒萬里正思歸。臨岐卻羨春來雁〔一三〕，亂逐東風向北飛。』又，《書懷》云：『關中客子去遲遲，飄泊炎荒兩鬢絲。三楚樓臺淹此日〔一四〕，五陵鞍馬想當時。春風草長淮陽路，落日雲埋漢帝祠。回首故鄉何處是，北山天際綠參差。』甚有唐人風致。

【校記】

關中：一作『關東』，疑是。

【注釋】

〔一〕朮虎邃士玄：朮虎邃，字士玄，生平不詳。

〔二〕納鄰：地名，在金大名路府境內，具體地點不詳。猛安：金代軍政合一的地方組織，其首領亦稱為猛安。《金史·百官志三·諸猛安》："猛安，從四品，掌修理軍務、訓練武藝、功課農桑，餘同防禦。"

〔三〕貴家：高門大戶人家。朮虎邃家世無考。

〔四〕辛敬之：辛愿，參見《中州集》卷十《溪南詩老辛愿》。

〔五〕侯季書：侯冊，參見《中州集》卷七《侯冊》。

〔六〕商水：今河南商水縣。

〔七〕惡衣糲食：粗惡的衣食。

〔八〕西湖：指潁州西湖。

〔九〕睢陽：今河南商丘。

〔一〇〕溵江：水名，源出河南少室山，東流入潁水。

〔一一〕淮陽：今河南淮陽。

〔一二〕丘園：田園鄉村。

〔一三〕臨岐：臨歧，面對岔路。

〔一四〕三楚：西楚、東楚、南楚，合稱為三楚。淹：淹久。

烏林答爽

烏林答爽，字肅孺，女直世襲謀克也〔一〕……初，賦《鄴研》詩有云〔二〕："上有丹錫花，秋河碎星斗。磨研清且厲，玉瑟鳴風牖。"又賦《古尺》云："背逐一道十三虹，赤鬣金鱗何夭矯。翻思昨夜雷霆怒，只恐乘雲上天去。』又，《七夕曲》云：『天上別離淚更多，滿空飛下清秋雨。』其才清麗俊拔似李賀，惜乎，不見其大成也。

【注釋】

〔一〕謀克：金代軍政合一的地方組織，其首領亦稱為謀克。《金史·百官志三·諸猛安》：『諸謀克，從五品，掌撫輯軍戶、訓練武藝。惟不管常平倉，餘同縣令。』

〔二〕鄴研：鄴硯。

劉琢伯成

劉琢伯成，中山人〔一〕，刻苦為學，事母教弟，以孝友聞朋友。居鄧州〔二〕，人甚重之。正大初，舉進士南京〔三〕，余始與相識。俄下第歸。久之，河南亂，聞在武仙軍中〔四〕。仙使使宋，回為所殺，哀哉！作詩甚工，有云：『吳蠶絲就方成繭，楚柳綿飛又作萍。』非淺淺者所能道也。其過葉哭余先子詩亦佳〔五〕。

【注釋】

〔一〕劉琢：生平不詳。中山：今河北定州。

〔二〕鄧州：今河南鄧州。

〔三〕正大初：指正大元年（一二二四）。南京：海陵王貞元元年（一一五三）改汴京為南京作陪都。

〔四〕武仙：威州（今河北井陘）人，金末地主武裝首領，蒙古軍侵掠河北時，組織地主武裝聚守，被封為威州刺史。興定四年（一二二〇），被封為恒山公。曾投降蒙古，後復歸金國。金國滅亡後，軍隊瓦解，逃往澤州，途中被殺。

〔五〕葉：今河南葉縣。余先子：劉祁之父劉從益，卒於正大三年（一二二六）。

史懷

史懷字季山，陳郡人〔一〕。少遊宕不羈，然有才思。既壯，乃折節為學，與名士李子遷、侯季書、王飛伯游〔二〕。作詩甚有功，《冬日即事》云：『簷雪日高晴滴雨，爐煙風定暖生雲。』亦可喜也。又作《古劍》詩〔三〕，極工。陳陷〔四〕，死。

【校記】

古劍：一作『古鏡』。

【注釋】

〔一〕史懷：生平不詳。陳郡：舊地名，金陳州治在今河南淮陽。

〔二〕李子遷：李夷。侯季書：侯冊。王飛伯：王鬱。

〔三〕《古劍》：已佚。

〔四〕陳陷：陳州陷於天興元年（一二三二）。

劉昉仲宣

劉昉仲宣，中山人〔一〕。讀書有才學，作詩甚有可稱。嘗作《淮陽八詠》〔二〕，工甚。居西華之小姚鎮〔三〕，時來游陳〔四〕，余識之。遭亂歿。

【注釋】

〔一〕劉昉：不詳。中山：府名，宋政和三年（一一一三）升定州置，治安喜（今河北定州），金元沿襲。
〔二〕《淮陽八詠》：已佚。淮陽：今河南淮陽。
〔三〕西華小姚鎮：今河南西華縣逍遙鎮。
〔四〕陳：今河南淮陽。

胡權直卿

胡權直卿，衛州人〔一〕。南渡〔二〕，有詩聲，累舉不第。貧甚，性狂狹，不能容尋常人，年過四十方娶。嘗投余先子淮陽〔三〕，又與余同試於京〔四〕。遭亂北歸，以病卒。

【注釋】

〔一〕胡權：生平不詳。衛州：今河南衛輝市。

〔二〕南渡：指金貞祐二年（一二一四）南遷汴京。

〔三〕余先子：劉祁之父劉從益於貞祐四年（一二一六）任陳州防禦判官。

〔四〕同試於京：指正大元年（一二二四）的進士考試。

田永錫

田永錫，義州人〔一〕。叔思敬耀卿〔二〕，名進士。永錫少有詩聲，其《過東坡墳》詩云〔三〕：『富貴一場春夜夢，文章萬斛冷雲泉。英魂返卻眉山秀，依舊春風草木天。』為人傳誦。

【校記】

《過東坡墳》：《中州集》卷八《田錫》題作《吊蘇墳》。

『英魂』兩句：《中州集》卷八《田錫》作『英靈還卻眉山秀，依舊東風草木天』。

【注釋】

〔一〕田永錫：田錫字永錫。義州：今遼寧義縣。《中州集》卷八《田錫》作宛平人。

〔二〕思敬：生平不詳。

〔三〕《過東坡墳》：東坡墳在今河南郟縣。

李澥公渡

李澥公渡，相州人〔一〕，王黃華門生也〔二〕，自號六峰居士。工詩及字畫，皆得法于黃華。與趙閑閑諸公遊〔三〕，連蹇科場〔四〕，竟不第。至六十餘，病終。時人言公渡賦不如詩，詩不如字，字不如畫，科舉，賦最緊，何公渡最緊下也？興定末，與余同試開封〔五〕，中選，公渡甚喜，有詩示余先子〔六〕，後云：『姓名偶脫孫山外，文字幸為坡老知。誰念三生李方叔，欲將殘喘寄爐錘。』〔七〕先子和答云：『瓶有儲糧鬢有絲〔八〕，蹉跎歲晚坐書癡。輞川畫隱王摩詰〔九〕，錦里詩窮杜拾遺〔一〇〕。應舉尚陪新進士，主文多是舊相知〔一一〕。春闈看決魚龍陣〔一二〕，未必尖錐勝鈍錘〔一三〕。』士林相傳以為笑談。

【注釋】

〔一〕李澥：字公渡，參見《中州集》卷八《李澥》。相州：今河南安陽。

〔二〕王黃華：王庭筠。《中州集》卷八《李澥》：『少從王內翰子端學詩。』

〔三〕趙閑閑：趙秉文。

〔四〕連蹇：指遭遇坎坷。

〔五〕同試開封：興定四年（一二二〇），李瀚與劉祁同時參加開封府試。
〔六〕余先子：劉從益當時以監察御史監考。
〔七〕李方叔：李廌（一〇五九—一一〇九），舉進士不第，受到蘇軾賞識，名列『蘇門六學士』。爐錘：指錘煉功夫。宋蘇軾《次韻孫莘老見贈，時莘老移廬州，因以別之》：『爐錘一手賦形殊，造化無心敢望渠。』
〔八〕瓶有儲糧：尚有存糧，言其貧寒。鬢有絲，兩鬢尚有頭髮，言其年老。
〔九〕王摩詰：王維。該句以王維來稱讚其繪畫。
〔一〇〕杜拾遺：杜甫。該句以杜詩來稱讚其詩。
〔一一〕主文：指主考官。
〔一二〕春闈：指第二年春天的會試。魚龍陣：魚龍變化之陣，比喻科舉考試。
〔一三〕尖錐：指年輕考生。鈍錘：指李瀚。

劉勳少宣

劉勳少宣，雲中人〔一〕。初名訥，字辯老，與其兄漢老俱工詩〔二〕。幼隨官居濟南二十餘載。後南渡居陳，數與余先子唱酬。為人俊爽滑稽，每尊俎間一談一笑可喜。科舉連蹇，竟不第。年五十餘，陳陷〔三〕，死。平生詩甚多，大概尖新，長於對屬。其佳句有云：『午風襟袖知秋早，甲夜闌干得月多。』〔四〕又，《濟南泛舟》云：『人行著色屏風裏，舟在回文錦字中。』又，上先人云〔五〕：『南山有後傳能賦，北闕無人繼敢言。』〔六〕送余赴試云：『文章四海名父子，孝友一門佳弟兄。』又，《贈王清卿》云：『長拖酒債杜工部，新有詩聲侯校書。』〔七〕《贈馬元章》云：『曾著麻鞋見天子，敢將道服襯朝衣。』〔八〕又『車轂春雷震屋山，馬蹄亂雹響柴關〔九〕。何時得個茅庵子，不在車塵馬足間。』又，《畫馬》末云：『神物世間尋不見，五陵春草色萋萋。』仲兄譙，字庭老〔一〇〕，亦好古，作詩不凡。

【校記】

二十餘載：一作『三十餘載』。

『人行』二句：《中州集》卷七《劉勳》引作『船行著色屏風裏，人在回文錦字中』。

【注釋】

〔一〕劉勳：字少宣，參見《中州集》卷七《劉勳》。雲中：今山西大同。

〔二〕漢老：生平不詳。

〔三〕陳陷：陳州陷於天興元年（一二三二）。

〔四〕『午風』二句：《中州集》卷七《劉勳》引，題作《濟南》。

〔五〕先人：指劉祁之父劉從益。

〔六〕南山：指劉從益曾祖劉撝，天會二年（一一二四）辭賦狀元，晚年號南山翁。

〔七〕王清卿：王仲元，參見《中州集》卷八《錦峰王仲元》。酒債杜工部：杜甫《曲江》：『酒債尋常行處有，人生七十古來稀。』侯校書：韓愈《石鼎聯句詩序》：『有校書郎侯喜，新有能詩聲，夜與劉說詩。』

〔八〕馬元章：馬天采，參見《中州集》卷七《馬編修天來》。

〔九〕屋山：層脊，屋頂。柴關：柴門。
〔一〇〕仲兄譙：生平不詳。

甯知微明甫

甯知微明甫，宿州人〔一〕。博學，無所不知，尤長於史事。劇談古今治亂或諸家文章，歷歷不可窮。援筆為詩文，亦敏贍可喜。舉經義，連不中。遷居淮陽〔二〕，與余遊二載。家積書萬卷，載以行。麻知幾及余先子皆重之〔三〕。後還鄉遭亂，不知所在。或云，渡淮在南中〔四〕。余嘗有《西遊詩》四十餘篇〔五〕，明甫取而觀，一夕盡和其韻以見示，其間佳句甚多。

【注釋】

〔一〕甯知微：字明甫，生平不詳。宿州：今安徽宿州。
〔二〕淮陽：今河南淮陽。劉祁興定五年（一二二一）在陳州（淮陽）。
〔三〕麻知幾：麻九疇。余先子：劉從益。
〔四〕南中：指南宋。
〔五〕《西遊詩》：據《歸潛志》卷六，興定五年，吾古孫參政仲端出使蒙古歸來，『備談西北所見，屬趙閑閑記之，趙以屬屏山，屏山以屬余，余為錄其事，趙書以石，迄今傳世間也』。當詠吾古孫仲端西遊之詩，已佚。

崔遵懷祖

崔遵懷祖，燕人〔一〕。父建昌曼卿，名進士〔二〕。懷祖少有詞賦聲〔三〕，所交皆名士。累舉不第，南渡〔四〕，輟科舉不為，居嵩山下，以讀書作詩為事。正大末，北兵入河南〔五〕，懷祖為兵所得，脅令往招洛陽，見殺。嘗有詩云：『青山似有十年舊，小雪又為三日留。』元裕之稱之〔六〕。

【校記】

似有：《中州集》卷七《崔遵》引作『已有』。

【注釋】

〔一〕崔遵：字懷祖。參見《中州集》卷七《崔遵》。燕：今北京。燕人：《中州集》作北燕人。

〔二〕父建昌：崔建昌，字曼卿，據《中州集》卷七《崔遵》，大定二十五年（一一八五）進士，仕至同知武安軍節度使。

〔三〕少有詞賦聲：《中州集》卷七《崔遵》：『少日在太學有賦聲。』

〔四〕南渡：指貞祐二年（一二一四）金室南遷。

〔五〕北兵入河南：蒙古兵入河南，在正大八年至天興元年（一二三二）。

〔六〕『青山』二句：《中州集》卷七《崔遵》引，題作《宿少林寺》。

王賓德卿

王賓德卿，亳州人〔一〕……詩頗工，有上先子云〔二〕：『致君有道莫如律，敢諫不行猶得名。』（以上《歸潛志》卷三）

【注釋】

〔一〕王賓：字德卿，參見《中州集》卷七《王亳州賓》。

〔二〕先子：劉從益。

王元節

王元節字子元，宏州人〔一〕，余高祖南山翁壻也〔二〕。家世貴顯〔三〕，才高，以詩酒自豪。擢第〔四〕，得官輒歸，不樂仕宦。與余從曾祖西巖子多唱酬〔五〕。其《明妃詩》云：『環佩魂歸青塚月，琵琶聲斷黑河秋。漢家多少征邊將，泉下相逢也自羞。』甚為人所傳。

【校記】

宏州：《中州集》作弘州，是，此清代避乾隆弘曆諱改。弘州今河北陽原。

《明妃詩》：《中州集》卷七入選此詩，題作《青塚》。『黑河』作『黑山』，『自羞』作『合羞』。

【注釋】

〔一〕王元節：參見《中州集》卷七《王元節》、《金史》卷一百二十六《王元節傳》。

〔二〕南山翁：劉撝。

〔三〕家世貴顯：王元節祖父王山甫仕遼為戶部侍郎。

〔四〕擢第：據《金史·王元節傳》，王元節於天德三年（一一五一）辭賦進士。

〔五〕西巖子：劉汲。

劉仲尹致君

劉仲尹致君〔一〕，號龍山，遼陽人〔二〕，李欽叔外祖也〔三〕。……能詩，學江西諸公。其《墨梅》詩云：『高髻長眉滿漢宮，君王圖上按春風。龍沙萬里王家女〔四〕，不著黄金買畫工。』為人所傳〔五〕。又有《梅影》詩云：『五換嚴更三唱雞〔六〕，小樓天淡月平西。風簾不著闌干角，瞥見傷春背面啼。』

【校記】

五換：原作『王換』，據《滹南遺老集》卷四十改。

『五换』二句：《滹南遺老集》卷四十引作『五换隣鐘三唱雞，雲昏月淡正低迷』。

【注釋】

〔一〕劉仲尹：參見《中州集》卷三《劉龍山仲尹》。

〔二〕遼陽：今遼寧遼陽。《中州集》卷三作蓋州人，蓋州屬於遼陽府。

〔三〕李欽叔：李獻能，參見《中州集》卷六《李右司獻能》。

〔四〕王家女：本指王昭君，詩中借指梅花。

〔五〕為人所傳：王若虛《滹南詩話》卷下引用該詩，予以批評。《中州集》卷三入選《墨梅》十首。

〔六〕五换嚴更：古代將一夜分為五更。

陳君可

陳君可〔一〕，永寧人〔二〕。有《梅影》詩云：『隔窗疑是李夫人〔三〕，江月多情為返魂。不似丹青舊顏色，十分憔悴立黄昏。』〔四〕

【注釋】

〔一〕陳君可：生平不可考。

〔二〕永寧：今河南洛寧。

〔三〕李夫人：漢武帝之李夫人。其兄稱其有傾國傾城之美貌。

〔四〕《梅影》：《河汾諸老集》收錄此詩，作者為曹之謙。

王特起正之

王特起正之〔一〕，代州崞縣人〔二〕。少工詞賦有聲，年四十餘方擢第〔三〕。作詩極高，嘗有《龍德聯句》，為時所稱〔四〕。又題楊叔玉所藏《雙峰競秀圖》云〔五〕：『龍頭矗雙角，駝背堆寒峰。』〔六〕諸公嘉其破的。晚年取一側室〔七〕，留別一樂章《喜遷鶯》，至今人傳之：『東樓歡宴，記遺簪綺席，題詩羅扇。月枕雙欹，雲窗同夢，相伴小花深院。舊歡頓成陳跡，翻作一番新怨。素秋晚，聽《陽關三疊》，一樽相餞。　留戀，情繾綣。紅淚洗妝，雨濕梨花面〔八〕。雁底關河，馬頭星月，西去一程程遠。但願此心如舊，天也不違人願。再相見，老生涯分付，藥爐經卷。〔九〕』餘詩惜不多見。

【注釋】

〔一〕王特起：參見《中州集》卷五《王監使特起》。

〔二〕崞縣：今山西原平市。

〔三〕年四十餘方擢第：據《中州集》卷五，王特起於泰和三年（一二〇三）進士及第。

〔四〕《龍德聯句》：《中州集》卷五《王監使特起》徵引兩句：『棘猴未窮巧，槐蟻或失王。』《歸潛志》卷八亦引兩句，作『棘猴未窮巧，穴蟻已失王』。

〔五〕楊叔玉：楊慥，參見《中州集》卷九《楊户部慥》。

〔六〕『龍頭』二句：《中州集》卷五《王監使特起》亦徵引此二句。

〔七〕側室：妾。

〔八〕雨濕梨花面：指女子淚流滿面。白居易《長恨歌》：『玉容寂寞淚闌干，梨花一枝春帶雨。』

〔九〕藥爐經卷：指其晚年與其妾相依相伴的生活。蘇軾《朝雲》：『經卷藥爐新活計，舞衫歌扇舊因緣。』

劉昂次霄

劉昂次霄〔一〕，濟南人，有才譽。以先有劉昂之昂〔二〕，故號小劉昂。泰和南征〔三〕，作樂章一闋《上平西》，為時所傳〔四〕。其詞云：『蠆鋩極，螗臂展〔五〕，敢盟寒〔六〕。似洞庭、彭蠡狂瀾。天兵小試〔七〕，萬蹄一飲楚江乾，捷書飛上九重天，春滿長安。舜文明，唐日月，周禮樂，漢衣冠。洗五川、煙瘴江山。全蜀下也，劍關何用一泥丸〔八〕。有人傳信，日邊來，都護先還〔九〕。』終鄒平令〔一〇〕。

【校記】

《上平西》：《齊東野語》卷二十引此词，文字頗多差異：『蠆鋒搖，螳臂振，舊盟寒。恃洞庭彭蠡狂瀾，天兵小試，百蹄一飲楚江乾。捷書飛上九重天，春滿長安。舜山川，周禮樂，唐日月，漢衣冠，洗五州妖氣關山。已平全蜀，風行何用一泥丸。有人傳喜日邊，都護先還。」

【注釋】

〔一〕劉昂：字次霄，參見《中州集》卷八《劉鄠縣昂》。

〔二〕劉昂之昂：字之昂，參見《中州集》卷四《劉左司之昂》。

〔三〕泰和南征：指泰和六年（一二〇六）征討南宋。

〔四〕《上平西》：《齊東野語》卷二十徵引此詞，題作『紇石烈子仁詞』。紇石烈子仁，是當時的伐宋將領。

〔五〕蠆：蠍類毒蟲。螗：螳。二者比喻南宋。

〔六〕盟寒：指南宋違背紹興和議發動開禧北伐。

〔七〕天兵：指金王朝的軍隊。

〔八〕劍關：劍門關。泥丸：《後漢書·隗囂傳》載其部將王元語曰：『元請以一丸泥為大王東封函谷關。』。

〔九〕日邊：指皇帝身邊。都護：官名，此處指紇石烈子仁。

〔一〇〕鄒平：今山東鄒平。

鄧千江望海潮

金國初，有張六太尉者鎮西邊〔一〕，有一士人鄧千江者〔二〕，獻一樂章《望海潮》〔三〕：

『雲雷天塹，金湯地險〔四〕，名藩自古皋蘭〔五〕。繡錯雲屯〔六〕，山形米聚〔七〕，喉襟百二河關〔八〕。鏖戰血猶殷。見陣雲冷落，時有雕盤〔九〕。靜塞樓頭〔一〇〕，曉月猶自玉弓彎。看看定遠西還〔一一〕。有元戎閫令〔一二〕，上將齋壇〔一三〕。區脫晝空〔一四〕，兜鈴夕舉〔一五〕，甘泉夜報平安〔一六〕。吹笛虎牙閑〔一七〕，但宴陪珠履，歌按雲鬟〔一八〕。未討先零〔一九〕，醉魂長繞賀蘭山〔二〇〕。』太尉贈以白金百星〔二一〕，其人猶不愜意而去。詞至今傳之。

【校記】

繡錯雲屯：《中州樂府》作『營屯繡錯』。

兜鈴：《中州樂府》作『兜零』。

夜報：《中州樂府》作『又報』。

未討先零：《中州樂府》作『未拓興靈』。

【注釋】

〔一〕張六太尉：其人不詳。

〔二〕鄧千江：其人不詳。《中州樂府》云是臨洮人。

〔三〕《望海潮》：《中州樂府》入選該詞，題作『上蘭州守』。

〔四〕雲雷：形容黃河水聲。金湯：指黃河。

〔五〕名藩：著名的地方重鎮。皋蘭：蘭州的舊稱。

〔六〕繡錯雲屯：形容軍營如錦繡錯落，陣容龐大。

〔七〕山形米聚：據《漢書·馬援傳》，馬援曾於漢帝前「聚米為山，指畫形勢」，佈置作戰。

〔八〕百二河關：指險要山川。

〔九〕雕盤：老鷹盤旋。

〔一〇〕靜塞：地名。西夏設置靜塞軍，駐地在韋州，在今寧夏銀川南。

〔一一〕定遠：定遠城，在蘭州西。東漢班超出入西域，被封定遠侯。

〔一二〕元戎：將領。閫令：軍令。

〔一三〕上將齋壇：舉行拜上將的儀式。

〔一四〕區脱：匈奴語，指邊境哨所。一作「甌脱」。

〔一五〕兜鈴：兜零，籠子，舉烽火的工具。

〔一六〕甘泉：秦漢時宮殿名。平安：古代以一炬烽火為平安火。

〔一七〕虎牙：東漢時將軍的名號，此處指蘭州守。

〔一八〕珠履：珠飾之履，指貴賓。雲鬟：指歌女。

〔一九〕先零：漢代西羌部落之一，與漢王朝多次交戰。此次指西夏。

〔二〇〕賀蘭山：在今寧夏境內，當時為金與西夏交戰之地。

〔二一〕百星：百兩。星：本是秤上的符號，宋元時星與兩為同意詞。

高左司庭玉

高左司庭玉字獻臣〔一〕，遼東人〔二〕……公詩亦高，余家有數十篇，遭亂失去。嘗記其中秋詩有云：『跳上玉龍背，抱得銀蟾光。』〔三〕亦奇語也。

【注釋】

〔一〕高庭玉：參見《中州集》卷五《高治中廷玉》。

〔二〕遼東人：《中州集》卷五作恩州人。

〔三〕中秋詩：全詩載《中州集》卷五，題作《天津橋同李之純待月》，曰：『驂鸞追散仙，乘槎抵銀潢。跳上玉龍背，抱得銀蟾光。素娥愁不歸，再拜捧瑤觴。問以天上事，玉色儼以莊。爾能為我歌白雪，我亦為爾擣玄霜。不然借我廣寒殿，與我長作無何鄉。傍有謫仙人，拍手笑我狂。天風忽吹散，人月兩茫茫。』

楊尚書雲翼

楊尚書雲翼字之美〔一〕，平定人〔二〕。先擢詞賦第，又經義魁〔三〕，入仕能官，練達吏事，通材也。……晚年與趙閑閑齊名〔四〕，為一時人物領袖。且屢知貢舉〔五〕，多得人。南渡時詔皆公筆。其《應制白兔》詩云：『光搖玉斗三千丈，氣傲金風五百霜。』〔六〕又，吊余先子有云：

『清華方翰府，憔悴忽佳城。』〔七〕其餘文字甚多，家有集〔八〕。

【注釋】

〔一〕楊雲翼：參見《中州集》卷四《禮部楊公雲翼》。

〔二〕平定：今山西陽泉。《中州集》卷四作樂平人。

〔三〕先擢詞賦第，又經義魁：《中州集》卷四《禮部楊公雲翼》：『明昌五年（一一九四）經義進士第一人，詞賦亦中乙科。』

〔四〕趙閑閑：趙秉文。

〔五〕屢知貢舉：元好問《内相文獻楊公神道碑》云楊氏典貢舉三十年。

〔六〕《應制白兔》：原詩見《中州集》卷四：『聖德如天物效祥，褐夫新賜雪衣裳。光搖玉斗三千丈，氣傲金風五百霜。禁籞合棲瑤草影，御爐猶認桂枝香。中興慶事光圖諜，黼坐齊稱萬壽觴。』

〔七〕余先子：劉祁之父劉從益。清華：形容劉從益的文采出衆。翰府：翰林院。劉從益於正大三年（一二二六）入翰林院，授應奉翰林文字，逾月而卒。佳城：指墓地。

〔八〕家有集：據《中州集》卷四《禮部楊公雲翼》，楊雲翼有著作多部，皆佚。

龐戶部鑄

龐戶部鑄，字才卿，遼東人〔一〕。……博學能文，工詩書，藹然為一時名士。其《題楊秘監雪谷曉裝圖》云〔二〕：「溪流咽咽山昏昏，前山後山同一雲。天公談玄玉屑噴，散為花雨白紛紛。詩翁瘦馬之何許，忍凍吟詩太清古。老奴寒縮私自語，作奴莫作詩奴苦。木僵石槁鳥不飛，山路益深詩益奇。老奴忍苦憐翁癡，不知詩好將何為。楊侯胸中富丘壑，醉裏筆端驅雪落。如何不把此詩翁，畫向草堂深處著。」

【校記】

此詩：《中州集》卷五「談玄」作「談笑」，「玉屑」作「玉雪」，「花雨」作「花蕊」，「莫作」作「莫比」，「石槁」作「石老」，「忍苦」作「忍笑」，「詩好」作「嗜好」，「將何」作「乃爾」，「如何」作「因何」。

【注釋】

〔一〕龐鑄：參見《中州集》卷五《龐戶部鑄》。

〔二〕楊秘監：楊邦基，金代著名畫家。

張運使轂

張運使轂，字伯英，許州人〔一〕。……詩學黄魯直格。嘗贈余先子詩云〔二〕：『丘垤孰與南山尊？公卿皆出山翁門〔三〕。遺文人共師夫子〔四〕，陰德天教有是孫〔五〕。問禮庭中新有桂，忘憂堂下舊多萱。人間樂事君兼有，歌我新詩侑壽樽。』此斜川時事也〔六〕。赴隰州〔七〕，被召時又寄詩，有句云：『溪口急流裁燕尾〔八〕，山腰曲路轉羊腸。到郡菭官才九日，過家上冢正重陽〔九〕。』

【注釋】

〔一〕張轂：參見《中州集》卷八《張運使轂》。許州人：《中州集》稱作臨潁人。臨潁，下屬許州，今河南臨潁。

〔二〕余先子：劉祁之父劉從益。

〔三〕丘垤：小土丘。山翁：指南山翁劉撝，劉從益曾祖，天會二年（一一二四）辭賦狀元。

〔四〕『遺文』句：劉撝辭賦影響深遠。王惲《渾源劉氏世德碑銘》曰：『公勵精種學，文辭卓然天成，妙絶當世，一掃假貸剽竊牽合補綴之弊，其後學者，如孟宗獻、趙樞、張景仁、鄭子聃皆取法焉。金國一代詞學精切，得人為盛，由公有以振而起之也。』

〔五〕是孫：指劉從益。

〔六〕斜川：張轂因其母喪，歸居許州之西城，有園圃，號小斜川。其事在泰和七年之後。劉從益於至寧元年〔一二一三〕攝許州幕，張轂詩或作於此時。

〔七〕隰州：治在今山西隰縣。張轂曾任隰州刺史。

〔八〕裁燕尾：指河流分道。夏竦《野步》：『隴勢蜂腰接，溪流燕尾分。』

〔九〕上冢：上墳。

陳司諫規

陳司諫規，字正叔，絳州人〔一〕。……公為人剛毅質實，有古人風，篤學問，至老不廢。晚喜為詩，與趙、雷諸公唱酬〔二〕。其吊先人詩有云〔三〕：『驄馬餘威行尚避，仙鳧善政去猶思。』〔四〕人以為破的。

【注釋】

〔一〕陳規：參見《中州集》卷五《陳司諫規》。絳州：《中州集》作稷山。稷山屬絳州，在今山西稷山。

〔二〕趙、雷：指趙秉文、雷淵。《歸潛志》卷八：『正大初，趙閑閑長翰苑，同陳正叔、潘仲明、雷希顏、元裕之諸人作詩會，嘗賦《野菊》。』

〔三〕先人：指劉祁之父劉從益。

〔四〕驄馬： 御史所乘之馬。劉從益曾任監察御史。仙鳧： 野鴨。用東漢王喬典。《後漢書·方術·王喬傳》載，王喬有仙術，為葉縣令時，乘雙鳧往來。劉從益曾任葉縣令，故云。

許司諫古

許司諫古，字道真，河間人〔一〕。……平生好為詩及書，然不為士大夫所重，公論但稱其直云。初貶鳳翔〔二〕，朝士畏高琪〔三〕，故皆不敢與言。余先子時為提舉南京榷貨事〔四〕，獨以詩送之，有云：『有晉必無楚，兩雄難並驅。向來既發藥〔五〕，其可止半途。』又曰：『君年迫桑榆〔六〕，隻身憂患餘。雙親白楊拱〔七〕，同氣紫荊枯〔八〕。貧無孟光舂〔九〕，醉無驥子扶〔一〇〕。唯有忠義名，可與天壤俱。』蓋欲堅其初志也，聞者竦然，多傳之。後游叔麟之，為鳳翔錄事〔一一〕，先人又寄以詩云：『寄語多言唐諫議，生還記取李師中。』〔一二〕亦此意也。

【注釋】

〔一〕許古： 參見《中州集》卷五《許司諫古》。

〔二〕貶鳳翔： 許古於興定二年（一二一八）貶官鳳翔。鳳翔： 今陝西鳳翔。

〔三〕高琪： 指朮虎高琪，金末權臣，時任丞相。

〔四〕余先子： 劉從益。提舉南京榷貨： 官署名，貞祐四年（一二一六）置，從五品，見《金史·百官志二》。

〔五〕發藥：藥氣散發，比喻事情已經開始。

〔六〕迫桑榆：許古貶官鳳翔，時年六十二，故云。

〔七〕『雙親』句：許古之父許安仁卒於泰和五年（一二〇五）。其母卒年不詳。白楊拱：墓地的白楊樹已很粗大，指已死去多年。

〔八〕同氣：指兄弟。許古兄弟無考。紫荆：吴均《續齊諧記·紫荆樹》載，田真兄弟三人析產，堂前有紫荆樹一株，議破為三，荆忽枯死。真謂諸弟：『樹本同株，聞將分斫，所以憔悴，是人不如木也。』因悲不自勝，兄弟相感，不復分產，樹亦復榮。後因用『紫荆』為有關兄弟之典故。

〔九〕孟光：東漢梁鴻之妻。《後漢書·梁鴻傳》載，孟光『至吴，依大家臯伯通，居廡下，為人賃舂。每歸，妻為具食，不敢於鴻前仰視，舉案齊眉』。貧無孟光舂，指許古其時已喪妻。許古妻為定海軍節度使劉仲洙之女，貞祐初，元兵圍蒲州，劉氏與二女自縊，《金史》卷一百三十有傳。

〔一〇〕驥子：杜甫次子宗武，小名驥子。黄庭堅《老杜浣花溪圖引》：『宗文守家宗武扶，落日蹇驢馱醉起。』陳師道《和饒節詠周昉畫李白真詩》：『君不見浣花老翁醉騎驢，熊兒捉轡驥子扶。』李純甫《灞陵風雪》：『君不見浣花老人醉歸圖，熊兒捉轡驥子扶。』許古無子，故云『醉無驥子扶』。

〔一一〕游叔麟之：生平不考，與元好問等人有交往。元好問《西齋夜宴》：『只欠東山游録事，不來堅坐看紛華。』游叔任鳳翔録事，當始於興定二年（一二一八），因為次年正月許古即復拜左補闕。

〔一二〕唐諫議：唐介（一〇一〇—一〇六九），字子方，江陵（今屬湖北）人。直言敢諫，皇祐三年（一〇五一），殿中侍御史裏行唐介，彈劾文彦博等人，被貶英州（今廣東英德）。李師中（一〇一三—一〇七八），字誠之，楚丘（今山東曹縣）人，徙居鄆（今山東鄆城）。累官提點廣西刑獄，攝帥事。熙寧初，歷河東轉運使，知秦州、舒州、瀛州。後為呂惠卿所排，貶和州團練副使，稍遷至右司郎中。《宋史》有傳。唐介被貶時，李師中賦詩送行，其《送唐介》曰：『孤忠自許衆不與，獨立敢言人所難。去國一身輕似葉，高名千古重於山。並游英俊顔何厚，未死奸諛骨已寒。天為吾君扶社稷，肯教夫子不生還。』劉從益詩中，以唐介比許古，以李師中自比。

趙尚書思文

趙尚書思文〔一〕，字庭玉，中山人……公暇以詩酒為樂。好吹笛，多著樂章，為人傳誦〔二〕。

【注釋】

〔一〕趙思文：參見《中州集》卷八《趙禮部思文》。中山：府名。《中州集》作永平人。永平隸屬中山，在今河北順平縣。

〔二〕樂章：指詞。趙思文詞已佚。

王翰林良臣

王翰林良臣，字大用，潞州人〔一〕。長於律詩，尖新，工對屬。南渡在館〔二〕，後從李天英北征〔三〕，遇害〔四〕。其《上移剌總管》云：『筆底有神扶氣力，人間無處著聲名。』〔五〕又，絶句云：

『流轉年光橋下水，翻騰時態嶺頭雲。溪翁道號奇聾子，除卻松風百不聞。』〔六〕人多傳誦之。

【注釋】

〔一〕王良臣：參見《中州集》卷五《王防禦良臣》。潞州：今山西長治。

〔二〕南渡在館：王良臣於貞祐南渡後入翰林院，任翰林應奉。

〔三〕李天英：或為李英。貞祐三年（一二一五），李英率人北征，事見《金史》卷一百一《李英傳》。

〔四〕遇害：據《金史》卷十五《宣宗紀》，王良臣於興定二年（一二一八）十一月遇害。

〔五〕移剌總管：其人不詳。移剌為女真姓氏。

〔六〕溪翁、奇聾子：其人不詳。

李治中遹

李治中遹，字平甫，欒城人〔一〕。少擢第〔二〕，有能聲。工詩善畫〔三〕，與屏山諸公遊〔四〕，自號寄庵老人〔五〕，藹然名士大夫也……屏山嘗贈詩云：『寄庵丈人眼如月，墨妙詩工兼畫絕。儒術吏事更精研，只向宦途如許拙。』

【注釋】

〔一〕李遹：參見《中州集》卷五《李治中遹》。

〔二〕少擢第：《中州集》卷五《李治中遹》，李遹明昌二年（一一九一）進士，時年二十歲左右。
〔三〕工詩善畫：元好問《寄庵先生墓碑》：『先生喜作詩，律切精嚴似其為人。』又曰：『字畫得於蘇、黄之間，畫入神品，賞識至到，當世推為第一。』
〔四〕屏山：李純甫。
〔五〕寄庵：李遹晚年歸隱陽翟，築屋潁水，名曰寄庵。

郭翰林伯英

郭翰林伯英，字伯誠，上黨人〔一〕。第進士〔二〕，為南頓、西平令〔三〕，有治跡。正大中，由應奉遷修撰，以風疾暴終。為人質厚，不苟合。喜讀書為文，詞有《香山賦》，諸公皆有詩〔四〕。

【注釋】

〔一〕上黨：今山西長治。
〔二〕第進士：據李俊民《莊靖集》卷八《題登科記》，郭伯英於承安五年（一二〇〇）進士及第，年三十。
〔三〕南頓：在今河南項城西。西平：今河南西平。
〔四〕《香山賦》與諸公詩：皆佚。

劉翰林祖謙

劉翰林祖謙，字光甫，解州人〔一〕……與余父子交，嘗屬余作《蒲萄酒賦》、題其父所畫《河山形勢》詩〔二〕，亦一知己也。（以上《歸潛志》卷四）

【校記】

余父子：疑作『余先子』。

【注釋】

〔一〕劉祖謙：參見《中州集》卷五《劉鄧州祖謙》。解州人：《中州集》作安邑人，安邑為解州屬縣，在今山西運城安邑鎮。

〔二〕其父：《中州集》卷五《劉鄧州祖謙》：『父東軒工畫山水。』《河山形勢》：趙秉文《滏水文集》卷四有《東軒老人河山形勝圖》詩，馮璧、雷淵亦有《河山形勝圖》詩，見《中州集》卷六。

王翰林彪

王翰林彪，字武叔，大興人，貞祐五年經義魁也〔一〕。為文頗馳騁波瀾，性疏放嗜酒，不拘細事。初，對廷策，宣宗喜其文，以為似古人，特授太子副司經、國史院編修官、進司經〔二〕。末帝在東宮〔三〕，頗見知，後入翰林，為應奉，遷修撰，出為平涼府治中，入為待制，出刺州〔四〕，未赴，南京被圍〔五〕，食乏，服絕粒藥，俄飲酒被藥死。嘗賦《呂唐卿海藏齋詩》云：『虛白雲中含法界，軟紅塵底寄虛舟。』〔六〕又，『只應烏帽紅塵底，羞見蒼煙白鷺洲。』亦可喜也。

【注釋】

〔一〕大興：今北京。貞祐五年：一二一七年。據《金史》卷五一《選舉志》，王彪於興定二年（一二一八）獲經義狀元。

〔二〕司經：金詹事院下設司經官，正司經八品，副司經九品，掌經史圖籍筆硯等事。

〔三〕末帝：完顏承麟。

〔四〕出刺：出任州府長官。

〔五〕南京：金首都，今河南開封。

〔六〕呂唐卿：呂子羽，參見《中州集》卷八《呂陳州子羽》。呂子羽《海藏齋詩》已佚，據《歸潛志》卷八，劉從益等人曾有舟字韻和詩。王彪此詩亦是舟字韻，當是呂詩之和作。

張翰林邦直

張翰林邦直，字子忠，河內人〔一〕。少工詞賦，嘗魁進士平陽〔二〕。南渡，為國史院編修官，遷應奉翰林文字。在館五六年，從趙閑閑遊〔三〕。性朴澹好學，尤善談論，人多愛之……後先子下世，有《挽詩》云：『桃李雙鳧舄〔四〕，風霜一豸冠〔五〕。才華驚世易，勳業到頭難。白日空金馬，青天下玉棺〔六〕。傳家有賢子〔七〕，文或似歐韓。』甚為諸公所稱。

【注釋】

〔一〕河內：今河南沁陽。

〔二〕平陽：平陽府，治在今山西臨汾。張邦直於崇慶二年（一二一三）詞賦進士及第。

〔三〕在館：指在翰林院。趙閑閑：趙秉文。

〔四〕舄：鞋。雙鳧舄：用東漢王喬典。《後漢書・王喬傳》載，王喬有仙術，為葉縣令時，乘雙鳧往來。帝令人捕獲其鳧，得一舄而已。劉從益曾任葉縣令，故云。

〔五〕豸冠：即獬豸冠，因其似獬角而得名，指古代御史等執法官吏戴的帽子，後指御史等執法官吏。獬豸，是傳說中的一種獨角獸，似羊非羊，似鹿非鹿。劉從益曾任監察御史。

〔六〕金馬：指翰林院。青天下玉棺：《後漢書・王喬傳》：『後天下玉棺於堂前，吏人推排，終不動搖。喬曰：「天帝獨召我邪？」』

〔七〕賢子：指劉祁。

田總管琢

田總管琢，字器之，蔚州人〔一〕……趙閑閑有《送器之》詩云〔二〕：『田侯落落奇男子，主辱臣生不如死。殿前畫地作山西，願與義軍相表裏〔三〕。恨我不得學李英，愛君不減侯莘卿〔四〕。橫道浮尸三十萬，潼關大笑哥舒翰〔五〕。』

【校記】

橫道浮尸：《滏水文集》卷四作『橫遮俘尸』。

【注釋】

〔一〕蔚州：今河北蔚縣。田琢曾招募義兵抗擊蒙古兵，興定二年（一二一八），權知益都府事，為山東東路兵馬總管。《金史》卷一百二有傳。

〔二〕送器之：趙秉文原詩題作《從軍行送田琢器之》，見《滏水文集》卷四。

〔三〕『殿前』二句：《金史·田琢傳》：『貞祐二年，中都被圍，琢請由間道往山西，招集義勇，以為宣差兵馬提控、同知忠順軍節度使事，經略山西。』

〔四〕『恨我』二句：趙秉文原詩後尚有兩句：『子明又請當一面，禁中頗牧皆書生。』自注：『是時李英子賢、侯摯莘卿、王晦子明方出戰有功。』李英征戰之事，事見《金史》卷一百一本傳；侯摯出戰事，見《金史》卷一百八本傳。

〔五〕哥舒翰：唐朝名將。安史之亂期間，把守潼關，潼關最後失守。

吾古孫左司奴申

吾古孫左司奴申〔一〕，字道遠，由女直人譯史入官……與余先子善，余嘗為賦《古漆井》詩〔二〕。

【注釋】

〔一〕吾古孫：女真族姓氏。左司：官名，左司郎中。

〔二〕《古漆井》：劉祁此詩已佚。

康司農錫

康司農錫，字伯禄，趙州人〔一〕……為人厚重有為，頗讀書。嘗賦《打毬》詩云：『高飛遠走偶然耳，坎止流行知所之〔二〕。』余先子云：『亦有理也。』

【注釋】

〔一〕康錫：參見《中州集》卷八《康司農錫》。趙州：今河北趙縣。《中州集》作甯晉人，甯晉，今河北甯晉。

〔二〕坎止流行：遇坎而止，乘流則行。《漢書·賈誼傳》：『寥廓忽荒，與道翺翔。乘流則逝，得坎則止。』

楊左司居仁

楊左司居仁，字行之，其先大興人，後居南京〔一〕……公少有吏能，晚讀書，作詩有佳處。使任清要，不失為名卿、材大夫。遭世亂，困躓可歎。與余父子交最善。余嘗送其《北使序》及詩〔二〕。

【注釋】

〔一〕南京：今河南開封。

〔二〕《北使序》及詩：興定四年（一二二〇），吾古孫仲端出使蒙古、西域，囑劉祁記其行，名為《北使記》。《北使序》當指《北使記》，現存。詩不詳。

王革

王革字德新，弘州人〔一〕。少有才思，詩筆尖新，風流人也。屢舉不第〔二〕，以任子仕〔三〕……戊辰冬〔四〕，赴試西京〔五〕，自以年高〔六〕，與諸後進偕，又復作此舉，因有詩云：『慣掣蒼龍曉漏鐘〔七〕，受恩曾入大明宮。香浮扇影迎初日，人逐鞭聲靜曉風。轉首俄驚成異世〔八〕，此身雖在已衰翁。喚回五十年前夢〔九〕，再著麻衣待至公〔一〇〕。』（以上《歸潛志》卷五）

【注釋】

〔一〕王革：參見《中州集》卷七《王主簿革》。魏初《青崖集》卷五《先君墓碣銘》以王革為襄陰人，襄陰是弘州屬縣。《中州集》作臨潢人，臨潢：在今內蒙古巴林左旗東南波羅城。

〔二〕屢舉不第：《中州集》卷七《王主簿革》：『正大中，以六赴廷試，賜出身。』其事當在正大四年（一二二七）。

〔三〕任子：因父兄官職而得官的人。

〔四〕戊辰：一為泰和八年（一二〇八），一為至元元年（一二六四），皆無科考事，亦與王革無關，所以或以為戊辰為壬辰（一二三二）之誤，或以為是戊戌（一二三八）之誤。壬辰年，金中都已淪陷。戊戌年開科選舉，故當是後者為是。

〔五〕西京：今山西大同。

〔六〕年高：從詩中『衰翁』『五十年前夢』來看，王革當時在七十歲左右。
〔七〕蒼龍：駿馬。句謂騎馬上朝。
〔八〕成異世：指金亡元興的時代交替。
〔九〕五十年前夢：指二十歲左右的進士夢。
〔一〇〕至公：最公正，指主考官。

移剌都尉買奴

移剌都尉買奴，字温甫，契丹世襲猛安也〔一〕。讀史書，慷慨有氣義。喜交士大夫，視女直同列諸人奴隸也。嘗為宣撫使，便宜鄧、豫間〔二〕，以事杖殺經歷官〔三〕，坐廢。後為虎賁都尉〔四〕，提兵赴關中，後由商南全軍而回〔五〕，病死。自號拙軒，趙閑閑為賦之〔六〕，諸公皆有詩〔七〕。正大初，先子令葉〔八〕，余往省，會温甫，屬余為《拙軒銘》，先子亦有詩〔九〕。

【注釋】

〔一〕都尉：軍官名。猛安：金代一種軍事組織的首領。
〔二〕宣撫使：地方軍官名，巡視地方軍政事務。便宜：根據實際情況自行斟酌處理。鄧：鄧州，治在今河南鄧州。豫：金無豫州。鄧豫為泛指鄧州一帶。

〔三〕經歷官：金樞密院下設經歷官，從五品。
〔四〕虎賁都尉：金元帥府設義軍總領，名為都尉。有折沖、建威、虎賁、破虜等名。
〔五〕商南：金無商南縣，商南當指商州之南，商州：治在今陝西商洛市商州區。
〔六〕趙閑閑：趙秉文。其《拙軒賦》見《滏水文集》卷二。
〔七〕諸公皆有詩：不可考。
〔八〕先子令葉：劉從益於元光二年至正大二年（一二二三—一二二五），任葉縣令。
〔九〕《拙軒銘》及劉從益詩：已佚。

諸女直世襲猛安、謀克往往好文學

南渡後，諸女直世襲猛安、謀克往往好文學，喜與士大夫游〔一〕。如完顏斜烈兄弟〔二〕、移剌廷玉、溫甫總領〔三〕、夾谷德固〔四〕、朮虎士、烏林答肅孺輩，作詩多有可稱。德固勇悍，在軍中有聲，嘗送舍弟以詩，亦可喜。天興初，提兵戍譙〔五〕，軍亂見殺。

【校記】

朮虎士：當是朮虎邃士玄之誤。據《歸潛志》卷三：朮虎邃字士玄，女真猛安。
烏林答肅孺：當是烏林答爽肅孺之誤。據《歸潛志》卷三：烏林答爽字肅孺，女真世襲猛安。

【注釋】

〔一〕南渡：指貞祐二年（一二一四）金王朝南渡汴京之事。

〔二〕完顔斜烈兄弟：指完顔彝、完顔斜烈。完顔彝，字良佐，即完顔陳和尚，《金史》卷一百二十三有傳。

〔三〕移剌廷玉：移剌瑗，本名移剌粘合，字廷玉，曾任鄧州節度使。溫甫：即上文的移剌買奴。總領：即都尉。

〔四〕夾谷德固：生平不詳。

〔五〕天興：金哀宗年號（一二三二—一二三三）。譙：今安徽亳州。

僧德普

僧德普，武川人〔一〕，自號勝靜老人。倜儻有機術，與士大夫游，飲酒食肉，豁如也。嘗為朮虎高琪所重，在軍中論兵。南渡居陳之開元寺，與余先子善〔二〕。嘗著《彌陀偈》〔三〕，談理性，先子為序之。屏山亦喜其俊爽不羈也〔四〕。頗喜字畫、作詩，年六十餘死，余謂古之文暢、秘演之流〔五〕。

【注釋】

〔一〕武川：古地名，在金代屬西京路天山縣，在今内蒙古武川縣附近。

〔二〕陳：陳州，今河南淮陽。劉從益於貞祐四年（一二一六）任陳州防禦判官。
〔三〕《彌陀偈》：已佚。
〔四〕屏山：李純甫。
〔五〕文暢：中唐僧人，喜為文，與韓愈、柳宗元等文人有廣泛交往。秘演：北宋僧人，喜為詩，與石曼卿、歐陽修等人交往，有詩集，歐陽修為之作《釋秘演詩集序》。

僧圓基

僧圓基字子初，姓田氏，亦北人。雖為浮屠，喜與豪士遊〔一〕。負其材略，有握兵、治民之志，蓋隱於僧者也。嘗住持南京靜安寺〔二〕，以不檢去。之峴山〔三〕，歷嵩陽〔四〕，死。與德普相善〔五〕。頗能詩，嘗題移剌右丞畫云〔六〕：『調燮之餘總是閑〔七〕，閑中遊戲到毫端。而今亦有丹青手，猶在蟠溪把釣竿〔八〕。』可見其有志也。又，《詠柳葉》云：『一氣潛通造化中，人間無處不春風。莫嫌冷地開青眼，試看夭桃幾日紅。』

【注釋】

〔一〕亦北人：圓基籍貫不詳。『亦北人』承上文德普而來，當與德普的籍貫相近。豪士：豪傑之士。
〔二〕南京：今河南開封。

〔三〕峴山：在今湖北襄陽。

〔四〕嵩陽：嵩山之陽，指嵩山一帶。

〔五〕德普：見上文。

〔六〕移剌右丞：指耶律履。耶律履（一一三一—一一九一），字履道，遼東丹王七世孫，耶律楚材之父。歷任翰林修撰、禮部侍郎、參知政事、尚書右丞等職。長於繪畫。《金史》卷九十五有傳。

〔七〕調燮：指調理陰陽，治理國事。

〔八〕『而今』二句：當是其自指。

王赤腿

王赤腿，不知其名字年齒，人以其衣短，號哨腿王，或云名予可，字南雲〔一〕，河東人。幼嘗為卒，不詳。居鄜、蔡間，以乞食為事〔二〕。衣皮衣，露膝；長歎，好插花。額上繫以銅片如月，人問之，皆有説。又時時自言為天帝所召，有某仙、某神在焉，所食何物，皆誕詭莫可測。然善歌詩，有求之者，索韻立成。字亦怪異。在鄜城，凡寺觀樓閣及民家屋壁，書其詩殆遍，往往有奇麗語，如《天仙有夢梅》云：『鼎鑄陶鈞政格新〔三〕，横斜疏影慰騷魂。嬰香枕簟黄昏月〔四〕，懋棣東風笑谷春。』又，『經間璈几虚雲鎖〔五〕，杯捲江山枕島樓。卻憶西巖舊宫殿，半横星斗下瀛洲。』又，《題石潭》云：『石裂雯華浸月秋。』〔六〕又『松陰滚碎闌干角』。其他多僻怪不可曉。問之，則曰出天上何書，書名亦不可曉。或云為鬼物所憑。麻知幾獨重之〔七〕。李子遷贈詩云〔八〕：『骯髒風儀古丈夫〔九〕，鶴袍鐵面戟髭鬚。人間春色向頭剩，天上月明當額孤。石鼎夜聯詩句健，布囊春醉酒錢麤。危樓試倚街頭看，應見潛飛入玉壺。』狀其人殆盡。正大初，余過郾，諸公為召至，索詩，求韻立書，辭亦不可曉。後因病，失一目明。遭亂，北渡，病死。（以上《歸潛志》卷六）

【校記】

浸秋月：《中州集》卷九《王先生予可》引作『漬秋月』。

詩句健：《中州集》卷九《王先生予可》引作『詩筆健』。

【注釋】

〔一〕王予可：參見《中州集》卷九《王先生予可》。

〔二〕郾：郾城，今河南郾城。蔡：上蔡：今河南上蔡。《中州集》卷九《王先生予可》：『南渡後，居上蔡、遂平、郾城之間，在郾城為最久。』

〔三〕陶鈞：製作陶器所用的轉輪，後指治理國家。

〔四〕嬰香：香料名。

〔五〕璈：古樂器名。幾：小矮桌。

〔六〕《題石潭》：《中州集》卷九《王先生予可》題作《題崧山石淙》。

〔七〕麻知幾：麻九疇。

〔八〕李子遷：李夷，參見《中州集》卷七《李夷》。

〔九〕骯髒：高亢剛直。

石碣詩

興定初，朮虎高琪為相，建議南京城方八十里〔一〕，極大難守，於內再築子城，周方四十里，壞民屋舍甚衆……子城初起時，於地中得一石碣，上有詩云：『瑞雲靈氣鎖城東，他日還應與北同。歲月遷移人事變，卻來此地再興功。』亦有數云。其字書類宋人，迄今猶在相國寺。

【注釋】

〔一〕興定：金宣宗年號（一二一七—一二二一）。南京：今河南開封。

金朝取士，止以詞賦、經義學

金朝取士，止以詞賦、經義學〔一〕，士大夫往往局于此，不能多讀書。其格法最陋者，詞賦狀元即授應奉翰林文字，不問其人才何如，故多有不任其事者。或顧問〔二〕，不稱上意，被笑嗤，出補外官。章宗時，王狀元澤在翰林〔三〕，會宋使進枇杷子，上索詩，澤奏：『小臣不識枇杷子。』惟王庭筠詩成〔四〕，上喜之。吕狀元造，父子魁多士〔五〕，及在翰林，上索重陽詩，造素不學詩，惶遽獻詩云：『佳節近重陽，微臣喜欲狂。』上大笑，旋令外補。故當時有云：『澤民不識枇杷子，吕造能吟喜欲狂。』（以上《歸潛志》卷七）

【注釋】

〔一〕詞賦：一種韻散相間的文體，講究詞藻、對仗、典故、韻律等。金代科舉始於天會二年（一一二四），海陵貞元元年專以詞賦取士。經義：以經書中的文句為題闡釋義理的考試科目，金代經義科始於天會四年（一一二六）。

〔二〕顧問：供帝王諮詢的侍從之臣。

〔三〕王狀元澤：王澤，字澤民，太原人，明昌元年（一一九〇）詞賦狀元。

〔四〕王庭筠詩：已佚。

〔五〕吕造：字子成，大興人。祖父吕延嗣、父親忠嗣皆狀元及第。吕造為承安二年（一一九七）詞賦狀元。

金朝取士，止以詞賦為重

金朝取士，止以詞賦為重，故士人往往不暇讀書為他文。嘗聞先進故老見子弟輩讀蘇、黄詩，輒怒斥，故學子止工於律賦〔一〕，問之他文則懵然不知。間有登第後始讀書為文者，諸名士是也。南渡以來，士人多為古學，以著文作詩相高。然舊日專為科舉之學者疾之為仇讎，若分為兩途，互相詆譏。其作詩文者目舉子為科舉之學，為科舉之學者指文士為任子弟〔二〕，笑其不工科舉。殊不知國家初設科舉用四篇文字，本取全才。蓋賦以擇制誥之才，詩以取風騷之旨，策以究經濟之業，論以考識鑒之方。四者俱工，其人材為何如也？而學者不知，狃於習俗〔三〕，止力為律賦〔四〕，至於詩、策、論俱不留心，其弊基於為有司者止考賦，而不究詩、策、論也。吾嘗記故老云，泰和間，有司考詩賦已定去取〔五〕，及讀策、論，則止用筆點廟諱、御名，且數字數與塗注之多寡。有司如此，欲舉子輩專精難矣。南渡後，趙、楊諸公為有司〔六〕，方於策、論中取人，故士風稍變，頗加意策、論。又於詩賦中亦辨别讀書人才，以是文風稍振。然亦謗議紛紜，然每貢舉，非數公為有司，則又如舊矣。

【注釋】

〔一〕律賦：　常用於科舉考試的一種賦體，要求音韻諧和，對偶工整，於音律、押韻都有嚴格規定。

〔二〕任子弟：　高官子弟。

〔三〕狃於習俗：拘泥於習俗。
〔四〕止：只。
〔五〕泰和：金章宗年號（一二〇一—一二〇八）。有司：主考官員。
〔六〕趙、楊：指趙秉文、楊雲翼。

金朝以律賦著名者

金朝以律賦著名者曰孟宗獻友之、趙樞子克〔一〕，其主文有藻鑒多得人者曰張景仁御史、鄭子聃侍讀〔二〕，故一時為之語曰：『主司非張、鄭，秀才非趙、孟。』律賦至今學者法之，然其源出於吾高祖南山翁〔三〕。故老云，孟晚進，初不識翁，因少年下第，發憤，辟一室，取翁賦，剪其八韻〔四〕，類之帖壁間，坐臥諷詠深思，已而盡得其法，下筆造微妙。再試，魁於鄉、於府、於省、於御前，天下號孟四元〔五〕，迄今學者以吾祖孟師也。孟雖仕，不甚貴〔六〕。作詩詞有可稱，自號虛靜居士。頗恬淡，留意養生術。嘗著《金丹賦》行於世，其詩詞亦有集〔七〕。

【注釋】

〔一〕孟宗獻：字友之，開封人，大定三年（一一六三）狀元，參《中州集》卷九《孟內翰宗獻》。趙樞：不詳。
〔二〕張景仁御史：字壽甫，遼西人，累官翰林待制、御史大夫。《金史》卷八十四有傳。鄭子聃侍讀：字景純，大定人，正隆二年（一一五七）詞賦狀元，仕至翰林侍講學士。參見《中州集》卷九《鄭內翰子聃》。

〔三〕南山翁：指劉撝，天會二年（一一二四）辭賦狀元。

〔四〕八韻：律賦一般要求八字四平四仄為韻，故稱八韻。

〔五〕孟四元：《金史》卷一百二十五《楊伯仁傳》：『伯仁讀其程文，稱曰：「此人當成大名。」是歲，宗獻府試、省試、廷試皆第一，號孟四元。』

〔六〕不甚貴：孟宗獻歷奉直大夫、曹王府文學兼記室參軍，遷左贊善大夫。左贊善大夫，正六品。

〔七〕《金丹賦》：當是道教養生題材的作品，已佚。其詩詞集亦佚。

孫左丞鐸振之

孫左丞鐸振之，章宗時名臣〔一〕，為人正直敢言，有學問文采，一時相望甚切。俄詔下，同輩皆相執政，公再授戶部尚書〔二〕。公意不愜，因於戶部廳事壁間書唐人詩云：『南鄰北舍牡丹開，年少尋芳去未回。惟有君家老柏樹，春風來似不曾來。』〔三〕有人奏之，坐貶鄜州防禦使〔四〕，再召入朝，未幾執政〔五〕。南渡，為太子太師。後致仕，以壽終。

【注釋】

〔一〕孫左丞鐸：孫鐸字振之，大定十三年（一一七三）進士及第，仕至尚書左丞，除太子太師。參見《金史》卷九十九《孫鐸傳》、《中州集》卷九《孫太師鐸》。

〔二〕同輩：指孫即康、賈鉉。《金史》卷九十九《孫鐸傳》：『（泰和）三年，御史中丞孫即康、刑部尚書賈鉉皆除參知政事，鐸再任戶部尚書，鐸心少之。』再授戶部尚書：孫鐸承安四年（一一九九）遷戶部尚書，泰和三年（一二〇三）再為戶部尚書。

〔三〕書唐人詩：此事見《中州集》卷九《孫太師鐸》，與此小異：『振之賀席中，戲舉青州老柏院布衣張在詩云：「南鄰北里牡丹開，公子王孫去不回，惟有庭前老柏樹，春風來似不曾來。」』此詩原文見文彥博《澠水燕談錄》卷八，張在當是北宋人。

〔四〕有人奏之：《金史》卷九十九《孫鐸傳》，奏劾者為御史大夫完顏下。坐貶鄜州防禦使：《中州集》卷九《孫太師鐸》云，降授同知河南府事。

〔五〕未幾執政：孫鐸泰和七年（一二〇七）回朝，十二月拜參知政事。

李伸之

貞祐南征，獲一統制官李伸之者〔一〕，帥府經歷官劉達卿輩召而飯之〔二〕，且誘以降。將宥焉，伸之獻詩曰：『一飯感恩無地報，此心許國已天知。胸中千古蟠鍾阜，一死鴻毛斷不移。』竟就死。又云：『擬把孤忠報主知，主知未報已身疲。明朝定作長淮鬼，馬革應煩為裹屍。』〔三〕又云：『區區猶上和親策〔四〕，安得元戎一點頭。』

【校記】

李伸之：一作李申之。

【注釋】

〔一〕李伸之：據《金史》卷十一《宣宗本紀中》，興定三年（一二一九）二月，金將僕散安貞攻陷宋梁州，擒獲統制官李申之。

〔二〕劉達卿：劉光謙，字達卿。參見《中州集》卷八《劉戶部光謙》。

〔三〕《中州集》卷九王彧《禪頌》『烈日初心不敢謾』注載李申之事，略異而稍詳：『貞祐末，行臺都尉南征，獲武經進士李申之於盱眙，左右司郎中劉光謙達卿、潤文官李獻能欽叔愛其才辯，欲活之，以避嫌不敢也。乃託以問事機，令軍中羈管之。申之作詩贈主囚者曰：「一飯感君無地報，寸心許國只天知。明朝定作長淮鬼，馬革仍煩為裹尸。」又云：「胸中萬古橫鍾阜，一死鴻毛斷不移。」又獻書都尉云：「金國歲歲南侵，計所得不能一二州，而軍力折耗殆盡。今歲此舉，亦曾慮人有議其後，何以禦之乎？為公計者，不若因南軍大舉斂兵而退，雖屢出無功，得全師而返，猶可自救。不然師老食殫，困頓於堅城之下，讒間一行，則公受禍不久矣。某軍敗而死，固其所也，乞於盱眙城下，責以不降之罪，以死見處，使人人知之，則都尉亦於名教為有功。」書上之明日，申之謀遁歸，不果，乃殺之。欽叔說其臨刑回面南向，欣然就戮，甚嗟惜之。』鍾阜：鍾山，紫金山。

〔四〕和親策：指上引獻都尉書。

宇文虛中吳激詞

先翰林嘗談國初宇文太學叔通主文盟時〔一〕，吳深州彦高視宇文為後進〔二〕，宇文止呼為小吳。因會飲，酒間有一婦人，宋宗室子，流落，諸公感歎，皆作樂章一闋。宇文作《念奴嬌》〔三〕，有『宗室家姬，陳王幼女，曾嫁欽慈族〔四〕。干戈浩蕩，事隨天地翻覆』之語。次及彦高，作《人月圓》詞云〔五〕：『南朝千古傷心事，猶唱後庭花〔六〕。舊時王謝，堂前燕子，飛向誰家〔七〕。　偶然相見。仙肌勝雪，雲鬟堆鴉〔八〕。江州司馬，青衫淚濕，同是天涯。〔九〕』宇文覽之，大驚，自是，人乞詞，輒曰：『當詣彦高也。』〔一〇〕彦高詞集篇數雖不多，皆精微盡善，雖多用前人詩句，其剪裁點綴若天成，真奇作也。先人嘗云〔一一〕：『詩不宜用前人語，若夫樂章，則剪截古人語亦無害，但要能使用爾。如彦高《人月圓》，半是古人句，其思致含蓄甚遠，不露圭角，不尤勝於宇文自作者哉！』

【校記】

偶然相見：《中州樂府》作『恍然一夢』。

雲鬟：《中州樂府》作『宮髻』。

【注釋】

〔一〕先翰林：指劉從益，曾任翰林應奉，故稱。宇文太學叔通：宇文虛中，參見《中州集》卷一《宇文大學虛中》。

〔二〕吳深州彥高：吳激，字彥高，晚年出知深州。參見《中州集》卷一《吳學士激》。

〔三〕宇文作《念奴嬌》：其詞存世，《全金元詞》錄作：「疏眉秀目，看來依舊是，宣和妝束。飛步盈盈姿媚巧，舉世知非凡俗。宋室宗姬，秦王幼女，曾嫁欽慈族。干戈浩蕩，事隨天地翻覆。　一笑邂逅相逢，勸人滿飲，旋旋吹橫竹。流落天涯俱是客，何必平生相熟。舊日黃華，如今憔悴，付與杯中醁。興亡休問，為伊且盡船玉。」

〔四〕陳王：不詳。欽慈：宋神宗陳皇后的謚號，宋徽宗的生母。

〔五〕《人月圓》：原詞見《中州樂府》。

〔六〕猶唱後庭花：杜牧《泊秦淮》：「商女不知亡國恨，隔江猶唱後庭花。」

〔七〕舊時王謝：劉禹錫《烏衣巷》：「舊時王謝堂前燕，飛入尋常百姓家。」

〔八〕堆鴉：形容女子頭髮黑而美。

〔九〕江州司馬：白居易。其《琵琶行》：「座中泣下誰最多，江州司馬青衫濕。」

〔一〇〕《中州樂府》有相似記載：『彥高北遷後，為故宮人賦此。時宇文叔通亦賦《念奴嬌》，先成，而頗近鄙俚，及見彥高此作，茫然自失。是後人有求作樂府者，叔通即批云：「吳郎近以樂府名天下，可往求之」。』

〔一一〕先人：劉從益。

党承旨懷英辛尚書棄疾

党承旨懷英、辛尚書棄疾，俱山東人〔一〕，少同舍〔二〕。屬金國初遭亂〔三〕，俱在兵間。辛一旦率數千騎南渡，顯於宋；党在北方，擢第，入翰林，有名，為一時文字宗主〔四〕。二公雖所趨不同，皆有功業，寵榮視前朝李穀、韓熙載〔五〕，亦相況也。後辛退閑，有詞《鷓鴣天》云：『壯歲旌旗擁萬夫，錦韉突騎渡江初〔六〕。燕兵夜娖銀胡䩮〔七〕，漢箭朝飛金僕姑〔八〕。思往事，歎今吾，春風不染白髭鬚。都將萬字平戎策〔九〕，換得東郊種樹書〔一〇〕。』蓋紀其少時事也。

【注釋】

〔一〕党懷英：詳卷三第二十二則注〔三〕。辛尚書棄疾：辛棄疾為濟南人，未任過尚書之職。當是誤傳。

〔二〕同舍：同學。辛棄疾少時曾師事亳州劉瞻，辛、党同舍，疑在少時。

〔三〕屬：恰好遇到。

〔四〕『辛一旦』七句：辛棄疾於紹興三十二年（一一六二）投奔南宋。《宋史・辛棄疾傳》：『少師蔡伯堅，與党懷英同學，號辛、党。始筮仕，決以蓍，懷英遇《坎》，因留事金；棄疾得《離》，遂決意南歸。』

〔五〕李穀、韓熙載：二人友善。李穀（九〇三—九六〇），字惟珍，潁州汝陰（今安徽阜陽）人。歷仕後晉、後漢、後周，後晉時，歷官樞密直學士，加給事中；後漢時，歷官中書侍郎、平章事，後周時；以李穀為淮南道行營前軍都部署，兼知廬、壽等州府事，後進封趙國公。韓熙載（九〇二—九七〇），字叔言，五代十國南唐官吏，青州人。後唐同光進士。因父被李嗣源所殺而奔吳。南唐李昪時，任秘書郎，輔太子于東宮。李璟即位，遷吏部員外郎，史館修撰，兼太常博士，拜中書舍人。

〔六〕錦韉突騎：穿錦衣的精鋭騎兵。

〔七〕燕兵：北方的士兵。娖：整理。銀胡簶：飾銀的箭袋。
〔八〕金僕姑：箭名。
〔九〕平戎策：平定敵人的文章，指《九議》、《美芹十論》等。
〔一〇〕種樹書：種植花草樹木的書籍。

高丞相巖夫

高丞相巖夫在相位〔一〕，因元光二年元日慶七十〔二〕，會鄉里交舊，且求作詩文，時先子以新罷御史〔三〕，避嫌不赴。余方弱冠〔四〕，為作詩，以公頗負謗，且勸其退休也。公得詩，大喜，趣召余，迎謂余曰：『解道「青雲自致不須階」邪？』又撫余背曰：『汝費字如何下來？』蓋余詩云：『青雲自致不須階，十稔從容位上臺〔五〕。負荷一堂森柱石，調和眾口費鹽梅〔六〕。勤勞密邇三朝重〔七〕，壽考康寧七秩開。家道益昌孫有息〔八〕，彩衣扶杖好歸來〔九〕。』雷希顏為作序〔一〇〕，亦有『乘天眷未衰，可以引去』之語。後余將歸淮陽〔一一〕，復獻書勸其舉一人自代，可得致政歸。然公竟薨於位，不能從也。

【注釋】

〔一〕高巖夫：高汝礪（一一五四—一二二四），字巖夫，貞祐二年（一二一四），隨宣宗南遷，授參知政事。歷尚書左右丞、平章政事。累遷右丞相，封壽國公。參《中州集》卷九《丞相壽國高公汝礪》。

〔二〕元光二年：一二二三年。

〔三〕新罷御史：劉從益於興定五年（一二二一）四月罷官監察御史。

〔四〕余方弱冠：劉祁元光二年二十一歲。

〔五〕上臺：泛指三公宰、宰輔。十稔：十年，指高汝礪貞祐二年以來的經歷。

〔六〕鹽梅：一鹹一酸，指調和眾味。

〔七〕密邇：距離很近。三朝：指金章宗、衛紹王、金宣宗三朝。

〔八〕孫有息：謂子孫繁衍。

〔九〕彩衣：《藝文類聚》卷二十引《列女傳》：『昔楚老萊子孝養二親，行年七十，嬰兒自娛，常著五色斑斕衣，為親取飲。』後因以『彩衣』指孝養父母。

〔一〇〕雷希顏：雷淵。其序已佚。

〔一一〕淮陽：即陳州。

明昌承安間作詩者尚尖新

明昌、承安間〔一〕，作詩者尚尖新，故張翥仲揚由布衣有名，召用〔二〕。其詩大抵皆浮豔語，如：『矮窗小戶寒不到，一鑪香火四圍書。』又，『西風了卻黃花事，不管安仁兩鬢秋。』〔三〕人號『張了卻』。劉少宣嘗題其詩集後云〔四〕：『楓落吳江真好句，不須多示鄭參軍。』〔五〕蓋譏之也。南渡後，文風一變，文多學奇古，詩多學風雅，由趙閑閑、李屏山倡之〔六〕。屏山幼無師傳，為文下筆便喜左氏、莊周，故能一掃遼宋餘習。而雷希顏、宋飛卿諸人〔七〕，皆作古文，故復往往相法效，不作淺弱語。趙閑閑晚年，詩多法唐人李、杜諸公，然未嘗語於人。已而，麻知幾、李長源、元裕之輩鼎出〔八〕，故後進作詩者爭以唐人為法也。

【校記】

張翥：《中州集》卷七作張著，當是。

【注釋】

〔一〕明昌、承安：金章宗年號（一一九〇—一二〇〇）。

〔二〕據《中州集》，張著於泰和五年（一二〇五）以詩名召見，應制稱旨，特恩授監御府書畫。

〔三〕安仁：潘岳。兩鬢秋：指潘岳三十二歲出現的白髮。

〔四〕劉少宣：劉勳。參見《中州集》卷七《劉勳》。

〔五〕劉勳題詩：見《中州集》卷七，題作《讀張仲揚詩因題其上》：『布衣一日見明君，俄有詩名四海聞。楓落吴江真好句，不須多示鄭參軍。』楓落吴江：指唐人崔明信的名句『楓落吴江冷』。鄭參軍：指鄭世翼。《舊唐書·鄭世翼傳》：『時崔信明自謂文章獨步，多所淩轢。（鄭）世翼遇諸江中，謂之曰：「嘗聞『楓落吴江冷』。」信明欣然示百餘篇。世翼覽之未終，曰：「所見不如所聞。」投之於江。信明不能對，擁楫而去。』

〔六〕趙閑閑：趙秉文。李屏山：李純甫。

〔七〕雷希顏：雷淵。宋飛卿：宋九嘉。

〔八〕麻知幾：麻九疇。李長源：李汾。元裕之：元好問。鼎出：相繼成名於世。

竹溪党公論詩

趙閑閑嘗言，律詩最難工，須要工巧周圓〔一〕。吾聞竹溪党公論〔二〕，以為五十六字皆如聖賢，中有一字不經鑪錘，便若一屠沽子廁其間也〔三〕。又云：『八句皆要警拔極難，一篇中須要一聯好句為主，後但以意收拾之，足為好詩矣。』又嘗與余論詩曰：『《選》詩曰：「南登灞陵岸，回首望長安」，「朔風動秋草，邊馬有歸心」，「明月照高樓，流光正徘徊」，此其含蓄意幾何？』〔四〕又曰：『小詩貴風騷，今人往往止作硬語，非也。』〔五〕

【注釋】

〔一〕『趙閑閑』三句：趙秉文語出處不可考。

〔二〕竹溪党公：党懷英。

〔三〕屠沽子：屠夫、酒保一類人。

〔四〕『南登灞陵岸』二句：出自王粲《七哀詩》。『朔風動秋草』出自王瓚《雜詩》。『明月照高樓』出自曹植《七哀詩》。以上詩歌皆入選《文選》。

〔五〕党懷英上述言論，出處不可考。

趙閑閑少嘗寄黃華詩

趙閑閑少嘗寄黃華詩〔一〕，黃華稱之，曰：『姓王氏非作千首〔二〕，其工夫不至是也。』其詩至今為人傳誦，且趙以此詩初得名。詩云：『寄語雪溪王處士，年來多病復何如？浮雲世態紛紛變，秋草人情日日疏。李白一杯人影月，鄭虔三絕畫詩書。情知不得文章力，乞與黃華作隱居。』〔三〕

【注釋】

〔一〕黃華：王庭筠，號黃華山主、黃華老人。

〔二〕姓王氏：此句疑有脫誤。

〔三〕『寄語』八句：趙秉文原詩題作《寄王學士》，見《滏水文集》卷七。

趙閑閑論尹無忌、趙黃山

趙閑閑嘗為余言，少初識尹無忌〔一〕，問：『久聞先生作詩不喜蘇、黃，何如？』無忌曰：『學蘇、黃則卑猥也。』其詩一以李、杜為法，五言尤工。閑閑嘗稱其《游同樂園》詩，云〔二〕：『晴日明華構〔三〕，繁陰蕩綠波。蓬丘滄海遠，春色上林多。流水時雖逝，遷鶯暖自歌。可憐歡樂極，鉦鼓散雲和。』又有佳句：『行雲春郭暗，歸鳥暮天蒼』〔四〕、『野色明殘照，江聲入暮雲。』〔五〕甚似少陵。閑閑又稱趙黄山詩，云〔六〕：『燈暗風翻幔，蛩吟葉擁牆。人如秋已老，愁與夜俱長。滴盡階前雨，催成鏡裏霜。黄花依舊好，多病不能觴。』〔七〕此詩信佳作也。又，黄山嘗與予黄山道中作詩，有云：『好景落誰詩句裏，蹇驢馱我畫圖間。』〔八〕世號『趙蹇驢』。余先子翰林嘗談章宗春水放海青〔九〕，時黄山在翰苑〔一〇〕，扈從，既得鵝，索詩，黄山立進之，其詩云：『駕鵝得暖下陂塘〔一一〕，探騎星馳入建章〔一二〕。黄繖輕陰隨鳳輦，綠衣小隊出鷹坊〔一三〕。摶風玉爪淩霄漢，瞥日風毛墮雪霜。共喜園陵得新薦〔一四〕，侍臣齊捧萬年觴。』章宗覽之，稱其工，且曰：『此詩非宿構不能至此。』

【校記】

歸鳥：《中州集》卷四《和王逸賓繁臺詩》作『高鳥』。

野色：《中州集》卷四《和王逸賓繁臺詩》作『草色』。

【注釋】

〔一〕尹無忌：即師拓，參見《中州集》卷四《師拓》。

〔二〕《游同樂園》：又見《中州集》卷四，文字相同。趙秉文之論，已佚。

〔三〕華構：華美的建築。

〔四〕『行雲』二句：出自師拓《和王逸賓繁臺詩》，原詩見《中州集》卷四：『憑望憐臺迥，長吟苦思荒。行雲春郭暗，高鳥暮天蒼。草色傷心極，松風灑面涼。故園兵革外，殊覺路途長。』

〔五〕『野色』二句：　出自師拓《陪人游北苑》，原詩見《中州集》卷四：『繫馬溪邊酌，啼鶯柳外聞。望長魂欲斷，愁豁酒微醺。草色明殘照，江聲入暮雲。故園春已到，歸思日繽紛。』

〔六〕趙黃山：　趙渢，號黃山，參見《中州集》卷四《黃山趙先生渢》。

〔七〕『燈暗』八句：　原詩題作《南院聞雨》，見《中州集》卷四。

〔八〕『好景』二句：　全詩載《中州集》卷四，題作《黃山道中》：『小穀城荒路屈盤，石根寒碧漲秋灣。千章秀木黃公廟，一點飛雲白塔山。好景落誰詩句裏，蹇驢駝我畫圖間。膏肓泉石真吾事，莫厭乘閑數往還。』黃山，在今山東東阿境內。

〔九〕春水：　北方民族春天捕獵天鵝、鈎魚等活動。海青：　海東青，一種產於東北的獵鷹，常用來捕獵天鵝。

〔一〇〕黃山在翰苑：　趙渢於大定二十九年（一一八九）入翰林院，為應奉翰林文字，明昌四年（一一九三），遷翰林修撰。

〔一一〕駕鵝：　野鵝，天鵝。

〔一二〕探騎：　尋找天鵝的騎兵。建章：　本是漢代皇宮，詩中借指金章宗的行宮。

〔一三〕黃繖：　金章宗的儀仗。綠衣小隊：　指馴養海東青的人員。金代設立鷹坊，馴養海東養，設置鷹坊提點、鷹坊使等職，見《金史》卷五十六《百官志》。

〔一四〕得新薦：　按照春水習俗，捕獵到的第一隻天鵝，稱頭鵝，要用來祭祀園陵。

趙閑閑平日字畫工夫最深

趙閑閑平日字畫工夫最深，詩其次，又其次散文也。嘗語余曰：『今日後進中作文者頗有三二人，至吟詩者，絕少，字畫亦無也。』以是知公所長。然議論經學，許王從之〔一〕，散文許李之純、雷希顔〔二〕，詩頗許麻知幾、元裕之〔三〕，字畫頗許麻知幾、馮叔獻也〔四〕。又嘗教余學書，先法張旭《石柱記》〔五〕，每曰：『汝輩幸有天資，止不肯學古人一點一畫寫也。』

【注釋】

〔一〕王從之：王若虚。

〔二〕李之純：李純甫。雷希顔：雷淵。

〔三〕麻知幾：麻九疇。元裕之：元好問。

〔四〕馮叔獻：馮璧。

〔五〕《石柱記》：指張旭所寫《郎官石柱記序》，是其唯一傳世的楷書作品。

李屏山趙閑閑教後學為文

李屏山教後學為文〔一〕，欲自成一家，每曰：『當別轉一路，勿隨人腳跟。』故多喜奇怪，然其文亦不出莊、左、柳、蘇，詩不出盧仝、李賀。晚甚愛楊萬里詩，曰：『活潑剌底，人難及也。』趙閑閑教後進為詩文則曰：『文章不可執一體，有時奇古，有時平淡，何拘？』李嘗與余論趙文曰：『才甚高，氣象甚雄，然不免有失支墮節處〔二〕，蓋學東坡而不成者。』趙亦語余曰：『之純文字止一體，詩只一句去也。』又，趙詩多犯古人語，一篇或有數句，此亦文章病。屏山嘗序其《閑閑集》云〔三〕：『公詩往往有李太白、白樂天語，某輒能識之。』又云：『公謂男子不食人唾，後當與之純、天英作真文字。』〔四〕亦陰譏云。

【校記】

詩只一句去也：一作『詩只一向去也』，疑是，指其詩歌僅朝著一個方向（奇怪）發展。

【注釋】

〔一〕李屏山：李純甫。

〔二〕失支墮節：失節，不完整。

〔三〕《閑閑集》：已佚。李純甫序亦佚。

〔四〕天英：李經。趙秉文有《答李天英書》傳世，可參。

趙閑閑王從之論文

趙閑閑論文曰：『文字無太硬，之純文字最硬，可傷！』〔一〕王翰林從之則曰：『文字無軟者，惟其是也。』〔二〕余嘗以質諸先人〔三〕，先人以趙論為是。

【注釋】

〔一〕之純文字：李純甫愛用瘦硬語言，為趙秉文所批評。

〔二〕王翰林從之：王若虛。

〔三〕先人：劉祁之父劉從益。

趙閑閑、李屏山、王從之、雷希顔諸公論為文作詩

興定、元光間，余在南京〔一〕，從趙閑閑、李屏山、王從之、雷希顔諸公遊〔二〕，多論為文作詩。趙於詩最細，貴含蓄工夫，於文頗麤，止論氣象大概。李於文甚細，說關鍵、賓主、抑揚，於詩頗麤，止論詞氣才巧。故余於趙則取其作詩法，於李則取其為文法。若王，則貴議論文字有體致，不喜出奇，下字止欲如家人語言，尤以助辭為尚〔三〕。與屏山之純學大不同。嘗曰：『之純雖才高，好作險句怪語，無意味。』……雷則論文尚簡古，全法退之。詩亦喜韓，兼好黄

魯直新巧。每作詩文，好與朋友相商訂，有不安，相告立改之，此亦人所難也。

【注釋】

〔一〕興定、元光：金宣宗年號（一二一七—一二二三）。南京：今河南開封。劉祁於興定四年（一二二〇）之後，長期在開封參加科舉考試。

〔二〕趙閑閑：趙秉文。李屏山：李純甫。王從之：王若虛。雷希顔：雷淵。

〔三〕助辭：即助詞，虛詞中之一類。王若虛在《滹南遺老集》中對助詞使用不當者多有批評。

齊希謙題詩

趙閑閑作《南城訪道圖》，諸公皆有詩〔一〕。嘗有一齊希謙者〔二〕，題云：『億劫夢中誇識解〔三〕，一生紙上作風波〔四〕。到今不肯抽頭去〔五〕，畢竟南城有甚麼？』人頗傳之。

【注釋】

〔一〕《南城訪道圖》：已佚。訪道：指尋訪佛教之道。諸公詩：現存王若虛《趙內翰求〈城南訪道圖〉詩，辭不獲已，乃作絶句以戲，復為解之云》，見《滹南遺老集》卷四十五。

〔二〕齊希謙：生平不詳。

〔三〕億劫：即千萬億劫，指極長久的時間。識解：見識。
〔四〕一生紙上作風波：指趙秉文一輩子作詩撰文作畫，沒有離開官場，進入佛界。
〔五〕抽頭：脱身。

趙閑閑長翰苑作詩會

正大初，趙閑閑長翰苑〔一〕，同陳正叔、潘仲明、雷希顔、元裕之諸人作詩會〔二〕，嘗賦《野菊》，趙有云：『岡斷秋光隔，河明月影交。荒叢號蟋蟀，病葉掛蠨蛸。欲訪陶彭澤，柴門何處敲？』〔三〕諸公稱其破的也。又分詠《古瓶蠟梅》，趙云：『苕華吐碧龍文澀，燭淚痕疏雁字横。』後云：『嬌黄喚起昭陽夢，漢苑淒涼草棘生。』〔四〕句甚工。潘有云：『命薄從教官獨冷，眼明猶喜跡雙清。』〔五〕語亦老也。後分《憶橙》、《射虎》〔六〕，題甚多，最後詠《道學》，雷云：『青天白日理分明』〔七〕，亦為題所窘也。閑閑同館閣諸公九日登極目亭，俱有詩。趙云：『魏國河山殘照在，梁王樓殿野花開。鷗從白水明邊沒，雁向青天盡處回。未必龍山如此會，座中三館盡英才。』〔八〕雷希顔云：『千古雄豪幾人在？百年懷抱此時開。』〔九〕李欽止云〔一〇〕：『連朝倥傯簿書堆，辜負黄花酒一杯。』〔一一〕

【注釋】

〔一〕趙閑閑長翰苑：正大元年（一二二四），趙秉文任翰林學士同修國史。

〔二〕陳正叔：陳規，字正叔，參見《中州集》卷五《陳司諫規》。潘仲明：名希孟（一一七三—？），磁州（今河北磁縣）人，承安五年（一二〇〇）進士及第，曾任上黨簿，南渡後，為吏部主事，貞祐四年（一二一七），為《濟州李演碑》篆額，現存。後遷翰林修撰，官至中大夫同知州防禦使事。

〔三〕《野菊》：趙秉文原詩見《滏水文集》卷六，文字差異較多：『離離巖下菊，無主混蓬茅。路斷秋光隔，山明水影交。荒叢鳴蟋蟀，寒葉掛蠨蛸。擬訪陶廬飲，柴扉何處敲？』蠨蛸：蜘蛛。元好問有《野菊座主閑閑公命作》、《野菊再奉座主閑閑公命作》等詩。

〔四〕《古瓶蠟梅》：趙詩見《滏水文集》卷七，文字有所差異：『石冷銅腥苦未清，瓦壺溫水照輕明。土花碧暈龍紋澀，燭淚痕疏雁字橫。未許功名歸鼎鼐，且容風月入瓶罌。嬌黄喚起昭陽夢，漢苑淒涼草棘生。』

〔五〕潘詩：原詩已佚。雙清：指思想及行事皆無塵俗氣。杜甫《屏跡》：『杖藜從白首，心跡喜雙清。』

〔六〕《憶橙》、《射虎》：趙詩見《滏水文集》卷七。

〔七〕《道學》：原詩已佚。

〔八〕趙詩題作《九日會極目亭》，見《滏水文集》卷七：『孤亭高壓冷雲堆，九日登臨貫酒杯。魏國河山殘照在，梁王臺殿野花開。鷗從白水明邊沒，雁向青天盡處回。未必龍山如此會，座中三館盡英才。』

〔九〕『千古』二句：雷淵原詩已佚。

〔一〇〕李欽止：名獻卿，李獻能之兄，泰和三年（一二〇三）進士，官至正議大夫、宣差規措解鹽司，充鹽部郎中行部事。

〔一一〕『連朝』二句：其詩已佚。倥傯：事情紛繁迫促。

和韻為難

凡作詩，和韻為難〔一〕。古人贈答皆以不拘韻字〔二〕。迨宋蘇、黄，凡唱和，須用元韻，往返數回以出奇〔三〕。余先子頗留意〔四〕，故每與人唱和，韻益狹，語益工，人多稱之。嘗與雷希顔、元裕之論詩，元云：『和韻非古，要為勉强。』先子云：『如能以彼韻就我意，何如？亦一奇也。』嘗在史院與屏山諸公唱和呂唐卿《海藏齋詩》舟字韻〔五〕，往返十餘首。先子有云：『繡坼舊圖翻短褐〔六〕，朱書小字記歸舟。』屏山大稱其工用事也。後居淮陽〔七〕，與劉少宣唱和村字韻〔八〕，亦往返數十首。最後論詩，有云：『楊劉變體號西崑〔九〕，竊笑登坛子美村〔一〇〕。大抵俗儒無正眼，惟應後世有公言。光生杜曲今千古〔一一〕，派出江西本一源。此道陵遲嗟久矣，不才安敢擅專門。』又，『樂府虚傳山抹雲〔一二〕，詩名浪得柳連村〔一三〕。九原太白有生氣，千古少陵無閑言。登泰山巔小天下，到崑崙口知河源。如君少進可入室，顧我今衰不及門。』少宣以為全不覺用他人韻也。

【校記】

試院：一作『史院』，誤，劉從益未曾任職國史館。

呂唐卿：一作『李唐卿』，誤。

【注釋】

〔一〕和韻：有三種形式：一是韻腳與原詩韻在同一韻部而不必用其原字；二是韻腳用其詩原韻原字，且用字先後次序相同，即次韻；三是即韻腳用原詩的字而不必依照其先後次序。此處指次韻。

〔二〕不拘韻字：指在同韻的不同字。

〔三〕蘇、黄：蘇軾、黄庭堅。

〔四〕余先子：劉從益。

〔五〕試院：興定五年（一二二一），李純甫知貢舉，劉從益時任監察御史，為監試官。呂唐卿：名子羽，明昌二年（一一九一）進士及第，仕至陳州防禦使。參《中州集》卷八《呂陳州子羽》。《海藏齋詩》：已佚。

〔六〕『繡拆』句：化用杜甫《北征》語：『海圖拆波濤，舊繡移曲折。天吳及紫鳳，顛倒在裋褐。』

〔七〕淮陽：即陳州。劉從益曾三次居陳，一為貞祐四年（一二一六）任陳州防禦使，二是興定二年（一二一八）至三年丁父憂，三是興定五年至元興二年（一二二三）罷官閒居陳州。此處當指第三次居陳期間。

〔八〕劉少宣：劉勳，字少宣，參見《中州集》卷七《劉勳》。劉勳村字韻詩已佚。

〔九〕楊劉：指楊億、劉筠。西崑：西崑體，因《西崑酬唱集》而得名。

〔一〇〕『竊笑』句：謂楊億等人譏笑杜詩傖俗。劉攽《中山詩話》：『楊大年不喜杜工部詩，謂為村夫子。』《中州集》卷二《劉西巖汲》引李純甫《西巖集序》曰：『李義山喜用僻事，下奇字，晚唐人多效之，號西崑體，殊無典雅渾厚之氣，反詈杜少陵為村夫子，此可笑者二也。』

〔一一〕杜曲：古地名，在長安，唐代貴族杜氏世居地。詩中指代杜甫。

〔一二〕樂府：指詞。山抹雲：指秦觀《滿庭芳》詞：『山抹微雲，天連衰草，畫角聲斷譙門。』

〔一三〕『詩名』句：指司空圖。其《獨望》詩曰：『綠樹連村暗，黄花入麥稀。遠陂春早滲，猶有水禽飛。』蘇軾《書司空圖詩》曰：『司空表聖自論其詩，以為得味外味。「綠樹連村暗，黄花入麥稀。」此句最善。』其中『綠樹』，《東坡志林》等書作『綠柳』。

聯句亦詩中難事

聯句亦詩中難事〔一〕，蓋座中立書，不暇深思也。南京龍德宫趙閑閑、李屏山、王正之聯句〔二〕，王云：『棘猴未窮巧，穴蟻已失王。』人多稱之。余先子亦留意。主長葛簿時〔三〕，與屏山、張仲傑會飲〔四〕，坐中有定磁酒甌〔五〕，因為聯句，先子首唱曰：『定州花磁甌，顔色天下白。』諸公稱之。屏山則曰：『輕浮妾玻璃，頑鈍奴琥珀。』〔六〕張則曰：『器質至堅脆，膚理還悦澤。』後居淮陽，冀京父來過〔七〕，雪夜聯句，先子有云：『簾疏見飛霙，窗静聞落屑。』又，李欽叔來過，李子遷在座〔八〕，會合聯句，先子首唱曰：『玉立兩謫仙，鼎峙三敵國。』〔九〕又云：『三强出奇兵，八戰乃八克。一老怯大敵，三戰即三北。』〔一〇〕後自大梁歸陳〔一一〕，與祁聯句，先子首云：『紅抛汴梁塵，綠吸淮陽酒。』後令葉縣〔一二〕，中秋夜與郝坊州仲純、王飛伯輩聯句〔一三〕，具載《蓬門集》中〔一四〕。（以上《歸潛志》卷八）

【校記】

穴蟻已失王：《中州集》卷五《王監使特起》引作『槐蟻或失王』。

【注釋】

〔一〕聯句：作詩方式之一，由兩人或多人共同創作，每人一句或數句，聯結成一篇。

〔二〕南京：此指開封。龍德宮，宋徽宗所建。《歸潛志》卷七：『南京同樂園，故宋龍德宮，徽宗所修，其間樓閣花石甚盛，每春三月花發，及五六月荷花開，官縱百姓觀。雖未嘗再增葺，然景物如舊。正大末，北兵入河南，京城作防守計，官盡毀之。』王正之：王特起，字正之，泰和三年（一二〇三）進士，參見《歸潛志》卷四、《中州集》卷五《王監使特起》。

〔三〕長葛：許州屬縣，今河南長葛。劉從益於崇慶元年（一二一二）任長葛簿。

〔四〕屏山：李純甫約於大安三年（一二一一）避兵許州。張仲傑：字仲傑，趙州人，大安元年（一二〇九）進士，與劉從益同年及第，任南頓令，從軍數年，入為省掾大理司直，卒。生平見《歸潛志》卷四。

〔五〕定磁：即定瓷，定窯所產的瓷器。定窯為宋代五大名窯之一，窯址在今河北省曲陽縣，在宋代屬定州，故名。以產白瓷著稱，兼燒黑釉、醬釉和釉瓷。

〔六〕『輕浮』二句：意謂比玻璃還輕薄，比琥珀還堅實。

〔七〕冀京父：冀禹錫，字京父，崇慶二年（一二一三）進士，參見《中州集》卷六《冀都事禹錫》。聯句事當在興定三年（一二一九）。

〔八〕李欽叔：李獻能，參見《中州集》卷六《李右司獻能》。李子遷：李夷，參見《中州集》卷七《李夷》。

〔九〕兩謫仙：指李獻能、李夷。

〔一〇〕一老：劉從益自指。

〔一一〕自大梁歸陳：劉從益興定五年（一二二一）罷官監察御史，自大梁歸陳州。

〔一二〕令葉縣：劉從益於元光二年（一二二三）任葉縣令。

〔一三〕郝坊州仲純：名居中，郝俣之子，曾任坊州刺史。參見《中州集》卷二《郝内翰俣》。王飛伯：名鬱，參見《中州集》卷七《王鬱》。

〔一四〕《蓬門集》：劉從益詩文集，十卷，已佚。

余先子同諸公賦昆陽懷古

余先子翰林令葉時，同郝坊州仲純賦《昆陽懷古》詩〔一〕，諸公多繼作〔二〕。先子有云：『營屯潰水横陳處，計墮劉郎小怯中〔三〕。天上雷風掃妖氣，人間虎豹畏真龍〔四〕。千秋一片昆溪月，曾照堂堂蓋世雄。』郝云：『戰骨至今埋潰水，暮雲何處是春陵？』〔五〕李長源云：『潁川南下鬱坡陁，遐想當年戰壘多。自是真人清宇宙，誰為豎子試干戈？』〔六〕元裕之云：『英威未覺消沈盡，試向春陵望鬱葱。』〔七〕王飛伯云：『落日一川英氣在，西風萬葉戰聲來。』後云：『誰倚城樓吊興廢，一聲長笛暮雲開。』〔八〕史學優、李欽叔、白文舉皆有詩〔九〕，余亦作一古詩也〔一〇〕。

【注釋】

〔一〕郝坊州仲純：郝居中，參見上則。昆陽：葉縣的舊稱。

〔二〕諸公多繼作：除下文所舉之外，尚有李獻能《昆陽元夜南寺小集》，見《中州集》卷六。

〔三〕『營屯』二句：寫劉秀與王莽軍的昆陽之戰，劉秀以弱勝強。滍水：今稱沙河，淮河支流之一。上句寫王莽大軍圍困昆陽。劉郎：劉秀。小怯：《後漢書》卷一《光武帝紀》：『諸部喜曰：「劉將軍平生見小敵怯，今見大敵勇，甚可怪也。」』

〔四〕妖氣：指王莽的新朝。真龍：指劉秀。

〔五〕春陵：今湖北棗陽。劉秀兄弟與南陽宗室子弟在南陽郡春陵鄉起兵，其兵馬稱作春陵軍。

〔六〕李長源：李汾。其原作已佚。

〔七〕元裕之：元好問，原詩已佚。

〔八〕王飛伯：王鬱，原詩已佚。

〔九〕史學優：史學字學優，參見《中州集》卷七《史學》。李欽叔：李獻能。白文舉：白華，字文舉，貞祐三年（一二一五）進士，生平見《金史》卷一一四《白華傳》。三人所作《昆陽懷古》詩，皆佚。

〔一〇〕余亦作一古詩：劉祁所作《昆陽懷古》，已佚。

古人多有偶得佳句而不能立題者

古人多有偶得佳句而不能立題者，如山谷云：『清鑒風流歸賀八，飛揚跋扈付朱三。』〔一〕未知可以贈誰。又云：『人得交遊是風月，天開圖畫即江山。』〔二〕亦無全篇。余先子嘗有句云：『推愁不去若移石，呼酒不來如望霓〔三〕。』又，『半生竊祿魚貪餌，四海無家鳥擇棲。』又，『未解作詩如見畫，常憂讀賦錯呼霓。』

【注釋】

〔一〕山谷云：胡仔《苕溪漁隱叢話》前集卷四十八：『山谷云：「嘗作得兩句云：『清鑒風流歸賀八，飛揚跋扈付朱三。』未知可贈誰，遂不能成章。」』

〔二〕『人得』二句：葉夢得《石林詩話》卷上：『蜀人石翼，黄魯直黔中時從遊最久，嘗言見魯直自矜詩一聯云：「人得交遊是風月，天開圖畫即江山」，以為晚年最得意，每舉以教人，而終不能成篇。』

〔三〕望霓：《孟子·梁惠王下》：『民望之，若大旱之望雲霓也。』

夢中作詩

夢中作詩，或得句，多清邁出塵。余先祖龍山君嘗夢得句云〔一〕：『山路嶄有壁，松風清無塵。』先子夢中詩云：『落月浸天池。』余幼年夢中亦作詩云：『玄猿哭處江天暮，白雁來時澤國秋。』如鬼語也。

【校記】

天池：一作『天地』。

【注釋】

〔一〕龍山君：劉似，字稚章，號龍山，劉祁祖父。以恩賜第，仕為華州教授、沂水縣主簿。

先翰林罷御史

先翰林罷御史，閒居淮陽〔一〕，種五竹堂後自娱，作詩云：『撥土移根卜日辰，森森便有氣凌雲。真成闕里二三子〔二〕，大勝樊川十萬軍〔三〕。影浸涼蟾窗上見，聲敲寒雨枕邊聞。林間故事傳西晉，不數山王詠五君〔四〕。』以寄趙閑閑。會閑閑亦於閑閑堂後種竹甚多，一日，禮部詔余曰：『昨夕欲和丈《種竹》詩，牽於韻，自作一篇，答其意可也。』因出其詩云：『君家種竹五七个，我亦近栽三四竿。兩地平分風月破，大家留待雪霜看。土膏生意葉猶卷，客枕夢魂聲已寒。見此又思君子面，何時相對倚闌干？』〔五〕先子復和其韻云：『我家陳郡子梁園，不約同栽竹數竿。清入夢魂千里共，笑開詩眼幾回看。幽姿淡不追時好，苦節相期保歲寒。八座文昌天咫尺〔六〕，得如閑容倚闌干。』又，李瀞公渡因遊圍城〔七〕，會雲中一僧，曰德超，談及鄉里名家劉、雷事〔八〕，公渡留詩云：『邂逅雲中老阿師，里人許我話劉雷。略談近日諸孫事，頗覺哀懷一笑開。衆道髯參宜帥幕〔九〕，人憐短簿去霜臺〔一〇〕。圍城香火西庵地，嘗記秋高雨後來。』後先子過圍，見之，和其韻云：『上林春晚數歸期〔一一〕，轣轆車聲疾轉雷。翠幄護田桑葉密，綠雲夾路麥花開。偶因假館留蕭寺〔一二〕，試問游方指厄臺〔一三〕。白首衲僧同里閈〔一四〕，亦知吾祖有雲來〔一五〕。』余以示閑閑，閑閑亦和其韻〔一六〕，寄先子云：『屏山歿後使人悲〔一七〕，此外交親我與雷〔一八〕。千里老懷何日寫？一生笑口幾回開？心知契闊留陳土，時復登臨上吹臺〔一九〕。目極天低雁回處，西風忽送好詩來。』先子復和云：『兩地相望雲與泥，敢期膠漆嗣陳雷〔二〇〕。遙憐曉鏡霜鬚滿，但對故人青眼開。且趁梅芳醉梁苑〔二一〕，莫因雁過問燕臺〔二二〕。上林花柳鶯春晚，蓬勃西風卷土來。』

【注釋】

〔一〕『先翰林』二句：劉從益興定五年（一二二一）罷官監察御史，閒居淮陽。

〔二〕闕里：孔子故里，後泛指儒者居地。孟浩然《洗然弟竹亭》：『吾與二三子，平生結交深。』

〔三〕樊川：杜牧。杜牧《晚晴賦》：『竹林外裹兮，十萬丈夫，甲刃摐摐，密陣而環侍。』

〔四〕『林間』二句：顔延之作《五君詠》，將山濤、王戎排除在竹林七賢之外，對阮籍等五人予以讚揚。

〔五〕『君家』八句：趙詩題作《和種竹》，見《滏水文集》卷七。

〔六〕八座、文昌：二星名。

〔七〕李瀰：字公渡，相（今河南安陽）人，參見《中州集》卷七《李瀰》。圉城：在今河南杞縣。

〔八〕雲中：今山西大同。劉雷：劉撝、雷思，皆應州渾源（今山西渾源）人。應州與大同相鄰，故稱鄉里。

〔九〕『眾道』句：原有小注：『謂希顔。』髯參，『髯參軍』的省稱。晉郤超為桓溫記室參軍，多髯，時人稱『髯參軍』。後用以稱記室參軍。雷淵長髯，於興定四年至元光二年（一二二〇——一二二三）為英王府文學兼記室參軍。元好問《聞希顔得英府記室》：『近得髯參信，知從兔苑遊。』

〔一〇〕『人憐』句：原有小注：『謂先子』。短簿：晉代王珣為桓溫主簿，與郤超同受重用。《晉書》卷六十七《郤超傳》：『府中語曰：「髯參軍、短主簿，能令公喜，能令公怒。」超髯珣短故也。』劉從益曾任長葛主簿。霜臺：御史臺。去霜臺：指劉從益罷官監察御史。

〔一一〕上林：本是秦漢時期的皇家園林，這裏指代汴京。

〔一二〕假館：作客借住。蕭寺：佛寺。

〔一三〕『試問』句：原有小注：『陳郡。』游方：游於方內，指在塵世之中。《莊子·大宗師》：『孔子曰：「彼，游方之外者也；而丘，游方之內者也。」』厄臺：相傳為孔子行經陳蔡斷糧處，在陳州境內。

〔一四〕里閈：鄉里。

〔一五〕雲來：雲孫、來孫的並稱，泛指後代。

〔一六〕閑閑：趙秉文之號。趙詩題作《和劉雲卿》，文字相同，見《滏水文集》卷七。

〔一七〕屏山：李純甫之號。李純甫卒於元光二年（一二二三）。

〔一八〕雷：雷淵。

〔一九〕陳土：即陳州。吹臺：又稱繁臺，在汴京。

〔二〇〕膠漆嗣陳雷：東漢雷義與陳重情誼深厚，時人謂：『膠漆自謂堅，不如雷與陳。』見《後漢書》卷八十一《雷義傳》。

〔二一〕梁苑：西漢梁孝王所築的皇家園林，在今河南商丘。

〔二二〕燕臺：即燕昭王所築的黃金臺。

諸公喜雨詩

正大初，先君由葉令召入翰林〔一〕，諸公皆集余家，時春旱有雨，諸公喜而共賦詩，以『好雨知時節，當春乃發生』為韻。趙閑閑得『發』字，其詩云〔二〕：『君家南山有衣鉢〔三〕，叢桂馨香老蟾窟〔四〕。從來青紫半門生〔五〕，今日兒孫床滿笏〔六〕。邇來雲卿復秀出〔七〕，論事觀書眼如月。豈惟傳家秉賜彪〔八〕，亦復生兒勔勮勃〔九〕。往時曾乘御史驄，未害霜蹄聊一蹶〔一〇〕。老雙鳧古邑試牛刀〔一一〕，百里政聲傳馬卒。今年視草直金鑾〔一二〕，雲章妙手看揮發〔一三〕。老夫當避一頭地〔一四〕，有慚老驥追霜鶻〔一五〕。座中三館盡豪英，健筆縱横建安骨。已知良會得四并〔一六〕，更許深杯辭百罰。我雖不飲願助勇，政要青燈照華髮。但令風雨破天慳〔一七〕，未厭歸途洗靴韈。』先君得『好』字，因用解嘲，其詩云：『春寒桑未稠，歲旱麥將槁。此時得一雨，奚翅萬金寶〔一八〕。吾賓適在席，喜氣溢襟抱。酒行不計觴，花底玉山倒〔一九〕。從來慳混嘲，蓋為俗子道。北海得開尊〔二〇〕，天氣豈常好？況當生髮辰，沾足恨不早。東風又吹簷滴乾，主人不慳天自慳。』是日，諸公極歡，皆沾醉而歸。後月餘，先君以疾不起，趙以『天慳』為詩讖云。

【校記】

趙秉文詩：《滏水文集》卷四題作《就劉雲卿第與同院諸公喜雨分韻得發字》，文字略有差異。叢桂馨香，作

『叢桂分香』；邇來雲卿，作『邇來先生』；政要青燈，作『政要風燈』；未厭歸途，作『不怕歸途』；『當避』作『當放』。

【注釋】

〔一〕『正大』句：劉從益於正大三年（一二二六）任翰林應奉。

〔二〕趙閑閑詩：題作《就劉雲卿第與同院諸公喜雨分韻得發字》，見《滏水文集》卷四。

〔三〕南山：指南山翁劉撝。

〔四〕叢桂：劉家世代進士，故稱。蟾窟：蟾宮，月宮，指代劉家。

〔五〕『從來』句：謂一半門生成了達官。

〔六〕笏：古代大臣上朝拿著的手板，用玉、象牙或竹片製成，用來記事。床滿笏：比喻家門福祿昌盛、富貴壽考。《舊唐書·崔神慶傳》：『開元中，神慶子琳等，皆至大官，群從數十人，趨奏省闥，每歲時家宴，組佩輝映，以一榻置笏，重疊於其上。』

〔七〕雲卿：劉從益字。

〔八〕秉賜彪：東漢名臣楊震之子楊秉、楊秉之子楊賜、楊賜之子楊彪能世其家，見《後漢書》卷八十四《楊震傳》。

〔九〕勔勮勃：初唐王勔、王勮、王勃三兄弟。《舊唐書》卷一百九十《王勃傳》：『勃六歲解屬文，構思無滯，詞情英邁，與兄勔、勮才藻相類，父友杜易簡常稱之曰：「此王氏三珠樹也。」』王勔官至涇州刺史，王勮歷官鳳閣舍人、加弘文館學士，兼知天官侍郎。劉從益生有二子：劉祁、劉郁。

〔一〇〕『往時』二句：謂劉從益為官監察御史被貶之事。

〔一一〕雙鳧古邑：漢時王喬有仙術，為葉縣令時，乘雙鳧往來，故稱。牛刀：宰牛的刀，比喻大本事。蘇軾

《送歐陽主簿赴官韋城》詩：『讀遍牙籤三萬軸，欲來小邑試牛刀。』

〔一二〕視草直金鑾：指其任職翰林院，受皇帝寵倖。李陽冰《草堂集序》：『（帝）謂曰：「卿是布衣，名為朕知，非素蓄道義，何以及此？」置於金鑾殿，出入翰林中，問以國政，潛草詔誥，人無知者。』

〔一三〕雲章：文彩蜚然的文章。

〔一四〕『老夫』句：用歐陽修稱蘇軾語。歐陽修《與梅聖俞》：『讀軾書，不覺汗出，快哉快哉！老夫當避路，放他出一頭地也。』

〔一五〕老驥追霜鶻：宋徐積《李太白雜言》：『當時杜甫亦能詩，恰如老驥追霜鶻。』

〔一六〕四并：指良辰、美景、賞心、樂事四者同時具備。

〔一七〕天慳：天公吝嗇，指春雨不足。

〔一八〕奚翅：奚啻，何止。

〔一九〕玉山倒：形容醉酒的樣子。

〔二〇〕『北海』句：漢末孔融為北海相，時稱孔北海，融性寬容少忌，好士，及退閒職，賓客盈門。常歎曰：『坐上客恒滿，尊中酒不空，吾無憂矣。』見《後漢書》卷七十《孔融傳》。

元裕之、李長源不相咸

元裕之、李長源同鄉里〔一〕，各有詩名。由其不相下，頗不相咸〔二〕。李好憤怒，元嘗云：『長源有《憤擊經》。』元好滑稽，李輒以詩譏罵，元亦無如之何。元嘗權國史院編修官〔三〕，時末帝召故駙馬都尉僕散阿海女子入宫〔四〕，俄以人言其罪，又蒙放出。元因賦《金谷怨》樂府詩，李見之，作《代金谷佳人答》一篇以拒焉，一時士人傳以為笑談。元詩云：『娃兒十八嬌可憐〔五〕，亭亭嫋嫋春風前。天上仙人玉為骨，人間畫工畫不出。小小油壁車，軋軋出東華〔六〕。繡帶盤綾結，雲裙蹋雁沙〔七〕。嬌雲一片不成雨，被風吹去落誰家？豈無年少恩澤侯〔八〕，錦韉貂帽亦風流。不然典取鸘鷞裘〔九〕，四壁相如堪白頭〔一〇〕。金谷樓臺杳無主〔一一〕，燕子不飛花著雨。只知環佩作離聲〔一二〕，誰解琵琶得私語〔一三〕？有情蜂雄蛺蝶雌，無情雞欺翡翠兒〔一四〕。勸君滿飲金曲卮〔一五〕，明日無花空折枝〔一六〕。』李詩云：『石家園林洛水濱，粉垣碧瓦迷天津〔一七〕。樓臺參差映金谷，歌舞日日嬌青春。是時天下甲兵息，江南已傳歸命臣〔一八〕。永平以來太康治〔一九〕，四海一家無窮人。洛陽城中厭醽醁〔二〇〕，司隸夜過不敢嗔〔二一〕。王門戚里爭豪侈，車馬如水爭紅塵。燒金斫玉延上客〔二二〕，季倫豈輸趙王倫〔二三〕？兩家炎炎貴相軋〔二四〕，笙竽嘈嘈妓成列。珊瑚紅樹鞭擊碎〔二五〕，步障青絲馬踏裂〔二六〕。因緣睚眥貴人怒，詔下黄門促收捕〔二七〕。郵夫防吏急喧驅〔二八〕，河南牒繫御史府〔二九〕。鐘鳴漏盡行不休，生存華屋歸山丘〔三〇〕。綠珠香魂涴塵土〔三一〕，侍兒忍居樓上頭。君王慈明宥率土〔三二〕，妾身竄名籍民伍〔三三〕。平生作得健兒婦，狗走雞飛豈敢惡？』元和其詩〔三四〕，先子稱工〔三五〕。

【校記】

《金谷怨》：《元好問全集》卷六作《芳華怨》，文字略有差異：繡帶盤綾結，作『金縷盤雙帶』；嬌雲一片，作『一片朝雲』；錦韉貂帽，作『金鞍繡帽』；杳無主，作『悄無主』；不飛，作『不來』；誰解，作『誰向』；『有情蜂雄』二句，作『無情鸂鶒翡翠兒，有情蜂雄蛺蝶雌』；滿飲金曲卮，作『滿酌金屈卮』。

【注釋】

〔一〕同鄉里：元好問與李汾都是太原人，故稱。

〔二〕咸：和睦。元好問在《中州集》中將李汾列為『三知己』之一，劉祁不相咸之說，未必可信。

〔三〕權國史院編修官：元好問於正大元年（一二二四）夏至次年夏任國史館編修官。

〔四〕末帝：指金末帝完顏承麟，金世宗後裔。天興三年（一二三四）正月，受哀帝命即位。末帝或指金哀宗。僕散阿海：即僕散阿貞（？—一二二一），娶邢國長公主，為駙馬都尉，人稱四駙馬。多次率兵攻宋，興定五年六月，被誣謀反處死。

〔五〕娃兒：年輕女子，指僕散阿海之女。

〔六〕東華：汴京宮門名。

〔七〕蹋雁沙：形容步履輕盈。

〔八〕恩澤侯：出於皇帝私恩而獲封為侯爵者，《漢書》有《外戚恩澤侯表》。

〔九〕典取鷫鸘裘：《西京雜記》卷二：『司馬相如初與卓文君還成都，居貧愁懣，以所著鷫鸘裘，就市人陽昌貰酒，與文君為歡。』鷫鸘，傳說中的一種西方神鳥。一說為鼠名，即飛鼠。

〔一〇〕『四壁』句：《史記·司馬相如傳》：『文君夜亡奔相如，相如乃與馳歸，家居徒四壁立。』

〔一一〕金谷：晉代石崇所築園林，在洛陽。

〔一二〕環佩：女子的玉佩。作離聲：發出別離的聲音。

〔一三〕琵琶得私語：指其感情世界。

〔一四〕『無情雞欺』句：左思《吳都賦》：『山雞歸飛而來棲，翡翠列巢以重行。』

〔一五〕金曲卮：酒器名。唐于武陵《勸酒》：『勸君金曲卮，滿酌不須辭。』

〔一六〕『明日』句：化用唐無名氏《金縷衣》：『勸君莫惜金縷衣，勸君惜取少年時。花開堪折直須折，莫待無花空折枝。』

〔一七〕『石家』二句：寫石崇所築金谷。天津，洛水上的津口。

〔一八〕歸命：歸順。

〔一九〕永平：晉惠帝年號，僅三月（二九一年）。太康：晉武帝年號（二八〇—二八九）。永平以來太康治，疑有誤。

〔二〇〕餔醵：聚會飲食，出錢為醵，出食為餔。

〔二一〕司隸：司隸校尉，督查京師及地方治安的官員。

〔二二〕燒金斫玉：喻富貴奢靡生活。

〔二三〕季倫：石崇字。趙王倫：指趙王司馬倫，石崇後為司馬倫所殺。

〔二四〕兩家：指石崇、司馬倫兩家。

〔二五〕『珊瑚』句：《晉書》卷三十三《石崇傳》載，石崇與王愷鬥富，『武帝每助愷，嘗以珊瑚樹賜之，高二尺許，枝柯扶疏，世所罕比。愷以示崇，崇便以鐵如意擊之，應手而碎』。

〔二六〕『步障』句：《晉書》卷三十三《石崇傳》載，石崇與王愷鬥富，『愷作紫絲布步障四十里，崇作錦步障五十里以敵之』。

〔二七〕貴人：指孫秀。黄門：官署名，多傳達皇帝詔令。張籍《傷歌行》：『黄門詔下促收捕。』

〔二八〕郵夫：驛卒。防吏：擔負防守任務的小官。喧驅：大聲驅趕。張籍《傷歌行》：『郵夫防吏急喧驅，往往驚墮馬蹄下。』

〔二九〕『河南』句：張籍《傷歌行》：『京兆尹繫御史府。』

〔三〇〕『生存』句：曹植《箜篌引》：『盛時不可再，百年忽我遒。生存華屋處，零落歸山丘。』

〔三一〕緑珠：石崇寵妾，石崇被捕後，緑珠跳樓身亡。

〔三二〕君王：指晉惠帝。宥率土：赦免境内有罪之人。據《晉書》卷三十三《石崇傳》：『崇母兄妻子無少長皆被害，死者十五人。』其他人受到赦免。

〔三三〕『妾身』句：謂其他金谷佳人流落民間。

〔三四〕元和其詩：或謂元好問和詩為《後芳華怨》，而該詩與李詩詩意、語言關聯不緊。元的和詩，待考。

〔三五〕先子：即先父，指劉從益（一一七九—一二二二），《金史》卷一二六有傳。

麻徵君知幾在南州

麻徵君知幾在南州〔一〕，見時事擾攘，其催科督賦如毛〔二〕，百姓不安，嘗題《雨中行人扇圖》詩云〔三〕：『幸自山東無稅賦〔四〕，何須雨裏太倉黄？尋思此箇人間世，畫出人來也著忙。』雖一時戲語，也有味。知幾若見今日事，又作何語邪？又，《戲題太公釣魚圖》云〔五〕：『向使文王不獵賢，一竿潦倒渭河邊。當時若早隨時世，直喫羊羔八十年。〔六〕』亦中時病也。又有《道人》云：『太公壽命八十餘，文王一見便同車。而今若有蟠溪客，也被官中要納魚〔七〕。』雖俚語，可以想見時世也。

【注釋】

〔一〕徵君：隱士。麻徵君知幾：麻九疇。南州：指許州郾城。
〔二〕催科督賦：催交賦稅。
〔三〕《雨中行人扇圖》：失考。
〔四〕幸自：本自。
〔五〕太公：姜太公，即姜望，相傳隱居於渭水北岸釣魚，為周文王發現，奉為太師。《太公釣魚圖》，失考。
〔六〕『當時』二句：意謂姜望如果早些入世，參與朝政，那就有一輩子的富貴。
〔七〕蟠溪：姜子牙釣魚處。蟠溪客：指類似姜子牙這樣的隱居高人。納魚：指交租。

王翰林從之論黃魯直詩

王翰林從之嘗論黃魯直詩穿鑿、太好異〔一〕，云：『「能令漢家重九鼎，桐江波上一絲風。」〔二〕若道漢家二百年自嚴陵釣竿上來〔三〕，且道得，然關風甚事？』又云：『《猩猩毛筆》

「平生幾兩屐，身後五車書」〔四〕，此兩事如何合得？且一猩猩毛筆安能寫五車書邪？〔五〕』余嘗以語雷丈希顏，曰〔六〕：『不然，一猩猩之毛如何只作筆一管？』後以語先子，先子大笑云。

【注釋】

〔一〕王翰林從之：王若虛。

〔二〕『能令』二句：出自黃庭堅《題伯時畫嚴子陵釣灘》詩。桐江：富春江流經桐廬境内，稱為桐江。

〔三〕嚴陵：嚴子陵，少時與劉秀同學，後劉秀稱帝，乃隱居不仕，釣於富春江。

〔四〕『平生』二句：出自黃庭堅《和答錢穆父詠猩猩毛筆》。平生幾兩屐，晉人阮孚愛穿屐，曾感歎『未知一生當著幾量屐』，見《世說新語·雅量》。量，通『緉』。

〔五〕一猩猩毛筆：有兩解，一謂一枝用猩猩毛製成的筆，一謂用一頭猩猩毛製成的筆。王若虛本意是前者，下文雷淵語則用後者。

〔六〕雷丈希顏：雷淵是劉祁的長輩，故稱雷丈。

趙翰林、楊之美相得甚歡

趙翰林周臣為學士〔一〕，楊之美為禮部尚書〔二〕，二公相得甚歡。蓋楊雖視趙進稍後，且齒少趙〔三〕，以其學問、政事過人，雅重之，而楊事趙亦謹。正大初，朝廷以夏國為北兵所廢，將立新主，以趙公年德俱高，且中朝名士，遂命入使冊之〔四〕。既行，館閣諸公以為趙公此行必厚獲，蓋趙素清貧也。至界上，朝議罷其事，飛驛卒遣追回。當驛卒之行也，楊公在禮部，召至，授以一卷書，封印甚謹，諭以直至學士面前開拆。卒既至趙所，先授以省符〔五〕，次白有禮部實封〔六〕。趙公疑訝，不知為何事，啟之，乃楊公詩一首也。其詩云：『中朝人物翰林才，金節煌煌使夏臺〔七〕。馬上逢人唾珠玉，筆頭到處灑瓊瑰。三封書貸揚州命，半夜碑轟薦福雷〔八〕。自古書生多薄命，滿頭風雪卻回來。』趙公撫掌大笑。後朝野喧傳，以為笑談。

【注釋】

〔一〕『趙翰林』句：趙秉文於興定五年（一二二一）為翰林學士，正大元年（一二二四）改翰林學士同修國史。

〔二〕『楊之美』句：楊雲翼於興定二年（一二一八）遷禮部尚書。

〔三〕且齒少趙：楊雲翼生於大定十年（一一七〇），趙秉文生於正隆四年（一一五九）。

〔四〕將立新主：據《金史》卷一百三十四《夏國傳》：『（正大）三年二月遵頊死，七月德旺死。』但趙秉文出使西夏，在正大二年，『中途聞夏主殂而回』（《庶齋老學叢談》卷中）。故劉祁此處記載當有誤。

〔五〕省符：尚書省下達的命令。

〔六〕實封：密封的文件。

〔七〕夏臺：指西夏。

〔八〕『三封』二句：宋僧惠洪《冷齋夜話》卷二《雷轟薦福碑》：『范文正公鎮鄱陽，有書生獻詩甚工，文正禮之。書生自言天下之至寒餓者無在其右。時盛行歐陽率更書，薦福寺碑墨本值千錢。文正為具紙墨打千本，使售於京師。紙墨已具，一夕，雷擊碎其碑。故時人為之語曰：「有客打碑來薦福，無人騎鶴上揚州」東坡作《窮措在詩》曰：「一夕雷轟薦福碑。」」歐陽率更：歐陽詢，因曾任太子率更令，故名。三封書：指歐陽詢書法拓本。貸：施予。揚州命：富貴命。

張特立文舉

張特立文舉，東明人〔一〕。少擢第〔二〕，有能聲。調萊州節度判官〔三〕，不赴。居杞之圉城〔四〕，躬耕田野，以經學自樂。正大初，侯左丞摯薦諸朝〔五〕，起為洛陽令，稱治，召拜監察御史，奉法無所私。因劾省掾高楨輩受請託、飲娼家〔六〕，坐不實得罪。蓋初劾時，嘗以草示應奉王鶚伯翼〔七〕，共議之。王乃其門生也。事既行，高楨輩訟之。當時同席並有省掾王賓德卿〔八〕，張以其進士也，故不劾。於是，朝省疑其私，並治文舉、德卿。文舉左遷邳州軍事判官〔九〕，杖五十，賓亦勒停。士論皆惜文舉之去，賓因作詩有云：『王鶚既曾經手改，高楨自是著心攀〔一〇〕。就中最苦張文舉，收拾閑雲返故山。』時人傳以為笑。

【注釋】

〔一〕張特立：生平參見《金史》卷一百二十八《循吏傳》。東明：今山東東明南。

〔二〕少擢第：據《金史》，張特立於泰和三年（一二〇三）進士及第。

〔三〕萊州：今山東萊州市。
〔四〕圉城：今河南杞縣。
〔五〕侯左丞摯：生平見《金史》卷一百八。
〔六〕高楨：生平不詳。《金史》卷八十四《高楨傳》當是另一人。
〔七〕王鶚：字伯翼，曹州東明人，正大元年詞賦狀元，授應奉翰林文字。《元史》卷一百六十有傳。
〔八〕王賓：字德卿，貞祐三年進士及第，後任尚書省令史。參見《中州集》卷七《王亳州賓》。
〔九〕邳州：在今江蘇邳州市南。
〔一〇〕著心攀：用心攀王賓。《金史》卷一百二十八《張特立傳》曰：『因劾省掾高楨輩受請託、飲娼家。時平章政事白撒犒軍陝西歸，楨等泣訴於道，以當時同席，並有省掾王賓，張為其進士，故不劾。白撒以其私且不實，並治特立及賓，特立左遷邳州軍士判官，杖五十。』

李屏山戲趙閑閑

李屏山視趙閑閑為丈人行〔一〕，蓋屏山父與趙公同年進士也〔二〕。然趙以其才，友之忘年。其屏山每見趙致禮，或呼以老叔，然於文字間未嘗假借〔三〕；或因醉嫚罵，雖惱亦無如之何。其往刺寧邊〔四〕，嘗以詩送，有云：『百錢一匹絹，留作寒儒裩。』〔五〕譏其多為人寫字也。又云：『一婢醜如鬼，老腳不作溫。』〔六〕譏其侍妾也。又《送王從之南歸》有云〔七〕：『今日始服君，似君良獨難。惜花不惜金〔八〕，愛睡不愛官。』亦一時戲之也。（以上《歸潛志》卷九）

【注釋】

〔一〕丈人行：長輩。趙秉文（一一五九—一二三二）比李純甫（一一七七—一二二三）年長十九歲。
〔二〕屏山父：李采，字仲文，大定二十五年（一一八五）進士。
〔三〕假借：寬假，寬容。
〔四〕寧邊：治在今內蒙古清水河縣。趙秉文於大安元年（一二〇九）出任寧邊刺史。
〔五〕裩：同褌，褲子。百錢一匹絹：指趙秉文為人寫字所獲的廉價絹布。
〔六〕不作溫：不產生熱量。
〔七〕王從之南歸：王若虛承安二年（一一九七）進士及第，以親老，不赴吏選而南歸。
〔八〕『惜花』句：譏諷王若虛迷戀聲色。《歸潛志》卷九：『王從之無花不飲。』

趙閑閑坐詩譏諷得罪

屏山又談趙閑閑初上言諸公坐詩譏諷得罪事云：章宗誠好文，獎用士大夫。晚年為人讒間，頗厭怒。如劉左司昂、宗御史端脩，先以大中事皆坐謗議朝政謫外官〔一〕。其後，路侍御鐸、周戶部昂、王修撰庭筠復以趙閑閑事謫絀〔二〕。每曰：『措大輩止好議論人。』〔三〕故泰和三年御試，上自出題曰『日合天統』〔四〕，以困諸進士，止取二十七人〔五〕，皆積漸之所致也。

初，趙秉文由外官為王庭筠所薦，入翰林〔六〕。既受職，遽上言云：『願陛下進君子，退小人。』上召入宮，使內侍問：『當今君子、小人為誰？』秉文對：『君子，故相完顏守貞〔七〕；小人，今參政胥持國也〔八〕。』上復使詰問：『汝何以知此二人為君子、小人？』秉文惶迫不能對，但言：『臣新自外來，聞朝廷士大夫議論如此。』時上厭守貞直言，由宰相出留守東京。向持國諂諛，驟為執政，聞之大怒，因窮治其事。收王庭筠等俱下吏〔九〕，且搜索所作譏諷文字，復無所得，獨省掾周昂《送路鐸外補》詩，有云：『龍移鰌鱔舞，日落鵄梟嘯〔一〇〕。未須發三歎，但可付一笑。』頗涉譏諷。奏聞，上怒曰：『此政謂世宗升遐而朕嗣位也〔一一〕。』大臣皆懼，罪在不可測。參知政事孫公鐸從容言於上曰〔一二〕：『古之人臣亦有擬為龍、為日者，如孔明臥龍、荀氏八龍〔一三〕，趙衰冬日、趙盾夏日〔一四〕，宜無他。』於是上意稍解。翌日，有旨：庭筠坐舉秉文，昂坐譏諷，各杖七十，左貶外官。秉文狂愚，為人所教，止以本等外補〔一五〕。初，秉文與昂不相識，被累。已而，昂杖臥，秉文謝焉〔一六〕，大為昂母所詬，秉文但曰：『此前生冤業也〔一七〕。』故人為之語曰有『不攀欄檻只攀人』之句〔一八〕。其後，趙公以文章翰墨著名，位三品，主文盟，然此少時事終不能掩。大安中，出刺寧夏〔一九〕，屏山以詩送之，有云：『明昌黨事起〔二〇〕，實夫子為根。黃華文章伯，抱恨入九原〔二一〕。盤盤周大夫，不得早調元〔二二〕。株逮及見黜，公獨擁朱轓〔二三〕。』蓋訐其舊事也〔二四〕。

【校記】

出刺寧夏： 當是『出刺寧邊』之誤。

【注釋】

〔一〕大中： 其人不詳。曾任蒲陰縣令、審官院掌書。泰和七年，大中等人私議朝政，釀成黨禍。劉昂貶官上京留守判官，參見《中州集》卷四《劉左司昂》。宗端修貶官事，失考。

〔二〕路侍御鐸： 路鐸，承安四年（一一九九）任侍御史。明昌五年（一一九五），路鐸外貶南京留計判官。但據《金史》卷七十三《完顏守貞傳》，路鐸被貶因受完顏守貞牽連所致。周戶部昂，泰和五年（一二〇五）任戶部員外郎。明昌五年，任監察御史，受趙秉文牽連而罷官。王庭筠時任翰林修撰，亦受牽連而罷官。

〔三〕措大： 指貧寒失意的讀書人。

〔四〕泰和三年： 《金史》卷九十九、《還山遺稿》卷六作泰和六年（一二〇六），當是。日合天統： 出自《漢書》卷二十一上《律曆志》： 『傳曰： 天有三辰，地有五行……故三辰之合於三統也。日合於天統，月合於地統，斗合於人統，五星之合於五行。』《金史》卷九十九《賈鉉傳》： 『泰和六年御試，鉉為監試官，上曰： 「丞相宗浩嘗言試題頗易，由是進士例不讀書。朕今以《日合天統》為賦題。」鉉曰： 「題則佳矣，恐非所以牢籠天下士也。」上曰： 「帝王以難題窘舉人，固不可，欲使自今積致學業而已。」遂用之。』

〔五〕二十七人： 一作二十八人。楊奐《還山遺稿》卷上《跋趙太常擬試賦稿後》： 『當泰和丙寅春三月二十五日，萬寧宮試貢士，總兩科，無慮千二百輩，上躬命賦題曰： 「日合天統。」侍臣初甚難之，而太常卿北京趙公適充御前讀卷官，獨以謂不難，即日奏賦，議乃定，既而中選者纔二十有八人。』趙太常： 趙之傑，曾任太常卿。參見《中州集》卷八《趙太常之傑》。

〔六〕入翰林： 明昌六年，趙秉文因王庭筠推薦，起復應奉翰林文字同知制誥。

〔七〕完顔守貞： 金朝大臣（？—一二〇〇）章宗明昌年間歷任參知政事、平章政事等職，封蕭國公。後被胥持國排擠，於知濟南府時死。《金史》卷七十三有傳。

〔八〕胥持國： 字秉鈞（？—一一九八），代州繁峙（今山西砂河）人，經童出身。明昌四年（一一九三），升參知政事。五年進尚書右丞。與李妃結納干政，附其門下者有『胥門十哲』。承安二年（一一九七）八月，被彈劾罷任，九月為樞密副使，佐樞密使完顔襄行省於北京（今內蒙古寧城西大明城），卒於軍中。

〔九〕下吏： 交付司法官吏審訊。

〔一〇〕『龍移』二句： 以龍、日比喻路鐸，以鰌鱔、鴟梟比喻得志的小人。

〔一一〕升遐： 升天，死亡。

〔一二〕孫鐸： 字振之，其先滕州人，徙恩州。大定十三年（一一七三）進士，明昌四年遷戶部尚書，泰和七年（一二〇七）拜參知政事。《金史》卷九十九有傳。

〔一三〕荀氏八龍： 東漢荀淑的八個兒子： 荀儉、荀緄、荀靖、荀燾、荀汪、荀爽、荀肅、荀旉，並有才名，人稱荀氏八龍。

〔一四〕『趙衰』二句： 《左傳・文公七年》： 『酆舒問於賈季曰： 「趙衰、趙盾孰賢？」對曰： 「趙衰，冬日之日也。趙盾，夏日之日也。」』杜預注： 『冬日可愛，夏日可畏。』

〔一五〕外補： 趙秉文次年正月出獄，廢居鄉里。後貶同知岢嵐軍州事。《金史》卷一百十《趙秉文傳》： 『有司論秉文上書狂妄，法當追解，上不欲以言罪人，遂特免焉。』

〔一六〕謝： 謝過，道歉。

〔一七〕冤業： 冤孽，罪過。

〔一八〕不攀欄檻只攀人： 《金史》卷一百十《趙秉文傳》： 『當時為之語曰： 「古有朱雲，今有秉文； 朱雲攀檻，秉文攀人。」士大夫莫不恥之。』朱雲攀檻：漢成帝時，朱雲進諫，攻擊丞相張禹為佞臣，帝怒，欲斬之，他死抱殿檻，結果殿檻被折斷。事見《漢書》卷六十七《朱雲傳》。

〔一九〕出刺寧夏：趙秉文於大安元年（一二〇九）出任寧邊刺史。

〔二〇〕明昌黨事：指明昌六年趙秉文上書得罪事。

〔二一〕黄華：王庭筠。九原：墓地。王庭筠卒於泰和二年（一二〇二）。

〔二二〕盤盤：人才出眾。周大夫：周昂。調元：調和陰陽，執掌大政。

〔二三〕朱轓：車乘兩旁的紅色障泥，後指貴顯者之車乘。

〔二四〕訐：揭發，攻擊。

趙翰林可獻之

趙翰林可獻之少時赴舉〔一〕，及御簾試《王業艱難賦》〔二〕，程文畢〔三〕，於席屋上戲書小詞云：『趙可可，肚裏文章可可。三場捱了兩場過，只有這番解火。恰如合眼跳黄河，知他是過也不過。試官道王業艱難，好交你知我。』時海陵庶人親御文明殿〔四〕，望見之，使左右趣録以來，有旨諭考官：『此人中否當奏之。』已而中選，不然亦有異恩矣。……獻之少輕俊，文章健捷，尤工樂章，有《玉峰閑情集》行於世〔五〕。晚年奉使高麗〔六〕。高麗故事，上國使來，館中有侍妓，獻之作《望海潮》以贈〔七〕，為世所傳。其詞云：『雲垂餘髮，霞拖廣袂，人間自有飛瓊〔八〕。三館俊遊〔九〕，百銜高選〔一〇〕，翩翩老阮才名〔一一〕。銀漢會雙星，尚相看脈脈，似隔盈盈〔一二〕。醉玉添春〔一三〕，夢魂同夜惜卿卿〔一四〕。離觴草草同傾。記靈犀舊曲〔一五〕，曉枕餘酲〔一六〕。海外九州，郵亭一別，此生未卜他生〔一七〕。江上數峰青〔一八〕，悵斷雲殘雨〔一九〕，不見高城〔二〇〕。二月遼陽芳草〔二一〕，千里路旁情。』歸而下世〔二二〕，人以為『此生未卜他生』之讖云。先是蔡丞相伯堅亦嘗奉使高麗〔二三〕，為館妓賦《石州慢》云〔二四〕：『雲海蓬萊〔二五〕，風霧鬢鬟，不假梳掠〔二六〕。仙衣卷盡霓裳，方見宮腰纖弱。心期得處，世間言語非真〔二七〕，海犀一點通寥廓〔二八〕。無物比情濃，與無情相搏〔二九〕。離索。曉來一枕餘香，酒病賴花醫卻〔三〇〕。瀲灩金尊，收拾新愁重酌。半帆雲影，載得無際關山，夢魂應被楊花覺〔三一〕。梅子雨絲絲〔三二〕，滿江千樓閣。』二詞至今人不能優劣。予謂蕭閑之渾厚，玉峰之峭拔，皆可人。然蔡之『仙衣卷盡霓裳，方見宮腰纖弱』，與趙之『惜卿卿』，皆不免為人疵議之矣。

【校記】

夢魂：《中州樂府》作『夢雲』。

與無情相搏：《中州樂府》作『覓無情相博』。

瀲灩：《中州樂府》作『灩灩』。

半帆：《中州樂府》作『片帆』。

載得：《中州樂府》作『載將』。

【注釋】

〔一〕趙可：字獻之，高平人，貞元二年（一一五四）進士。參見《中州集》卷二《趙內翰可》。

〔二〕簾試：宋代吏部補選缺官，凡中選者除同進士出身及恩科人員外，皆須赴吏部長貳廳前之考試，謂之『簾試』。御簾試，皇帝親自主持的簾試。王業艱難，出自《毛詩·豳風·七月序》：『《七月》，陳王業也。周公遭變故，陳后稷先公風化之所由，致王業之艱難也。』

〔三〕程文：應試者要完成的規定之文。

〔四〕海陵庶人：完顏亮大定二十一年（一一七一）被降為海陵庶人。

〔五〕玉峰：趙可號玉峰散人。

〔六〕奉使高麗：據《金史》卷八《世宗紀》，趙可於大定二十七年（一一八七）十二月，以翰林待制為高麗生日使。

〔七〕《望海潮》：《中州樂府》錄此詞，題作《望海潮·發高麗作》。

〔八〕飛瓊：許飛瓊，傳說是西王母身邊的侍女，後泛指仙女。

〔九〕三館：唐以統文館、集賢殿書院、史館為三館。此處借指翰林院，指其翰林待制的身份。

〔一〇〕百銜高選：意謂自己是百官挑選出來的優秀人才。

〔一一〕老阮：阮瑀，字元瑜，阮籍之父。翩翩：出自曹丕《與吳質書》：『元瑜書記翩翩，致足樂也。』

〔一二〕雙星：指牛郎、織女。《古詩十九首》：『盈盈一水間，脈脈不得語。』

〔一三〕醉玉：指男子醉酒。添春：增添春情。

〔一四〕卿卿：親昵恩愛之詞。

〔一五〕靈犀舊曲：李商隱《無題》：『心有靈犀一點通。』
〔一六〕餘酲：餘醉。
〔一七〕九州：指高麗。『海外』句化用李商隱《馬嵬》詩：『海外徒聞更九州，他生未卜此生休。』
〔一八〕江上數峰青：錢起《省試湘靈鼓瑟》：『曲終人不見，江上數峰青。』
〔一九〕斷雲殘雨：指情緒寥落。
〔二〇〕高城：指高麗城，趙可與侍妓歡會處。
〔二一〕二月：大定二十八年（一一八八）二月，當是趙可回金時間。遼陽：金遼陽府，治在今遼寧遼陽。
芳草：牛希濟《生查子》：『記得綠羅裙，處處憐芳草。』
〔二二〕歸而下世：趙可大定二十八年二月歸金，次年遷翰林直學士，卒。
〔二三〕蔡丞相伯堅：蔡松年。據《高麗史》毅宗二年五月載，蔡松年以禮部侍郎與大理卿完顏宗安一同出使高麗。毅宗二年，即金皇統八年（一一四八）。
〔二四〕《石州慢》：《中州樂府》錄此詞，題作《石州慢・高麗使還日作》。
〔二五〕雲海蓬萊：指高麗國，同時以蓬萊仙島暗示館妓美如仙女。
〔二六〕風霧鬢鬟：形容女子的頭髮。不假梳掠：不需要梳妝打扮，指其天然風韻。
〔二七〕心期：心中相許。得處：指會心處。言語非真：指語言無法表達的感情。
〔二八〕海犀：海中犀牛。李商隱《無題》：『心有靈犀一點通。』舊說犀角中有白紋如線，直通兩頭。
〔二九〕與無情相搏：意謂要面對無情之離別。
〔三〇〕酒病：指醉酒傷情。花：指館妓，一說指自然花朵。
〔三一〕『夢魂』句：晏幾道《鷓鴣天》（小令尊前）：『夢魂慣得無拘檢，又踏楊花過謝橋。』

〔三二〕梅子雨絲絲：化用賀鑄《青玉案》『梅子黄時雨』，同時亦是寫實。其《高麗館中》曰：『蛤蜊風味解朝酲，松頂雲凝雨不晴。悄悄重簾斷人語，碧壺春筍更同傾。』

趙閑閑、李屏山論前輩

趙閑閑於前輩中，文則推党世傑懷英、蔡正甫珪〔一〕，詩則最稱趙文孺渢、尹無忌拓〔二〕。嘗云：『王子端才固高〔三〕，然太為名所使。每出一聯一篇，必要使人皆稱之，故止是尖新。其曰：「近來陡覺無佳思，縱有詩成似樂天〔四〕」，不免物議也〔五〕。』李屏山於前輩中止推王子端庭筠。嘗曰：『東坡變而山谷，山谷變而黄華，人難及也。』或謂趙不假借子端〔六〕，蓋與王爭名，而李推黄華，蓋將以軋趙也。屏山南渡後文字多雜禪語葛藤〔七〕，或太鄙俚不文，迄今刻石鏤板者甚眾。余先子嘗云：『之純晚年文字半為葛藤，古來蘇、黄諸公亦語禪，豈至如此？可以為戒。』又多為浮屠作碑記傳贊〔八〕，往往詆訾吾徒〔九〕，諸僧翕然歸向，因集以板之，號《屏山翰墨佛事》〔一〇〕，傳至京師，士大夫覽之多慍怒，有欲上章劾之者。先子嘗謂曰：『此書胡不斧其板也？』屏山曰：『是向諸僧所鏤，何預我耶？』後屏山歿，將板其全集，閑閑為塗剔其傷教數語，然板竟不能起，今為諸僧刻於木，使傳後世，惜哉！

【注釋】

〔一〕党世傑懷英：參見《中州集》卷三《承旨党公》。蔡正甫珪：參見《中州集》卷一《蔡太常珪》。

〔二〕趙文孺渢：參見《中州集》卷四《黃山先生趙渢》。尹無忌拓：參見《中州集》卷四《師拓》。

〔三〕王子端：王庭筠，號黃華，參見《中州集》卷三《黃華王先生庭筠》。

〔四〕『近來』二句：原詩已佚。

〔五〕物議：眾人的議論。王若虛有詩譏之，見《滹南遺老集》卷四十五，題為《王子端云：『近來陡覺無佳思，縱有詩成似樂天。』其小樂天甚矣，予亦嘗和為四絕》。

〔六〕假借：寬容。

〔七〕南渡：指貞祐二年（一二一四）金室南渡。葛藤：葛草之藤，禪門中人謂文字言詮猶如葛藤。

〔八〕浮屠：僧人。

〔九〕詆訾：毀謗非議。吾徒：儒者。

〔一〇〕《屏山翰墨佛事》：已佚。

南山翁夢遊山寺

余高祖南山翁未第時〔一〕，嘗夢遊山寺，見佛衣紋隱隱如金字，然細視之，乃七言詩也。覺而記其四句云：『喜逢漢代龍興日，高謝商山豹隱秋〔二〕。蟾宮好養青青桂，須占鼇頭穩上游。』已而，金朝初開進士舉，中魁甲。繼以二子西巖、龍泉同擢第〔三〕，又繼以孫洺州君〔四〕，又繼以孫中奉君、朝列君、曾孫翰林君、奉政君〔五〕，凡四世八人也。在南京時，中奉君嘗求書『八桂堂』于趙閑閑，閑閑曰：『君家豈止八桂而已耶？』為書『叢桂蟾窟』四字云。（以上《歸潛志》卷十）

【注釋】

〔一〕南山翁：劉撝，天會二年（一一二四）辭賦狀元。

〔二〕謝：告訴。豹隱：相傳南山黑豹，可以在連續七天的霧雨天氣裏不吃東西，以便長出花紋，躲避天敵。後人『豹隱』比喻隱居伏處，愛惜其身。典出《列女傳》卷二。

〔三〕西巖：劉汲之號。龍泉：劉渭之號。二人於天德三年（一一五一）進士及第。

〔四〕洺州君：劉佖，字稚川，大定十年（一一六〇）進士。

〔五〕中奉君：指劉儼，字稚昂，承安二年（一一九七）進士，累官至中奉大夫，壬辰北渡蹈河死。翰林君：指劉從益。朝列君、奉政君：皆無考。

文章各有體

文章各有體，本不可相犯，故古文不宜蹈襲前人成語，當以奇異自强。四六宜用前人成語，復不宜生澀求異。如散文不宜用詩家語，詩句不宜用散文言，律賦不宜犯散文言，散文不宜犯律賦語，皆判然各異。如雜用之，非惟失體，且梗目難通〔一〕。然學者闇於識，多混亂交

出，且互相詆誚，不自覺知此弊，雖一二名公不免也。（《歸潛志》卷十二）

【注釋】

〔一〕梗目：礙眼。

詩者，本發其喜怒哀樂之情

夫詩者，本發其喜怒哀樂之情，如使人讀之無所感動，非詩也。予觀後世詩人之詩，皆窮極辭藻，牽引學問，誠美矣，然讀之不能動人，則亦何貴哉？故嘗與亡友王飛伯言〔一〕：『唐以前詩在詩，至宋則多在長短句，今之詩在俗間俚曲也，如所謂《源土令》之類〔二〕。』飛伯曰：『何以知之？』予曰：『古人歌詩，皆發其心所欲言，使人誦之至有泣下者。今人之詩，惟泥題目、事實、句法，將以新巧取聲名，雖得人口稱，而動人心者絕少，不若俗謠俚曲之見其真情而反能蕩人血氣也。』飛伯以為然。（《歸潛志》卷十三）

【注釋】

〔一〕王飛伯：王鬱（一二〇四—一二三二），參見《中州集》卷七《王鬱》。

〔二〕《源土令》：不見於其他典籍，當是其時流行的俗曲。

卷九 《中州集》作者小傳

《中州集》作者小傳

《中州集》為元好問編纂的金代詩歌總集，十卷，輯錄作者二百五十一人，作品二千六十二首，附《中州樂府》一卷。其中除朱弁、滕茂實等『南冠』類五人的八十四首作品外，都是金人詩歌。該書編纂於金亡之後，寄寓作者以詩存史的故國之思，以及搶救與保存一代文化的良苦用心。為入選作者撰寫小傳，即是以詩存史的表現。該書小傳內容豐富，常舉名句、名篇為例，品評詩人以及金代詩壇風尚、詩歌的源流演變，具有詩話的性質。《中州集》初刻於蒙古海迷失二年。現存最早的版本是蒙古憲宗五年（一二五五）乙卯新刊本，日本宮內廳書陵部藏本，由全國高校古籍整理委員會影印複製，由線裝書局二〇〇二年出版發行。此外還有元至大三年（一三一〇）平水曹氏進德齋刻遞修本，明宣德九年（一四三四）廣勤書堂本、弘治九年（一四九六）李瀚本和明末毛晉汲古閣本，清《四庫全書》本、光緒七年（一八八一）讀書山房本，民國間有武進董氏誦芬室影元本，四部叢刊本、中華書局上海編輯所一九五九年排印本、華東師範大學出版社二〇一四年排印本。本書採用中華書局上海編輯所一九五九年排印本。

宇文大學虚中〔一〕

虚中字叔通，成都人，宋黄門侍郎〔二〕，以奉使見留〔三〕，仕為翰林學士承旨〔四〕。皇統初，上京諸虜俘謀奉叔通為帥，奪兵仗南奔，事覺繫詔獄〔五〕。諸貴先被叔通嘲笑，積不平，必欲殺之，乃鍜煉所藏圖書為反具。叔通歎曰：『死自吾分，至於圖籍，南來士大夫家例有之，喻如高待制士談，圖書尤多於我家，豈亦反邪？』有司承風旨，並寘士談極刑〔六〕。人至今寃之。

【注釋】

〔一〕宇文大學：宇文虚中（一〇七九—一一四六），靖康元年（一一二六）二月除資政殿大學士，故云宇文大學。見《宋史》卷二一二《宰輔表》。生平參見《宋史》卷三七一《宇文虚中傳》、《金史》卷七九《宇文虚中傳》、《三朝北盟會編》卷二一四《宇文虚中行狀》。

〔二〕黄門侍郎：官名，因給事於黄門而得名。宇文虚中任黄門侍郎事，於史無考。

〔三〕奉使見留：宇文虚中於建炎二年（一一二八）為金國祈請使，祈請徽、欽二帝回宋，次年為金人扣留。《建炎以來建炎要録》卷八十一引王繪《紹興甲寅奉使録》，載完顏宗翰語：『得汴京歡喜，猶不如得宇文相公時歡喜。』

〔四〕翰林學士承旨：宇文虚中於皇統四年（一一四四）任翰林學士承旨，見《金史》本傳。

〔五〕上京：金初首都會寧，在今黑龍江阿城。宇文虚中晚年舉事南奔之事，《金史》本傳、施彦執《北窗炙輠錄》等記載頗多分歧，蘇天爵《滋溪文稿》卷二十五《三史質疑》、施國祁《史論五答》提出質疑，詳參王慶生《金代文學家年譜》。

〔六〕高士談：詳參本卷《高内翰士談》。寘：同『置』，處置。《金史·宇文虚中傳》亦記載宇文虚中被殺之事：『虚中恃才輕肆，好譏訕，凡見女直人輒以礦鹵目之，貴人達官往往積不能平。虚中嘗撰宫殿榜署，本皆嘉美之名，惡虚中者擿其字以為謗訕朝廷，由是謀釁以成其罪矣。六年二月，唐括酬斡家奴杜天佛留告虚中謀反，詔有司鞫治無狀，乃羅織虚中家圖書為反具。虚中曰：「死自吾分，至於圖籍，南來士大夫家家有之，高士談圖書尤多於我家，豈亦反耶？」有司承順風旨並殺士談，至今冤之。』

吴學士激

激字彦高〔一〕，宋宰臣栻之子〔二〕，王履道外孫〔三〕，而米芾元章婿也〔四〕。工詩能文，字畫得其婦翁筆意。將命帥府，以知名留之〔五〕。仕為翰林待制〔六〕，出知深州〔七〕，到官三日而卒。有《東山集》十卷並樂府行於世〔八〕，東山其自號也。《出散關》詩云：『春風蜀棧青山盡，曉日秦川緑樹平。』〔九〕《愈甫索水墨以詩寄之》云：『煙拂雲梢留淡白，雲蒸山腹出深青。』〔一〇〕《三衢夜泊》云：『山侵平野高低樹，水接晴空上下星。』〔一一〕《太清宫》云：『玉座煙霞春寂寂，石壇星斗夜蒼蒼。』《呈正甫》云：『手版西山聊復爾，角巾東第定何時。』〔一二〕《游南溪潭》云：『竹院鳴鐘疑物外，畫橋流水似江南。』《飛瀑巖》云：『數樹殘花喜春在，一聲啼鳥覺山深。』《誄鄭邸故伎》云：『玉雪自知塵不涴，丹青難寫酒微醺。』《送樂之侍郎》云：『四海蒼生謝安石，一言宣室賈長沙。』〔一三〕《送韓鳳閣使高麗》云〔一四〕：『海東絕域皇華使，天上仙官碧落卿。』《偶題》云：『江湖欹枕夢，風雪打窗時。』此類甚多。樂府『夜寒茅店不成眠』〔一五〕、『南朝千古傷心事』〔一六〕、『誰挽銀河』〔一七〕等篇，自當為國朝第一手，而世俗獨取《春從天上來》〔一八〕，謂不用他韻，《風流子》〔一九〕，取對屬之工，豈真識之論哉！

【注釋】

〔一〕吳激：字彥高（？—一一四二），號東山散人，見魏道明《明秀集注》卷二《水龍吟》詞注。《金史》卷一二五有傳。

〔二〕辛臣杙：福建甌甯（今福建建甌）人，熙寧六年（一〇七三）進士，歷任開封府推官、工部侍郎、兵部侍郎、龍圖閣直學士、知成都府、中山府等。著有《庵峰集》等。

〔三〕王履道：王安中（一〇七六—一一三四），字履道，號初寮，中山曲陽人。元符三年（一一〇〇）進士，《宋史》卷三五二有傳。有《初寮集》，《宋史》本傳稱其文『豐潤敏拔，尤工四六之制』。外孫，疑為『外甥』之誤，參王慶生《金代文學家年譜》。

〔四〕米芾元章：米芾字元章（一〇五一—一一〇七），號無礙居士、海岳外史、鹿門居士等，襄陽人，著名書畫家。《宋史》卷四四四有傳。

〔五〕將命帥府：吳激何時出使金營，不可考，當在建炎初年。

〔六〕翰林待制：據《明秀集注》卷二《水龍吟》詞注，吳激曾任翰林直學士。翰林待制位在直學士之下。元好問稱『吳學士激』當指其最後職務翰林直學士。

〔七〕深州：在今河北深州南。《金史》本傳：『皇統二年（一一四二），出知深州，到官三日卒。』

〔八〕《東山集》：當是其詩文集，金末尚存，現已佚。

〔九〕散關：大散關。天會十一年至十二年（一一三三—一一三四）為金人所占，次年又歸於宋人。故該詩當作於這兩年間。

〔一〇〕愈甫：其人失考。

〔一一〕三衢：山名，在浙江衢州境内。《三衢夜泊》當作於入金之前。

〔一二〕正甫：其人失考。手版西山：《世說新語·簡傲》：『王子猷作桓車騎參軍，桓謂王曰：「卿在府久，比當相料理。」初不答，直高視，以手版拄頰云：「西山朝來，致有爽氣。」』王子猷，王徽之。桓，指桓沖。角巾東第：出自《晉書·王濬傳》。晉將王濬滅吳後，『角巾私第，口不言平吳之事』。

〔一三〕樂之侍郎：其人不詳。謝安：字安石（三二〇—三八五）。據《晉書·謝安傳》，隱居東山，無意世事，『高崧戲之曰：卿累違朝旨，高臥東山，諸人每相與言，安石不肯出，將如蒼生何？蒼生今亦將如卿何？』賈長沙，賈誼。《史記·屈原賈生列傳》：『後歲餘，賈生徵見。孝文帝方受釐，坐宣室。上因感鬼神事，而問鬼神之本。賈生因具道所以然之狀，至夜半，文帝前席。既罷，曰：「吾久不見賈生，自以為過之，今不及也。」』

〔一四〕鳳閣：武則天改中書省為鳳閣，後指代宰相。韓鳳閣：韓昉（一〇八二—一一四九）字公美，出身遼世族，遼天慶二年（一一一二）狀元，仕遼為乾文閣待制。天會四年（一一二六），加衛尉卿知制誥，充高麗國信使，後除濟南尹，拜參知政事，封鄆國公。《金史》卷一二五有傳。韓昉出使高麗時，尚未任參知政事。題中鳳閣之名，當是後來追加。

〔一五〕夜寒茅店不成眠：指其詞《訴衷情》：『夜寒茅店不成眠，殘月照吟鞭。黃花細雨時候，催上渡頭船。鷗似雪，水如天，憶當年。到家應是，童稚牽衣，笑我華顛。』

〔一六〕南朝千古傷心事：指其詞《人月圓》：『南朝千古傷心事，猶唱後庭花。舊時王謝，堂前燕子，飛向誰家？　恍然一夢，仙肌勝雪，宮髻堆鴉。江州司馬，青衫淚濕，同是天涯。』

〔一七〕誰挽銀河：指其詞《滿庭芳》：『誰挽銀河，青冥都洗，故教獨步蒼蟾。露華仙掌，清淚向人霑。畫棟秋風嫋嫋，飄桂子、時入疏簾。冰壺裏，雲衣霧鬢，掬水弄春纖。　厭厭，成勝賞，銀盤潑汞，寶鑒披奩。待不放楸梧，影轉西簷。坐上淋漓醉墨，人人看、老子掀髯。明年會，清光未減，白髮也休添。』

〔一八〕《春從天上來》：全詞如下：『海角飄零，歎漢苑秦宮，墜露飛螢。夢裏天上，金屋銀屏，歌吹競舉青冥。問當時遺譜，有絕藝、鼓瑟湘靈。促哀彈，似林鶯嚦嚦，山溜泠泠。　梨園太平樂府，醉幾度春風，鬢變星星。舞破中原，塵飛滄海，飛雪萬里龍庭。寫胡笳幽怨，人憔悴，不似丹青，酒微醒，對一窗涼月，燈火青熒。』

〔一九〕《風流子》：全詞如下：『書劍憶游梁，當時事、底處不堪傷。念蘭楫嫩漪，向吳南浦，杏花微雨，窺宋東牆。鳳城外，燕隨青步障，絲惹紫遊韁。曲水古今，禁煙前後，暮雲樓閣，春草池塘。　回首斷人腸。年芳但如霧，鏡髮成霜，獨有蟻尊陶寫，蝶夢悠揚。聽出塞琵琶，風沙淅瀝，寄書鴻雁，煙月微茫。不似海門潮信，能到潯陽。』

張秘書斛

斛字德容，漁陽人〔一〕，仕宋為武陵守〔二〕，國初理索北歸〔三〕，官秘書省著作郎。有《南遊》、《北歸》等詩行於世〔四〕。漁陽有峒陽，故詩中多及之〔五〕。如賦小孤山云：『天圍秋漲闊，山背夕陽孤。岸樹晴猶濕，汀煙近卻無。』《巫山對月》云：『雲開千里月，風動一天星。』《河池出郭》云：『細草沙邊樹，疏煙嶺外村。』〔六〕《中江縣樓》云：『綠漲他山雨，青浮近市煙。』〔七〕《中秋》云：『月色四時好，人心此夜偏。』《松門峽》云：『春木有秀色，野雲無俗姿。』〔八〕《賦禮部侍郎張浩然遼海亭》云：『晴光搖碧海，遠色帶滄洲。』〔九〕又《賦臨漪亭》云：『雨聲喧暮島，水色借秋空。』〔一〇〕《秋興樓》云：『碣石晚風催雁急，昭祁寒漲與雲平。』〔一一〕人多誦之。予嘗見其文筆字畫，皆有前輩風調，宇文大學甚激賞之〔一二〕。

【注釋】

〔一〕漁陽：在今天津薊州區，本屬遼地。金兵入燕時，張斛逃難至宋。

〔二〕武陵：在今湖南常德市。

〔三〕理索：索回。據《三朝北盟會編》卷二百六，紹興十一年（一一四一）十一月，完顏宗弼《上宋高宗第三書》：『淮北、京西、河東、河北，自來流亡在南者，願歸則聽之，理雖未安，亦從所乞。外有燕以北逋逃及因兵火隔絕之人，並請早為起發。』次年，金朝理索南寓之人。張斛有詩《南京遇馬丈朝美》：『滄江萬里悲南渡，白髮幾人能北歸。二十年前河上月，尊前還共惜清暉。』張斛流寓南宋約二十年。

〔四〕《南遊》、《北歸》：詩集名，皆失傳。

〔五〕詩中多及之：如《盧臺峭帆亭》：『目斷峒陽路，歸雲不可攀。』

〔六〕河池：縣名。一在鳳州（今陝西徽縣），一在宜州（今廣西河池）。詩中所寫疑為後者。

〔七〕中江：今四川中江縣。張斛當時可能任中江縣令。

〔八〕松門峽：長江峽谷，在四川奉節一帶。

〔九〕張浩：字浩然（？—一一六三），遼陽（今遼寧遼陽）人。《金史》卷八十三《張浩傳》：『天眷二年，詳定內外儀式，歷戶、工、禮三部侍郎，遷禮部尚書。』張浩任禮部侍郎當在皇統年間。遼海亭，在遼陽城內。張斛另有《海邊亭為浩然賦》，高士談有《晚登遼海亭》詩。

〔一〇〕臨漪亭：在今河北保定城內，面臨雞水。郝經《陵川文集》卷二十五有《臨漪亭記》。

〔一一〕碣石：山名，在今河北昌黎縣。昭祁：古澤名，在古并州（今山西太原），見《漢書·地理志》。

〔一二〕宇文大學：宇文虛中，參見本卷《宇文大學虛中》。

蔡丞相松年

松年字伯堅〔一〕，父靖〔二〕，宋季守燕山〔三〕，仕國朝為翰林學士〔四〕。伯堅行臺尚書省令史出身〔五〕，官至尚書右丞相〔六〕，鎮陽別業有蕭閑堂，自號蕭閑老人〔七〕，薨，謚文簡〔八〕。百年以來，樂府推伯堅與吴彦高〔九〕，號吴蔡體，有集行於世〔一〇〕。其一自序云：『王夷甫神情高秀，宅心物外，為天下稱首，言少無宦情，使其雅詠玄虚，不經世務，超然遂終其身，則亦何必減嵇阮輩〔一一〕？而當衰世頹俗力不可為之時，不能遠引高蹈，顛危之禍，卒與晉俱，為千古名士之恨〔一二〕。又嘗讀山陰詩引〔一三〕，考其論古今感慨事物之變，既言修短隨化，期於共盡，而世殊事異，興懷一致〔一四〕，則死生終始，物理之常，正當乘化歸盡，何足深歎！乃區區列敘一時述作，刊紀歲月〔一五〕，豈逸少之清真簡裁，亦未盡忘情於此耶〔一六〕？故因作歌併及之〔一七〕。』好問按：此歌以『離騷痛飲』為首句，公樂府中最得意者，讀之則其平生自處為可見矣。二子：珪字正甫，璋字特甫，俱第進士，號稱文章家，正甫遂為國朝文宗，特甫非其比也〔一八〕。自大學至正甫〔一九〕，皆有書名，其筆法如出一手〔二〇〕，前輩之貴家學蓋如此。

【注釋】

〔一〕蔡松年：字伯堅（一一〇七—一一五九），少時號玩世酒狂，晚年號蕭閑老人。魏道明《明秀集注》卷二《滿江紅》詞序注：『玩世酒狂，公少時自號也。』《金史》卷一百二十五有傳。

〔二〕父靖：蔡靖字安世，餘杭（杭州）人，元符三年（一一〇〇）進士，歷任左司員外郎、中書舍人、太子詹事、給事中、河間府、燕山府、燕山府路安撫使等。

〔三〕宋季守燕山：據《三朝北盟會編》卷十八，蔡靖宣和五年（一一二三）知燕山。又據《三朝北盟會編》卷二十二，蔡靖宣和七年（一一二五）為燕山府路安撫使，兼知燕山。

〔四〕仕國朝為翰林學士： 宣和七年十二月，燕山陷落，蔡靖被脅入金。約天會十二年（一一三四），靖受金官，為乾文閣待制，次年任乾文閣直學士。詳參王慶生《金代文學家年譜》。

〔五〕尚書省令史出身： 據《金史·蔡松年傳》，蔡松年隨父入金，被辟為帥府令史，此事當在宣和七年（一一二五）燕山陷落後。又據《三朝北盟會編》卷二十四，蔡靖降前曾戒松年不可屈，由此推知松年辟令史或在入金之初，但未立即赴任，直到天會九年（一一三一）始赴令史之職。詳參王慶生《金代文學家年譜》。

〔六〕官至尚書右丞相： 據《金史·蔡松年傳》，蔡松年使宋為賀正旦使，還金後，即改吏部尚書，拜參知政事，並于同年（約貞元三年，一一五五）自崇德大夫進銀青光祿大夫，遷尚書右丞。而王慶生《金代文學家年譜》則據《金史·百官志》，認為蔡松年當於正隆元年（一一五六）正月，海陵頒行新官制後，由銀青光祿大夫改尚書右丞，封郜國公，並於六月轉左丞。正隆三年（一一五八）七月又自左丞遷右丞相，加儀同三司，封衛國公。

〔七〕鎮陽： 唐時為恒州，因避唐穆宗諱，改為鎮州。州治在真定，在恒山之陽，故稱鎮陽。其地在今河北正定。魏道明《明秀集注》卷一《水調歌頭·曹侯浩然，人品高秀……》詞注：『公作圃於鎮陽，號蕭閑圃。又公始寓汴都，其第有蕭閑堂，因自號蕭閑老人。』

〔八〕薨謚文簡： 《金史·蔡松年傳》：『正隆四年（一一五九）薨，年五十三。海陵悼惜之，奠於其第，命作祭文以見意，加封吳國公，謚文簡。』辛棄疾《美芹十論·察情第二》：『逆亮始謀南寇之時，劉麟、蔡松年一探其意而導之，則麟逐而松年鴆，惡其露機也。』《陵川集》卷九《書蔡正甫集後》曰：『哀哉蕭閑蔡丞相，崔浩倖免門房誅。文采風流今尚存，筆力矯矯鍾遺孤。』據此，蔡松年屬於非正常死亡。

〔九〕吳彥高： 吳激（？—一一四二），參上文《吳學士激》。吳激與蔡松年皆是由北宋入金的文人，他們的詞作代表了金初詞壇的最高成就，時人號為『吳蔡體』。

〔一〇〕有集行於世：《千頃堂書目》卷二十九有《蔡松年文集》。《直齋書錄解題》卷二十一：『《蕭閑集》六卷。蔡伯堅撰，靖之子陷金者。』此《蕭閑集》六卷，即《明秀集》六卷，錄詞一七七首，金末魏道明作注，現存前三卷七二首詞，有《四印齋所刻詞》本；另《中州樂府》十首，《陽春白雪》二首，合八十四首，見《全金元詞》。詩存五十九首，見《中州集》卷一。

〔一一〕王夷甫：王衍（二五六—三一一），字夷甫，西晉名臣。據《晉書》卷四十三《王衍傳》，王衍『神情明秀，風姿詳雅』，尚清談，曾自稱『少無宦情』，一度『口不論世事，唯雅詠玄虚而已』。嵇阮輩：嵇康、阮籍等人。嵇康（二二四—二六三），字叔夜，譙國銍縣（今安徽宿州市）人。與魏宗室通婚，官中散大夫，世稱『嵇中散』。因聲言『非湯武而薄周孔』，且不滿當時掌握政權的司馬氏集團，遭鍾會構陷，為司馬昭所殺。阮籍（二一〇—二六三），字嗣宗，陳留尉氏（今河南尉氏縣）人。封關内侯，徙散騎常侍。後為東平相、步兵校尉。嵇、阮二人齊名，同列『竹林七賢』。

〔一二〕顛危之禍：據《晉書·王衍傳》，王衍出任晉軍元帥，兵敗，為石勒所殺。

〔一三〕山陰詩引：指王羲之《蘭亭集序》。序云：『永和九年，歲在癸丑，暮春之初，會於會稽山陰之亭。』

〔一四〕『修短隨化』四句：《蘭亭集序》云：『向之所欣，俯仰之間，已為陳跡，猶不能不以之興懷；況修短隨化，終期於盡。』又曰：『雖世殊事異，所以興懷，其致一也。』

〔一五〕『列敘一時』二句：《蘭亭集序》云：『故列敘時人，錄其所述。』刊紀歲月，指《蘭亭集序》開篇所云『永和九年，歲在癸丑，暮春之初，會於會稽山陰之亭。』

〔一六〕逸少：即王羲之，官至右將軍。李白《王右軍》：『右軍本清真，瀟灑出風塵。』

〔一七〕作歌：指其《念奴嬌》詞：『離騷痛飲，笑人生佳處，能消何物？夷甫諸人成底事，空想岩岩玉壁。

五畝蒼煙，一丘寒碧，歲晚憂風雪。西州扶病，至今悲感前傑。我夢卜築蕭閑，覺來岩桂，十里幽香發。嵬隗胸中冰與炭，一酌春風都滅。勝日神交，悠然得意，遺恨無毫髮。古今同致，永和徒記年月。』

〔一八〕蔡珪：字正甫，詳見本卷《蔡太常珪》。蔡璋字特甫，生平不詳。《金史·蔡松年傳》：『璋賜進士第。』

〔一九〕大學：即蔡松年之父，曾為述古殿大學士。《一剪梅》詞注：『公父大學蔡靖，字安世。』《族帳部曲錄》：『蔡珪……蔡靖述古之孫。』『述古』，乃述古殿學士之省稱。

〔二〇〕筆法如出一手：元好問《題許汾陽詩後》：『生平亦嘗見蔡大學安世、大丞相伯堅、濰州使君伯正甫三世傳字學，雖明眼人亦不能辨。前輩守家法蓋如此。』

蔡太常珪

珪字正甫〔一〕，大丞相松年之子。七歲賦菊詩，語意驚人，日授數千言〔二〕。天德三年進士，擢第後不赴選調〔三〕，求未見書讀之，其辨博為天下第一。歷澄州軍事判官、三河簿〔四〕，正隆三年，銅禁行〔五〕，官得三代以來鼎鐘彝器，無慮千數，禮部官以正甫博物，且識古文奇字，辟為編類官〔六〕。丁父憂〔七〕，起復翰林修撰，同知制誥〔八〕，改戶部員外郎，太常丞〔九〕。朝廷稽古禮文之事，取其議論為多。大定十四年，由禮部郎中出守濰州，道卒〔一〇〕。有《續歐陽文忠公集錄金石遺文》六十卷、《古器類編》三十卷〔一一〕、《補南北史志書》六十卷〔一二〕、《水經補亡》四十篇〔一二〕、《晉陽志》十二卷、《金石遺文跋尾》一十卷，《燕王墓辨》一卷，傳於世〔一三〕。國初文士，如宇文太學、蔡丞相、吳深州之等，不可不謂之豪傑之士，然皆宋儒，難以國朝文派論之〔一四〕。故斷自正甫為正傳之宗，党竹谿次之〔一五〕，禮部閑閑公又次之〔一六〕，自蕭戶部真卿倡此論〔一七〕，天下迄今無異議云。

【校記】

《古器類編》：《續夷堅志》卷四引作《古器類倫》。

【注釋】

〔一〕蔡珪：字正甫（？—一一七六），號無可居士，蔡松年長子。《金史》卷一二五有傳。

〔二〕日授數千言：蔡松年《一剪梅·送珪登第後還鎮陽》詞魏道明注：『幼有逸才，讀書號五行俱下，過目輒誦。』見《明秀集注》卷二。

〔三〕天德三年：一一五一年。《金史·蔡珪傳》云：『中進士第，不赴調。久乃除澄州軍事判官，遷三河主簿。』蔡松年《一剪梅·送珪登第後還鎮陽》詞魏道明注與此不同，曰：『天德三年中進士第，調潞簿。』

〔四〕澄州：屬東京路，今遼寧省海城市。三河：今河北省三河市。蔡珪除澄州軍事判官約在正隆元年（一一五六），任三河主簿約在正隆三年（一一五八）。《金史·蔡松年傳》：『正隆四年薨，年五十三。海陵悼惜之……起復其子三河主簿珪為翰林修撰。』

〔五〕正隆三年：一一五八年。銅禁：《金史·食貨志三》：『正隆二年，歷四十餘歲，始議鼓鑄。冬十月，初禁銅越外界，懸罪賞格。』

〔六〕編類官：《金史·蔡珪傳》：『珪號為辨博，凡朝廷制度損益，珪為編類詳定檢討刪定官。』

〔七〕丁父憂：蔡松年正隆四年（一一五九）八月卒，蔡珪丁父憂，歸真定。

〔八〕『起復』二句：《金史·蔡珪傳》：『丁父憂，起復翰林修撰，同知制誥。』時間當在大定元年（一一六一）。

〔九〕『改戶部員外郎』二句：《金史·蔡珪傳》：『起復翰林修撰，同知制誥，在職八年，改戶部員外郎，兼太常丞。』時間當在大定八年（一一六八）。

〔一〇〕大定十四年：一一七四年。濰州：魏道明《明秀集注》卷二《一剪梅》，稱蔡珪『大定十五年出補濰刺，未赴，以疾解，尋卒』，當是。《金史·蔡珪傳》：『珪已得風疾，失音不能言。乃除濰州刺史，同輩已奏謝，珪獨不能入見。世宗以讓右丞唐古安禮、參政王蔚曰：「卿等閱書史，亦有不能言之人可以從政者乎？」又謂中丞劉仲誨曰：「蔡珪風疾不能奏謝，卿等何不糾之？人言卿等相為黨蔽，今果然邪！」珪乃致仕，尋卒。』蔡珪《文慧禪師塔銘》文後署『大定十六年丙申三月朔日』、『中憲大夫前濰州刺史蔡珪撰』，可知蔡珪卒於大定十六年（一一七六）三月之後不久。

〔一一〕《補南北史志書》：《金史·蔡珪傳》：『珪之文有《補正水經》五篇，合沈約、蕭子顯、魏收宋、齊、北魏《志》，作《南北史志》三十卷。』

〔一二〕《水經補亡》四十篇：疑即《金史·蔡珪傳》所說『《補正水經》五篇』。五篇之數，當誤。蘇天爵《滋溪文稿》卷二十九有《題補正水經後》作三卷，《千頃堂書目》卷八亦作三卷，當是。

〔一三〕《燕王墓辨》一卷：《金史·蔡珪傳》：『初，兩燕王墓舊在中都東城外，海陵廣京城圍，墓在東城內。前嘗有盜發其墓，大定九年詔改葬於城外。俗傳六國時燕王及太子丹之葬，及啟壙，其東墓之柩題其端曰：「燕靈王舊。」舊，古柩字，通用，乃西漢高祖子劉建葬也。其西墓蓋燕康王劉嘉之葬也。珪作《兩燕王墓辯》，據葬制名物款刻甚詳。』又曰：『《補正水經》、《晉陽志》、文集今存，餘皆亡。』元蘇天爵《滋溪文稿》卷二十九有《題補正水經後》：『予自蚤歲訪公遺書，得其文集五十五卷，《晉陽志》十二卷，《燕王墓辨》一卷，《補正水經》三卷。其他《補南北史志》六十卷，《古器類編》三十卷，《續歐陽公金石遺文》六十卷並跋尾十卷，皆已不存，而文集乃高丞相文礪模本，《晉陽志》、《墓辨》、《水經》皆寫本也。』

〔一四〕宇文太學：指宇文虛中。蔡丞相：指蔡松年。吳深州：指吳激。國朝文派：指相對於宋人、由金朝文人組成的創作隊伍，主要就文章而言。

〔一五〕党竹谿：党懷英，字世傑（一一三四—一二一一），號竹谿，泰安（今屬山東）人。金代中期的著名作家，詩、詞、文皆工。詳參《中州集》卷三《承旨党公》。

〔一六〕禮部閑閑公：趙秉文，仕至禮部尚書。詳參《中州集》卷三《禮部閑閑趙公秉文》。

〔一七〕蕭戶部真卿：蕭貢（一一五八—一二二三），字真卿，咸陽人。大定二十二年（一一八二）進士，以戶部尚書致仕，故稱『蕭戶部』。詳參本書《蕭尚書貢》。蕭貢有關國朝文派之論已不可考。

高內翰士談

士談字子文〔一〕，一字季默，宋韓武昭王瓊之後〔二〕。宣和末任忻州戶曹〔三〕，仕國朝為翰林直學士〔四〕，皇統初預宇文太學之禍〔五〕。有《蒙城集》行於世〔六〕。如云：『寒花貪晚日，瘦竹强秋霜。』又《題禹廟》云：『可憐風雨胼胝苦〔七〕，後世山河屬外人。』時人悲之。子公振，字特夫，亦有詩名〔八〕。

【注釋】

〔一〕高士談：祖居蒙城（今屬安徽），號蒙城居士，仕至翰林直學士。

〔二〕高瓊：字寶臣（九三五—一〇〇六），宋初名將，少勇鷙，隸太宗帳下，累擢御龍直指揮使，從征太原，討幽薊，皆有功，改神衛右廂都指揮使，保大軍節度使，真宗朝加彰信軍節度。謚曰烈武。詳見《宋史》卷二百八十九《高瓊傳》、王珪《華陽集》卷四十九《高烈武王神道碑》。據《續資治通鑒長編》卷四七九，元祐七年十二月，高瓊被追封為韓王。《續資治通鑒長編》卷二七七載：熙寧九年七月，『己卯，詔贈皇太后曾祖贈衛王，高瓊謚曰烈武，祖贈康王，高繼勳謚曰穆武』。

〔三〕忻州：今山西忻州。《金史·宇文虛中傳》：『士談字季默，高瓊之後，宣和末為忻州戶曹參軍。』

〔四〕仕國朝：據《三朝北盟會編》卷二十三，高士談在宣和七年（一一二四）忻州降後入金。約在皇統初召除待制，遷直學士。

〔五〕宇文太學之禍：指皇統六年（一一四六），高士談因宇文虛中案牽連被害之事。詳參上文《宇文大學虛中》。皇統為金熙宗年號，共八年，此處稱皇統六年之黨禍為『皇統初』，不太確切。

〔六〕《蒙城集》：已佚。《千頃堂書目》卷二十九有高士談《蒙城集》。蔡松年《漢宮春·次高子文韻》魏道明注：『士談……作文染翰，皆宗師坡仙。』

〔七〕胼胝：手掌腳底因長期勞動摩擦而生的老繭。

〔八〕高公振：字特夫，正隆二年（一一五七）進士，歷南京留幕，終於密州（治山東諸城）刺史。詳參下文《高密州公振》。

馬御史定國

定國字子卿，茌平人〔一〕，唐中令周裔孫〔二〕。少日志趣不凡，宣政末題詩酒家壁，有『蘇黄不作文章伯，童蔡翻為社稷臣』之句〔三〕，用是得罪，亦用是得名。阜昌初，遊歷下亭，以詩撼齊王豫〔四〕。豫召與語，大悦，授監察御史，仕至翰林學士〔五〕。石鼓自唐以來無定論，子卿以字畫考之，云是宇文周時所造〔六〕。作辨餘萬言，出入傳記，引據甚明，學者以比蔡正甫《燕王墓辨》〔七〕。初學詩未有入處，夢其父與方寸白筆，從是文章大進。自號薺堂先生，有集傳於世〔八〕。（以上《中州集》卷一）

【注釋】

〔一〕馬定國：生卒年不詳。《金史》卷一二五、《大金國志》卷二十八有傳。茌平：今山東茌平。

〔二〕唐中令周：馬周（六〇一—六四八），字賓王，少孤貧好學，仕至中書令，兼太子右庶子，乃貞觀名臣之一。《舊唐書》卷七十四、《新唐書》卷九十八有傳。

〔三〕宣政：宋徽宗年號宣和（一一一九—一一二五）、政和（一一一一—一一一八）的並稱。『蘇黄』二句：

原詩見《中州集》卷一，題作《宣政末所作二首》，其一曰：『蘇黄不作文章伯，童蔡翻為社稷臣。三十年來無定論，到頭奸党是何人。』童蔡：指童貫、蔡京。童貫（一〇五四—一一二六），字道夫，宦官，與蔡京勾結為奸。《宋史》卷四六八有傳。蔡京（一〇四七—一一二六），字元長，『六賊』之首，《宋史》卷四七二有傳。

〔四〕阜昌：偽齊國年號（一一三〇—一一三七）。歷下亭：又稱古歷亭，在濟南大明湖中小島上。亭始建於北魏，杜甫在天寶四年（七四五）與名宦李邕相會於此，作《陪李北海宴歷下亭》，稱『海右此亭古，濟南名士多』。劉豫：字彦游，景州阜城（今河北省阜城縣）人，宋宣和末仕為河北兩路提刑。金天會八年（一一三一，戊申）九月，被冊立為大齊皇帝，建都大名（今河北大名）。天會十五年（一一三七）齊國被廢。《金史》卷七十七有傳。馬定國原詩題作《登歷下亭有感》，見《中州集》卷一：『男子當為四海遊，又攜書劍客東州。煙横北渚芰荷晚，木落南山鴻雁秋。富國桑麻連魯甸，用兵形勢接營丘。傷哉不見桓公業，千古遶城空水流。』末句以桓公喻劉豫，感歎世無管仲，言語間不無自許之意。

〔五〕『授監察御史』二句：《三朝北盟會編》卷一八一引《偽豫傳》，阜昌四年九月，『學士院馬定國進《君臣名分論》，其略曰：「金師再駕，攻圍汴都，康王以帝弟之親，總元帥之任，提天下重兵，號稱勤王，自冬徂夏，遷延六月，移屯濟州，坐視京師之危，略無進師之意。及夫汴京失守，二帝北遷，康王謂天下之在己，乃逡巡即皇帝位於睢陽。自余觀之，是耶？定國應之曰：非也。」文多不載。豫批定國轉一官。』據此，馬定國任監察御史、翰林學士當在阜昌四年（一一四〇）九月之前。

〔六〕石鼓：指初唐在陝西鳳翔出土的十塊鼓形石，每塊石上均有一首四言詩。原物現藏北京故宫博物院。韓愈、韋應物等人先後作《石鼓歌》。宇文周，指北朝時期的周朝，因皇室姓宇文，故名。對其年代，唐人李吉甫《元和郡縣誌》和張懷瓘《書斷》認為是周宣王時，此後陸續有學者考訂，現代學者大體認為是秦代文物。馬定國觀點亦是一家之說，流傳頗廣。其考證原文已佚。

〔七〕蔡正甫：即蔡珪。《燕王墓辨》，詳參上文《蔡太常珪》注〔一四〕。

〔八〕有集傳於世：《千頃堂書目》卷二十九有馬定國《薺堂先生集》。

祝太常簡

簡字廉夫，單父人〔一〕，宋末登科〔二〕，國初倅某州〔三〕，仕至朝奉郎，太常丞，兼直史館〔四〕。有《嗚嗚集》行於世〔五〕。其《詩說》有云〔六〕：『予政和丁酉任洺州教官〔七〕，是時括蒼鮑慎由欽止出所注《杜詩說》〔八〕，「天王守太白」〔九〕，「守」讀如「狩于河陽」之「狩」〔一〇〕，「高秋登寒山，南望馬邑州。」〔一一〕馬邑州在城州界〔一二〕。予檢《唐書志》，寶應元年，徙馬邑州於鹽井城〔一三〕，欽止為有據矣。舊注馬邑屬雁門〔一四〕，與杜子美作詩處全無關涉。後人遂謂王源叔謬於牽引〔一五〕，不知源叔初不注杜詩〔一六〕。予識其孫彥朝〔一七〕，彥朝不說杜詩非其大父注，蓋彥朝不學，見流俗皆讀舊注，因而認有，可歎可歎！』好問常以此問趙禮部〔一八〕。趙云：『廉夫前輩必不妄，試更考之。』今日見吳彥高《東山集》〔一九〕，有《贈李東美詩引》云：『元祐間，秘閣校對黃本〔二〇〕，鄧忠臣字慎思〔二一〕，余柳氏姨之夫。今世所注杜工部詩，乃慎思平生究竭心力而為之者，鏤板家標題，遂以託名王源叔翰林，而王公前後記〔二二〕，初無一語及此注。而《後記》又言：「如源叔之能文，止作記於後」〔一二三〕，則源叔不注杜詩爲可見矣。舉世雷同，無爲辨之者。宣和近貴李東美〔一二四〕，有才藻，善行書，且喜作小楷，所寫杜集，精密遒麗，有足嘉賞，爲作古詩一篇，紙尾因記鄧公事。後人聞此，其誰不疑？然予少時目擊，不可不識，姑以告李侯，非求信後人也。』彦高此説正與廉夫合。近歲得浙本杜詩，是源叔之孫祖寧所傳〔一二五〕，前有序引，備言其大父源叔未嘗注杜詩，廉夫、彦高益可信，故並記於此。廉夫詩甚工〔一二六〕，如《賦雪》云：『雲屋無寒夢，油燈有細香。』《書懷》云：『白髮渾無賴，朱顔更不回。』『遮眼細書聊引睡，扶頭濁酒最關情。』〔一二七〕此類甚多。

【校記】

城州：當是『成州』之誤。王源叔：當是『王原叔』之誤。

【注釋】

〔一〕單父：今山東省單縣。

〔二〕宋末登科：據下文引《詩説》『予政和丁酉除洺州教官』語，祝簡及第在政和七年（一一一七）前。

〔三〕倅：州郡長官的副職。祝簡倅某州，其事無考。

〔四〕兼直史館：《三朝北盟會編》卷一八一引《僞豫傳》，阜昌三年：『僞宣教郎、太常博士兼直史館祝簡進《遷都賦》，又進《國馬賦》。』《國馬賦》得到劉豫肯定。據此可知，祝簡于僞齊期間曾任宣教郎、太常博士兼值史館。朝奉郎等職當是入金後所任。

〔五〕《嗚嗚集》：　已佚。《千頃堂書目》卷二十九有祝簡《嗚嗚集》。
〔六〕《詩說》：　已佚。
〔七〕政和丁酉：　政和七年（一一一七）。洺州：　治在今河北永年境内。
〔八〕括蒼：　在今浙江仙居縣境内。鮑慎由：　《宋史》本傳作鮑由，字欽止，括蒼人，一說為處州龍泉人（今浙江龍泉市），元祐六年（一〇九一）進士，官至宣德郎，善行書，著有《夷白堂集》，已佚。其《杜詩說》，亦佚。
〔九〕天王守太白：　杜甫《九成宫》：「天王守太白，駐馬更搔首。」
〔一〇〕狩于河陽：　出自《春秋》僖公二十八年。
〔一一〕「高秋登寒山」二句：　出自杜甫《遣興》三首之二。
〔一二〕城州：　成州，在今陝西成縣。
〔一三〕徙馬邑州於鹽井城：　《新唐書》卷四十三下《地理志》：「馬邑州，開元十七年置，在秦、成二州山谷間。寶應元年，徙于成州之鹽井故城。」寶應元年，即七六二年。
〔一四〕舊注馬邑屬雁門：　《九家集注杜詩》卷五即持此說。宋人黄希、黄鶴《補注杜詩》卷五引王洙注，亦持此論。
〔一五〕王源叔：　王洙（九九七—一〇五七），字原叔，應天宋城（今河南商丘）人。天聖二年（一〇二四）進士，累官翰林學士等，曾編《杜工部詩集》。《宋史》卷二九四有傳。黄希、黄鶴《補注杜詩》卷五引王洙注曰：「《前漢·地理志》：　馬邑屬雁門郡，《晉太康地記》：　秦時建此城，輒崩不成，有馬周旋，馳走反覆，父老異之，因依以築城，遂名為馬邑。」此即謬於牽引。
〔一六〕源叔初不注杜詩：　世傳王洙《注杜詩》，是杜詩的第一個注本，見於胡仔《苕溪漁隱叢話》、黄希、黄鶴

《補注杜詩》、《宋史》等書。《苕溪漁隱叢話》前集卷九引《洪駒父詩話》：『世所行注老杜詩，云是王原叔，或云鄧慎思，所注甚多疏略，非王、鄧書也。』《洪駒父詩話》成書於北宋末年。經過現代學者考訂，所謂王注實爲鄧忠臣所注。詳參梅新林《杜詩僞王洙注新考》（《杜甫研究學刊》一九九五年二期）、鄧小軍《鄧忠臣〈注杜詩〉的學術價值及其被改名王洙注的真相》（見《詩史釋證》，中華書局二〇〇四年版）。

〔一七〕王彦朝：王洙之孫，王欽若之子。生平失考。

〔一八〕趙禮部：指趙秉文，詳參下文《禮部閑閑趙公秉文》。

〔一九〕吴彦高《東山集》：詳參上文《吴學士激》。

〔二〇〕黄本：指用黄紙質的圖書。

〔二一〕鄧忠臣：字慎思，一字謹思，長沙人，自號玉池先生。熙寧三年（一〇七〇）進士，累官知衡陽縣、大理丞等職，後入元祐黨人籍。卒於崇寧二三年間（一一〇三—一一〇四）。詳參鄧小軍《鄧忠臣〈注杜詩〉的學術價值及其被改名王洙注的真相》。

〔二二〕王公前後記：指王洙《杜工部集記》、王琪《杜工部集後記》，見影印《宋本杜工部集》（商務印書館一九五七年版）。

〔二三〕《後記》又言：王琪《杜工部集後記》原文作：『如源叔之能文，稱於世，止作記于後，余竊慕之。且余安知子美哉？』

〔二四〕李東美：其人不詳。

〔二五〕王祖寧：其人不詳。《苕溪漁隱叢話》後集卷八：『《改正王内翰注杜工部集》，則王甯祖也。』浙本杜詩，當即此書。王祖甯、王甯祖，當是一人，孰是孰非，已不可考。

〔二六〕廉夫詩甚工：宋人傅察曾任永年縣丞，與祝簡共事，現存十首與祝廉夫酬唱之作，題目分別是《用廉夫韻招諸友登清微亭》、《廉夫有會當歸去來之句復次前韻》、《次韻廉夫登清微亭二首》、《次韻祝廉夫登南樓》、《伯時往河東戲與廉夫分韻道相思之意三首》、《晚登清微亭次祝教授韻》，見《全宋詩》卷一七二七。傅察說祝簡「先生今詩伯，氣欲青雲淩」、「雄辯琅琅如落屑，新詩句句似連璣。」

〔二七〕白居易《隱几贈客》：「臥枕一卷書，起嘗一杯酒。書將引昏睡，酒用扶衰朽。」

張子羽

子羽字叔翔，東阿人〔一〕。馬定國《薺堂集》載其師友六人〔二〕：其一香巖可道上人〔三〕，《題比陽道邊僧舍》云〔四〕：『山頭翠色僧房靜，山下紅塵客路長。五月行人汗如雨，豈知高處有清涼。』其一鮮于可，字東父，蜀嘉州人〔五〕，從祖侁、父之武〔六〕，皆有名于時。東父詩有『小雨潤履綦，花氣襲芳襟』、『十里青山堪布屐，半篙春水已勝舟』之句。其一高鷃化，字圖南，平原人〔七〕。少有能詩聲。如『盤中酒影金蛇活』與『流虹聚石矼』之句，皆奇怪不凡。其一王景徽，字彥美，祁國文獻公溥之後〔八〕，《贈定國詩》云：『澗下松杉已蔽牛，溪中蘋藻可供羞。故鄉未有終焉計，欲指吳山歸去休。』其一吳縝，字子長，東平人〔九〕，文肅公奎之孫〔一〇〕。年三十，以食貧暫仕，即歸隱於魚山狼溪之側〔一一〕。《寄定國》云：『情馳夏日流，目斷晚雲碧。新詩從何來，遠自金馬客〔一二〕。雄深作者意，奔軼古人跡。名高四海望，髮未一莖白。應嗤窮途士，抽簪老泉石。采蕨在南山，驅牛向東陌。勞生豈不苦，衣食迫晨夕。膏粱無宿懷，茅茨得真適。卒歲將何求，一飽惟力穡。』《訪國城石氏》云〔一三〕：『昔我訪君處，樹涼炎暑收。今君訪我來，城空殘雪留。經時少乘興，兩至皆空投。茅茨隔溪上，車馬度城頭。不聞機杼聲，但聽溪水流。向來方圓翁，曾伴此中游。近聞大梁至，京塵滿衣裘。相思懶歸步，落日風颼颼。』《山居》云：『西首魚山崦，北連黃石祠〔一四〕。崇岡在東南，我家山北陲。地僻少人事，終朝掩柴扉。尊酒不常得，書卷聊自怡。春風數日來，處處生蕨薇。寸心復何累，一飽良可期。當年終南人，捷徑以貽譏〔一五〕。知我無心者，豈顧悠悠辭。』《擬淵明貧居》云：『淒其歲云暮，北風無時休。晨興倦薪水，夜寐乏衾裯。缺月正裴回，宿鳥頻啁啾。欲無憔悴歎，奈此霜霰秋。松楸脫兵火，環堵且淹留〔一六〕。閉門念袁安〔一七〕，守賤吊黔婁〔一八〕。坐讀貧士詩，吾乃淵明儔。』〔一九〕《溪上招王仲先》云〔二〇〕：『幽居復何為，冬來性成懶。柴門俯清溪，寸步出亦罕。今晨偶攜杖，愛此晴日暖。寓目隨所之，行到南溪畔。背陰雪猶積，向暖冰全泮。搘頤臥石上，仰面蒼崖斷。泉聲何從來，乍喜兩耳換。平分意甚遲，斗落勢方悍。坐來百慮忘，還惜日景短。塵寰多憂虞，中林足閒散。故人戀明時，歸休苦遲緩。幅巾來何時，臨流話幽款。』叔翔亦其一也〔二一〕。定國謂叔翔於文章無所不能，嘗仕國朝，官洛陽云。

【校記】

《擬淵明貧居》：當是《擬淵明貧士》之誤。

淒其歲云暮，北風無時休：陶淵明《詠貧士》作「淒厲歲云暮，擁褐曝前軒」。

【注釋】

〔一〕東阿：今山東東阿。

〔二〕馬定國《薺堂集》：參見本書《馬御史定國》。

〔三〕香巖可道上人：不詳。馬定國《香巖病中》：「九州四海盡行路，萬戶千門非我家。金彈不徒驚燕雀，春雷終待起龍蛇。」見《中州集》卷一。

〔四〕比陽：今河南泌陽。

〔五〕鮮于可：生平失考。據其叔祖鮮于侁資料，鮮于可應是閬中（今四川閬中）人。

〔六〕從祖侁：鮮于侁（一〇一九—一〇八七），字子駿，閬州人，景祐五年（一〇三八）進士，歷任綿州通判、知陳州。《宋史》卷三四四有傳。鮮于之武，生平不詳。據李復《潏水集》卷十五《次韻鮮于之武游南谷》注，之武字彥桓。范祖禹《范太史集》卷二十四有《薦鮮于之武劄子》。

〔七〕高鶡化：生平不詳。平原：今山東平原。馬定國有《懷高圖南》詩：「劉叉一狂士，尚得韓愈知。君才百劉叉，知者果其誰。」又有《送圖南》詩，可參看。見《中州集》卷一。

〔八〕王景徽：生平失考。祁國文獻公溥：王溥（九二二—九八二），字齊物，并州祁人（今山西祁縣），仕至參知樞密院事、太子太傅等，封祁國公，謚文獻。《宋史》卷二四九有傳。

〔九〕東平：今山東東平。

〔一〇〕文肅公奎：吳奎（一〇一〇—一〇六七），字長父，濰州北海（今山東濰坊人），歷翰林學士、權知開封府，拜參知政事，出知青州。謚文肅。《宋史》卷三一六有傳。

〔一一〕魚山：在今山東東阿縣。《三國志·魏書·陳思王植傳》：曹植生前『登魚山，臨東阿，喟然有終焉之志』。後葬於魚山。

〔一二〕金馬客：翰林學士，此處指馬定國，因馬定國任翰林學士。

〔一三〕國城石氏：不詳。

〔一四〕黃石：指秦末隱士黃石公，曾於圯上授兵書於張良。黃石祠：在今山東平陰縣東阿鎮。

〔一五〕『當年終南人』二句：《新唐書·盧藏用傳》：『司馬承禎嘗召至闕下，將還山，藏用指終南曰：「此中大有嘉處。」承禎徐曰：「以僕視之，仕宦之捷徑耳。」藏用慚。』

〔一六〕松楸：松樹與楸書。環堵：四周土牆。陶淵明《五柳先生傳》：『環堵蕭然，不蔽風日，短褐穿結，簞瓢屢空，晏如也。』《九日閒居》：『棲遲固多娛，淹留豈無成。』

〔一七〕袁安：字邵公，東漢河南汝陽人。《後漢書·袁安傳》注引《汝南先賢傳》：『時大雪積地丈餘，洛陽令身出案行，見人家皆除雪出，有乞食者。至袁安門，無有行路。謂安已死，令人除雪入戶，見安僵臥。問何以不出。安曰：「大雪人皆餓，不宜干人。」令以為賢，舉為孝廉也。』陶淵明《詠貧士》之五：『袁安困積雪，邈然不可干。』

〔一八〕黔婁：戰國時齊隱士。皇甫謐《高士傳》卷中：『黔婁先生者，齊人也。修身清節，不求于諸侯。魯恭公聞其賢，遺使致禮，賜粟三千鍾，欲以為相，辭不受。齊王又禮之，以黃金百斤聘為卿，又不就。』陶淵明《詠貧士》之四：『安貧守賤者，自古有黔婁。』

〔一九〕貧士詩：指陶淵明《詠貧士》。《詠貧士》之四：『從來將千載，未復見斯儔。』
〔二〇〕王仲先：其人不詳。
〔二一〕叔翔：即張子羽。

朱諫議之才

之才字師美，洛西三鄉人〔一〕。宋崇寧間登科〔二〕，入齊為諫官〔三〕，坐直言，黜為泗水令〔四〕。尋乞閑退，寓居嵫陽〔五〕，因而家焉。昆弟數人皆有文名。師美自號慶霖居士，有《霖堂集》傳於世。如云：『魯甸分鴻影，齊山入馬蹄。』『門靜堪羅雀，書成不換鵝。』『雨過好花紅帶潤，日長嘉樹綠移陰。』此類甚多。子瀾，字巨觀〔六〕。

【注釋】

〔一〕三鄉：在洛陽西，治所在今河南洛寧縣東。
〔二〕崇寧：宋徽宗年號（一一〇二—一一〇六）。據朱之才《復用九日詩韻呈黃壽鵬》：『忽忽天星二十九，當年曾醉瓊林酒』自注：『癸未歲登科第，適二十九年。』據此可知其登科時間為崇寧二年（一一〇三）。
〔三〕諫官：當即是諫議大夫。入齊時間當在阜昌（一一三〇—一一三七）初期。
〔四〕泗水：今山東泗水。

〔五〕嵫陽：今山東兗州。

〔六〕朱瀾：參見下文《朱宮教瀾》。

劉內翰著

著字鵬南，舒州皖城人〔一〕。宣政末登進士第〔二〕，歸朝預銓調〔三〕，碌碌州縣，年六十餘始入翰林充修撰，出守武、遂〔四〕，終於忻州刺史〔五〕。皖城有玉照鄉〔六〕，既老，號玉照老人，示不忘本云。

【注釋】

〔一〕舒州皖城：今安徽潛山。

〔二〕宣政：宋徽宗年號宣和、政和的並稱。據王慶生《金代文學家年譜》，劉著及第時間疑在政和末年。

〔三〕銓調：銓選調用。

〔四〕武、遂：指武州（今山西五寨縣北）、遂州（今河北保定市徐水區）。

〔五〕忻州：今山西忻州。

〔六〕玉照鄉：又名玉鏡鄉。《江南通志》卷十五：『玉鏡山在潛山縣北。《寰宇記》：唐貞元二年，從皖山東忽然暴裂，皎瑩如玉，行人遠見，如懸鏡然。刺史呂渭奏聞，因改萬歲鄉為玉鏡鄉，故一名玉照山。黃庭堅詩「仙人持玉照，留在灊峰西」是也。山東有主簿山，相傳唐畢諴讀書於此。』

施内翰宜生

宜生字明望〔一〕，浦城人〔二〕。宣和末為潁州教官〔三〕，仕齊〔四〕，仕國朝〔五〕，官至翰林學士〔六〕。自號三住老人〔七〕。有集行於世〔八〕。《賦柳》云：『朱門處處臨官道，流水年年繞禁宮。』《草書》云：『臨池翕忽雲霧集，舞劍浩蕩波濤翻。』《山谷草書》云：『行所當行止當止，錯亂中間有條理。意溢毫搖手不知，心自書空不書紙。』《社日》云：『濁澗回湍激，青煙弄晚暉。綠隨春酒熟，分與故山違。社鼓喧林莽，孤城隱翠微。山花羞未發，燕子喜先歸。』又云：『割少詼諧語〔九〕，分均宰制功。靈祇依古樹，醉叟泥村童。萬里開耕稼，三時順雨風。行春從此樂，著意酒杯中。』初在潁州日，從趙德麟遊，頗得蘇門沾丐云〔一〇〕。

【注釋】

〔一〕宜生字明望：據陳鵠《耆舊續聞》卷六，施宜生原名叫施逵，字必達。據蘇天爵《滋溪文稿》卷二十五《三史質疑》，施宜生『（大定）三年六月卒，年七十三』。以此推測他生於元祐六年（一〇九一），卒於大定三年（一一六三）。《金史》卷七十九有傳。

〔二〕浦城：今福建蒲城。宋時屬建州（又稱建安），故施宜生籍貫又作建安，如蔡松年《永遇樂》（正始風流）

詞序所稱『建安施明望與余同僚』。魏道明注：『明望名宜生，建安浦城人。』但《金史》稱施宜生為邵武人。

〔三〕宣和：宋徽宗年號（一一一九—一一二五）。潁州：今安徽阜陽。

〔四〕仕齊：據《金史》本傳，施宜生於紹興五年（一一三五）渡淮入齊，時當偽齊阜昌六年。施宜生『上書陳取宋之策，齊以為大總管府議事官』。當時諸路兵馬大總管是劉豫之子劉麟。

〔五〕仕國朝：金天會十五年（一一三七），廢齊國，施宜生入金，任太常博士，官汴京行臺。

〔六〕官至翰林學士：施宜生入金後，歷任禮部郎中、隰州刺史、深州刺史等職。

〔七〕三住：出自唐人施肩吾，指氣住、神住、形住。《唐才子傳·施肩吾傳》：『述氣住則神住，神住則形住，為《三住銘》一卷。』

〔八〕有集行於世：《千頃堂書目》卷九：『施宜生《三住老人集》。』已佚。

〔九〕割少詠諧語：《三國志·魏書·王朗傳》：『雖流移窮困，朝不謀夕，而收卹親舊，分多割少，行義甚著。太祖表徵之。』

〔一〇〕趙德麟：趙令畤（一〇六一—一一三四），宋宗室後代。元祐六年（一〇九一），簽書潁州節度判官公事，時蘇軾知潁州，愛其才，與其遊。事蹟見《宋史》卷二四四《燕王德昭傳》附傳。

朱葭州自牧

自牧字好謙，棣州厭次人〔一〕。皇統中，南選宋端卿榜登科〔二〕。大定初，以同知晉寧軍事卒官〔三〕。有詩云：『寒天展碧供飛鳥，落日留紅與斷霞。』又云：『水禽孤影白，霜果半腮紅。』『海氣升孤月，岧姿起暝煙。』『山雪尋崖斷，林煙逐樹低。』『燈殘星在壁，霜重水漫衾。』句法之工類如此。

【注釋】

〔一〕棣州厭次：今山東惠民。

〔二〕南選：金初針對南方人設立的科舉考試，與北選相對而言。宋端卿榜：《金石萃編》卷一五八《進士題名記》：『皇統二年狀元宋端卿榜。』皇統二年，一一四二年。宋端卿，其人不詳，當年經義狀元。

〔三〕大定：金世宗年號（一一六一—一一八九）。晉寧：時屬葭州，治在今陝西佳縣。

孫內翰九鼎

九鼎字國鎮，忻州定襄人〔一〕。天會六年〔二〕，經義第一人。在太學時〔三〕，游金明〔四〕，作詩云：『片片桃花逐水流，東風吹上木蘭舟。隔溪紅粉休相認，年少孫郎不姓劉。』〔五〕弟九疇、億〔六〕，俱有時名，三人同榜登科。吳彥高《贈國鎮詩》云〔七〕：『孫郎有重名，談笑取公卿。清廟瑟三歎，齋房芝九莖〔八〕。』其為名流所稱道如此。中州文派〔九〕，先生指授之功為多。年八十餘卒〔一〇〕。

【注釋】

〔一〕定襄：今山西定襄。

〔二〕天會六年：一一二八年。

〔三〕在太學時：孫九鼎在北宋汴京，與洪皓同舍。洪邁《夷堅甲志》卷一：『孫九鼎……政和癸巳居太學。』政和癸巳：政和三年（一一一三）。

〔四〕金明：指金明池，在汴京。

〔五〕孫郎：孫九鼎自指。劉：劉晨。用劉晨、阮肇天台上採藥遇仙的典故。

〔六〕九疇、億：孫九疇、孫九億生平失考。

〔七〕吳彥高：即吳激。詳參本書《吳學士激》。

〔八〕清廟瑟三歎：出自《禮記·樂記》：『《清廟》之瑟，朱弦而疏越，壹倡而三歎，有遺音者矣。』芝九莖：《漢書》卷六《武帝紀》：『甘泉宮內中產芝，九莖連葉。』

〔九〕中州文派：又稱國朝文派。參見上文《蔡太常珪》。

〔一〇〕年八十餘卒：孫九鼎少與洪皓同舍，洪皓使金羈留，與孫九鼎多有交往，其《再寄》詩稱孫九鼎『館閣飛聲强仕年，胸中藻思若雲騫』，强仕為四十歲，據考天會十三年（一一三五）前後，孫九鼎在翰林修撰任上。以此推測，孫九鼎約生於紹聖元年（一〇九四），若八十歲去世，則卒於大定十五年（一〇七五）。

劉修撰彧

彧字公茂，安陽人〔一〕。天眷二年經義第一人〔二〕，自號香岩居士，歷京兆總幕，終於翰林修撰。

【校記】

第一人：四庫全書本《中州集》作『第二人』。

【注釋】

〔一〕安陽：今河南安陽。

〔二〕天眷二年：一一三九年。

趙内翰可

可字獻之，高平人〔一〕。貞元二年進士〔二〕，仕至翰林直學士〔三〕。風流有文采，詩、樂府皆傳於世，號《玉峰散人集》〔四〕。子述，字勉叔，承安二年登科〔五〕。《賦雪》云：『奇貨可居天種玉，太平有象麥連雲。』《屏山故人外傳》説勉叔詩章、字畫，皆有父風，性落魄嗜酒，卒以樂死，倜儻奇男子也〔六〕。

【注釋】

〔一〕高平：今山西高平。

〔二〕貞元二年：一一五四年。《歸潛志》卷十記載其應舉之事：『趙翰林可獻之少時赴舉，及御簾試《王業艱難賦》，程文畢，於席屋上戲書小詞云：「趙可可，肚裏文章可可。三場捱了兩場過，只有這番解火。恰如合眼跳黃河，知他是過也不過。試官道王業艱難，好交你知我。」時海陵庶人親御文明殿，望見之，使左右趣錄以來，有旨諭考官：「此人中否當奏之。」已而中選，不然亦有異恩矣。』

〔三〕仕至翰林直學：據《歸潛志》卷十，大定二十九年（一一八九）金章宗即位後，趙可遷翰林直學士。

〔四〕玉峰散人：趙可之號。《歸潛志》卷十稱趙可『少輕俊，文章健捷，尤工樂章，有《玉峰閒情集》行於世』。

〔五〕趙述：生平失考。承安二年：一一九七年。

〔六〕《屏山故人外傳》：李純甫所作，已佚。李純甫，號屏山，詳參本書《屏山李先生純甫》。

劉西巖汲

汲字伯深，南山翁之子〔一〕。天德三年進士〔二〕，釋褐慶州軍事判官〔三〕，入翰林為供奉，自號西巖老人〔四〕。有《西巖集》傳於家。屏山為作序云〔五〕：『人心不同如面，其心之聲，發而為言，言中理謂之文，文而有節謂之詩。然則詩者，文之變也，豈有定體哉？故《三百篇》什無定章，章無定句，句無定字，字無定音，大小長短，險易輕重，惟意所適。雖役夫室妾悲憤感激之語，與聖賢相雜而無愧，亦各言其志也已矣，何後世議論之不公耶？齊梁以降〔六〕，病以聲律，類俳優然。沈宋而下〔七〕，裁其句讀，又俚俗之甚者，自謂靈均以來，此秘未睹〔八〕，此可笑者一也。李義山喜用僻事，下奇字，晚唐人多效之，號西崑體〔九〕，殊無典雅渾厚之氣，反詈杜少陵為村夫子〔一〇〕，此可笑者二也。黄魯直天資峭拔，擺出翰墨畦逕，以俗為雅，以故為新〔一一〕，不犯正位，如參禪著末後句為具眼〔一二〕，江西諸君子翕然推重，别為一派。高者雕鐫尖刻，下者模影剽竄，公言韓退之以文為詩，如教坊雷大使舞〔一三〕，又云學退之不至，即一白樂天耳〔一四〕。此可笑者三也。嗟乎！此説既行，天下寧復有詩邪？比讀劉西岩詩，質而不野，清而不寒，簡而有理，澹而有味，蓋學樂天而酷似之。觀其為人，必傲世而自重者，頗喜浮屠，邃於性理之説，凡一篇一詠，必有深意，能道退居之樂，皆詩人之自得，不為後世論議所奪，真豪傑之士也。』

【注釋】

〔一〕南山翁：　指劉撝。劉撝字仲謙，晚號南山翁，渾源（今山西渾源）人，天會二年（一一二四）詞賦狀元，釋褐右拾遺，轉知天城、陽曲、懷仁三縣，擢大理正，累官中大夫。詳參王惲《秋澗集》卷五八《渾源劉氏世德碑銘並序》。

〔二〕天德三年：一一五一年。

〔三〕慶州：治所在今内蒙古巴林左旗西北。

〔四〕西巖：在其家鄉渾源龍山間，劉汲隱居之地。《歸潛志》卷十四《歸潛堂記》：『若南山、西巖，吾祖舊遊。』

〔五〕屏山：李純甫。

〔六〕以降：以下。

〔七〕沈宋：沈佺期、宋之問。

〔八〕靈均：屈原。自謂靈均以來，此秘未睹：此論出自沈約《宋書·謝靈運傳論》：『夫五色相宣，八音協暢，由乎玄黄律吕，各適物宜。欲使宫羽相變，低昂互節，若前有浮聲，則後須切響。一簡之内，音韻盡殊；兩句之中，輕重悉異。妙達此旨，始可言文……自騷人以來，多歷年代，雖文體稍精，而此秘未睹。』

〔九〕李義山：李商隱。西崑體：宋初詩歌流派，學習李商隱，以楊億、錢惟演為代表。

〔一〇〕『反罝』句：《詩話總龜》卷五：『楊大年不喜杜子美詩，謂之村夫子。』楊億，字大年，西崑體詩人。

〔一一〕黄魯直：黄庭堅。黄庭堅《再次韻（楊明叔）引》云：『蓋以俗為雅，以故為新，百戰百勝，如孫、吴之兵。』

〔一二〕不犯正位：禪宗曹洞宗術語，《萬松老人評唱天童覺和尚拈古請益錄》：『使不犯正位，語忌十成。』魏衍為陳師道詩作序，藉以評價陳詩：『後山詩，不犯正位，切忌死語，非冥搜旁引，不足以知之。』末後句，禪宗術語。《五燈會元》卷六：『末後一句，始到牢關，鎖斷要津，不通凡聖。』後人將到大悟徹底之極處，吐至極之語，稱之末後句。具眼：謂對事物具有特殊的見識。

〔一三〕如教坊雷大使舞：《後山詩話》：『退之以文為詩，子瞻以詩為詞，如教坊雷大使之舞，雖極天下之工，要非本色。』

〔一四〕『學退之不至』二句：《後山詩話》：『學詩當以子美為師，有規矩，故可學。退之於詩，本無解處，以才高而好爾。淵明不為詩，寫其胸中之妙爾。學杜不成，不失為工。無韓之才與陶之妙而學其詩，終為樂天爾。』

劉內翰瞻

瞻字岩老，亳州人〔一〕。天德三年南榜登科〔二〕，大定初召為史館編修，卒官〔三〕。党承旨世傑、酈著作元與魏內翰飛卿〔四〕，皆嘗從之學〔五〕。岩老自號攖寧居士〔六〕，有集行於世〔七〕。作詩工於野逸，如『廚香炊豆角，井臭落椿花』之類為多。

【注釋】

〔一〕亳州：今安徽亳州。

〔二〕天德三年：一一五一年。

〔三〕大定：金世宗年號（一一六一—一一八九）。元好問稱之為『劉內翰瞻』，可見其曾入翰林。

〔四〕党承旨世傑：指党懷英。詳參本卷《承旨党公》。酈著作元，指酈權，詳參本卷《酈著作權》。魏內翰飛卿：魏摶霄，詳參本書《魏內翰摶霄》。

〔五〕皆嘗從之學：從劉瞻學的還有辛棄疾。《中州集》卷三《承旨党公》：『少穎悟，日授千餘言，師亳州劉岩老，濟南辛幼安其同舍生也。』

〔六〕攖寧：《莊子·大宗師》：『殺生者不死，生生者不生。為物無不將也，無不迎也，無不毀也，無不成也。其名為攖寧。攖寧也者，攖而後成者也。』

〔七〕有集行於世：《千頃堂書目》卷二十九著錄，作《攖寧居士集》。已佚。

郝內翰俁

俁字子玉，太原人〔一〕。正隆二年進士〔二〕，仕至河東北路轉運使〔三〕。子居簡，字仲寬，進士不第，有詩名太原、平陽間〔四〕；居中，字仲純，樞密院令史出身，嘗刺坊州〔五〕。人物楚楚，所謂『文獻不足，猶超人群』者也〔六〕。正大末除鳳翔治中、南山安撫使〔七〕，詩亦有功。子玉自號虛舟居士，有集行於世〔八〕，如云『勞生雖可厭，清景亦自適』〔九〕，殊有古意也。

【注釋】

〔一〕太原：今山西太原。《中州集》卷八有毛端卿《題崞縣郝子玉此君軒》，則郝俁又作崞縣人。崞縣：治所在今山西代縣境內。

〔二〕正隆二年：一一五七年。

〔三〕仕至河東北路轉運：郝俣於大定二十四年（一一八四）前後曾任翰林修撰，故元好問稱之為『郝內翰俣』。趙秉文則稱他郝運使，作《題郝運使榮歸堂》（《滏水集》卷七），稱呼似更確切。

〔四〕郝居簡：生平失考。有殘碑《……廟記》傳世，該記作於泰和八年（一二〇八）。平陽：今山西臨汾。

〔五〕坊州：今陝西黃陵。元好問《滿江紅》（畫戟清香）詞序：『郝仲純使君守坊州，枉道過予於登州，同宿縣西峻極寺。』據狄寶心《元好問年譜新編》，該詞作於元光二年（一二二三）。故郝居中出刺坊州當是該年之事。

〔六〕文獻不足，猶超人群：出自黃庭堅《劉明仲墨竹賦》：『王謝子弟，生長見聞。文獻不足，猶超人群。』猶超人群者：元好問《滿江紅》（畫戟清香）詞序：『使君以貴胄起家，風流有文詞。』元好問《題李庭訓所藏雅集圖二首》（其二）：『誰畫風流王李郝，大河南望淚如川。』自注：『王謂仲澤、李謂長源、郝謂仲純。』據此可知，郝居中與王渥、李汾等人有交往。《金史·党懷英傳》：『上曰：「今時進士甚滅裂，《唐書》中事亦多不知，朕殊不喜。」上謂宰臣曰：「郝俣賦詩頗佳，舊時劉迎能之，李晏不及也。」』

〔七〕正大：金哀宗年號（一二二四—一二三一）。鳳翔：今陝西鳳翔。

〔八〕虛舟：出自《莊子·列禦寇》：『泛若不繫之舟，虛而敖遊者也。』郝俣集，《山西通志》卷一七五作《虛舟居士集》，已佚。

〔九〕勞生雖可厭：原詩已佚。

張鄒城公藥

公藥字元石，宰相安簡公孝純永錫之孫〔一〕，以文蔭入仕，嘗為鄒城令〔二〕，詩號《竹堂集》〔三〕。《寒食》云：『一百五日寒食節，二十四番花信風。』〔四〕《新年》云：『客情病裹度殘臘，老色鏡中添一年。雲樹縈寒猶漠漠，竹梢迎日已娟娟。』《春晚》云：『細風皺綠漲溪水，小雨點紅添海棠。』又云：『芭蕉葉斜卷舒雨，酴醾架小縱橫春。』人喜傳之。子覩，字彥國，仕為某軍節度副使〔五〕。孫厚之，字茂弘，承安五年進士〔六〕。

【校記】

文蔭：疑作『父蔭』。

承安五年：一作『承安二年』。

【注釋】

〔一〕安簡公孝純永錫：張孝純字永錫，徐州人，元祐進士，宣和五年（一一二三）知太原府，後城陷被俘。偽齊立，出任尚書右丞相。齊廢，任行臺左丞相。天眷元年（一一三八）致仕，皇統四年（一一四四）薨，謚安簡。詳參下文《張丞相孝純》。『永錫之孫』，誤，應為永錫之子。《中州集》卷九《張丞相孝純》：『子公藥，字元石，昌武軍節度副使致仕。』

〔二〕郾城：今河南郾城。

〔三〕《竹堂集》：已佚。

〔四〕『一百』二句：錢鍾書《談藝錄》指出『明竊徐師川詩，改「雨」字為「節」字，可見師川著述，亦流入北方，然張氏敢公然盜襲，而遺山不之知，更足徵其雖流入而傳播不廣矣』（第一五八頁）。按，徐俯原詩已佚，《瀛奎律髓》卷二十一引其四句：『方知園裏千株雪，不比山茶獨自紅。一百五日寒食雨，二十四番花信風。』

〔五〕張觀：生平失考。

〔六〕承安五年：一二〇〇年。張厚之及第時間，《中州集》卷九《張丞相孝純》作『承安二年』，當是。李俊民《承安登科記考》記載承安五年經義進士名錄，無張厚之。

任南麓詢〔一〕

詢字君謨，易州軍市人〔二〕。父貴〔三〕，有才幹，善畫，喜談兵，宣政間游江浙。君謨生於虔州〔四〕，為人慷慨多大節，書法為當時第一〔五〕，畫亦入妙品。評者謂畫高於書，書高於詩，詩高於文，然王內翰子端獨以其才具許之〔六〕。君謨正隆二年進士〔七〕，歷省掾、大名總幕〔八〕、益都都司判官、北京鹽使〔九〕，課殿，降泰州節廳〔一〇〕，時無借力者，故連蹇不進，六十四致仕，優遊鄉里。家所藏法書名畫數百軸，日夕展玩，不知老之將至，年七十卒。平生詩數千首，君謨歿後皆散失。今所錄皆得於傳聞之間，如《山居》云：『種竹六七箇，結茅三四間。稍通溪上路，不礙屋頭山。黃葉水清淺，白雲風往還。』《戊申春晚》云〔一一〕：『水邊團月翻歌扇，風裏垂楊學舞腰。』《南郊小隱》云：『林邊鳥語月微下，竹裏花飛春又深。』前輩喜稱道之。〔一二〕

【校記】

虔州：原作『處州』，當是形近所誤。《金史·任詢傳》亦作『虔州』。

【注釋】

〔一〕南麓：當是任詢之號。

〔二〕易州：今河北易縣。軍市：軍中市場。

〔三〕任貴：生平失考。

〔四〕虔州：今江西贛州。

〔五〕書法為當時第一：元好問《國朝名公書跋》：『任南麓書如老法家斷獄，網密文峻，不免嚴而少恩。』

〔六〕王內翰子端：指王庭筠。詳參下文《黄華王庭筠》。才具：才能。

〔七〕正隆二年：一一五七年。

〔八〕省掾：尚書省掾。大名：大名府路，治在今河北大名。大名總幕：指大名府路兵馬都總管判官。大定十六年、十七年（一一七六—一一七七）所書《完顏婁室神道碑》、《完顏希尹神道碑》下署『奉直大夫大名府路兵馬都總管判官飛騎尉賜緋魚袋臣任詢』。

〔九〕益都：今山東益都。都司：都轉運司。都勾判官，從六品，見《金史·百官志》。大定二十三年，任詢書《奉國上將軍郭建神道碑》，署『奉直大夫山東東路轉運都勾判官』。北京：指北京路，治所在今遼寧寧城西。

〔一〇〕課殿：官吏考核政績最差者。據《金史·地理志上》，泰州屬臨潢府路，正隆中置德昌軍節度使，大定二十五年罷。治所在今內蒙古巴林左旗附近。

〔一一〕戊申：大定二十八年（一一八八）。

〔一二〕前輩喜稱道之：此句後四庫本有小字曰：『嶺柳今何在，蘇黄世已無。皇天開老眼，特地降君謨。』該詩當是元好問所説的『前輩』之作，出處不詳。嶺柳，疑有誤，或為『韓柳』。

馮臨海子翼

子翼字士美，大定人，正隆二年進士〔一〕。性剛果，與物多忤，用是仕宦不進，以同知臨海軍節度使事致仕〔二〕。居真定〔三〕，有詩、樂府傳於世〔四〕。父仲尹〔五〕，子叔獻〔六〕，三世皆仕至四品，職名亦相近〔七〕。士美詩有筆力，如《賦臨海乳山萬松堂》為可見矣〔八〕。

【注釋】

〔一〕大定：遼中京大定府（今内蒙寧城縣西南大明城）。正隆二年：一一五七年。

〔二〕臨海軍：今遼寧錦州。據姚燧《牧庵集》卷二十《中書右三部郎中馮公神道碑》：馮子翼當時兼任中順大夫。

〔三〕真定：今河北正定。

〔四〕有詩、樂府傳於世：據姚燧《牧庵集》卷三《馮氏三世遺文序》，馮子翼有《白雲集》。

〔五〕父仲尹：元好問《内翰馮公神道碑銘》：『大父仲伊，天眷初以進士起家，仕為中議大夫、同知山東西路轉運使事。』《牧庵集》卷三《馮氏三世遺文序》：『馮氏由中議擢，金天眷己未第。』天眷己未為天眷二年（一一三九)。

〔六〕馮璧：字叔獻。詳參本卷《馮内翰璧》。

〔七〕三世皆仕至四品：姚燧《牧庵集》卷二十《中書右三部郎中馮公神道碑》：『承務生中議大夫同知山東西路轉運使事仲尹，中議生中順大夫同知臨海軍節度使事子翼，中順生通議大夫同知集慶軍節度使事璧。』可見，馮氏三世，馮仲伊任中議大夫同知山東西路轉運使事，馮子翼任中順大夫同知臨海軍節度使事，馮璧任通議大夫同知集慶軍節度使事。

〔八〕《賦臨海乳山萬松堂》：已佚。

史明府旭〔一〕

旭字景陽，第進士〔二〕，歷臨真、秀容二縣令〔三〕，有詩一卷傳於世〔四〕。《臨真上元夜雪》云：『斜風吹雪滿山城，壓屋雲低未肯晴。天女散花春一色，燭龍銜照夜三更。〔五〕』《交口楊氏莊》云：『青黄遶屋禾將熟，紫白依欄菊半開。』〔六〕《差赴綏德》云：『也解笑人沿路菊，不堪供税帶山田。』〔七〕先人嘗從之遊〔八〕，稱其時有佳句云。

【注釋】

〔一〕明府：縣令。

〔二〕第進士：史旭第進士時間失考。
〔三〕臨真：治在今陝西甘泉境内。秀容：今山西忻州。
〔四〕有詩一卷：《千頃堂書目》卷二十九著録作《史旭詩》一卷，久佚。
〔五〕燭龍：神名，據《山海經》，睜開眼就為白晝，閉上眼則為夜晚。銜照：雪夜有光亮，故云。
〔六〕交口：縣名，在今山西境内。
〔七〕綏德：今陝西綏德。
〔八〕先人：元好問之父元德明。參見下文《先大夫詩》。

邊内翰元鼎

元鼎字德舉，豐州人〔一〕。兄元勳、元恕，俱有時名，號三邊〔二〕。德舉十歲能詩，天德三年第進士，以事停銓〔三〕。世宗即位，張太師浩表薦供奉翰林〔四〕，出為邢州幕官〔五〕，復坐誣累，遂不復仕進。德舉資稟疏俊，詩文有高意，時輩少及。如云：『雲鐘號曉月，風絮亂春燈。』『晚照入簾如有意，春風過水略無痕。』『五更好夢經年事，三月殘花一夜風。』《拂子》云：『驅去青蠅讒口遠，拂開黄卷聖言新。』『雲露月華天半白，星移河漢夜微涼。』此類甚多。

【注釋】

〔一〕豐州：治在今內蒙古呼和浩特市東。

〔二〕邊元勳：字輔臣，詳參本書《邊轉運元勳》。邊元恕，生平失考。

〔三〕天德三年：一一五一年。停銓：停職。

〔四〕張太師浩：張浩（？—一一六三），字浩然，遼陽人，仕至太師、尚書令，《金史》卷八十三有傳。張浩舉薦邊元鼎，當在大定初年，因為張浩大定三年（一一六三）即致仕。

〔五〕邢州：今河北邢臺。

李承旨晏

晏字致美〔一〕，高平人〔二〕，唐順宗第十六子福王綰之苗裔〔三〕。父森，字彥實〔四〕，工於詩，有云：『少年日日醉花邊，短白長紅一一憐。自笑老來心尚在，惡風常廢五更眠。』又《賦梅》云：『冰骨有香魂乍返，玉顏無暈酒全消。』人多傳誦之。致美皇統二年經義進士〔五〕，釋褐臨汾丞〔六〕。時張太師浩判平陽，一見愛其才，為之延譽〔七〕，稍遷遼陽幕官〔八〕，與興陵有藩邸之舊〔九〕，入翰林為學士〔一〇〕。高文大冊，號稱獨步，拜御史中丞〔一一〕。初遼人掠中原人，及得奚、渤海諸國生口〔一二〕，分賜貴近，或有功者，大至一二州，少亦數百，皆為奴婢，輸租為官，且納課給其主，謂之二稅戶〔一三〕。大定初，一切免為民，閻山寺僧賜戶三百〔一四〕，與僧共居，供役而不輸租〔一五〕，故不在免例。訴者積年，臺寺不為理，又訴於致美，致美上章，大略謂：『天子作民父母，當同仁一視。分別輕重，乃胥吏舞文法之敝，陛下大明博照，豈可使天下有一民不被其澤者？且沙門既謂之出家，而乃聽其與男女雜居乎？』書奏，宰相持不可，世宗詔致美與相詰難，致美伏御座前曰：『前日車駕幸遼東〔一六〕，閭山寺曾供從官一宿之具，寺僧物，陛下物也。陛下無以此直寺僧，而使三百家受屈。』世宗大笑曰：『李晏劫制我耶？』即日免之。明昌初，為禮部尚書，分諸道府試〔一七〕，復經義〔一八〕，設經童科〔一九〕，皆自致美發之。出為沁南軍節度使〔二〇〕，告老不從，改昭毅軍節度使〔二一〕，且授子仲略澤州刺史〔二二〕，以榮之。時澤、潞旱甚，致美擅發倉粟三萬石捄餓者〔二三〕，因上章請罪。章奏而本道提刑彈章亦至，章宗謂宰相言：『提刑職當然，李晏義當然，不之罪也。』仲略字簡之，大定二十二年進士〔二四〕，仕至山東路按察使。道陵愛其俊快，比為脫帽鶻云〔二五〕。致美自號遊仙野人，簡之丹源釣徒，有集傳於世〔二六〕。簡之之子肯播字克紹，肯獲字克守，肯德字克修〔二七〕。

【校記】

閭山寺：《金史·李晏傳》作『錦州龍宮寺』。

【注釋】

〔一〕晏字致美：李晏（一一二三—一一九七），《金史》卷九十六有傳。

〔二〕高平：今山西高平。

〔三〕福王綰：據《舊唐書》卷一百五十《順宗諸子》，福王綰（？—八六一）為順宗第十五子：『福王綰本名浥，順宗第十五子。母莊憲王皇后，憲宗同出，初授光祿卿，封河東郡王，貞元二十一年進封，咸通元年，特冊拜司空，明年薨。』

〔四〕李森：李異之子。《山西通志》卷一三八《李異傳》曰：『森年十八，澤州發解第一，補萊州文學。靖康之亂，盜賊掠境，森謂其渠長曰：「公第取財何害，但勿殺人。」皆羅拜而退。』卷一四三又曰：『天會間，歲大饑，斗米千錢，餓殍載道，出粟千斛，賑之活者甚眾。或曰：「易此可得數千緡。」森笑曰：「活人數千，不愈於數千緡乎？」途遇行旅二人，病臥垂死，掖至家，醫治全愈，其人感泣而去，蓋襄陽人也，每森生辰，各持方物，至而祝之。』

〔五〕皇統二年：一一四二年。李晏及第時間，《金史》卷九十六《李晏傳》作皇統六年，可從。因為李晏生於宣和元年（一一二三），若皇統二年及第，年僅二十歲。弱冠及第，元好問當言及。

〔六〕臨汾：今山西臨汾。

〔七〕張浩：見本書《邊內翰元鼎》注。平陽：平陽府，治所在山西臨汾。據《金史·張浩傳》，張浩皇統七年（一一四七）田瑴黨禍之後，出任平陽尹，天德元年（一一五〇），完顏亮即位後，召為戶部尚書、參知政事。故張浩見李晏當在皇統七年至天德元年間。

〔八〕遼陽：遼陽府當時屬東京路，治在今遼寧遼陽。

〔九〕興陵：金世宗墓號。藩邸：諸侯王的府第。金世宗正隆六年（一一六一）十月稱帝之前，為葛王，兩任東京留守。

〔一〇〕入翰林為學士：《金史》本傳：『世宗素識其才名，尋召為應奉翰林文字。特令詣閣謝，上顧謂左右曰：「李晏精神如舊。」慰勞甚悉。』

〔一一〕拜御史中丞：李晏任御史中丞時間在大定二十六年（一一八六），參《金史》本傳、王慶生《金代文學家年譜》。

〔一二〕生口：俘虜。

〔一三〕二稅戶：指既給官府交租又給貴族主人交租的人。

〔一四〕閭山寺：在今遼寧北寧境內醫巫閭山上。

〔一五〕供役不輸租：指給僧人勞動，而不給官府交租。

〔一六〕前日車駕幸遼東：據《金史》卷八《世宗本紀下》，大定二十四年（一一八四）三月，金世宗如上京，四月途經遼東。

〔一七〕分諸道府試：天眷年間，府試地點為三處，海陵朝增至六處，明昌初又增加三處。

〔一八〕復經義：天會四年（一一二六），設經義科，天德三年（一一五一）罷，大定二十八年（一一八八）詔復經義科，明昌二年（一一九一）重開選舉。

〔一九〕經童科：天會年間設立，天德年間廢除，章宗大定二十九年恢復。

〔二〇〕沁南軍：據《金史·地理志下》，沁南軍在懷州河東南路懷州（治在今河南沁陽）。

〔二一〕昭毅軍：在河東南路潞州（治在今山西長治）。

〔二二〕澤州：治在今山西晉城。

〔二三〕潞：潞州。捄：救濟。

〔二四〕大定二十二年：一一八二年。李仲略及第時間，《金史·李仲略傳》作大定十九年。據《金文最》卷八十三孔叔利《改建題名碑》，『大定十九年張行簡下』有李仲略名，可見他當是大定十九年進士。

〔二五〕道陵： 金章宗墓號，指金章宗。 鶻： 海東青鶻，是遼金元時期名聲極大的一種獵鷹，因産于遼之東北境外五國部以東海上，故稱海東青，亦稱海青。《金史·李仲略傳》：『上顧謂侍臣曰：「仲略精神明健，如俊鶻脱帽。」』海東青在捕獵之前，通常以帽蒙面，有獵物時，則脱下帽子，捕殺獵物。

〔二六〕有集傳於世：《山西通志》卷一百七十五題作《遊仙野人集》，已佚。

〔二七〕簡之之子： 簡之三子，生平失考。

王都運寂

寂字元老，薊州玉田人〔一〕。 系出三槐〔二〕，父礎，字鎮之，國初名士，仕至歸德府判官〔三〕。元老天德三年進士〔四〕，興陵朝以文章政事顯〔五〕，終於中都路轉運使〔六〕，壽六十七〔七〕，謚文肅。有《拙軒集》、《北遷錄》傳於世〔八〕。 三子： 欽哉，直哉，鄰哉，為能吏〔九〕。元老專于詩，有云：『生涯貧到骨，傢具少於車。』〔一〇〕《元夕感懷》云：『殘夢關河鼇禁月，舊游燈火馬行春。』〔一一〕《留别郭熙民》云〔一二〕：『五年風雪黄州閏，萬里關河渭水秋。』《與涿郡先主廟詩》：『當年竹馬戲兒曹，笑指樓桑五丈高。 故國神遊得無恨，壞垣風雨夜蕭騷。』〔一三〕人共傳之。《行記》載其先人《雞山》一詩云：『記得垂髫此地遊，雞山孤立水平流。 而今重過山前路，山色青青人白頭。』〔一四〕予謂詩固佳，恨其依仿蘇才翁太甚耳〔一五〕。

【校記】

水平流：《鴨江行部志》引作『水東流』。

【注釋】

〔一〕玉田：今河北玉田。

〔二〕三槐：指三槐王氏。《蘇軾文集》卷十九《三槐堂銘》：『故兵部侍郎晉國王公顯于漢、周之際，歷事太祖、太宗，文武忠孝，天下望以為相，而公卒以直道不容於時。蓋嘗手植三槐於庭，曰：「吾子孫必有為三公者。」已而其子魏國文正公相真宗皇帝於景德、祥符之間朝廷清明天下無事之時，享其福祿榮名者十有八年。』文中所說晉國王公指由五代漢、周入宋的王祜，魏國文正公指其子王旦，宋真宗時宰相。

〔三〕父礎：王礎（一〇九六—一一七七），生平詳見王寂《拙軒集》卷六《先君行狀》。歸德府：治在河南商丘。

〔四〕天德三年：一一五一年。

〔五〕興陵：金世宗墓號。

〔六〕中都路：治在今北京。

〔七〕壽六十七：王寂生卒年，王慶生《金代文學家年譜》據元好問《續夷堅志》卷一《京娘墓》、《金史·章宗本紀二》等材料，推測王寂生於天會五年（一一二七），卒於明昌四年（一一九三），然《金史·章宗本紀二》又記載次年正月王寂向章宗舉薦文商之事。周惠泉據《遼東行部志》等材料，考證王寂生於天會六年，卒於明昌五年（一一九四），可從。參見周著《金代文學論·王寂生平考述》（東北師範大學出版社一九九七年版）。

〔八〕《拙軒集》：原書已佚，四庫館臣從《永樂大典》中輯出《拙軒集》六卷。《北遷錄》：已佚。王寂另存《遼東行部志》、《鴨江行部志》，二書均輯自《永樂大典》。賈敬彥《五代宋金元人邊疆行記十三種疏證稿》含此二書，張博泉亦有《遼東行部志注釋》。

〔九〕三子：生平失考。

〔一〇〕生涯貧到骨：原作已佚。孟郊《借車》：『借車載傢具，傢具少於車。』

〔一一〕鼇禁：翰林院。

〔一二〕郭熙民：生平不詳。

〔一三〕涿郡先主：指劉備，劉備為涿郡人。《三國志·蜀書·先主傳》：『先主少孤，與母販履織席為業。舍東南角籬上有桑樹生高五丈餘，遙望見童童如小車蓋，往來者皆怪此樹非凡，或謂當出貴人。先主少時，與宗中諸小兒于樹下戲，言：「吾必當乘此羽葆蓋車。」』

〔一四〕《行記》：指其《鴨江行部志》。雞山：在今遼寧海東境內。

〔一五〕蘇才翁：北宋書法家蘇舜元。蘇舜元（一〇〇六—一〇五四），字叔才，後改字才翁，蘇舜欽之兄。生平參《宋史》卷四四二《蘇舜欽傳》附傳。元好問謂王寂此詩模仿蘇舜元詩歌，必有所據，只是現已不得其詳，因為蘇舜元原詩已佚。

蓮峰真逸喬扆〔一〕

扆字君章，初名逢辰，洪洞人〔二〕，天德三年進士〔三〕。詩、樂府俱有名。子宇，字德容，八歲能鼓琴，召入東宮。顯宗稱其不凡〔四〕，大定十六年登科〔五〕，貞祐初為益都按察轉運使〔六〕，與田涿器之俱歿兵間〔七〕。（以上《中州集》卷二）

【校記】

田涿：當是『田琢』之誤。

【注釋】

〔一〕蓮峰真逸：當是喬扆之號。

〔二〕洪洞：今山西洪洞。

〔三〕天德三年：一一五一年。

〔四〕顯宗：完顏允恭（一一四六—一一八五），金世宗次子，大定二年（一一六二）為皇太子，大定二十五年（一一八五）病世，謚宣孝太子，章宗即位後上廟號顯宗。《金史》卷十九《世紀補》有其傳記。

〔五〕大定十六年：一一七六年。

〔六〕貞祐：金宣宗年號（一二一三—一二一六）。益都：今山東益都。喬宇此前任京兆戶曹、秘書丞、翰林直學士、禮部侍郎等職。

〔七〕田涿：當即田琢（？—一二一九），蔚州定安（今河北蔚縣），字器之，明昌進士，在蔚州等地招募義兵抗擊蒙古兵，興定二年（一二一八），權知益都府事，次年益都府治中張林嘩變，轉戰途中病故。《金史》卷一百二有傳。《中州集》卷五收錄龐鑄《田器之燕子圖》詩。

劉龍山仲尹

仲尹字致君，蓋州人〔一〕，後遷沃州〔二〕。正隆二年進士〔三〕，以潞州節度副使召為都水監丞卒〔四〕。致君家世豪侈，而能折節讀書，詩、樂府俱有蘊藉。有《龍山集》，嘗于其外孫欽叔處見之〔五〕，參涪翁而得法者也〔六〕。

【注釋】

〔一〕蓋州：今遼寧蓋州。

〔二〕沃州：原名趙州，金改名沃州，今河北趙縣。

〔三〕正隆二年：一一五七年。《續夷堅志》卷三《劉致君見異人》：『龍山劉仲尹致君，年二十，「不貴異物民乃足」榜擢第。』據此，劉仲尹生於天眷元年（一一三八）。

〔四〕潞州：治在今山西長治。都水監丞：官職名，主管河渠灌溉之事。

〔五〕龍山：當是劉仲尹的號。欽叔：指李獻能（一一九〇—一二三二），參見本書《李右司獻能》。

〔六〕涪翁：黄庭堅。劉仲尹詩學黄庭堅，以《墨梅》詩為代表，可參《中州集》卷三。

劉記室迎

迎字無黨，東萊人〔一〕。初以蔭試部掾，大定十三年〔二〕，用薦書對策為當時第一，明年登進士第，除豳王府記室〔三〕，改太子司經，顯宗特親重之〔四〕。二十年，從駕涼陘〔五〕，以疾卒〔六〕。章宗即位，錄舊學之勞，賜其子國樞進士第〔七〕。無黨自號無諍居士，有詩文樂府，號《山林長語》〔八〕，詔國學刊行。

【注釋】

〔一〕東萊：今山東萊州。

〔二〕大定十三年：從下文來看，劉迎「明年登進士第」，當是大定十三年，因為該年為科舉年。所以此處的大定十三年，當為大定十二年（一一七二）之誤。

〔三〕豳王：指完顔永成。《金史》卷八十五《豫王永成傳》，完顔永成大定七年封沈王，十一年封豳王。記室：官名，掌章表書記文檄。

〔四〕太子：指完顔允恭。太子司經：掌經史圖籍筆硯之事。顯宗：指當時太子完顔允恭。參上文《蓮峰真逸喬扆》注。

〔五〕涼陘：在今河北沽源縣東南，其北有著名的游幸勝地金蓮川。據《金史·世宗本紀中》，大定二十年四月，「庚戌，如金蓮川」。

〔六〕以疾卒：劉迎卒年並非大定二十年，因為次年姚孝錫卒後，劉迎尚有吊詩，見《中州集》卷十《醉軒姚先生孝錫》傳後。王慶生推測劉迎在大定二十二年再次隨駕涼陘之後去世，可參其《金代文學家年譜》。

〔七〕國樞：據《金史·孫鐸傳》，泰和八年（一二〇八），劉國樞曾任監察御史，坐大中黨事而下獄。

〔八〕《山林長語》：《山東通志》作六卷，已佚。金章宗對劉迎評價很高，《金史·党懷英傳》：「上謂宰臣曰：「郝俁賦詩頗佳，舊時劉迎能之，李晏不及也。」」

許内翰安仁

安仁字子靖，河間樂壽人〔一〕，大定七年進士〔二〕，歷禮部員外郎，出守澤州〔三〕，遷同知河南府事〔四〕，以汾陽軍節度使致仕〔五〕。子古，字道真〔六〕，父子俱名流也。

【注釋】

〔一〕樂壽：今河北獻縣。《金史》卷九十六《許安仁傳》略有差異：「許安仁字子静，獻州交河人。」交河：據《金史·地理志》，大定七年始析樂壽而新置交河縣，治在今河北滄州市交河鎮。許安仁出生時，其地仍為樂壽，故《中州集》所載更為準確。《金史·許安仁傳》又云：「泰和五年卒，年七十七。謚文簡。」據此，許安仁生於天會七年（一一二九），卒於泰和五年（一二〇五）。

〔二〕大定七年：一一六七年。

〔三〕澤州：治在今山西晉城。許安仁出守澤州，時在明昌五年（一一九四）。據《金史》本傳，此前許安仁曾任應奉翰林文字、翰林學士，故元好問稱之為「許内翰安仁」。

〔四〕河南府：治在今河南洛陽。許安仁知河南府事，時在承安元年（一一九六）。

〔五〕汾陽軍：治在今山西汾陽。許安仁承安四年任汾陽軍節度，次年致仕。

〔六〕許古：《金史》卷一百九有傳，參見下文《許司諫古》。

承旨党公

公諱懷英，字世傑，宋太尉進之十一代孫〔一〕，父純睦，自馮翊來〔二〕，以從仕郎為泰安軍錄事參軍〔三〕，卒官。妻子不能歸，遂為奉符人〔四〕。公之在孕也，太夫人夢道士吳筠來託宿〔五〕，及公生，儀觀秀整〔六〕，如神仙然。少穎悟，日授千餘言，師亳社劉岩老〔七〕。濟南辛幼安，其同舍生也〔八〕。嘗試東府，取解魁〔九〕，是後困於名場，遂不以世務嬰懷，放浪山水間，詩酒自娱，簞瓢屢空，晏如也。夫人石氏，徂徠先生之後〔一〇〕，亦能安貧守分，既久，鄉豪傑有知公者，稍料理之。大定十年〔一一〕，擢進士甲科，調成陽軍事判官〔一二〕，汝陰令〔一三〕，入為史館編修〔一四〕，應奉翰林學士〔一五〕，出為泰定軍節度使〔一六〕，為政寬簡，不言而人化，召為翰林學士承旨致仕〔一七〕。大安三年九月〔一八〕，年七十八終於家。是夕有大星殞于所居之堂，衆驚視之，而公已逝矣。謚曰文獻。禮部閑閑公《墓誌》云〔一九〕：『公之文似歐公，不為尖新奇險之語，詩似陶謝，奄有魏晉，篆籀入神，李陽冰之後，一人而已。嘗謂唐人韓蔡不通字學〔二〇〕，八分自篆籀中來〔二一〕，故公書上軋鍾蔡〔二二〕，其下不論也，小楷如虞褚〔二三〕，亦當為中朝第一，書法以魯公為正〔二四〕，柳誠懸以下不論也〔二五〕。古人名一藝，而公獨兼之，可謂全矣。』皇叔永蹈伏誅〔二六〕，公作詔云：『天下一家，詎可窺於神器；公族三宥，卒莫逭於常刑〔二七〕。非忘本根骨肉之情，蓋為宗社安危之計，亦由涼德〔二八〕，有失睦親。乃於閒歲之中，連致逆謀之起，恩以義掩，至於重典之亟行。天高聽卑，殆非此心之得已，興言及此，惋歎奚窮。』論者謂公之制誥，百年以來亦當為第一〔二九〕，閑閑公作碑，偶不及此，故表出之。

【校記】

成陽：趙秉文《翰林學士承旨文獻党公碑》（下簡稱《党公碑》）作『城陽』，當是。

為政寬簡，不言而人化：趙秉文《党公碑》作『為政寬簡不嚴，而人自服化』。可從。

公之文似歐公：趙秉文《党公碑》作『文似歐陽公』。

【注釋】

〔一〕宋太尉進：党進（九二三—九七三），宋初名將，曾任鎮安軍節度、忠武軍節度，遇疾卒，年五十一，贈侍中。《宋史》卷二百六十有傳。

〔二〕馮翊：今陝西大荔。

〔三〕泰安：泰安州，州治在今山東泰安。

〔四〕奉符：泰安屬縣，今山東泰安。

〔五〕吳筠：字貞節（？—七七八），華州華陰人，盛唐著名道士，《舊唐書》、《新唐書》有傳。

〔六〕公生儀觀秀整：党懷英生卒年，據後文及《金史》卷一二五《党懷英傳》，生於天會十二年（一一三四），卒於大安三年（一二一一）。

〔七〕劉岩老：劉瞻，參見本書《劉內翰瞻》。

〔八〕辛幼安：辛棄疾。

〔九〕東府：東平府。解魁：府試第一名。趙秉文《党公碑》：『及壯，以文名天下，取東府魁。』《禮記·曲禮上》：『三十曰壯，有室。』及壯，當在其三十歲之前。

〔一〇〕徂徠先生：石介（一〇〇五—一〇四五），兗州奉符人，嘗講學於徂徠稱山下，人稱徂徠先生，為宋初頗有影響的作家。《宋史》卷四三二有傳。

〔一一〕大定十年：一一七〇年。

〔一二〕成陽：城陽，據《金史·地理志中》：『莒州，中，刺史，本城陽軍，大定二十二年升為城陽州，二十四年更今名。』城陽軍治在今山東莒縣。

〔一三〕汝陰：今安徽阜陽。

〔一四〕入為史館編修：党懷英《禮部令史題名碑》末署：『戊戌秋八月三日，儒林郎國史院編修官武騎尉賜緋魚袋党懷英記』，戊戌為大定十八年（一一七八），可知該年党懷英已任國史院編修官。

〔一五〕党懷英《重修鄆國夫人殿碑》末署：『二十一年春正月十有二日，承務郎應奉翰林文字同知制誥兼充國史院編修官武騎尉賜緋魚袋党懷英記。』據此可知，大定二十一年（一一八一），党懷英已任應奉翰林學士。

〔一六〕出為泰定軍節度使：趙秉文《党公碑》：『承安二年，出為兗州泰定軍節度使。』承安二年，一一九七年。泰定軍，《金史·地理志中》：『兗州，中，泰定軍節度。宋襲慶府魯郡，舊名泰寧軍，大定十九年更。』泰定軍治在今山東兗州。

〔一七〕趙秉文《党公碑》：『（承安）三年，入為翰林學士承旨致仕。』承安三年：一一九八年。

〔一八〕大安三年：一二一一年。趙秉文《党公碑》：『大安二年九月以壽終，享年七十有八。』疑誤。元好問《續夷堅志》卷二《党承旨生死之異》：『大安三年九月十八，終於家，是夕有大星殞于居。』

〔一九〕禮部閑閑公《墓誌》：趙秉文《党公碑》，見《滏水文集》卷十一。

〔二〇〕韓蔡：指唐代書法家韓擇木、蔡有鄰。韓擇木，昌黎（今遼寧義縣）人。為韓愈同姓叔父，活動於開元年間，官至右散騎常侍、工部尚書。人稱『韓常侍』。書法宗蔡邕，精於隸書，傳世碑刻有《告華岳文》、《葉慧明碑》、《心經》等。蔡有鄰，濟陽（今屬山東）人。官至胄曹參軍。活動於開元、天寶（七一三—七五五）間。擅長隸書，嚴勁而有情致。

〔二一〕八分：書法術語，即『隸書』。劉熙載《藝概·書概》：『小篆，秦篆也；八分，漢隸也。秦無小篆之名，漢無八分之名，名之者皆後人也。後人以籀篆為大，故小秦篆，以正書為隸，故八分漢隸耳。』

〔二二〕鍾蔡：指漢魏書法家鍾繇、蔡邕。鍾繇（一五一—二三〇）字元常，三國魏潁川（今河南許昌）人。因為做過太傅，世稱『鍾太傅』。他的書法尤精小楷。蔡邕（一三二—一九二），東漢著名的文學家、書法家。字伯喈，陳留圉（今河南杞縣南）人。漢獻帝時曾拜左中郎將，故後人也稱他『蔡中郎』。

〔二三〕虞褚：指唐代書法家虞世南、褚遂良。虞世南（五五八—六三八），字伯施，越州餘姚（今浙江餘姚）人。褚遂良（五九六—六五八），字登善，杭州錢塘（今浙江杭州）人。《舊唐書》、《新唐書》有二人傳。

〔二四〕魯公：指唐代書法家顏真卿。顏真卿曾封魯郡公，故稱。《舊唐書》、《新唐書》有傳。

〔二五〕柳誠懸：指書法家柳公權。柳公權（七七八—八六五），字誠懸，《舊唐書》、《新唐書》有傳。

〔二六〕皇叔永蹈：完顏永蹈（？—一一九三），金世宗之子，金章宗之叔，元妃李氏所生，明昌四年，結內侍謀奪皇位，被誅。《金史》卷八十五有傳。

〔二七〕三宥：寬恕三次。逭：逃避。三宥，出自《禮記·王制》。

〔二八〕涼德：薄德。

〔二九〕百年以來亦當為第一：趙秉文《滏水文集》卷十五《竹溪先生文集引》：『當明昌間，以高文大册，主盟一世。』郝經《陵川集》卷九《讀党承旨集》：『鎬王一詔說帝心，懇惻義與大誥同……承旨有集當重讀，官樣妥貼腴且豐。』

黃華王先生庭筠

庭筠字子端，熊岳人〔一〕。父遵古，字仲元〔二〕，正隆五年進士〔三〕，仕為翰林直學士〔四〕，才行兼備，道陵所謂『昔人君子』者也〔五〕。子端早有重名，大定十六年甲科〔六〕，文采風流，照映一時，歷州縣〔七〕，用薦者供奉翰林〔八〕，承安中為言事者所累〔九〕，謫鄭州幕官〔一〇〕，未幾復應奉〔一一〕，稍遷修撰〔一二〕，卒官，年四十七〔一三〕。子端詩文有師法，高出時輩之右，字畫學米元章〔一四〕，其得意處頗能似之，墨竹殆天機所到，文湖州已下〔一五〕，不論也。平生愛天平、黃華山水，居相下十年，自號黃華山主〔一六〕，有集傳於世〔一七〕。其歿也，道陵有詩悼之，其引云：『王遵古，朕之故人也，乃子庭筠復以才選直禁林者，首尾十年，今茲云亡，玉堂東觀中無復斯人矣。其家以遺文來上，尋繹之久，良用愴然。』〔一八〕詩不錄〔一九〕。《屏山故人外傳》云〔二〇〕：『子端世家子，風流醖藉，冠冕一時，為人眉目如畫，美談笑，俯仰可觀，外視若簡貴，人初不敢與接，一見之後，和氣津津，溢於衡宇間。又其折節下士，如恐不及，苟有可取，極口稱道之，故人人恨相見之晚也。子萬慶，字禧伯，詩筆字畫，俱有父風，仕為行尚書省左右司郎中〔一二〕。猶子明伯〔一三〕，幼歲學書，書家即稱賞之，倜儻無機，膂力絕人，曾有詩云：『釣鼇公子鐵心胸，興在三山碧海東。千尺雲帆已高揭，不知何日得秋風。』死於鄧州〔一三〕，年未四十也。

【注釋】

〔一〕熊岳：今遼寧蓋州境內。

〔二〕王遵古：參見本卷《王內翰遵古》。

〔三〕正隆五年：一一六〇年。

〔四〕仕為翰林直學士：《金史·章宗紀》：承安二年（一一九七）六月，『戊申，以澄州刺史王遵古為翰林直學士，仍敕無與撰述，入直則奏聞。或霖雨，免入直。以遵古年老，且嘗侍講讀也』。

〔五〕道陵：金章宗墓號，指金章宗。昔人君子：原文不可考。《元好問全集》卷十六《王黃華墓碑》：『遵古字元仲，正隆五年進士，仕為中大夫、翰林直學士。文行兼備，潛心伊洛之學，言論皆可紀述。明昌應詔，有「昔人君子」之目。子孫以昔人名所居之山，而君子名其泉，所為志也。』

〔六〕大定十六年：一一七六年。

〔七〕歷州縣：據元好問《王黃華墓碑》，王庭筠曾任恩州軍事判官、館陶主簿。恩州舊屬大名府路，治在今山東武城東北。館陶：治在今河北館陶東北。

〔八〕供奉翰：王庭筠入翰林，在明昌三年（一一九二）前後，參王慶生《金代文學家年譜》。

〔九〕言事者：指趙秉文。趙秉文為元好問師，故此事為尊者諱。事見《歸潛志》卷十：『初，趙秉文由外官為王庭筠所薦，入翰林，既受職，遽上言云：「願陛下進君子，退小人。」上召入宮，使內侍問：「當今君子小人為誰？」秉文對：「君子故相完顏守貞，小人今參政胥持國也。」上復使詰問：「汝何以知此二人為君子、小人？」秉文惶迫不能對，但言：「臣新自外來，聞朝廷士大夫議論如此。」時上厭守貞直言，由宰相出留守東京。向持國諂諛，驟為執政，聞之大怒，因窮治其事，收王庭筠等俱下吏……翌日，有旨：庭筠坐舉秉文，昂坐譏諷，各杖七十，左貶外官。』考《金史·章宗紀》：明昌六年（一一九五），『十二月丁卯，應奉翰林文字趙秉文上書論奸欺』。次年趙、王等人入獄，參《金史·王庭筠傳》。

〔一〇〕鄭州幕官：據元好問《王黃華墓碑》，當指鄭州防禦判官。據《金史·王庭筠傳》，事在承安二年。

〔一一〕未幾復應奉：據元好問《王黃華墓碑》，明昌四年（一一九九）王庭筠『起復應奉翰林文字』。

〔一二〕稍遷修撰：元好問《王黃華墓碑》：『泰和元年（一二〇一），復翰林修撰。』

〔一三〕年四十七：關於王庭筠去世時間，元好問《王黃華墓碑》、《金史·王庭筠傳》作泰和二年，當無問題。但關於其享年，《中州集》、《金史·王庭筠傳》作四十七歲，《王黃華墓碑》作五十二歲，二者不一，當以前者為是。因為若享年五十二歲，則生於天德三年（一一五一），至大定十六年進士時已經二十六歲，此與《王黃華墓碑》所說『弱冠擢大定十六年甲科』不合。相反，若享年四七歲，則生於貞元四年（一一五六），大定十六年進士時為二十一歲，正是弱冠之齡。

〔一四〕米元章：米芾（一〇五一—一一〇七），字元章，書法家，《宋史》卷四四四有傳。

〔一五〕文湖州：　文同（一〇一八—一〇七九），字與可，宋代書畫家。元豐元年（一〇七八）知湖州，故稱。《宋史》卷四四三有傳。

〔一六〕自號黄華山主：　元好問《王黄華墓碑》：『卜居隆慮，周覽山川，以謂西山横截千里，隱然如卧龍，起硔硲、天平、黄華，至魯般門，龍之首脊肋尾皆具，而黄華蔚然涵濃秀之氣。山有慈明、覺仁二寺，上下相去不半里所。西抵鏡臺，直雞翅洪之懸流，幽林穹谷，萬景坌集，一水一石，皆崑閬間物。顧視塵世，殆不可一日居也。乃置家相下，買田隆慮，借二寺為栖息之地，時往嘯詠，若將終身焉。晉人庾衮隱居義陽，僅見於傳記，黄華雖勝絶，而近代無所知名，至於高賢題詠，亦罕及之。自公來居，以黄華山主自號，兹山因之傑出太行之上。』隆慮：　山名，據《金史·地理志中》，在彰德府林慮縣（今河南林州市）。天平、黄華，皆是隆慮山的組成部分。相下，因林慮縣時屬相州（治在今河南安陽），故稱。

〔一七〕有集傳於世：　王庭筠有《黄華集》四十卷，已佚，近人金毓黼輯《黄華集》八卷，收於《遼海叢書》。

〔一八〕禁林、玉堂、東觀：　皆指翰林院。

〔一九〕詩不録：　金章宗原詩已佚。元好問《王黄華墓碑》引兩句：『天材超邁，無慚琬琰。』

〔二〇〕屏山：　李純甫號。詳參本卷《屏山李先生純甫》。

〔二一〕仕為行尚書省左右司郎中：　元好問《王黄華墓碑》：『子男三人：　萬安、萬孫、萬吉，皆早卒……公既無子，以弟庭淡之次子萬慶為之後，以蔭補官，至行尚書省左右司郎中。文章字畫，能世其家。』據此，王萬慶為其兄之子。王萬慶號澹游，金亡入元，進燕京編修所，為編修副官。

〔二二〕猶子：　指兄弟之子。王明伯：　生平不詳。麻革《贈王明伯》：『遼海遺珠在，黄華秀未空。百年書法裏，萬事酒杯中。』

〔一三〕鄧州：今河南鄧州。天興二年（一二三三），鄧州發生兵亂，叛變入宋。

禮部閑閑趙公秉文

秉文字周臣，滏陽人，閑閑其自號也〔一〕。幼穎悟，讀書若夙習。大定二十五年進士〔二〕，應奉翰林文字〔三〕，上書論宰相胥持國當罷，宗室守貞可大用〔四〕，又言獄訟、征伐，國之大政，自古未有君以為可，大臣以為不可而可行者〔五〕。坐譏訕免官，未幾起為同知岢嵐軍州事〔六〕，轉北京路轉運司度支判官〔七〕。承安五年冬十月，陰晦連日，宰相萬公入對〔八〕，上顧謂萬公曰〔九〕：『卿昨言天日晦冥，亦猶人君用人邪正不分者，極有理。趙秉文曩以言事降授，聞其人有才藻，工書翰，又且敢言，朕非棄不用，以北邊軍興，姑試之耳。』泰和二年〔一〇〕，改戶部主事，翰林修撰，出為寧邊州刺史〔一一〕。二年，改平定州〔一二〕，治化清净，所去人思之。貞祐初，中國仍歲被兵，公建言時事可行者三：一遷都，二導河，三封建〔一三〕。朝廷略施行之。四年，除翰林侍講學士。明年，轉侍讀。興定中，拜禮部尚書〔一四〕，兼侍讀，同修國史，知集賢院。開興正月〔一五〕，京師戒嚴，時公已老，日以時事為憂，雖食息頃不能忘。每聞一事可便民，一士可擢用，大則拜章，小則為當路者言，殷勤鄭重，不能自已，竟用是得疾，薨，年七十四〔一六〕。自幼至老，未嘗一日廢書不觀。著《易叢說》十卷，《中庸說》一卷，《揚子發微》一卷〔一七〕，《太玄箋贊》六卷〔一八〕，《文中子類說》一卷〔一九〕，《南華略釋》一卷〔二〇〕，《列子補注》一卷，刪集《論語》、《孟子》解各一十卷〔二一〕，《資暇錄》一十五卷。所著文章號《滏水集》者，前後三十卷〔二二〕。大概公之文，出於義理之學，故長於辨析，極所欲言而止，不以繩墨自拘，七言長詩，筆勢縱放，不拘一律，律詩壯麗，小詩精絕，多以近體為之，至五言大詩，則沈郁頓挫學阮嗣宗，真淳簡澹學陶淵明，以他文較之，或不近也。字畫則有魏晉以來風調，而草書尤警絕，殆天機所到，非學能至〔二三〕。宣徽舜卿使河湟〔二四〕，夏人多問公及王子端內翰起居狀〔二五〕，朝廷因以公報聘〔二六〕。其為四方所重如此。論者謂公至誠樂易，與人交，不立崖岸，主盟吾道將三十年，未嘗以大名自居，仕五朝，官六卿〔二七〕，自奉養如寒士，不知富貴為何物，蓋學道所得云。（以上《中州集》卷三）

【校記】

主盟吾道將三十年：元好問《閑閑公墓銘》作『主盟吾道將四十年』。

【注釋】

〔一〕滏陽：今河北磁縣。閑閑：據趙秉文《遂初園記》，閑閑本是滏陽家中的堂名。

〔二〕大定一十五年：一一七五年。

〔三〕應奉翰林文字：《元好問全集》卷十七《閑閑公墓銘》：『又應薦者起復應奉翰林文字。』考《歸潛志》卷十：『初，趙秉文由外官為王庭筠所薦，入翰林。』時在明昌四年（一一九三），參見王慶生《金代文學家年譜》。

〔四〕上書：事在明昌六年（一一九五），參見上文《黃華王先生庭筠》注〔九〕。

〔五〕『又言獄訟』數句：參見元好問《閑閑公墓銘》。

〔六〕岢嵐：今屬山西忻州。趙秉文貶官岢嵐的時間在承安元年（一一九六）。

〔七〕北京路：治在大定府，在今內蒙古寧城縣西。

〔八〕承安五年：一二〇〇年。萬公：指張萬公（？—一二〇七），字良輔，東阿（今山東東阿）人。歷任御史中丞、大興尹、濟南尹、擢平章政事，封壽國公。《金史》卷九十五有傳。

〔九〕上：金章宗。

〔一〇〕泰和二年：一二〇二年。

〔一一〕出為寧邊州刺史：元好問《閑閑公墓銘》：大安元年（一二〇九），『十月，出為寧邊州刺史』。寧邊州：治在今內蒙古清水河縣西。

〔一二〕平定州：治在今山西陽泉。

〔一三〕貞祐：金宣宗年號（一二一三—一二一七）。仍歲被兵：指蒙古入侵。元好問《閑閑公墓銘》：『貞祐初，公言時事三，一遷都，二導河，三封建。大略謂：中國無古北之險，則燕為近邊，車駕幸山東為便。山東，天下富強處也，且有海道可通遼東，接上京。宋有國時，河水常由曹、濮、開、滑、大名、東平、滄、景，會獨流入於海，今改而南由徐、邳。水行處，下視堤北二三丈，有建瓴之便。可使行視故堤，稍修築之。河復故道，則山東、河南合，敵兵雖入，可阻以為固矣。三代封建，外裔不能得中國之利，秦罷諸侯而郡縣之，無虞禍而有不及備之禍。喻如秦銷鋒鏑，令民間不得藏弓矢是也；隳名城，令腹內州軍不置樓櫓是也。在承平日若無患，及其弊，則天下有土崩之勢。秦之勝、廣，漢之張魯，唐之安史，皆是也。房琯因祿山之亂，請出諸王，分置諸道，祿山聞之曰：

「天下不可得矣。」今就不能復三代之故，亦宜分王子弟，置諸道節度，則山東有大河之險，有維城之固，而無燕近塞之憂，一舉而三者得矣。』

〔一四〕興定：　金宣宗年號（一二一七—一二二一）。　趙秉文任禮部尚書，在興定四年（一二二〇）。

〔一五〕開興：　金哀宗年號，僅一年，即一二三二年。

〔一六〕年七十四：　元好問《閑閑公墓銘》：　『開興改元……以夏五月十有二日，春秋七十有四，終於私第之正寢。』據此可知，趙秉文生於正隆四年（一一五九）。

〔一七〕《揚子發微》：　指《揚子法言微旨》，已佚。《法言》：　揚雄著。《滏水文集》卷十五《法言微旨引》稱《法言》四家舊注或無什發明，或相互抵牾。司馬光《集解》雖有可取，但仍未能使之辭意相屬，故他予以整理：『或先義而後問，或後答以終義，或離草以發微，或終篇以明數。旁鉤遠引，微顯著晦，川屬脈貫，會歸正道。今所謂分章微旨者，非敢有異於先儒也，但使一篇之義，自相連屬，穿鑿之罪，余何敢逃？　萬一有得微旨於言辭之表者，或有助於法機云。』《滹南遺老集》卷四十四亦有《揚子法言微旨序》：　『今禮部尚書趙公素嗜此書，得其機要，因復為之訓解，參取眾說，析之以己見，號曰《分章微旨》，論高而意新，蓋奇作也。』

〔一八〕《太玄》：　揚雄擬《周易》之作。《滏水文集》卷十五《箋太玄贊引》：　『顧僕何足以知《太玄》，姑以范注之小誤，以證本經之不誤。』范注：　指晉人范望《太玄經注》。

〔一九〕文中子：　隋代大儒王通（五八〇—六一七）之號。　其弟子仿《論語》，編其言論為《中說》一書。《文中子類說》，當指其《中說類解》一書，書已佚。《滏水文集》卷十五《中說類解引》：　『《中說》舊有阮氏注，所得多矣。　某今但纂為三類：　一明續經有為而作，二明問答與聖道不異，三明文中子行事。　使學者知聖賢履踐之實，庶有助於萬一云。』阮氏注，指北宋阮逸所作《文中子中說注》。

〔二一〇〕《南華》：指《莊子》。《歸潛志》卷一作《南華指要》。

〔二一一〕刪集《論語》、《孟子》解：南宋張九成有《論語解》二十卷、《孟子解》三十六卷，曾傳入北方。趙秉文《滏水文集》卷十五《道學發源引》對張九成評價頗高。他所刪節的《論語解》、《孟子解》很可能就是張九成之書。

〔二一二〕前後三十卷：現存《滏水文集》二十卷，較為完整。所謂《滏水集》前後集三十卷者，可能是此二十卷，另加《滏水外集》十卷合計而成。據《歸潛志》卷九，趙秉文將有關釋道二家的詩文另編，『號《閑閑外集》』。參見《四庫全書總目》卷一六六《滏水集》提要。

〔二一三〕『字畫』四句：《歸潛志》卷九：『趙閑閑本好書，以其名重也，人多求之，公甚以為苦。』

〔二一四〕宣徽舜卿：指奧屯良弼。奧屯良弼又作奧敦良弼，字舜卿，曾任宣徽使。使河湟：出使西夏。據《金史·哀宗紀》：正大二年（一二二五）十月，『癸亥，遣禮部尚書奧敦良弼、大理卿裴滿欽甫、侍御史烏古孫弘毅為夏國報成使』。

〔二一五〕王子端：王庭筠，參見上文《黃華王先生庭筠》。

〔二一六〕以公報聘：趙秉文出使西夏在正大三年（一二二五）冬天。《金代文學家年譜》卷五繫於正大二年，誤。因為：其一，正大二年冬十月，奧屯良弼出使西夏，最早也得次年春歸來。其二，趙秉文出使西夏的目的是冊立西夏新主。《歸潛志》卷九：『正大初，朝廷以夏國為北兵所廢，將立新主，以趙公年德俱高，且中朝名士，遂命入使冊之。』又據《金史·西夏傳》：『（正大）三年二月，遵頊死，七月德旺死。』可知西夏新主立於該年七月之後。其三，趙秉文途中之作，多寫雪景，如其《過湖城》：『我行屬冬季，風雪浩以繁。』故其出使西夏當在冬天。只是趙秉文到了邊界，『朝議罷其事，飛驛卒遣追回』（《歸潛志》卷九）。

〔二一七〕五朝：指金世宗、金章宗、衛紹王、金宣宗、金哀宗五朝。

常山周先生昂

昂字德卿，真定人〔一〕，父伯祿，字天錫，師事玄真先生褚承亮〔二〕。承亮字茂先，宣和六年擢第〔三〕，調易州戶曹〔四〕，會皇子郎君破真定〔五〕，拘境內進士七十三人赴安國寺試策，策目『上皇不道，少主失信』〔六〕。舉人希旨，極口毀詆，茂先離席，揖主文劉侍中言〔七〕：『君父之過，豈臣子所當言？』長揖而出，劉為之動容。比榜除，茂先被黜，餘悉放第，狀元許必輩自號七十二賢榜〔八〕，帥府重其名。檄茂先以易州司戶知稾城，漫一應之，尋解印去〔九〕，年七十終，弟子謚為玄真先生〔一〇〕。大定初，第進士，仕至同知沁南軍節度使事〔一一〕。德卿年二十一擢第〔一二〕，釋褐南和簿〔一三〕，有異政，遷良鄉令〔一四〕，入拜監察御史。路宣叔以言事被斥〔一五〕，德卿送以詩〔一六〕，坐謗訕〔一七〕，停銓久之，起為龍州都軍〔一八〕，以邊功得復召，超三司判官〔一九〕。大安軍興，權行六部員外郎〔二〇〕。德卿傳其甥王從之文法云〔二一〕：『文章工於外而拙於內者，可以驚四筵而不可以適獨坐，可以取口稱而不可以得首肯。』〔二二〕又云：『文章以意為主，以字語為役，主強而役弱，則無令不從。今人往往驕其所役，至跋扈難制，甚者反役其主，雖極辭語之工，而豈文之正哉？』〔二三〕德卿初有《常山集》〔二四〕，喪亂後不復見。從之能記三百餘首，因得傳之。《屏山故人外傳》云：『德卿以孝友聞，又喜名節，藹然仁義人也。學術醇正，文筆高雅，以杜子美、韓退之為法，諸儒皆師尊之。

既歷臺省，為人所擠，竟坐詩得罪〔二五〕，謫東海上十數年〔二六〕，始入翰林〔二七〕，言事愈切，出佐三司，非所好。從宗室承裕軍〔二八〕，承裕失利，跳走上谷〔二九〕，衆欲徑歸，德卿獨不可。城陷，與其從子嗣明同死於難。嗣明字晦之〔三〇〕，短小精悍〔三一〕，有古俠士風，年未三十，交遊半天下，識高而志大，善談論而中節〔三二〕，作詩喜簡澹，樂府尤溫麗〔三三〕，最長於義理之學，下筆數千言，初不見其所從來，試於府，於禮部，俱第一擢第〔三四〕，主淶水簿〔三五〕，從其叔北征，得還而不忍去〔三六〕。使晦之不死，文字不及其叔，而理性當過之，嘗謂「學不至邵康節、程伊川，非儒者也」〔三七〕。其說類此，而天不假年，悲夫！』

【校記】

玄真先生：《金史·隱逸傳》作『玄貞先生』。

宣和六年：《金文最》卷八十六失名《褚先生墓碣》作『宣和二年擢第』，疑誤。

龍州：中華書局校點本《金史·周昂傳》作『隆州』，當是。

【注釋】

〔一〕真定：今河北正定。真定，宋時常山郡，故稱『常山周先生昂』。

〔二〕褚承亮：《金史》卷一二七有傳，稱是真定人，曾以文謁蘇軾，大受稱賞。

〔三〕宣和六年：一一二四年。

〔四〕易州：治在今河北易縣。《金史·褚承亮傳》：『調易州戶曹，未赴，會金兵南下。』

〔五〕皇子郎君：　指金太祖第二子完顏宗望。　完顏宗望（？—一一二七），女真名叫斡离不，金初屢建戰功。《金史》卷七十四有傳。　據《金史·太宗本紀》，天會三年（一一二五）十二月，『丙辰，宗望破宋兵五千於真定』。《金史·褚承亮傳》云宗望天會六年破真定，當誤，因為天會五年宗望即去世。

〔六〕上皇：　此指宋徽宗。　少主：　指宋欽宗。　逼人參加科考，事在天會四年（一一二六），當時宋徽宗已傳位給宋欽宗，自稱太上皇。

〔七〕劉侍中：　劉彥宗（一〇七六—一一二八），字魯開，遼大興宛平（今屬北京），遼進士，任簽書樞密院事。遼末降金，官到同中書門下平章事，知樞密院事，加侍中，輔佐完顏宗望伐宋。

〔八〕七十二賢榜：　《金史·褚承亮傳》：　『凡七十二人，遂號七十二賢榜，狀元許必仕為郎官，一日出左掖門，墮馬，首中闑石死，餘皆無顯者。』

〔九〕知槀城：　《金史·褚承亮傳》：　『劉（彥宗）多承亮之誼，薦之槀城縣，漫應之即棄去，年七十終。』槀城：　今河北槀城。

〔一〇〕玄真先生：　元好問此處所引褚承亮生平，當出自《褚先生墓碣》。元迺賢《河朔訪古記》卷上：　『真定之西關外，社壇西北隅，城濠之外，真定縣境上也，有褚先生墓，墓上小碣一通。』

〔一一〕周伯祿：　據蘇天爵《滋溪文稿》卷四《金進士蓋公墓記》：　『其父伯祿，大定五年（一一六五）進士，卒刑部郎官，墓在真定縣南仰陵原，事具中都轉運使王寂所述墓銘。』沁南軍：　治在今河南沁陽。

〔一二〕年二十一擢第：　據蘇天爵《滋溪文稿》卷四《金進士蓋公墓記》，周昂大定二十二年及第。周昂卒於大安三年（一二一一），若依《中州集》所言，二十一歲及第，則生於大定二年，享年五十。《金史·周昂傳》謂周昂『年二十四及第』，依此，則生於正隆四年（一一五九），享年五十三。　考周昂《早起》詩：　『百年今已半，凜凜畏虛生。』疑後者近是。

〔一三〕南和：今河北南和。

〔一四〕良鄉：治在今北京房山縣良鄉鎮。

〔一五〕路宣叔：指路鐸。路鐸（？—一二一四）字宣叔，歷任監察御史、孟州防禦使等職。《金史》卷一百、《中州集》卷四有傳。明昌五年（一一九五），擔任右拾遺的路鐸因郝忠愈案上書諫，『尤切直』，受宰相完顏守貞牽連，路鐸外補，出任南京留守判官。參見《金史·路鐸傳》、本卷《路司諫鐸》。

〔一六〕德卿送以詩：《歸潛志》卷十：『省掾周昂《送路鐸外補詩》有云：「龍移鰌鱔舞，日落鵄梟嘯。未須發三歎，但可付一笑。」頗涉譏諷。』

〔一七〕坐謗訕：《歸潛志》卷十：『庭筠坐舉秉文，昂坐譏諷，各杖七十，左貶外官。』

〔一八〕龍州：當是隆州，治在今吉林農安。《金史·地理志》：上京路，『隆州，古扶餘之地，遼太祖時……名黄龍府。大定二十九年更今名』。

〔一九〕超：破格提拔。三司：《金史·百官志》：『泰和八年（一二〇八），省戶部官員置三司，謂兼勸農、鹽鐵、度支，戶部三科也……判官三員，從六品。』蘇天爵《金進士蓋公墓記》言周昂曾官戶部郎官，當在此前後。

〔二〇〕大安軍興：指大安二年（一二一〇）蒙古入侵。六部員外郎，當是行省職務。《金史·衛紹王本紀》：大安三年四月，『平章政事獨吉千家奴、參知政事胡沙行省事備邊』。胡沙：即完顏承裕。該年九月，完顏承裕戰敗，周昂死於戰難。

〔二一〕王從之：即王若虛，參本卷《王內翰若虛》、《金史·王若虛傳》。

〔二二〕『文章工於外』三句：此論又見王若虛《滹南遺老集》卷三十七《文辯》。

〔二三〕『文章以意為主』九句：此論又見王若虛《滹南遺老集》卷三十八《詩話》。

〔二四〕《常山集》：卷帙不明，已佚。《滹南遺老集》卷三十八《詩話》：『史舜元作吾舅詩集序，以為有老杜句法，蓋得之矣。』王若虛當見過《常山集》。

〔二五〕坐詩得罪：指上文《送路鐸外補詩》之事。

〔二六〕東海：指遼東。謫東海上十數年：大概指承安元年（一一九六）罷官後至泰和五年（一二〇五）入朝期間，這期間周昂曾任隆州都軍、東北路招討司幕官。其地皆在遼東。

〔二七〕入翰林：無考，可能有誤。

〔二八〕承裕：指完顏承裕。《金史》卷九十三有傳。大安三年（一二一一）率兵抵禦蒙古入侵，退縮膽怯，遂大敗於烏沙堡（今河北張北西北）、會河堡（今河北萬全西）。

〔二九〕上谷：古地名，自漢至晉，郡治在今河北懷來縣東南，唐代上谷郡，治在今河北易縣。此處所用上谷當指前者。按，《金史·完顏承裕傳》：大安三年，『八月，大元大兵至野狐嶺，承裕喪氣，不敢拒戰，退至宣平縣』。宣平縣：據《金史·地理志》西京路，下屬宣德州縣，『承安二年，以大新鎮置，以北邊用兵嘗駐此地』。大新鎮在今河北懷安東。宣平或即是上谷。

〔三〇〕周嗣明：真定人，號放翁，王若虛的『林下四友』之一。《滹南遺老集》卷四十五有《林下四友贊》。《歸潛志》卷二有小傳。

〔三一〕短小精悍：《中州集》卷四李純甫《送李經》詩形容周嗣明：『更著短周時緩頰，智囊無底眼如月。斫頭不屈面如鐵，一說未窮復一說。』

〔三二〕善談論而中節：《歸潛志》卷二：『晦之為人有學，長於議論。』

〔三三〕作詩喜簡澹：周嗣明的作品已佚。
〔三四〕第一擢第：《歸潛志》卷二：『同余先子擢第後，從其叔北征。』據此，周嗣明與劉祁之父劉從益同年及第。《金史·劉從益傳》：『從益登大安元年進士第。』可見，周嗣明及第時間是大安元年（一二〇九）。
〔三五〕淶水：今河北淶水。
〔三六〕從其叔北征：《歸潛志》卷二：『同余先子擢第後，從其叔北征，在軍中，軍敗，父子俱縊死。』
〔三七〕邵康節：邵雍。程伊川：程頤。

黄山趙先生渢

渢字文孺，第進士〔一〕，明昌末，終於禮部郎中〔二〕。性沖澹，學道有得，黄山其自號也〔三〕。閑閑趙公云〔四〕：『黄山正書，體兼顔蘇〔五〕，行草備諸家體，超放又似楊凝式〔六〕，當處黄魯直、蘇才翁伯仲間〔七〕。』党承旨篆，陽冰以來一人而已〔八〕，而以黄山配之，至今人謂之党、趙〔九〕。有《黄山集》行於世〔一〇〕。《凉陘》云〔一一〕：『峨峨景明宫〔一二〕，五雲湧蓬萊。山空白晝永，野曠清風來。』《放遠亭》：『晴日未消千嶂雪，暖風先放一川花。青天低處是平野，白鳥去邊明落霞。』《秦村道中》云：『桃花都被風吹卻，楊柳似將煙染成。』其餘多稱此。

【注釋】

〔一〕第進士：《金史·趙渢傳》：『趙渢字文孺，東平人，大定二十二年進士。』東平：今山東東平。大定二十二年：一一八二年。

〔二〕明昌末：指明昌六年（一一九五）。

〔三〕黄山：在今山東東阿境内。

〔四〕閑閑趙公：指趙秉文。原文見《滏水文集》卷二十《題竹溪黄山書》。

〔五〕顏、蘇：指顏真卿、蘇軾。郝經《陵川集》卷十一《黄山草聖歌》：『書法更比詩文精，正筆子瞻變真卿。』

〔六〕楊凝式：字景度（八七三—九五四），華陰（今陝西省華陰市）人，居洛陽。唐昭宗天祐二年（九〇五）進士，唐末五代著名書法家。

〔七〕黄魯直：即黄庭堅，宋代著名書法家。蘇才翁：蘇舜元（一〇〇六—一〇五四），字才翁，綿州鹽泉（今四川綿陽）人，蘇舜卿之兄，長於草書。趙秉文《題竹溪黄山書》：『草書如行雲流水，當在蘇才翁、黄魯直伯仲間。』

〔八〕党承旨：党懷英。參見上文《承旨党公》。趙秉文《滏水文集》卷十一《翰林學士承旨文獻党公碑》：『篆籀入神，李陽冰之後，一人而已。』

〔九〕党、趙：以趙渢配党懷英，見《滏水文集》卷二十《題竹溪黄山書》。該文先評價党懷英（竹溪）篆書，然後評價趙渢擘窠大字與草書。

〔一〇〕《黄山集》：已佚。

〔一一〕涼陘：在今河北沽源縣東南，為金王朝著名的遊幸勝地。該詩當是趙渢扈駕金章宗遊幸之作。

〔一二〕景明宮：在涼陘之金蓮川。《金史·許安仁傳》：『明昌四年春，上將幸景明宮，安仁與同列諫曰：「昔漢唐雖有甘泉、九成避暑之行，然皆去京師不遠，非如金蓮千里之外，鄰沙漠，隔關嶺，萬一有警，何以應變？」』

劉左司昂

昂字之昂，興州人〔一〕，大定十九年進士〔二〕，曾高而下，以科名相踵者七世矣〔三〕。昂天資警悟，律賦自成一家，輕便巧麗，為場屋捷法，作詩得晚唐體，尤工絕句，往往膾炙人口。張秦娥者〔四〕，頗能小詩，其《賦遠山》云：『秋水一抹碧，殘霞幾縷紅。水窮霞盡處，隱隱兩三峰。』其後流落，之昂贈詩云：『遠山句好畫難成，柳眼才多總是情。今日衰顏人不識，倚爐空聽煮茶聲。』又云：『二頃山田半欲蕪，子孫零落一身孤。寒窗昨夜蕭蕭雨，紅日花梢入夢無。』娥為之泣下。《屏山故人外傳》記之昂早得仕〔五〕，年三十三，省掾考滿〔六〕，授平涼路轉運副使〔七〕，人謂卿相可坐致矣。術士有言之昂官止五品者，之昂自望者甚厚，不信也。俄丁母憂，為當塗者所忌，連蹇十年，卜居洛陽，有終焉之志，有薦其才於道陵者〔八〕，泰和初自國子司業擢左司郎中〔九〕，將大用矣。會遼陽人大中欲搖執政賈鉉〔一〇〕，為言者所劾，辭連之昂，道陵震怒，一時聞人如史肅、李著、王宇、宗室從郁，皆譴逐之〔一一〕。鉉尋亦罷政〔一二〕，之昂降上京留守判官〔一三〕，道卒，竟如術者之言。

【注釋】

〔一〕興州：金有兩興州，一為北京路臨潢府興州，治在今河北承德西灤河鎮，一為太原路興州，治在今山西興縣。王慶生《金代文學家年譜》卷六考證劉昂是北京路興州人，較可信。

〔二〕大定十九年：一一七九年。

〔三〕曾高而下：劉昂祖先情況，失考。

〔四〕張秦娥：生平失考。

〔五〕屏山：李純甫。劉昂大定十九年及第，約二十二歲，此後出仕，任職不詳。

〔六〕省掾：指尚書省令史。省掾考滿，時在明昌元年（一一九〇）。《金史·孟鑄傳》：『明昌元年，御史臺薦……尚書省令史劉昂及鑄十一人皆剛正可用，詔除……昂戶部主事。』以明昌元年三十三歲計，劉昂生於正隆三年（一一五八）。

〔七〕平涼路：金有平涼府，下屬鳳翔路，府治在甘肅平涼。據《金史·地理志下》：平涼府下設『陝西西路轉運司』。

〔八〕道陵：金章宗。

〔九〕泰和：金章宗年號（一二〇一—一二〇八）。國子司業：正五品。據《金史·食貨志》，泰和七年五月，劉昂尚任國子司業，故其擢任左司郎中，應在這之後。元好問所說泰和初，應是泰和末之誤。《金史·百官志一》：尚書省，『左司郎中一員，正五品。』

〔一〇〕大中：其人不詳。曾任蒲陰縣令、審官院掌書。大中黨事，核心是私議朝政，『欲搖賈鉉』云云，已不可詳考，事發當在泰和七年。賈鉉（？—一二一三），字鼎臣，任禮部尚書、刑部尚書，泰和三年（一二〇三）升參知政事。《金史》卷九十九有傳。

〔一一〕『一時聞人』二句：《金史·章宗本紀》：泰和八年正月，『丙子（初六），左司郎中劉昂、通州刺史史肅、監察御史王宇、吏部主事曹元、吏部員外郎徒單永康、太倉使馬良顯、順州刺史唐括直思白，坐與蒲陰令大中私議朝政，皆杖之』。《金史·孫鐸傳》所載略同。史肅，參見下文《史御史肅》。李著，參見下文《李治中著》。從郁，指完顏從郁，字文卿，本名璹，字子玉，衛紹王改為從郁，仕至安肅軍刺史。參見本卷《宗室文卿》。

〔一二〕鉉尋亦罷政：《金史·賈鉉傳》：『久之，鉉與審官院掌書大中漏言除授事，上謂鉉曰：「卿罪自知之矣，然卿久參機務，補益弘多，不深罪也。」乃出為安武軍節度使，改知濟南府致仕，貞祐元年薨。』

〔一三〕上京：在今黑龍江阿城。

魏内翰摶霄

摶霄字飛卿〔一〕，初用蔭補，以薦書從事史館，明昌中，宏詞中選〔二〕，授應奉翰林文字，未幾卒。飛卿詩以富豔稱，如《張公子席間賦嵩山》筆力豪逸〔三〕，党承旨許其在劉無黨之上云〔四〕。

【注釋】

〔一〕魏摶霄：薛瑞兆據其《十方大天長觀玄都寶藏碑銘》所云：『十方大天長觀新作玄都寶藏，提點觀事沖和大師孫明道謂大名魏摶霄曰』，考知魏摶霄為大名人。參見薛瑞兆《〈中州集〉小傳校劄》，刊《學習與探索》二〇〇五年第三期。《十方大天長觀玄都寶藏碑銘》收入陳垣《道家金石略》。

〔二〕明昌：金章宗年號（一一九〇——一一九五）。宏詞科：《金史·章宗本紀》：明昌元年三月，『乙亥，初設應制及宏詞科』。

〔三〕《張公子席間賦嵩山》：已佚。

〔四〕党承旨：党懷英，參見上文《党公承旨》。劉無黨：劉迎，參見上文《劉記室迎》。

王隱君磵

磵字逸賓，先世家臨洺〔一〕，至逸賓遂為汴梁人，博學能文，不就科舉，孝友天至，非其食不食，家無甔石之儲〔二〕，晏如也。明昌中，故相馬吉甫惠廸判開封〔三〕，舉逸賓、王彥功、游宗之德行才能〔四〕，逸賓得鹿邑主簿〔五〕，就乞致仕〔六〕。彥功以親老調鞏州教官〔七〕，宗之讓不受〔八〕。三人者雖出處不齊，而時人皆以高士目之。閑閑公嘗集党承旨、趙黃山、路司諫、劉之昂、尹無忌、周德卿與逸賓七人詩，刻木以傳，目為《明昌辭人雅製》云〔九〕。

【注釋】

〔一〕臨洺：今河北永年。

〔二〕甋：古代儲物瓦器。

〔三〕馬惠廸：字吉甫，大興府漷陰（今北京通州區）人。大定二十六年（一一八六）遷參知政事，明昌元年（一一九〇），出任南京（今河南開封）留守。《金史》卷九十五有傳。

〔四〕王世賞：字彦功，汴（今河南開封）人。參見下文《滏水王先生世賞》。游總：字宗之，一道士，生平失考。《滏水文集》卷十一《遺安先生言行碣》：『所與遊皆世知名士，若文商伯起、張公藥元石及其子觀彦國、王琢景文、師拓無忌、酈權元輿、高公振特夫、王世賞彦功、王伯溫和父、左容無擇、游道人宗之、路鐸宣叔。』

〔五〕鹿邑：治在今河南鹿邑西。

〔六〕就乞致仕：《滏水文集》卷十一《遺安先生言行碣》：『朝廷以素知名，特賜同進士，授亳州鹿邑主簿，先生年幾七十矣，以目苦昏暗，即日移文有司，以老疾乞致仕，朝廷猶以半俸優之……泰和三年八月二十有七日以疾終於家。』泰和三年：一二〇三年。

〔七〕鞏州：金時屬臨洮路，治在今甘肅隴西。疑鞏州為鞏縣之誤，鞏縣金時屬南京路河南府，治在今河南鞏義市。

〔八〕宗之讓不受：《金史·章宗本紀》，明昌三年（一一九二）十月，『賜河南路提刑司所舉逸民游總同進士出身，以年老不樂仕進，授登仕郎，給正八品半俸終身』。

〔九〕閑閑公：趙秉文。党承旨：党懷英。趙黄山：趙渢。路司諫：路鐸。劉之昂：劉昂。尹無忌：師拓。周德卿：周昂。《明昌辭人雅製》：已佚。

劉治中濤

濤字及之，夏津人〔一〕，明昌二年同進士〔二〕，用戶部尚書孫鐸薦〔三〕，入翰苑，歷太原運副〔四〕，汾州倅〔五〕，入為太子贊善，以彰德治中致仕〔六〕，尋卒。沁南節度康瑭良輔葬之林慮之寶巖〔七〕。

【校記】

康瑭：原作『康塘』，據《四庫全書》本及元好問《輔國上將軍京兆府推官康公神道碑銘》改。

【注釋】

〔一〕夏津：今山東夏津。

〔二〕明昌二年：一一九一年。

〔三〕孫鐸：字振之（？—一二一五），恩州歷亭（今山東武城）人。承安四年（一一九九），升戶部尚書，七年，任參知政事。《金史》卷九十九有傳。參見本書《孫太師鐸》。

〔四〕太原運副：指河東北路轉運副使。

〔五〕汾州：治在今山西汾陽。倅：副職。

〔六〕彰德府：治在今河南安陽。

〔七〕沁南：治在今河南沁陽。康瑭字良輔，遼陽人，康斌之孫。興定五年（一二二一）進士，官正奉大夫鈞州刺史，權沁南軍節度使兼懷州招撫使。參《元好問全集》卷二十七《輔國上將軍京兆府推官康公神道碑銘》。林慮：金時彰德府屬縣，今河南林州市。

劉左司中

中字正夫，漁陽人〔一〕。《屏山故人外傳》云：『正夫為人短小精悍，滑稽玩世，中明昌五年詞賦、經義第〔二〕。詩清便可喜，賦甚得楚辭句法，尤長於古文，典雅雄放，有韓柳氣象，教授弟子王若虛〔三〕、高法颺〔四〕、張履〔五〕、張雲卿〔六〕，皆擢高第。學古文者，翕然宗之曰劉先生。軍還以省掾從軍南下〔七〕，改授應奉翰林文字，為主帥所重，常預秘謀，書檄露布，皆出其手。軍還授左司都事，將大用矣，會卒。』有文集藏於家〔八〕，周德卿嘗謂：『正夫可敬，從之可愛，之純可畏，皆人豪也。』〔九〕

【注釋】

〔一〕漁陽：今天津市薊州區。

〔二〕明昌五年：一一九四年。

〔三〕教授弟子王若虛：元好問《內翰王公墓表》：『鎮人以文章德行稱者，褚公茂先而後，有周先生德卿。

德卿公舅行，自齠齓間識公為偉器，教督周至，盡傳所學，及官四方，又托之名士劉正甫，使卒業焉。』

〔四〕高法颺：高斯誠。《歸潛志》卷五：『高斯誠法颺，大興人，至寧元年（一二一三）經義魁也。讀書有學問，與王從之、李之純遊。為詩文，恬澹自得。初調鳳翔府録事，為行部檄監支納陳州倉，因忤郡魁吏，構之下獄，幾死，已而赦免，病終，頗喜浮屠。自號唯庵，與余先子善。』

〔五〕張履：字坦之，定興（今河北定興）人，趙秉文之婿，曾任鄧州觀察使、尚書省令史。元好問《閑閑公墓銘》稱之為『名進士』。參見本書《郭宣道》。

〔六〕張雲卿：生平失考。

〔七〕省掾：指尚書省令史。從軍南下，指泰和六年（一二〇六）與南宋的戰爭。

〔八〕有文集藏於家：《千頃堂書目》卷二十九有《劉中文集》，已佚。

〔九〕『正夫可敬』四句：周昂此論又見《歸潛志》卷十：『周戶部德卿嘗論時人之文曰：「正甫之文可敬，從之之文可愛，之純之文可畏也。」』從之，王若虛。之純，李純甫。《歸潛志》將正甫理解成蔡珪，誤。

路司諫鐸

鐸字宣叔，伯達之子〔一〕，與弟鈞和叔〔二〕，父子俱有重名。而宣叔文最奇，尤長於詩，精緻溫潤，自成一家。任臺諫，有古直臣之風〔三〕。貞祐初，出為孟州防禦使〔四〕，城陷投沁水死〔五〕。有《虛舟居士集》，得之鄉人劉庭幹家〔六〕。

【注釋】

〔一〕伯達：字仲顯，冀州（今河北衡水市冀州區）人，正隆五年（一一六〇）進士，歷任刑部郎中、太常卿等職，《金史》卷九十六有傳。參見本卷《路冀州仲顯》。

〔二〕弟鈞和叔：路鈞字和叔，路鐸之弟，大定二十五年進士，終於萊州觀察判官。見《金史·路伯達傳》。

〔三〕臺諫：臺官、諫官的合稱。臺官指御史大夫、御史中丞、侍御史、殿中侍御史、監察御史，其職能為糾彈官邪，諫官指諫議大夫、拾遺、補闕、司諫、正言，其職能是侍從規諫，諷諫君主。路鐸先後任諫官右拾遺，臺官監察御史，以直言敢諫著稱。參見《金史》卷一百《路鐸傳》、《中州集》卷八《路冀州仲顯》。

〔四〕貞祐元年：一二一三年。孟州：今河南孟州。

〔五〕城陷投沁水死：據《金史》卷十四《宣宗紀》，貞祐二年正月，蒙古兵南下，破懷州。懷州，今河南沁陽，與孟州相鄰，在孟州東北。孟州城陷當在此後不久。沁水，流經孟州。

〔六〕虛舟居士：路鐸之號。《虛舟居士集》：已佚。劉庭幹：劉敏中，字庭幹，冀州棗強人，劉鐸之子。參見《中州集》卷七《劉太常鐸》。

師拓

拓字無忌〔一〕，平涼人〔二〕，舉進士不中。明昌中有司薦其才〔三〕，以嗜酒不果。作詩有氣象，而工於煉句，如《賦雁》云：『天低仍在眼，山沒更傷心。』《溪上》云：『夕陽明菡萏，秋色靜蒹葭。白曳沖煙鷺，紅翻漾水霞。』《春日池上》云：『水風涼綺席，沙日麗金壺。』《燕市酒樓》云：『氣清天曠蕩，露白野蒼涼。』又『荷蒼秋近葉，蓮膩雨餘花。』大為時人所稱〔四〕。

【注釋】

〔一〕拓字無忌：《金史》卷一百八《師拓傳》：『本姓尹氏，避國諱更焉。』趙秉文、党懷英、元好問等人均稱之尹無忌。

〔二〕平涼：今甘肅平涼。

〔三〕明昌：金章宗年號（一一九〇—一一九六）。

〔四〕大為時人所稱：《歸潛志》卷八：『其詩一以李杜為法，五言尤工，閑閑嘗稱其《游同樂園詩》云……又有佳句：「行雲春郭暗，歸鳥暮天蒼」，「野色明殘照，江聲入暮雲」，甚似少陵。』

酈著作權

權字元輿，安陽人〔一〕。作詩有筆力。《圃田道中》〔二〕云：『斷橋經壞屋，古道入崩山。』《石硐》云：『蒼崖秀苔花，壞道補石棧。徐行下井底，斗上出天半。』《綺岫宮》云〔三〕：『離宮歸相望，百年幾遊歷。獨知窮已樂，眾懟不汝恤。繁華忽灰燼，歲月空瓦礫。』《赤水道中》云：『水近噓寒氣，星殘曳白芒。』《燒痕》云：『炎威隨變滅，餘燼委丘壤。田疇更斷續，原隰依下上。班班澗溪毛，往往漏尋丈。晴空墮雪影，夕照壓秋嶂。昆明翻劫灰，黑水走濁浪。煙中一線來，細路入空曠。』〔四〕《游石甕》云：『雲間兩石角，相鬬如闕門。上連石甕口，谽谺愁猱猿。枵如空洞腹，瑩滑無纖痕。何年補天手，月斧雲為斤。琢成蒼玉甗，覆此玻璃盆。』〔五〕《龍潭》云：『臺高野望遠，地僻春意閑。』《郊行》云：『强引村醪終少味，漫留詩句懶題名。』《村行》云：『瘦藤籬角蔓，雜草樹根花。夾道懸新棗，荒畦臥晚瓜。』又云：『歲豐人樂社，秋近客思家。』《書事》云：『佳樹漲新綠，危叢棲老紅。』《與顯叔》云：『茶灶翻春白，糟床滴曉紅。』〔六〕《雜詩》云：『樹影僧攜錫，鈴聲客到門。片月冷千嶂，敗橋通兩村。』此類甚多。元輿父瓊，國初有功〔七〕，仕至武寧軍節度使〔八〕。元輿以門資敘，宦不達，朝廷高其才，明昌初以著作郎召之，未幾卒。有《坡軒集》行於世〔九〕。

【注釋】

〔一〕安陽：今河南安陽。酈權父酈瓊，《金史》卷九十七有傳，謂酈瓊『相州臨漳人』。臨漳，今河北臨漳。相州州治在安陽。安陽與臨漳相鄰。據宋濂《文憲集》卷十四《跋東坡所書眉子石硯歌》：『漳水野翁者，武寧軍節度使酈瓊之子，名權字子輿，安陽人，故以漳水自稱，亦能詩文，以門資敘，宦不達，朝廷高其才，明昌初以著作郎召之。』漳水野翁當是酈權之號。

〔二〕圃田：在今鄭州市東郊。

〔三〕《綺岫宮》：《山堂肆考》卷一七十《綺岫》：『綺岫宮在東都永寧縣西五里，唐顯慶三年置。唐王建

《綺岫宮詩》：「玉樓傾側粉牆空，重迭青山遶故宮。武帝去來紅袖盡，野花黃蝶領春風。」詩注：武帝謂玄宗也。』

〔四〕原隰：平原或低下之地。昆明劫灰：漢武帝疏鑿昆明池，池底為灰墨，胡人將之解釋為：『天地大劫將盡，則劫燒，此劫燒之餘。』參《初學記》卷七。

〔五〕石甃：石上凹坑。谽谺：山谷空闊的樣子。甗：一種炊具。

〔六〕顯叔：其人不詳。

〔七〕酈瓊：字國寶（一〇一四—一一五三），北宋末將領，後降齊、降金，跟隨完顏宗弼侵宋，立下戰功，知亳州，遷歸德尹。《金史》卷七十九有傳。

〔八〕武寧軍：據《金史》卷二十五：『徐州下，武寧軍節度使，宋彭城郡。』治在今江蘇徐州。

〔九〕酈權：號坡軒居士。《滏水文集》卷十一《遺安先生言行碣》：『過相，謁坡軒居士酈元輿。』《秋澗集》卷七十一《題坡軒先生詩卷後》：『先生在大定間，調監相酒，其風流文采，照映一世，時賢與之，不在明昌詞人之下。』

禮部楊公雲翼

雲翼字之美，樂平人〔一〕。明昌五年經義進士第一人，詞賦亦中乙科〔二〕。天資穎悟，博通經傳，至於天文、律曆、醫卜之學無不臻極，事母孝，與人交，款曲周密，處事詳雅，而能以大節自任。南渡後二十年，與禮部閑閑公代掌文柄〔三〕，時人號楊趙。而公以後輩自處，不敢當也。宣宗頻歲南伐，事勢有決不可者，論議之際，時相多以避嫌不敢言，公獨直言極諫，以為兩淮生靈，皆陛下赤子，不能外禦北兵，而取償于宋，以天下為度者，不如是也〔四〕。是後再出兵，時全一軍，幾為宋人所覆〔五〕。宣宗悔悟，責主兵者曰：『我當何面目見楊雲翼耶？』〔六〕興定末，拜吏部尚書〔七〕，中外望其旦暮入相，竟以足疾不果〔八〕。正大五年八月，終於翰林學士，年五十九〔九〕。謚曰文獻，天下識與不識，皆哀惜之。至今評者以為百餘年以來，大夫士身備四科者〔一〇〕，惟公一人而已。子恕字誠之，第進士〔一一〕，今在燕中。

【注釋】

〔一〕樂平：今山西昔陽。

〔二〕明昌五年：一一九四年。楊雲翼二十五歲。

〔三〕南渡：指金宣宗貞祐二年（一二一四）遷都汴京。禮部閑閑公：指禮部尚書趙秉文。

〔四〕『公獨直言極諫』七句：楊雲翼諫阻南伐，《元好問全集》卷十八《内相文獻楊公神道碑》、《金史》卷一百十《楊雲翼傳》有較詳細記載，但沒有『兩淮生靈，皆陛下赤子』之語。

〔五〕時全：本是紅襖軍成員，降金。元光二年（一二二二）二月率兵伐宋，五月兵敗，被誅。參見《金史》卷一一七《時青傳》。

〔六〕當何面目見楊雲翼：元好問《内相文獻楊公神道碑》、《金史》本傳亦載此語。

〔七〕拜吏部尚書：據元好問《內相文獻楊公神道碑》，興定四年（一二二〇），楊雲翼改任吏部尚書。

〔八〕足疾：指中風造成的行走不便。《歸潛志》卷四：『將大拜，以風疾止。』元好問《內相文獻楊公神道碑》：『公自興定、元光間病風痹。』

〔九〕正大五年：一二二八年。據此可知，楊雲翼生於大定十年（一一七〇）。

〔一〇〕四科：指德行、言語、政事、文學。

〔一一〕子恕：據元好問《內相文獻楊公神道碑》，楊恕為楊雲翼次子，『擢正大四年（一二二七）經義進士第』。

屏山李先生純甫

純甫字之純〔一〕，弘州人〔二〕，承安年進士〔三〕，仕至尚書右司都事〔四〕。為舉子日，亦自不碌碌，於書無所不窺，而於《莊周》、《列禦寇》、《左氏》、《戰國策》為尤長，文亦略能似之。三十歲後〔五〕，遍觀佛書，能悉其精微，既而取道學書讀之，著一書〔六〕，合三家為一，就伊川、横渠、晦庵諸人所得者而商略之〔七〕，毫髮不相貸，且恨不同時與相詰難也。性嗜酒，未嘗一日不飲，亦未嘗一飲不醉，眼花耳熱後，人有發其談端者，隨問隨答，初不置慮，漫者知所以統，窒者知所以通，傾河瀉江，無有窮竭〔八〕。好賢樂善，雖新進少年游其門，亦與之為爾汝交。其不自貴重又如此。迄今論天下士，至之純與雷御史希顏，則以中州豪傑數之〔九〕。子仝，字稚川，今

居鎮陽〔一〇〕。（以上《中州集》卷四）

【校記】

承安年進士：疑作『承安二年進士』。

右司都事：《歸潛志》卷一、《金史·李純甫傳》作『左司都事』，誤。

【注釋】

〔一〕李純甫：號屏山居士，得名於其隱居地玉屏山。

〔二〕弘州：治在襄陰，今河北陽原。

〔三〕承安年進士：《金史·李純甫傳》：『擢承安二年（一一九七）經義第。』

〔四〕仕至尚書右司都事：據《元好問全集》卷二十一《雷希顔墓銘》，李純甫『貞祐末，嘗召為右司都事』。

〔五〕三十歲後：耶律楚材《湛然居士集》卷十四《屏山居士鳴道集序》：『屏山居士年二十有九，閱《復性書》，知李習之亦二十有九，參藥山而退著書，大發感歎，日抵萬松老師，深攻亟擊。』

〔六〕著一書：指《鳴道集說》，五卷，現存。《鳴道集說》是宋人所輯《諸儒鳴道集》的商榷之作，故又稱《諸儒鳴道集說》。

〔七〕伊川：程頤。横渠：張載。晦庵：朱熹。李純甫《鳴道集說序》亦曰：『濂溪、涑水、横渠、伊川之學，踵而興焉。上蔡、龜山、元城、横浦之徒，又從而翼之。東萊、南軒、晦庵之書，蔓衍四出，其言遂大。小生何幸，見諸先生之論議，心知古聖人之不死，大道之之將合也。恐將合而又離，箋其未合于古聖人者，曰《鳴道集說》。』

〔八〕無有窮竭：《中州集》卷七《劉昂霄》：『評者謂承平以來，王湯臣論人物，李之純玄談，號稱獨步。』

〔九〕雷御史希顏：雷淵，參見下文《雷御史淵》。
〔一〇〕子仝：李仝，與王郁、高永、耶律鑄等人往還。《雙溪醉隱集》有多首贈李仝的詩歌。鎮陽：今河北正定。

史御史肅

肅字舜元，京兆人〔一〕，僑居北京之和眾〔二〕，幼孤，養於外家〔三〕，天資挺特，高才博學，作詩精緻有理，尤善用事。古賦亦奇峭，工於字畫，業科舉，為名進士〔四〕。立朝為才大夫，優於政事，嚴而不苛，所至有聲，吏畏而安之，累以廉升，歷赤縣及幕官〔五〕，入為監察御史，遷治書〔六〕，出刺通州〔七〕。大中黨獄起〔八〕，為所詿誤，謫靜難軍節度副使〔九〕。大安初〔一〇〕，召為中都路轉運副使，超戶部正郎，復坐鐫降同知汾州事〔一一〕。卒官。舜元素尚理性之學，屏山學佛，自舜元發之〔一二〕。晚年頗喜養生，謂人可以不死，嘗欲棄官學道，而竟止於此，可哀也已。詩號《澹軒遺稿》，今在燕都鄭庭幹家〔一三〕，其平生則見之《屏山故人外傳》云。

【注釋】

〔一〕京兆：今陝西西安。金設在京兆府，治在西安。
〔二〕北京：指金時北京路。和眾：縣名，隸屬大定府，治在今遼寧凌源市西北。

〔三〕外家：　指外祖父、外祖母、舅舅家。

〔四〕為名進士：　史肅《哀王旦》：『平生況切同年義。』據梁太濟考證，此王旦即是王晦。王晦，字子明，澤州高平人，明昌二年（一一九一）進士。《金史》卷一二一有傳。因此，史肅亦是明昌二年進士及第。參見梁太濟《唐宋歷史文獻研究叢稿》（上海古籍出版社二〇〇四年版）。

〔五〕赤縣：　本指縣治在京都的縣，指大興、宛平。據《金史》卷十《章宗紀》，明昌五年（一一九四），史肅在南皮縣令任上。南皮，今河北南皮。史肅任幕官經歷，失考。

〔六〕入為監察御史：　據《金史》卷四十五《刑志》，泰和二年（一二〇二）史肅在監察御史任上。治書：　指治書侍御史，從六品，職責與侍御史相同。

〔七〕通州：　今北京通州區。

〔八〕大中黨獄：　事在泰和八年（一二〇八）。參見上文《劉左司昂》注。

〔九〕靜難軍：　置於陝西慶原路邠州，在今陝西彬縣。

〔一〇〕大安：　衛紹王年號（一二〇九—一二一一）。

〔一一〕中都路轉運副使：　正五品。戶部正郎：　戶部侍郎。據《金史》卷五十五《百官志》，戶部侍郎二員，正四品。　鐫降，降職貶官。汾州，今山西汾陽。同知汾州，正七品。

〔一二〕屏山：　李純甫。

〔一三〕澹軒：　史肅之號。《澹軒遺稿》：　已佚。鄭庭幹：　其人不詳。

蕭尚書貢

貢字真卿，咸陽人〔一〕。唐太傅寘十七代孫〔二〕，博學能文，不減前輩蔡正甫〔三〕，大定二十二年進士〔四〕，自涇州觀察判官召補省掾〔五〕，不四五月，拜監察御史，累遷右司郎中，預修《泰和律令》〔六〕，所上條畫，皆委曲當上心，興陵嘉歎曰〔七〕：『漢有蕭相國〔八〕，我有蕭貢，刑獄吾不憂矣。』又奏死囚獄雖已具，仍責家人伏辨，以申寃抑。詔從之。遷刑部侍郎，入謝曰：『臣願因是官廣陛下好生之德。』上大悦，凡真卿所平反，多從之。歷大興同尹、德州防禦使、同知大名府事〔九〕，陝西西路轉運使、河東北路按察轉運使、靖難軍節度使、南京都轉運使〔一〇〕，御史中丞，以戶部尚書致仕。年六十六終於家〔一一〕，謚曰文簡，有《注史記》百卷、《公論》二十卷〔一二〕、《五聲姓譜》五卷、《文集》十卷傳於世。

【校記】

靖難軍：《四庫全書》本作『靜難軍』。

【注釋】

〔一〕咸陽：今陝西咸陽。

〔二〕唐太傅寘：蕭寘，咸通五年（八六四），以兵部侍郎同中書門下平章事，見《舊唐書》卷一七九《蕭遘傳》。

咸通六年去世，見《資治通鑑》卷二百五十。又洪遵《翰苑群書》卷六《丁居晦重修承旨學士壁記》：『蕭寘，大中四年（八五〇）七月二十四日，自兵部員外郎充，十月七日加知制誥，五年□月十四日，加駕部郎中，六年五月十九日拜中書舍人，七年十月十二日，三殿召對賜紫，八年五月十九日，遷户部侍郎知制誥，並依前充，九年二月十七日，加承旨，十年八月四日，授檢校工部尚書浙西觀察使。』蕭寘，何時加太傅，失考。

〔三〕蔡正甫：指蔡珪，參見上文《蔡太常珪》。

〔四〕大定二十二年：一一八二年。時蕭貢二十五歲。《歸潛志》卷四：『少為名進士，時號三蕭。』

〔五〕涇州：今甘肅涇川。省掾：指尚書省令史。

〔六〕《泰和律令》：金代法律類編，二十卷，於泰和元年（一二〇一）十二月修成，次年五月頒佈實施。見《金史》卷四十五《刑志》。

〔七〕興陵：金章宗。

〔八〕蕭相國：指蕭何。

〔九〕大興：大興府，今北京。德州：今山東德州陵城區。大名府：治在今河北大名縣東。

〔一〇〕靖難軍：治在今陝西彬縣。南京：今河南開封。

〔一一〕年六十六終於家：《金史》卷一百五《蕭貢傳》：『元光二年（一二二三）卒。』據此，蕭貢生於正隆三年（一一五八）。

〔一二〕『有《注史記》百卷』句：《歸潛志》卷四：『公博學，嘗注《史記》，又著《蕭氏公論》數萬言，評古人成敗得失，甚有理。』

史内翰公奕

公奕字季宏，大名人〔一〕，系出石晉鄭王弘肇〔二〕，父良臣〔三〕，宣和中擢第〔四〕，終於潞州觀察副使〔五〕。季宏大定二十八年進士，再中博學宏詞科〔六〕，程文極典雅，遂無繼之者。累遷著作郎，翰林修撰，同知集賢院。正大中，置益政院，楊吏部之美與季宏皆其選也〔七〕，以直學士致仕，年七十三卒〔八〕。季宏文章書翰，皆有前輩風調，下至棋槊之技〔九〕，亦絕人遠甚。閑閑稱其溫厚謙退，與人交愈久而愈不厭，其學問愈扣而愈無窮〔一〇〕，其見重如此。詩文號《洹水集》，兵後失之〔一一〕。子應祖，字企先，孫彥忠〔一二〕，今在燕中。

【校記】

季宏：《歸潛志》卷四作『宏父』，疑誤。趙秉文《滏水文集》卷十二《史少中碑》亦作『季宏』。

【注釋】

〔一〕大名：今河北大名。

〔二〕鄭王弘肇：史弘肇（？—九五〇），字化元，鄭州滎澤人（今河南鄭州西北），五代時大將。曾在石晉塘手下效力，後來隨後漢高祖鎮太原，仕為許州刺史，加平章事，充侍衛親軍都指揮使。晉隱帝即位，加檢校太師，兼侍中。乾祐三年（九五〇）為隱帝所殺。用太祖即位，追封郑王。《舊五代史》卷一百七、《新五代史》卷三十有傳。

〔三〕父良臣：史良臣（一一〇〇—一一六八），字舜卿。生平詳見趙秉文《史少中碑》。

〔四〕宣和中擢第：據趙秉文《滏水文集》卷十二《史少中碑》，史良臣『登宣和六年（一一二四）第』。

〔五〕潞州：治在今山西長治。觀察副使：趙秉文《史少中碑》作觀察判官：『世宗即位，復為南樂、平陰二縣令、潞州觀察判官。』史良臣死後以子貴，贈少中大夫開國伯，故趙秉文稱之為史少中。

〔六〕大定二十八年：一一八八年。《金史·選舉志》：『明昌初，又設制舉宏詞科，以待非常之士。』史公奕中宏詞科，當在明昌元年（一一九〇）

〔七〕楊吏部之美：楊雲翼。《金史·哀宗本紀》：正大三年（一二二六）八月辛卯，『詔設益政院於內廷，以禮部尚書楊雲翼等為益政院說書官，日二人直，備顧問』。

〔八〕年七十三卒：《歸潛志》卷四：『史翰林公奕，字宏父，大名人，工書，有能名，自號歲寒堂主人。正大初，為翰林修撰，又充益政院官，為上講書，後致仕，居亳卒，重厚人也。』

〔九〕棋槊：古代一種遊戲，即雙陸，棋為子，槊為局。韓愈《示兒》：『酒食罷無為，棋槊以相娛。』

〔一〇〕『閑閑』三句：趙秉文《史少中碑》：『始余聞季宏父名於相知間，行高而學博，能文翰，善談論，下至博弈，亦絕人遠甚。及來京師始識之，溫厚謙沖，殆過所聞，其問學愈叩而愈無窮，與人交愈久而愈不厭。』

〔一一〕《洹水集》：宋濂《文憲集》卷十二《題史內翰書》：『文章書翰皆有故老遺風，所著《洹水集》皆傳於世。』

〔一二〕史應祖、史彥忠：生平不詳。

龐都運鑄

鑄字才卿，大興人〔一〕，家世貴顯〔二〕，明昌五年進士〔三〕。風流文采為時輩所推，字畫亦有蘊藉〔四〕，仕至京兆運使〔五〕，自號默翁。

【注釋】

〔一〕大興：今北京。《歸潛志》卷四、《金史·龐鑄傳》皆作遼東（今遼寧遼陽）人，可從。因為龐鑄《晚秋登城樓二首》有『天東歸興滿，不為憶蓴羹』之句，史學《默翁溪山横幅》有『五雲雛鳳下遼天』之句，都暗示其家鄉在遼東。

〔二〕家世貴顯：《續夷堅志》卷四：『龐都運才卿，王妃之弟。』王妃，指越王永功之妃。越王永功，《金史》卷八十五有傳。

〔三〕明昌五年：一一九四年。《歸潛志》卷四：『少擢第，仕有能名。』

〔四〕字畫亦有蘊藉：《歸潛志》卷四：『博學能文，工詩書，藹然為一時名士。』《中州集》卷七史學《默翁溪山横幅》：『五雲雛鳳下遼天，來作金鑾翰墨仙。詩酒償殘鶯館債，簡書薰破鹿門禪。自憐歲月塵中老，盡攬溪山筆底傳。短草疏林秋一幅，典刑人物記當年。』默翁，龐鑄自號。

〔五〕京兆運使：京兆府路轉運使。京兆府治在今陝西西安。

許司諫古

古字道真，承安中進士〔一〕，在宣宗朝，以直言極諫稱〔二〕。哀宗即位，首命驛致之洛，致仕，授右司諫〔三〕，未幾乞身還伊陽〔四〕。閑閑公制詞云〔五〕：安車蒲輪，天子所以厚優賢之禮〔六〕；黃冠野服，人臣所以遂歸老之心。其恩榮足以兩全，而前後不可多得。有臣如此，如卿幾人？具官道直以方，氣剛而大，議論非世儒所到，名節以古人自期。擢自先朝，置之諫列，斥安昌竊位，已聞折檻之忠〔七〕；及梁冀伏辜，方見埋輪之志〔八〕。朕即大位，稔聞直聲，起之於田里退閑之間，超之于侍從論思之地〔九〕，完備始終之節，從容進退之間，歎陽城之敢言，惜其將去〔一〇〕；念孔戣之既老，挽之莫留〔一一〕。特進一階，榮躋四秩〔一二〕。華山拂袖，最是為世上之閑〔一三〕；神武掛冠，猶不負山中之相〔一四〕。勉終晚節，益介壽祺。郡守為起伊川亭。道真性嗜酒，老而未衰，每乘舟出村落間，留飲或十數日不歸，及泝流而上，老稚奔走，爭為之挽舟，數十里不絕，其為時人愛慕如此。正大七年〔一五〕，年七十四卒。前三日有書見及，字已欹傾矣。

【校記】

右司諫：《金史·許古傳》作『左司諫』。

【注釋】

〔一〕承安：金章宗年號（一一九六—一二〇〇）。《金史》卷一百九《許古傳》：『許古字道真，汾陽軍節度使致仕安仁子也，登明昌五年（一一九四）詞賦進士第。』《歸潛志》卷四言許古『少及第』，據此似以明昌五年為是，但許古明昌五年及第時已三十八歲，與『少及第』不合。

〔二〕以直言極諫稱：《金史》本傳：『貞祐初，自左拾遺拜監察御史。時宣宗遷汴，信任丞相高琪，無恢復之謀，古上章。』後任右司諫、侍御史等諫官，直言敢諫。

〔三〕首命驛致之洛，致仕：據《金史》本傳，興定三年（一二一九）許古因故解職，閒居嵩山。哀宗即位，時在元光二年（一二二三）十二月。本傳云：『哀宗初即位，召為補闕，俄遷左司諫，言事稍不及昔時，未幾，致仕。』《元好問全集》卷三十九在《曹南商氏千秋錄》：『初，河間許古道真，以直言極諫稱於德陵朝。……當是時，上新即大位，經略四方，思所以弘濟艱難者為甚力，道真已得請，居伊川，即命驛召致之，復右司諫，天下想望風采，道真亦慷慨，願以人所不敢言者為天子言之。』

〔四〕伊陽：今河南嵩縣。

〔五〕閑閑公制詞：趙秉文《許道真致仕制》，見《滏水文集》卷十。

〔六〕安車蒲輪：《漢書》卷六《武帝紀》：『安車蒲輪，束帛加璧，征魯申公。』師古曰：『以蒲裹輪，取其安也。』

〔七〕折檻之忠：《漢書·朱雲傳》載，漢成帝時，朱雲請斬安昌侯張禹，帝怒，欲誅朱雲，朱雲攀殿檻，致使檻折。

〔八〕埋輪之志：《後漢書·張皓傳》附載張綱事蹟，張綱到洛陽都亭，即拆下車輪埋在地裏，上書彈劾大將軍梁冀等人，朝野為之震動。後以埋輪比喻無所畏懼，敢於抨擊權貴。

〔九〕論思：議論思考，特指為皇帝出謀劃策。

〔一〇〕陽城：字亢宗（七三六—八〇五），德宗時任諫議大夫，敢於直言，力阻裴延齡入相。《舊唐書·陽城傳》：『順宗即位，詔徵之，而城已卒，士君子惜之。』

〔一一〕孔戣：字君嚴（七五三—八二五），從唐憲宗初至唐穆宗年間，先後任國子祭酒、吏部侍郎、右散騎常侍、尚書左丞、嶺南節度使等職。敢言直諫，長慶二年（八二二），遷尚書左丞，不久，以老乞歸。韓愈力諫穆宗挽留，孔戣據理求退。詳見《舊唐書》卷一五四《孔巢父傳》附傳。

〔一二〕榮躋四秩：許古《平水新刊韻略序》：『正大六年己丑季夏中旬，中大夫前行右司諫致仕河間許古道真書於嵩郡隱者之中和軒。』據此，許古致仕前所升官職銜為中大夫，從四品。此前許古所任右司諫為從五品。

〔一三〕『華山』二句：疑用陳摶隱居華山之典。馮子振《鸚鵡曲》：『睡神仙別有陳摶，拂袖華山歸去。』

〔一四〕神武掛冠：指辭官隱居。《南史·隱逸傳下·陶弘景》：『家貧，求宰縣不遂。永明十年，脱朝服掛神武門，上表辭禄。』

〔一五〕正大七年：一二三〇年。

王防禦良臣

良臣字大用，潞人〔一〕。承安五年進士〔二〕，作詩以敏捷稱，又於内典有所得〔三〕。入翰林與李欽叔善〔四〕，從軍南征〔五〕，欽亦預行，道中酬唱甚多。有詩云：『蕎花苒苒蜜脾香，禾穗纍纍鶻眼黄。一縷晚煙吹不去，為誰著意護秋霜。』欽叔愛之。興定初，自請北行，没於軍中〔六〕，贈孟州防禦使〔七〕。

【注釋】

〔一〕潞：潞州，治上黨，今山西長治。

〔二〕承安五年：一二〇〇年。

〔三〕內典：佛經。

〔四〕李欽叔：李獻能，詳參《中州集》卷六。

〔五〕南征：指興定元年（一二一七）開始的侵宋戰爭。

〔六〕沒於軍中：《金史》卷十五《宣宗紀》：興定二年十一月甲申，『大元兵收潞州，元帥右監軍納合蒲剌都、參議官修起居注王良臣死之』。

〔七〕孟州：今河南孟州。

高治中廷玉

廷玉字獻臣，恩州人〔一〕，大定末進士〔二〕，章宗、衛王朝，甚有時名〔三〕。為人豪爽，尚氣節，一時名士多歸之〔四〕。貞祐初，自左右司郎官出為河南府治中〔五〕，與知府復興屢以公事相可否。時都城受圍〔六〕，使驛阻絕，復興為安撫副使，懼獻臣謀己，乃以造逆訊之，獻臣就逮。龐才卿、雷希顏、王士衡、辛敬之皆被羅織，幾有一網之禍，比赦至，獻臣瘐死矣〔七〕。

獻臣多作詩賦，《海中牛頭》云：『鑿開混沌竅，闖出神農首。』人多稱道之。猶子廣之，今在河平〔八〕。

【校記】

廷玉：《歸潛志》卷四作『庭玉』。

復興：《歸潛志》卷四、《金史》卷一二七作『福興』，指溫蒂罕福興，女真人。

【注釋】

〔一〕恩州：金時恩州屬大名府，治在今山東武城縣境内。遼時中京道亦有一恩州，治在今内蒙古赤峰南。

〔二〕大定：金世宗年號（一一六一—一一八九）。《歸潛志》卷四曰：『少擢第。』《歸潛志》卷四作『遼東人』。

〔三〕章宗朝：指金章在位期間（一一九〇—一二〇八）。衛王朝：指衛紹王完顔永濟在位期間（一二〇八—一二一三）。《歸潛志》卷四曰：『入官有能聲，吏事明敏，人莫能及。』《元好問全集》卷二十一《雷希顔墓銘》：『南渡以來，天下稱宏傑之士三人：曰高廷玉獻臣、李純甫之純、雷淵希顔。獻臣雅以奇節自負，名士喜從之遊，有衣冠龍門之目。衛紹王時，公卿大臣多言獻臣可任大事者，紹王方重吏員，輕進士，至謂高廷玉人材非不佳，恨其出身不正耳。』

〔四〕『一時』句：《歸潛志》卷四曰：『尤倜儻重氣節，敢為。為左司郎中，譽甚重，一時人士推仰焉。』

〔五〕貞祐：金宣宗年號（一二一三—一二一六）。左右司郎官：指左司員外郎。高廷玉任左司員外郎在金章宗泰和八年。《金史·孫即康傳》：『左司員外郎高庭玉決四十，解職。』

〔六〕都城受圍：指貞祐元年（一二一三）十月京師戒嚴之事。

〔七〕龐才卿：龐鑄，參見下文《龐都運才卿》。雷希顔：雷淵，參見上文《雷御史淵》。王士衡：王之奇，真定人，生平不詳。辛敬之：辛愿，參見下文《溪南詩老辛愿》。瘐死：因死於獄中。高廷玉案，亦見《歸潛志》卷四：『貞祐初，出為河南府治中。主帥溫蒂罕福興，奸偽人也，公臨事不少遜讓，遂交惡。是時，北兵圍燕都，事已迫，四方無勤王師。公獨慨然有赴援意。屢以言激福興，福興憚之，因誣以有異志，輒收赴獄。名士如龐才卿、雷希顔、辛敬之，皆連繫。考掠無實。然公竟為福興所困，死獄中。餘會赦得釋。公既卒，朝命下，除公河南路安撫副使，代福興。士夫痛憤。後朝廷知其怨，謫福興遠郡，昭雪之。』《元好問全集》卷三十一《孫伯英墓碣》亦載此事：『貞祐初，中原受兵，朝廷隔絶。府治中高庭玉獻臣接納奇士，號為衣冠龍門。大尹復興甚之。會有為蜚語者曰：「治中結客，將據河以反。」遂為尹所構。凡所與往來者，如雷淵希顔、王之奇士衡、辛愿敬之，俱陷大獄，危有一網之禍。』《雷希顔墓銘》：『（高庭玉）卒以高材，為尹所忌，瘐死洛陽獄中。』

〔八〕猶子：姪子。廣之：生平失考。河平：今河南輝縣。

李治中遹

遹字平甫，欒城人〔一〕，明昌二年進士〔二〕，高才博學，無所不通，為人滑稽多智，而不欲表表自見，工畫山水，得前輩不傳之妙，龍虎亦入妙品，然皆其餘事也〔三〕。泰和中，大興幕官〔四〕，時虎賊知府事〔五〕，賣權恃勢，奴視同列，平甫每以公事相可否，不少假借，又摘其陰事數十條，欲發之。虎謀篡者也，聲勢焰焰，人莫敢仰視，乃為一書生所抗，積不平，先以非罪誣染之，幾至不測〔六〕，雖有以自解，竟坐是仕宦不進，以東平治中致仕〔七〕，閑居陽翟十餘年〔八〕，自號寄庵先生〔九〕。平生詩文甚多，如云：『舊管新收妝鏡在，昨非今是酒杯乾。』〔一〇〕《贈筆工》云：『工不能書何以筆，士須知筆乃能書。』《感事》云：『半錢利路人乃虎，一鉤名餌吾其魚。』《魯山道中》云：『老夫自喜林野僻，路人頗笑衣裳寬。』〔一一〕散失之餘，不復全見矣。臨終戒家人：『吾明日歸，而輩慎勿遽哭。』果如期而逝，家人哭不禁，良久開目云：『戒汝勿哭，令我心識散亂。』言畢目復瞑，其明了又如此。子冶，字仁卿〔一二〕，正大七年收世科〔一三〕，屏山贈詩所謂『仁卿不是人間物，太白精神義山骨』者也〔一四〕。

【注釋】

〔一〕欒城：今河北欒城。

〔二〕明昌二年：一一九一年。《元好問全集》卷十七《寄庵先生墓碑》：『登明昌二年詞賦進士第，釋褐藁城丞。』寄庵：李遹之號。

〔三〕工畫山水：《歸潛志》卷四：『屏山嘗贈詩云：寄庵丈人眼如月，墨妙詩工兼畫絕。儒術吏事更精研，只向宦途如許拙。』

〔四〕泰和：金章宗年號（一二〇一—一二〇八）。大興：大興府，治在今北京。

〔五〕虎賊：指紇石烈執中（？—一二一三），本名胡沙虎。女真人，太子護衛出身。泰和元年知大興府事，泰和六年，以統軍使從僕散揆攻宋。崇慶二年（一二一三）作亂，廢衛紹王，立宣宗，後被朮虎高琪所殺。《金史》卷一三二有傳。

〔六〕『摘其陰事數十條』九句：李遹揭發紇石烈執中受到打壓之事，可參元好問《寄庵先生墓碑》。《歸潛志》卷四：『言紇石烈執中不法事，聞者竦然。』

〔七〕東平：東平府，治在今山東東平。

〔八〕陽翟：今河南禹縣。

〔九〕自號寄庵先生：元好問《寄庵先生墓碑》：『先生即日以疾告，徑歸陽翟，築屋潁水之上，名之曰寄庵，因以為號。』《歸潛志》卷四：『自號寄庵老人。』

〔一〇〕舊管新收妝鏡在：黄庭堅《贈李輔聖》：『舊管新收幾妝鏡，流行坎止一虛舟。』舊管、新收本是宋代會計核算法即四柱清冊法中的二柱，其他二柱為『開除』和『其實』。妝鏡，指代女人。

〔一一〕魯山：今河南魯山縣。

〔一二〕李治：又作李治（一一九二—一二七九），號敬齋。入元，曾受到世宗的賞識，晚年居封龍山，與元好問齊名。《元史》卷一百六十有傳。

〔一三〕正大七年收世科：正大七年（一二三〇）是金王朝最後一次科舉，故稱收世科。

〔一四〕屏山：李純甫，原詩已佚。

陳司諫規

規字正叔，稷山人〔一〕，明昌五年進士〔二〕，博學能文，詩亦有律度〔三〕，為人敦厚，動有禮節〔四〕。南渡以後，諫官稱許古、陳規〔五〕，而正叔不以訐直自名，尤見重云〔六〕，仕至右司諫，卒官〔七〕。子良臣，今在燕中〔八〕。

【注釋】

〔一〕稷山：今山西稷山縣。據段成己《故中議大夫中京副留守陳公墓表》，陳規生於大定元年（一一七一），卒於正大六年（一二二九）。

〔二〕明昌五年進士：《金史·陳規傳》：『明昌五年（一一九四）辭賦進士。』

〔三〕詩亦有律度：《歸潛志》卷四：『晚喜為詩，與趙、雷諸公唱酬。』

〔四〕為人敦厚：《歸潛志》卷四：『公為人剛毅質實，有古人風。』

〔五〕諫官稱許古、陳規：陳規貞祐二年（一二一四）任監察御史，正大元年（一二二四）任右司諫，兼知登聞鼓院。許古：參見本卷《許司諫古》。《元好問全集》卷四十《許汾陽詩跋》：『司諫在貞祐、興定間，直言極諫，與陳正叔齊名，時號陳許。』

〔六〕訐直：亢直敢言。《歸潛志》卷四：『復拜右司諫，言事不少衰，朝望甚重。』

〔七〕卒官：《歸潛志》卷四：『後出為中京副留守，未赴，卒於圍城。』

〔八〕子良臣：生平不詳。段成己《故中議大夫中京副留守陳公墓表》：『公之子，不幸短命而死。』

馮内翰延登

延登字子駿，吉州人〔一〕，承安二年進士〔二〕。令寧邊日，適閑閑公守此州〔三〕，與之考論文義，相得甚歡，故子駿詩文皆有律度。正大末，奉命北使，見留，使招鳳翔，不從，欲殺者久之，割其鬚髯，羈管豐州二年，乃得還〔四〕。天興初元，授禮部侍郎〔五〕，京城陷，自投井中〔六〕。子駿資稟淳雅，與人交，殊款曲。讀書長於《易》、《左氏傳》，好賢樂善，有前輩風調，嘗欲作《國朝百家詩》而不及也〔七〕。有集號《横溪翁》〔八〕，予過大名，見於其子源〔九〕。如《賦德順道院隴泉》云〔一〇〕：『玉壘制方維，瓊漿閟仙宅。何人斸雲根，一旦泄地脈。金匱鎖龍漦〔一一〕，月窟逗蟾液。銅壺漏水清，玉斗天醴碧〔一二〕。光搖日千道，影落天一席。窈然仇池穴〔一三〕，自與天壤隔。』又《登封途中遇雨留僧舍》云：『濕雲若煙低，飛雨如矢集。近山衣已涼，薄寒復相襲。霽景函草木，秋意滿原隰〔一四〕。林紅寒更殷，山翠晴更濕。不知高幾許，但見蒼壁立。群峰誰暇數，庭筍紛戢戢。騰擲來眼中，左右疲顧揖。』皆其得意句也。

【注釋】

〔一〕吉州：今山西吉縣。

〔二〕承安二年進士：《元好問全集》卷十九《國子祭酒權刑部尚書內翰馮公神道碑銘》：『年二十三，登章宗承安二年（一一九七）辭賦進士第。』據此，馮延登則生於大定十五年（一一七五）。可該文又曰：『壬辰，河南破……明年（一二三三）遭變，得年五十八。』據此，馮延登生於大定大定十六年。二者孰是孰非，不可考。

〔三〕寧邊：治在今內蒙古清水河縣西。閑閑公：指趙秉文。趙秉文《滏水文集》卷一《黄河九昭引》：『大安元年（一二〇九），余出守寧邊。』

〔四〕北使：指出使蒙古，拜見太宗。元好問《國子祭酒權刑部尚書內翰馮公神道碑銘》：正大七年（一二三〇），『十二月，遷國子祭酒，借注翰林學士承旨、榮祿大夫充國信使，以八年春，奉國書見於虢縣之御營。有旨問：「汝識鳳翔帥否？」對曰：「識之。」又問：「何若人？」對曰：「能辦事者也。」又問：「汝能招之使降，即貰汝死。不則殺汝矣。」曰：「臣奉書請和，招降豈使者事乎？招降亦死，還朝亦死，不若今日即死之為愈也。」明日復問：「昨所問，汝曾思之否？」對如前。問至再三，君執義不回。又明日，乃諭旨云：「汝罪應死，但古無殺使者理耳。君鬚髯甚偉。乃薙去，遷之豐州。」壬辰，河南破，車駕駐鄭州，有旨發還。三月入京，哀宗撫慰久之。』豐州，治在今呼和浩特市東。

〔五〕授禮部侍郎：《金史》卷十七《哀宗紀》：天興元年，『二月庚申，翰林待制馮延登使北來歸』。又曰：『五月丁亥，馮延登以奉使有勞，授禮部侍郎。』

〔六〕京城陷：天興二年（一二三三），崔立以汴京降，元兵入城。

〔七〕《國朝百家詩》：元好問《中州集序》：『商右司平叔銜嘗手抄《國朝百家詩略》，云是魏邢州道明所集，平叔為附益之者，然獨其家有之，而世未之知也。歲壬辰，予掾東曹，馮內翰子駿登、劉鄧州光甫祖謙約余為此集。時京師方受圍，危急存亡之際，不暇及也。』

〔八〕橫溪翁：馮延登晚年自號。元好問《國子祭酒權刑部尚書內翰馮公神道碑銘》：『吉鄉別業，有溪水當其門，故君以橫溪翁自號。有《橫溪集》若干卷行於世。』

〔九〕大名：大名府，治在今河北大名。元好問一二四五年冬路過大名，應馮延登之子之請，作《國子祭酒權刑部尚書內翰馮公神道碑銘》。子源，為馮延登長子。元好問《國子祭酒權刑部尚書內翰馮公神道碑銘》：『子男三人，皆用蔭補。源，廣威將軍、嵩州軍資庫監。』

〔一〇〕德順：州治在今甘肅靜寧縣。

〔一一〕金匱：銅制的櫃子。漦：涎液。

〔一二〕天醴：甘露，詩中形容泉水。

〔一三〕仇池：山名，在甘肅省成縣西，因上有水池，故名。杜甫《秦州雜詩》之十一：『萬古仇池穴，潛通小有天。』

〔一四〕原隰：原野。

劉鄧州祖謙

祖謙字光甫，安邑人〔一〕，承安五年進士〔二〕。歷州縣〔三〕，有政迹，拜監察御史〔四〕，以鯁直稱，其不能俯仰世好，蓋天性然也。正大初〔五〕，為右司都事，除武勝軍節度副使〔六〕，召為翰林修撰〔七〕。家多藏書，金石遺文略備。父東軒，工畫山水〔八〕，故光甫以鑒裁自名，至於信筆作簡牘，尤有可觀，一時名士，如雷御史淵、李內翰獻能、王右司渥皆遊其門〔九〕，得人一詩可傳，必殷勤稱道，唯恐不聞，人以此稱之。子敏仲，今在平陽〔一〇〕。

【注釋】

〔一〕安邑：在今山西運城境内。

〔二〕承安五年進士：李俊民《承安登科記跋》：承安五年（一二〇〇）庚申經義榜：第三人劉從謙，『年二十五，解州安邑』。據孔叔利《改建題名碑》，該年劉從謙亦中辭賦第。劉祖謙，原名劉從謙。

〔三〕歷州縣：劉祖謙曾任萬全縣簿、鄠縣簿、寧陵令。詳參王慶生《金代文學家年譜》卷八。

〔四〕拜監察御史：《歸潛志》卷四：『南渡，召為大理司直，拜監察御史。』

〔五〕正大元年：一二二四年。

〔六〕武勝軍：據《金史》卷二十五，武勝軍在鄧州（今河南鄧州市），故稱為劉鄧州。

〔七〕召為翰林修撰：據《金文最》卷二十八劉祖謙《終南山重陽祖師仙跡記》，劉祖謙天興元年（一二三二）九月在翰林修撰任上。

〔八〕劉東軒：生平不詳。據《歸潛志》卷四，其父曾畫有《河山形勢圖》。

〔九〕雷淵、李獻能、王渥：參見本卷《雷御史淵》、《李右司獻能》、《王右司渥》。

〔一〇〕劉敏仲：主持平陽一書坊，曾刊刻《尚書注疏》二十卷。平陽：今山西臨汾。

高博州憲

憲字仲常，遼東人〔一〕。祖衎，字穆仲，國初進士，仕至吏部尚書〔二〕，伯父守義，大定十六年進士，父守信，以蔭補官，叔守禮，宣徽使〔三〕。仲常，黄華之甥〔四〕，幼學於外家，故詩筆字畫，俱有舅氏之風。天資穎悟，博學强記，在太學中，諸人莫敢與抗。泰和三年乙科登第〔五〕，自言於世味澹無所好，惟生死文字間而已。使世有東坡，雖相去萬里，亦當往拜之。《屏山故人外傳》説仲常年未三十〔六〕，作詩已數千首矣。釋褐博州防禦判官〔七〕，遼陽破，没於兵間〔八〕。

【注釋】

〔一〕遼東人：《金史》卷九十《高衎傳》，稱衎「遼陽渤海人」。遼陽，今遼寧遼陽。

〔二〕祖衎：高衎（一一〇七—一一六七），天會十年（一一三二）進士。《金史》卷九十有傳。

〔三〕高守義、守信、守禮：三人生平不詳。大定十六年：一一七六年。

〔四〕黄華：王庭筠，詳參本書《黄華王先生庭筠》。

〔五〕泰和三年：一二〇三年。

〔六〕屏山：李純甫，其《屏山故人外傳》已佚。

〔七〕博州：今山東聊城。

〔八〕遼陽破：據《元史·太祖本紀》，遼陽曾兩度淪陷，第一次在崇慶元年（一二一二）十二月，第二次在貞祐三年（一二一五）。第一次戰鬬慘烈，《聖武親征錄》：『又遣哲别率兵取東京，哲别知其中堅，以衆壓城，即引退五百里。金人謂我軍已還，不復設備。哲别戒軍中一騎牽一馬，一晝夜馳還，急攻，大掠之以歸。』第二次戰鬬不激烈，《元史·木黎華傳》：『乙亥，裨將蕭也先以計平東京。』乙亥即貞祐三年，蕭也先即石抹也先。《元史·石抹也先傳》記載，石氏假冒新留守官，騙開城門，『木黎華至，入東京，不費一矢，得地數千里。』梁詢誼《哀遼東》記載遼陽城城陷的慘況：『守臣肉食頭如雪，夜半群胡登雉堞。十萬人家靡孑遺，馬蹄殷染衣冠血。珠玉盈車宫殿焚，娟娟少女嬪膻葷。』詩中所寫當是第一次城陷之事。據此推測，高憲很可能死於第一次城陷之時，即崇慶元年（一二一二）十二月前後。參見梁太濟《唐宋歷史文獻研究叢稿》第三九二—三九五頁。

王監使特起

特起字正之，代州崞縣人〔一〕，智識精深，好學，善論議，音樂技藝，無所不能，長於辭賦，出入經史，摘其英華，以為句讀，如天造神出，至得意不減郭鞴〔二〕。在張代州門下〔三〕，與屏山為忘年友〔四〕。泰和三年進士甲科〔五〕，調真定府録事參軍〔六〕，有惠政，民立碑頌其遺愛，改令沁源〔七〕，又遷司竹監使，朝議欲以館職召試，會卒。《游龍德宫聯句》云：『棘猴未窮巧，槐蟻或失王。』〔八〕《賦雙峰競秀》云：『龍頭矗雙角，駞背堆寒峰。』〔九〕《華山》云：『三峰盤地軸，一水落天紳。造化無遺巧，丹青總失真。』〔一〇〕閑閑公屢哦此詩，以為妙〔一一〕。

【注釋】

〔一〕崞縣：治今山西原平市崞鎮。

〔二〕郭黼：修武人，大定二十八年進士（一一八八），釋褐隆州錄事，其他無考。

〔三〕張代州：張大節（一一二一—一二〇〇），代州五臺人，《金史》卷九十七、《中州集》卷八有傳。

〔四〕屏山：指李純甫（一一七七—一二二三），年少於王特起。

〔五〕泰和三年：一二〇三年。《歸潛志》卷四：『少工辭賦有聲，年四十餘方擢第。』據此推測，王特起應生於大定四年（一一六四）之前。

〔六〕真定：今河北正定。

〔七〕沁源：今山西沁源。

〔八〕龍德宮：宋徽宗潛邸，在汴京城内。《歸潛志》卷四：『嘗有《龍德聯句》，為時所稱。』

〔九〕《賦雙峰競秀》：《歸潛志》卷四：『又題楊叔玉所藏《雙峰競秀圖》云：「龍頭矗雙角，駞背堆寒峰。」諸公嘉其破的。』楊叔玉：楊慥，參觀本書《楊戶部慥》。

〔一〇〕天紳：自天垂下之帶，形容瀑布。三峰：指朝陽、落雁、蓮花三峰。一說指朝陽峰（東峰）附近的玉女峰、石樓峰和博臺峰。

〔一一〕閑閑：趙秉文。趙秉文稱讚之詞，已不可考。《滏水文集》卷七有《和王正之寄遠二首》。

李經

經字天英，大定人〔一〕。作詩極刻苦，如欲絕去翰墨蹊徑間者〔二〕。李、趙諸人頗稱道之〔三〕。嘗有詩云：『雁奴失寒更，拍拍叫秋水〔四〕。』『天長夢已盡，秋思紛難理。』最為得意，其餘或有不可曉者〔五〕，累舉不第，卒。

【注釋】

〔一〕大定：府治在今内蒙古寧城西。《歸潛志》卷二作錦州（今遼寧錦州）人，疑是，《滏水文集》卷一《反小山賦》稱『無塵道人李天英家海壖』，海壖謂海濱，與錦州位置相合。錦州不屬於大定府，疑元好問記載有誤。

〔二〕作詩極刻苦：《歸潛志》卷二：『天英為詩刻苦，喜出奇語，不蹈襲前人，妙處人莫能及，號無塵道人。』

〔三〕李、趙：李純甫、趙秉文。《歸潛志》卷二：『屏山見其詩曰：「真今世太白也。」』李純甫現存《送李經》，稱『阿經瑰奇天下士，筆頭風雨三千字』。趙秉文現存《送李經下第詩》、《答李天英書》等。

〔四〕雁奴：雁群夜宿沙渚時，在周圍專司警戒，遇敵即鳴的雁。

〔五〕或有不可曉者：《滏水文集》卷十九《答李天英書》徵引其五首詩，又稱『其餘老昏殊不可曉』。大概李經部分詩作過於出奇，以致語意不明。

梁太常持勝

持勝字經甫，絳州人〔一〕。本名洵義，避宣宗諱改〔二〕。父襄，字公贊，大定初進士，質直尚義，有古人之風，仕至保大軍節度使，有《諫興陵田獵表》傳於世〔三〕。其《賀章宗即大位》表云：『曾天子，祖天子，世嫡相承；舜何人，予何人，自强不息。』又自河南府倅移華州防禦使，謝上表云：『昔同雒尹，已陪嵩岳之呼；今領華防，願效封人之祝。』〔四〕世亦稱之。經甫泰和六年進士〔五〕，制策優等，宏辭亦中選。為人儀觀雄偉，以文武志膽見稱〔六〕。貞祐初，由太學博士為咸平治中〔七〕，宗室承裕辟為僚佐〔八〕，承裕死，太平謀不軌〔九〕，以兵脅經甫，使作文移，經甫大罵不從，即日遇害，時年三十六〔一〇〕。贈韓州刺史〔一一〕。初赴官，有詩云：『山雲欲雨花先慘，客路無人鳥亦悲。』人以為讖云。

【校記】

洵義：《歸潛志》卷五、《金史》卷一百二十二作『詢誼』。

太學博士：《金史・梁持勝傳》本作『太常博士』，是。

【注釋】

〔一〕絳州：今山西新絳縣。

〔二〕金宣宗：完顔珣。

〔三〕梁襄：《金史》卷九十六有傳。據該傳，梁襄大定十三年（一一七三）進士。保大軍，在鄜州。興陵：指金世宗。《諫興陵田獵表》，見《金史》卷九十六《梁襄傳》。

〔四〕河南府：治在今河南洛陽。雒尹：指河南府倅。嵩岳之呼：山呼萬歲之意，洛陽嵩山不遠，故云。華防，指華州防禦使。封人，典守封疆之官。封人之祝，出自《晏子春秋》卷一：景公游於麥丘，問其封人曰：『年幾何矣？』對曰：『鄙人之年八十五矣。』公曰：『壽哉！子其祝我。』封人曰：『使君之年長於胡，宜國家。』公曰：『善哉！子其復之。』曰：『使君之嗣，壽皆若鄙臣之年。』公曰：『善哉！子其復之。』封人曰：『使君無得罪於民。』公曰：『誠有鄙民得罪於君則可，安有君得罪於民者乎？』

〔五〕泰和六年：一二〇六年。

〔六〕以文武志膽見稱：《歸潛志》卷五：『為人多膂力，尚氣節，慨然有取功名志。屏山諸公皆壯之。』

〔七〕貞祐（一二一三—一二一六）：金宣宗年號。咸平：府治在今吉林四平市南。

〔八〕完顔承裕：本名胡沙，泰和六軍（一二〇六）率軍攻宋，數敗吴曦軍，大安三年（一二一一），拜參知政事，北禦蒙古，精鋭盡沒。貞祐元年，遷元帥府右都監，兼咸平路兵馬都總管，又敗於耶律留哥，卒。詳見《金史》卷九十三《完顔承裕傳》。

〔九〕太平：完顔太平，據《金史》卷一百二十二《梁持勝傳》，完顔太平時為上京行省官。貞祐三年，咸平宣撫使蒲鮮萬奴叛金，自稱天王，國號大真。興定初，上京行省完顔太平與蒲鮮萬奴勾結，焚毁上京宗廟，執元帥完顔承充。梁持勝等謀劃殺太平，事泄被殺。

〔一〇〕即日遇害：梁持勝被殺，當在興定初。以興定元年（一二一七）推測，梁持勝生於大定二十二年（一一八二）。

〔一二〕韓州：州治在今吉林四平北。

愚軒居士趙元

元字宜之，定襄人〔一〕，經童出身〔二〕，舉進士不中，以年及調䢴西簿〔三〕，未幾失明，自少日博通書傳，作詩有規矩，泰和以後，有詩名。河東李屏山為賦愚軒，有『落筆突兀無黄初』之句〔四〕，愚軒，宜之自號也。用是名益重，南渡以後，往來洛西山中。閑閑公、雷御史、王子文、許至忠、崔懷祖皆愛之〔五〕，所至必虚左以待。為人有材幹，處事詳雅，既病廢，無所營為，萬慮一歸於詩，故詩益工。若其五言平淡處，他人未易造也。宜之之父名淑，字清臣，由門資敘，與先隴城為莫逆交〔六〕，故好問交遊間得宜之之詩為多。子顒，有隱節，今居鄉里〔七〕。

【注釋】

〔一〕趙元：又名趙宜禄。《歸潛志》卷二：『趙宜禄宜之，忻州人。』宜禄或是其初名。定襄：舊屬忻州，今山西定襄縣。

〔二〕經童：金科舉之目，錄取長於經書之兒童。始於天會十五年，天德中罷廢，大定二十九年（一一八九）章宗即位恢復經童科。趙元可能該年舉經童第。

〔三〕鞏西：地名不詳，《金史·地理志》無此地名。王慶生《金代文學家年譜》疑為鞏州隴西之誤。

〔四〕愚軒：為趙元居室名，趙元因此號愚軒居士。河東李屏山：指李純甫。李純甫為弘州（河北陽原）人，弘州在黄河之東，故稱。『落筆突兀無黄初』出自其《趙宜之愚軒》：『先生有膽乃許大，落筆突兀無黄初。』黄初：魏文帝曹丕的年號（二二〇—二二六）。李純甫原詩見《中州集》卷四。

〔五〕閑閑公：趙秉文。雷御史：雷淵。王子文：當指王彧，參見本卷《照了居士王彧》。許至忠：許國，詳見《歸潛志》卷五。崔懷祖：崔遵，見本卷《崔遵》。

〔六〕趙淑：生平失考。先隴城：元好問嗣父元格（？—一二一〇），元格曾任隴城縣令，故云。

〔七〕趙顒：生平失考。

密國公璹

密公字子瑜〔一〕，興陵之孫〔二〕，越王之長子〔三〕，百年以來，宗室中第一流人也。少日學詩于朱巨觀〔四〕，學書于任君謨〔五〕，遂有出藍之譽。文筆亦委曲，能道所欲言，朝臣自閑閑公、楊禮部、雷御史而下〔六〕，皆推重之。資雅重，薄於世味，好賢樂善，寒士有不能及者。明昌以來，諸王法禁嚴，諸公子皆不得與外間交通〔七〕，故公得窮日力於書，讀《通鑒》至三十餘過，是非成敗，道之如目前。越王薨後〔八〕，稍得出遊，文士輩亦時至其門〔九〕，家所藏法書名畫，幾與中秘等〔一〇〕。客至，貧不能具酒肴，設蔬飯與之共食，焚香煑茗，盡出藏書商略之。談大定、明昌以來故事，或終日不聽客去，風流蘊藉，有承平時王孫故態，使人樂之而不厭也。所居有樗軒，又有如庵，自號樗軒老人，其詩號《如庵小稿》〔一一〕，圍城中以疾薨，時年六十一〔一二〕。

（以上《中州集》卷五）

【注釋】

〔一〕密國公：完顏璹，本名壽孫，金世宗賜名璹。因封密國公，故云。《金史》卷八十五有傳。

〔二〕興陵：指金世宗。

〔三〕越王：指完顏永功。據《金史》卷八十五《越王永功傳》，完顏璹為越王之次子。長子，疑誤。

〔四〕朱巨觀：指朱瀾，參見下文《朱宮教瀾》。

〔五〕任君謨：任詢，參見上文《任南麓詢》。

〔六〕閑閑公：趙秉文。楊禮部：楊雲翼。雷御史：雷淵。

〔七〕諸王法禁嚴：金章宗即位，為防諸親王變故或謀逆，嚴格限制親王與外界交往。《歸潛志》卷一：『宣宗南渡，防忌同宗親王，皆有門禁。公以開府儀同三司奉朝請，家居止以講誦吟詠為樂，時時潛與士大夫唱酬，然不敢彰露。』

〔八〕越王薨：越王完顏永功卒於興定五年（一二二一）。

〔九〕文士輩亦時至其門：《歸潛志》卷一：『一時文士如雷希顏、元裕之、李長源、王飛伯，皆游其門。』

〔一〇〕中秘：指宮中。

〔一一〕《如庵小稿》： 已佚。 元好問撰有《如庵詩文序》，見《元好問全集》卷三十六。

〔一二〕圍城中： 指蒙古兵包圍京城之事。 據《金史》卷十七《哀宗紀》，完顏璹卒於天興元年（一二三二）五月。以享年六十一歲計，完顏璹生於大定十二年（一一七二）。

馮内翰璧

璧字叔獻，別字天粹〔一〕，承安二年進士〔二〕，歷州縣〔三〕，召入翰林〔四〕，再為曹郎〔五〕。宣宗朝，屢以使指鞫大獄〔六〕，權貴如歸德知府、宿州總帥，聲勢焰焰，朝廷知其跋扈而不能摧伏者，叔獻以法臨之，毛髮不貸也〔七〕。幼有重名〔八〕，就所長論之，館閣臺諫，與賓客言，乃其選也，徒以小心奉法，不畏强禦，故屢以城旦書屈之〔九〕。識者有用違其長之歎。興定末，以同知集慶軍節度使事致仕〔一〇〕。居嵩山龍潭者十餘年〔一一〕，諸生從之游與四方問遺者不絕〔一二〕，賦詩飲酒，放浪山水間，人望以為神仙焉。山中多蘭，每中春作華，山僧野客，人持數本詣公，以香韻清絕為勝，少劣則有罰，謂之鬬蘭〔一三〕。所釀松醪，東坡所謂『歎幽姿之獨高』者〔一四〕，惟叔獻能盡之。客有以京國名酒來與之校者，味殊不能近〔一五〕，正如深山草衣木食人語，覺傭兒販夫塵土氣為不可嚮也。是後松醪、鬬蘭，遂為山中故事。叔獻少日在太學，賦聲籍甚，其學長于《春秋》，詩筆清峻，似其為人，字畫楚楚有魏晉間風氣，雅為閑閑公所激賞〔一六〕，制誥典麗，當代少見其比，尺牘又其專門之學，風流蘊藉不減前世宋景文〔一七〕。左丞董公紹祖奉使江左，得其詩餞行，喜見顏間，詩四韻，每誦一句，輒為一舉觴〔一八〕。李右司之純談笑此世，為不足玩，見叔獻則必為之憮然〔一九〕。王延州從之公於鑒裁，為海內稱首，敬其名德，至不敢以同年生數之〔二〇〕。北渡還鄉里，年七十九，終於家〔二一〕。《墓碑》云〔二二〕：所貴于君子者三：曰氣，曰量，曰品。有所充之謂氣，有所受之謂量，氣與量備，而才行不與存焉。本乎才行氣量，而絕出乎才行氣量之上之謂品，品之所在，不風岸而峻，不表襮而著，不名位而重，不耆艾而尊，是故為天地之美器，造物者靳固之，不輕以予人，閱百千萬人之眾，歷數十百年之久，乃一二見之。同乎其時，非無孤雋偉傑之士，從容于禮文之域，角逐乎功名之地，唯其俗不可以為雅，劣不可以為勝，故自視缺然。陳太丘事業無聞，而名重天下〔二三〕；房次律坐鎮雅俗，而舉世以王佐許之〔二四〕。施之當時，未必適用，然千載而下，有為之斂衽者，非品何以得之？元光、正大以來〔二五〕，天下大夫士論公平生者，蓋如此。子渭字清甫，以門資敘，仕為密院機察，清慎而文，天下有馮孝子之目，今居鎮陽〔二六〕。

【校記】

而才行不與存：《元好問全集》卷十九《內翰馮公神道碑銘》作「材行不與存焉」。

功名之地：《元好問全集》卷十九《內翰馮公神道碑銘》作「功名之會」。

【注釋】

〔一〕璧字叔獻：《歸潛志》卷五：「馮內翰璧，字叔獻，真定人。」真定，今河北正定。

〔二〕承安二年：一一九七年。《元好問全集》卷十九《内翰馮公神道碑銘》：『承安二年中經義乙科，制策復入優等。』

〔三〕歷州縣：據元好問《内翰馮公神道碑銘》，馮璧中進士後，曾任莒州軍事判官、遼濱主簿、鄜州録事、東阿丞、尚書省令史等職。

〔四〕召入翰林：《歸潛志》卷五：『大安初，召入翰林。』元好問《内翰馮公神道碑銘》：『用宰相宗室承暉薦，授應奉翰林文字，同知制誥兼韓王府記室參軍。』大安元年：一二〇九年。

〔五〕曹郎：部屬各司的官吏。

〔六〕屢以使指鞫大獄：宣宗貞祐三年（一二一五），馮璧任監察御史，四年任大理丞，審理一些大案要案。《歸潛志》卷五：『後屢為法官、臺察，彈劾不避權勢。』使指：天子、朝廷的意旨命令。

〔七〕歸德府：治在今河南商丘。歸德知府：事見元好問《内翰馮公神道碑銘》：『初，諜者告歸德行樞密院言：「河朔叛軍有竊謀南渡者。」行院事知府胡土門、都水監使毛花輦易其言，不為備。一日，紅襖數百，聯筏徑渡，殘下邑而去。朝廷命公鞫之。公以二將託疾營私，聞寇而弛備，且來不戰，去不追，在法皆當斬。或以為言：「二將皆寵臣，而都水者貲累巨萬，若求援禁近，必從輕典。公徒結怨權貴，果何益邪？」公歎曰：「睢陽行闕東藩，重兵所宿，門庭之寇且不能禦，有大於此者，復何望乎？有法而已，吾不知其他。」即以所擬者聞。』宿州總帥：其人其事不詳，疑指元好問《内翰馮公神道碑銘》所載馮璧治辦京東總帥紇石烈牙古塔失職之事：『明年，行臺兵南伐，當由壽春涉淮抵滁、揚，詔京東總帥紇石烈志攻盱眙，仍繫浮梁以備臺兵之還。志小字牙古太，强臣之尤難制者也。臺兵且南，志以盱眙不易攻，旋領精騎由滁州略宣化，縱兵大掠，故臺兵所至，悉為志軍所殘，原野蕭條，無復人跡。宋人堅壁不戰，遂迤邐而東，擬取道泗州，宋復屯重兵盱眙，沿淮戰艦如櫛，我軍乃泝淮西上，僅由壽春而歸。行臺奏志故違元授節度，以故無功。詔公佩金符鞫之。公馳入志軍，奪金符，易以他帥，攝志入獄。獄之外，軍士嘩噪，以吾帥無罪為言。公怒責志曰：「元帥欲以兵抗制使邪？帥臣待罪之禮，恐不如此。使者當還奏之，獄不必竟也。」志伏地請死。公言：「兵法，進退自專，有失機會，以致覆敗者，斬。」即用所擬聞，時議壯之。』

〔八〕幼有重名：元好問《內翰馮公神道碑銘》：『公幼穎悟不凡……弱冠補太學生，賦聲藉甚，諸人無能出其右者。』

〔九〕城旦書：指刑法。

〔一〇〕以同知集慶軍節度使事致仕：元好問《內翰馮公神道碑銘》：興定五年（一二二一），『又改同知集慶軍節度使事，於是公之年甲子周矣……到官不踰月，即上章請老，進通議大夫一官致仕。』集慶軍，治在亳州。

〔一一〕居嵩山龍潭：元好問《內翰馮公神道碑銘》：『愛龍潭山水，有終焉之志。』

〔一二〕諸生從之遊：元好問《內翰馮公神道碑銘》：『臺閣舊游、門生故舊問遺山中者不絕。』

〔一三〕鬬蘭：《歸潛志》卷五：『采蘭置室中，與山僧野客作鬬蘭會。』

〔一四〕歎幽姿之獨高：《蘇軾文集》卷一《山中松醪賦》：『收薄用於桑榆，制中山之松醪。救爾灰燼之中，免爾螢爝之勞。取通明於盤錯，出肪澤於烹熬。與黍麥而皆熟，沸春聲之嘈嘈。味甘餘而小苦，歎幽姿之獨高。知甘酸之易壞，笑涼州之蒲萄。』

〔一五〕味殊不能近：《歸潛志》卷五：『釀酒名松醪，味勝京師。』

〔一六〕閑閑公：趙秉文。

〔一七〕宋景文：宋祁（一九九八—一〇六一），字子京，謚景文。《歸潛志》卷五言馮璧：『平生文章工於四六，尺牘為當代之冠，人得一篇皆寶藏之。』

〔一八〕董師中：詳見本卷《董右丞師中》。據《金史》卷六十二《交聘表》，董師中於明昌四年七月，為賀宋生辰使。馮璧餞行詩，不詳。現存《送人出使》，為七絕，與『四韻』不合。

〔一九〕李右司之純：李純甫。愯然：同悚然，驚懼的樣子。

〔二〇〕王延州從之：王若虛。王若虛曾任延州刺史，故稱。同年生，王若虛與馮璧皆為承安二年進士，但馮璧比王若虛年長十三歲，這也應是其不以同年生數之的原因之一。

〔二一〕終於家：元好問《内翰馮公神道碑銘》：『以庚子七月十有四日終於家，春秋七十有九。』庚子，一二四〇年。據此可知，馮璧生於大定二年（一一六二）。

〔二二〕《墓碑》：元好問《内翰馮公神道碑銘》。

〔二三〕陳太丘：東漢名士陳寔（一〇四—一八七）曾任太丘長，故稱。《後漢書》卷九十二有傳。

〔二四〕房次律：指房琯（六九七—七六三），字次律，仕至宰相。《新唐書》、《舊唐書》有傳。

〔二五〕元光：金宣宗年號（一二二二—一二二三）。正大：金哀宗年號（一二二四—一二三一）。

〔二六〕子渭：馮渭（一一八九—一二七〇），在金以蔭入仕，仕至南京右廂機察。後入元，姚樞聘為東平宣撫司參議，中書省召為右三部郎中。生平詳見姚燧《牧庵集》卷二十《中書右三部郎中馮公神道碑》。

王内翰若虛

若虛字從之，稾城人〔一〕，承安二年經義進士〔二〕。少日師其舅周德卿及劉正甫〔三〕，得其論議為多，博學强記，誦古詩至萬餘首，他文稱是，善持論。李屏山杯酒間〔四〕，談辯鋒起，時人莫能抗，從之能以三數語窒之，使噤不得語，其為名流所推服類此。釋褐鄜州録事〔五〕，歷門山令〔六〕，入翰林，自應奉轉直學士，居冷局十五年〔七〕。崔立之變，群小獻諂，為立起功德碑，以都堂命召從之。從之外若遜辭，而實欲以死守之，時議稱焉〔八〕。北渡後居鄉里，癸卯三月東游，與劉文季輩登泰山〔九〕，憩于黄峴峰之萃美亭，談笑而化，時年七十。從之天資樂易，負海內重名，而不立厓岸，雖小書生登其門，亦折行輩交之，滑稽多智，而以雅重自持，謀事詳審，出人意表，人謂從之於中外繁劇，無不堪任，直以投閑置散，故百不一試耳，自從之没，經學、史學、文章、人物，公論遂絶。不知承平百年之後，當復有斯人不？子恕，字寬夫〔一〇〕。

【注釋】

〔一〕槀城：今河北槀城。

〔二〕承安二年：一一九七年。

〔三〕周德卿：周昂，見本卷《常山周先生昂》。劉正甫：劉中，參見本卷《劉左司中》。

〔四〕李屏山：李純甫。

〔五〕釋褐鄜州録事：時在泰和元年（一二〇一）。鄜州：今陝西富縣。

〔六〕歷門山令：《元好問全集》卷十九《內翰王公墓表》：『歷管城、門山二縣令。門山之政，尤為縣民所安。秩滿，老幼攀送，數日乃得行。』門山，治在今陝西省宜川縣北。

〔七〕『入翰林』三句：元好問《內翰王公墓表》：『用薦者入為國史院編修官，稍遷應奉翰林文字、同知制誥。奉使夏國還，授同知泗州軍州事，留為著作佐郎。哀宗正大初，《章宗宣宗實錄》成，遷平涼府判官，未幾召為左司諫。正大末，以資歷轉延州刺史，不拜，超翰林待制，遂為直學士。』冷局十五年：似指其入國史院以來之經歷。

〔八〕崔立之變：崔立（？—一二三四），原為游民。天興元年（一二三二），蒙古軍圍汴梁，出任平安都尉，哀宗棄汴梁逃往歸德，崔立留守汴梁，出任西面元帥。二年，殺二相，自稱太師、兵馬都元帥、尚書令、鄭王，開城請降。王若虛功德碑事，詳見元好問《內翰王公墓表》：『天興初冬十二月，車駕東狩。明年春正月，京城西面元帥崔立劫殺宰相，送款行營。群小獻諂，請為立建功德碑。以都堂命召公為文。喋血之際，翟奕輩恃勢作威，頤指如意，人或少忤，則横遭讒構，立見屠滅。公自分必死，私謂好問言：「今召我作碑，不從則死，作之則名節掃地，貽笑將來，不若死之為愈也。雖然，我姑以理諭之。」乃謂奕輩言：「丞相功德碑當指何事為言？」奕輩怒曰：「丞相以京城降，城中人百萬皆有生路，非功德乎？」公又言：「學士代王言，功德碑謂之代王言可乎？且丞相既以城降，則朝官皆出丞相之門。自古豈有門下人為主帥頌功德，而為後人所信者？」問答之次，辭情閒暇，奕輩不能奪。竟脅太學生託以京城父老意為之。公之執義不回者，蓋如此。』都堂：指尚書省。

〔九〕癸卯：一二四三年。劉文季：劉郁，劉祁之弟，元初為左右司都事。

〔一〇〕王恕：生平失考。

麻徵君九疇

九疇字知幾，莫州人〔一〕。三歲識字，七歲能草書，作大字有及數尺者，故所至有神童之目。章廟召見〔二〕，問汝入宮殿中，亦懼怯否？對曰：『君臣，父子也，子寧懼父耶？』上大奇之。弱冠住太學，有聲場屋間〔三〕，南渡後，讀書北陽山中〔四〕。其詩云：『讀書空山裏，落月低巖幽。山鬼語夜半，怪我非巢由。』又云：『壯士半凋落，鐵花繡吳鉤。』始以古學自力，博通五經，于《易》、《春秋》為尤長。少時有惡疾，就道士學服氣，數年疾遂平。又從宛丘張子和學醫〔五〕，子和以為能得其不傳之妙。大率知幾於學也專，故所得者深。饑寒勞苦，人所不能堪者，處之怡然，不以累其業也。嘗為郾城張伯玉賦《透光鏡》〔六〕，欽叔傳之京師〔七〕，趙禮部大加賞異〔八〕，貼壁間，坐臥讀之。興定末，府試經義第一，詞賦第二，省試亦然，簾試以脫悞下第〔九〕。知幾先有才名，又連中甲選，天下想望風采，雖牛童馬走，亦能道麻九疇姓名。正大三年〔一〇〕，右相侯蕭公、趙禮部連章薦知幾可試館職，乃賜盧亞榜第二甲第一人及第〔一一〕，授太祝，權太常博士，應奉翰林文字。知幾資野逸，高騫自便，與人交，一語不相入，則徑去不返，顧自度終不能與世合，未幾謝病去。作詩工於賦物，如《夏英公篆韻》〔一二〕其詩云：『千狀萬態了不同，哭鬼號神自茲始。簡如庖羲地上畫，繁如神農日中市〔一三〕。圓如有娀乙鳥卵〔一四〕，方如姜嫄巨人履〔一五〕。傾如怒觸不周山，遡如逆上蠶叢水〔一六〕。積如女媧石未煉，碎如昆吾瓦經毀。蚩尤旗張尾後曲〔一七〕，黃帝鼎成足下峙〔一八〕。五丈專車斷禹戈〔一九〕，九日橫天落羿矢〔二〇〕。流漦不去龍垂髯〔二一〕，銜書忽來鳳挽觜〔二二〕。方相四目辟門闕〔二三〕，夔牛一脛踔階戺〔二四〕。貌似心猜未必然，賴君注釋車南指〔二五〕。』及《手植檜印章》等詩可見也〔二六〕。字畫正書、八分皆有功〔二七〕，詩最其所長，少時猶失持擇，近詩精深峭刻，似其為人，他文不及也。明昌以來以神童稱者五人〔二八〕：太原常添壽四歲作詩云：『我有一卷經，不用筆寫成。展開無一字，晝夜放光明。』〔二九〕合河劉滋文榮六歲有詩云〔三〇〕：『鶯花新物態，日月老天公。』劉微伯祥七歲被旨賦《鳳凰來儀》〔三一〕，新恩張漢臣世傑五六歲亦召入賦《元妃素羅扇畫梅》云〔三二〕：『前村消不得，移向月中栽。』其後常隱居不出，餘三人者皆無可稱道。獨知幾能自樹立，一日名重天下，耆舊如閑閑公，且以徵君目之而不名也〔三三〕。壬申歲遇亂卒，年五十〔三四〕。平山常仲明之子德〔三五〕，葬之小商橋傍近趙莊〔三六〕。

【校記】

資野逸：《四庫全書》本作『天資野逸』。

【注釋】

〔一〕莫州：今河北任丘。《歸潛志》卷六：『初名文純，易州人。』《金史》卷一百二十六《麻九疇傳》也作易州人。或其先世曾居易州。易州：今河北易縣。

〔二〕章廟：金章宗，大定二十九年（一一八九）即位。

〔三〕有聲場屋間：《歸潛志》卷二：『既長，入太學，刻苦自勵，為趙閑閑、李屏山所知。』

〔四〕南渡：指金貞祐二年（一二一四）遷都汴京之事。北陽：疑作比陽，縣名，今河南泌陽。《金史·麻九疇傳》與此稍異：『南渡後，寓居郾、蔡間，入遂平西山，始以古學自力。博通五經，於《易》、《春秋》為尤長。』遂平，今河南遂平。

〔五〕張子和： 名從正（一一五六？—一二二八），以字行，睢州考城（今河南蘭考）人，名醫，著有《儒門事親》等。《歸潛志》卷六有小傳。

〔六〕張伯玉： 張轂，許州（今河南許昌）人，卜居郾城。詳參本卷《張轉運轂》。《透光鏡》詩，指《賦伯玉透光鏡》，見《中州集》卷六。

〔七〕欽叔： 李獻能，詳參本卷六《李右司獻能》。

〔八〕趙禮部： 趙秉文。

〔九〕興定末： 指興定五年（一二二一）。府試： 開封府府試。省試： 即尚書省禮部試。簾試： 又稱御試、殿試、廷試。《金史·麻九疇傳》：『興定末，試開封府，詞賦第二，經義第一。再試南省，復然。聲譽大振，雖婦人小兒皆知其名。及廷試，以誤絀。士論惜之。已而，隱居不為科舉計。』

〔一〇〕正大三年： 一二二六年。

〔一一〕右相侯蕭公： 侯摯（？—一二三三），東阿（今山東東阿）人，字莘卿，仕至參知政事、尚書右丞，封蕭國公。《金史》卷一〇八有傳。盧亞： 正大四年（一二二七）詞賦狀元，生平不詳。

〔一二〕夏英公： 夏竦（九八五—一〇五一），字子喬，江州德安（今江西德安）人，北宋權臣，歷任參知政事、樞密使等職，封英國公。《宋史》卷二八三有傳。

〔一三〕庖羲地上畫： 指伏羲在地上畫八卦。司馬貞《三皇本紀》：『始畫八卦，以通神明之德。』神農日中市：《易經·繫辭下》：（神農氏）『日中為市，致天下之民，聚天下之貨，交易而退，各得其所』。

〔一四〕有娀： 古國名，故址在今山西省永濟市。乙： 鳥名，燕子。

〔一五〕姜嫄巨人履： 周人始祖後稷之母。帝嚳之妻。傳説她於郊野踐巨人足跡懷孕生稷。《詩經·大雅·

生民》：『厥初生民，時惟姜嫄。』《史記・周本紀》：『周後稷名棄。其母有邰氏女，曰姜原，姜原為帝嚳元妃，姜原出野，見巨人跡，心忻然說，欲踐之，踐之而身動如孕者。』

〔一六〕傾如怒觸不周山：《淮南子・天文訓》：『昔者共工與顓頊爭為帝，怒而觸不周之山，天柱折、地維絕，天傾西北，故日月星辰移焉；地不滿東南，故水潦塵埃歸焉。』蠶叢：古蜀國名。

〔一七〕蚩尤旗：彗星名。《晉書・天文志中》：（妖星）『六曰蚩尤旗，類彗而後曲』。

〔一八〕黃帝鼎成：《史記》卷二十八《封禪書》：『黃帝采首山銅，鑄鼎于荊山下。鼎既成，有龍垂胡髯下迎黃帝。黃帝上騎，群臣後宮從上者七十餘人，龍乃上去。』

〔一九〕五丈專車斷禹戈：《史記・孔子世家》記載：『吳伐越，墮會稽，得骨節專車。吳使使問仲尼：「骨何者最大？」仲尼曰：「禹致群神於會稽山，防風氏後至，禹殺而戮之，其節專車，此為大矣。」』其事又見《國語・魯語下》。其節專車，意謂一節骨頭有一車長。

〔二〇〕『九日橫天』句：用后羿射日的傳說。

〔二一〕流漦：神龍所吐唾沫。龍垂髯：《史記》卷二十八《封禪書》：『有龍垂胡髯，下迎黃帝。』

〔二二〕銜書忽來鳳挽觜：《藝文類聚》卷九九引《春秋元命苞》：『火離為鳳皇，銜書游文王之都，故武王受鳳書之紀。』

〔二三〕方相：逐疫驅鬼之神。《周禮・夏官・方相氏》：『方相氏：掌蒙熊皮，黃金四目，玄衣朱裳，執戈揚盾，帥百隸而時儺，以索室驅疫。』

〔二四〕夔牛：傳說中的怪獸，外形像龍，聲音如雷，僅有一足。《莊子・秋水》：『夔謂蚿曰：「吾以一足跉踔而行。」』階戺：臺階。

〔二五〕車南指：指代生僻的典故。王勃《益州夫子廟碑》：『述夫帝車南指，遯七曜於中階；華蓋西臨，藏五雲於太甲。』段成式《酉陽雜俎》卷十二：『燕公常讀其《夫子學堂碑》，頌頭自「帝車」至「太甲」四句，悉不解，訪之一公，一公言：「北斗建午，七曜在南方，有是之祥，無位聖人當出。華蓋已下，卒不可悉。」』

〔二六〕《手植檜印章》：見《中州集》卷六：『梁折山摧入小成，日華留得寸暉明。不盈一握空蟲篆，未喪斯文粗姓名。草木西周朝有暮，圖書東觀死猶生。二千年後司封紐，未信栽時出此情。』趙秉文有《手植檜刻像記》。

〔二七〕八分：指隸書。

〔二八〕明昌：金章宗年號（一一九〇—一一九五）。

〔二九〕常添壽：生平不詳。

〔三〇〕合河：今山西興縣。劉滋：生平不詳。

〔三一〕劉微：詳見本卷《劉神童微》。

〔三二〕張漢臣：生平不詳。元初有一張漢臣，名子良。

〔三三〕閑閑公：趙秉文。徵君：隱士。趙秉文現存《送麻徵君知幾》、《送麻徵君引》等詩文。

〔三四〕壬申：一二三二年。《歸潛志》卷二：『久之，北兵入河南，知幾挈其妻孥入確山避亂。後復出，為兵士所得，驅之北邊，至廣平病死。』確山：在今河南確山。廣平：今河北廣平。

〔三五〕常仲明：常用晦（一一七八—一二五一），平山（今河北平山）人。生平見元好問《真定府學教學常君墓銘》。常德：字仁卿，曾任彰德府宣課使、轉運使，好醫，編有《傷寒金鏡》一卷。

〔三六〕小商橋：今河南臨潁縣商橋鎮。

劉御史從益

從益字雲卿〔一〕，南山翁撝之曾孫〔二〕，大安元年進士〔三〕，拜監察御史〔四〕，坐與當路者辨曲直，得罪去〔五〕。久之，起為葉縣令〔六〕，修學講義，聳善抑惡，有古良吏之風。葉，劇邑也，兵興以來，戶減三之一，田不毛者，萬七千畝。其歲入七萬石故在也，雲卿請於大農，為減一萬，民賴之，流亡歸者二千餘家〔七〕。未幾被召，百姓詣臺乞留，不聽，入授應奉翰林文字，踰月，以疾卒，時年四十四〔八〕。葉人聞之，以端午罷酒為位而哭，且立石頌德，以致哀思之心焉。雲卿博學强記，於經學有所得，為文章長於詩，五言古詩又其所長。雷御史說雲卿在太學時〔九〕，年甚少，嘗有詩云：『黄金錯落雲間闕，紅粉高低柳外牆。』時輩皆推服之，其卒以詩得名者，固已見於此矣。雲卿詩如：『荒煙斜日村村晚，衰柳寒蒲岸岸秋。』『兩鄉留寓風薫面，千里相望月滿樓。』『子美不妨衣露肘，長卿猶有賦淩雲。』《春雪》云：『千層寶樓閣，一片玉山川。』《臨終》云：『壞壁秋燈挑夢破，老梧寒雨滴愁生。』此類甚多，不能悉載也。有《蓬門先生集》行於世〔一〇〕。二子：祁字京叔〔一一〕，郁字文季〔一二〕，俱有名於時。

【注釋】

〔一〕從益字雲卿：《滏水文集》卷十二《葉令劉君德政碑》：『君諱從益，字雲卿，應州渾源人。』渾源：今山西渾源。

〔二〕南山翁撝：劉撝，金初文章名家，天會二年（一一二四）狀元。王惲《秋澗集》卷五十八《渾源劉氏世德碑銘》：『（翰）生撝，字仲謙……天會二年，肇辟科場，公以辭賦第一人中選。惟遼以科舉為儒學極致，文體厖雜萎薾，視晚唐五代猶為卑下。公勵精種學，文辭卓然天成，妙絶當世，一掃假貸剽竊、牽合補綴之弊。其後學者，如孟宗獻、趙樞、張景仁、鄭子聃，皆取法焉。金國一代詞學精切，得人為盛，由公有以振起之也。』

〔三〕大安元年：一二〇九年。王惲《渾源劉氏世德碑銘》：『自髫齔時已有成度，擢大安元年進士乙科，調鄯陽丞。』鄯陽，今山西朔州市。

〔四〕拜監察御史：事在興定四年（一二二〇）。參王慶生《金代文學家年譜》五三九頁。

〔五〕得罪去：《金史》卷十六《宣宗紀》：興定五年四月，『辛巳，監察御史劉從益以彈劾失當，奪官一階，罷之』。王惲《渾源劉氏世德碑銘》：『起復拜監察御史。君負材尚氣，資之以學，欲使事業表表大見於世。一旦職與志合，所言朝廷紀綱、時政利病，竟與宰臣辯論得失，不屈去職。』

〔六〕葉縣：治在今河南葉縣南。

〔七〕『雲卿』四句：劉從益在葉縣的作為，又見王惲《渾源劉氏世德碑銘》：『久之，選令葉縣，至則鋤强剔蠹，豪族惡黨，禁不敢少肆。請免逋租三萬石，致流民自歸者口數千。大起孔子廟，既樹教本，集諸生肆習其中。風化大行，考課為河南最。』大體相同，略有出入。大農：大司農。

〔八〕踰月以疾卒：劉從益卒於正大三年（一二二六），參王慶生《金代文學家年譜》五四五頁。趙秉文為作《挽劉雲卿》、《祭劉雲卿文》、《葉公劉君德政碑》，現存。

〔九〕雷御史：雷淵。《歸潛志》卷一：雷淵『早與余先子交，嘗同鄉校、同太學，後同朝』。

為人。』

〔一〇〕蓬門先生：劉從益之號。王惲《渾源劉氏世德碑銘》：『有文集十卷，粹而贍，通而不流，類其為人。』

〔一一〕劉祁：字京叔（一二〇三—一二五〇），號神川遁士，與金末元初名士廣泛交往，著有《歸潛志》。

〔一二〕劉鬱：字文季，號歸愚，元初為左右司都事，著有《西使記》。

宋内翰九嘉

九嘉字飛卿，夏津人〔一〕，黃裳榜進士乙科〔二〕，歷藍田、高陵、扶風、三水四縣令〔三〕，皆有能聲，入為右警巡使、應奉翰林文字〔四〕。正大中，病失音，廢居〔五〕，歿於癸巳之禍〔六〕。嘗有詩云：『浩歌風露下，醉袖拂南山。』又《題壽安煙霞亭》云：『妝鑾土壁紅千點，界畫銀沙綠一鈎。』〔七〕其才藻可略見矣。

【校記】

乙科：《元好問全集》卷三十三《警巡院廨署記》作『甲科』：『侯名九嘉，字飛卿，擢進士甲科。文采風流，昭映一時。』考《歸潛志》卷一：『至寧初，擢高第。』姚燧《牧庵集》卷十五《中書左丞姚文獻公神道碑》亦曰：『宋内翰九嘉，少登科甲，時有重名。』疑作甲科為是。

『歷藍田』句：元好問《警巡院廨署記》作『歷高陵、三水、藍田、扶風四縣令』。

【注釋】

〔一〕夏津：今山東夏津。

〔二〕黄裳：字吉甫，崇慶二年（一二一三）詞賦狀元，授應奉翰林文字。

〔三〕高陵：今陝西高陵。三水：治在今陝西旬邑縣北。藍田：今陝西藍田。扶風：今陝西扶風。

〔四〕入為右警巡使：據元好問《警巡院廨署記》，宋九嘉於正大二年（一二二五）任右警巡使，疑於次年任應奉翰林文字。

〔五〕病失音：《歸潛志》卷一：『俄入翰林，為應奉，得風疾，引去。』

〔六〕癸巳之禍：指天興二年（一二三三）蒙古滅金之事。《歸潛志》卷一：『遭亂北還，道病歿。』

〔七〕壽安：在今河南宜陽。妝鑾：彩飾梁棟、斗栱、素象、什物之類。界畫：一種繪畫方式，在作畫時使用界尺引線，故名。

雷御史淵

淵字希顏，別字季默，同知北京路轉運使事思之季子〔一〕。崇慶二年，黄裳榜進士甲科〔二〕，釋褐涇州錄事〔三〕、徐州觀察判官〔四〕，召為荆王府文學兼記室參軍〔五〕，轉應奉翰林文字，同知制誥，兼國史院編修官〔六〕，拜監察御史〔七〕，以公事免〔八〕，用宰相侯莘卿薦〔九〕，除太學博士，還應奉，終於翰林修撰。初在東平〔一〇〕，東平，河朔重兵處也，驕將悍卒，倚外寇為重，自行臺以下，皆務為摩拊之。希顏涖官，自律者甚嚴，出入軍中，偃然不為屈。不數月，閭巷間家有希顏畫像，雖大將亦不敢以新進書生遇之。嘗為戶部高尚書所辟〔一一〕，權遂平縣事，時年少氣鋭，擊豪右，發奸伏，一縣畏之，稱為神明〔一二〕，及以御史巡行河南，百姓相傳雷御史至，豪猾望風遁去〔一三〕。正大庚寅，倒回谷之役，希顏上書，破朝臣孤注之論，引援深切，灼然易見，而主兵者沮之，策為不行，至今以顧望為當國者之恨〔一四〕。希顏三歲喪父，七歲養於諸兄，年十四五，貧無以為資，乃以胄子入國學，便能自樹立如成人〔一五〕，不二十，遊公卿間，太學諸人莫敢與之齒。渡河後，學益博，文益奇，名益重。為人軀幹雄偉，髯張口哆，顏渥丹，眼如望羊，遇不平，則疾惡之氣見於顏間，或嚼齒大罵不休，雖痛自摧折，然猝亦不能變也。生平慕田疇、陳元龍之為人〔一六〕，而人亦以古人期之，故雖以文章見稱，在希顏仍為餘事耳。

【校記】

荆王：一作『英王』。

【注釋】

〔一〕雷思：字西仲，應州渾源人。仕至同知北京轉運使事，有《易解》行於世。詳參《中州集》卷八《學易先生雷思》。

〔二〕崇慶二年：一二一三年。黄裳為該年詞賦狀元。

〔三〕釋褐涇州録事：《元好問全集》卷二十一《雷希顏墓銘》：『釋褐涇州録事，不赴。』趙秉文《滏水文集》

卷四《送雷希顏之涇州錄事》：『嚴霜枯白草，搖盪鴻鵠心。翩翩萬里翼，隨雲落西南。涇水東流不到燕，送君落日孤雲邊。』或許雷淵曾赴任，而未到任。涇州：今甘肅涇川。

〔四〕徐州觀察判官：任職時間約在興定三年（一二一九）。參王慶生《金代文學家年譜》第五八五頁。

〔五〕荆王：《歸潛志》卷一：『興定末，召為英王府文學。』興定末，當是興定四年（一二二〇）前後。據《金史》卷九十三《荆王守純傳》，宣宗第二子完顏守純興定三年（一二一九）三月進封英王，正大元年改封荆王。從時間上來看，作英王應更準確。

〔六〕轉應奉翰林文字：據《中州集》卷九《呂陳州子羽》，元光二年（一二二三）雷淵為呂子羽撰復官制詞，可見該年已在翰林任上。

〔七〕拜監察御史：元好問《雷希顏墓銘》：『希顏正大初拜監察御史。』正大（一二二四—一二三一）初，疑在正大三年（一二二六）前後。

〔八〕以公事免：《歸潛志》卷一：『拜監察御史，言五事，稱旨。又彈劾不避權貴，出巡郡邑，所至有威譽，凡奸豪不法者，立箠殺之。坐此，為小人所訟，罷去。』

〔九〕侯莘卿：侯摯（？—一二三二），仕至參知政事、尚書右丞，封蕭國公。《金史》卷一〇八有傳。

〔一〇〕東平：據元好問《雷希顏墓銘》，雷淵曾任東平府錄事，時在興定元年（一二一七）前後。東平府，治在今山東東平。

〔一一〕高尚書：高夔，字唐卿，保州永平（今河北完縣）人，明昌五年（一一九四）進士，歷任戸部員外郎、戸部尚書、翰林學士。《歸潛志》卷五有傳。

〔一二〕擊豪右：《歸潛志》卷一：『初登第，攝令遂平，一邑大震。嘗笞州魁吏，州檄召，不應，罷去。』

〔一三〕廵行河南：《歸潛志》卷七：『雷希顔為御史，至蔡州，縛奸豪，杖殺五百人，又號雷半千。』

〔一四〕正大庚寅：正大七年（一二三〇）。倒回谷：在今陝西藍田南。據元好問《雷希顔墓銘》，該年冬金將完顔合達（平章芮公）在倒回谷擊敗蒙古兵，雷淵上書主張乘勝追擊，未被採納。但據《金史》卷一百十二《合達傳》，倒回谷之役只是一次小勝。

〔一五〕胄子：帝王和貴族的後代。《歸潛志》卷一：『公幼喪父，以孤童入太學，讀書晝夜不休，雖貧甚，不以介意。』《金史·雷淵傳》：『淵庶出，年最幼，諸兄不齒。父歿，不能安於家，乃發憤入太學。衣弊履穿，坐榻無席，自以跣露，恒兀坐讀書。不迎送賓客，人皆以為倨。』

〔一六〕田疇：字子泰（一六九—二一四），三國時右北平無終人。漢末聚眾，曹操北征烏丸，田疇為嚮導有功，封亭侯，田疇不受。《三國志·魏書》有傳。陳元龍：陳登，漢末名士，以平呂布獲封伏波將軍。《三國志·魏書》有傳。

李右司獻能

獻能字欽叔，河中人〔一〕，年二十一，以省元賜第〔二〕，廷試第一人〔三〕，宏詞優等〔四〕，授應奉翰林文字，在翰苑凡十年〔五〕，出為鄜州觀察判官〔六〕，用薦者復應奉，俄遷修撰〔七〕，以鎮南軍節度副使，充河中經歷〔八〕。正大八年，河中陷，獨得一船，走陝州〔九〕，被召，以道梗不能赴，就權陝府行省左右司郎中，軍變遇禍〔一〇〕。欽叔資稟明敏，博聞强記，輩流中少見其比，為人誠實樂易，洞見肺腑，世間狡獪變詐，纖悉無不知，然羞之不道也。與人交，不立崖岸，杯酒相然諾，赴難解紛，不自顧惜，雖小書生以愛兄之道來，亦殷勤接納，傾筐倒庋，無復餘地，時輩以此歸之。家故饒財，盡於貞祐之亂，京師冷官，食貧口衆，無以自資，太夫人素豪侈，厚於自奉，小不如意，則有金魚墮地之譴〔一一〕，人視之殆不堪其憂，而欽叔處之自若也。欽叔文章行業過人處甚多〔一二〕，而天下獨以其純孝為不可及云。

【注釋】

〔一〕河中：府治在今山西永濟。

〔二〕省元：省試第一名。據《中州集》卷六《冀都事禹錫》，李獻能生於明昌三年（一一九二）。二十一歲，為崇慶元年（一二一二）。《續夷堅志》卷四《史學優登科歲月》曰：『其後欽叔二十三省元賜第。』二十三歲，則為貞祐二年（一二一四）。考《金史·趙秉文傳》：『貞祐初，秉文為省試，得李獻能賦，雖格律稍疏，而辭藻頗麗，擢為第一。舉子遂大喧噪，訴於臺省。』趙秉文主持省試，為貞祐三年。

〔三〕廷試第一人：狀元。但據《金石萃編》卷一五八《進士題名記》，該年詞賦狀元是程嘉善，經義狀元是劉汝翼。《中州集》誤。

〔四〕宏詞科：明昌元年起設，選拔起草詔令之類的人才。

〔五〕授應奉翰林文字：李獻能進入翰林院，當在貞祐三年（一二一五）。《金史》卷一百二十六《李獻能傳》：『在翰院，應機敏捷，號得體。趙秉文、李純甫嘗曰：「李獻能天生今世翰苑材。」』

〔六〕出為鄜州觀察判官：當在正大二年（一二二五）。鄜州，今陝西富縣。

〔七〕俄還修撰：因李獻能『天生今世翰苑材』，故『不令出館』。出館後，很快又回到翰林院。

〔八〕鎮南軍節度：置於蔡州（今河南汝南）。《歸潛志》小傳：『正大末，授河中帥府經歷官。』河中，府治在今山西永濟西。

〔九〕正大八年：一二三一年。陝州：治在今河南三門峽市西。

〔一〇〕軍變遇禍：據《金史》卷一百十六《徒單兀典傳》，天興元年（一二三二），陝州行省元帥完顏忽斜虎率眾抵抗蒙古兵，所屬河解元帥趙偉（趙三三）糧食不足，向行省索要未果，以為李獻能故意坐視不管，發動兵變，包括李獻能在內的行省二十一位官員被害。《歸潛志》卷二：『天興改元，陝亂，見殺，年四十三。』《金史》本傳亦作『四十三』，當誤。李獻能遇害时為四十一歲，見下文《冀都事禹錫》。

〔一一〕金魚墮地之譴：北宋官員陳堯咨母親曾怒斥陳堯咨，『杖而擊之，金魚墮地』。見張光祖《言行高抬貴手》卷四。

〔一二〕行業：指德行功業。

王右司渥

渥字仲澤，以字行〔一〕，興定二年進士〔二〕，調管州司候〔三〕，不赴，壽州防禦使邦獻〔四〕、商州防禦使國器〔五〕、武勝節度庭玉〔六〕，愛其才，連辟三府經歷官，在軍中凡十年，舉寧陵令〔七〕，未赴，丁太夫人憂，廬墓三年，服除，復授寧陵〔八〕。正大七年，朝廷與宋人議和，擇可為行人者，仲澤以才選，凡再至揚州制司，宋人愛其才，有中州豪士之目〔九〕。使還，以寧陵課最遷一官，入為尚書省掾，三月即授太學助教，充樞密院經歷官，八年院廢，權右司郎中，中牟失利〔一〇〕，不知所終。仲澤博通經史，有文采，善談論，工書法，妙於琴事，詩其專門之學，人物楚楚，若素宦於朝，吏事則與冀京父相上下〔一一〕，其辨博又屏山所許，天下談士，三人之一也〔一二〕。嘗與予行內鄉山中〔一三〕，馬上賦詩云：『霜風十月餘，千山錦崢嶸。』又《九日登潁亭》見寄云〔一四〕：『茫茫襄城野〔一五〕，歲晏多風埃。野田半已荒，草蟲鳴更哀。西風吹白雲，大隗安在哉？七聖之所迷〔一六〕，而我胡為來。我本林野人，初無經世材。失身鞍馬間〔一七〕，坐令雙鬢摧。安得元紫芝〔一八〕，共舉重陽杯。詩成西北望，九山鬱崔嵬。』〔一九〕此詩脫遺處，不復能記憶，讀之尚可以見斯人胸懷之髣髴。仲澤《潁上》詩：『不才被棄翻為福，拙計無營卻似高。是處青山可埋骨，誰家白酒不消憂〔二〇〕。夕陽轉屋掛林影，急雨壞橋喧水聲。』人喜傳之。

【注釋】

〔一〕渥字仲澤：《歸潛志》卷二：『王渥仲澤，後名仲澤，太原人，家世貴顯。』據《中州集》卷六《冀都事禹錫》，王渥生於大定二十六年（一一八六）。

〔二〕興定二年：一二一八年。

〔三〕管州：　今山西靜樂。

〔四〕壽州：　治在今安徽鳳臺。　邦獻：　全名是奥屯邦獻，生平不詳。

〔五〕商州：　治在今陝西商洛市商州區。　國器：　指完顏斜烈。　完顏斜烈：　完顏陳和尚之兄，豐州（今內蒙古呼和浩特東）人，女真族，漢名鼎，字國器，以善戰知名，《金史》卷一百二十三有傳。

〔六〕武勝：　在鄧州（今河南鄧州）。　庭玉：　移剌瑗（？—一二三四），契丹族，字庭玉，本名粘合。　興定三年領軍侵宋，累遷鄧州節度使，兼行樞密院事，天興二年（一二三三）年降宋，改姓名為劉介，次年病故。

〔七〕寧陵：　今河南寧陵。

〔八〕復授寧陵：　《歸潛志》卷二：　『後辟寧陵，有治跡。』

〔九〕正大七年：　一二三〇年。《金史》卷六十二《交聘表》下：　正大七年『揚州制置趙善湘遣黄謨詣京東帥府約和，朝廷以寧陵令王渥往議。　凡再往，約竟不成』。據《金史》卷一百十四《白華傳》，王渥赴揚州的目的是與揚州制司趙善湘商議夾擊紅襖軍首領李全。　王渥有詩，題作《被檄再至揚州制司，驛亭有題詩譏予和事不成者云「來往二年無一事，青山也解笑行人」。因為解嘲》。

〔一〇〕中牟：　今河南中牟。　中牟失利：　指天興元年（一二三二）八月中牟潰敗。《金史》卷一百十一《烏林答胡土傳》：　『七月，恒山公武仙、參政思烈兩行省軍，屯登封城南大林下，遣人約之入京。　胡土百計不肯下，不得已，乃分其軍四千，與思烈俱東。　八月三日，兩行省軍潰於中牟，胡土狼狽上山，殘卒三二十人外，偏裨無一人至者。』又據《金史・王渥傳》，王渥當時在完顏思烈營中，任左右司員外郎，亦反對入京。《金史》卷一百十八亦載此事：　『思烈急欲至汴，不聽。　行至京水，大兵乘之，不戰自潰。』京水：　在中牟附近。　王渥或即陣亡於中牟之戰。

〔一一〕冀京父：　指冀禹錫，詳參《中州集》卷六《冀都事禹錫》。

〔一二〕屏山：李純甫。李純甫所說的三人，指王渥、馬天采、李純甫。見《中州集》卷七《馬編修天采》。

〔一三〕內鄉：今河南西峽。元好問正大四年（一二二七）出任內鄉令。

〔一四〕潁亭：在河南登封潁水畔。該詩是王渥寄贈元好問之作，當作於正大三年元好問在嵩山期間。

〔一五〕襄城：今河南襄城。

〔一六〕大隗：神名。七聖：七位聖人。出自《莊子・徐無鬼》：『黃帝將見大隗乎具茨之山，方明為御，昌寓驂乘，張若、謵朋前馬，昆閽、滑稽後車，至於襄城之野，七聖皆迷，無所問塗。』

〔一七〕失身鞍馬間：指其從軍經歷。

〔一八〕元紫芝：唐人元德秀，字紫芝。這裏借指元好問。

〔一九〕九山：指元好問所在的嵩山。元好問《潁亭留別》：『九山郁崢嶸，了不受陵跨。』

〔二〇〕是處青山可埋骨：蘇軾《獄中寄子由二首》：『是處青山可埋骨，他年夜雨獨傷神。』

冀都事禹錫

禹錫字京父，龍山人〔一〕，崇慶二年進士〔二〕，調沈丘簿〔三〕，與縣令者不相能，及令以贓敗，疑京父發之，乃賂遺權貴，誣京父以賓客依託之事，坐廢十年〔四〕。朝臣薦其才者，積數十人，終為銓曹所礙，居襄邑〔五〕，部使者起之〔六〕，攝旁近諸縣，所至有父母之愛〔七〕。農司治許昌〔八〕，又為主事，區處饋餉〔九〕，上下千餘里，不露聲跡，而條畫次第皆具，雖鱗雜米鹽，若不足經意者，問之即應，如指諸掌。一時吏如康伯祿、李欽止諸人〔一〇〕，多自以為不及也。正大中，當路諸公極力辨其被誣〔一一〕，乃得以常調守扶風丞〔一二〕，召補省掾，不就。歸德奏充知事，及城被攻，京父為經歷官，守禦之策，一府倚重之〔一三〕。車駕至〔一四〕，授左右司都事，兼應奉翰林文字，官奴之變〔一五〕，家人勸京父羸服免禍，不從〔一六〕。人有自外至者，京父問：『賊入禁中否？』曰：『禁中賊滿矣。』乃自投水中。在京師時，希顏、仲澤、欽叔、京父相得甚歡〔一七〕，升堂拜親，有昆弟之義，而不肖徒以文字之故，得幸諸公間。希長予六歲〔一八〕，澤長四歲〔一九〕，欽與京少予二歲〔二〇〕。希沒於正大辛卯之八月，年四十八〔二一〕；澤沒於明年之七月〔二二〕，年四十七；欽沒於其年十一月，年四十一歲〔二三〕；京沒于又明年之三月，年四十二〔二四〕。蓋不二三年，而五人者惟不肖在耳。今日錄諸君子詩，感念平昔，不覺流涕之被面也。（以上《中州集》卷六）

【注釋】

〔一〕龍山：今遼寧建昌。

〔二〕崇慶二年：一二一三年。

〔三〕沈丘：今安徽臨泉。

〔四〕坐廢十年：《歸潛志》卷二：『京父入仕以能稱，遇事風生，老吏莫及。初主沈丘簿，以年少，喜交遊飲酒，遂為令所乘，坐廢。』

〔五〕銓曹：主管選拔官員的部門。襄邑：今河南睢縣。

〔六〕部使：御使。

〔七〕旁近諸縣：指考城縣（今河南蘭考）、柘城縣（今河南柘城）。《歸潛志》卷二：『再調考、柘二城，皆主簿，又以治聞。』

〔八〕農司治許昌：據《金史·百官志》，正大元年（一二二四），金於歸德、許州、河南、陝西設置司農司，京南路，治在許昌（今河南許昌）。

〔九〕區處：處置安排。饋餉：運送糧餉。

〔一〇〕康伯祿：康錫（一一七六—一二二四），寧晉（今河北寧晉）人，又作趙州（今河北趙縣）人。與冀禹錫同年進士，曾任開封府判官、監察御史、京南路司農丞，出為河中治中，河中陷，投水死。《元好問全集》卷二十一有《大司農丞康君墓表》。據此，康伯祿為冀禹錫上司。李欽止，指李獻卿。李獻卿，河中人，李獻能從兄。泰和三年（一二〇三）進士，任華陰縣主簿、正議大夫，充鹽部郎中行部事等。

〔一一〕當路諸公：據《元好問全集》卷二十《資善大夫吏部尚書張公神道碑銘》，張公理曾為之辯護申雪。

〔一二〕扶風：今陝西扶風。

〔一三〕歸德：府名，治在今河南商丘。據《金史》卷一百十六《石盞女魯歡傳》，天興元年（一二三二）二月，『以行樞密院事守歸德』，歸德受蒙古軍入侵，『時經歷冀禹錫及官屬王璧、李琦、傅瑜極力守禦，城得不拔』。同卷《蒲察官奴傳》：『歸德受兵，禹錫為行院都事，經畫守禦，一府倚重。』

〔一四〕車駕至：指金哀宗逃亡至歸德，時在天興二年（一二三三）正月。

〔一五〕官奴：蒲察官奴（？—一二三三），女真人，少時為蒙古軍俘虜，後逃歸。隨金哀宗至歸德，時任元帥，統馬軍。天興二年三月，發動兵變，殺害歸德元帥馬用與歸德知府、樞密副使、權參知政事石盞女魯歡等三百餘人。後被哀宗處死。事詳《金史》卷一百十六《蒲察官奴傳》。

〔一六〕贏服：意同微服。《金史》卷一百十六《蒲察官奴傳》：『（冀禹錫）聞變，或勸以微服免，不從，投水死。』

〔一七〕希顏：指雷淵。仲澤：王渥。欽叔：李獻能。

〔一八〕希長予六歲：據下文所云『希沒於正大辛卯（一二三一）之八月，年四十八』，雷淵生於大定二十四年（一一八四），比元好問（生於一一九〇年）長六歲。

〔一九〕澤長四歲：據下文『澤沒於明年之七月，年四十七』，王渥生於大定二十六年，比元好問長四歲。

〔二〇〕欽與京少予二歲：李獻能、冀禹錫生於明昌三年（一一九二）。

〔二一〕正大辛卯：正大八年（一二三一）。《元好問全集》卷二十一《雷希顏墓銘》：『年四十六，以八年辛卯八月二十有三日暴卒。』與此不同。《金史》、《歸潛志》皆言雷淵卒時四十八歲。疑《墓銘》誤。

〔二二〕明年：指天興元年（一二三二）。

〔二三〕年四十一歲：《金史》卷一百二十六《李獻能傳》稱天興元年卒時年四十三，疑誤。

〔二四〕明年：指天興二年（一二三三）。年四十二：據此推測，冀禹錫生於明昌三年（一一九二）。

蘭泉先生張建

建字吉甫，蒲城人〔一〕。明昌初，舉才行，授絳州教官〔二〕，召為宮教、應奉翰林文字〔三〕，以老乞身，道陵愛其淳素，不欲令去左右，眷眷久之〔四〕，超同知華州防禦使事，仍賜詩，有『從今晝錦蓮峰下，三樂休誇榮啟期』之句〔五〕，士林榮之。吉甫自號蘭泉老人〔六〕，有集行於世〔七〕。其論詩云：『作詩不論長篇短韻，須要詞理具足，不欠不餘，如荷上灑水，散為露珠，大者如豆，小者如粟，細者如塵，一一看之，無不圓成，始為盡善。』吉甫詩雖不能盡如所言，然亦未為無所得也。

【注釋】

〔一〕蒲城：今陝西蒲城。

〔二〕舉才行：據《金史》卷九《章宗紀》，章宗即位之初，『諭尚書省，自今五品以上官各舉所知，歲限所舉之數，如不舉者坐以蔽賢之罪』。李庭《寓庵集》卷四《蘭泉先生文集序》：『會明昌下詔，舉才行之士，時右丞董公按獄關西，首以先生應詔，始得官，教授絳州。』董公，指董師中，時任陝西路提刑司副使。《金史》卷九十五有傳。絳州：今山西新絳。

〔三〕宮教：教習宮人之官。據《金史》卷六十四《元妃李氏傳》，元妃李師兒是其教授對象。

〔四〕道陵：金章宗。李庭《寓庵集》卷四《蘭泉先生文集序》：『未幾，召為翰林應奉，入直禁中，與天章宸翰旦暮相酬酢。其眷禮之優，一時詞臣無能出其右者。』

〔五〕仍賜詩：《歸潛志》卷一言章宗有《送張建致仕歸》等詩。榮啟期：春秋時隱士。據《列子·天瑞》，榮啟期回答孔子為何而樂曰：『吾樂甚多：天生萬物，唯人為貴。而吾得為人，是一樂也。男女之別，男尊女卑，故以男為貴；吾既得為男矣，是二樂也。人生有不見日月、不免襁褓者，吾既已行年九十矣，是三樂也。』

〔六〕蘭泉：在蒲城北山。張建《反招隱賦》：『北山……山勢環合，峰岫騰擲，亦有鸞之狀焉。濱崖出泉，其名曰蘭，澄潔而甘冷，有蘭馨焉。蓋山以象取而泉以味稱也。』李庭《寓庵集》卷四《蘭泉先生文集序》：『無何，與有司不合，乃結廬北山蘭泉之上，日以詩酒自娱，隱約林邱者殆二十年。』

〔七〕有集行於世：其集名《蘭泉先生文集》，元時尚存。元代女真人李庭為之作序，見其《寓庵集》卷四。近人張鵬一輯得《蘭泉老人遺集》一卷，見《關隴叢書》。

張瓚

瓚字器之，河中人〔一〕，才氣超邁，時輩少見其比，年未二十以鄉試魁陝西、河東，不幸早世。張吉甫吊之云〔二〕：『惜哉器之真丈夫，少年讀遍天下書。一事不成死於途，苗而不秀有矣夫，秀而不實有矣夫。』〔三〕其為名流所嗟惜如此。

【注釋】

〔一〕河中：府治在今山西永濟。

〔二〕張吉甫：張建。

〔三〕『苗而不秀』二句：《論語·子罕》：『苗而不秀者有矣夫！秀而不實者有矣夫！』

毛宫教麾

麾字牧達，平陽人〔一〕，大定十六年〔二〕，舉學行，特賜進士出身，授校書郎，入教宫掖，歷太常博士〔三〕，終於同知沁州軍州事〔四〕，有《平水集》行於世〔五〕。

【注釋】

〔一〕平陽：今山西臨汾。

〔二〕大定十六年：一一七六年。

〔三〕歷太常博士：《金史》卷七《世宗紀》：『大定二十年十月壬寅，上謂宰臣曰：……校書郎毛麾，朕屢問以事，善於應對，真該博老儒，可除太常職事，以備討論。』可知，任太常博士在大定二十年（一一八〇）之後。

〔四〕沁州：今山西沁縣。據毛麾《潞州寳峰寺記》後所署，大定二十三年，已任同知沁州軍州事。

〔五〕平水：在臨汾境内。毛麾號平水老人。趙與峕《賓退録》卷二：『麾字牧達，平陽府人，有《平水老人詩集》十卷，行於虜境。榷商或攜至中國，余偶得一帙，可觀者頗多。』

朱宫教瀾

瀾字巨觀，霖堂先生之子〔一〕，學問該洽，能世其家。大定二十八年進士，時年已六十〔二〕，意氣不少衰，歷諸王文學、應奉翰林文字〔三〕，終於待制。党、趙推挽之力為多〔四〕，以嘗入教宮掖，故集中多宮詞〔五〕。

【注釋】

〔一〕霖堂先生：朱之才，《中州集》卷二有小傳。

〔二〕大定二十八年：一一八八年。以該年六十歲計，朱瀾應生於天會七年（一一二九）。

〔三〕歷諸王文學：《中州集》卷五《密國公璹》：『少日學詩於朱巨觀。』完顏璹向他學詩時，朱之才應為諸王文學。

〔四〕党、趙：指党懷英、趙渢。

〔五〕集中多宮詞：《中州集》卷七選其《宮詞》一首。

姑汾漫士王琢

琢字器之，平陽人，與毛牧達同時相友善〔一〕，天性孝友，為鄉里所稱，酷嗜讀書，往往手自抄寫，家素貧乏，而能以剛介自持，未嘗有所丐貸，時命不偶，年四十五，以病卒。士論惜之。有《姑汾漫士集》行於世〔二〕。所著《中聖人賦》〔三〕，今世少有能到者，詩好押强韻〔四〕，務以馳騁為工。《七月十五夜看月》云：『歷樹有鶖鶬，悄鄰無吠厖。』《對雨》云：『春雨薄如夢，曉雲閑似愁。』《秋霖》云：『窗寒知氣重，人靜覺泥深。』《驟雨》云：『雹點撒冰彈，電光飛火繩。』《春陰》云：『庭澹梨花月，樓寒燕子風。』《久雨》云：『練挂遮簷直，麻懸到地齊。』此類甚多。

【注釋】

〔一〕平陽：今山西臨汾。毛牧達：毛麾，與王琢同鄉。

〔二〕《姑汾漫士集》：毛麾號姑汾漫士。集已不傳，

〔三〕中聖人：指醉酒。《三國志·魏書·徐邈傳》：『徐邈字景山，燕國薊人也……魏國初建，為尚書郎，時科禁酒，而邈私飲至於沈醉。校事趙達問以曹事，邈曰：「中聖人。」達白之太祖，太祖甚怒。度遼將軍鮮于輔進曰：「平日醉客謂酒清者為聖人，濁者為賢人，邈性修慎，偶醉言耳。」竟坐得免刑。』

〔四〕强韻：險韻，生僻少用的韻。

呂中孚

中孚字信臣，冀州南宮人〔一〕，孝友純至，迄今為鄉人所稱，累舉不第，以詩文自娱，有《清漳集》行於世〔二〕。其《賦紅葉》云：『張園多古木，蕭寺半斜陽。』先君子甚愛之〔三〕。

【注釋】

〔一〕南宫：今河北南宫。

〔二〕《清漳集》：因其家鄉有漳水而得名。集已不傳。

〔三〕先君子：指元好問父親元德明。

王元節

元節字子元，弘州人〔一〕，祖山甫，遼戶部侍郎〔二〕，父詡，海陵朝左司員外郎〔三〕。子元壻於南山翁，傳其賦學〔四〕，第進士〔五〕，雅尚氣節，不能從俗俯仰，故仕不達。既罷密州觀察判官，即閑居鄉里，以詩酒自娱〔六〕，號遯齋老人〔七〕，年五十餘卒。弟元德，亦第進士〔八〕，有能名於時，終於南京路提刑使。

【注釋】

〔一〕弘州：治襄陰，在今河北陽原縣。

〔二〕王山甫：其人不詳。馬祖常《石田文集》卷十五《監黄池税務王君墓碣銘》：『六世祖遼戶部員外郎山甫始著於家牒。』大定二十三年（一一八三）撰《澄城縣主簿李公去思碑》，見《金文最》卷七十三。

〔三〕王詡：《石田文集》卷十五《監黄池税務王君墓碣銘》：『翊，金左司員外郎。』餘不詳。

〔四〕南山翁：劉撝。《金史》卷一百二十六《王元節傳》：『幼穎悟，雖家世貴顯，而從學甚謹。渾源劉撝愛其才俊，以女妻之，遂傳其賦學。』

〔五〕第進士：《金史》卷一百二十六《王元節傳》：『登天德三年辭賦進士第。』天德三年：一一五一年。

〔六〕以詩酒自娛：《歸潛志》卷四：『擢第，得官輒歸，不樂仕宦。與余從曾祖西巖子多唱酬。』

〔七〕號遁齋老人：王元節有《遁齋先生詩集》，魏初《青崖集》卷三有《遁齋先生詩集序》。

〔八〕弟元德：字子善（一一三一—一一九〇），天德三年進士，授從仕郎，調懷柔縣主簿，歷井陘縣令、尚書省令史、東京留守判官、右司都事、祁州刺史、同知南京留守、開封尹等職。生平見呂貞幹《大金故少中大夫知南京路提刑使事兼勸農採訪事王公墓誌銘》。參陳學霖《金循吏王元德墓誌銘考釋》（載《中國民族史研究》第四冊，改革出版社一九九二年版）。

李端甫

端甫字濟夫，同州人〔一〕。第進士，三王內恕及人榜〔二〕。仕為平定州軍事判官〔三〕。工於詩，有『虎跡未乾溪水近，樵聲相答嶺雲深』之句。子實，字師白〔四〕，死於壬辰之亂〔五〕。

【注釋】

〔一〕同州：治在今陝西大荔。

〔二〕三王内恕及人：御試考題名，出自《漢書》卷四十九。何年考題，失考。
〔三〕平定州：治在今山西陽泉。
〔四〕李實：生平不詳。
〔五〕壬辰：天興元年（一二三二）。該年汴京淪陷，金王朝趨於滅亡。

楊澤州庭秀

庭秀字德懋〔一〕，華州人，大定中進士〔二〕。學詩于蘭泉張吉甫，有『渴心曉夢江湖闊，醉眼春風草木低』之句。泰和三年，刺澤州〔四〕，致仕後，閑居鄉里，坐為楊珪詿誤被法〔五〕，士論冤惜之。

【注釋】

〔一〕庭秀字德懋：據《北京圖書館藏歷代石刻拓本彙編》第四十七冊《青蓮寺詩刻並題名》，楊庭秀自署『華山晦叟楊庭秀茂才』，知其字茂才，號華山晦叟。疑作德懋誤。
〔二〕大定中進士：據蘇天爵《滋溪文稿》卷四《金進士蓋公墓記》，楊庭秀大定二十二年（一一八二）進士。
〔三〕蘭泉張吉甫：蘭泉先生張建，參見上文。
〔四〕泰和三年：當是泰和五年之誤。楊庭秀《硤石山福嚴院記》：『乙丑夏五月，自獻移澤。』乙丑，為泰和五年（一二〇五）。澤州，治在今山西晉城。
〔五〕坐為楊珪詿誤被法： 貞祐二年（一二一四），京師遭遇蒙古圍困。楊庭秀與私逃華州的京兆治中李公直等人欲舉兵勤王，被誣謀反，京兆都統楊珪率兵鎮壓。事詳《金史》卷十四《宣宗紀》、卷一百十《韓玉傳》。

孫省元鎮

鎮字安常，絳州人〔一〕，高才博學，嘗中省試魁，承安二年〔二〕，五赴廷試，賜第，以陝令致仕〔三〕。年八十四卒。有《注東坡樂府》、《歷代登科記》行於世〔四〕。弟寧州刺史錡，字安世〔五〕；潘原令鉉，字安道〔六〕，同榜擢第，鄉人榮之，號三桂孫氏〔七〕。安常孫詵思美，軍府參佐，安世孫處謙志全，安道孫蔚〔八〕，今俱在。

【注釋】

〔一〕絳州： 今山西新絳。
〔二〕承安二年： 一一九七年。
〔三〕陝令： 指陝縣令。陝縣，今河南三門峽市。
〔四〕《注東坡樂府》、《歷代登科記》： 二書均失傳。元好問曾在孫鎮《注東坡樂府》基礎上編選《東坡樂府集選》，其《東坡樂府集選引》對孫書有較多評價。見《元好問全集》卷三十六。
〔五〕寧州： 治在甘肅寧縣。孫錡： 生平不詳，《全金詩》卷八十五録其詩一首。

〔六〕孫鉉：生平不詳。

〔七〕三桂孫氏：孫鎮《許氏雙桂堂》詩：『許家二桂聯翩秀，孫氏三枝次第春。盛事若將相比並，輸君堂上拜雙親。』許氏指許安上、安世兄弟。許氏兄弟為解州芮城人，承安中進士及第。

〔八〕孫詵、孫處謙、孫蔚：生平皆不詳。

張著

著字仲揚，永安人〔一〕，泰和五年以詩名召見，應制稱旨〔二〕，特恩授監御府書畫。

【注釋】

〔一〕永安：金之中都燕山，今北京。

〔二〕泰和五年：一二〇五年。《歸潛志》卷八：『明昌承安間，作詩者尚尖新，故張翥仲揚由布衣有名，召用，其詩大抵皆浮豔語。』其中張翥當是張著之誤。劉勳《讀張仲揚詩因題其上》：『布衣一日見明君，俄有詩名四海聞。楓落吳江真好句，不須多示鄭參軍。』

景覃

覃字伯仁，華陰人〔一〕，年十八，有賦聲。大定初，三赴簾試〔二〕，後以病不就舉，博極群書，有舉問者，立誦數百言不休，又從而講説之。為人誠實樂易，不修威儀，隱居西陽里，以種樹為業，落托嗜酒，醉則浩歌，日以為常。作詩有功，樂府亦可傳〔三〕，予同年進士王元禮嘗從之學〔四〕，説伯仁老不廢書，有勸以養目力者，曰：『吾輩非讀書，則無所用心，要當死而後已耳。』晚年於《易》有所得，年七十終於家，自號渭濱野叟，有集傳關中。

【注釋】

〔一〕華陰：今陝西華陰。

〔二〕簾試：指御試。

〔三〕樂府亦可傳：《中州樂府》入選其詞三首。

〔四〕王元禮：初名安仁，號玉華子，華陰人，興定五年（一二二一）進士，官至同知裕州防禦使事。李庭《寓庵集》卷七有《金故朝請大夫同知裕州防禦使事王君墓誌銘》。

段繼昌

繼昌字子新，白水人〔一〕，自號適安居士。喜作詩，與華陰景伯仁相友善〔二〕。家甚貧，而世間事，皆不以挂口。有以錢遺之者，必盡送酒家，名酒曰黄嬌，蓋關中人謂兒女為阿嬌，子新以酒比之，故云。一日天苦寒，人有遺之酒者，飲不盡而醉，夜半忽驚起，以衣衾覆酒缸，偃臥榻上。人為言酒自不冰，先生將不為寒所病乎？子新笑曰：『人病尚可，酒病不可療也。』其好飲如此。臨終，辭鄉里，託以他適，明日臥於党氏園亭大石上，視之已逝矣。伯仁弔之云：『適安居士舊知聞，廓達靈根厭世紛〔三〕。辭罷親朋便歸去，一籌今日又輸君。』

【注釋】

〔一〕白水：今陝西白水縣。

〔二〕景伯仁：即景覃。段繼昌與景覃二人詩友兼酒友。

〔三〕廓達：通透豁達。靈根：靈慧的根性。《景德傳燈錄》卷三十石頭和尚《草庵歌》：『迴光返照便歸來，廓達靈根非向背。』

岳行甫

行甫字仁老，鄜州洛川人〔一〕，在關中，最有詩名。泰和初，有以仁老《時病》詩達之道陵者〔二〕，道陵大加賞異，授以官，不就，士論高之。舊所傳『沾泥柳絮燕銜去，鎖月梨花鶯喚開』〔三〕，本前人詩，又苦無佳致，世俗識真者少，誤謂仁老所作，乃関傳之。曾見仁老詩百餘篇，佳句甚多，續當就秦中好事家搜訪之。

【注釋】

〔一〕洛川：今陝西洛川。

〔二〕《時病》詩：不可考。道陵：指金章宗。

〔三〕『沾泥柳絮』二句：作者失考。

迂齋先生周馳

馳字仲才，濟南人，經學出於醇德先生王廣道〔一〕，賦學出於泰山李時亨〔二〕，至於党、趙〔三〕，又其忘年友也。資性古雅，而以襟量見稱，大定中，住太學，屢以策論魁天下，私試亦頻中監元〔四〕。家素饒財，鄉人强以子弟從之學，所得束脩，皆散諸生之貧者。貞祐之兵，濟南陷〔五〕，不肯降，攜二孫赴井死，鄉人葬之宅後之壽樂堂。遼東人吴子英嘗從仲才學，能記其所著《亞父撞玉斗賦》及他文數篇〔六〕。

【注釋】

〔一〕王廣道：名去非（一一〇一—一一八四），山東平陰人。金代中期名儒，門人稱之為醇德先生。生平見党懷英《醇德王先生墓表》。

〔二〕李時亨：其人不詳。

〔三〕党、趙：指党懷英、趙渢。党、趙曾師事王廣道，故周馳與之為友。

〔四〕私試：聚集舉子定期舉行的臨時考試。監元：國子監課業考試第一名。

〔五〕濟南陷：貞祐元年（一二一三），蒙古兵攻陷濟南。

〔六〕吳子英：其人不詳。元好問有《送吳子英之官橋東且為解嘲》、《吳子英家靈照圖》。《亞父撞玉斗賦》，亞父指范增。典出《史記·項羽本紀》：『亞父受玉斗，置之地，拔劍撞而破之。』原賦已佚。

劉太常鐸

鐸字文仲，冀州棗强人〔一〕，承安五年進士〔二〕。元光二年〔三〕，入為太常博士，正大初〔四〕，改兵部員外郎，以武昌軍節度副使致仕〔五〕。癸巳歲〔六〕，病歿于京師，自號柳溪先生，有集傳於家〔七〕。武成王著作序〔八〕，言文仲生未能言，已識百餘字，及授學，穎悟過人，為人誠實，少許可，不徇流俗，不慕榮利，蓋實錄云。子敏中，字庭幹〔九〕，亦學詩，今居洛中。

【注釋】

〔一〕棗强：今河北棗强。

〔二〕承安五年：一二〇〇年。

〔三〕元光二年：一二二三年。

〔四〕正大：金哀宗年號（一二二四—一二三二）。

〔五〕武昌軍：疑作昌武軍。《金史》卷二十五《地理志》：『許州下昌武軍節度使。』

〔六〕癸巳歲：天興二年（一二三三）。

〔七〕有集傳於家：《千頃堂書目》卷二十九：『劉鐸《柳溪先生集》。』集已佚。

〔八〕武成：疑作武城，為大名府恩州屬縣，王著：其人不詳。《金史》卷一〇九《陳規傳》提及進士王著，未知是否其人。又，王革一名王著，參見下文《王主簿革》。

〔九〕劉敏中：生平不詳。《中州集》卷四《路司諫鐸》：『有《虛舟居士集》，得之鄉人劉庭幹家。』此劉庭幹即是劉鐸之子劉敏中。

李扶風節

節字正臣，涇州人〔一〕，呂造榜進士〔二〕，以詩名關中，資性滑稽，談笑有味，而臨事以幹局稱，歷威戎、扶風令〔三〕。初名守節，哀宗即位，去守字〔四〕，哀宗知其名，謂侍臣言：『吾不欲人避上一字，李守節何故避之？』良久曰：『臣子敬君，避之亦可。』正臣有詩云：『棓頭打出和糴米，丁口簽來自願軍。』〔五〕讀之則時政可知矣。

【注釋】

〔一〕涇州：今甘肅涇川。

〔二〕呂造：字子成，大興人。承安二年（一一九七）辭賦狀元，仕至翰林待制充益政院官。

〔三〕威戎：治在今甘肅靜寧縣。扶風：今陝西扶風。

〔四〕哀宗：完顏守緒。李節因避諱而改名。《元好問全集》卷二十《資善大夫吏部尚書張公神道碑銘》、劉祁《歸潛志》卷十一《錄大梁事》作『李大節』，疑先改為『李大節』，後改為李節。

〔五〕棓頭：棍棒。和糴：官府以議價交易為名向民間徵購糧食。丁口：人口。

劉勳

勳字少宣〔一〕，本出洛陽，元魏遷洛陽二十萬家，實雲中〔二〕，故其父祖而上為雲中人，至少宣，客居濟南，樂其風土，遂占籍焉。少日，住太學，與兄譙庭老俱有聲場屋間〔三〕。南渡後，專於詩學，往往為人所傳。其先世本衣冠家，風流藴藉，都無科舉氣，見於文字者亦然。嘗有詩云：『萬里風沙憐病客，幾年刁斗厭寒更。』『人憐直道違時好，自喜閑身與世疏。』『擊築漫流燕客淚，佩蘭誰識楚臣心。』《濟南》云：『午風襟袖知秋早，甲夜闌干得月多。』〔四〕又云：『船行著色屏風裏，人在回文錦字中。』『百和香薰風過處，萬盤珠落雨來時。』此類甚多。少宣長於尺牘，落筆皆有可觀，其樂府如『暮鴉庭院春陰淡』之句〔五〕，尤可喜也。

【注釋】

〔一〕勳字少宣：《歸潛志》卷三：『劉勳少宣雲中人，初名訥，字辨老。』

〔二〕雲中：北魏都城，今山西大同。

〔三〕場屋：科舉考場的場所。《歸潛志》卷三：『科舉連蹇，竟不第……仲兄譙，字庭老，亦好古，作詩不凡。』

〔四〕甲夜：初更時分。

〔五〕暮鴉庭院春陰淡：原詞失傳。

李瀣

瀣字公渡，相人〔一〕，少從王內翰子端學詩〔二〕，能行書，工畫山水〔三〕。就所長論之，詩為長〔四〕。性寬緩，笑談有味。居京師十五年，日游貴人之門，所至以上客延之。善處世，不為人所忌疾，雅有前輩典刑〔五〕，累舉不第，年六十餘，卒於通許、陳留之間〔六〕。

【注釋】

〔一〕相：相州，今河南安陽。

〔二〕王子端：王庭筠。

〔三〕工畫山水：《歸潛志》卷三：『李瀣公渡，相州人，王黃華門生也，自號六峰居士。工詩及書畫，皆得法於黃華。』

〔四〕詩為長：《歸潛志》卷三：『時人言公渡賦不如詩，詩不如字，字不如畫。科舉，賦最緊，何公渡最緊下也。』

〔五〕典刑：典範。

〔六〕通許：今河南通許。陳留：在通許與開封之間。

秦略

略字簡夫，陵川人〔一〕，父事軻，有詩名，工作大字〔二〕。簡夫少舉進士不中，即以詩為業。詩尚雕刻，而不欲見斧鑿痕，故頗有自得之趣〔三〕。《悼亡》一詩〔四〕，高出時輩，殆荆公所謂『看似尋常最奇崛，成如容易卻艱難』者耶〔五〕。年六十七卒〔六〕。臨終留詩云：『軀殼羈棲宅，兒孫邂逅恩。雲山最佳處，隨意著詩魂。』簡夫自號西溪老人〔七〕，有集行於世〔八〕。子彥容，為黃冠師，今在平陽〔九〕。

【校記】

兒孫：《續夷堅志》卷四《秦簡夫臨終詩》作『妻孥』。

【注釋】

〔一〕陵川：今山西陵川。

〔二〕父事軻：秦事軻，生平不詳。《元好問全集》卷三十一《通真子墓碣》為秦略之子秦志安所作，云：『大父諱事軻，通今博古，工作大字，為州里所推重。』

〔三〕詩尚雕刻：元好問《通真子墓碣》：『（秦略）中歲困於名場，即以詩為專門之學，自號西溪道人。詩殊有古意，苦於雕斲而無跡可尋，當代文士極稱道之。』

〔四〕《悼亡》：見《中州集》卷七，全詩如下：『自古生離足感傷，爭教死別便相忘。荒陂何處墳三尺，老眼他鄉淚數行。多事春風吹夢散，無情寒月照更長。還家恰是新寒節，忍見堂空紙掛牆。』

〔五〕『看似尋常最奇崛』二句：出自王安石《評張司業》。

〔六〕年六十七卒：元好問《通真子墓碣》：『正大中，西溪下世，通真子已四十。』據《通真子墓碣》，秦志安卒於『寶藏既成之五月』，即《道藏》成書的乃馬真后三年（一二四四），享年五十七歲。秦志安生於世宗大定二十八年（一一八八）。秦志安四十歲時，為正大四年（一二二七）。以秦略享年六十七歲推算，秦略當生於大定元年（一一六一）。《續夷堅志》卷四《秦簡夫臨終詩》作卒時五十七歲。疑誤。因為《通真子墓碣》言秦志安避亂南渡時，『西溪年在喜懼』，至去世時，年紀當較大。

〔七〕西溪：在其家鄉陵川。

〔八〕有集行於世：《千頃堂書目》卷二十九：『秦略《西溪老人集》。』已佚。

〔九〕秦志安：字彦容（一一八八—一二四四），號通真子，金末著名道師，在平陽主持重纂《道藏》。生平見元好問《通真子墓碣》。平陽：府治在今山西臨汾。

張琚

琚字子玉，河中人〔一〕，父鉉，字鼎臣，大定中第進士，仕至同知定國節度使事〔二〕。子玉刻意於詩，五言其所長也，如《初至華下》云：『老雨梧桐夜，孤燈蟋蟀秋。』《客同州》云：『秋風留客館，夜雨借僧氈。』詩人喜稱道之，至有張五字之目，集號《韋齋》〔三〕。

【注釋】

〔一〕河中：府治在今山西永濟。據《雍正山西通志》，張琚為河中府萬泉縣人。萬泉，治在今山西萬榮縣。

〔二〕張鉉：生平不詳。定國：定國軍，在京兆府同州路馮翊郡，今陝西大荔。

〔三〕《韋齋集》：已佚。

馬編修天來

天來字雲章，人止謂之元章，介休人〔一〕，黄裳榜經義進士〔二〕。博學多技，能畫，入神品〔三〕，百年以來，無出其右者。屏山常言天下辯士有三，王仲澤、馬元章，純甫其一也〔四〕。元章住太學十九年〔五〕，貧苦之極，人所不能堪，然其談笑自若也。大安初，調潁州司候、靈壁簿〔六〕，召為國史院編修官〔七〕。正大九年病歿于京師，年六十一〔八〕。劉紹宣有贈詩云：『波瀾口頰談玄駛，土木形骸與世違。疇昔麻鞋見天子，只今道服勝朝衣。』〔九〕蓋實錄也。元章多作詩，欲別出盧仝、馬異之外〔一〇〕，又多用俳體作譏刺語，如云：『木偶衣冠休嚇我，瓦伶口頰欲謾誰。嚙骨取肥屠肆狗，哺糟得醉酒家豬。』如此之類，不得不謂之乏中和之氣，至其《賦丹霞下寺竹》云：『人天解種不秋草，欲界獨為無色花。』〔一一〕《雪》云：『夜來窗外渾疑月，今日牆頭不見山。』末云：『先生睡起騎驢看，太素一遊非世間。』《龍門》云：『白含雲竇雪，青補石門天。』則知詩者，亦當以功掩過耳。

【校記】

天來：《歸潛志》卷五作『天采』，疑是。天采與其字雲章相應。

【注釋】

〔一〕介休：今山西介休。

〔二〕黄裳：崇慶二年（一二一三）辭賦狀元，授應奉翰林文字。該年經義狀元為高斯誠。

〔三〕能畫：《歸潛志》卷五：『雜學，通太玄數，又善繪畫及塑像，雖居官，輒為人塑畫自神。』

〔四〕屏山：李純甫。王仲澤：王渥。參見上文《王仲澤渥》。

〔五〕十九年：當是其登進士第之前的十九年，約從明昌五年（一一九四）起。

〔六〕大安：衛紹王年號（一二〇九—一二一一），當時馬天采尚未登第，疑誤。潁州：今安徽阜陽。靈璧：今安徽靈璧。

〔七〕召為國史院編修官：《歸潛志》卷五：『南渡為國史院編修官。』

〔八〕正大九年：一二三二年。據此推測，馬天采生於大定十二年（一一七二）。

〔九〕劉紹宣：疑作劉少宣，即劉勳。波瀾口頰，形容其辯才。土木形骸，指其塑像。麻鞋見天子，寫其往昔貧困。道服，僧道服裝，亦指家居服裝。

〔一〇〕盧仝、馬異：中唐詩人，二人詩歌都以奇險怪異著稱。

〔一一〕人天：指人界與天界，系佛教中十界中的二界。欲界：指沒有擺脫世情欲的眾生所處境界。佛教把世界分成欲界、色界、無色界，合稱三界。竹子長青，故云不秋草。秋花色淡，故云無色花。

張內翰本

本字敏之，觀津人〔一〕，貞祐二年進士〔二〕，工於大篆及八分〔三〕，四十歲後學詩，詩殊有古意。正大九年，以翰林學士從曹王出質〔四〕，客居燕京長春宮將十年〔五〕，後遊濟南，病卒。

【注釋】

〔一〕觀津：古地名，在金大名府路開州觀城縣。

〔二〕貞祐二年：一二一四年。該年中都被圍，並未開考。張本及第時間當在次年。

〔三〕八分：指東漢中期出現的新體隸書。

〔四〕正大九年：一二三二年。曹王：完顔訛可，金宣宗之孫，荆王完顔守純之子，正大九年，封為曹王，出質蒙古。見《金史·哀宗紀》。《歸潛志》卷十一《録大梁事》：天興元年『三月，北兵迫南京，上下震恐。朝議封皇兄荆王守純子肅國公某為曹王，命尚書右丞李蹊等奉以為質子於軍前，擢應奉翰林文字張本為翰林侍講學士從以北，北兵留曹王營中』。

〔五〕客居燕京長春宫：李道謙《甘水仙源録》卷七《訥庵張先生事蹟》：『正大九年以翰林學士使北見留，遂隱為黄冠，居燕京長春宫僅十年。』

申編修萬全

萬全字百勝，高平人〔一〕。兄無夷，字百福，崇慶二年進士〔二〕。百勝少有聲太學中，貞祐二年乙科〔三〕，調福昌簿〔四〕，不赴，隱居盧氏山中〔五〕，以讀書為業，作詩有静功，然不多見也。正大中，召為史館編修，從行省慶山南征〔六〕，道中有詩云：『回首秋風謝敝廬，崎嶇又復逐戎車。人生行止元無定，一葦江湖縱所如。』〔七〕不數日溺水死，人以為讖云〔八〕。

【校記】

無夷：《歸潛志》卷五作『無移』。

縱所如：《續夷堅志》卷一作『聽所如』。

【注釋】

〔一〕高平：今山西高平市。

〔二〕崇慶二年：一二一三年。

〔三〕貞祐二年：當為貞祐三年，一二一五年。

〔四〕福昌：今河南洛寧縣。

〔五〕盧氏：今河南盧氏縣。

〔六〕正大：金哀宗年號（一二二四—一二三一）。慶山：完顏慶山奴，字獻甫，又名承立，金宗室。曾任西京副留守等職，屢敗夏軍。正大四年，奉命征討起義軍李全，被李全所敗。《金史》卷十七《哀宗紀》：正大四年八月，『李全自益都復入楚州，據之。遣總帥完顏訛可，元帥慶山奴守盱眙，與全戰於龜山，敗績。』同書卷一百十六《內族承立傳》：『正大四年，李全據楚州，詔以慶山奴為元帥，同總帥完顏訛可將兵守盱眙，且令城守勿出戰。已而，全軍盱眙界，二帥迎敵大敗，死者萬餘人，委棄資杖甚眾。』申萬全隨完顏慶山奴南征，途中溺水而亡。

〔七〕道中有詩：《續夷堅志》卷一《申伯勝詩讖》載此詩。

〔八〕人以為讖：《續夷堅志》卷一《申伯勝詩讖》：『不數日，溺淮水死。』《歸潛志》卷五：『正大末，為南伐行臺辟掌書檄。至淮上，大雨宵行，溺水死。士論惜之。趙閑閑為文以祭，哀甚。』趙作不存。

崔遵

遵字懷祖，北燕人〔一〕，父建昌，字曼卿，大定二十五年進士，仕至同知武安軍節度使事〔二〕。懷祖事繼母孝，與人交有終始，遲重少語，未嘗及人短長。少日在太學，有賦聲〔三〕，南渡後不就舉選，居崧山二十年，課僮僕治生，生理亦粗給。前輩如趙吏部子文、張左丞信甫、馮亳州叔獻，或懷祖丈人行〔四〕，皆與之詩酒相往來。懷祖喜賓客，有醖藉，從容文雅，使人久與之處而不厭也。嘗有《宿少林》詩云：『青山已有十年舊，小雪又為三日留。』〔五〕其他往往稱是。

【注釋】

〔一〕北燕：疑誤。《歸潛志》卷三：『崔遵懷祖，燕人。』《元好問全集》卷十七《寄庵先生墓碑》言李遹『三娶大興崔氏，冀州倅曼卿之妹』，可知其父崔曼卿為大興人。大興，在北京。

〔二〕大定二十五年：一一八五年。武安軍：疑是安武軍之誤。《金史》卷二十五《地理志》：『冀州，上，宋信都郡，天會七年仍舊置安武軍節度。』冀州：治在今河北衡山市冀州區。

〔三〕有賦聲：《歸潛志》卷三：『懷祖少有辭賦聲，所交皆名士，累舉不第。』

〔四〕趙吏部子文：指趙伯成，參《中州集》卷八《趙吏部伯成》。張左丞信甫：指張行中（又名行信），參《中州集》卷九《張左丞行中》。馮亳州叔獻：指馮璧，參觀《中州集》卷六《馮內翰璧》。張行中（一一六三—一二三一）、馮璧（一一六二—一二四〇），年輩應該長於崔遵。

〔五〕《宿少林》：原詩已佚。

王主簿革

革字德新，一名著，臨潢人〔一〕，以蔭補官，碌碌筦庫餘三十年〔二〕。正大中，以六赴廷試，賜出身，調宜君簿〔三〕。為人有醖藉，善談笑，密公與之唱酬，相得甚歡〔四〕。初在太原作詩，有『赤心遭白眼，笑面得嗔拳』之句，公甚愛之，有詩寄之云：『柳塘雲觀千鍾酒〔五〕，笑面嗔拳五字詩。』蓋志此也。及第後呈同年云：『孤身去國五千里，一第遲人四十年。』〔六〕大為閑閑所稱〔七〕。德新交遊滿天下，獨許欽叔與予為莫逆云〔八〕，年七十八終於雲中〔九〕。

【注釋】

〔一〕臨潢：在今內蒙古巴林左旗東南波羅城。《歸潛志》卷五作宏（清代避乾隆弘曆諱改弘作宏）州人。弘州治在今河北陽原縣。魏初《青崖集》卷五《先君墓碣銘》以王革為襄陰人，襄陰是弘州屬縣。

〔二〕以蔭補官：《歸潛志》卷五：『以任子仕。』任子：因父兄官職而得官的人。筦庫：管理倉庫的役吏。

〔三〕正大中：當指正大四年（一二二七）。宜君：今陝西宜君縣。

〔四〕密公：指完顏璹。
〔五〕雲觀：指道院。
〔六〕去國：遠離家鄉。五千里：指臨潢與中都間的距離。
〔七〕閑閑：指趙秉文。
〔八〕欽叔：指李獻能。元好問有《寄王丈德新二首》、《和德新丈》等詩詞作品，與之往還。
〔九〕雲中：今山西大同。王革卒年不詳。正大四年及第時所説『一第遲人四十年』，以其時六十歲計算，他約生於大定八年（一一六八）。若此，去世時間約在蒙古乃馬真后四年（一二四五）。

衛承慶

承慶字昌叔，襄城人〔一〕。父文仲，承安中進士〔二〕，以孝友淳直稱於鄉里，官至文登令〔三〕。年七十餘卒。臨終沐浴，易衣冠與家人訣，怡然安坐，誦東坡赤壁樂府，又歌『人生如夢』以下二句，歌闋而逝〔四〕。昌叔資沖澹，有父風，及識路宣叔、王逸賓、文伯起〔五〕，故其詩似之。

【注釋】

〔一〕襄城：今河南襄城縣。

〔二〕承安：金章宗年號（一一九六—一二〇〇）。衛文仲及第時間疑為承安二年（一一九七）。

〔三〕文登：今山東文登。

〔四〕臨終沐浴：《續夷堅志》卷一《衛文仲》所載與此相同。

〔五〕路宣叔：指路鐸，生平參見《中州集》卷四《路司諫鐸》。《中州集》卷四有《芳梅如佳人贈襄城衛昌叔》詩。王逸賓：生平參見《中州集》卷九。但據該書所云，王逸賓『家與衛昌叔鄰居，而不相往來』。故疑元好問所云衛承慶詩似王逸賓，屬於誤記。文伯起：名商，蔡州人，明昌五年（一一九四）賜同進士出身。著有《小雪堂詩話》。

劉昂霄

昂霄字景玄，別字季房，陵川人〔一〕。父俞，字彬叔，明昌二年進士，仕為承發司管勾〔二〕。泰和中，予識景玄於太原〔三〕，人有言是家讀《廣記》半月能背誦者〔四〕，予未之許也。戲取市人日曆鱗雜米鹽者，令讀之，一過目無脫遺。大率景玄之學，無所不窺，六經百氏外，世譜官制與兵家所以成敗者，為最詳。為人細瘦，似不能勝衣，好橫策危坐，掉頭吟諷，幅巾奮袖，談辭如雲，四座聳聽，噤不得語。故評者謂承平以來，王湯臣論人物〔五〕，李之純玄談〔六〕，號稱獨步，景玄則兼眾人之所獨，愈叩而愈無窮，不知去古談士為遠近，餘子不論也。嘗用門資敘，調慶陽軍器庫使，不就，諸公方薦試宏辭，而景玄病不起矣〔七〕。臨終夢賦山泉云：『帶雲縈遠澗，和月到疏林。』又云：『萬里馮唐老，中年賈傅歸。』〔八〕未幾下世，年三十七。

【校記】

年三十七：《元好問全集》卷二十三《劉景玄墓銘》作『年三十八』：『以元光二年六月十三日，春秋三十有八，終於永寧之寓居。』未知孰是。

【注釋】

〔一〕陵川：今山西陵川。

〔二〕明昌二年：一一九一年。

〔三〕予識景玄於太原：元好問於泰和五年（一二〇五），赴太原參加府試期間，結識劉昂霄。

〔四〕《廣記》：《太平廣記》。元好問《劉景玄墓銘》與此相近：『泰和中，予初識景玄於太原，人有為予言，是家讀《廣記》半月而初無所遺忘者，予未之許也。杯酒間，戲取市人日曆鱗雜米鹽者，約過目則讀之，已而果然。大率景玄之學，無所不窺。六經百氏外，世譜、官制、地理與兵家所以成敗者為最詳。』

〔五〕王湯臣：名中立，博聞强記，學無不知。參見《中州集》卷九《擬栩先生王中立》。

〔六〕李之純：李純甫。

〔七〕慶陽：今甘肅慶陽。元好問《劉景玄墓銘》：『初舉進士不中，以蔭補官，調監慶陽軍器庫，非其好也。諸公期以明年薦試辭科，而景玄病不起矣。』明年，指正大元年（一二二四）。據此，劉昂霄調慶陽軍器庫使，當在元光二年（一二二三）。

〔八〕馮唐：西漢人。身歷三朝，到武帝時，舉為賢良，但年事已高不能為官。參見《漢書》卷五十《馮唐傳》。賈傅：賈誼。

田紫芝

紫芝字德秀，滄州人〔一〕，父齊，以蔭為部掾〔二〕。德秀少孤，養於外家定襄趙氏，故多居於忻〔三〕。年十三，外祖廣寧治中命賦《麗華引》，語意驚絶，人謂李長吉復生〔四〕。資性穎悟，一覽萬言，年二十讀經傳子史幾遍，為人疏俊，而以藴藉見稱，與同郡王元卿齊名〔五〕。貞祐初，避兵臺山，倉卒為遊騎所馳，遇害，時年二十三〔六〕，士論惜之。

【注釋】

〔一〕滄州：　治在今河北滄州境内。

〔二〕田齊：　生平失考。

〔三〕定襄：　今山西定襄，隸屬於忻州市。《續夷堅志》卷四《田德秀詩》：『田德秀少孤，養于外祖廣寧府治中趙君家。』趙君：　其人不詳。

〔四〕『年十三』四句：　《續夷堅志》卷四《田德秀夙悟》：『十三賦《麗華引》，詩意驚人，有李長吉風調。』

〔五〕王元卿：　即王萬鍾，詳參下條。同郡，二人都居於忻州，故云。

〔六〕臺山：　五臺山。《續夷堅志》卷四《田德秀詩》：『紈袴間作詩多憔悴之語。《亂後登淩雲臺》云：「……天翻地覆親曾見，信得昆明有劫灰。」明年客死五臺。』亂後指貞祐二年蒙古兵入山西，明年為貞祐三年（一二一五）。據此，田紫芝生於明昌四年（一一九三）。

王萬鍾

萬鍾字元卿，秀容人〔一〕。父甫字用之，通經史，淳質有儒行，亦以知醫見稱。兄萬石，字器玉，住太學，有賦聲。用之妻死不更娶，二子俱無家室，井臼之事，率親為之〔二〕。貧居陋巷中，破屋蕭然，不蔽風雨，而弦誦之聲不絕也。元卿少有逸才，讀書有後先，不欲速成，詩文閑適，似其為人，客至，清談終日，人不敢以俗事浼之〔三〕，與同郡田德秀齊名〔四〕，號王田。評者謂規製宏博，王不及田，而瀟灑無塵土氣，田亦非王比也。元卿嘗有詩寄予關中云：『千里呂安思叔夜，二年社燕伴秋鴻。』〔五〕《賦梅花》云：『漢宮月下三千額，好在春風一抹痕。』哭吾兄敏之云〔六〕：『蘭徑水流三月暮，桂林風落一枝春。』〔七〕古詩尤蕭散有自得之趣，兵火中皆亡失之矣。初，用之聞北兵入塞，即以吾州為不可守〔八〕，去之太原，五年不敢歸。貞祐二年，州破，死者十餘萬人，而用之亦以是日病歿於太原。較其時，皆三月三日巳時也。人謂用之先見固可稱，然生死定數，亦自不能免云。元卿父歿之後，與其兄居於平晉之金城里〔九〕，明年，兵復至，兄被害，元卿欲收葬之。時遊騎充斥，親舊勸勿往，元卿持不可，曰：『兄死不收留，此身欲何用耶？』流涕而去，尋亦被禍，時人甚哀惜之。元卿長予一月，死時年二十七矣〔一〇〕。

【注釋】

〔一〕秀容：今山西忻州。

〔二〕井臼之事：指汲水舂米之類家務。

〔三〕涴：污染，玷污。

〔四〕田德秀：見上條。

〔五〕呂安：字仲悌（？—二六二），山東東平人。魏晉名士，與嵇康（叔夜）友善，每一相思，千里命駕。

〔六〕敏之：元好古，即卒於貞祐二年（一二一四）春。參《中州集》卷十《敏之兄詩》。

〔七〕桂林風落一枝春：意謂失去一位傑出人才。桂林一枝：《晉書》卷五十二《郤詵列傳》：『臣舉賢良對策，為天下第一，猶桂林之一枝，昆山之片玉。』比喻才學出眾。

〔八〕吾州：忻州，因元好問是忻州人，故云。

〔九〕平晉：在今太原南。

〔一〇〕死時年二十七：王萬石卒於貞祐三年（一二一五），王萬鍾也當卒於該年。若據此，王萬鍾當生於大定二十九年（一一八九），比元好問年長一歲。『長予一月』或是『長予一歲』之誤。

雷琯

琯字伯威，坊州人〔一〕，以薦書從事史館〔二〕，調八作司使〔三〕。博學能文，時輩少有及者〔四〕。并州人李汾與伯威同在史館，以高蹇得罪〔五〕，伯威作詩送之，頗譏翰林諸人不能少忍〔六〕，至與一書生相角逐，使之狼狽而去，有『郎君未足留商隱，官長從教罵廣文』之句〔七〕，又云：『明日春風一杯酒，與君同酹信陵墳。』〔八〕人甚稱之。

【注釋】

〔一〕坊州：治在今陝西黃陵縣境內。

〔二〕從事史館：《歸潛志》卷三：『已而，以家貧母老，為國史院書寫。』

〔三〕八作司使：《歸潛志》卷三：『秩滿，為八作使。』《金史》卷五十六《百官志》有『八作左右院』，設正使（從五品）、副使（從六品），掌管軍需軍器。

〔四〕博學能文：《歸潛志》卷三：『伯威博學能文，作詩典雅，多有佳句。』

〔五〕以高蹇得罪：李汾於正大年間為史館書寫官，因高傲不群，得罪長官雷淵、李獻能，正大四年（一二二七）被迫離開史館。事詳《中州集》卷十《李講議汾》。

〔六〕翰林諸人：指趙秉文等人。《歸潛志》卷二：『諸公辟為史院書寫，時趙閑閑為翰林。』

〔七〕郎君：指令狐綯。李商隱稱令狐綯為郎君，曾希冀得到令狐綯的援引，卻遭到拒絕。李商隱《九日》：『郎君官貴施行馬，東閣無因再得窺。』廣文：指唐人鄭虔（六八五—七六四），因進入唐玄宗所設廣文館而得名。杜甫《戲簡鄭廣文虔兼呈蘇司業》：『廣文到官舍，繫馬堂階下。醉則騎馬歸，頗遭長官罵。才名三十年，坐客寒無氈。賴有蘇司業，時時乞酒錢。』

〔八〕信陵君：指戰國四公子之一的魏無忌（？—前二四三）。《史記·魏公子列傳》云：『為人仁而下士，士無賢不肖皆謙而禮交之，不敢以其富貴驕士。士以此方數千里爭往歸之，致食客三千人。』信陵君墓在開封。雷琯有《信陵館酒間》詩，其一曰：『閑過信陵飲，有懷信陵君。君去日已遠，誰憐抱關人。徑攜一壺酒，往酹公子墳。墳科久已平，墓木幾為薪。』

王亳州賓

賓字德卿，亳社人〔一〕，貞祐二年進士〔二〕，由虹縣令入為尚書省令史〔三〕。壬辰，京城受圍，亳州為單父軍楊春所據，春以事出，德卿與故譙縣尉王進反正，朝廷授進集慶軍節度使，德卿同知使事〔四〕。明年夏六月，車駕幸蔡，道出於亳，德卿逆謁，上與語，慰勞者久之。詔行六部尚書事，仍賜世爵〔五〕。後數日，部曲崔七輩，以軍食不給送款，執德卿與副使呂鈞往市中，鈞且行且拜，泣涕不休，德卿毅然無所屈，大呼曰：『但殺但殺，不能從汝也。』是日遇害〔六〕。德卿學詩甚力，故所得亦多。如『風生傳令箭，星落受降城。』『煙外暮鐘催倦馬，林間殘照聚歸鴉。』『倉小軍爭米，村荒虎食牛。』又《贈剛上人》云：『楞嚴讀罷爐煙冷，澹坐山堂閱世人。』《言懷》云：『功名不到書生手，坐撫吳鈎惜壯圖。』《題馬丘寺壁》云：『落葉擁窗僧入靜，孤燈穿屋客吟秋。』人甚稱之。

【注釋】

〔一〕亳社：殷社，殷都於亳，其地在今河南安陽。《歸潛志》卷三言王賓為亳州人，可從。亳州，今安徽亳州。

〔二〕貞祐二年：非科舉年，當是貞祐三年（一二一五）。

〔三〕虹縣令：《歸潛志》卷三：「為虹令，有聲。」虹縣，今安徽泗縣。

〔四〕單父：今山東單縣。《金史·王賓傳》：「天興元年正月，亳州軍變，節度使粘哥荆山出走，楊春以州出降。既而，自以羸兵守之。賓與前譙縣令王進、魏節亨、呂鈞約城中軍民復其州，楊春遂遁。遣節亨詣歸德以聞。哀宗嘉之，授進節度使，賓同知節度使，節亨節度副使，鈞觀察判官。」

〔五〕行六部尚書事：《金史·王賓傳》：天興二年（一二三三）「六月，哀宗遷蔡，賓奉迎於州北之高安，上與語大悅，恨用之晚，擢為行部尚書，世襲謀克」。

〔六〕崔七：即崔七斤，崔復哥。《金史》卷十八《哀宗紀》：「六月丙申，亳州鎮防軍崔復哥殺守臣王賓等。」《金史》卷一百十七《粘哥荆山傳》：「既而，崔七斤為亂，殺王賓。」《金史·王賓傳》：「上初至亳，賓等適徵民丁負鐵甲入蔡，及會計忠孝軍家屬口糧，故留參知政事張天綱董之，就遷有功將士。時亳之糧儲不廣，賓等常吝惜，軍士以此歸怨。及運甲之役，復不欲行。會天綱與賓等於一樓上銓次立功等第，鎮防軍崔復哥、王六十之徒擐甲嘩噪登樓，天綱問曰：「即欲見殺，容我望闕拜辭。」賊曰：「無預相公。」即捜賓及呂鈞往市中。鈞且行且跪，涕淚俱下。賓岸然不懼，大叫曰：「不過殺我，但殺，但殺。」乃並害之。」

李夷

夷字子遷，後改名侙，宛丘人〔一〕。苦於作詩，賦《古鏡》云〔二〕：『盤盤古皇州，夢斷繁華歇。一鞭春事忙，耕出隴頭月。土蝕背花昏，蹄涔駭龍蹲。須髯怒欲張，縮手不敢捫。』又云：『壽光閲人多〔三〕，曾有此客否？』欽叔諸人甚愛之〔四〕。

【校記】

背花昏：《歸潛志》卷二引作『背花暗』。

『須髯』二句：《歸潛志》卷二引作『須髯殆欲張，不敢著手捫』。

【注釋】

〔一〕宛丘人：《歸潛志》卷二作陳郡人。宛丘為陳郡倚郭，治在今河南淮陽。

〔二〕《古鏡》：全詩見《歸潛志》卷二。

〔三〕壽光：指鏡子。司空圖作《容城侯傳》以鏡擬人，謂唐蜀郡人金炯以明察，被封為容城侯，奉朝請，進號『壽光先生』。後因稱鏡子為『壽光先生』。

〔四〕欽叔：李獻能。

郭邦彦

邦彥字平叔，本鄠縣人，僑居陽翟〔一〕，遂占籍焉。興定五年進士，調永城簿〔二〕，以退讓見稱。生世不幸，處於頑嚚傲三者之間〔三〕，鬱鬱不自聊。年未四十而死，寄庵先生愛其詩〔四〕，甚嗟惜之。

【注釋】

〔一〕鄠縣：今陝西戶縣。陽翟：今河南禹州。

〔二〕興定五年：一二二一年。永城：今河南永城。

〔三〕頑嚚傲：形容極惡劣的家庭環境。相傳舜帝「父瞽叟頑，母嚚，弟象傲」，見《史記·五帝本紀》。

〔四〕寄庵先生：指李遹，時居於陽翟。生平參《元好問全集》卷十七《寄庵先生墓碑》、《中州集》卷五《李治中遹》。

史學

學字學優，延安人〔一〕。兄才，字才長，住太學有聲。學優正大中省試第一人〔二〕，釋褐舞陽簿，辟盧氏令〔三〕，卒官。妻李氏，國初河南尹成之孫女〔四〕，小詩殊有思致。學優嘗客京師，有所眷，久而不歸，李作詩寄之云：『百年風樹底，誰淚到君前。』學優得詩，即日命駕。

【注釋】

〔一〕延安人：《歸潛志》卷二作『河南人』，誤。《續夷堅志》卷四《史學優登科歲月》亦云『延安史學優』。

〔二〕省試第一人：《續夷堅志》卷四《史學優登科歲月》云史學及第，出於李獻能門下。考李獻能正大元年為應奉翰林文字，主持省試。故史學省試第一人當在正大元年（一二二四）。

〔三〕舞陽：今河南舞陽。盧氏：今河南盧氏。

〔四〕李成：字伯友（一〇九一？—一一六〇？），宋雄州歸信（今河北雄縣），由宋降齊入金，隨宗弼攻南宋，任河南尹都管押本路兵馬。《金史》卷七十九有傳。

侯冊

冊字君澤〔一〕，以門資仕，與杜仲梁、張仲經、劉京叔游〔二〕，用是得名。嘗作樂府云：『玉階春草傷心碧〔三〕，錦瑟華年過眼空〔四〕。』又云：『千金買斷青樓月，爛醉桃花扇影風。』〔五〕人多愛之。壬辰歲，病京師，圍中作詞云：『回首鳳凰城下路〔六〕，人不見，月茫茫。』明日，君澤死〔七〕，其後京城亦丘墟矣。

【注釋】

〔一〕冊字君澤：《歸潛志》卷三：『侯策季書，先字君澤，中山人。』

〔二〕杜仲梁：即杜仁傑（一一九八—一二七七？），字善夫，號止軒，長清（今山東長清）人。與元好問交往頗密。生平見顧嗣立《元詩選》三集。張仲經：即張澄，洛西（今河南宜陽）人，詳參《中州集》卷八《張參議澄》。劉京叔：劉祁（一二〇三—一二五〇），著有《歸潛志》。

〔三〕玉階春草傷心碧：杜甫《蜀相》：『映階碧草自春色，隔葉黄鸝空好音。』李白《菩薩蠻》：『平林漠漠煙如織，寒山一帶傷心碧。』

〔四〕錦瑟華年：李商隱《錦瑟》：『錦瑟無端五十弦，一弦一柱思華年。』賀鑄《青玉案》：『錦瑟華年誰與度？』

〔五〕『千金買斷』二句：蘇軾《送劉寺臣赴餘姚》：『千金買斷顧渚春。』晏幾道《鷓鴣天》：『舞低楊柳樓心月，歌盡桃花扇底風。』

〔六〕鳳凰城：漢唐長安的美稱，這裏指代汴京。

〔七〕壬辰：天興元年（一二三二）。《歸潛志》卷三：『天興改元，陳亂，失妻，獨走大梁，詣余。會疾作，數月死。諸朋友為買棺，葬西城。余為誌其墓，刻石。』

王元粹

元粹字子正，初名元亮，後止名粹，平州人〔一〕，系出遼世衣冠家〔二〕。年十八九，作詩便有高趣，性習專固，世事不以累其業，故時輩無能當之者。正大末，用門資敘，為南陽酒官〔三〕，遭亂流寓襄陽〔四〕。襄陽破〔五〕，隻身北歸，寄食燕中，遂為黄冠師。有『十月風霜侵病骨，數家針線補殘衣』之句，親舊有憐其孤苦，欲為之更娶者。子正業已高舉，主太極道院〔六〕，竟不能自返，年四十餘，癸卯九月病卒〔七〕。詩人淄川楊叔能挽之云〔八〕：『匹婦主中饋〔九〕，雖貧生理存。五言造平淡，隻影臥黄昏。漫下陳蕃榻，虚沾文舉尊〔一〇〕。北平家世絕〔一一〕，銜恨入荒原。』從弟鬱亦攻詩〔一二〕，方之其兄，蓋商周矣。

【注釋】

〔一〕平州：今河北盧龍縣。

〔二〕出遼世衣冠家：李道謙《甘水仙源録》卷七《恕齋王先生事蹟》：『北平之巨族也。』其先世失考。

〔三〕南陽：今河南南陽。

〔四〕遭亂流寓襄陽：天興二年（一二三三），鄧州守帥移剌瑗降宋，王元粹隨之流落襄陽。《甘水仙源録》卷七《恕齋王先生事蹟》：『會天兵南下，民遷襄陽，先生亦漂泊江漢間。』

〔五〕襄陽破：蒙古太宗七年（一二三五），蒙古伐宋，攻克襄陽。

〔六〕高舉：出家，隱居。太極道院：即太極書院，在燕京，由楊惟中所建。《元史·楊惟中傳》：『皇子闊出伐宋，……凡得名士數十人，收伊、洛諸書送燕都，立宋大儒周敦頤祠，建太極書院，延儒士趙復、王粹等講授其間，遂通聖賢學，慨然欲以道濟天下。』

〔七〕癸卯：一二四三年。

〔八〕楊宏道：一作楊弘道（一一八七—一二七〇），字叔能，淄川人，金末詩人。生平見王惲《秋澗集》卷八《楊弘道賜號事狀》。

〔九〕中饋：家中飲食之事。《周易·家人》：『無攸遂，在中饋。』孔穎達疏：『婦人之道……其所職，主在於家中饋食供祭而已。』

〔一〇〕陳蕃：東漢名士。《後漢書·徐穉傳》：『蕃在郡不接客，唯穉來特設一榻，去則懸之。』文舉：孔融。《後漢書·孔融傳》：『性寬容少忌，好士，喜誘益後進。及退閑職，賓客日盈其門。常歎曰：「坐上客常滿，尊中酒不空，吾無憂矣。」』

〔一一〕北平：指平州，因平州於後魏時曾置北平郡。家世絕：指其無子嗣。

〔一二〕王鬱：見下則。《歸潛志》卷三有其自作小傳。

王鬱

鬱字飛伯〔一〕，少日作樂府《擬古別離》，有『黃鶴樓高雲不飛，鸚鵡洲寒星已曙』之句，人多傳之。其後入京師，大為李欽叔所稱〔二〕，與之詩云：『詩句娩國風，下者猶楚辭。』贈詩者甚多，有云：『憶惜潁亭見飛伯，恍若夢中逢李白。』〔三〕又云：『紫陘仙人今淵雲，騎風御氣七尺身。』〔四〕又云：『良金元有價，白璧況無瑕。』〔五〕又云：『王郎少年詩境新，氣象慘澹含

古春。筆頭仙語復鬼語，只有溫李無他人。』〔六〕飛伯用是頗自貴重云。（以上《中州集》卷七）

【注釋】

〔一〕鬱字飛伯：《歸潛志》卷三引王鬱自作《王子小傳》：『先生名青雄，一名鬱，大興府人也。』

〔二〕李欽叔：李獻能，參見《中州集》卷六《李右司獻能》。李獻能現存《題飛伯詩囊》、《贈王飛伯雜言》、《送王飛伯歸陽翟》、《江梅引・為飛伯賦青梅》等作品。

〔三〕『憶惜』二句：該詩作者不詳。

〔四〕『紫陘』二句：出自完顏璹《送王生西遊》，見《中州集》卷五。

〔五〕『良金』二句：該詩作者不詳。

〔六〕『王郎』四句：出自元好問《黃金行》，見《元好問全集》卷六。

邢內翰具瞻

具瞻字岩夫，遼西人〔一〕，天會二年進士〔二〕，與吳、蔡為文章友〔三〕，仕至翰林待制。

【注釋】

〔一〕遼西人：魏道明《明秀集注》卷二《臨江仙・雪晴過邢岩夫用舊韻》注：『岩夫名具瞻，利州龍山人。』

龍山為利州屬縣，其治在今遼寧建昌縣內。

〔二〕天會二年：一一二四年。《明秀集注》卷二《臨江仙·雪晴過邢岩夫用舊韻》注：『天會二年平州榜及進士第。』

〔三〕吳、蔡：指吳激、蔡松年，參見《中州集》卷一。蔡松年有《小飲邢岩夫家因次其韻》等作品。

王太常繪

繪字質夫，濟南人，天會二年進士〔一〕。《武陟道中》詩云：『梧葉重勝迎日露，蕎秧薄要護霜雲。』〔二〕人頗稱之。仕至太常卿，有《注太白詩》行於世〔三〕。

【注釋】

〔一〕天會二年進士：王繪大定二十八年（一一八八）撰《大聖院記》稱其及第時間在皇統九年（一一四九）：『昔在皇統九年，繪就試回，待榜之次，胸次芥蔕。一日先妣太君田氏謂繪曰：「昨暮夢自絡絲于張絲杆上火起，方驚愕間，忽見南寺大聖，忻然而言：汝子今歲必了此吉徵也。」不數月，捷報登第，式符其夢。』疑是。若天會二年（一一二四）進士及第，至大定二十八年（一一八八），王繪年近九旬。《大聖院記》自署『大定二十八年三月十五日少中大夫保德州刺史兼知軍州事王繪』，其時尚在任上，斷不可能年近九旬。

〔二〕武陟：今河南武陟。

〔三〕《注太白詩》：已佚。元人于欽《齊乘》卷一曾引用該書。

王禮部競

競字無競，安陽人〔一〕，宋末登科〔二〕，仕國朝至禮部尚書〔三〕，兼翰林學士承旨，年六十四，大定四年卒〔四〕。無競善作大字，字或廣長丈餘，而結密如小楷，京都宫殿題牓皆其筆，趙禮部以為古今第一手，唯党篆差可配耳〔五〕。一孫名道通，字彦深〔六〕，今為黄冠師。

【注釋】

〔一〕安陽人：《金史》卷一百二十五《王競傳》：『王競字無競，彰德人。』安陽為彰德府倚郭縣，在今河南安陽。

〔二〕宋末登科：王競生於建中靖國元年（一一〇一），疑其及第時間為宣和四年（一一二四）。

〔三〕『仕國朝』句：據《秋澗集》卷三十七《遺廟記》引金人廟記，正隆四年（一一五九），王競任禮部尚書。

〔四〕大定四年：一一六四年。

〔五〕趙禮部：趙秉文。党篆：指党懷英的篆書。《金史·王競傳》：『競博學而能文，善草隸書，工大字。兩都宫殿榜題皆競所書，士林推為第一云。』

〔六〕王道通：其人失考。

杜佺

佺字真卿，武功人〔一〕，宋末有詩名於關中。兒時嘗作藥名詩，有『杜仲吾家好弟兄，自然同姓又同名』之句。及以五言百韻上乾州通判馬涓〔二〕，涓大加賞異。阜昌中登科〔三〕，蒞官亦有聲。馬嵬太真墓，過客多題，其詩甚多。道陵詔錄其詩，得五百餘首，付詞臣第之，真卿詩在高等〔四〕。舊有《錦溪集》〔五〕，亂後不復見矣。子師楊，亦能詩，尤工書翰，奉天楊焕然云然〔六〕。

【注釋】

〔一〕武功：治在今陝西武功與扶風之間。

〔二〕馬涓：字巨濟，四川保寧人，宋哲宗元祐六年（一〇九一）狀元。馬涓及第後曾任秦州判官。

〔三〕阜昌：偽齊年號（一一三〇—一一三七）。偽齊共舉行過兩次科考，一是阜昌四年（一一三三），一是阜昌六年（一一三五）。杜佺及第時間不詳。

〔四〕道陵：金章宗。《中州集》卷八錄其《馬嵬道中》詩：『垂柳陰陰水拍堤，春晴茅屋燕爭泥。海棠正好東風惡，狼籍殘紅送馬蹄。』薛瑞兆從元人駱天驤《類編長安志》卷七輯得另一首《復題馬嵬詩》，詩如下：『馬嵬楊柳綠依依，又見鑾輿幸蜀歸。泉下阿環應有語，這回你更罪楊妃。』參見薛瑞兆《方志中的金詩拾遺》，載《古籍整理研究學刊》二〇〇六年第六期。

〔五〕《錦溪集》：久佚。《千頃堂書目》卷二十九著錄此書。

〔六〕杜師楊：其人不詳。楊煥然：名奐（一一八六—一二五五），奉天（今陝西禮泉）人，《元史》卷一五三有傳。《元好問全集》卷二十三有《故河南路課稅所長官兼廉訪使楊君神道之碑》。

邊轉運元勳

元勳字輔臣，豐州人，後遷雲中〔一〕。祖貫道，遼日狀元〔二〕。輔臣天會十年進士〔三〕，終於河間路轉運使〔四〕。與弟元鼎、元恕。

【校記】

與弟元鼎、元恕：此句疑有衍誤。《中州集》卷二《邊內翰元鼎》：『兄元勳、元恕俱有時名，號三邊。』

【注釋】

〔一〕豐州：治在今內蒙古呼和浩特。雲中：今山西大同。

〔二〕邊貫道：生平不詳。

〔三〕天會十年：一一三二年。

〔四〕河間路：河北東路，其總管府在河間，故云。河間：今河北河間。

李寧州之翰

字周卿，濟南人，宣和末擢第〔一〕，人有勸參童貫〔二〕，可以徑至館職者，周卿謝絶之。國兵破洺州〔三〕，縛見元帥，誘之使降，語及君臣之際，辭情慷慨，自分一死，帥憐之，遂被録用。後守寧州〔四〕，陷田侍郎珏黨籍〔五〕，除名，徙上京〔六〕，遇赦復官〔七〕，終於東平倅〔八〕。有《漆園集》行於世〔九〕。子靈石尉謙，孫德元，今在鄉里。〔一〇〕

【注釋】

〔一〕宣和末擢第：　李之翰及第時間或在宣和四年（一一二二四）。

〔二〕參：　參拜。

〔三〕洺州：　治在今河北永年境内。

〔四〕寧州：　治在今甘肅寧縣。

〔五〕田珏：　金熙宗時任吏部侍郎，皇統七年（一一四七），蔡松年等人彈劾田珏等結為朋黨，田珏等八人被處死，孟浩等三十四人被流放。李之翰即在流放之列。事詳《金史·蔡松年傳》、《金史·孟浩傳》、《歸潛志》卷十。

〔六〕上京：　今黑龍江阿城。

〔七〕遇赦復官：完顏亮即位後，大赦天下。《金史·孟浩傳》：「浩等三十二人遇天德赦令還鄉里，多物故。」《金史·海陵紀》：「皇統九年十二月己未（十一），大赦，改皇統九年為天德元年。」

〔八〕東平：今山東東平。

〔九〕《漆園集》：已佚。《千頃堂書目》卷二十九有著錄。楊宏道《小亨集》卷六《窺豹集後序》云李之翰著有一巨編《窺豹集》。

〔一〇〕靈石：今山西靈石。李謙，曾任靈石尉，餘不詳。李德元，字善長，在金以蔭入仕，入元以教讀為生。

三興居士

三興居士，阜昌中人〔一〕。

【注釋】

〔一〕阜昌：偽齊年號（一一三〇—一一三七）。據此，三興居士可能活躍於偽齊時期。

楊興宗

興宗，高陵人〔一〕，宋既渡江，故興宗有《龍南集》，予同舍郎關中楊君美嘗見之〔二〕。

【注釋】

〔一〕高陵：今陝西高陵。

〔二〕《龍南集》：已佚。同舍郎：指同住一舍之人。楊君美：名天德（一一八〇—一二五八），奉元（今陝西延安）人，興定二年（一二一八）進士，生平詳許衡《南京轉運司度支判官楊公銘》。

趙亮功

亮功，華州人，嘗監富平酒〔一〕。

【注釋】

〔一〕華州：治在今陝西渭南市華州區。富平：今陝西富平。

賈泳

泳字漢甫，洛陽人〔一〕。

【注釋】

〔一〕洛陽人：據《中州集》卷八所選《題安生僧寺》詩序，該詩作於天會十二年（一一三四），感慨五年來的坎坷不遇，知其為金初人。

元日能

日能，不知何許人，與劉巖老同時〔一〕。

【注釋】

〔一〕劉巖老：劉汲，號西巖老人。天德三年（一一五一）進士。參見《中州集》卷二《劉西巖汲》。

范墀

墀字元涉，系出潁川〔一〕，有《詩話》行於世〔二〕。

【注釋】

〔一〕潁川：舊郡名，治在今河南陽翟。

〔二〕《詩話》：已佚。

王雄州仲通

仲通字達夫，長慶人〔一〕。天會六年進士〔二〕，皇統中陷田㲄黨籍〔三〕，編配五國〔四〕，會赦還，世宗即位，復官〔五〕，終於永定軍節度使〔六〕。

【注釋】

〔一〕長慶：遼時縣名，在今遼寧錦州東北。

〔二〕天會六年：一一二八年。

〔三〕田㲄黨籍：參見上文《李寧州之翰》注。

〔四〕五國：即五國城，舊址在今黑龍江依蘭縣境內。

〔五〕赦還：時在天德元年（一一四九）。世宗即位：時為大定元年（一一六一）。

〔六〕永定軍節度使：《金史》卷二十四《地理志》：中都路『雄州，中，天會七年置永定軍節度使』。治在今河北省雄縣。

韓內翰汝嘉

汝嘉字公度，宛平人〔一〕。父昉，遼末狀元，仕國朝至宰相〔二〕，嘗作《武元聖德神功碑》，為作者所稱〔三〕。公度皇統二年進士〔四〕，累遷真定路轉運使〔五〕，坐公事，遷清州防禦使〔六〕，召為翰林侍讀學士〔七〕，卒〔八〕。

【注釋】

〔一〕宛平：為燕京之倚郭縣，今北京。

〔二〕父昉：韓昉（一〇八二—一一四九），字公美，遼天慶二年（一一一二）狀元。入金後，歷任翰林學士、濟南尹，拜參知政事，封鄆國公，加開府儀同三司。《金史》卷一二五有傳。

〔三〕武元：金太祖完顏阿骨打（一〇六八—一一二三）謚曰武元皇帝。《武元聖德神功碑》：又稱《太祖睿德神功碑》、《武元皇帝平遼碑》等。《金史·韓昉傳》：『昉雖貴，讀書未嘗去手。善屬文，最長於詔冊，作《太祖睿德神功碑》，當世稱之。』迺賢《金臺集》卷二《讀金太祖武元皇帝平遼碑》：『十丈豐碑勢倚空，風雲猶憶下遼東。百年功業秦皇帝，一代文章太史公。石斷龍鱗秋雨後，苔封龜背夕陽中。行人立馬空惆悵，禾黍離離滿故宮。』詩有小序：『在南城豐宜門外，金史臣韓昉撰，宇文虛中書。』原碑已不存，文亦失傳。

〔四〕皇統二年：一一四二年。

〔五〕真定路：即河北西路，治在河北正定。

〔六〕清州：今河北青縣。

〔七〕召為翰林侍讀學士：《建炎以來繫年要錄》卷一百九十一：紹興三十一年七月『壬辰，敷文閣待制樞密都承旨充大金起居稱賀使徐喆等至盱眙軍，金主已遣翰林侍講學士韓汝嘉至泗州待之』。紹興三十一年，即金正隆六年（大定元年，一一六一）。

〔八〕卒：韓汝嘉卒於正隆六年（一一六一）。據《三朝北盟會編》卷二百三十一：（八月）『十五日乙卯，金國主亮殺諫議大夫韓汝嘉，舉兵南寇。金主亮欲舉兵，韓汝嘉自盱眙歸，諫亮寢兵講和。亮不從，曰：「爾與宋朝為遊說邪？」賜汝嘉死。遂起兵』。

王吏部啟

啟字希畢，大興人〔一〕。正隆二年進士〔二〕，累遷戶部員外郎、通州刺史〔三〕，用宰相萬公薦〔四〕，權右司郎中。章宗即位，不一歲，遷工部侍郎〔五〕，即以河南北路提刑使拜吏部尚書使宋，使還，出為絳陽軍節度使〔六〕，致仕，還鄉里，與左丞董公、參政馬公、宣徽盧公、尚書郭公為九老會〔七〕，年七十九卒。子師揚，字仲雄，南渡後隱居嵩山〔八〕，時年已六十餘，經傳子史皆手自抄之，如健舉子結夏課然。希顏說仲雄在太學〔九〕，同舍號為閉戶王先生，其謹厚蓋家法云。孫造字成叔〔一〇〕，今居東平。

【校記】

河南北路：當是河東南北路之誤。《金史》卷十《章宗紀》：明昌五年（一一九四）閏十月，『甲戌，以河東南北路提刑使王啟等為賀宋主即位使』。《金史》卷六十二《交聘表》與此相同。

【注釋】

〔一〕大興：縣名，今北京大興區。

〔二〕正隆二年：一一五七年。

〔三〕通州：今北京通州區。

〔四〕萬公：指張萬公（？—一二〇七）。張萬公，字良輔，東阿（今山東東阿）人。正隆二年進士，歷任御史中丞、大興尹、濟南尹、擢平章政事，封壽國公。《金史》卷九十五有傳。參《中州集》卷九《張平章萬公》。

〔五〕遷工部侍郎：當在大定二十九年或明昌元年。

〔六〕絳陽軍：治在今山西新絳。

〔七〕左丞董公：董師中（一一二九—一二〇二），字紹祖，洺州（今河北永年）人，皇統九年（一一四九）進士，歷任吏部尚書、參知政事、尚書左丞。《金史》卷九十五、《中州集》卷九有傳。參政馬公，指馬琪。馬琪字德玉，大興寶坻（今屬天津）人，正隆五年（一一六〇）進士，明昌四年（一一九三）拜參知政事。《金史》卷九十五有傳。宣徽盧公：指盧璣，字正甫，臨潢人，章宗時期任左宣徽使，《金史》卷七十五有傳。尚書郭公：疑為郭邦傑，生平散見《金史》。據《金史》卷四十九《食貨志》，郭邦傑大定二十九年為刑部尚書。九老會：其他成員不詳。

〔八〕南渡：指貞祐二年（一二一四）遷都汴京。王師揚：生平無考。

〔九〕希顏：指雷淵。參《中州集》卷六《雷御史淵》。

〔一〇〕東平：今山東東平。孫造：王造生平無考。

晁洗馬會

會字公錫，高平人〔一〕，道院文元公之後〔二〕。宣和末，中武舉，仕為太子洗馬，天眷二年經義進士〔三〕。為人美風儀，氣量宏博澤人。經靖康之亂，生徒解散，公錫稍誘進之，貧不能就舉者，必厚為津遣，在官下則分俸以給之〔四〕。至於李承旨致美昆仲〔五〕，亦出其門，士論歸焉。歷虞鄉、猗氏、臨晉三縣令〔六〕，以興平軍節度副使致仕〔七〕，年七十八終於家，詩號《泫水集》〔八〕。《虞鄉縣齋》云：『官況薄於重榨酒，瓜期近似欲殘棋〔九〕。』《王官谷》云：『煙藏芳樹遠，雲補斷山齊。』〔一〇〕鄉人至今傳之。孫國章，字公憲〔一一〕，李承旨外孫，教授鄉里，樂於提誨，諸生經指授者，肅然如在官府，進退拱揖，皆有可觀，蓋其家法云。

【注釋】

〔一〕高平：今山西晉城高平。

〔二〕道院文元公：晁迥（九五一—一〇三四），字明遠，澶州清豐（今河南清豐），徙居彭門（今四川彭州北）。太平興國進士，累遷太常丞、翰林學士、禮部尚書，以太子少保致仕，卒贈太子太保，謚文元。藏書極豐，著有《翰林集》、《道院集》等。《宋史》卷三百五有傳。

〔三〕天眷二年：一一三九年。

〔四〕津遣：資助遣送。官下：做官之地。

〔五〕李承旨致美：李晏（一一二三—一一九七），字致美，高平人。《金史》卷九十六、《中州集》卷二有傳。其弟不詳。

〔六〕虞鄉：治在山西永濟市虞鄉鎮。猗氏：今山西臨猗。臨晉：治在今山西永濟市臨晉鎮。

〔七〕興平軍：治在河北盧龍。

〔八〕泫水：河名，在山西高平境內。《泫水集》得名於此，集已佚。

〔九〕瓜期：官吏任期屆滿。

〔一〇〕王官谷：在山西永濟境內。

〔一一〕晁國章：生平無考。

王內翰遵古

遵古字元仲。父政，金吾衛上將軍〔一〕，三子遵仁、遵義〔二〕，元仲其季也〔三〕。元仲四子：庭玉字子溫，內鄉令，終於同知遼州軍州事〔四〕；庭堅字子貞，有時名〔五〕；庭筠字子端〔六〕；庭掞字子文〔七〕。

【注釋】

〔一〕王政：本名南撒里，《金史》卷一二八有傳。《元好問全集》卷十六《王黄華墓碑》：『永壽之長子政仕金朝，官至金吾衛上將軍、建州保静軍節度使。』

〔二〕王遵仁、王遵義：生平無考。

〔三〕元仲：元好問《王黄華墓碑》：『保静之中子遵古字元仲，正隆五年（一一六〇）進士，仕為中大夫、翰林直學士，文行兼備，潛心伊洛之學，言論皆可紀述。明昌應詔，有「昔人君子」之目。』

〔四〕內鄉：今河南西峽。遼州：治在今山西左權。王庭玉：生平無考。

〔五〕庭堅：生平無考。王庭筠有《送子貞歸遼陽》。

〔六〕庭筠：參見《中州集》卷三《黄華王先生庭筠》。

〔七〕庭掞：生平無考。

王汾州濤

璹字君玉，太原人，天眷二年進士〔一〕。弟珙器玉、珣汝玉，皇統九年同榜〔二〕。家世業醫，有陰德，閭里中嘗有金蠶、金馬之瑞〔三〕。君玉仕至汾陽軍節度使〔四〕。鄉人榮之，號三桂王氏〔五〕，行尚書省左右司郎中。仲澤其從孫也〔六〕。金馬在部掾清卿房，迄今寶之〔七〕。

【校記】

皇統九年：《續夷堅志》卷一《王氏金馬》作『皇統元年』，疑誤。因皇統元年非科舉年。

【注釋】

〔一〕天眷二年：一一三九年。

〔二〕王珙、王珣：生平無考。皇統九年：一一四九年。

〔三〕金蠶之瑞：不詳。金馬之瑞：見《續夷堅志》卷一《王氏金馬》：『太原王氏，上世業醫，有陰德聞里中，至君玉之父翁母，皆敬神佛。一淨室中安置經像，扃鑰甚嚴，於灑掃，母亦親為之。一日晚，入室中焚誦，忽供几下一細小物跳躍而出，有光隨之，須臾，作聲如馬嘶。母起立祝曰：「古老傳有金馬駒，今真見之，果欲送福，來老婦衣襟中。」即以襟迎之。此物一跳而上，視之，金馬也。』

〔四〕汾陽軍：治在今山西汾陽。

〔五〕『鄉人榮之』二句：《續夷堅志》卷一《王氏金馬》：『君玉以天眷二年第，器玉、汝玉，皇統元年相繼科第。鄉人榮之，號三桂王氏。府尹並以「三桂」名所居之坊。』

〔六〕仲澤：王渥，參見《中州集》卷六《王右司渥》。

〔七〕金馬在部掾清卿房：《續夷堅志》卷一《王氏金馬》：『金馬方廣三寸，金作棗瓤色，項頸微高，尾上揭如艾炷，髀股圓滑。兵亂之後，予曾見之。』元好問自注：『濬州清卿房約為賦《金馬辭》也。』清卿，指王仲元，字清卿。參見下文《錦峰王仲元》。

李特進獻可

獻可字仲和，遼東人〔一〕，太師金源郡王石之子，太師遼末狀元〔二〕。仲和，世宗元妃之弟，大定十年史紹魚榜進士〔三〕，歷州縣，入翰苑，累遷户部員外郎。以事貶清水令〔四〕，召為大興少尹〔五〕，遷户部侍郎，終於山東西路提刑使。衛紹王即位，以仲和元舅，贈特進道國公〔六〕；子道安，特旨符寶郎〔七〕。

【注釋】

〔一〕遼東人：《金史》卷八十六《李石傳》作遼陽人。遼陽，今遼寧遼陽。

〔二〕李石：字子堅，世宗母貞懿皇后之弟，遼乾統七年（一一〇七）狀元。仕至翰林學士。入金後歷汴京都巡檢使、大名少尹，汴京軍馬副都指揮使、景州刺史等職。世宗稱帝遼陽，李石有定策之功，擢户部尚書，拜參知政事。世宗納石女於後宫，後封元妃，生鄭王永蹈、衛王永濟。大定七年拜司徒，兼太子太師，御史大夫如故。十年，進拜太尉，尚書令。封平原郡王。大定十六年薨，謚襄簡。《金史》卷八十六有傳。

〔三〕大定十年：一一七〇年。史紹魚：該年詞賦狀元，生平無考。《金史》卷八十六《李獻可傳》：『獻可字仲和，大定十年中進士第。世宗喜曰：「太后家有子孫中進士，甚盛事也。」』

〔四〕清水：今甘肅清水。

〔五〕大興：今屬北京。

〔六〕衛紹王：完顏永濟，世宗與李氏之子，世宗時封衛王，章宗無子，立爲儲嗣，泰和八年（一二〇八）即帝位，至甯元年被宦官李思中所殺。貞祐四年（一二一六）追復衛王，謚紹。《金史》卷六十四《元妃李氏傳》：『衛紹王即位，追謚光獻皇后，贈妃弟獻可特進。』

〔七〕李道安：生平無考。

雷溪先生魏道明

道明字元道，易縣人〔一〕。父遼天慶中登科，仕國朝爲兵部郎中〔二〕，子上達、元真、元化、元道，俱第進士〔三〕，又皆有詩學。元道最知名，仕至安國軍節度使，〔四〕暮年居雷溪〔五〕，自號雷溪子，有《鼎新詩話》行於世〔六〕。元道《春興》云：『燕來燕去烏衣巷，花落花開榖雨天。』《高麗館偏涼亭》云：『碧海半彎蝸角國，春風十里鴨頭波。』〔七〕《中秋》云：『丹桂知經幾寒暑，冰壺別是一山川。』其所得者也。

【注釋】

〔一〕易縣：今河北易縣。

〔二〕天慶：遼天祚帝年號（一一一一—一一二〇）。魏道明之父，生平無考。

〔三〕上達：生平不詳。元真：皇統二年（一一四二）進士。韓汝嘉有《寄元真同年》詩，韓汝嘉皇統二年進士。元化：生平無考。魏道明及第時間不詳。

〔四〕安國軍：治在邢州，故元好問《中州集序》稱之為『魏邢州元道』。邢州：今河北邢臺。

〔五〕雷溪：河流名，在易縣境內。

〔六〕《鼎新詩話》：已佚。

〔七〕《高麗館偏涼亭》：原注：『涼或作梁。』疑是。魏道明出使高麗，時間不詳。其詩已佚。

學易先生雷思

思字西仲，渾源人〔一〕，天德三年進士〔二〕。大定中，任大理司直，持法寬平，至今稱之，仕至同知北京轉運使事，有《易解》行於世〔三〕。弟志字南仲，亦第進士，仕至永定軍節度使〔四〕。西仲季子淵〔五〕，最知名。

【注釋】

〔一〕渾源：今山西渾源。

〔二〕天德三年：一一五一年。

〔三〕《易解》：已佚。雷思號學易先生，與其愛好《周易》有關。

〔四〕仕至永定軍節度使：據《山西通志》卷六十五，雷志於貞元二年（一一五四）進士及第。永定軍，治在今河北雄縣。

〔五〕西仲季子淵：雷淵，參《中州集》卷六《雷御史淵》。

王大尹翛

翛字翛然，范陽人〔一〕，皇統二年進士〔二〕。資稟鯁峭，甫入仕，即以材幹稱。大定中，皇子曹王尹大興〔三〕，翛然為少尹，王移鎮北門〔四〕，復以同尹從之，前後多所規益〔五〕，朝廷稱焉。遷咸平轉運使〔六〕，改知瀋州〔七〕，坐為怨家所誣，奪官。宰相有為辨理者，得鄭州防禦使〔八〕。章宗即位，召拜禮部尚書〔九〕，以選為大興尹，兩月政成，發奸擊强〔一〇〕，剖繁理劇，百年以來，無有出其右者〔一一〕。尋為護前者所排〔一二〕，繫獄累月，天子知其非罪，出之，翛然幅巾歸范陽〔一三〕。明年，起為定國軍節度使〔一四〕，致仕卒〔一五〕，遺命無請謚，無立碑，然至今言名臣者，必及焉。

【校記】

定國軍節度使：《金史·王翛傳》作『定海軍節度使』。定國軍，治在同州，今陝西大荔。定海軍，治在萊州（今屬山東）。似以《金史》為是。

【注釋】

〔一〕范陽人：《金史》卷一百五《王翛傳》作涿州人。范陽為涿州倚郭縣，今河北涿州。

〔二〕皇統二年：一一四二年。

〔三〕曹王：金世宗之子完顏永功（一一五四—一二一一），大定十一年（一一七一）進封曹王，十五年除刑部尚書，十八年改大興尹。《金史》卷八十五有傳。

〔四〕移鎮北門：據《金史》卷八十五《完顏永功傳》，完顏永功大定二十三年任北京留守。北京，原為遼中京，在今內蒙古寧城之西。移鎮北門，當指此。

〔五〕多所規益：完顏永功有不良之舉。《金史》卷八十五《完顏永功傳》：『閱月改北京留守，居無何，上謂宰臣曰：「朕聞永功到北京，為政無良，雖朕子，萬一敗露，法可廢乎？朕已戒敕永功，卿等可諭其長史，俾匡正之。」』

〔六〕咸平轉運使：《金史·地理志》：『咸平路咸平府，置遼東路轉運司。』《金史·王翛傳》：『（大定）二十四年，遷遼東路轉運使。』咸平：今遼寧開原。

〔七〕瀋州：今遼寧瀋陽。

〔八〕鄭州：今河南鄭州。

〔九〕章宗即位：時在大定二十九年（一一八九）。《金史·王翛傳》：『審錄官奏，翛前任顯德潔廉剛直，軍吏斂跡，無訟獄。遷禮部尚書，兼大理卿。』

〔一〇〕兩月政成：《金史·王翛傳》：『明昌二年（一一九一），改知大興府事。時僧徒多游貴戚門，翛惡之，乃禁僧午後不得出寺。嘗一僧犯禁，皇姑大長公主為請，翛曰：「奉主命，即令出之。」立召僧，杖一百死，京師肅然。』

〔一一〕無有出其右者：《金史·王翛傳》：『翛性剛嚴，臨事果決，吏民憚其威，雖豪右不敢犯。承安間，知大興府事闕，詔諭宰臣曰：「可選極有風力如王翛輩者用之。」其為上所知如此。』

〔一二〕護前者：掩飾從前過錯者。《金史·王翛傳》：『後坐故出人罪，復削官解職。』

〔一三〕幅巾：儒者便裝。

〔一四〕起為定國軍節度使：《金史·王翛傳》：『明年（明昌三年），特授定海軍節度使。諭旨曰：「卿賦性太剛，率意行事，乃自陷於刑。若殿年降敘，念卿入仕久，頗有執持，故特起於罪謫之中，授以見職。且彼歲歉民饑，盜賊多，須用舊人鎮撫，庶得安治。勉盡乃心，以圖後效。」』

〔一五〕致仕卒：《金史·王翛傳》：『未幾，表乞致仕。上曰：「翛能幹者，得力為多。」不許。復申請，從之。泰和七年，卒，年七十五。』以泰和七年（一二〇七）七十五歲推算，王翛當生於天會十一年（一一三三）。如此，皇統二年（一一四二）及第時，只有十歲。其中必定有誤。

高工部有鄰

有鄰字德卿，遂城人〔一〕。數歲入小學，州將為子娶婦，騶御盈路，同舍兒競觀之，德卿讀書自若也。大定三年第進士〔二〕，歷州縣，為尚書省令史。時相議絀詞賦，專明經，德卿以賦有譎諫之義，反復詰難，竟得不罷。爾後擢第者，廷試時務策，亦自德卿發之〔三〕。明昌初，累遷安國軍節度使〔四〕。父飛狐令某〔五〕，嘗尉南和〔六〕，以公事活千餘人，德卿實生是邑。父老有身及當時事者，扶杖迎勞，歡呼馬前，德卿亦為立碑尉廳〔七〕。不踰月，子嵩，猶子鑄，同榜登科，時人榮之〔八〕。泰和中使宋〔九〕，還拜工部尚書，致仕卒〔一〇〕。德卿孝友廉介，長於吏事，所至興學校，敦風化，以儒雅自緣飾，耆舊至今稱之。子巖，字士瞻，第進士〔一一〕；季子嶷，字士美，正大初監察御史，最知名〔一二〕。

【注釋】

〔一〕遂城：治在今河北徐水。

〔二〕大定三年：一一六三年。

〔三〕廷試時務策：據《金史》卷八十八《唐括安禮傳》，宰相唐括安禮主張廷試時務策。或許高有鄰率先提出，得到唐括安禮的認同，再上報金世宗。據《金史》卷五十一《選舉志》，其事在大定十九年（一一七九）。

〔四〕安國軍：治在邢州，今河北邢臺。據高有鄰《萬花堂記》，他來鎮邢州的時間是承安庚申，即承安五年（一二〇〇）。《中州集》所說『明昌初』，當誤。

〔五〕飛狐：今河北淶源。飛狐令某，《續夷堅志》卷二《高尉陰德》作飛狐令集。

〔六〕南和：邢州屬縣，今河北南和。

〔七〕德卿亦為立碑：高有鄰所立碑文當是《萬花堂記》，見《金文最》卷二十五。

〔八〕子嵩、猶子鑄：高嵩、高鑄，生平不詳。《續夷堅志》卷二《高尉陰德》與此相同。趙卞《萬華堂記》：『承安五年正月，（高有鄰）被命由陝西漕臺移鎮是邦。既而是歲四月，子嵩、姪鑄同登高第。』

〔九〕泰和中使宋：具體時間不詳。泰和，金章宗年號（一二〇一——一二〇八）。

〔一〇〕致仕卒：　高有鄰卒年不詳。

〔一一〕高巖：　生平無考。

〔一二〕正大：　金哀宗年號（一二二四—一二三一）。《陵川集》卷十三《哭高監察》：『問學淵源算略長，中樞近右轉臺郎。繡衣春照金宮日，白筆寒生玉殿霜。亡國失身雖共苦，無兒死客獨堪傷。摩挲翠琰徐河道，駐馬西風淚幾行。』附注：『先生諱嶷，字士美，遂州人。以才幹精絕，拔為樞密院都事。學術純正，轉監察御史。金亡入燕，喪子感疾而卒。居順天，嘗語僕以讀書作文法，故其卒，賦詩以哭之。今順天北徐河橋上修橋碑，先生之父都轉運使之文也。故及之。』《元好問全集》卷十《柳亭雨夕與高御史夜話》附注：『高曾自藍田令入拜監察御史，北渡後謀還保塞，而困於無資者二十年矣。』

宋孟州楫

楫字濟川，長子人〔一〕。年十九，天德三年擢第〔二〕，除著作郎，母老丐歸養，許之。泰和三年，以省掾從吏部尚書梁肅使宋〔三〕。副趙王府長史直臣獵淮上〔四〕，射一虎，斃之，濟川有詩記其事，語意俊拔，泗州守刻石於鎮淮堂〔五〕。濟川官至孟州防禦使〔六〕。子元吉，字祐之，明昌二年進士〔七〕；元圭，字達之，泰和三年進士〔八〕，皆有名於時。曾孫弘道，今在武陟〔九〕。

【注釋】

〔一〕長子： 今山西長子。

〔二〕天德三年： 一一五一年。據此可推知，宋楫生於天會十一年（一一三三）。

〔三〕梁肅： 字孟容（？—一一八八），奉聖州（今河北涿鹿）人，天眷二年（一一三九）進士。累官刑部尚書，後為濟南尹致仕，起復彰德軍節度使，召拜參知政事。《金史》卷八十九有傳。據《金史・梁肅傳》，大定十四年（一一七四），『以肅為宋國詳問使』，時任刑部尚書。泰和三年（一二〇三），梁肅已過世多年，當誤。

〔四〕副趙王府長史直臣： 《金史》卷六十一《交聘表中》： 大定十四年，『二月，以刑部尚書梁肅、趙王府長史蒲察訛里剌為詳問宋國史』。蒲察訛里剌，漢名直臣。

〔五〕濟川有詩記其事： 原詩已佚。泗州： 治在今安徽泗縣。王惲《秋澗集》卷七十三《跋雪齋書宋孟州獵虎詩卷後》：『昔興陵選庭臣奉使江左，須得才辯有聞望者可，若宋孟州《射虎詩》，清雄振厲，遠而有光華，大定人文之盛概可見矣。雪中展觀于曾孫秘監處，令人三復，清興四發。今秘監以學問德藝，又為青宮所賓禮，所謂黃門有父風者也。』雪齋，姚樞之號。曾孫秘監，指宋楫曾孫宋衜，曾任秘書監。《元好問全集》卷十二《宋周臣生子三首》之二：『玉季金昆世共賢，天將文筆付家傳。清新未要梅花賦，射虎留看第一篇。』自注：『鄉先生宋濟川，以《射虎詩》著名。』

〔六〕孟州： 治在今河南孟州。

〔七〕明昌二年： 一一九一年。據宋元吉《興儒里記》，宋元吉釋褐隰州某邑簿。隰州： 治在今山西隰縣。又據《元史》卷一百七十八《宋衜傳》，宋元吉在金末仕至兵部員外郎。

〔八〕元圭： 生平無考。泰和三年： 一二〇三年。

〔九〕弘道：宋衜，元憲宗時被趙璧收為部屬，中統三年（一二六二）任翰林修撰，後從趙璧平李璮之亂，入侵高麗。至元十八年（一二八一），任秘書監。《元史》卷一百七十八有傳。武陟：今河南武陟。

高轉運德裔

德裔字曼卿，鶴野人〔一〕。高才博學，弱冠擢第〔二〕，累遷登聞檢院同知，太府少監，平陽少尹〔三〕，開州刺史〔四〕，豐王傅〔五〕，卒於西京路轉運使〔六〕。工於為文，字畫尤有法，所題卷軸今猶有存者。嘗以樗軒所書比之〔七〕，氣韻形似無毫髮少異，樗軒自望者甚高，何至學曼卿，乃暗與之合，真異事也。子元道，殿中侍御史〔八〕。

【注釋】

〔一〕鶴野：縣名，治在在今遼寧遼東縣境內。

〔二〕弱冠擢第：高德裔《游王官谷記》：『大定四年，予主陵川簿。』據此，高德裔及第時間當在大定三年（一一六三），釋褐陵川簿。陵川，今山西陵川。

〔三〕平陽：府名，治在今山西臨汾。《金史》卷八十五《越王永功傳》，高德裔明昌元年（一一九〇）在平陽任上。

〔四〕開州：治在今河南濮陽。據高德裔《漢魯孝王石刻跋》，明昌二年任開州刺史。

〔五〕豐王：　完顏珣（一一六三—一二二四），即金宣宗。完顏珣大定二十九年（一一八九）進封豐王，承安元年（一一九六）進封翼王。高德裔任豐王傅，當在明昌年間。

〔六〕西京路：　治在西京，今山西大同。

〔七〕樗軒：　完顏璹之號，參《中州集》卷五《密國公璹》。

〔八〕高元道：　生平無考。

路冀州仲顯

仲顯字伯達〔一〕，冀州人〔二〕，家世寒微。其母有賢行，教伯達讀書，國初賦學家有類書名《節事》者〔三〕，新出價數十金，大家兒有得之者，輒私藏之，母為伯達買此書，撙衣節食〔四〕，累年而後致，戒伯達言：『此書當置學舍中，必使同業者皆得觀。少有靳固〔五〕，吾即焚之矣。』伯達正隆五年進士〔六〕。明昌初，授武安軍節度使，鄉人榮之。雲朔用兵，伯達奉使江左還，獻賜幣以佐軍〔七〕，未報而伯達死，章廟詔以所獻還其家。夫人傅氏曰：『此非吾夫意！』復上之，有司不聽，夫人付之州學，買上田二千畝有奇，以贍生徒。故相馬琪德玉，時判州事〔八〕，聞於朝，賜號成德夫人。伯達二子：鐸字宣叔〔九〕，鈞字和叔〔一〇〕，俱有名于時。宣叔為諫官，諫章廟元妃李氏出細微，不應上僭，有累聖德，又其兄弟恃寵納賂，將有楊國忠之禍〔一一〕，坐謗訕除名，宣叔布衣還鄉里。傅夫人臨終敕宣叔曰：『汝以憂國愛君，故極言直諫，天子明聖，特塹有所蔽，計他日必復起汝，前事須再言，勿有所顧藉也。』墓碑不之載〔一二〕，故表出之。

【校記】

武安軍：據《金史》卷二十四《地理志上》，蔚州遼時置武安軍，治在今河北蔚縣。武安軍與路伯達家鄉冀州相距遥遠。《金史·路伯達傳》作『安武軍』。據『鄉人榮之』推測，當是。據《金史》卷二十五《地理志中》，冀州置安武軍節度。

【注釋】

〔一〕仲顯字伯達：《金史》卷九十六《路伯達傳》曰：『路伯達，字仲顯。』路伯達《冀州節度使王公重修廟學碑》：『伯達牢讓數四，義不能辭。』自稱伯達，可見伯達是名而非字。《中州集》誤。

〔二〕冀州：治在今河北衡水市冀州區。

〔三〕《節事》：其書不詳。

〔四〕撙衣：節省衣服。

〔五〕靳固：吝惜。

〔六〕正隆五年：一一六〇年。

〔七〕雲朔用兵：指與蒙古交戰，始自明昌二年（一一九一）。路伯達使宋當在該年。《金史·路伯達傳》：『嘗使宋，回獻所得金二百五十兩，銀一千兩以助邊，表乞致仕，未及上而卒。』

〔八〕馬琪：字德玉，大興寶坻（今屬天津）人。正隆五年進士。章宗即位授中都路轉運使、戶部尚書。明昌四年，拜參知政事。承安二年（一一九七），出鎮安武軍。《金史》卷九十五有傳。其判冀州事，在承安二年之後。

〔九〕鐸字宣叔： 參見《中州集》卷四《路司諫鐸》、《金史》卷一百《路鐸傳》。

〔一〇〕鈞字和叔： 路鈞字和叔，大定二十五年（一一八五）進士，終於萊州觀察判官。 見《金史·路伯達傳》。

〔一一〕元妃李氏： 李氏（？—一二〇九），本名師兒，大定年間，以監戶女子入選宮中，性聰慧，明昌四年封昭容，次年進封淑妃。父祖、兄弟被封官進爵，顯赫一時。 章宗欲立為后，因李氏出身微賤而受阻。 詳參《金史》卷六十四《章宗元妃李氏傳》。 上僭： 越位逾制。

〔一二〕墓碑： 已佚，作者不詳。

張代州大節

大節字信之，五臺人〔一〕，天眷中進士〔二〕，與興陵有藩邸之舊，愛其真淳，甚倚重之〔三〕。 歷橫海軍節度使〔四〕，咸平大興尹〔五〕，吏部尚書，河東北路兵馬都總管〔六〕。 明昌初請老，特授雁門節鉞〔七〕。 除其子巖叟忻州刺史〔八〕，以榮其歸。 信之好獎進士類，滄州徐韙〔九〕、太原王澤〔一〇〕、大興呂造〔一一〕，經其指授，卒成大名，士論以風鑒歸之〔一二〕。 巖叟字夢弼，亦第進士〔一三〕，歷嵐、潞、懷三州節度〔一四〕，終於集慶軍〔一五〕。 屏山謂吏事不及乃父，而以長厚見稱〔一六〕。 子待，舉臺掾，選授奉御，正大末，從車駕東狩，不知所終〔一七〕。 孫紹祖，在東平〔一八〕。

【注釋】

〔一〕五臺：今山西五臺。

〔二〕天眷：疑為天德之誤。《金史》卷九十七《張大節傳》：『擢天德三年（一一五一）進士第，調崞縣丞。』

〔三〕興陵：金世宗。藩邸：藩王的宅第。《金史·張大節傳》：『改東京市令，世宗判留務，甚愛重之。』

〔四〕横海軍：治在河北滄州。《金史·張大節傳》：『尋為宋生日使，還授横海軍節度使。』據《金史》卷六十一《交聘表》，大定二十四年八月，張大節為賀宋生日使。任横海軍節度使當在大定二十五年（一一八五）。

〔五〕咸平大興尹：《金史·張大節傳》：『選授河東路提刑使，未赴，留知大興府事，治有能名。』時在明昌末年。

〔六〕河東北路兵馬都總管：《金史·張大節傳》未記載其任吏部尚書、河東北路兵馬都總管之事。

〔七〕節鉞：符節與斧鉞。雁門節鉞：指震武軍節度使，治在山西代縣。《金史·張大節傳》：『閲歲，移知廣寧府。復請老，授震武軍節度使。』

〔八〕張巖叟：字孟弼，《金史》卷九十七有傳。

〔九〕徐韙：滄州人。據《金文最》卷八十三，孔叔利《改建題名碑》，徐韙大定二十五年（一一八五）詞賦狀元。餘不詳。

〔一〇〕王澤：字澤民，并州人。明昌二年（一一九一）詞賦狀元，授應奉翰林文字。後以應制詩不稱旨而外補。參《歸潛志》卷七。

〔一一〕呂造：字子成，大興人，承安二年（一一九七）詞賦狀元，授應奉翰林文字，以應制重陽詩不稱旨而外補，後任右司諫。正大三年（一二二六）以翰林待制充益政院官。生平散見《金史》、《續夷堅志》、《歸潛志》等書。

〔一二〕士論以風鑑歸之：張大節《同新進士呂子成輩宴集狀元樓》：『鸎鵲新班宴杏園，不妨老鶴也乘軒。龍津橋上黃金榜，三見門生是狀元。』

〔一三〕亦第進士：據《金史·張巖叟傳》，張巖叟大定十九年（一一七九）進士。

〔一四〕嵐州節度：指鎮西軍節度使。《金史·張巖叟傳》：『除鎮西軍節度使，移定國軍。』鎮西軍治在嵐州（今山西嵐縣北）。潞州節度，指昭義軍節度使。懷州節度，指沁南軍節度使。《金史·張巖叟傳》：『貞祐二年（一二一四）改昭義軍，復移沁南。』昭義軍治在潞州（今山西長治），沁南軍治在懷州（今河南沁陽）。

〔一五〕集慶軍：治在亳州（今安徽亳州）。

〔一六〕屏山：李純甫。

〔一七〕張待：生平不詳。車駕東狩：指正大八年（一二三一）金哀宗逃往歸德之事。

〔一八〕張紹祖：生平不詳。東平：今山東東平。

趙轉運慤

慤字叔通，黃山先生渢之父也〔一〕。宋末汪彥章任鄆州教官〔二〕，叔通為學正，嘗預酬唱，故其詩文皆有源委。國初登科〔三〕，仕至同知南京路轉運使事〔四〕。

【注釋】

〔一〕黄山先生渢：趙渢，東平人，參見《中州集》卷四《黄山趙先生渢》、《金史》卷一百二十六《趙渢傳》。

〔二〕汪彦章：汪藻（一〇七九—一一五四），字彦章，號浮溪、龍溪，宋崇寧二年（一一〇三）進士，兩宋之間著名文人，著有《浮溪集》等。《宋史》卷四四五有傳。鄆州：治在今山東東平。汪藻任鄆州教官，無考。

〔三〕國初登科：趙慤及第時間疑為天會二年（一一二四）。

〔四〕南京路：治在今河南開封。

郭秘監長倩

長倩字曼卿，文登人〔一〕。皇統丙寅經義乙科〔二〕，仕至秘書少監兼禮部郎中，修起居注。與施朋望、王無兢、劉巖老、劉無党相友善〔三〕。所撰《石決明傳》〔四〕，為時人所稱，有《崑崙集》傳於世。子天驥〔五〕。

【校記】

《崑崙集》：《金史》卷一二五作《崑崘集》，疑是。

【注釋】

〔一〕文登：今山東文登。

〔二〕皇統丙寅：皇統六年（一一四六）。
〔三〕施朋望：疑為施明望之誤。施宜生，字明望，號三住老人。參觀《中州集》卷一《施内翰宜生》、《金史》卷七十九《施宜生傳》。王競：字無競，參見《中州集》卷八《王禮部競》。劉巖老：指劉汲，號西巖，參見《中州集》卷二《劉西巖汲》。劉無黨：劉迎，參見《中州集》卷三《劉記室迎》。
〔四〕石決明：鮑魚的殼，中醫用做清熱明目的藥物。《石決明傳》，已佚。
〔五〕郭天驥：生平無考。

郭錄事用中

用中字仲正，平陽人〔一〕，大定七年進士〔二〕，歷浮山簿、陝州錄事〔三〕，卒年三十一，有《寂照居士集》〔四〕，郝子玉、毛牧達、鄭仲康為之引〔五〕。其《賦醋魚》云：『身卧不知雲子白，氣酣聊作木奴酸。』〔六〕按《博物志》：『西羌仲秋日，取鯉子不去鱗，破腹，以赤秫米飯鹽醋合糁之，逾月則熟，謂之秋鮓。』〔七〕故仲正云然。又《賦雪》云：『灞橋柳絮人千里，楚澤蘆花水半扉。』殊有詩人思致，恨不假之以年耳。

【注釋】

〔一〕平陽：今山西臨汾。

〔二〕大定七年：一一六七年。

〔三〕浮山：今山西浮山。陝州：治在今河南三門峽。

〔四〕《寂照居士集》：寂照居士當是其號，集已佚。

〔五〕郝子玉：郝俣，參見《中州集》卷二《郝內翰俣》。毛牧達：毛麾，參見《中州集》卷七《毛宮教麾》。鄭仲康：鄭時昌，洪洞人，大定年間進士，仕為汾州教授。參見《（光緒）山西通志》卷一五《貢舉譜》。

〔六〕雲子：米飯。木奴：橘樹。

〔七〕秋鮓：秋天的醃魚。所引文字為《博物志》佚文，見於《太平御覽》卷八百六十二。清《稗海》本《博物志》作：『仲秋月，取赤頭鯉子，去鱗破腹，使膂割為漸米爛燥之，以赤秫米飯鹽酒令糝之，鎮不苦重，踰月乃熟，是謂秋鯖。』

趙太常之傑

之傑字伯英，大定人〔一〕，本名宗傑，避諱改〔二〕。大定十六年進士〔三〕，歷西京提刑副使〔四〕，棣州防禦使〔五〕，終於太常卿。使宋還〔六〕，言事云：『宋人文敝之極，且脆弱不足為慮，邊部為可慮也。』〔七〕其前識如此。子繪，名進士，早卒〔八〕。孫季卿，在燕中〔九〕。

【注釋】

〔一〕大定：今內蒙古寧城西。

〔二〕避諱改：當是避金睿宗完顏宗輔之諱。完顏宗輔（一〇九六—一一三五），金太祖之子，死後更名宗堯。其子金世宗即位之後，追謚簡肅皇帝，廟號睿宗。

〔三〕大定十六年：一一七六年。

〔四〕西京：今山西大同。

〔五〕棣州：治在今山東惠民。

〔六〕使宋還：《金史》卷十二《章宗紀》：泰和五年（一二〇五）十一月『己丑，以太常卿趙之傑等為賀宋正旦使』。

〔七〕邊部：指北方與蒙古部的戰爭。《宋史》卷三十八《甯宗紀》：開禧元年十二月戊寅（二十六），『金遣趙之傑來賀明年正旦，入見，禮甚倨』。《金史》卷九十八《完顏匡傳》：『宋人將啟邊釁，太常卿趙之傑、知大興府承暉、中丞孟鑄皆曰：「江南敗衄之餘，自救不暇，恐不敢敗盟。」』

〔八〕趙繪：生平失考。

〔九〕趙繼卿：生平無考。楊奐《還山遺稿》（補遺）有《題趙繼卿耕隱圖》詩。

趙轉運鼎

鼎字德新，欒城人〔一〕，大定十六年進士〔二〕。喜作詩，頗知道學，屏山所許如此〔三〕。仕至西京路轉運使〔四〕。《元日詩》云：『拜嗟筋力隨年改，飲覺屠蘇到手遲。』惜不多見也。子中立，字正卿，第進士，文譽甚著〔五〕。

【注釋】

〔一〕欒城：今河北欒城。

〔二〕大定十六年：一一七六年。

〔三〕道學：指宋代理學。屏山：李純甫。

〔四〕西京路：治在今山西大同。

〔五〕趙中立：生平無考。

田轉運特秀

特秀字彦實，易縣人〔一〕，大定十九年進士〔二〕，仕至太原轉運使。喜作詩，為周德卿、李之純所賞〔三〕。《感興》云：『散木不材寧適用，虛舟無意任乘流〔四〕。百年身世槐安國，千古人情羨頡侯。』〔五〕《賦古塔》云：『締構百年人換世，消沉千古鳥盤空。』他類此。彦實所居里名半十，行第五，以五月五日生，小字五兒，二十五歲鄉府省御四試俱中第五，年五十五，八月十五日卒〔六〕，造物之戲人如此。五月五日生者見其賦集序，胡國瑞云〔七〕。

【注釋】

〔一〕易縣：今河北易縣。

〔二〕大定十九年：一一七九年。

〔三〕周德卿：周昂，參見《中州集》卷三《常山周先生昂》。李之純：李純甫。

〔四〕虚舟：任其漂流的舟楫。

〔五〕羹頡侯：指西漢劉信。出自《史記·楚元王世家》：「楚元王劉交者，高祖之同母少弟也，字遊。高祖兄弟四人，長兄伯，伯蚤卒。始高祖微時，嘗辟事，時時與賓客過巨嫂食，嫂厭叔。叔與客來，嫂詳為羹盡，櫟釜，賓客以故去。已而視釜中，尚有羹，高祖由此怨其嫂。及高祖為帝，封昆弟，而伯子獨不得封。太上皇以為言，高祖曰：『某非忘封之也，為其母不長者耳。』於是乃封其子信為羹頡侯。」

〔六〕二十五歲鄉府省御：據此，大定十九年二十五歲，可推知田特秀生於貞元三年（一一五五）。以五十五歲卒，可知其卒於大安元年（一二〇九）。

〔七〕賦集序：已佚。胡國瑞：名璉，正大四年（一二二七）詞賦進士，元初著名文人胡祗遹之父。王惲《秋澗先生大全集》卷五十九《碑陰先友記》：「胡璉字國瑞，武安人。詞賦第，為人慈祥，樂易風流，偉德度。子祗遹，有俊材，光大其先業。」

趙漕副文昌

文昌字當時，陵川人〔一〕，仕至京兆轉運副使。嘗有詩云：『蟲聲連壞壁，樹色入秋窗。』『草香花落處，山黑雨來時。』頗為黃華所稱〔二〕。

【注釋】

〔一〕陵川：今山西陵川。

〔二〕黃華：王庭筠之號。

路轉運忱

忱字子誠，平郭人〔一〕，大定二十二年進士〔二〕，累遷監察御史，終於河東北路轉運副使。

【注釋】

〔一〕平郭：今遼寧開原。

〔二〕大定二十二年：一一八二年。

高密州公振

公振字特夫，正隆初進士〔一〕，歷南京留幕，終於密州刺史〔二〕。詩有家學〔三〕，賦南園江鄉，有『翠蓋紅妝無俗韻，緑陰青子更多情』之句，惜不多見也。

【注釋】

〔一〕正隆初進士：正隆年間有兩次考試，一是正隆二年（一一五七），一是正隆五年。『正隆初』當指正隆二年。

〔二〕南京：今河南開封。密州：今山東諸城。

〔三〕詩有家學：其父為金初高士談。參見《中州集》卷一《高内翰士談》。

張轉運彀

彀字伯英，臨潁人〔一〕，大定二十八年進士〔二〕，仕至河東南路轉運使。家多法書名畫，古物秘玩，周秦以來鏡至百餘枚，他物稱是〔三〕。天性孝友，與人交，極誠款，古所謂博雅君子者，伯英可以當之。弟轂，字伯玉，美風儀〔四〕，善談論，氣質豪爽，在之純、希顔伯仲間〔五〕。舉進士，有聲場屋，及再上，不中，即拂衣去。嘗自言：『丈夫子娶非尚主，官不徒步至宰相，不屑可也！』宰相李公仲修、適之皆與之遊〔六〕，從不敢以布衣諸生處之。家既貴顯，厚於奉養，擊鮮為具〔七〕，賓客日滿門，窮晝竟夜，卒以樂死。嘗賦《雪》云：『樵屐雙梟懶，漁蓑一蝟拳。』《醉後》云：『日日飲燕市，人人識張髯〔八〕。西山晚來好，飲酒不下驢。』《賦畫石》云：『腹非經笥，口不肉食，胸中止有磊磊落落百萬千之怪石。興來茹噎快一吐，將軍便欲關弓射。氣母忽破碎，物怪紛狼藉。有時醉狂頭插筆，掃盡人間雪色壁。』〔九〕其顛放如此。

【注釋】

〔一〕臨潁：今河南臨潁。

〔二〕大定二十八年：一一八八年。

〔三〕『家多法書名畫』數句：《歸潛志》卷四：『獨好收古人器物，所在購求，以是叢于家，古鏡尤多，其樣製不可遍識。』

〔四〕美風儀：《歸潛志》卷二：『嘗衣紫綺裘，半醉坐堂上，人望之如神。迨酒酣興發，引紙落筆，往往有天仙語。』

〔五〕之純、希顔：李純甫、雷淵。

〔六〕李公仲修：李復亨（一一七七—一二二二），字仲修，河津人，興定四年（一二二〇）拜參知政事，《金史》卷一百有傳。李適之：名適。據李俊民《莊靖集》卷八《題登科記後》，李適承安五年（一二〇〇）經義進士，年二十九，大定府長興人。據《元好問全集》卷二十二《史邦直墓表》，史元興定五年（一二二一）進士，釋褐武陟簿，以能入尚書省令史，以縱論三白渠利害，受到宰相李適的讚賞。李適任宰相，疑在正大年間。《金史》無李適其人。

〔七〕擊鮮為具：擊殺鮮活的禽畜為菜肴，指代奢侈的生活。

〔八〕張鬍：張轂留有大鬍子，故云。《歸潛志》卷二：『（張轂）少有俊才，美丰姿，鬍齊於腹。』李純甫《送李經》：『鬍張元是人中雄，喜如俊鶻盤秋空，怒如怪獸拔古松，老我不敢嬰其鋒。』鬍張即指張轂。

〔九〕經笥：裝經書的器具。氣母：元氣的本原。

宗御史端修

端修字平叔，一字伯正，汝州人〔一〕，大定二十二年進士〔二〕。衛紹王避世宗諱，改宗為姬〔三〕，而天下止以宗平叔目之。好學喜名節，操履端勁，慕司馬溫公之為人〔四〕，自為諸生時，見者必悚然敬之。明昌中，自省掾拜監察御史〔五〕。車駕東狩，是歲大寒，人有凍死者，平叔諫止之〔六〕。元妃兄弟李喜兒輩，干預朝政〔七〕，平叔上書以遠小人為言，道陵知其為喜兒發，詔喜兒就問：『卿欲朕遠小人，小人為誰？』其以姓名對，平叔奏小人止李喜兒兄弟耳。喜兒以聞，李氏兄弟皆被切責，竟以訐直貶官〔八〕。平叔自守愈篤，是是非非，議論一出於正大，為朝廷所知，降詔褒諭〔九〕。以全州節度副使卒官〔一〇〕。平叔妻死不更娶，潔居二十年，士論高之。永寧游彥哲，調汝州司候〔一一〕，將之官，問為政，平叔言：『為政不難，治心養氣而已。』

彥哲不領，明日復來云：『夏初入官，且臨先生鄉郡，請問從政，而先生乃以治心養氣為言。思之不能得，願終教之。』平叔曰：『子寧不知此耶？治心則心正，心正則不私；養氣則氣平，氣平則不暴。不私不暴，為政之術，盡於此矣！』平叔墓碑及傳，閑閑公為作，稱其剛棱疾惡，有鐵面陳了翁之風〔一二〕，人不以過云。姪孫汝作，正大末，保山棚有功，入守汝州，力盡，城復陷，兵人欲降之，不屈而死〔一三〕。

【注釋】

〔一〕汝州：今河南汝陽。

〔二〕大定二十二年：一一八二年。宗端修及第時間疑誤。趙秉文《滏水文集》卷十一《姬平叔墓表》：『中大定二十五年進士第。』《滏水文集》卷十三《學道齋記》：『二十有七，與我姬伯正父同登大定二十五年進士第。』趙與宗為同年，所言可從。

〔三〕改宗為姬：此處所載宗端修改姓的原因和時間不確。《金史》卷一百《宗端修傳》：『章宗避睿宗諱上一字，凡太祖諸子皆加「山」為「崇」，改「宗」氏為「姬」氏。』睿宗是金世宗之父完顏宗輔（後改名為完顏宗堯）。

〔四〕司馬溫公：司馬光。

〔五〕自省掾拜監察御史：《金史·宗端修傳》：『明昌間補尚書省令史，承安元年（一一九六），監察御史孫椿年、武簡以職事不修舉，詔以端修及范鐸代之。』

〔六〕平叔諫止之：《金史》卷十一《章宗紀》：承安三年十一月『甲寅冬獵。十二月甲子朔，獵于酸棗林，大風寒，罷獵，凍死者五百餘人。己巳（初六），還都』。

〔七〕李氏：指章宗妃李師兒，《金史》卷六十四有傳。李喜兒輩：指李氏之兄李喜兒及其弟李鐵哥。《金史》卷六十四《元妃李氏傳》：『兄喜兒舊嘗為盜，與弟鐵哥皆擢顯近，勢傾朝廷，風采動四方。射利競進之徒，爭趨走其門。』

〔八〕竟以訐直貶官：《金史·宗端修傳》：『是時，元妃李氏兄弟干預朝政，端修上書乞遠小人。上遣李喜兒傳詔問端修：「小人為誰，其以姓名對。」端修對曰：「小人者，李仁惠兄弟。」仁惠，喜兒賜名也。喜兒不敢隱，具奏之。上雖責喜兒兄弟，而不能去也。』宗端修貶官之事，緣於反對立李氏為后，見《金史》卷九十五《張萬公傳》：『時李淑妃有寵，用事，帝意惑之，欲立為后，大臣多不可。御史姬端修上書論之。帝怒，御史大夫張暐削一官，侍御史路鐸削兩官，端修杖七十，以贖論。淑妃竟進為元妃。』據《滏水文集》卷十一《姬平叔墓表》，宗端修貶為太學博士、彰德府判官。

〔九〕降詔褒諭：趙秉文《姬平叔墓表》：『上亮其直，然奸人自是側目矣，竟為有司傅致其罪。上特宥之，改太學博士，未幾出為彰德府判官，秩滿除大理司直轉寺丞，上召見，宣諭備至。』《金史·宗端修傳》：『泰和四年，遷大理丞，召見於香閣。上謂端修曰：「汝前為御史，以幹能見用，汝言多細碎，不究其實，嘗令問汝，亦不汝罪，及為大理司直，乃能稱職，用是擢汝為丞，盡乃心力，惟法是守，勿問上位宰執所見何如，汝其志之。」』

〔一〇〕全州節度副使：當為盤安軍節度副使。北京路全州置盤安軍節度，治在今內蒙古翁牛特旗。趙秉文《姬平叔墓表》：『歲餘授知盤安軍節度副使，俄規措東北路軍儲，臨終歎曰：「天不假吾數月壽，以畢幅巾之願邪。」享年五十有九。』東北路招討司設於泰州（在吉林白城市東）。又：『泰和八年（一二〇八）冬十有一月丙辰，盤安軍節度副使姬公平叔以疾卒於泰州官署之正寢。』可知宗端修生於天德二年（一一五〇）。

〔一一〕永寧：今河南洛寧。游彥哲：其人不詳。

〔一二〕閑閑：趙秉文。平叔墓碑：即《姬平叔墓表》。平叔傳：現已不存。趙秉文現存《祭姬平叔文》，見《滏水文集》卷十一。陳了翁：指陳瓘（一〇五七？—一一二四），字瑩中，號了翁，徽宗時任左司諫，極論蔡卞、章惇等人之罪，後被除名遠竄。《宋史》卷三百四十五有傳。趙秉文稱讚宗端修『剛棱疾惡，有鐵面陳了翁之風』之言，現已不存，疑出於所撰宗端修傳記。

〔一三〕姪孫汝作：字欽之。守汝州事，詳見《金史》卷一百二十三《姬汝作傳》。

張戶部翰

翰字林卿，秀容人〔一〕，大定二十八年進士〔二〕。為人有蘊藉，如素宦然。累遷監察御史〔三〕，翰林直學士〔四〕。貞祐初，戶部侍郎。車駕南渡，出為河平軍節度使〔五〕，召拜戶部尚書，草創之際，經費空竭，雖米鹽細物，皆倚之而辦〔六〕。予嘗見於戶曹，邠州一書生言時事〔七〕，相與詰難，凡數十條，率不思而對，雖反復計度者，亦自不能到，信通濟之良材也。宣宗旦暮相之，會卒，年五十五〔八〕。弟翛，字飛卿，承安五年進士〔九〕，同知河東北路兵馬都總管事。猶子天彝，字仲常，黃裳榜登科〔一〇〕。子天任，字西美，近侍局副使，死于宋州之變〔一一〕。

【注釋】

〔一〕秀容：今山西忻州。

〔二〕大定二十八年：一一八八年。

〔三〕累遷監察御史：《金史》卷一百五《張翰傳》：『補尚書省令史，除戶部主事，遷監察御史。』

〔四〕翰林直學士：《金文最》卷七《冊命高麗元孝王詔》：『今差使明虎大將軍、大理寺卿完顏惟基、副使翰林直學士大中大夫張翰往彼冊命。』注為崇慶元年（一二一二）。據此可知，該年張翰已任翰林直學士。

〔五〕車駕南渡：指貞祐二年（一二一四）遷都汴京。河平軍：在河北西路衛州（今河南衛輝）。

〔六〕皆倚之而辦：《金史·張翰傳》：『宣宗遷汴，翰規措扈從糧草至真定，上書言五事……上略施行之。翰雅有治劇才，所至輒辦。遷河平軍節度使、都水監、提控軍馬使，俄改戶部尚書。是時，初至南京，庶事草略，翰經度區處皆有條理。』

〔七〕邠州：今陝西彬縣。張翰為元好問之岳父。泰和七年（一二〇七），元好問娶其女張氏（？——一二三一）。貞祐南遷後，元好問可能兩次至汴京，一次是貞祐二年（一二一四），一次是興定元年（一二一七）。元好問在戶部見到張翰與邠州書生論事，當為興定元年，參下則注釋。

〔八〕年五十五：《金史·張翰傳》：『俄改戶部尚書。是時初至南京，庶事草略，翰經度區處，皆有條理，是歲卒。諡達義。』卒時不詳。貞祐南遷時，張翰遷河平軍節度使，此後又歷任都水監、提控軍馬使，最後任戶部尚書。這三四次職務變遷不可能在貞祐二年一年之內。所以，元好問在戶曹見張翰之事，就不可能在貞祐二年，而是在興定元年（一二一七）。張翰遷戶部尚書以及去世，均在該年。張翰當生於大定十三年（一一六三）。

〔九〕承安五年：一二〇〇年。

〔一〇〕黄裳：至寧元年（一二一三）詞賦狀元。

〔一一〕宋州：指歸德（在今河南商丘）。天興二年三月，哀宗東逃至歸德府，時任元帥的蒲察官奴發動兵變，殺害歸德元帥馬用與歸德知府、樞密副使、權參知政事石盞女魯歡等三百餘人。事詳《金史》卷一百十六《蒲察官奴傳》。

李好復

好復字仲通，安喜人〔一〕。明昌二年進士〔二〕，榆次令〔三〕，有能聲，入為警巡使。嘗以事縛一護衛，道陵有投鼠之喻〔四〕。出為歷城令，終於滑州刺史〔五〕。

【注釋】

〔一〕安喜：今河北定州市。

〔二〕明昌二年：一一九一年。

〔三〕榆次：今山西榆次。

〔四〕道陵：金章宗。道陵投鼠之喻，失考。

〔五〕歷城：今山東濟南。滑州：今河南滑縣。

楊秘監邦基

邦基字德茂〔一〕，大定中進士〔二〕，仕至秘書監，禮部尚書〔三〕。文筆字畫，有前輩風調，世獨以其畫比李伯時云〔四〕。

【注釋】

〔一〕邦基字德茂：《金史》卷九十《楊邦基傳》：『楊邦基，字德懋，華陰人。』魏道明《明秀集注》卷二《水龍吟》詞注：『德懋名邦基，汴人，僑寓易水……道號息軒老人。』王寂《拙軒集》卷二有《跋楊德懋〈雪谷早行圖〉》，故其字當以德懋為是。

〔二〕大定中進士：《金史·楊邦基傳》：『天眷二年（一一三九），登進士第。』《明秀集注》卷二：『天眷中第進士乙科。』當是。

〔三〕仕至秘書監：《明秀集注》卷二：『歷官臺郡，大定初除秘書監。』禮部尚書：任此職於史無考。若任此職，則不當稱楊秘監。

〔四〕李伯時：北宋著名畫家李公麟。《金史·楊邦基傳》：『邦基能屬文，善畫山水人物，尤以畫名當世云。』《明秀集注》卷二：『工畫人物、山水、窠石，無不盡妙，其筆力為方今士流之冠。』姚燧《牧庵集》卷二十八《唐州知州楊公墓誌銘》：『邦基，秘書監，為金名士，書畫兩絕，人曰可與李公麟者埒。』

呂陳州子羽

子羽字唐卿，大興人〔一〕，大定末進士〔二〕，仕至陳州防禦使〔三〕。元光末，為酷吏所誣，以乏軍興繫獄，比赦至，唐卿自縊死。朝臣有辨其寃者，詔復官〔四〕。希顏為制辭云：『毀譽之來，在仁賢而不免；是非之論，至久遠而乃公。』〔五〕人謂唐卿於此語為無愧。《屏山故人外傳》〔六〕：『呂氏自國朝以來，父子昆弟凡中第者六人，以六桂名其堂。貞幹字周卿〔七〕，尤自刻苦，酷嗜文書，著《碣石志》數十萬言〔八〕，皆近代以來事迹，幽隱譎怪，詼諧嘲評，無所不有。在史館論正統，獨異衆人，謂國家止當承遼〔九〕，大忤章廟旨，謫西京運幕，量移北京〔一〇〕，致仕。自號虎谷道人，晚年感末疾〔一一〕，又號呂跛子，自作傳以見志。閑閑公亦以為篤志君子也〔一二〕。弟士安，字晉卿〔一三〕；卿雲，字祥卿〔一四〕；子鑒，字德昭〔一五〕，皆名士。唐卿其從子云。』

【注釋】

〔一〕大興：今北京。

〔二〕大定末進士：王鶚《汝南遺事總論》：『子羽……明昌二年（一一九一）詞賦進士。』《中州集》誤。

〔三〕陳州：今河南淮陽。

〔四〕酷吏：指李渙。軍興：徵集財物以供軍用。唐卿自縊死：《金史》卷十六《宣宗紀》：元光元年（一二二二）六月『癸未，陳州防禦使呂子羽坐乏軍興，自盡。』《歸潛志》卷四：『遷陳州防禦使。時軍旅數興，戶口逃竄，公因以實聞於朝，而小人李渙以為不憂國，失軍儲，下吏當死。公恥之，縊於太康驛。後朝廷知其非罪，復其官。』

〔五〕希顏為制辭：雷淵所撰制辭已佚。

〔六〕《屏山故人外傳》：李純甫撰，已佚。

〔七〕貞幹字周卿：呂貞幹為呂子羽從父，及第時間無考，明昌、承安間任秘書郎。明昌元年撰《大金故少中大夫知南京路提刑使事兼勸農採訪事王公墓誌銘》，自署『雲內州錄事判官』。

〔八〕《碣石志》：已佚。

〔九〕止當承遼：《金文最》卷五十六《集議德運省劄》：『秘書郎呂貞幹、校書郎趙泌以為聖朝克遼國以成帝業，遼以水為德，水生木，國家宜承遼運為木德。』

〔一〇〕章廟：金章宗。西京：今山西大同。量移：將貶官偏遠地區的官員調任距京城較近的地方。北京：在今內蒙古寧城之西。

〔一一〕末疾：指四肢疾病。

〔一二〕閑閑：趙秉文。其論無考。

〔一三〕呂士安：呂子羽從父，生平無考。

〔一四〕卿雲：明昌二年（一一九一）進士，仕為國史院編修，貞祐二年（一二一四），任左司諫，興定四年，官汝州刺史。

〔一五〕鑒：呂子羽從兄弟，興定元年（一二一七）為集賢院諮議官。

趙鹽部文昌

文昌字公權，平陽人〔一〕，明昌二年進士〔二〕，仕至遼東路鹽使。博學好持論，周常山甚愛之〔三〕。子觀，字維道，從事史院〔四〕。資謹厚，不忤於物，閑閑許其字畫進進不已，可到古人云〔五〕。

【注釋】

〔一〕平陽：今山西臨汾。

〔二〕明昌二年：一一九一年。

〔三〕周常山：周昂。參見《中州集》卷三《常山周先生昂》。

〔四〕趙觀：元好問《癸巳歲寄中書耶律公書》所列『天民之秀』之一，楊雲鵬有《送趙維道北上》詩。

〔五〕閑閑許其字畫：趙秉文之論無考。

韓內翰玉

玉字溫甫，其先相人〔一〕。五世祖繼寧，仕石晉為行軍司馬，從出帝北遷，居析津〔二〕。曾孫知白，仕遼為中書令〔三〕，孚為中書門下平章事，賜田盤山〔四〕，遂為漁陽人。曾祖錫，字難老，仕國朝，以濟南尹致仕〔五〕。温甫明昌五年經義、詞賦兩科進士〔六〕，入翰林為應奉，應制一日百篇，文不加點，又作《元勳傳》稱旨，道陵歎曰：『勳臣何幸得此家作傳耶！』〔七〕泰和中，建言開通州潞水漕渠，船運至都〔八〕，升兩階，授同知陝州東路轉運使事。大安三年，都城受圍〔九〕，夏人連陷邠、涇〔一〇〕，陝西安撫司檄温甫以鳳翔總管判官，為都統府募軍，旬月得萬人。藉秦州塲買馬官香及鳳翔冒買馬七百、竇雞埋沒官鐵、他州郡弓弩數千以給軍。出屯華亭〔一一〕，與夏人戰，敗之，獲牛馬千餘。時夏兵五萬方圍平涼，又戰於北原〔一二〕，夏人疑大軍至，是夜解去。當路者忌其功，驛奏温甫與夏寇有謀，朝廷疑之，使使者授温甫河平軍節度副使〔一三〕，且覘其軍。先是華州李公直以都城隔絕，謀舉兵入援〔一四〕，而温甫恃其軍為可用，亦欲為勤王之舉，乃傳檄州郡云：『事推其本，禍有所基。始自賊臣貪容奸賂，繼緣二帥貪錮威權，既止夏臺之師，旋致會河之敗。』〔一五〕又云：『齊魏以高壘為能堅，蒲絳以穿空為得計〔一六〕。裹糧坐費，盡膏血於生民。棄甲復來，竭資儲于國計。要權力而望形勢，連歲月而守妻孥。』又云：『命令不至，京師奈何？哂哂四集之師，懸懸半歲之上〔一七〕。人誰無死，有臣子之當然。事至於今，忍君親之弗顧。勿謂百年身後，虚名一聽史臣。只如今日目前，何顔以居人世？』〔一八〕公直一軍，行有日矣。將佐違約，國朝人有不從者，輒以軍法從事，京兆統軍便謂公直據華州反，遣都統楊珪襲取之，皆置極刑〔一九〕。公直曾為書約温甫，温甫不預知，其書乃為安撫所得。公直書三：一與京兆宣撫，一與溫甫，一與楊珪。故京兆軍得因書襲華州。及使者覘溫甫軍，且疑預公直之謀，即實其罪，溫甫赴官，道出華州，被囚，死於郡學。臨終書二詩壁間，士論冤之。溫甫先賦《怪松》云：『昂藏殊未展，傴僂旋自縮。惜爾雲外姿，耐此胯下辱。』又云：『木高眾必摧，地厚敢不蹐？河中皆泛泛，澗底自鬱鬱。』未幾被禍，人以為讖云。子不疑，字居之〔二〇〕，小字錦郎，以父死非罪，誓不祿仕。丙申之夏，過予冠氏〔二一〕，出其父臨命時手書云：『此去冥路，吾心皎然。剛直之氣，必不下沉，兒可無慮。世亂時艱，努力自護。幽明雖異，寧不見爾。』予為之惻然。

【校記】

陝州東路：《金史·韓玉傳》作『陝西東路』，當是。

李公直：《金史》卷十四《宣宗紀》作『李友直』。

【注釋】

〔一〕相：相州，今河南安陽。

〔二〕五世祖繼寧：應是十一世祖。據《金史·韓錫傳》，繼甯之曾孫為韓知白，知白之子韓孚，韓孚之子貽愿，貽愿之子秉休，秉休之子韓錫，錫之子某，孫某，曾孫韓玉，故韓繼寧為韓玉之十一代祖。石晉，指石晉瑭所建的後晉政權（九三六—九四七）。出帝，晉少帝石重貴，天福七年（九四二）即位，開運三年（九四七）契丹軍隊進入開封，少帝被擄北遷。析津：在今北京境內。

〔三〕曾孫知白：遼興宗時宰相，重熙十八年（一〇四八）拜南府宰相，次年出為武定軍節度使。見《遼史》。

〔四〕『孚為』二句：《遼史》卷二十二《道宗本紀》：咸雍（一〇六六）二年九月，『日有食之，以參知政事韓孚為樞密副使』。盤山，在今天津薊州區。

〔五〕曾祖錫：韓錫（一一一二—一一九四），《金史》卷九十七有傳。

〔六〕明昌五年：一一九四年。

〔七〕《元勳傳》：已佚。道陵：金章宗。

〔八〕通州潞水漕渠：《金史》卷二十七《河渠》：『金都于燕，東去潞水五十里，故為牐以節高良河、白蓮潭諸水，以通山東、河北之粟……（諸船）合于信安海堧，溯流而至通州，由通州入牐，十餘日而後至於京師。』

〔九〕都城受圍：大安三年（一二一一），蒙古兵攻陷居庸關，包圍中都。《金史》卷十三《衛紹王本紀》：大安三年，『九月，千家奴、胡沙敗績於會河堡，居庸關失守，禁男子不得輒出中都城門。大元前軍至中都，中都戒嚴。』

〔一〇〕邠、涇：邠州（今陝西彬縣）、涇州（今甘肅涇川）。《金史》卷一百三十四《夏國傳》：『是時金兵敗績於會河堡，夏人乘其兵敗侵略邊境。』

〔一一〕華亭：今甘肅華亭。

〔一二〕平涼：今甘肅平涼。北原：其地不詳。

〔一三〕河平軍：在河北西路衛州（今河南衛輝）。授韓玉河平軍節度使，將之調離平涼，實即剝奪其兵權。

〔一四〕李公直：《金史》卷十四《宣宗紀》載李友直本是京兆治中，私逃華州。

〔一五〕二帥：指獨吉思忠和完顏承裕。獨吉思忠，女真人，本名千家奴，衛紹王即位，任平章政事。完顏承裕，本名胡沙，大安三年（一二一一）拜參知政事。二人奉命北禦蒙古，敗於烏沙堡（在今內蒙古商都縣境內）、會河堡（在今河北懷安東）。《金史》卷十三《衛紹王本紀》：大安三年十一月，『平章政事千家奴、參知政事胡沙坐覆全軍，千家奴除名，胡沙責授咸平路兵馬總管。』夏臺之師：指包圍中都的蒙古部隊。夏臺，夏桀囚禁商湯之處，在今河南禹州。

〔一六〕高壘：高築壁壘。穿空：深挖壕溝、地道。

〔一七〕四集之師：從四方聚集來的部隊。

〔一八〕『人誰無死』八句：又見《歸潛志》卷五。

〔一九〕京兆統軍便謂公直據華州反：《金史》卷十四《宣宗紀》記載與此略有不同，謂：李友直聯合諸人，『團集州民，號「忠義扈駕都統府」，相挺為亂，殺其防禦判官完顏八斤及城中女直人，以書約都統楊珪，為府兵所得。珪諱之，請自效，誘友直等執之，麾所招千餘人悉納杖阬諸城下。』

〔二〇〕韓不疑：生平不詳。

〔二一〕丙申：一二三六年。冠氏：今山東冠縣。

王都運擴

擴字充之，永平人〔一〕。明昌五年進士〔二〕，累遷同知德州防禦使事〔三〕。山東饑，詔馳驛赴官，且以賑貸事付之。時棣州饑尤甚〔四〕，而不在發粟之數，充之擅開倉救之，朝廷不之罪也。泰和七年夏旱，充之以監察御史受詔審冤〔五〕，因為同列言：『往時審冤，一切以末減為事，至殺人者之罪，亦貰出之。地下之冤，當誰理之乎？』〔六〕使還，言創設三司不便〔七〕，大略言：『三司之設，特以刻剝為事。大定間，一曹望之為戶部〔八〕，天下倉廩府庫皆實，百姓無愁怨之聲，存乎其人，不在改官稱也。今三司官皆戶部舊員，掾屬亦戶曹舊吏，豈有愚於戶部，而智于三司者？乞復戶部之舊，無駭民聽可也。』崇慶初，遷河東北路按察簽事，上書言時病四：一將不知兵，二兵不可用，三事不素定，四用人違其長。貞祐二年，太原受兵，充之之功為多〔九〕，最後權陝西西路轉運使，行六部尚書。前政太原喬世權子實〔一〇〕，燕人趙伯成子文〔一一〕，號為稱職。充之表表自見，雖處細務亦有法，掾屬奔走從事，無敢後者。評者謂：『子實寬緩欲為不忍欺，子文慎密欲為不能欺，皆未必能然，獨王公之不敢欺，為有征云。』年六十三，致仕卒〔一二〕。子元慶，字善甫，歸德行六部郎中〔一三〕；次子元亨〔一四〕。

【校記】

泰和七年：元好問《嘉議大夫陝西東路轉運使剛敏王公神道碑銘》（下簡稱《王公碑銘》）作『泰和八年』。

崇慶初：元好問《王公碑銘》作『貞祐初』。

評者謂：原作『評者為』，据《王公碑銘》改。

【注釋】

〔一〕永平：今河北順平縣。

〔二〕明昌五年：一一九四年。

〔三〕『累遷』句：元好問《王公碑銘》：『召補尚書省令史，考滿，授同知德州防禦使事。』德州，今山東德州。

〔四〕棣州：今山東惠民。

〔五〕泰和七年：元好問《王公碑銘》：泰和八年（一二〇八），『三月，擢拜監察御史。是歲旱甚，詔出諸御史分理冤獄』。

〔六〕末減：從輕論罪或減刑。貰：赦免。

〔七〕三司：《金史》卷五十五《百官志》：『泰和八年，省戶部官員置三司，謂兼勸農、鹽鐵、度支，戶部三科也。貞祐罷之。』

〔八〕曹望之：字景蕭，大定中任戶部尚書，《金史》卷九十二有傳。

〔九〕充之之功為多：元好問《王公碑銘》：『（貞祐）二年太原受兵，賴公保完，宣撫司上其功，進太中大夫、本路按察司副使兼同知轉運使事。』

〔一〇〕喬世權：據《（光緒）山西通志》卷一八四，喬世權曾任節度副使，其墓在山西盂縣。餘不詳。

〔一一〕趙伯成：參見下則。

〔一二〕致仕卒：《金史》卷一百四《王擴傳》：『致仕，興定三年（一二一九）卒，謚剛毅。』以享年六十三計，王擴生於正隆二年（一一五七）。

〔一三〕王元慶：　生平不詳。據《金史》卷一百十六《蒲察官奴傳》，天興元年（一二三二）十二月，王元慶曾為金哀宗逃亡護送糧食。

〔一四〕王元亨：　生平無考。

趙吏部伯成

伯成字子文，宛平人〔一〕，明昌五年經義、詞賦兩科進士〔二〕。博通書傳，有貞積之力〔三〕。性沉厚，言必中理〔四〕。從在太學日，人以趙骨鯁目之。累遷侍御史，拜中丞，陝西西路轉運使，靜難軍節度使〔五〕。哀宗即位，召為吏部尚書，坐為飛語所中，罷官〔六〕。卒於崧山中，潞人宋文之說其臨終甚明了也〔七〕。

【注釋】

〔一〕宛平：　今北京。

〔二〕明昌五年：　一一九四年。

〔三〕貞積之力：　真積之力。《荀子·勸學》：『真積力久則入。』指真誠學習，持久實踐。

〔四〕言必中理：　如《金史》卷四十八《食貨》所載：　貞祐四年（一二一六）八月，『侍御史趙伯成曰：「更造之法，陰奪民利，其弊甚於徵。徵之為法，特徵于農民則不可，若徵於市肆商賈之家，是亦敦本抑末之一端。」』

〔五〕靜難軍：治在邠州（今陝西彬縣）。
〔六〕罷官：《金史》卷一百九《陳規傳》：正大元年（一二二四），『初，吏部尚書趙伯成坐銓選吏員出身王京與進士王著填開封警巡判官見闕，為京所訟免官，規亦坐之』。
〔七〕潞：潞州，治在今山西長治。宋文之：其人不詳。元好問有《怒虎行》，自注：『答宋文之。』

梁錄事仲新

仲新字良輔，朝城人〔一〕。明昌五年進士〔二〕，初試《仙掌承露詩》〔三〕，主司以為擅場，用是知名，卒於許州錄事〔四〕。

【注釋】

〔一〕朝城：今山東莘縣南。
〔二〕明昌五年：一一九四年。
〔三〕《仙掌承露詩》：已佚。
〔四〕許州：今河南許昌。

盧待制元

元字子達，玉田人〔一〕。父啟臣，字雲叔，第進士，仕宦亦達，自號浭水先生〔二〕。《和趙元發劉師魯葛藤韻》云〔三〕：『乳兔生長角，鏖湯結厚冰。木終成假佛，髮不礙真僧。莫認指為月，須明火是燈〔四〕。拈花微笑處，只記老胡曾〔五〕。』子達幼而敏惠，年未二十，試于長安，為策論魁，擢第後〔六〕，又中策魁。明昌初，章廟設宏詞科〔七〕，命公卿舉所知，子達與郭檝、周詢、張復亨就試〔八〕，凡七日，並中選〔九〕，遂入翰苑，累遷至待制。二兄長庸，弟曾，名進士，又俱擢高第，時人以燕山竇氏比之〔一〇〕。《屏山故人外傳》云爾。子安，字希謝〔一一〕；翔字仲升，仲升正大末登科〔一二〕。

【注釋】

〔一〕玉田：今河北玉田。

〔二〕盧啟臣：大定七年（一一六七）進士，釋褐馬城主簿，餘不詳。

〔三〕趙元發：其人不詳。劉師魯：名仲洙，大定三年進士，終於定海軍節節度。《金史》卷九十七有傳。

〔四〕『莫須』二句：用禪宗指月公案。《首楞嚴經》卷二：『如人以手指月示人，彼人因指當應看月；若復觀指以為月體，此人豈唯亡失月輪，亦亡其指。何以故？以所標指為明月故。豈唯亡指，亦復不識明之與暗。何以故？即以指體為明月性，明暗二性無所了故。』《大智度論》卷九：『如人以指指月，以示惑者。惑者視指而不視月。人語之言：「我以指指月，令汝知之，汝何以看指不視月？」此亦如是，語為義指，語非義也。』後句又將語言文字喻為有亮光的燈火，將佛法喻為照亮人之心靈的『燈』。

〔五〕老胡：僧人，此指釋迦牟尼。

〔六〕擢第：從後文來看，盧元及第時間當在大定二十八年（一一八八）。

〔七〕宏詞科：《金史》卷五十一《百官》：『（制舉、宏詞）二科，皆章宗明昌元年所創者也。』

〔八〕郭巘：當於大定二十八年登進士第，釋褐隆州錄事。據王惲《秋澗集》卷三十八《河内修武縣重修廟學記》，郭巘為修武（今河南修武）人。周詢：生平不詳，疑於大定二十八年及第。張復亨：字仲淹，約大定二十八年登進士第，曾任戶部侍郎，擢大興尹。

〔九〕並中選：《歸潛志》卷十：『張仲淹復亨少為進士，同郭巘、周詢、盧元中宏詞科，為文有體，且長於吏事，大為章宗所知。登第不十年，位三品，擢中都路都轉運使。』

〔一〇〕盧庸：字子憲，大定二十八年進士，累官鳳翔治中、按察轉運使、定海軍節度使。《金史》卷九十二有傳。盧曾：生平不詳。燕山竇氏：指五代時燕山竇禹鈞教子有方，五子登科。馮道詩曰：『燕山竇十郎，教子有義方。靈椿一株老，丹桂五枝芳。』王應麟《三字經》：『竇燕山，有義方。教五子，名俱揚。』

〔一一〕盧安：據《析津志輯佚·名宦》，正大末登科，世亂不仕。入元後，耶律楚材薦為翰林編修。耶律鑄《雙溪醉隱集》卷六有《次盧希謝冬日桃花詩韻》。

〔一二〕盧翔：據《金文最》卷八十三孔叔利《改建題名碑》，盧翔為正大七年（一二三〇）經義孟德淵榜進士。

太常卿石抹世勣

世勣字晉卿〔一〕，承安中進士〔二〕，終於禮部尚書〔三〕。子嵩，字企隆，應奉翰林文字〔四〕。父子皆死蔡州之難〔五〕。

【注釋】

〔一〕世勣字晉卿：《歸潛志》卷四：『石抹翰林世勣，字晉卿，契丹人。』其父石抹元毅，《金史》卷一百二十一有傳，謂是『咸平府路酌赤烈猛安莎果歌仙謀克人』。咸平府，治在今以遼寧開原附近。

〔二〕承安中進士：《金史》卷一百十四《石抹世勣傳》：承安五年（一二〇〇），『登詞賦、經義兩科進士第』。

〔三〕終於禮部尚書：《歸潛志》卷四：『久之，為禮部侍郎、司農、太常卿、翰林侍講學士。』

〔四〕子嵩：《金史·石抹世勣傳》：『嵩字企隆，興定二年（一二一八）經義進士。』據《汝南遺事》卷一，天興二年，石抹嵩在新蔡縣令任上，金哀宗出亡蔡州，途經新蔡，石抹嵩拜於馬前，授應奉翰林文字。

〔五〕『皆死』句：《歸潛志》卷四：『從末帝東征，至蔡州，城陷死。』蔡州陷於天興三年（一二三四）正月。

范滑州中

中字極之，大興人〔一〕，承安中進士〔二〕，累官京西路司農少卿〔三〕，滑州刺史〔四〕。好賢樂善，有前輩風流。貞祐中，高琪當國，專以威刑肅物〔五〕，士大夫被捃摭者〔六〕，笞辱與徒隸等，醫家以酒下地龍散〔七〕，投以蠟丸，則受杖者失痛覺，此方大行於時，極之有戲云：『嚼蠟誰知味最長，一杯卯酒地龍香。年來紙價長安貴，不重新詩重藥方。』〔八〕時人傳以為笑。極之嗜讀書，一以資於詩，詩亦往往可傳。壬辰卒於京師，年五十七〔九〕。

【注釋】

〔一〕大興：　今北京。

〔二〕承安中進士：　承安年間有兩次科考，一是承安二年，一是承安五年。苑中及第時間疑為承安二年。

〔三〕京西路司農少卿：　據《金史》卷五十五《百官》：　興定六年（一二二二）置司農司，又於陝西及河南三路置行司農司，至正大元年（一二二四），於歸德、許州、河南、陝西各置司農司。京西路即指河南府司農司，駐地在今河南洛陽。

〔四〕滑州：　今河南滑縣。

〔五〕高琪：　朮虎高琪（？—一二二〇），女真人，貞祐元年（一二一三），為元帥監軍，被蒙古兵戰敗，率軍入中都，殺胡沙虎，任平章政事，四年，進官尚書右丞相，日益專權。興定三年十二月被處死。《金史》卷一百六有傳。

威刑肅物，以嚴刑使人恭順。
〔六〕捃摭：搜羅材料以打擊別人。
〔七〕地龍：蚯蚓。地龍散：主治瘀血、疼痛。
〔八〕卯酒：卯時喝的酒。卯時是古代上朝的時間。
〔九〕壬辰：天興元年（一二三二）。以五十七歲計，苑中生於大定十六年（一一七六）。

趙禮部思文

思文字庭玉，永平人〔一〕，明昌五年進士〔二〕。貞祐中，陷沒都城，間關南渡，遂為朝廷所知〔三〕。歷虢州刺史〔四〕、汝州防禦使〔五〕、金安、集慶兩軍節度使〔六〕，召拜禮部尚書〔七〕。壬辰卒官〔八〕。為人誠實樂易，自少日有君子長者之目。南狩以後，趙吏部子文、楊禮部之美、趙禮部周臣、陳司諫正叔，與庭玉皆完人，終始無玷缺者也〔九〕。弟庭珪，同榜登科〔一〇〕。三子：敬叔，介叔，方叔，今居鄉里〔一一〕。

【注釋】

〔一〕永平：今河北順平縣。
〔二〕明昌五年：一一九四年。《元好問全集》卷十八《通奉大夫禮部尚書趙公神道碑》：『釋褐德順州軍事判官。』

〔三〕陷沒都城：貞祐三年(一二一五)，中都淪陷。元好問《通奉大夫禮部尚書趙公神道碑》：『二年都城不守，公潛跡隘巷，以課童子學為業。明年冬路稍通，公徒步還鄉里。』間關：形容旅途的艱辛、崎嶇、輾轉。

〔四〕歷虢州刺史：元好問《通奉大夫禮部尚書趙公神道碑》：『(興定)五年(一二二一)正月，出知虢州軍州事、虢州刺史。』虢州，今河南靈寶。

〔五〕汝州防禦使：元好問《通奉大夫禮部尚書趙公神道碑》：『(正大)五年(一二二八)八月，改汝州防禦使。』汝州，今河南汝陽。

〔六〕金安、集慶兩軍節度：據元好問《通奉大夫禮部尚書趙公神道碑》，趙思文於正大七年正月授金安軍節度使，未赴，改集慶軍節度使。金安軍置於華州，集慶軍置於亳州。

〔七〕拜禮部尚書：據元好問《通奉大夫禮部尚書趙公神道碑》，趙思文於正大八年三月，拜禮部尚書。

〔八〕壬辰：天興元年(一二三二)。元好問《通奉大夫禮部尚書趙公神道碑》：『(天興元年)九月之四日，春秋六十有八薨於某里第。』據此可知趙思文生於大定五年(一一六五)。

〔九〕趙吏部子文：趙伯成，參見《中州集》卷八《趙吏部伯成》。楊禮部之美：楊雲翼，參見《中州集》卷四《禮部楊公雲翼》。趙禮部周臣：趙秉文，參見《中州集》卷三《禮部閑閑趙公秉文》。陳司諫正叔：指陳規，參見《中州集》卷五《陳司諫規》。

〔一〇〕弟庭珪：據元好問《通奉大夫禮部尚書趙公神道碑》，本名趙珩，字去非，後改字庭珪。元好問《通奉大夫禮部尚書趙公神道碑》：『未幾偕去非擢明昌五年進士第，鄉里榮之，號雙飛趙家。』

〔一一〕三子：元好問《通奉大夫禮部尚書趙公神道碑》：『子男三人，賈所出：贇，尚書省令史；克剛，奉職；克基，行中書省左右司員外郎。』據此，三子分别是：趙贇字敬叔，任尚書省令史；趙克剛字介叔，元好問有《追懷趙介叔》詩；趙克基字方叔，曾任行中書省左右司員外郎。

李坊州芳

芳字執剛，大興人〔一〕，承安二年進士〔二〕，歷乾、坊兩州刺史〔三〕，同知都轉運使事〔四〕。為人敬賢下士，款曲周至，聞人一善，極口稱道，士論以此歸之。又精於吏事，累以廉能進秩。正大末致仕〔五〕，歿於洛陽之難〔六〕。

【注釋】

〔一〕大興：今北京。

〔二〕承安二年：一一九七年。

〔三〕乾州：治在今陝西乾縣。坊州：治在今陝西黄陵縣。據《秋澗集》卷四十九《金故忠顯校尉尚書戶部主事先考府君墓誌銘》，正大四年（一二二〇），李芳尚在坊州刺史任上。

〔四〕同知都轉運使事：指同知南京路都轉運使事，時在正大四年至正大五年間。

〔五〕正大末：疑在正大七年前後。雷淵有《送李執剛致仕歸洛》詩，見《中州集》卷六。

〔六〕洛陽之難：天興元年（一二三二），蒙古兵攻陷洛陽。

劉鄠縣昂

昂字次霄，濟南人，承安五年進士〔一〕，調鄠縣令〔二〕。劉光甫曾為同官〔三〕，稱次霄高材博學，詩時有佳句云。

【注釋】

〔一〕承安五年：一二〇〇年。

〔二〕鄠縣：今陝西戶縣。

〔三〕劉光甫：名祖謙，承安五年進士，泰和四年（一二〇四）任鄠縣簿。詳參《中州集》卷五《劉鄧州光甫》。

錦峰王仲元

仲元字清卿，平陰人〔一〕，承安中進士〔二〕，以能書名天下〔三〕，歷京兆轉運司幕官〔四〕。子公茂，今在雲中〔五〕。

【注釋】

〔一〕平陰：今山東平陰。

〔二〕承安中進士：楊奐《還山遺稿》卷上《錦峰王先生墓表》：『先生舉進士，有聲。承安五年四舉推恩。』

〔三〕『以能』句：楊奐《錦峰王先生墓表》：『書名尤重，小楷介歐、虞間。』《秋澗集》卷七十二《錦峰真逸王仲元清卿書》：『錦峰書，意韻瀟散，不減古人。但前有黄山，後有閑閑公，故公之墨妙，掩而不彰。』

〔四〕歷京兆轉運司幕官：楊奐《錦峰王先生墓表》：『改陝西東路轉運司鹽鐵判官，適書藍田山碑，飲玉漿，偶得疾，死於官舍，貞祐四年(一二一六)也。』

〔五〕子公茂：生平無考。雲中：今山西大同。

盧宜陽洵

洵字仁甫，高平人〔一〕。李承旨致美見所作上梁文，勉使就舉〔二〕。六十一歲，呂造榜登科〔三〕，歷河南府教授、河陽丞、宜陽令〔四〕，致仕後居伊陽，年八十三卒〔五〕。仁甫有詩學，以《鞏原》及《赤壁圖》詩著名〔六〕。《招飲》云：『南園仙杏猩紅破，北渚官醪玉汗醇。已約尊前成二老，全勝月下作三人。』

【注釋】

〔一〕高平：今山西高平。

〔二〕李承旨致美：李晏，見本卷《晁洗馬會》注〔五〕。上梁文：已佚。

〔三〕呂造：承安二年（一一九七）詞賦狀元。盧洵六十一歲及第，可知其生於天會十五年（一一三七）。

〔四〕河南府：治在洛陽。河陽：今河南孟州。宜陽：今河南宜陽。

〔五〕伊陽：今河南嵩縣。年八十三卒：卒於興定三年（一二一九）。

〔六〕《鞏原》及《赤壁圖》詩：二詩已佚。

刁涇州白

白字晉卿，信都人〔一〕，呂造榜乙科〔二〕，歷涇州幕官〔三〕，入補省掾卒。作詩極致力，樂府尤有風調，今散失不復見矣。

【注釋】

〔一〕信都：今河北衡水市冀州區。

〔二〕呂造：承安二年（一一九七）詞賦狀元。

〔三〕涇州：今甘肅涇川。

劉戶部光謙

光謙字達卿，沈州人〔一〕。父澤，字潤之，為部掾，斷獄有陰德〔二〕。劉之昂與之酬唱〔三〕，其詩有云：『侯門舊説炎如火，陋巷今猶冷似冰。半夜杯盤長袖舞，白頭書册短檠燈。』用是人不敢以府史待之〔四〕。達卿泰和三年進士〔五〕，資幹局〔六〕，處事詳雅，為朝廷所知，累官司農少卿〔七〕。病瘡許州，宣宗敕國醫診視之，卒年五十六〔八〕。好問為舉子時，識於登封〔九〕，相得甚歡，尊酒間談笑有味，使人不能忘也。

【注釋】

〔一〕沈州：今遼寧瀋陽。

〔二〕劉澤：生平無考。

〔三〕劉昂：字之昂，興州人，大定十九年（一一七九）進士，參《中州集》卷四《劉左司昂》。

〔四〕府史：管理財貨文書收發的小吏。

〔五〕泰和三年：一二〇三年。

〔六〕幹局：辦事的才幹和器局。

〔七〕累官司農少卿：據《金史》卷五十五《百官志》，興定六年（一二二二）置司農司，又于陝西及河南三路置行司農司，劉光謙當於該年任職許州司農司。

〔八〕許州：今河南許昌。金宣宗卒於元光二年（一二二三）十二月，劉光謙當卒於此前不久。以五十六歲計，劉光謙生於大定八年（一一六八）。

〔九〕識於登封：元好問興定二年（一二一八）移家登封，興定四年八月離開登封，赴汴京參加考試，次年及第。元好問與劉光謙相識當在興定二年至四年之間。

毛提舉端卿

端卿字飛卿，彭城人〔一〕。父矩，桓州軍事判官，歿王事〔二〕。飛卿二十歲始知讀書，遊學齊魯間，備極艱苦，饑凍疾病，不以廢業，凡十年，以經義魁東平，泰和三年擢第〔三〕，累遷提舉榷貨司，戶部員外郎。性剛明，疾惡過甚，坐與監察御史相可否，為所中傷，降鄭州司候〔四〕，改孟津丞，將復用矣，會卒〔五〕。子思遹〔六〕，今居東平。

【注釋】

〔一〕彭城：今江蘇徐州。

〔二〕父矩：《元好問全集》卷三十四《毛氏宗支石記》：『矩字仲方，承安元年（一一九六），由州掾屬保隨朝吏員，試秋場，中甲首。』桓州：今內蒙古正藍旗。元好問《毛氏宗支石記》：『大安二年（一二一〇），用宰相薦，特授桓州軍事判官。三年，北兵攻桓州，刺史以力不支，議降，公不從。城陷，自縊於軍資庫，壽五十八。崇慶元年，以歿身王事，贈宣武將軍，同知桓州軍州事。』

〔三〕以經義魁東平：元好問《毛氏宗支石記》：『初試東平，中經義解魁。再試益都，第五，遂登泰和三年（一二〇三）進士第。』東平，今山東東平。

〔四〕降鄭州司候：元好問《毛氏宗支石記》：『馳驛襄葉，值監察御史以私忿被誣，時宣宗用法急，凡臺察被推例皆誣伏，下降外路七品，借鄭州司候。』

〔五〕改孟津丞：元好問《毛氏宗支石記》：『再調孟津縣丞，竟以怨憤感疾，終於官。下壽六十，官至少中大夫。』孟津，治在今河南郾師市北。下壽六十，出自《莊子・盜跖》：『人上壽百歲，中壽八十，下壽六十。』

〔六〕子思遹：生平無考。

康司農錫

錫字伯祿，寧晉人〔一〕。其祖嘗與兄弟分財，他田宅無所問，止取南中生口十餘人〔二〕，縱為民而已，以故家獨貧。父奕，為里胥，性純篤，縣令者倚之以納賄。及令為御史所劾，奕自念言直則令被罪，終世不齒，渠官長而我以事證之，何以立於世？乃自縊而死。令竟以無跡可尋，獲免。伯祿既養于外祖田氏〔三〕，田氏見伯祿骨骼異他兒，謂當有望，使之應童子舉，飲食臥起，躬自調護，備極勞苦。得解赴都，一日日暮，行茭葦中，懼為同行所遺，至背負伯祿而行。

及長，師柏鄉王翰周輔〔四〕，束修不能備，周輔與諸公共賙給之。黄裳榜擢第〔五〕，歷櫟陽簿〔六〕，警巡判官，辟彭原令〔七〕，補省掾。考滿，遷開封府判官，拜監察御史〔八〕。言宰相侯摯、師安石非相材〔九〕，提點近侍局宗室安之〔一〇〕，聲勢焰焰，請託公行，不可使久在禁近，朝議偉之。選授右司都事、京南路司農丞〔一一〕。破上蔡諸縣群不逞把持之黨〔一二〕，以河中治中充行六部郎中從軍〔一三〕。城陷，投水死〔一四〕。伯祿孝于母，友於其弟，有恩義於朋友，從政則死心以奉公為民，古所謂『公家之利，知無不為』者，惟伯祿為然〔一五〕。同年生如雷希顔、冀京父、宋飛卿之等名士數十人，世以比唐日龍虎榜〔一六〕。至論氣質，尚以伯祿為稱首云〔一七〕。

【校記】

奕：元好問《大司農丞康君墓表》作『溢』。

【注釋】

〔一〕寧晉：今河北寧晉。

〔二〕其祖：據《元好問全集》卷二十一《大司農丞康君墓表》，指康錫祖父康成。生口：奴隸。

〔三〕田氏：不詳。

〔四〕柏鄉：今河北柏鄉縣。王翰：其人不詳。

〔五〕黄裳：崇慶二年（一二一三）詞賦狀元。

〔六〕櫟陽：治在今陝西西安市閻良區。

〔七〕彭原：治在今甘肅西峰。

〔八〕拜監察御史：《歸潛志》卷五：『正大初，由省掾拜監察御史。』

〔九〕侯摯：字莘卿（？—一二三二），山東東阿人。明昌二年（一一九一）進士，貞祐三年（一二一五）累官參知政事，四年進尚書右丞，天興元年，起為平章政事。《金史》卷一百八有傳。師安石本姓尹（？—一二二八），因避諱改姓師，字子安，承安五年（一二〇〇）進士，累官參知政事，進尚書右丞，《金史》卷一百八有傳。

〔一〇〕宗室安之：完顏撒合輦，字安之（？—一二三二），女真人，宣宗時累官同簽樞密事，後因擁立哀宗有功，日受親信。《金史》卷一百十一有傳。

〔一一〕京南路司農：當時在許州設置司農司。

〔一二〕上蔡：今河南上蔡。元好問《大司農丞康君墓表》：『破上蔡諸縣群不逞把持之黨，彈種人以贓污尤狼籍者五六輩。宰相有不悅者云：「康錫不欲吾種人在仕路耶？」』

〔一三〕河中治中：指河中府治中，河中府治在今山西永濟西。

〔一四〕投水死：元好問《大司農丞康君墓表》：『城陷投水死，時年四十八』《金史》卷一百十一《康錫傳》：『河中破，從時帥率兵南奔，濟河，船敗死。』河中府，於正大八年（一二三一）九月，受蒙古兵圍攻，十二月淪陷。以卒年四十八歲計，康錫生於大定二十四年（一一八四）。《續夷堅志》卷一《康李夢應》：『康伯祿、李欽叔壬辰十二月行部河中，先城未破一日，康與欽叔求夢於其神。伯祿夢城隍破，爭船落水中，為一錦衣美婦援之而去……明日城陷，伯祿爭船不得，落水死。』壬辰，當是元好問誤記。

〔一五〕『公家之利』二句：《左傳·僖公九年》：『公家之利，知無不為，忠也。』《金史·康錫傳》：『為人氣質重厚，公家之事知無不為，與雷淵、冀禹錫齊名。』

〔一六〕雷希顔：雷淵。冀京父：冀禹錫。宋飛卿：宋九嘉。他們都是同年進士。唐日龍虎榜：唐貞元八年（七九二）録取韓愈等人的進士榜。《新唐書·歐陽詹傳》：『舉進士，與韓愈、崔群、王涯、馮宿、庾承宣聯第，皆天下選，時稱「龍虎榜」。』

〔一七〕尚以伯禄為稱首：元好問《大司農丞康君墓表》與此相同。

張戸部德直

德直字伯直，平陽人〔一〕。叔祖邦彦，字彦才，張楫榜登科，以當川令致仕〔二〕，有《松堂集》行於世〔三〕。嘗有詩云：『青山澹澹水溶溶，盡出蒼袛點化工。無限燒痕渾緑染，可憐喬木待春風。』父迪禄，字仲英，明昌初進士，歷岐山、上黨二縣令，卒於省掾〔四〕。伯直貞祐三年進士〔五〕，釋褐新平簿，辟藍田令〔六〕。秩滿，父老詣行臺留再任，去之日為立生祠〔七〕。移沔池、通許〔八〕，召補省掾，選授右警巡使，終於同知武勝軍節度使事〔九〕。子城，今居永寧〔一〇〕。

【校記】

張楫：當作『張檝』，明昌五年（一一九四）詞賦狀元，《中州集》卷九有傳。

【注釋】

〔一〕平陽：今山西臨汾。

〔二〕當川：今甘肅廣河。

〔三〕《松堂集》：已佚。

〔四〕張迪祿：生平無考。岐山：今陝西岐山。上黨：今山西長治。

〔五〕貞祐三年：一二一五年。

〔六〕新平：今陝西彬縣。藍田：今陝西藍田。

〔七〕父老詣行臺留再任：《金史》卷一百二十八《循吏傳贊》：『初，辟舉法行，縣官甚多得人，如……藍田張德直、葉縣劉從益皆清慎才敏，極一時之選，而能扶持百年將傾之祚者，亦曰吏得其人故也。』

〔八〕澠池：今河南澠池。通許：今河南通許。

〔九〕武勝軍：置於鄧州（今河南鄧州）。

〔一〇〕張城：生平無考。永寧：今河南洛寧。

馮辰

辰字駕之，臨潼人〔一〕，貞祐三年進士〔二〕，辟涇陽令〔三〕，九歲知作詩。

【注釋】

〔一〕臨潼：今陝西西安市臨潼區。

〔二〕貞祐三年：一二一五年。

〔三〕涇陽：今陝西涇陽。

王世昌

世昌字慶長，寧州人〔一〕，貞祐三年同進士出身〔二〕，以信都丞致仕〔三〕。

【注釋】

〔一〕寧州：今甘肅寧縣。

〔二〕貞祐三年：一二一五年。

〔三〕信都：今河北衡水市冀州區。

李宜陽過庭

過庭字庭訓，武亭人〔一〕，貞祐二年進士〔二〕，歷宜陽、永甯、滎陽三縣令〔三〕，所去見思。入為右曹掾，斷獄寬平，當妖賊李亨首坐〔四〕，所詿誤數百人，皆從輕法。正大中，擢右三部司正〔五〕，終於昌武軍節度副使〔六〕。少日從太原王正之學〔七〕，故詩文皆有可觀。人初與交者，多不能合，久之知其為淳質長厚人也。壬寅四月，暴卒於東平〔八〕。子蕚，字華甫〔九〕。

【注釋】

〔一〕武亭：今陝西省西安市楊陵區。

〔二〕貞祐二年：非科考年，當是貞祐三年（一二一五）之誤。

〔三〕宜陽：今河南宜陽。永寧：今河南洛寧。滎陽：今河南滎陽。

〔四〕李亨：其人其事不詳。

〔五〕右三部：兵、刑、工三部，設右三部檢法司，司正一員，正八品。

〔六〕昌武軍：置於許州（今河南許昌）。

〔七〕王正之：王特起，詳參《中州集》卷五《王監使特起》。

〔八〕壬寅：一二四二年。

〔九〕子蕚：生平不詳。

田錫

錫字永錫，宛平人〔一〕，興定五年進士〔二〕，調新蔡主簿〔三〕，閑居南陽驥立山下〔四〕，資豪爽。自少日有聲場屋間，作詩甚多，《吊蘇墳》一篇，有『英靈還卻眉山秀，依舊東風草木天』之句〔五〕，世哄傳之。

【校記】

英靈：《歸潛志》卷三引作『英魂』。

東風：《歸潛志》卷三引作『春風』。

【注釋】

〔一〕宛平：今北京。

〔二〕興定五年：一二二一年。

〔三〕新蔡：今河南新蔡。

〔四〕南陽：今河南南陽。

〔五〕《吊蘇墳》：《歸潛志》卷三題作《過東坡墳》：『富貴一場春夜夢，文章萬斛冷雲泉。英魂返卻眉山秀，依舊春風草木天。』

張介

介字介夫，彭城人〔一〕，正大元年經義第一人〔二〕，歷鞏、穀熟二縣令〔三〕。幼有賦聲，為人有蘊藉，嘗贈詩人楊叔能〔四〕，末章云：『我貧自救如沃焦，君來過我亦何聊。為君欲寫貧士歎，才思殊減荒村謠。』楊初以《荒村謠》得名〔五〕，故云。

【注釋】

〔一〕彭城：今江蘇徐州。王鶚《汝南遺事》卷一作平州（今河北盧龍）人，疑是。

〔二〕正大元年：一二二四年。

〔三〕鞏縣：治在今河南鞏義。穀熟：治在今河南商丘。

〔四〕楊叔能：楊宏道（一一八九—一二七二？），一作楊弘道，淄川人，金末曾監麟遊縣酒稅，金亡入宋，為襄陽府教授，後北遷，寓家濟源，不復出仕。有《小亨集》傳世。

〔五〕《荒村謠》：不見《小亨集》。薛瑞兆、郭明志《全金詩》卷一一〇從《永樂大典》輯《空村謠》（疑即《荒村謠》）：『淒風羊角轉，曠野埃塵腥。膏血夜為火，望際光青熒。頹垣俯積灰，破屋仰見星。蓬蒿塞前路，瓦礫堆中庭。殺戮餘稚老，疲羸行欲傾。居空村問汝，何以供朝昏？氣息僅相屬，致詞難遽言。往時百餘家，今日數人存。傾筐長鑱隨日出，樹木有皮草有根。春磨沃饑火，水土仍君恩。但恨誅求盡地底，官吏有時猶到門。』

龐漢

漢字茂弘，平晉人〔一〕，正大末年進士〔二〕，沉毅有志節，待次內鄉北山〔三〕，兵亂遇害。

【注釋】

〔一〕平晉：治在今山西太原境內。

〔二〕正大末年進士：據《金文最》卷八十三孔叔利《改建題名碑》，龐漢為正大七年（一二三〇）進士。

〔三〕待次：等待候補官職。內鄉：今河南西峽。北山：在內鄉之北，又名秋林夏館山。

宋景蕭

景蕭字望之，濟川族孫〔一〕。正大六年進士〔二〕，辟令泰安〔三〕，未赴，遭亂。望之于劉景玄為外兄〔四〕，故其詩頗獲沾丐，嘗有『荒山銷盡古今魂』之句，詩家稱焉。

【注釋】

〔一〕濟川：宋楫，參見《中州集》卷八《宋孟州楫》。

〔二〕正大六年：當是正大七年（一二三〇）之誤，因為正大六年非科舉年。

〔三〕泰安：今山東泰安。

〔四〕劉景玄：劉昂霄，參見《中州集》卷七《劉昂霄》。

李警院天翼

天翼字輔之，固安人〔一〕，貞祐二年進士〔二〕，歷滎陽、長社、開封三縣令〔三〕，所在有治聲，遷右警巡使。汴梁既下，僑寓聊城，落薄失次，無以為資，辟濟南漕司從事〔四〕。方鑿圓枘，了不與世合，眾口媒蘖〔五〕，竟罹非命。輔之材具甚美，且有志於學。與人交，款曲周密，久而愈厚，死之日，天下識與不識，皆為流涕。予謂天道悠遠，良不可知，而天理之在人心者，亦自不泯也。

【注釋】

〔一〕固安：今河北固安。

〔二〕貞祐二年：當是貞祐三年（一二一五）之誤，因為貞祐二年非科舉之年。

〔三〕滎陽：今河南滎陽。長社：今河南許昌。

〔四〕落薄：落魄。辟濟南漕司從事：《元史》卷二《太宗紀》：『（太宗二年）冬十一月，始置十路徵收課稅使。以……田木西、李天翼使濟南。』《元好問全集》卷三十七有《送李輔之之官濟南序》。

〔五〕媒蘖：指藉端誣陷。

張參議澄

澄字之純，别字仲經，本出遼東烏惹族〔一〕，國初遷之隆安〔二〕。祖黄縣府君〔三〕，移官洛水，因家焉〔四〕。之純早孤，能自樹立，避地洛西，率資無旬日計，而泰然以閉戶讀書為業。嘗從辛敬之、趙宜之講學，故詩文皆有律度〔五〕。兵後居東平〔六〕，詩名藉甚，如云：『齊客計窮思蹈海，杞人癡絶漫憂天。』〔七〕『壞壁粘蝸艱國步，荒池漂蟻失軍容。』此類甚多。

【校記】

洛水：當是洺水之誤。《元好問全集》卷二十四《張君墓誌銘》：『至公之考黄縣府君，諱某，字某，正隆間官洺水，遂為洺水人。』

【注釋】

〔一〕烏惹：族名，又稱烏若、兀惹等，分佈於今哈爾濱以東松花江、牡丹江等地區。

〔二〕隆安：原名隆州，今黑龍江農安。

〔三〕黄縣：今山東龍口市。

〔四〕洛水：當是洺水，治在今河北巨鹿東。

〔五〕辛敬之：辛愿，詳參《中州集》卷十《溪南詩老辛愿》。趙宜：趙元，詳參《中州集》卷五《愚軒居士趙元》。《元好問全集》卷三十七有《張仲經詩集序》，曰：『客居永寧，永寧有趙宜之、辛敬之、劉景元，其人皆天下之選，而仲經師友之，故早以詩文見稱。』

〔六〕東平：今山東東平。

〔七〕齊客：指齊人魯仲連。蹈海：指投水而亡。《史記·魯仲連鄒陽列傳》載魯仲連語：『彼秦者，棄禮義而上首功之國也，權使其士，虜使其民。彼即肆然而為帝，過而為政於天下，則連有蹈東海而死耳，吾不忍為之民也。』

劉神童微

微字伯祥，益都人〔一〕。七歲能文，道陵召入宮，賦《鳳凰來儀》二首，稱旨，賜經童出身，係籍太學〔二〕。後登貞祐二年第〔三〕。

【注釋】

〔一〕益都：今山東益都。

〔二〕道陵：金章宗。《金史》卷五十一《選舉志》：『明昌元年，益都府申：「童子劉住兒，年十一歲，能詩賦，誦大小六經，所書行草頗有法。孝行夙成。乞依宋童子李淑賜出身，且加以恩詔。」上召至內殿，試《鳳凰來儀》賦、《魚在藻》詩，又令賦《旱》詩，上嘉之，賜本科出身，給錢粟官舍，令肄業太學。』

〔三〕貞祐二年：當是貞祐三年（一二一五）之誤。《金史》卷一百二十六《麻九疇傳》：『明昌以來，稱神童者五人，太原常添壽四歲能作詩，劉滋、劉微、張漢臣後皆無稱，獨知己能自樹立。』

郭宣道

宣道字德明，邢州人〔一〕，系出衣冠家〔二〕，人物楚楚，而有老成之風。貞祐中客南陽，名士定興張履坦之罷鄧州觀察〔三〕，閒居此縣之石橋，見德明愛之，招致門下，飲食教督，委曲周備，遂有聲場屋間。正大末〔四〕，沒兵中。

【注釋】

〔一〕邢州：今河北邢臺。

〔二〕衣冠家：郭宣道家世不詳。

〔三〕南陽：今河南南陽。張履：字坦之，定興人，趙秉文之壻。

〔四〕正大末：疑在正大七年、八年間（一二三〇—一二三一）。

張仲宣

仲宣字利夫，相州人〔一〕，舉進士有聲。子柔，字子友，今在林慮〔二〕。

【注釋】

〔一〕相州：今河南安陽。

〔二〕張柔：生平不詳。林慮：今河南林州市。

胡汲

汲字直卿，衛州人〔一〕，少有賦聲，與新鄭傅伯祥、呂鵬舉相友善〔二〕，貌寢陋，而滑稽無窮，時命不偶，竟窮悴而死。

【注釋】

〔一〕衛州：今河南衛輝。

〔二〕新鄭：今河南新鄭。呂鵬舉：呂大鵬，密州人。參《中州集》卷九《呂大鵬》。

王修齡

修齡字紹先，同州人〔一〕，詩有『得意好花開早落，喚愁芳草燒還生』之句，閑閑愛而戲之，

目為『癡仙人』〔二〕。（以上《中州集》卷八）

【注釋】

〔一〕同州：今陝西大荔。

〔二〕閑閑：指趙秉文。趙秉文之言，不可考。

白先生賁

賁，汴人〔一〕，自號決壽老，自上世以來，至其孫淵〔二〕，俱以經學顯〔三〕。

【注釋】

〔一〕汴：今河南開封。

〔二〕白淵：生平無考。

〔三〕俱以經學顯：白賁有詩《客有求觀予〈孝經傳〉者感而賦詩》，可知他著有《孝經傳》一書。

王內翰樞

樞字子慎，良鄉人〔一〕。遼日登科〔二〕，仕國朝，直史館。

【注釋】

〔一〕良鄉：治在今北京房山境內。

〔二〕遼日登科：王樞及第時間不詳。據《三朝北盟會編》卷二十三所引許采《陷燕記》：宣和七年（一一二五），王樞任遼儒林郎。

睡軒先生趙晦

晦字光道，管城人〔一〕，宋末代州法曹、秀容主簿〔二〕，汴京破後不復仕，自號睡軒居士〔三〕。子洵子都，大定二十年進士〔四〕，真定路總管判官〔五〕。孫綱，三赴廷試，以蔭補官，終於永壽令〔六〕。曾孫居禮之讓，今在燕中〔七〕。

【注釋】

〔一〕管城：今河南鄭州。

〔二〕代州：今山西代縣。秀容：今山西忻州。

〔三〕自號睡軒居士：朱弁有《睡軒為趙光道作》詩，見《中州集》卷十。

〔四〕大定二十年：非科舉年。疑為大定二十二年（一一八二）之誤。

〔五〕真定路：即真定府，治在今河北正定。

〔六〕趙綱：生平無考。永壽：今陝西永壽縣。

〔七〕趙居禮：生平無考。

浚水王先生世賞

世賞字彦功，汴人，與尹無忌、王逸賓、趙文孺相周旋〔一〕。明昌中，保舉才能德行，賜出身，釋褐鞏州教授，終於鹿邑簿〔二〕。有《浚水老人集》傳於世〔三〕。

【注釋】

〔一〕尹無忌：師拓，參見《中州集》卷四《師拓》。王逸賓：王磵，參見《中州集》卷四《王隱君磵》。趙文孺：趙渢，參見《中州集》卷四《黄山先生趙渢》。

〔二〕『明昌中』五句：明昌三年（一一九二），故相馬惠迪判開封府，向朝廷推薦德行才能之人，王世賞為其中之一。《元好問全集》卷二十二《奉直趙君墓碣銘》：『余嘗愛吾同年進士通許趙君，仕不近名，隱不違俗，藹然有古人之風。故嘗求其淵源，得汴人之賢者四人焉：曰王磵逸賓、王世賞彦功、游總宗之、學易高先生仲震正之。明昌中，故相馬吉甫判開封，逸賓、彦功、宗之俱以德行才能薦於朝。逸賓鹿邑簿，就請致仕，彦功以親老調鞏州教官，宗之讓不受。三人者趣向不同，而時人皆以高士目之。』鞏州（治在今甘肅隴縣），疑為鞏縣（今河南鞏義市）之誤，因為『彦功以親老調鞏州教官』，離其家鄉汴京不應太遠。鹿邑：治在河南鹿邑西。

〔三〕《浚水老人集》：已佚。浚水老人，當是王世賞號。

南湖靖先生天民

天民字達卿，滏陽人〔一〕，其父國初官原武，因而家焉〔二〕。少日嘗兩魁鄉試，自望者不碌碌〔三〕，所與交，如龐才卿、楊茂才、劉之昂、王逸賓〔四〕，皆一時名士。晚年買田南湖，葺亭圃，植竹樹，以詩酒為事，自號南湖老人，年七十九卒〔五〕。子文煒德昭〔六〕，從孫顒子昂〔七〕。

【注釋】

〔一〕滏陽：今河北磁縣。

〔二〕其父：生平無考。原武：今河南原陽。

〔三〕『少日嘗兩魁鄉試』二句：《元好問全集》卷五《南湖先生雪景乘騾圖引》：『年二十許時，曾以鄉賦兩魁鄭州，然其資倜儻，所以自望者甚高，終不樂為舉子計，即棄去，學擊刺。當正隆征南，頗欲馳逐戎行間。既而大定詔書下，兵各罷歸，先生抱利器而無所試，乃浮湛里社，以詩酒自娛。』

〔四〕龐才卿：龐鑄，詳參《中州集》卷五《龐都運鑄》。楊茂才：不詳。劉之昂：即劉昂，詳參《中州集》卷四《劉左司昂》。王逸賓：即王磵，參見《中州集》卷四《王隱君磵》。

〔五〕『晚年買田南湖』六句：元好問《南湖先生雪景乘騾圖引》：『買田南湖之上，築亭種樹，徜徉乎其間。盡置家事，日與賓客酣飲，歌管棋槊，窮日夕不少休。家故饒財，又好施予，其赴人之急，猶疾痛之在己，故人尤以此歸之。』

〔六〕子文煒德昭：靖文煒字德昭。元好問《南湖先生雪景乘騾圖引》：『其子文煒，北渡後來東平，始以先生之意，追畫此圖，求僕賦詩。文煒質直好義，讀書作文，有聲時輩中，觀其子，可以想見先生之為人。』《元好問全集》卷三十九《靖德昭兒子高戶字說》：『德昭問學甚篤，行義甚修，遭離世故，又抑不能舉，宜為造物者之所乘除，以起家之子遺之也。』

〔七〕從孫顒子昂：靖顒生平無考。

東皋桑先生之維

之維字之才，恩州人〔一〕，蔡丞相伯堅之子婿也〔二〕，以樂府著稱。有《東皋集》傳於世〔三〕。

【注釋】

〔一〕恩州：治在今山東武城東。

〔二〕蔡丞相伯堅：蔡松年，詳參《中州集》卷一《蔡丞相松年》。

〔三〕《東皋集》：已佚。

步元舉

元舉，關中人。

馮文叔

文叔，遼東人。

張庭玉

庭玉字子榮，易縣人〔一〕，能日賦百篇〔二〕，有集行於世〔三〕。

【注釋】

〔一〕易縣：今河北易縣。

〔二〕能日賦百篇：據張季《十方院記》，張庭玉承安中召試，俄頃成七十篇，爲章宗歎賞。《十方院記》見《石刻史料新編》第三輯第二三冊《定興金石志》。

〔三〕有集行於世：張庭玉號盤溪居士，集名不詳。

宗道

道字雲叟，山陰人〔一〕，以足疾不仕。有詩云：『家藏千卷富，身得一生閑。茅屋經年補，柴門盡日關。』其自處可見。

【注釋】

〔一〕山陰：今山西山陰。

鮮于溥

溥字彥仁，宋文臣子駿之後〔一〕。高祖淳，淳之子孝標，標之子壽吉，壽吉之子坦，皆擢進士第，而仕亦達〔二〕。彥仁坦之子，以門資仕，終於櫟陽令〔三〕。濟源盤谷，天壤佳處〔四〕，坦父子居其間，飲酒賦詩，翛然塵垢之外，至今人以高士目之。弟彥魯，子忠厚，今居鄉里〔五〕。

【注釋】

〔一〕子駿：鮮于侁（一〇一九—一〇八七），字子駿，宋閬中人。景祐進士，歷任州縣、京東西路轉運使、左諫議大夫，出知陳州。《宋史》卷三百四十四有傳。

〔二〕鮮于淳、鮮于孝標、鮮于壽吉、鮮于坦：生平無考。

〔三〕櫟陽：治在今陝西櫟陽東。

〔四〕濟源：今河南濟源。韓愈《送李愿歸盤谷序》：『太行之陽有盤谷。盤谷之間，泉甘而土肥，草木叢茂，居民鮮少。』

〔五〕鮮于彥魯：生平不詳。《元好問全集》卷九有《為鮮于彥魯賦十月菊》。鮮于忠厚：生平無考。

史士舉

士舉字仲升，滎澤人〔一〕，漢功臣弘肇之後，高祖所賜鐵券故在〔二〕。其大父官濟源〔三〕，樂其山水，因家焉。父神山令激，石琚榜進士〔四〕。仲升以蔭補官，歷銅鞮、三川兩縣令〔五〕。初任京兆錄事，以歲旱擅開倉賑貧，身往太一湫禱雨，尋獲嘉澍，用是得名〔六〕。為人雅重，知義理，褒衣緩帶，逍遙山水間，宛然一老書生也。貞祐之亂，避於太行，保聚失守〔七〕，老幼皆出降，仲升義不受辱，投絕澗而死，年七十九。孫庭玉，字德秀，今居山陽〔八〕。

【注釋】

〔一〕滎澤：治在今河南鄭州東。

〔二〕史弘肇：字化元（？—九五〇），五代後漢名將。後梁末入禁軍，後晉時為小校，歸劉知遠（後漢高祖），為武節指揮，領雷州刺史。治軍有法。代州王暉不臣，弘肇征之，一鼓而拔，授忠武軍節度使。後漢乾祐元年（九四八），遷侍衛親軍馬步軍都指揮使，領歸德軍節度使，同中書門下平章事。高祖臨終，與蘇逢吉、楊邠同受顧命。隱帝劉承幹嗣位，加封弘肇檢校太師、兼侍中，後拜中書令。時河中、永興、鳳翔連橫謀叛，社會秩序大亂，弘肇都轄禁軍，殺戮過濫；與同僚相處，出言不遜；加上隱帝漸近小人，與後贊、李業等嬉游無度，太后族頗行干托，弘肇稍裁抑之，以致樹敵過多。乾祐三年（九五〇），隱帝與李業等謀殺弘肇於廣政殿，並夷其族。《舊五代史》卷一百七有傳。

〔三〕濟源：今河南濟源。

〔四〕神山：今河北平泉。石琚：天眷二年（一一三九）詞賦狀元。

〔五〕銅鞮：今山西沁縣。三川：治在今寧夏固原西。

〔六〕太一湫：又名天池，在終南山支脈翠華山上。嘉澍：及時好雨。

〔七〕貞祐之亂：指貞祐二年（一二一四）蒙古入侵。保聚：聚眾保衛。

〔八〕史庭玉：元好問有《寄史德秀兼呈濟上諸交遊》、《同德秀求田燕川分得同字》等詩。蒙古定宗三年（一二四八），為元好問《通真子墓碣銘》隸書並篆額。見《王屋山志》。山陽：今河南修武。

王敏夫

敏夫，五臺人〔一〕，作詩工於賦物，甚為趙宜之所稱〔二〕。雁門前輩中有許蛻子遷〔三〕，以《武皇廟》詩著名，又《酒渴》後四句云：『眼底恨無雲夢澤，胸中疑有沃焦山〔四〕。南窗花影三竿日，指點銀瓶照病顔。』有集傳河東，往往稱此。倪民望字具瞻〔五〕，屏山所謂『倪侯頭如筆，其鋒不可當』者〔六〕，有《種松》詩云：『種松莫種柳，種柳莫種松。堅脆非所計，雅俗寧與同？可是種松無隙地，卻教憔悴柳陰中。』張韶九成《寄朔州荀輔臣》云：『陳雷膠漆輕餘子，楚漢風雲屬少年。』〔七〕李忠直卿《賦雪》云〔八〕：『不將柳絮春風比，好作梨花月夜看。』至於蘇吉莘老、李鵬翼沖霄與具瞻之子仲儀〔九〕，詩文多可傳，喪亂之後，惜不能記憶之矣。

【注釋】

〔一〕五臺：今山西五臺。

〔二〕趙宜之：趙元，詳參《中州集》卷五《愚軒居士趙元》。

〔三〕雁門：今山西代縣。許蛻：字子遷，生平不詳。

〔四〕沃焦山：佛經中所說海底大吸水石，其狀如山，故云。

〔五〕倪民望：　生平無考。
〔六〕屏山：　李純甫。其言不可考。
〔七〕張韶：　字九成。《元好問全集》卷三十四《兩山行記》稱之為『亡友』。荀輔臣：　生平無考。陳雷膠漆：　漢代陳重、雷義二人交情深厚，見《後漢書·雷義傳》。
〔八〕李忠：　字直卿，生平無考。
〔九〕蘇莘老、李鵬翼、倪仲儀：　生平皆無考。《元好問全集》卷三十四《兩山行記》稱蘇莘老為『亡友』。

王利賓

利賓字茂實，襄城人〔一〕，樸直純素，作詩有古意，似其為人，然亦未嘗以示人也。家與衛昌叔鄰居〔二〕，而不相往來。計平生所交，惟不肖而已。予一日過襄城，知茂實病，就臥內候之，乃見壁間所黏五言古詩十數首，竄改重疊，往往可傳，然後知茂實所以交予者，特以詩故耳。渠既不言，予亦無從知之，惜登時不謄寫，今忘之矣。

【注釋】

〔一〕襄城：　今河南襄城。
〔二〕衛昌叔：　名承慶。詳參《中州集》卷七《衛承慶》。

孫益

益字德裕，秀容人〔一〕，嘗從先大夫學詩〔二〕。

【注釋】

〔一〕秀容：今山西忻州。

〔二〕先大夫：指元好問之父元德明，詳參《中州集》卷十《先大夫詩》。

郝先生天挺

天挺字晉卿，陵川人〔一〕，家世儒素，伯父子颺有詩名〔二〕，號東軒老人。先生少日有賦聲〔三〕，早衰多疾，厭於名場，遂不復就舉。貞祐之兵，避于河南，往來淇衛間〔四〕。為人有崖岸，耿耿自信，寧落薄而死，終不一傍富兒之門。年五十七，卒於舞陽〔五〕，臨終浩歌自得，不以死生為意，其平生自處，為可見矣！好問十四五，先人令陵川時，從先生學舉業〔六〕，先生教之曰：『今人賦學，以速售為功，六經百氏分磔綴緝外，或篇題句讀之不知，幸而得之，不免為庸人，況一敗塗地者乎？』又曰：『讀書不爲藝文，選官不爲利養〔七〕，唯通人能之。』又曰：『今世仕宦，多用貪墨敗官，皆苦於饑凍，不能自堅者耳。男子生世不耐饑寒，則雖小事不能成，子試以吾言求之！』先生工于詩，時命好問屬和，或言：『令之子欲就科舉〔八〕，詩非所急，將無徒費日力耶？』先生曰：『君自不知所以，教之作詩，正欲渠不爲舉子耳。』〔九〕子思溫，字和之〔一〇〕。孫經，字伯常，今居順天〔一一〕。

【校記】

子颺：郝經《陵川集》卷三十六《先曾叔大父東軒老人墓銘》作『子陽』。蓋郝子颺初名旦，字子陽，後名震，字子揚，號東軒老人。

【注釋】

〔一〕陵川：今山西陵川。

〔二〕伯父子颺有詩名：郝經《先曾叔大父東軒老人墓銘》：『賦詩多警句，晚年益趨平實，淡如也。』

〔三〕少日有賦聲：郝經《陵川集》卷三十六《先大父墓銘》：『幼開朗，卓卓不群。舉進士，兩赴廷試，以太學生頡翥縉紳間。』

〔四〕貞祐之兵：指貞祐二年（一二一四）蒙古兵入山西。郝經《先大父墓銘》：『時有金既棄燕雲，河朔隨亦不守，遂往來淇衛間。』淇衛：指淇水、衛河之間，在今河南衛輝市一帶。

〔五〕舞陽：今河南舞陽。郝經《先大父墓銘》：『興定元年（一二一七）冬十一月八日，遘疾，考終命於北舞寓舍。春秋五十有七。』據此可知，郝天挺生於大定元年（一一六一）。

〔六〕好問十四五：泰和三年（一二〇三），元好問十四歲。先人：指嗣父元格。《元好問全集》卷二十三《郝先生墓銘》：『泰和初，先人調官中都，某甫成童，學舉業，先人思所以引而致之者……於是先人乃就陵川令之選。時鄉先生郝君，方聚子弟秀民教授縣庠。』

〔七〕利養：財利。

〔八〕令之子：指陵川縣令元格之子元好問。

〔九〕正欲渠不為舉子耳：以上言論又見元好問《郝先生墓銘》。

〔一〇〕子思溫：郝思溫（一一九一—一二五八），門人私謚靜直處士。詳《陵川集》卷三十六《先父行狀》。

〔一一〕孫經：郝經（一二二三—一二七五），字伯常，金末避兵河南，金亡後居順天（今北京）。忽必烈即位以經為翰林侍讀學士，使宋，被羈留十六年。歸還次年卒，謚文忠。《元史》卷一百五十七有傳。

孫邦傑

邦傑字伯英，雄州容城人〔一〕。曾祖堅，國初有功，官至隴州刺史〔二〕。伯英少日，住太學，有時名，所與游皆名士〔三〕。興定初，知世將亂，棄家為黃冠師〔四〕。

【注釋】

〔一〕雄州：治在今河北雄縣。容城：今河北容城。

〔二〕曾祖堅：《元好問全集》卷三十一《孫伯英墓銘》：『始祖堅，國初以軍功贈龍虎衛上將軍、隴州刺史。』隴州：治在汧陽，今陝西千陽。

〔三〕所與游皆名士：《元好問全集》卷三十一《紫虛大師于公墓碑》：『吾友孫伯英，河洛名士。在太學日，出高河南獻臣之門。若雷希顔淵、辛敬之愿、劉景元昂霄，其人皆天下選，伯英與之遊，頭角嶄然，不甘落其後。』

〔四〕興定初：疑指興定四年（一二二〇）。元好問《紫虛大師于公墓碑》：『吾友孫伯英，河洛名士……一見師，即北面事之，竟為黄冠以没。』紫虛大師于公指于道顯，被旨提舉亳州太清宫，賜號紫虛大師，有《離峰老人集》。于道顯有《繼孫伯英韻》、《贈孫伯英》等詩。《孫伯英墓銘》：『伯英時年四十許，困名埸已久，重為世故之所摧折，稍取莊周、列禦寇之書讀之，視世味蓋漠然矣。……又明年，客有來崧山者，云伯英真為黄冠師矣。正大庚寅十月十九日歿於亳之太清宫，春秋五十有一。』正大庚寅：正大七年（一二三〇），據此孫伯英生於大定二十年（一一八〇）。

張瓛

瓛字君玉，大名朝城人〔一〕，嗜作詩，年已老，而刻苦殊未減。為人謹愿有禮，見稱諸公間，卒年六十八。子鏞、鎮〔二〕，今居鄉里。

【注釋】

〔一〕大名：府名，治在今河北大名。朝城：治今山東莘縣中部。

〔二〕子鏞、鎮：張鏞、張鎮生平無考。

徐好問

好問，字裕之，永寧人〔一〕。

【注釋】

〔一〕永寧：今河南洛寧。

呂大鵬

大鵬字鵬舉，密縣人〔一〕，自言宋名相申公之裔〔二〕。宣宗頻歲南伐〔三〕，鵬舉作詩欲以撼主兵者云：『縫掖無由掛鐵衣〔四〕，劍花生澀馬空肥。燈前草就平南策〔五〕，一夜江神泣涕歸。』其以氣岸自許，皆此類也。

【注釋】

〔一〕密縣：今河南新密縣。

〔二〕申公：指吕夷簡（九七八—一〇四四），字坦夫，咸平三年（一〇〇〇）進士，歷州縣，擢刑部郎中、權知開封府，天聖六年（一〇二八）拜相，後加右僕射，封申國公。《宋史》卷三百一十一有傳。

〔三〕頻歲南伐：興定元月（一二一七），金以宋歲幣不至而南侵，自此宋金連年交兵。

〔四〕縫掖：大袖單衣，儒者服裝。鐵衣：戰甲。

〔五〕平南策：就平定南宋的策文。

高永

永字信卿，出於盤陽大族〔一〕。父元，字善長〔二〕，教信卿作舉子，讀書略通，即棄之去。為人不顧細謹，有幽并豪俠之風，賓客入門，則盡家所有者為具，不為明日計，人以此愛之。貞祐初，避兵太原，與李長源居於廣平寺〔三〕，有盜穴牆而入，長源性恇怯，聞騷窣聲，噤不敢語，盜盡挈信卿所有而去，長源徐曰：『綠林之子至矣！』於是信卿生理大狼狽。南渡，居嵩州，出入屏山之門，其學遂進〔四〕。初名夔，字舜卿，又名揆，屏山改焉。真定王之奇士衡，攻雜學，屏山目為怪魁〔五〕。王從之内翰為賦善哭詩〔六〕。奉聖馬餌升公敢為大言，著書十萬言，號《北新子》〔七〕，大略以談兵為主，且曰：『古人兵法非不盡，但未有北新子五十里火雨耳！』〔八〕

信卿皆與之遊，故其詩豪宕譎怪，不為法度所窘，有《冰柱》、《雪車》風調〔九〕，觀《咀龍篇》及《大雨後見寄》〔一〇〕，可概見矣。正大壬辰，病沒于京師，年四十六〔一一〕。

【注釋】

〔一〕盤陽：在今山東棗莊。《歸潛志》卷三作漁陽人。

〔二〕高元：生平不詳。

〔三〕貞祐初：當是貞祐二年（一二一四）。李長源：李汾，參見《中州集》卷十《李講議汾》。

〔四〕嵩州：治在今河南嵩縣。屏山：李純甫。

〔五〕真定：今河北正定。王之奇：又名權，字士衡，真定人，大安元年（一二〇九）進士，曾任恩州司判。與王若虛為林下四友。劉祁《歸潛志》卷二：『為人跌宕不羈，喜功名，博學無所不覽，酣飲放歌，人以為狂，屏山為作《狂真贊》。』《狂真贊》已佚，怪魁之說或出於此。

〔六〕王從之：王若虛。善哭詩：題為《贈王士衡》，詩曰：『王生非狂者，乃以善哭稱。每至欲悲時，不問醉與醒。音詞初惻愴，涕泗隨縱橫。問之無所言，坐客笑且驚。王生不暇恤，若出諸其誠。嗟我與生友，此意猶未明。絲染動墨悲，麟亡傷孔情。韓哀峻嶺陟，阮感窮途行。涕流賈太傅，音抗唐衢生。古來哭者多，其哭非無名。生其偶然歟，何苦摧形神。如其果有為，為爾同發聲。』詩見《滹南遺老集》卷四十六。

〔七〕奉聖：州名，治在今河北涿鹿。馬餌升公：其人不詳。《北新子》：已佚。

〔八〕五十里火雨：其意不詳。

〔九〕《冰柱》、《雪車》：唐代劉叉之詩，以奇險怪誕著稱。《新唐書·劉叉傳》：『聞（韓）愈接天下士，步歸之，作《冰柱》、《雪車》二詩，出盧仝、孟郊右。』

〔一〇〕《咀龍篇》及《大雨後見寄》：已佚。

〔一一〕正大壬辰：正大九年，一二三二年。以卒年四十六歲計，高永生於大定二十七年（一一八七）。

曹用之

用之，歸德人〔一〕，幼有賦聲，屢中甲乙，詩亦有功，嘗戲作《鬼仙》語云：『瀏瀏竹間雨，熒熒窗下燈。相逢不相顧，含淚過巴陵。』詩有本事，中山楊正卿能道所以然〔二〕，真人作鬼語也。

【注釋】

〔一〕歸德：今河南商丘。

〔二〕楊正卿：名果（一一九七—一二六九），祁州蒲陰人。正大元年（一二二四）進士，歷偃師、蒲城、陝縣縣令，金亡入元，累官參知政事，《元史》卷一六四有傳。

趙達夫

達夫，太原人，性嗜讀書，而不事科舉。南渡後，居緱氏山中〔一〕，安貧守分，故終世窮悴。

壬辰之兵〔二〕，遇害。

【注釋】

〔一〕緱氏山：在今河南偃師境內。

〔二〕壬辰：一二三二年。

邢安國

安國字仲祥，沁州武鄉人〔一〕，少日有賦聲，四十歲後，即不應科舉，以詩酒自娛。避亂客泌陽十餘年〔二〕，後北歸，備極艱苦，其見於詩者如此。往時李長源傳仲祥《柳花》一詩〔三〕，渠甚愛之。今以《丹崖集》校之〔四〕，與傳者不同，當是長源曾與商略之耶？

【校記】

《柳花》：《中州集》卷九題作《楊花》。

【注釋】

〔一〕沁州：治在今河南沁縣。武鄉：今河南武鄉。

〔二〕泌陽：今河南唐河。

〔三〕李長源：李汾。《柳花》一詩：《中州集》卷九《楊花》：『細點轉團轉復飄，隋家堤岸霸陵橋。非綿非絮寒無用，如雪如霜暖不消。狂惹客衣知有恨，巧尋禪榻故相撩。陂塘回首浮萍滿，依舊春風擺翠條。』

〔四〕《丹崖集》：當是邢安國別集，已佚。

張溫

溫字元佐，上黨人〔一〕。祖仲容，字才翁〔二〕，宋末登科，仕至屯田員外郎，以好士名天下，致仕後，有詩云：『病身衰退謝明朝，北洞閑眠晝寂寥。十畝晚禾煙冉冉，一林修竹雨瀟瀟。黑花遮眼秋不落，白雪撲頭春未消。世事悠悠吾老矣，一壺濁酒且逍遥。』至今為鄉里所傳。元佐泰和六年李演榜乙科登第〔三〕，詩、樂府俱有名于時。

【注釋】

〔一〕上黨：今山西長治。

〔二〕祖仲容：張仲容元祐二年（一〇八七）知虢州，仕至屯田員外郎。以好士名天下。王安石有《送張仲容赴杭州孫公辟》詩。

〔三〕泰和六年：一二〇六年。李演：字巨川，任城人，泰和六年詞賦狀元，除應奉翰林文字，後抗擊蒙古殉國。

馬舜卿

舜卿名肩龍，以字行，宛平人〔一〕，先世遼大族，有知興中府者，故又號興中馬氏〔二〕。祖大中，國初登科，節度全、錦兩州〔三〕。父成誼，字宜之，張楫榜登科，京兆路統軍司判官。舜卿在太學，有賦聲。宣宗初，人有告宗室從坦殺人〔四〕，從坦字履道，一時賢將帥處猜嫌之地，人以為必死，而不敢言其寃。舜卿以太學生上書，大略謂：『從坦有將帥材，方今人物，無有出其右者。臣一介書生，無用于世，願代從坦死，留為天子將兵。』書奏，詔問：『汝與從坦交分厚耶？』舜卿對：『臣知有從坦，而從坦未嘗識臣。從坦寃，人不敢言，臣以死保之。』宣宗感悟，赦從坦。授舜卿東平録事，委行臺試驗，宰相侯莘公與之語〔五〕，不契，留數月罷歸。將渡河，與排岸官紛競〔六〕，筐中搜得軍馬糧料名數，及利害事目，疑其姦人之偵伺者，繫歸德獄根勘〔七〕。適從坦至，立命出之。正大四年冬，薄遊鳳翔〔八〕，德順州將愛申以書招舜卿〔九〕，舜卿欲往，鳳翔總管以敵兵勢甚張，吾城可恃，德順不可守，勸勿往，舜卿曰：『愛申平生未嘗識我，一見為知已，我知德順不可守，我往必死，然以知已故，不得不死也。』乃舉行橐付族父明之為死別〔一〇〕，冒險而去。既至，不數日受圍，城中義兵七八千而已，州將假舜卿鳳翔總管判官，守禦一以委之。凡受攻百日，食盡乃陷，軍中募生致之，不知所終，時年五十三。詔贈某官，配食褒忠廟。舜卿年少時過襄垣〔一一〕，題詩酒家壁，辭氣縱横，時輩少有及者，如云：

『玉鞭再過長安道，人面依前似花好。殷勤勸我梨花春，要看尊前玉山倒。』〔一二〕他語類此。

【校記】

張楫：一作張檝，明昌五年（一一九四）詞賦狀元，參《中州集》卷九《張内翰檝》。

【注釋】

〔一〕宛平：今北京。

〔二〕興中府：遼中京，治在今遼寧朝陽。馬氏知府：不詳何人。遼代有韓、劉、馬、趙四大家族，馬氏以馬人望為代表的醫巫閭馬氏。馬人望及其父馬詮都曾任中京副留守。興中馬氏，未知是否出於醫巫閭馬氏。

〔三〕馬大中：天會二年（一一二四）進士。《金史》卷二十四《地理志》：『北京路全州，下，盤安軍節度使。承安二年置，改胡設務為靜封縣，黑河鋪為盧川縣，撥北京三韓縣烈虎等五猛安以隸焉。』全州：州治疑在今内蒙古巴林左旗。錦州：置臨海軍節度使，治在今遼寧錦州。

〔四〕宗室從坦：完顏從坦（？—一二一八），貞祐二年（一二一四），自募義兵奉詔安撫山西軍民，貞祐四年（一二一六）行樞密院於河南府，興定元年改輝州刺史，權河平軍節度使、孟州防禦使。轉同知東平府事，權元帥左監軍，與參知政事李革同守平陽。興定二年（一二一八），元兵至平陽，城破自殺。《金史》卷一百二十二有傳。從坦殺人之事，不可考。

〔五〕東平：今山東東平。侯莘公：侯摯（？—一二三三），字莘卿，明昌進士，宣宗南渡，任太常卿，拜參知政事，貞祐四年，行省事於東平。興定四年致仕，天興二年汴京城陷為亂兵所殺。《金史》卷一百八有傳。

〔六〕排岸官：掌管各地至京師水運綱船運輸事項。

〔七〕歸德：今河南商丘。
〔八〕正大四年：一二二七年。薄遊：爲薄禄而宦游於外。
〔九〕德順州：治在今甘肅靜寧。愛申（一一七五—一二二七）：虢縣（今陝西寶雞）人，累遷軍中總領，有死罪，被薦任德順州節度使，行元帥府事。正大四年，成吉思汗攻打德順州，愛申與馬肩龍等人堅守一百二十晝夜，城破自殺。詳參《金史》卷一百二十三《愛申傳》。
〔一〇〕馬明之：生平不詳。
〔一一〕襄垣：今山西襄垣。
〔一二〕梨花春：酒名。

諸相

劉曹王豫

豫字彦由，阜城人〔一〕，仕宋，知濟南府事〔二〕。汴京下，立張邦昌爲大楚皇帝〔三〕。宋滅楚，更立彦由，國號齊，建元阜昌，八年廢爲蜀王，遷黄龍府，改封曹〔四〕。有集十卷行於世〔五〕。二子麟、猊〔六〕，孫通，海陵朝參知政事〔七〕，四世孫瑛，今在太原〔八〕。

【注釋】

〔一〕阜城：今河北阜城。

〔二〕『仕宋』二句：據《宋史》卷四百七十五《劉豫傳》，劉豫（一〇七三—一一四六），元符三年（一一〇〇）進士及第，歷州縣，召拜殿中侍御史、知衛州。建炎二年（一一二八）知濟南府，同年冬以濟南降金。

〔三〕張邦昌：字子能（一〇八一—一一二七），永靜軍東光（今河北東光）人。舉進士，徽宗、欽宗朝時，歷任尚書右丞、左丞、中書侍郎、少宰、太宰兼門下侍郎等職務。金兵圍開封時，他力主議和，與康王趙構作為人質前往金國議和。歸宋後，任河北路割地使。汴京陷，被金人冊封為帝，號大楚。三十多天後，去除帝號。高宗即位，徙太保、奉國軍節度使、封同安郡王。後以僭立時穢亂宮廷而被處死。

〔四〕『國號齊』五句：金天會八年（一一三〇）九月，金太宗立劉豫為『子皇帝』，建立齊國，年號阜昌，史稱偽齊。八年後，即天會十五年（一一三七）十一月，金廢齊國，封劉豫為蜀王。十二月，遷臨潢（今內蒙古自治區巴林左旗），改封為曹王。皇統六年（一一四六）九月，卒於臨潢。黃龍府，治在今吉林農安，非劉豫所遷之地，當是元好問誤記。

〔五〕有集十卷行於世：其集已佚，《千頃堂書目》卷二十九題作《劉曹王集》十卷。元楊宏道《小亨集》卷四有《劉倉副家讀其祖廢齊文集》，可知其集元時尚存。

〔六〕劉麟：字元瑞，宋宣和間以父蔭補將仕郎，累加承務郎，後隨父降金，知濟南府事，金建齊國，劉麟為開府儀同三司，充諸路兵馬大總管，判濟南府事、左丞相，封梁國公。齊廢後，隨父遷臨潢，授北京路都轉運使，歷中京、燕京都轉運使，天德元年（一一四九）為參知政事，次年復為興平軍節度使，上京路都轉運使。《金史》卷七十七有傳。劉猊：據《齊國劉豫錄》：『劉復、劉益皆豫之弟，劉猊乃劉觀之子。』疑是。劉猊曾率偽齊兵進攻南宋。

〔七〕劉通：其人不詳。海陵：指完顏亮。其時參知政事中無劉通其人。劉通疑為劉麟之誤。

〔八〕劉瑛：其人無考。《金史》卷十五《宣宗紀》載，興定二年（一二一八）十一月，『宋人攻漣水縣，提控劉瑛敗之』。未知是否是劉豫之孫？

杜丞相充

充字公美，相州人〔一〕，仕宋知滄州〔二〕，歸國拜尚書右丞相〔三〕，領中山行臺〔四〕，以壽終〔五〕。

【注釋】

〔一〕相州：今河南安陽。

〔二〕仕宋知滄州：據《宋史》卷四百七十五《杜充傳》，杜充紹聖中進士，累官考功郎、光祿少卿。宣和年間知滄州，金人南下，他盡殺僑寓燕人，建炎二年（一一二八），代宗澤為東京留守，決黃河阻擊金兵。三年，連擢尚書右僕射、同平章事、禦營使，以江淮宣撫使守建康，日事誅殺。建炎四年，叛降入金，至歸德，受劉豫節制。

〔三〕右丞相：指行臺尚書省右丞相。《宋史·杜充傳》，紹興八年（金天眷元年，一一三八），杜充『同簽行臺尚書省事』。《大金國志》卷十：『國主又於燕京建行臺尚書省，除杜充、劉筈同簽書省事。時杜充為三司使。』

〔四〕中山府：據《金史》卷二十五《地理志》，天會七年（一一二九）降爲定州。天眷二年（一一三九），燕京行臺移至定州。

〔五〕以壽終：《金史》卷四《熙宗紀》：天眷三年（一一四〇）十一月甲子，『行臺尚書右丞相杜充薨』。

虞令公仲文

仲文字質夫，世南之裔〔一〕，武州寧遠人〔二〕，仕爲遼相〔三〕，歸朝授樞密使、平章政事，封秦國公。四歲作詩賦煎餅，有『魚目蟬聲』之句，人以神童目之〔四〕。

【注釋】

〔一〕虞世南：字伯施（五五八—六三八），餘姚人，唐初政治家、書法家、文學家。隋煬帝時官起居舍人，唐時歷任秘書監、弘文館學士等。唐太宗稱他德行、忠直、博學、文詞、書翰爲五絶。是唐淩煙閣二十四功臣之一。

〔二〕寧遠：治在今山西五寨北。

〔三〕虞仲文：在遼時舉進士，歷仕太常少卿、中書舍人、樞密直學士上、翰林侍講學士，保大二年（一一二二）爲參知政事、同中書門下平章事，次年降金。《金史》卷七十五有傳。

〔四〕『魚目蟬聲』二句：不可考。《續夷堅志》卷二《虞令公早慧》：『虞令公仲文字質夫，四歲賦《雪花》詩云：「瓊英與玉蕊，片片落階墀。問著花來處，東君也不知。」』

張丞相孝純

孝純字永錫，滕陽人〔一〕，宣和末知太原〔二〕，國兵圍，守逾年，人相食幾盡，乃下〔三〕。朝廷憐其忠，換相職後，以相齊致仕〔四〕。汴京建行臺，起為左丞相〔五〕，逾年得請歸鄉里〔六〕。二兄尚安健，鄉人為作三老圖。薨，謚安簡〔七〕。子公藥，字元石，昌武軍節度副使致仕〔八〕。孫觀，字彥國，世為文章家〔九〕。曾孫厚之，字茂弘，承安二年進士〔一〇〕。

【注釋】

〔一〕滕陽：今山東滕州。

〔二〕宣和末知太原：據《宋史》卷四百四十七《徐徽言傳》，宣和四年（一一二二），張孝純已為太原帥。

〔三〕乃下：宣和七年（一一二五）冬，粘罕率軍，包圍太原。靖康元年（一一二六）九月，太原城破。

〔四〕以相齊致仕：《金史》卷七十七《劉豫傳》：『天會八年（一一三〇）九月戊申，備禮冊命，立豫為大齊皇帝……張孝純等為宰相。』《建炎以來繫年要錄》卷五十五：紹興二年（一一三二）六月，『偽宣奉大夫、守尚書右丞相張孝純告老，遷觀文殿學士、銀青光祿大夫，參知機務』。

〔五〕起為左丞相：《金史》卷七十七《劉豫傳》：『天會十五年（一一三七），詔廢齊國，降封豫為蜀王……於是，置行臺尚書省於汴，除去豫弊政，人情大悅。以故齊宰相張孝純權行臺左丞相。』

〔六〕請歸鄉里：據《金史》卷四《熙宗紀》，張孝純於天眷元年（一一三八）九月致仕。

〔七〕謚安簡：據《金史》卷四《熙宗紀》張孝純卒於皇統四年（一一四四）九月。

〔八〕昌武軍節度副使致仕：據《中州集》卷二《張鄆城公藥》，張公藥曾仕為鄆城令。昌武軍，置於許州（今河南許昌）。

〔九〕張觀：生平無考。

〔一〇〕承安二年：一一九七年。

張左相汝霖

汝霖字仲澤，遼陽人〔一〕，家世貴顯〔二〕。父浩，字浩然，以門資仕，揚歷中外，遂升端揆，進拜太師，封南陽郡王〔三〕。五子：仲澤，平章政事，莘國公〔四〕；汝為字仲宣，河北東路轉運使〔五〕；汝翼仕不達，皆進士也〔六〕。汝方字仲賢，自號丹華老人〔七〕；汝猷字仲謀，俱至宣徽使〔八〕。父子兄弟，各有詩傳於世。王子端內翰，太師之外孫〔九〕，其淵源有自云。

【注釋】

〔一〕遼陽：今遼寧遼陽。

〔二〕家世貴顯：據《滿州金石志》卷三《光祿大夫張行愿墓誌》，張汝霖高祖張霸仕遼為金吾衛上將軍，祖父張行愿仕遼由樞密院令史遷右班殿直，年三十六卒，贈光祿大夫。

〔三〕揆：　管理，掌管，以揆百事。引申為宰相。　張浩：　太祖定遼東，為承應御前文字，天會八年（一一三〇）賜進士及第，授秘書郎，累官平陽尹。海陵即位，召為戶部尚書，拜參知政事，進尚書右丞。天德三年（一一五一）受命擴建燕京城，海陵遷都後，進拜平章政事、尚書右丞相兼侍中、左丞相，又受命營建汴京宮室。海陵遷汴京，任太傅、尚書令。世宗即位，上賀表，拜太師、尚書令、封南陽郡王。《金史》卷八十三有傳。

〔四〕張汝霖：　貞元二年（一一五四）賜進士第，授左補闕，擢大興縣令、轉宣徽判官、遷禮部員外郎、翰林待制，大定二十三年（一一八三），拜參知政事，大定二十八年（一一八八），進拜平章政事兼修國史，封芮國公，次年加銀青榮祿大夫，進封莘國公。明昌元年（一一九〇）十二月卒，謚文襄。《金史》卷八十三有傳。

〔五〕張汝為：　張浩長子。《滿州金石志》卷三《光祿大夫張行愿墓誌》：『孫男四人：長曰汝為，登進士第，奉直大夫，今為冀州節度副使。』《族帳部曲錄》：『張汝為字仲宣，汝霖之兄，浩之長子，石琚榜及第。葛王立，貶為庶人。次年復官，除戶部侍郎。』石琚：　天眷元年（一一三九）詞賦狀元。

〔六〕張汝翼：　生平無考。

〔七〕汝方：　據《金史》卷一百二十六《王庭筠傳》，張汝方明昌三年為秘書郎。

〔八〕汝猷：　據朱瀾《十方大天長觀設普天大醮瑞應記》，張汝猷明昌元年為西上閤門使。據《金史》卷九《章宗紀》，明昌三年十二月，張汝猷以東上閤門使為高麗生日使。《金史》卷六十四《元妃李氏師兒傳》，承安五年，張汝猷任少府監。

〔九〕王子端：　王庭筠。張浩之女嫁王遵古，生王庭筠。

劉右相長言

長言字宣叔，東平人〔一〕，宋相莘老之孫〔二〕，而學易先生斯立之猶子也〔三〕。父蹟，年三十五，終於儀真令，工詩能文，有《南榮集》傳東州，今獨余家有之〔四〕。宣叔正隆宰相〔五〕，詩文能世其家，今不復見矣。

【注釋】

〔一〕東平：今山東東平。

〔二〕宋相莘老：劉摯（一〇三〇—一〇九七），字莘老，嘉祐進士。元祐元年（一〇八六）拜尚書右丞，連進左丞、中書、門下侍郎，六年拜右僕射。《宋史》卷三百四十有傳。

〔三〕學易先生：指劉跂，字斯立，劉摯長子，元豐二年（一〇七九）進士及第，官朝奉郎，有《學易集》二十卷。生平參《宋元學案》卷二《泰山學案・忠肅家學》、《直齋書錄解題》卷十七。猶子：姪子。

〔四〕《南榮集》：已佚。《元好問全集》卷四十《學易先生劉斯立詩帖跋》：「又儀真令諱蹟者，皇統宰相宣叔之父，是先生弟昆行，有詩文二冊，號《南榮集》，宣叔錄之以備遺忘。亂後唯予家有之。然予于學易劉氏，豈世之所謂緣熟者耶？」

〔五〕正隆宰相：《金史》卷五《海陵紀》：正隆五年（一一六〇）三月，「横海軍節度使致仕劉長言起為右丞」。

右相文獻公耶律履

履字履道，東丹王之七世孫〔一〕。學通《易》、《太玄》，至於陰陽曆數，無不精究〔二〕。嘗以鄉賦一試有司，以露索為恥，遂不就舉，蔭補國史掾〔三〕。興陵朝，累遷薊州刺史〔四〕，入翰林為修撰，歷直學士待制、禮部尚書，特賜孟宗獻榜進士第〔五〕，俄預淄王定冊功，拜參知政事〔六〕，明昌元年進右丞〔七〕，薨，年六十一〔八〕。興陵嘗問宋名臣孰為優，履道以蘇端明軾對〔九〕，上曰：『吾聞軾與王詵交甚款〔一〇〕，至作歌曲，戲及姬侍，非禮之甚〔一一〕！尚何足道耶？』履道進曰：『小說傳聞，未必可信，就使有之，戲笑之間，亦何得深責？世徒知軾之詩文人不可及，臣觀其論天下事，實經濟之良才，求之古人，陸贄而下〔一二〕，未見其比。陛下無信小說傳聞，而忽賢臣之言。』明日，錄軾奏議上之，詔國子監刊行。自號忘言居士，有集傳於世〔一三〕。三子，辨才武廟署令〔一四〕，善才工部尚書〔一五〕，楚才中書令〔一六〕；四孫，鈞、鉉、鏞、鑄〔一七〕。

【注釋】

〔一〕東丹王：指耶律倍（九〇九—九四六），遼太祖長子，契丹名突欲，神冊元年（九一六）立為皇太子。天顯元年（九二六），太祖滅渤海國，建東丹國，封為東丹王。太祖死後，耶律倍之母扶持其弟耶律德光即位，則為遼太宗。太宗即位後，耶律倍受猜忌，逃往後唐，後唐明宗賜名李慕華。會同九年（九四六）被害。通漢語，能詩畫，遼世宗時謚讓國皇帝。興宗時，上廟號義宗。《遼史》卷七十二有傳。

〔二〕無不精究：《元好問全集》卷二十七《尚書右丞耶律公神道碑》：『及長，通六經百家之書，尤邃于《易》、《太玄》，至於陰陽方技之説，曆象推步之術，無不洞究。善屬文，早為時輩所推。』

〔三〕露索：露出身體，接受檢查。元好問《尚書右丞耶律公神道碑》：『嘗以鄉賦一試有司，見露索失體，即拂衣去。』又曰：『尋辟國史院書寫。素善契丹大小字，譯經潤文，皆辭達而理得。』

〔四〕興陵：金世宗。據《金史》卷九十五《移剌履傳》，耶律履於大定二十六年（一一八六）出為薊州刺史。

〔五〕孟宗獻榜進士：孟宗獻為大定三年（一一六三）辭賦狀元。據《金史》卷九十五《移剌履傳》，耶律履於大定二十七年（一一八七）擢禮部侍郎兼翰林直學士，大定二十九年（一一八九）進禮部尚書、兼翰林直學士，特賜孟宗獻榜進士及第。

〔六〕淄王：徒單克寧（？—一一九一），女真徒單部人，隨猛安徙山東，占籍萊州。善騎射，通契丹、女真文字。世宗朝，累官平章政事、右丞相、左丞相。大定二十五年（一一八五），太子完顏允恭去世，表請立皇太孫完顏璟。二十八年（一一八八），受世宗顧命，輔佐完顏璟即位，旋拜太傅。明昌元年（一一九〇）十二月，為太師、尚書令，封淄王。《金史》卷九十二有傳。定冊功，指確定皇帝繼位之功。

〔七〕進右丞：《金史》卷九《章宗紀》：明昌元年五月壬午，『以參知政事移剌履為尚書右丞』。

〔八〕年六十一：《金史·移剌履傳》：『（明昌）二年六月薨，年六十一。』

〔九〕蘇端明軾：蘇軾曾任端明殿學士，故云蘇端明。

〔一〇〕王詵：字晉卿，太原（今屬山西）人。熙寧二年（一〇六九）娶英宗女魏國大長公主，拜左衛將軍、駙馬都尉。元豐二年（一○七九），因受蘇軾牽連貶官，落駙馬都尉。責授昭化軍節度行軍司馬，均州安置，移穎州安置。元祐元年（一○八六）復登州刺史、駙馬都尉。卒，贈昭化軍節度使，謚榮安。能書畫屬文，工於棋。其詞音調諧美，語言清麗，情致纏綿。

〔一一〕姬侍：侍妾。歌曲：疑指《滿庭芳·佳人》。該詞作於王詵席上，『主人情重，開宴出紅妝』，佳人指其侍妾囀春鶯。戲及姬侍，疑指下片所云：『坐中有狂客，惱亂愁腸。報道金釵墜也，十指露，春筍纖長。親曾見，全勝宋玉，想像賦高唐。』

〔一二〕陸贄：字敬輿（七五四—八○五），嘉興（今屬浙江）人，大曆八年（七七三）進士，中博學宏辭、書判拔萃科。德宗即位，召充翰林學士。貞元八年（七九二）出任宰相，但兩年後貶充忠州（今重慶忠縣）別駕，永貞元年（八○五）卒於任所，謚號宣。陸贄長於奏議。

〔一三〕有集傳於世：已佚。《千頃堂書目》卷二十九作《耶律履文獻公集》十五卷。

〔一四〕辨才武廟署令：耶律辨才（一一七一—一二三七），少有志節，年十八，以門資試護衛。泰和中從軍伐宋，攻取三關，身被十三創，以功授冀州錄事判官，轉曹州司候。蒙古軍南下，與之議和，被劫俘，奪數萬人入都，以功授順天軍節度副使。忤權貴，出為許州兵馬鈐轄，召授武廟署令。汴京被圍，元人理索北歸，留寓真定，卒於元太宗九年，年六十七。生平見《元好問全集》卷二十七《奉國上將軍武廟署令耶律公神道碑》。

〔一五〕善才工部尚書：耶律善才（一一七二—一二三二），本名思忠，字天祐，以小字善材行。弱冠以宰相子引見，補東上閤門祗候，遷太府少監兼直西上閤門尚食局使。貞祐三年，出為同知昌武軍節度使事。改彰化軍，歷嵩、裕、息、延四州刺史，同知鳳翔府事、中京副留守、同知歸德府事。汴京被圍，元人理索北歸，哀宗遣之。善材乃自投於汴京東城濠水中，時年六十一。生平見《元好問全集》卷二十六《龍虎衛上將軍耶律公神道碑》。

〔一六〕楚才中書令：　耶律楚材（一一九〇—一二四四），字晉卿，中都破，入蒙古，仕至中書令，封廣寧王，謚文正。《元史》卷一百四十六有傳。

〔一七〕四孫：　據元好問《龍虎衛上將軍耶律公神道碑》，耶律鈞為耶律善才之子，在金仕為尚書省譯史。據《元文類》卷十一姚燧《耶律鈞贈官制》，耶律鈞中統初制授提領工匠所長官，大德八年（一三〇四）卒。耶律鉉：耶律楚材之子。耶律鏞：　耶律辨才之子。元好問《奉國上將軍武廟署令耶律公神道碑》：『鏞弱冠而有老成之風，以嘗從予學，來請銘。』耶律鑄（一二二一—一二八五）：　字成仲，耶律楚材之次子，仕至中書左丞相，《元史》卷一百四十六有傳。

張平章萬公

萬公字良輔，東阿人〔一〕，正隆二年進士〔二〕，仕長山令，有惠政，人為立祠〔三〕。入為右司員外郎，太師淄王愛之，許以宰相器〔四〕。明昌初，累遷御史中丞〔五〕，以言事忤旨，除彰國軍節度使〔六〕，召為大興尹，拜參知政事〔七〕，以母老乞歸養，出判東平、河中、濟南〔八〕。丁內艱〔九〕，起復，擢平章政事，封壽國公〔一〇〕。為相知大體，有敦厖耆艾之目〔一一〕。既致政〔一二〕，而眷顧未衰，復起判濟南，安撫山東，便宜行事〔一三〕。未幾得請，薨於家，謚文貞，繪像衍慶宮，配享章宗廟廷〔一四〕。

【注釋】

〔一〕東阿：今山東東阿。

〔二〕正隆二年：一一五七年。《元好問全集》卷十六《平章政事壽國張文貞公神道碑》：『弱冠登正隆二年詞賦進士第。釋褐潁順軍新鄭縣主簿。』

〔三〕長山：治在今山東淄博境内。

〔四〕淄王：指徒單克寧，時任宰相。《金史》卷九十五《張萬公傳》：『四遷侍御史，尚書右司員外郎。丞相徒單克寧嘗謂曰：「後代我者必汝也。」』

〔五〕累遷御史中丞：元好問《平章政事壽國張文貞公神道碑》：『不期年，御史臺奏課為九路之最，擢拜御史中丞。時明昌元年也。』

〔六〕言事忤旨：指諫阻章宗立李氏為后。彰國軍：置於應州（治在今山西應縣）。事詳元好問《平章政事壽國張文貞公神道碑》：『元妃李氏有寵，上欲立為后。臺諫以為不可，交攻之，監察御史姬端修、右拾遺路鐸、翰林修撰趙秉文皆得罪去。一日，上遣中使密訪公：「吾欲立后，何所不可？而臺諫乃不相容。卿以為如何？」公言：「此大事，明日當面奏。」及對，因為上言：「國朝立后，非貴種不預選擇。元妃本出太府監戶，細微之極，豈得母天下？」上默不言。明日，出公為彰德軍節度使兼應州管内觀察使。』彰德軍當為彰國軍之誤。

〔七〕拜參知政事：《金史·張萬公傳》：『明昌二年（一一九一），知大興府事，拜參知政事。逾年以母老乞就養，詔不許。』

〔八〕出判東平、河中、濟南：《金史·張萬公傳》：『明昌四年，復申前請，授知東平府事……六年，改知河中府……移鎮濟南。』元好問《平章政事壽國張文貞公神道碑》：『未幾，復申前請，乃授山東西路兵馬都總管兼判東平府事，以便親。』

〔九〕丁內艱：承安三年（一一九八）九月，張萬公母親去世。

〔一〇〕封壽國公：《金史》卷十一《章宗紀》：承安四年正月辛酉，『前知濟南府事張萬公起復為平章政事，封壽國公』。

〔一一〕敦龐耆艾：敦厚老人。

〔一二〕既致政：《金史》卷十一《章宗紀》：泰和三年（一二〇三）三月壬申，『平章政事張萬公致仕』。

〔一三〕復起判濟南：《金史·張萬公傳》：『（泰和）六年，南鄙用兵，上以山東重地，須大臣鎮撫之。先任完顏守貞，卒，於是特起萬公知濟南府、山東路安撫使。』

〔一四〕衍慶宮：金王朝圖畫功臣之地。《金史·張萬公傳》：『泰和七年薨……贈儀同三司，謚曰文貞……大安元年（一二〇九）配享章宗廟廷。』元好問《平章政事壽國張文貞公神道碑》：『泰和七年冬十月寢疾……尋薨，春秋七十有四。』據此，張萬公生於天會十二年（一一三四）。

董右丞師中

師中字紹祖，邯鄲人〔一〕，後徙洺州〔二〕，皇統九年進士〔三〕。承安中，入政府〔四〕，直道自立，而以通材濟之。泰和初，元妃李氏方寵幸，兄喜兒為宣徽使，有楊國忠之權〔五〕。一日，德州教授田庭方上書言事云〔六〕：『大臣持祿，近臣怙寵，此言路之所以塞也。』道陵顧謂紹祖言〔七〕：『大臣持祿，當謂公等，近臣怙寵者為誰？』時喜兒侍立殿上，紹祖倒笏指之曰：『莫非謂李喜兒之屬否？』上頷之。紹祖嘗言：『作宰相不難，但一心正、兩眼明足矣！』少日，以詼諧得名，及在相位，亦未嘗廢談笑，然不害其為國朝名相也。俄致政，賜第京師〔八〕，後三年薨〔九〕，有《燕賜邊部詩》傳於世〔一〇〕。紹祖師王內翰彥潛〔一一〕，而與之同榜登科，彥潛沒後，待其子恩禮殷重，不減骨肉。論者謂孫鐸振之事其兄明之〔一二〕，張瑴伯英愛其弟伯玉〔一三〕，舉世無與為比，至於紹祖之待其師之子，則古所未有也。有《漳川集》傳於家〔一四〕。

【注釋】

〔一〕邯鄲：今河北邯鄲。

〔二〕洺州：治在今河北永年境內。

〔三〕皇統九年：一一四九年。

〔四〕入政府：據《金史》卷十一《章宗紀》，董師中於承安元年（一一九六）十一月拜參知政事。

〔五〕元妃李氏方寵幸：李氏及其兄喜兒事，參見《中州集》卷八《宗御史端修》。

〔六〕田庭芳：據《金史》卷十三《衛紹王紀》，貞祐元年（一二一三），任戶部尚書、武都拾遺田庭芳建議將皇帝完顏永濟降為王侯。餘不詳。

〔七〕道陵：金章宗。

〔八〕賜第京師：《金史》卷十一《章宗紀》：承安四年（一一九九）正月，『尚書左丞董師中致仕』。《金史》

卷九十五《董師中傳》：『表乞致仕，詔賜宅一區，留居京師。以寒食，乞過家上冢，許之，且命賦《寒食還家上冢詩》。每節辰朝會，召入侍宴，其眷禮如此。』

〔九〕後三年薨：《金史》卷九十五《董師中傳》：『泰和二年（一二〇二）薨，年七十四。上聞之，甚悼惜……詔依見任宰執例葬祭，仍賻贈之，謚曰文定。』據此，董師中生於天會七年（一一二九）。

〔一〇〕《燕賜邊部詩》：已佚。

〔一一〕王彦潛：河間人，天德元年（一一四九）辭賦狀元，釋褐授臨海軍節度判官，大定初，仕為翰林待制，大定七年（一一六七），以太學博士為沈王府文學，大定十七年奉敕撰《完顏婁室神道碑》，署翰林直學士、大中大夫、知制誥兼行秘書監、虞王府文學。生平散見《金史》等書。

〔一二〕孫鐸：參見下則。孫明之：其人不詳。

〔一三〕張伯英、伯玉兄弟：參《中州集》卷八《張轉運轂》。

〔一四〕《漳川集》：已佚。

孫太師鐸

鐸字振之，恩州人〔一〕，大定十三年進士〔二〕。明昌中，擢戶部尚書〔三〕，時已有相望，及考滿，以戶曹繁重，且未有可代者，特旨進一官再任，而同列二人，俱以入相矣〔四〕。振之賀席中，戲舉青州老柏院布衣張在詩云：『南鄰北里牡丹開，公子王孫去不回。惟有庭前老柏樹，春風來似不曾來。』〔五〕為御史所劾，降授同知河南府事〔六〕。有以詩送之者云：『想到洛陽春正好，南鄰北里牡丹開。』〔七〕聞者皆大笑。振之後入政府〔八〕，遷尚書右丞〔九〕，薨，贈太子太師〔一〇〕。作詩甚多，其賦《玉簪》，有『披拂秋風如有待，裴回涼月更多情』之句〔一一〕，甚為詩家所稱。

【注釋】

〔一〕恩州：今山東平原。

〔二〕大定十三年：一一七三年。

〔三〕擢戶部尚書：據《金史》卷九十九《孫鐸傳》，孫鐸擢戶部尚書非明昌年間，而是在承安四年（一一九九）。

〔四〕同列二人：指孫即康、賈鉉。《金史》卷九十九《孫鐸傳》：『（泰和）三年，御史中丞孫即康、刑部尚書賈鉉皆除參知政事，鐸再任戶部尚書，鐸心少之。』

〔五〕張在：宋初布衣詩人。王闢之《澠水燕談錄》卷七：『青州布衣張在，少能文，尤精於詩，奇蹇不遇，老死場屋。嘗題龍興寺老柏院詩云：「南鄰北舍牡丹開，年少尋芳日幾回。惟有君家老柏樹，春風來似不曾來。」大為人傳誦。』

〔六〕『為御史』二句：《金史》卷九十九《孫鐸傳》：『對賀客誦古人詩曰：「唯有庭前老柏樹，春風來似不曾來。」御史大夫卞劾鐸怨望，降同知河南府事。』卞指完顏卞，《金史》卷六十六有傳。河南府：治在洛陽。

〔七〕有以詩送之者：送詩者不詳。

〔八〕後入政府：《金史》卷十二《章宗紀》：泰和七年十二月，『中都路都轉運使孫鐸為參知政事』。
〔九〕遷尚書右丞：《金史》卷九十九《孫鐸傳》作尚書左丞，時在大安初年（一二〇九—一二一〇）。
〔一〇〕薨，贈太子太師：《金史》卷九十九《孫鐸傳》：『貞祐三年（一二一五）致仕，是歲薨。』
〔一一〕賦《玉簪》：原詩已佚。

梁參政瑝

瑝字國寶〔一〕，別字瑩中，范陽人〔二〕，大定十六年進士〔三〕，歷州縣，稍遷警巡使，治尚嚴肅，權貴歛跡。朝廷知其才，累試繁劇〔四〕，由中都路轉運使拜戶部尚書，俄參知政事〔五〕。資方正，敢言大事。北兵動，立和議，人有笑其懦者，卒如其言。未幾，薨於位〔六〕。虎賊吒曰：『梁瑝在，族矣。』〔七〕其為人可知。

【注釋】

〔一〕梁瑝：《金史》卷十二作『梁鏜』，疑誤。
〔二〕范陽：今河北涿州。
〔三〕大定十六年：一一七六年。
〔四〕累試繁劇：《金史》卷十二《章宗紀》：泰和六年（一二〇六）九月，『己亥，尚書戶部侍郎梁鏜行六部尚書事於山東』。其時宋金戰事方酣，任職山東當是料理後方事宜。

〔五〕俄參知政事：《金史》卷十三《衛紹王紀》：大安三年（一二一一）四月，『户部尚書梁瑾為參知政事』。

〔六〕薨於位：梁瑾卒時不詳，疑在至寧元年（一二一三）。

〔七〕虎賊：指紇石烈執中。《金史》卷一百三十二《紇石烈執中傳》，至寧元年（一二一三）召至中都，預議軍事，梁瑾跪奏其奸惡。後弒殺衛紹王，立宣宗。『梁瑾在，族矣。』意謂如果梁瑾健在，我就被族滅了。

賈左丞益謙

益謙字亨甫，本名守謙，避哀宗諱改焉〔一〕。宣宗朝，參知政事〔二〕，出知濟南，移鎮河中〔三〕。南渡後，召拜左丞〔四〕，尋致仕〔五〕，居鄭州。哀宗即位，史官乞因《宣廟實錄》，遂及衛紹王〔六〕。初，虎賊既弒逆〔七〕，乃立宣宗，宣宗之人至謂衛王失道，天命絕之，虎實無罪，且於主上有推戴之功，獨張信甫上章言虎賊大逆不道，當用宋文帝誅傅亮、徐羨之故事〔八〕，章奏不報。爾後舉朝以大安、崇慶之事為諱〔九〕。及是，謂亨甫大安中嘗拜御史中丞，宜知衛王事，乃差編修官一人就訪之〔一〇〕。亨甫知其旨，謂來者言：『知衛王莫如我！然我聞海陵被弒〔一一〕，而世宗皇帝立。大定三十年，禁近能暴海陵蟄惡者得美仕；史官修實錄，誣其淫毒狠驁，遺臭無窮。自今觀之，百可一信耶？衛王勤儉，慎惜名器，較其行事，中材不能及者多矣，吾知此而已。設欲飾吾言以實其罪，吾亦何惜餘年！』〔一二〕朝議偉之。正大三年，年八十薨〔一三〕。子賢卿、頤卿、翔卿，皆以門資仕〔一四〕。今一孫仲明，在東平〔一五〕。

【校記】

亨甫：《歸潛志》卷六、《金史》卷一百六《賈益謙傳》作『彥亨』。

【注釋】

〔一〕金哀宗：名守緒，故避其守字。

〔二〕參知政事：據《金史》卷一百六《賈益謙傳》，賈益謙於衛紹王大安末年拜參知政事。

〔三〕移鎮河中：據《元好問全集》卷三十四《東平賈氏千秋錄後記》，賈益謙貞祐二年（一二一四）在河中府任上。河中，治在今山西永濟。

〔四〕召拜左丞：據《金史》卷一百六《賈益謙傳》，貞祐三年，賈益謙拜尚書右丞，後改為尚書左丞。

〔五〕尋致仕：據《金史》卷一百六《賈益謙傳》，賈益謙於貞祐四年正月致仕。

〔六〕《宣廟實錄》：《宣宗實錄》。衛紹王：完顏永濟，泰和八年（一二〇八）即帝位，至寧元年（一二一三）八月，為紇石烈執中（胡沙虎）逐歸故邸，為宦官李思忠所殺。貞祐四年，追復衛王，謚紹，史稱衛紹王。

〔七〕虎賊：指紇石烈執中。

〔八〕張信甫：張行信（一一六三—一二三一），本名行中。生平參《中州集》卷九《張左丞行中》、《金史》卷一百七《張行信傳》。宋文帝：劉義隆，劉裕第三子。劉裕病故後，太子劉義符繼位（即宋少帝）。因他遊戲無度，不親政事，司空徐羨之、中書令傅亮、領軍將軍謝晦於景平二年（四二四）五月廢黜劉義符，迎立荆州刺史劉義隆為帝，改元元嘉。劉義隆即位後，不能容忍大臣擅行廢立，於元嘉三年（四二六）殺徐羨之、傅亮、謝晦等人。

〔九〕大安、崇慶：衛紹王年號，指代衛紹王一朝之事。

〔一〇〕編修官：據元好問《東平賈氏千秋録後記》，編修官即爲元好問。

〔一一〕海陵：完顔亮。

〔一二〕『禁近』十三句：又見元好問《東平賈氏千秋録後記》、《金史》卷一百六《賈益謙傳》。

〔一三〕正大三年：一二二六年。以享年八十歲計，賈益謙生於皇統七年（一一四七）。

〔一四〕皆以門資仕：元好問《東平賈氏千秋録後記》：『公又敕諸子賢卿臺掾、翔卿閣門，凡某京師用物，月爲供給之。』

〔一五〕賈仲明：名居貞（一二一八—一二八〇），號鹿泉，累官中書參議、江西行省參議。《元史》卷一百五十三有傳。東平：今山東東平。

丞相壽國高公汝礪

汝礪字巖甫，應州金城人〔一〕，大定中進士〔二〕，揚歷中外，居户曹三司爲最久〔三〕。相宣宗十年〔四〕，小心畏慎，夙夜匪懈，篤于古人造膝詭辭之義〔五〕，謀謨周密，人莫得而聞。元光末，宣宗上仙，公亦薨於位〔六〕，君臣之契，義均同體者，於斯見之。平生嗜讀書，南渡之後，機務倥傯，未嘗一日廢書不觀。臨終留詩，有『寄謝東門千樹柳，安排青眼送行人』之句〔七〕，時年七十一〔八〕，謚□〔九〕，配享宣宗廟庭。至今士論，謂公才量渾厚，足為守成之良相，恨所遭不時耳〔一〇〕。

【注釋】

〔一〕應州金城：金城為應州倚郭縣，今山西應縣。

〔二〕大定中進士：據《金史》卷一百七《高汝礪傳》，高汝礪大定十九年（一一七九）進士及第。

〔三〕揚歷中外：高汝礪於章宗時期先後任同知絳陽軍節度使、石州刺史、左司郎中、左諫議大夫、戶部侍郎、同知大興府事、陝西東路轉運使、西京路轉運使、北京臨潢府路按察使等職，泰和六年（一二〇六）拜戶部尚書。泰和八年，戶部置三司（勸農、鹽鐵、度支），高汝礪任三司副使。

〔四〕相宣宗十年：高汝礪於貞祐二年（一二一四）六月拜參知政事，興定四年（一二二〇）拜平章政事，俄拜右丞相，監修國史，封壽國公，直到宣宗元光二年（一二二三）十二月去世，高汝礪相宣宗恰好十年。

〔五〕造膝：促膝。詭辭：不透露談話的真實內容。《晉書·羊祜傳》：『或謂祜慎密太過者，祜曰：「是何言歟！夫入則造膝，出則詭辭，君臣不密之誡，吾惟懼其不及。」』

〔六〕亦薨於位：元光二年（一二二三）十二月，金宣宗去世，次年三月，高汝礪去世。

〔七〕臨終留詩：原詩已佚。

〔八〕時年七十一：以正大元年（一二二四）七十一歲計，高汝礪生於貞元二年（一一五四）。

〔九〕謚□：原文缺，其謚號他書亦未載。

〔一〇〕《歸潛志》卷六：『為人慎密廉潔，能結人主知，守格法，循默避事，不肯强諫。故為相十餘年，未學有譴訶。壽考康寧，當世莫及。金國以來書生當國者，惟公一人耳。』

胥莘公鼎

鼎字和之，代州繁畤人〔一〕。父持國，大定中爲太子司藏，有功母后家，章宗即位，擢拜尚書右丞〔二〕。和之大定二十八年進士〔三〕，至寧初，都城受兵，由户部尚書參知政事〔四〕。宣宗即位，除泰定軍節度使〔五〕，不赴，改判大興〔六〕。貞祐二年，拜尚書右丞〔七〕。車駕南渡，出爲汾陽軍節度使〔八〕，移知平陽，權河東南路宣撫使〔九〕。四年，授樞密副使，權右丞，兼職如故〔一〇〕。五年正月，朝京師〔一一〕，進平章政事，封莘國公〔一二〕，行臺關中，未幾，兼左副元帥〔一三〕。明年，以溫國公致政〔一四〕，進封英，行臺衛州〔一五〕，以病薨於位〔一六〕。雷希顔爲作《神道碑》云〔一七〕：『黄霸爲良吏稱首，及爲丞相，與張敞論列，功名大減〔一八〕。王允當漢祀之衰，計誅董卓，近古社稷臣，然不赦涼州人，旋致傕汜之禍〔一九〕。蕭俛之清介，崔植之論議，皆足爲唐名臣，而俛議銷兵，植餓朱克融輩，不畀一官，遂再亂河朔〔二〇〕。彼或量不足，或才略有所窮，權不足以濟事，智不足以知時故也。以姚崇之賢，惟其不知道，未免爲捄時之相，其他可知也〔二一〕。國家有通明相曰英國胥公，尚兼數公之長。』予謂希顔此論，似涉過差〔二二〕，至於爲國朝名相，以度量雄天下，則在公爲無媿矣。在長安日，《乞致仕表》云：『興造功業，方聖主有為之時；表裏山河，豈愚臣養病之地？』〔二三〕《送弟有之》云〔二四〕：『世事正須高著眼，宦途休厭少低頭。』他文類此。弟恒常之〔二五〕，子嗣祖〔二六〕，今在燕中。

【注釋】

〔一〕代州繁畤：繁峙為代州倚郭縣，今山西繁峙。

〔二〕胥持國：字秉鈞，經童出身。世宗時，除博野縣丞，授太子司倉。皇太子識之，擢祗候司令，有功於母后家。大定二十九年章宗即位，除宮籍副監，俄改同簽宣徽院事、工部侍郎，領宮籍監。明昌三年（一一九二）為工部侍郎，遷尚書，四年三月拜參知政事，賜孫用康榜下進士第。六年四月，以治河有勞績，進尚書右丞。與李妃互為表裏，擅弄朝政，士之好利躁進者往往趨走門下，有『胥門十哲』之目。承安二年八月罷任，致仕，改知大名府事。九月為樞密副使、權參知政事，與完顏襄行省於北京（今內蒙古寧城西大名城）。卒，謚通敏。《金史》卷一百二十九有傳。

〔三〕大定二十八年：一一八八年。

〔四〕由戶部尚書參知政事：《金史》卷十三《衛紹王紀》：至寧元年六月，『以戶部尚書胥鼎、刑部尚書維翰為參知政事』。

〔五〕泰定軍節度使：置於兗州（今山東兗州）。

〔六〕大興：今北京。

〔七〕貞祐二年，拜尚書右丞：《金史》卷十四《宣宗紀》：貞祐二年（一二一四），『夏四月乙未朔，以知大興府事胥鼎為尚書右丞』。

〔八〕『車駕南渡』二句：《金史》卷一百八《胥鼎傳》：貞祐二年，『五月，宣宗將南渡，留為汾陽軍節度使，兼汾州管内觀察使』。汾陽軍，置於汾陽（今山西汾陽）。

〔九〕平陽：今山西臨汾。權河東南路宣撫使：《金史》卷一百二十八《武都傳》：『中都解圍，為河東路宣撫使，俄以參知政事胥鼎代之。』

〔一〇〕權右丞，兼職如故：《金史》卷一百八《胥鼎傳》：貞祐四年，『二月，拜樞密副使，權尚書左丞，行省於平陽。時鼎方抗表求退，上不許，因進拜焉』。

〔一一〕朝京師：《金史》卷十四《宣宗紀》：貞祐四年十一月，『河東行省胥鼎入援京師……拜鼎為尚書左丞兼樞密副使』。

〔一二〕封莘國公：《金史》卷十五《宣宗紀》：興定元年（一二一七）正月，『尚書左丞胥鼎進平章政事，封莘國公』。

〔一三〕兼左副元帥：《金史》卷九十九《李革傳》：『興定元年，胥鼎自平陽移鎮陜西。』《金史》卷十五《宣宗紀》：興定元年十二月辛亥，『陜西行省胥鼎諫伐宋，不報』。該年胥鼎移鎮陜西，奉命伐宋。胥鼎曾上書力陳伐宋之六不可，詳見《金史》卷一百八《胥鼎傳》。

〔一四〕以溫國公致政：《金史》卷十六《宣宗紀》：興定四年三月辛亥，『平章政事、陜西行尚書省胥鼎進封溫國公，致仕』。

〔一五〕行臺衛州：《金史》卷一百八《胥鼎傳》：『哀宗即位。正大二年（一二二五）起復，拜平章政事，進封英國公，行尚書省于衛州。』衛州：治在今河南衛輝。

〔一六〕以病薨於位：《金史》卷十七《哀宗紀》：正大三年，『秋七月庚午，平章政事、英國公胥鼎薨』。

〔一七〕雷希顏為作《神道碑》：　雷淵所作《胥鼎神道碑》，原文已佚。

〔一八〕黃霸：　字次公（前一三〇—前五一），西漢淮陽陽夏人。少學律令，武帝末，補侍郎謁者，歷河南太守丞。為政寬和，任潁州太守期間，潁州大治。五鳳三年（前五五）任丞相。《漢書》卷八十九《黃霸傳》：『霸材長於治民，及為丞相，總綱紀號令，風采不及丙、魏、于定國，功名損於治郡。』張敞：　字子高（？—前四八），河東平陽（今山西臨汾西南）人。曾任豫州刺史、太中大夫、山陽太守，後任京兆尹，政績斐然。《漢書》卷七十六有傳。論列：　討論政事。張所論列之事，主要是『張敞舍鶡雀飛集丞相府』一事，詳參《漢書》卷八十九《黃霸傳》。

〔一九〕王允：　字子師（一三七—一九二），太原祁（今山西祁縣）人。歷任豫州刺史、河南尹、尚書令。初平三年，與呂布刺殺董卓後，共執朝政。董卓餘黨李傕、郭汜、樊稠等率涼州軍攻破長安，呂布出逃，王允被處死。涼州人：　董卓的嫡系部隊。傕汜：　指李傕、郭汜。詳參《後漢書》卷六十六《王允傳》。

〔二〇〕蕭俛：　字思謙（？—八四二），貞元七年（七九一），以進士入仕，歷任翰林學士、太僕少卿，元和十三年（八一八）進御史中丞，長慶元年（八二一）蕭俛遷任中書侍郎、同中書門下平章事。《舊唐書》卷一百七十二有傳。蕭俛重惜名譽，介獨剛正。曾勸唐穆宗休兵偃武，裁減部隊。『明年，朱克融、王廷湊復亂河朔，一呼而遺卒皆至，朝廷方徵兵諸藩，籍既不充，尋行招募，烏合之徒動為賊敗，由是復失河朔，蓋消兵之失也。』崔植：　字公修（七七二—八二九），歷任給事中、御史是丞。長慶初拜中書侍郎同中書門下平章事，罷為刑部尚書，旋授岳鄂觀察使，遷嶺南節度使，入拜戶部尚書，出為華州刺史。太和三年（八二九）卒，贈尚書左僕射。《舊唐書》卷一百一十九有傳，有云：『植抗疏論奏，令宰臣召植宣旨嘉諭之，物議罪鏄而美植。尋除御史中丞，入閣彈事，頗振綱紀。』朱克融（？—八二六）：　幽州（今北京）人，朱滔之孫，曾任盧龍節度使，不聽節制。《舊唐書》卷一百八十有傳。《舊唐書》卷一百一十九《崔植傳》：『植與同列杜元潁素不知兵，且無遠慮。克融等在京羈旅窮餓，日詣中書乞官，殊不介意。及張弘靖赴鎮，令克融等從還。不數月，克融因弘靖，害賓佐，結王廷湊，國家復失河朔。』

〔二一〕姚崇：本名元崇（六五〇—七二一），字元之，祖籍江蘇吳興，因先輩世代在陝州為官，遂定居陝州硤石（今屬河南三門峽市陝州區硤石鄉）。歷任武則天、唐睿宗、唐玄宗三朝宰相。《舊唐書》卷九十六有傳。救時之相，是唐人對姚崇的評價。《資治通鑒》卷二百十一：『（姚崇）顧謂紫微舍人齊澣曰：「余為相，可比何人？」澣未對，崇曰：「何如管、晏？」澣曰：「管晏之法，雖不能施於後，猶能沒身。公所為法，隨復更之，似不及也。」崇曰：「然則竟如何？」澣曰：「公可謂救時之相耳。」崇喜，投筆曰：「救時之相，豈易得乎？」』

〔二二〕過差：失度。

〔二三〕《乞致仕表》：興定二年（一二一八），胥鼎於長安兩次上表乞致仕。原文已佚。

〔二四〕胥有之：生平無考。

〔二五〕胥恒：字常之。胥鼎有《送弟恒作州》，可知胥恒曾任某州刺史。餘不詳。

〔二六〕胥嗣祖：生平無考。

張左丞行中

行中字信甫〔一〕，莒州日照人〔二〕。祖莘，鎮西軍節度副使〔三〕。父暐，御史大夫〔四〕，以武安軍節度致仕。兄行簡，《易無體》榜第一人〔五〕。信甫大定二十八年進士〔六〕，衛紹王朝，虎賊已除名為民〔七〕，賂遺權貴得復用〔八〕。信甫言其必反〔九〕，及弒逆，自為太師、尚書令、澤王〔一〇〕，信甫時為禮部尚書，人謂必為所殺，甚危之。一日，虎下禮部鑄監國寶，信甫持不可，虎雖怒，然亦竟不能殺也。宣宗即位，授參知政事〔一一〕，丞相高琪專權用事，聲勢焰焰，人莫敢仰視，議論之際，唯信甫與之抗，朝廷稱焉〔一二〕。所居拙軒，有為作銘者，其引云：『發凶豎未形之謀，則先識者以為明；犯强臣不測之威，則疾惡者以為剛。』〔一三〕蓋實錄云。元光末，出為靜難軍節度使〔一四〕。哀宗即位，首命召之，遷尚書左丞〔一五〕，後二年致政〔一六〕，卒於嵩山之崇福宫〔一七〕。信甫家世儒素，雖位宰相而奉養如寒士〔一八〕，日書經史五百字為課，寒暑不廢者四五十年，故於書無所不讀，詩殊有古意也。

【校記】

祖莘：應作『祖莘卿』。據趙秉文《滏水文集》卷十《前御中大夫張暐贈父莘卿誥》、卷十一《贈銀青榮祿大夫翰林學士承旨張文正公神道碑》，張行忠祖父名為張莘卿。

武安軍：《金史》卷一百六《張暐傳》作『安武軍』。安武軍置於冀州，《中州集》卷十錄有元德明《送張冀州致政還都》，題下注：『狀元行簡之父。』可印證張暐致仕於安武軍節度使。武安軍，誤。

【注釋】

〔一〕行中字信甫：《金史》卷一百七《張行信傳》：『張行信字信甫，先名行忠，避莊獻太子諱改焉。行簡弟也。』《歸潛志》卷六：『張左丞行信字信甫，先名行忠，避末帝舊諱改焉。』據此，行中當作行忠。因避宣宗長子完顔守忠諱，改名行信。

〔二〕日照：今山東日照。

〔三〕祖莘：張莘卿（一一一一—一一七九），字商老。天德三年（一一五一）進士及第，曾任河州防禦判官、國史院編修，改應奉翰林文字等職。鎮西軍節度使，置於嵐州（治在今山西嵐縣北）。

〔四〕父暐：張暐（？—一二一六），字明仲，正隆五年（一一六〇）進士，累官禮部尚書、御史大夫，終於安武軍節度使。《金史》卷一百六《張暐傳》。《金史》卷十一《章宗紀》：承安三年（一一九八）三月，『以禮部尚書張暐為御史大夫』。

〔五〕張行簡：字敬甫（一一五六—一二二五），大定十九年（一一七九）狀元。詳參《中州集》卷九《張太保行簡》、《金史》卷一百六《張行簡傳》。《易無體》，據《元好問全集》卷十六《沁州刺史李君神道碑》，為大定十九年御試題目。

〔六〕大定二十八年：一一八八年。

〔七〕虎賊：指紇石烈執中（？—一二一三）。初名胡沙虎，故稱虎賊。據《金史》卷一百三十二《紇石烈執中傳》，崇慶元年（一二一二），『詔數其十五罪，罷歸田里』。

〔八〕得復用：《金史》卷一百三十二《紇石烈執中傳》：『明年（一二一三），復召至中都，預議軍事。』

〔九〕言其必反：《金史》卷一百七《張行信傳》：『崇慶二年，為左諫議大夫，時胡沙虎已除名為民，賂遺權貴，將復進用，舉朝無敢言者。行信乃上章曰：「胡沙虎殘忍凶悖，跋扈强梁，媚結近習，以圖稱譽，自其廢黜，士庶莫不忻悅。今若復用，惟恐為害更甚前日，況利害之機，更有大於此者。」書再上，不報。』《金史》卷一百三十二《紇石烈執中傳》：『左諫議大夫張行信上書曰：「胡沙虎專逞私意，不循公道，蔑省部以示强梁，媚近臣以求稱譽，骫法行事，枉害平民。行院山西，出師無律，不戰先退，擅取官物，杖殺縣令。屯駐嬀川，乞移內地，其謀略概可見矣。欲使改易前非，以收後效，不亦難乎？才誠可取，雖在微賤皆當擢用，何必老舊始能立功？一將之用，安危所係，惟朝廷加察，天下幸甚。」』

〔一〇〕自為太師、尚書令、澤王：《金史》卷一百三十二《紇石烈執中傳》：貞祐元年（一二一三），『九月甲辰，宣宗即位，拜執中太師、尚書令、都元帥、監修國史、封澤王』。

〔一一〕授參知政事：據《金史》卷十二《宣宗紀》，張行信於興定元年（一二一七）六月拜參知政事。

〔一二〕高琪：指朮虎高琪（？—一二二〇），女真人，貞祐元年率軍入中都，殺胡沙虎，任平章政事，四年（一二一六）進官尚書右孫相，日益專權。《金史》卷一百六有傳。《金史》卷一百七《張行信傳》：『時高琪為相，專權用事，惡不附己者，衣冠之士動遭窘辱，唯行信屢引舊制力抵其非。』

〔一三〕『發凶』四句：見《元好問全集》卷三十六《拙軒銘引》。凶豎，此指紇石烈執中。强臣，此指朮虎高琪。

〔一四〕元光末：當為元光初。《金史》卷一百七《張行信傳》：『元光元年（一二二二）正月，遷保大軍節度使，兼鄜州管內觀察使。二月改靜難軍節度使，兼邠州管內觀察使，未幾致仕。』靜難軍節度使，置於邠州（今陝西彬縣）。

〔一五〕遷尚書左丞：《金史》卷十七《哀宗紀》：正大元年（一二二四）三月，『甲寅，起復邠州節度使致仕張行信為尚書左丞』。

〔一六〕後二年致政：張行信於正大三年致仕。《金史》卷一百七《張行信傳》：『尋復致仕家居，惟以抄書教子孫為事，葺園池汴城東，築亭號「靜隱」，時時與侯摯輩遊詠其間。』

〔一七〕卒於嵩山之崇福宮：《金史》卷一百七《張行信傳》：『正大八年二月乙丑，薨於嵩山崇福宮，年六十有九。初遊嵩山，嘗曰：「吾意欲主此山。」果終於此。』據此，張行信生於大定三年（一一六三）。

〔一八〕奉養如寒士：《歸潛志》卷六：『為人簡樸，不修威儀，惡衣糲食如貧士。』

楊戶部慥

慥字叔玉，代州五臺人〔一〕，承安五年進士〔二〕，歷州縣，入為尚書省令史，拜監察御史〔三〕、侍御史、京西大農司丞〔四〕、京南司農卿〔五〕、戶部侍郎，權尚書〔六〕。自入戶曹，即有相望，資雅重，事無巨細，處之皆有法，至於知朝廷大體，則又非他人所能及也。京城受兵，權參知政事。明年，卒於河平〔七〕。叔玉文工於詩，而人不以能文稱，特未見其文耳〔八〕。

【注釋】

〔一〕五臺：今山西五臺。

〔二〕承安五年：一二〇〇年。

〔三〕拜監察御史：《歸潛志》卷五：『南渡為監察御史……嘗與余先子同任御史。』劉祁之父劉從益於興定四年至五年（一二二〇—一二二一）任監察御史。

〔四〕京西大司農司：正大元年（一二二四）置於河南府。

〔五〕京南司農司：置於許州。

〔六〕權尚書：《金史》卷十七《哀宗紀》：天興元年（一二三二）三月，『壬寅，戶部侍郎楊慥權參知政事』。六月己巳，『權參知政事楊慥罷』。

〔七〕河平：指河平軍，置於衛州（治在今河南衛輝）。

〔八〕特未見其文耳：元好問認為楊慥亦工文。其父元德明墓銘即由楊慥所撰，見《中州集》卷十《先大夫詩》。

狀元

鄭内翰子聃

子聃字景純，大定人〔一〕，少日有賦聲，時輩莫與為敵。天德三年，第三人登科〔二〕，士論仍以為屈，而海陵不之許也〔三〕。正隆二年〔四〕，詔景純再試，擇能賦者八人，先以題付之，以困景純，且將視其中與否罪賞之。御題《天錫勇智正萬邦》〔五〕，海陵謂侍臣：『漢高祖諱，不避之可乎？』乃改作『萬國』。及開卷，景純果第一人〔六〕。楊伯仁、張汝霖中選〔七〕，劉幾、綦戩、李師顏輩皆被黜〔八〕，海陵終不以景純為工，與被黜者兩罷之〔九〕。趙獻之賀啟云：『丹桂一枝，不失舊物；青錢萬選，無愧古人。』〔一〇〕其為名流所稱道如此。累官吏部侍郎〔一一〕，改侍講學士卒〔一二〕。其賦《酴醾》有『玉斧無人解修月，珠裙有意欲留仙』之句，甚為詩家所稱〔一三〕。

【校記】

李師顔：《金史・鄭子聃傳》作『李希顔』。據張棣《族帳部曲録》，李希顔，獻州人，熙宗時賜進士及第，授應奉翰林文字同知制誥。

【注釋】

〔一〕大定：府名，治在今内蒙古寧城西。

〔二〕天德三年：一一五一年。《金史》卷一百二十五《鄭子聃傳》：『子聃及冠有能賦聲。天德三年，丘行為太子左衛率府率，廷試明日，海陵以子聃程文示丘行，對曰：「可入甲乙。」及拆卷，果中第一甲第三人。』天眷初，及第進士分三甲，即上甲、中甲、下甲。

〔三〕海陵：完顔亮。

〔四〕正隆二年：一一五七年。

〔五〕《天錫勇智正萬邦》：據張棣《族帳部曲録》，《天賜勇智正萬邦賦》是天德三年御試考題。

〔六〕景純果第一人：《金史》卷一百二十五《鄭子聃傳》記載略有差異：『子聃頗以才望自負，常慊不得為第一甲第一人。正隆二年會試畢，海陵以第一人程文問子聃，子聃少之。海陵問作賦何如，對曰：「甚易。」因自矜，且謂他人莫己若也。海陵不悦，乃使子聃與翰林修撰綦戩、楊伯仁、宣徽判官張汝霖、應奉翰林文字李希顔同進士雜試。七月癸未（二十），海陵御寶昌門臨軒觀試，以《不貴異物民乃足》為賦題，《忠臣猶孝子》為詩題，《憂國如饑渴》為論題……丁亥，御便殿親覽試卷，中第者七十三人，子聃果第一，海陵奇之。有頃，進官三階，除翰林修撰，改侍御史。』

〔七〕楊伯仁：字安道，楊伯雄之弟，皇統九年（一一四九）進士，天德二年（一一五〇）除應奉翰林文字，貞元二年（一一五四）轉翰林修撰，累官翰林直學士，《金史》卷一二五有傳。《中州集》以楊伯仁為正隆二年進士，誤。正隆二年，楊伯仁如《金史·鄭子聃傳》所云，已任翰林修撰。張汝霖於貞元二年賜進士第，正隆二年考中進士時，已任宣徽判官。參《金史》卷八十三《張汝霖傳》。

〔八〕劉幾：或為劉璣，字仲章，益都人，天德三年（一一五一）進士，《金史》卷九十七有傳。綦戩：字天錫，海陵朝賜進士及第，授應奉翰林文字，大定初，遷待制。

〔九〕與被黜者兩罷之：此處與《金史·鄭子聃傳》不同，疑誤。

〔一〇〕趙獻之：指趙可，貞元二年（一一五四）進士及第，參《中州集》卷二《趙內翰可》。青錢萬選：形容文章出眾。《新唐書·張薦傳》：『員外郎員半千數為公卿稱薦文辭猶青銅錢，萬選萬中。時號薦「青錢學士」。』

〔一一〕累官吏部侍郎：據鄭子聃《奉上孝成皇帝謚號議》，大定十八年（一一七八）在吏部侍郎任上。

〔一二〕改侍講學士卒：《金史·鄭子聃傳》：『（大定）二十年（一一八〇），卒，年五十五。』據此可知，鄭子聃生於天會四年（一一二六）。

〔一三〕《酴醾》：原詩已佚。《金史·鄭子聃傳》：『子聃英俊有直氣，其為文亦然。平生所著詩文二千餘篇。』

孟內翰宗獻

宗獻字友之，開封人，大定三年，鄉、府、省、御四試皆第一〔一〕，供奉翰林〔二〕、曹王府文學兼記室參軍〔三〕，以疾尋醫。久之，授同知單州軍州事〔四〕。丁母憂，哀毀致卒。劉無黨題其詩卷後云：『簪紱忘情累，山林閱歲陰。選官堂印手，說法老婆心。友之深於內典。世路嗟前卻，人生變古今。公乎真不死，名姓斗之南。』〔五〕相人孔嗣訓挽云：『二十年間事，才名一夢新。衰羸驚喪母，哀毀竟亡身。魂返愁楓夜，情留淚草春。黃公酒壚在，此去只悲辛。』〔六〕汴人高公振特夫云：『見說平生夢，前途盡目前。友之未第時，夢中預見前途所至，於今皆驗。乘除雖有數，凶禍竟何緣？禮樂三千字，才名二十年。仁人遽如許，無路問蒼天。』〔七〕又云：『誰謂詩成讖，清冰果自焚。友之《雪燭》詩：「固知劫火終無盡，誰謂清冰也自焚。」未幾下世。人嗟埋玉樹，天為落文星。友之鄰舍李生言，六月中，連二明星隕于友之所居虛靜軒前。』〔八〕數詩雖不盡工，姑並記之，有以見先生于出處之際，死生之變，造物者皆使之前知，其以天下重名畀之者，為不偶然云。

【注釋】

〔一〕大定三年：一一六三年。四試皆第一：《歸潛志》卷八：『金朝以律賦著名者曰孟宗獻友之、趙樞子克……然其源出於吾高祖南山翁……（孟）再試，魁于鄉、于府、于省、於御前，天下號孟四元。』《金史》卷一百二十五《楊伯仁傳》：『孟宗獻發解第一，伯仁讀其程文，稱之：「此人當成大名。」是歲，宗獻府試、省試、庭試皆第一，號孟四元。』

〔二〕供奉翰林：當為破例任用。《金史》卷一百二十五《楊伯仁傳》：『故事，狀元官從七品，階承務郎。世宗以宗獻獨異等，與從六品，階授奉直大夫。』王惲《玉堂嘉話》卷一引蔡珪《諭孟宗獻詔》：『朕新御大寶，詔有司以取天下士。卿自鄉選，至於殿陛，四為舉首。非材之高、學之博、識之優，何以臻此！今畀以北門應詔之職。朕以待卿不薄，然君子志于遠者大者，無以此為自足。爾其勉旃。』北門應詔，即是供奉翰林。

〔三〕曹王：指完顔永功，大定十一年（一一七一）進封曹王。

〔四〕單州：治在今山東單縣。

〔五〕劉無黨：劉迎，參《中州集》卷三《劉記室迎》。簪紱：指代官職。選官：銓選官員的官。堂印：官員處理政務的官印。老婆心：佛教指禪師反復叮嚀、急切誨人之心。内典：指佛典。

〔六〕孔嗣訓：生平無考。二十年間事：指大定三年及第成名，至卒時約二十年左右。黄公酒壚：物是人非、哀傷舊友之詞，出自《世説新語·傷逝》：『王濬沖為尚書令，著公服，乘軺車，經黄公酒壚下過。顧謂後車客：「吾昔與嵇叔夜、阮嗣宗共酣飲於此壚，竹林之遊亦預其末，自嵇生夭、阮公亡以來，便為時所羈紲，今日視此雖近，邈若山河。」』

〔七〕高公振特夫：高公振字特夫，高士談之子，正隆二年（一一五七）進士，官至密州刺史。參《中州集》卷二《高密州公振》。平生夢：《續夷堅志》卷二《孟宗獻夢》亦曰：『友之未第時，夢中預見前途所至，前後皆驗。』故高公振詩中的小注當是元好問所注。禮樂三千字：形容其精通儒家經典。

〔八〕友之《雪燭》：原詩已佚。鄰舍李生言：又見《續夷堅志》卷二《孟宗獻夢》。

趙内翰攄

攄字子充，宛平人〔一〕，自號醉全老人。

【注釋】

〔一〕宛平：今北京。據薛瑞兆《金代科舉》考證，趙攄為大定五年（一一六五）詞賦狀元，十二年，任德州防禦同知天水縣，二十三年，官至翰林修撰，二十六年坊州刺史。承安三年（一一九八），仕為同在安豐軍節度使事。

趙文學承元

承元字善長，先世汴人，兵火間寓旅河間，遂占籍焉〔一〕。大定十三年詞賦第一人〔二〕，除應奉翰林文字，兼曹王府文學，以疏俊少檢，得罪王府〔三〕，貶廢久之，遇赦量敘〔四〕，卒於臨洮〔五〕。

【注釋】

〔一〕河間：治在今河北河間。

〔二〕大定十三年：一一七三年。《元好問全集》卷二十二《太中大夫劉公墓碑》：『百年以來，御題魁選，以趙內翰承元賦《周德莫若文王》超出等倫，有司目為金字品。』

〔三〕曹王：指完顏永功，大定十一年進封曹王。《金史》卷七《世宗紀》：『承元前為曹王府文學，與王邸婢奸，杖百五十除名。』具體時間不詳。

〔四〕遇赦量敘：《金史》卷七《世宗紀》：大定十八年十一月，『戊寅，上責宰臣曰：「近聞趙承元何故再任，卿等言，曹王嘗遣人言其才能幹敏，故再任之。官爵擬注，雖由卿輩，予奪之權，當出於朕。」』據此，趙承元除名後曾於大定十八年一度起用，世宗知後，當又被廢。遇赦，此後有兩次肆赦，一是大定二十七年章宗立為太子時，二是大定二十九年章宗即位時。量敘：酌情錄用。趙承元遇赦量敘，疑在大定二十九年。

〔五〕臨洮：治在今甘肅臨洮。

張太保行簡

行簡字敬甫，大定十九年詞賦第一人〔一〕，家世儒臣，備于禮文之學〔二〕，典貢舉三十年〔三〕，門生遍天下。南渡後，遷禮部尚書、太子太保、翰林學士承旨〔四〕，薨謚文正〔五〕。楊內翰之美銘其墓〔六〕，稱：『敬甫天性孝友，太夫人疾，不解衣者數月，居喪哀毀過禮〔七〕；事其父御史大夫，自幼至終，未嘗少違顔色〔八〕；與諸弟居三十餘年，家門肅睦，人無間言〔九〕。率勵子弟，不知為驕侈〔一〇〕；雖處富貴，與素士無異。平生無泛交、無私謁，慎勤周密，動循禮法，居無怠容，口無俚言，身無徑行〔一一〕，雖古君子無以加。故天下言家法者，唯張氏為第一；言禮學言文章，言德行之純備者，亦唯張氏之歸。』有集三十卷傳於家〔一二〕。敬甫賦《燕》云：『王氏烏衣巷，盧家白玉堂。』〔一三〕《寒食》云：『餳粥雞球留故事，風花鶯柳鬧春城。』〔一四〕《中秋》云：『露凝灝氣沾瑤席，雲近清光護桂宮。』此類甚多也。

【注釋】

〔一〕大定十九年：一一七九年。趙秉文《滏水文集》卷十一《贈銀青光祿大夫翰林學士承旨張文正公神道碑》：『公大定十九年進士，時年二十四。』據此可知其生於正隆元年（一一五六）。《中州集》卷九《張左丞行中》：『兄行簡，《易無體》榜第一人。』《易無體》為該年御試題。

〔二〕家世儒臣：其家世，參見《中州集》卷九《張左丞行中》。

〔三〕典貢舉三十年：《金史》卷一百六《張行簡傳》：『行簡端愨慎密，為人主所知。自初入翰林至太常、禮部，典貢舉終身，縉紳以為榮。』

〔四〕『遷禮部尚書』句：據《金史》卷一百六《張行簡傳》，張行簡於泰和六年（一二〇六）遷禮部尚書。據《金史》卷十三《衛紹王本紀》，張行簡於大安元年（一二〇九）十二月，遷太子太保、翰林學士承旨。

〔五〕薨謚文正：趙秉文《贈銀青光祿大夫翰林學士承旨張文正公神道碑》：『貞祐三年冬十二月十六日，翰林學士承旨張公以疾薨於正寢，訃聞，上為輟朝，命敕祭、敕葬。贈金紫光祿大夫，謚曰文正。』

〔六〕楊內翰之美：指楊雲翼，參《中州集》卷四《禮部楊公雲翼》。

〔七〕居喪哀毀過禮：《金史》卷一百六《張行簡傳》：『大定十九年進士第一，除應奉翰林文字。丁母憂，歸葬益都，杜門讀書，人莫見其面。』其母卒於大定二十年（一一八〇）前後。

〔八〕其父御史大夫：張暐，官到御史大夫。參見《中州集》卷九《張左丞行中》。

〔九〕諸弟：指張行信。《金史》卷一百六《張行簡傳》：『與弟行信同居數十年，人無間言。』

〔一〇〕率勵子弟：以身作則來勉勵子弟。

〔一一〕徑行：任性之行。

〔一二〕張行簡集：已佚。《金史》卷一百六《張行簡傳》：『所著文章十五卷，《禮例纂》一百二十卷，會同、朝獻、禘祫、喪葬，皆有記錄，及《清臺》、《皇華》、《戒嚴》、《為善》、《自公》等記，藏於家。』

〔一三〕王氏：東晉王導等大戶住在烏衣巷，故云。盧家白玉堂：泛指富貴人家。漢樂府《相逢行》：『黃金為君門，白玉為君堂。』梁武帝《河中之水歌》：『河中之水向東流，洛陽女兒名莫愁。十五嫁作盧家婦，十六生女字阿侯。盧家蘭室桂為梁，中有郁金蘇合香。』

〔一四〕餳：麥芽糖稀。雞球：疑為雞蛋。《南部新書》乙卷：『每歲寒食，薦餳粥雞球等。』

張內翰檝

檝字巨濟，先世泰州長春人〔一〕，有官于山陰者〔二〕，遂占籍焉。曾祖頤宗，銀青榮祿大夫。祖惠，懷遠大將軍。父天白，號縣簿〔三〕。巨濟明昌五年詞賦第一人〔四〕，仕至鎮戎州刺史〔五〕。為人有蘊藉，善談論，文賦詩筆，截然有律度，時人甚愛重之。《陝州》詩云：『駭浪奔生馬，荒山臥病駝。』《永寧劉氏園亭》云〔六〕：『菊老芙蓉衰，梨柿葉爭絳。叩門人不應，一犬吠深巷。』此類甚多。

【注釋】

〔一〕長春：在今吉林大安附近。

〔二〕山陰：今山西山陰。

〔三〕張頤宗、張惠、張天白：三人無考。虢縣：今陝西寶雞市。

〔四〕明昌五年：一一九四年。

〔五〕鎮戎州：治在今寧夏固原縣。

〔六〕永寧：今河南洛寧。

閻治中長言

長言字子秀，濟南長清人〔一〕，客居兗州之嵫陽〔二〕。祖俊，行臺南榜〔三〕。父時昇，任忠傑榜〔四〕。曾、高以來，登科者六世矣。子秀少日，慕張忠定之為人，故名詠〔五〕，避衛紹王諱改焉〔六〕。幼孤，養于從祖，能自振厲，好學，工詞賦，間有前人句法。性本豪俊，使酒任氣，及游京師，乃更折節，遂以謹厚見稱，酒酣耳熱，故態稍出，嘗以第一流自負，屏山獨深知之，不以為過也。平生多奇夢，果魁天下〔七〕，士論厭服。在翰苑十年，出為河南府治中，被召，以道梗不得前，卒於亳州〔八〕。子魯瞻、魯安，今一孫在洺州〔九〕。

【注釋】

〔一〕長清：今山東長清。

〔二〕嵫陽：今山東兗州。

〔三〕行臺南榜：金初科舉實行南北選，閻俊當時在行臺參加南榜科考，進士及第。

〔四〕任忠傑：天成（今山西天鎮）人，正隆五年（一一六〇）詞賦狀元。閻時昇：生平不詳。

〔五〕張忠定：張詠（九四六—一〇一五），字復之，號乖崖，濮州鄄城（今屬山東）人。官至禮部尚書，謚忠定。《宋史》卷二九三有傳。

〔六〕衛紹王：即完顔永濟。

〔七〕果魁天下：據孔叔利《改建題名碑》，閻長言為承安五年（一二〇〇）詞賦狀元。

〔八〕亳州：今安徽亳州。

〔九〕子魯瞻、魯安：生平無考。洺州：在今河北邯鄲東。

李治中著

著字彦明，真定人〔一〕，高才博學，詩文得前人體，工於字畫，頗尚玄言。承安二年經義第一人〔二〕，在翰林七年，出副定州〔三〕，召為戶部員外郎。坐大中黨事〔四〕，謫臨洮府判官〔五〕，量移西京路按察司判官〔六〕，遷彰德府治中〔七〕，城再陷，避於塔上，兵人招降，大罵不從，掘塔倒而死〔八〕。

【注釋】

〔一〕真定：今河北正定。

〔二〕承安二年：一一九七年。

〔三〕定州：今河北定州。

〔四〕大中：其人不詳。曾任蒲陰縣令、審官院掌書。大中黨事：核心是私議朝政，事發當在泰和七年（一二〇七）。

〔五〕臨洮：治在今甘肅臨洮。

〔六〕西京路：治所在今山西大同。

〔七〕彰德府：治在今河南安陽。

〔八〕掘塔倒而死：據《金史》卷十四《宣宗紀》，貞祐二年正月，蒙古兵攻陷彰德府，知府事黃摑九住死之。李著或死於此役。

異人

擬栩先生王中立

中立字湯臣，岢嵐人〔一〕，博學强記，問無不知，少日治《易》，有聲場屋間。家豪於財，賓客日滿門，所以待之者，備極豐腆，其自奉則日食淡湯餅一杯而已。年四十喪妻，遂不更娶，亦不就舉選。齋居一室，枯淡如衲僧，如是三四年，乃出。時人覺其談吐高闊，詩筆字畫皆超絕，若有物附之者，問之不言也〔二〕。閑閑趙公知平定〔三〕，先生往謁之，與之詩云：『寄語閑閑傲浪仙，枉將詩酒汙天全。黄塵遮斷來時路，不到蓬山五百年。』因言『唐世士大夫五百人，皆仙人謫降。中有為世味所著，迷而不反者，如公與我皆是也。』一日，來都下〔四〕，館於閑閑公家，中秋夜飲酒賦詩，且就公索墨水一槃，公如言與之。明旦，不告而去，壁間留『龜鶴』二字，廣長一丈，而墨水具在，不知以何物書之也。朝士來觀者，車馬填咽，都下競傳王先生仙去矣。久之，先生從外至，問二字以何物書之。不答，題詩其旁云：『天地之間一古儒，醒來不記醉中書。旁人錯比神仙字，只恐神仙字不如。』先生平生詩甚多，有『醉袖舞嫌天地窄，詩情狂壓海山平』之句，他亦稱此。人有問世外事者，亦一二言之。好作擘窠大字〔五〕，往往瞑目為之，筆意縱放，勢若飛動，閑閑公甚愛之。屏山嘗見先生商略前代人物，引先儒論議數十條在目前，如人人自相詰難，然後以己意斷之，以為辨博中第一流人也〔六〕。臨終，預剋死期〔七〕，如言而逝。州將石倫葬之忻州，時年五十六〔八〕。

予嘗從先生學，問作詩究竟當如何，先生舉秦少游《春雨》詩云：『「有情芍藥含春淚，無力薔薇臥晚枝」〔九〕，此詩非不工，若以退之「芭蕉葉大梔子肥」之句校之，則《春雨》為婦人語矣！破却工夫，何至學婦人？』〔一〇〕先生晚年易名雲鶴，自號擬栩云〔一一〕。

【校記】

春雨：秦觀詩原題作『春日』，『晚枝』一作『曉枝』。

【注釋】

〔一〕岢嵐：今山西岢嵐縣。

〔二〕若有物附之者：《續夷堅志》卷一《王雲鶴》與此略同。

〔三〕閑閑趙公：指趙秉文。平定：治在今山西陽泉。趙秉文知平定，時在大安二年（一二一〇）。趙秉文《滏水文集》卷十三《湧雲樓記》曰：『大安二年四月，余來涖平定。』

〔四〕都下：指汴京。

〔五〕擘窠大字：大字。古人寫碑為求勻整，有以橫直界線劃成方格者，叫擘窠。

〔六〕辨博中第一流人：《中州集》卷七《劉昂霄》：『評者謂承平以來，王湯臣論人物，李之純玄談，號稱獨步。』

〔七〕預剋死期：預先限定死亡時間。

〔八〕石倫：生平無考。《續夷堅志》卷一《王雲鶴》言王中立卒時年四十九，未知孰是。

〔九〕《春雨》：秦觀《春日》：『一夕輕雷落萬絲，霽光浮瓦碧參差。有情芍藥含春淚，無力薔薇臥曉枝。』

〔一〇〕何至學婦人：元好問將王氏此語寫進《論詩三十首》：『有情芍藥含春淚，無力薔薇臥晚枝。拈出退之山石句，始知渠是女郎詩。』

〔一一〕『晚年易名雲鶴』二句：《續夷堅志》卷一《王雲鶴》：『晚年易名雲鶴，號擬栩道人。人物如世畫呂公，肩微聳耳。』

王先生予可

予可字南雲，吉州人〔一〕，父本軍校，南雲亦嘗隸籍。年三十許，大病後忽發狂，久之能把筆作詩文，及説世外恍惚事。南渡後〔二〕，居上蔡、遂平、郾城之間〔三〕，在郾城為最久。遇文士則稱大成將軍，于佛前則諦摩龍什，於道則騶天玄俊，于貴遊則威錦堂主人。為人軀幹雄偉，貌亦奇古，戴青葛巾，項後垂雙帶，狀若牛耳，一金鏤環在頂額之間，兩頰以青涅之，指為翠靨〔四〕，衣長不能掩脛，故時人有哨腿王之目〔五〕。落魄嗜酒，每入城市，人爭以酒食遺之，夜宿土室中，夏月或尸穢在旁，蛆蟲狼藉，不恤也。人與之紙，落紙數百言，或詩或文，散漫碎雜，無句讀，無首尾，多六經中語，及韻學家古文奇字，字畫峭勁，遇宋諱亦時避之。人或問以故事，其應如響，諸所引書，皆世所未見。談説之際，稍若有條貫，則又以誕幻語亂之。麻知幾、張伯玉與之遊最狎〔六〕，説其所詩，以百分為率，可曉者才二三耳。《題嵩山石淙》云〔七〕：『石裂雯華漬月秋。』蓋石淙之石，皆狀若湖玉，其高有五六十尺者，石之文，如蟲蝕木，如太古篆籀，奇峭秀潤，一一在潭水中，親到其處，知詩為工也。《蔡州北懸壺觀仙榆》云〔八〕：『壺樹苔波月漬皴。』《醉後》云：『一壺天地醒眠小。』《宮體》云：『萬疊雲山飛小雁。』《射虎》首句云：『風色偃貂裘。』即閣筆自戲云：『此虎來矣！』樂府云：『唾尖絨舌淡紅甜。』又自戲云：『欲下犁舌獄耶？』〔九〕《和太白宮詞》云：『金盆水不暖，翠雀啄晴苔。』又云：『鳳蹴瑤華散，龍銜桂子香。』〔一〇〕《西瓜》云：『一片冷截潭底月，六彎斜卷隴頭雲。』《烹茶》云：『簾卷綠陰花外月，玉山冰雪醉扶翁。』《淩霄花》云：『啼鳥倒銜金羽舞，驚蛇斜傍玉簾飛。』《威錦堂樂府》云：『鳳環捧席帶香屏〔一一〕，鯨杯倚仗和雲卷。』此類尚多。人亦多贈南雲詩者，李子遷云：『石鼎夜聯詩筆健，布囊春醉酒錢粗。』〔一二〕真南雲傳神詩也。壬辰兵亂〔一三〕，為順天軍將領所得，知其名，竊議欲挈之北歸，館於州之瑞雲觀。南雲明日見將領，自言云：『我不能住君家瑞雲觀也。』不數日病卒，後復有見之淮上者。

【注釋】

〔一〕吉州：今山西吉縣。

〔二〕南渡：指貞祐二年（一二一四）金遷都汴梁之事。

〔三〕上蔡：今河南上蔡。遂平：今河南遂平。郾城：今河南郾城。

〔四〕兩頰以青涅之：以青色文面。翠靨：古代婦女用綠色花子粘在眉心或貼在嘴邊酒窩之處，叫翠靨。

〔五〕哨腿：長腿。《歸潛志》卷六：『人以其衣短，號哨腿王。』造詞同『哨棒』。

〔六〕麻知幾：指麻九疇。張伯玉：指張穀。二人當時閑居郾城，故與之交。

〔七〕石淙：山名，在今河南登封東。以石淙河流經其下而得名。其山峰秀麗，溪水環繞，為著名勝景。

〔八〕蔡州北懸壺觀：漢代方士費長房爲汝南人，傳其曾從壺公學醫，隱居於此。其地有懸壺觀。
〔九〕犁舌獄：佛教指犯惡口、大妄語等作口業者死後所入的地獄。
〔一〇〕《和太白宫詞》：所和一爲李白《寄遠》：『相思黄葉盡，白露濕青苔。』一爲《宫中行樂詞》：『柳色黄金嫩，梨花白雪香。』
〔一一〕屏：原注：『屏疑作憑。』
〔一二〕李子遷：即李夷，參見《中州集》卷七《李夷》。韓愈有《石鼎聯句詩》。
〔一三〕壬辰兵亂：指天興元年（一二三二）蒙古攻金之事。

照了居士王彧

彧字子文，洺州人〔一〕，承安中進士〔二〕，資剛決不可犯。爲尚書省掾，知管差除，與郎官相可否，即棄官去。往來登封、盧氏山中，改名知非，字無咎，自號照了居士〔三〕。居山中二十年，布衣蔬食，井臼自親，時人哀苦之，而知非處之自若也。少日爲文，工於四六，詩亦有功。《和二宋落花韻四首》云〔四〕：『曾見嬌窺宋玉牆，忽驚遺夢到延涼。聚塵非分侵淩玉，流水無情葬送香。錦襪謾拋終隔面，彩灰雖吐若爲腸。蒼苔碧草無窮恨，木石癡兒亦自傷。』『可人未厭出鄰牆，回首空殘翠幕涼。好事只傳懷夢草，殊鄉誰致返魂香。塵凝燕子慵開眼，煙暗馬嵬空斷腸。穠李絳桃俱異物，爲歌薤露寫餘傷。』『綠影浮空只自傷，賞心死着未能忘。瓊枝不解留春色，銀燭空曾照夜妝。肺腹已傳蜂蜜盡，肌膏仍與燕泥香。情知青帝回車日，合有祥風老退房。』『韶華終竟合凋傷，獻笑縈懷忍遽忘。露壓不禁昏淚臉，風披無奈醉愁妝。芳菲頓減林園趣，狼藉空餘陌路香。卻憶班姬浪辛苦，一生都得幾專房。〔五〕』既學佛，作《決定歌》，禪家以為《證道》、《新豐》之後〔六〕，無有及者。初出京有詩云：『親疏俱穩人倫了，婚嫁齊成俗意周。一筆盡鉤塵債斷，都無虧欠大家休。休休休，愛著何時是徹頭？風息浪平人已渡，笑攜明月下孤舟。』《嵩山中》云：『撒手寧論萬丈崖，腳跟未肯點塵埃。東君也自魔君數，故著青紅眼底來。來何遲，去何早，二五不多十不少。一聲柄木遍虛空，誰識堂堂真照了。』又《贈安居士國寶》云〔七〕：『不招措大嗔，不喚王子文。不惹禪和笑，不名王照了。他人怕人嫌，照了要人嫌。人人有面樹有皮，努力方便勤妝嚴。妝嚴也由賢，不然也由賢，鼻孔莫遺他人穿。』又《答國寶》云：『幻人誰拙復誰能，遊戲何妨傀儡棚。凡事不堪君莫怪，儂家面目得人憎。』又云：『忽然識破虛空我，六合縱橫更有誰。』正大壬辰，參知政事宗室思烈行臺洛陽〔八〕，以知非有重名，力致之，使參議臺事。城陷〔九〕，不知所終。子升卿，有賦聲，早卒〔一〇〕。

【注釋】

〔一〕洺州：治在今河北邯鄲東。

〔二〕承安中進士：承安二年（一一九七）或承安五年。《歸潛志》卷五稱其『少擢第』。

〔三〕登封：今河南登封。盧氏：今河南盧氏。《歸潛志》卷五：『南渡，為省掾，睹時政將亂，一旦棄妻子，徑入嵩山，剪髮為頭陀，自號照了居士，改為知非，字無咎。居達摩庵，苦行自修。』

〔四〕二宋：宋庠、宋祁。落花韻：指二宋的《落花詩》。宋庠《元憲集》卷十二《落花》：『一夜春風拂苑牆，歸來何處剩凄涼。漢皋佩冷臨江失，金谷樓危到地香。淚臉補痕勞獺髓，舞臺收影費鸞腸。南朝樂府休賡曲，桃葉桃根盡可傷。』宋祁《景文集》卷十三《落花》（其二）：『墜素翻紅各自傷，青樓煙雨忍相忘。將飛更作回風舞，已落猶成半面妝。滄海客歸珠迸淚，章臺人去骨遺香。可能無意傳雙蝶，盡委芳心與蜜房。』

〔五〕班姬：指班婕妤，漢成帝時入宮，後為趙飛燕所譖，退處東宮，作《自傷賦》、《擣素賦》和《怨歌行》等自傷。

〔六〕《證道》：指唐僧永嘉真覺禪師所作的《證道歌》，原文見《大正藏》第四十八册，文長不錄。《新豐》：指唐代曹洞宗創始人洞山良价禪師的《新豐吟》：『古路坦然誰措足，無人解唱還鄉曲。清風月下守株人，涼兔漸遙春草綠。天香襲兮絕芬馥，月色凝兮非照燭。行玄猶是涉崎嶇，體妙因茲背延促。殊不然兮何展縮，縱得然兮混泥玉。獬豸同欄辨者嗤，薰蕕共處須分鬱。長天月兮遍豁谷，不斷風兮偃松竹。我今到此得從容，吾師叱我相隨逐。新豐路兮峻仍皺，新豐洞兮湛然沃。登者登兮不動搖，游者游兮莫忽速。絕荆榛兮罷斫斸，飲馨香兮味清肅。負重登臨脫屣回，看他早是空擔鞠。來駕肩兮履芳躅，至澄心兮去凝目。亭堂雖有到人稀，林泉不長尋常木。道不鐫雕非曲潁，郢人進步何瞻矚。工夫不到不方圓，言語不通非眷屬。事不然兮詎冥旭，我不然兮何斷續。殷勤為報道中人，若戀玄關即拘束。』

〔七〕安國寶：不詳。

〔八〕思烈：完顏思烈，幼年入宮任奉御，得寵倖，天興元年（一二三二），權參知政事，行省於鄧州。奉召會武仙軍入援汴京，大敗於京水。十月，領十餘萬軍民入洛陽，行省事於洛陽。次年三月，蒙古軍自汴京送其子於城下，誘其投降，不從，病死。《金史》卷一百十一有傳。

〔九〕城陷：據《金史》卷一百十一《强伸傳》，洛陽城陷於天興二年（一二三三）六月。

〔一〇〕王升卿：生平失考。房皞有《送王升卿》、《次前韻寄王升卿》。

無事道人董文甫

文甫字國華，潞人〔一〕，承安中進士〔二〕。為人淳質，恬於世味，於心學有所得，人知尊敬之，而不知其所以得也。子安仁，亦學道〔三〕。父子嘗閑居寶豐〔四〕，閉戶不出，以習靜為業，朝夕不繼，晏如也。國華歷金昌府判官、禮部員外郎、昌武軍節度副使〔五〕。正大中，以公事至杞縣〔六〕，自知死期，作書與家人及同官，又作詩貽杞縣令佐，詩畢，擲筆於地，以扇障面而逝〔七〕。有《和太白山明和尚牧牛圖詩》〔八〕，刻石於洛陽，其引云：『夫人有等差，教分頓漸，上根之人，一聞千悟，不落階級；中智而下，必由漸進，此人牛次第，不得不立。心性動靜，微妙有無，學者所宜諦觀也。以人牧牛，是動而有制，從有以觀其徼者也，進進而不已，則漸至於回首、馴服，從無以觀其妙者也。有入於無，徼及於妙，固善矣，又不如靜而無礙之為愈也。靜而無礙，又不如兩忘、雙泯之入神也。若夫人牛兩忘，明月獨照，恍然俱失所在，當是時也，吾將離形去智，神亦無功，同於大通，與道為一，則向之人牛，亦筌蹄中一微塵耳。吾儒所謂盡心盡性者，無外於是。因借明和尚韻，再下一轉語〔九〕，會心者必能知之。』詩不錄。

【注釋】

〔一〕潞：潞州，今山西長治。

〔二〕承安中進士：指承安二年（一一九七）或承安五年。

〔三〕董安仁：生平無考。

〔四〕寶豐：今河南寶豐。

〔五〕金昌府：即河南府。昌武軍：南京路許州置昌武軍節度使。

〔六〕杞縣：今河南杞縣。

〔七〕『自知死期』六句：《續夷堅志》卷一《董國華》所載與上文略同。

〔八〕太白山明和尚：指宋僧普明。普明作有《牧牛圖頌》十首。萬松行秀禪師（一一六六—一二四六）《請益錄》有《太白山普明禪師頌牧牛圖十章》。《牧牛圖頌》叙寫一頭黑牛逐漸變成白牛的過程，先從頭角，然後牛身，最後尾巴。所繪之牛由黑變白，分成未牧、初調、受制、回首、馴伏、無礙、任運、相忘、獨照、雙泯十個階段。

〔九〕轉語：禪宗機鋒往來的關鍵處，稱『玄關』，以片言隻語，撥轉對方的心機，使之衝破『玄關』，謂之『轉語』。

隱德

薛繼先

繼先字曼卿，猗氏人〔一〕，少日三赴廷試。南渡後，隱居洛西山中，課童子學，事母孝。與人交，謙遜和雅，所居人化之。子純孝，字方叔，有父風〔二〕。客有詐為曼卿書，就方叔取物者。曼卿年已老，狀貌如少壯人，客不知其為曼卿，而以為方叔也，而與之書。曼卿如書所取物付之，雖其家人亦不以語之也。監察御史石玠子堅〔三〕，行部過曼卿〔四〕，曼卿避不之見。或言：『君何無鄉曲情耶？』〔五〕曼卿曰：『君未之思耳。凡今時政，未必皆善。石御史一有所劾，則必謂自我發之。同惡相庇，他日並鄰里有受禍者。』其畏慎類此。正大末，司農卿楊慥叔玉、丞康錫伯祿〔六〕，薦曼卿與汴人高仲振、武陟宋可、武清張潛、磁陽曹珏、大名王汝梅隱操不減古人〔七〕，朝廷議授以官，以兵亂不果。曼卿喜作詩，工於賦物，如《松化石》云：『瘦見千年傲霜骨，煉成一片補天心。』時人稱焉。壬辰之亂，病沒于宜陽〔八〕。

仲振字正之，系出遼東，其兄領開封鎮兵。正之幼就舉選，年四十後，即以家業付其兄，挈妻子居嵩山。於書無不讀，而以《易》、《皇極書》為業〔九〕。安貧樂道，不入城市，山野小人亦知敬之。王汝梅、張潛從之學，三人行山谷間，人望正之風袖翩然，如欲仙而未舉也。張、王說正之嘗遇異人，教之養生，呼吸吐納，日以為常。靈氣時至，安坐不動，而骨節戛戛有聲，恍惚中時與真靈接對，所談皆世外事。既不以語人，故無得而傳。

潛字仲升，有志節，慕荆軻、聶政之為人。三十歲後，乃折節讀書，太學諸人，高其行義，有『張古人』之目。客嵩山，從正之學《易》，五十歲始娶妻。妻魯山孫氏，亦有賢行，夫婦相敬如賓，負薪拾穗，行歌自得。大用與之同業〔一〇〕，而生理優贍，憐高、張之貧，時有饋餉，皆謝不受。鄉里為仲升斸瓜田，瓜熟，仲升約中分之，以償其勤。衆不忍，但小摘而去，仲升亦棄瓜不收。衆如約，然後取食之。嘗行道中，拾得一斧，夫婦計度移時，乃持歸，就訪其主歸之。所居寺莊，有兄弟分財致諍者，其弟指仲升所居曰：『我家如此，獨不畏張先生笑人耶！』天興之兵，避於少室絕頂〔一一〕。時世已亂，寇敚暴横〔一二〕，無復人理。仲升不甘與之處，閉口不食，七日而死，婦隨亦投絕澗中。

汝梅字大用，律學出身，伊陽簿〔一三〕，秩滿遂不出。性嗜讀書，動有禮法，生徒以法理就學者，兼以經學授之，後生輩服其教，無敢為非義者。

可字予之，貞祐之兵，其姑嫁大姓稾氏〔一四〕，夫與子皆兵死，而貲產獨在，姑以白金五十笏遺予之〔一五〕，予之受不辭。一日，姑得稾之疏屬立為後，挈之省外家〔一六〕。予之置酒會鄉鄰，且謂姑言：『姑往時遺可以金，可以稾氏無子，故受之。姑今有子矣，此金稾氏物，非姑物也，我何名取之？』因呼妻子舁金出〔一七〕，歸之稾氏，鄉里用是重之。大兵再駐山陽〔一八〕，軍中有聞予之之名者，問知所在，質其子，使人招之曰：『肯從我者，禍福與公共之。不然，公之子死矣！』親舊競勸之往，予之不從，曰：『吾有子無子，與吾兒之死與生，皆有命焉。豈以一子故，並平生所守者而亡之乎？』其後予之竟以無子死。

珏字子玉，早歲有賦聲，誠實樂易，世俗機械事，皆所不知。喜賓客，款於接物，無書生氣習。從之游者，樂之而不厭也。

六人者，喪亂後，惟子玉居弘州〔一九〕，十二年乃終〔二〇〕。（以上《中州集》卷九）

【校記】

大兵：疑為『北兵』之誤。《金史》卷一二七《宋可傳》作『北兵』。

【注釋】

〔一〕猗氏：今山西臨猗縣。

〔二〕薛純孝：生平失考。

〔三〕石玠：據《金史》卷一一八：『玠字子堅，河中人，崇慶二年（一二一三）進士，以汝州防禦使行侍郎。』

〔四〕行部：巡行所屬部域，以考核其政績。

〔五〕鄉曲情：薛繼先與石玠同是河中人。

〔六〕楊慥叔玉：楊慥字叔玉，參《中州集》卷九《楊戶部慥》。康錫伯祿：康錫字伯祿，參見《中州集》卷八《康司農錫》。

〔七〕武陟：今河南武陟。武清：今天津武清西北。磁陽：今河北磁縣。大名：今河北大名。

〔八〕壬辰之亂：指天興元年（一二三二）蒙古侵金之事。宜陽：今河南宜陽。

〔九〕《皇極書》：指邵雍的易學著作《皇極經世》。

〔一〇〕大用：指王汝梅，參下文。

〔一一〕少室：嵩山山峰之一。

〔一二〕寇敓：搶奪財物。敓，通『奪』。

〔一三〕伊陽：今河南嵩縣。
〔一四〕稾氏：非大姓，疑誤。
〔一五〕笏：金銀的計算單位。鑄金銀成笏形，一枚為一笏。
〔一六〕疏屬：遠房親戚。後：後代。外家：娘家。
〔一七〕舁：抬。
〔一八〕大兵：指蒙古兵。山陽：《金史》卷二十六《地理志下》：『興定四年，以修武縣重泉村為山陽縣，隸輝州。』治在今河南修武縣東北。
〔一九〕弘州：今河北陽原。
〔二〇〕十二年乃終：曹珏生平，詳參《元好問全集》卷二十三《曹徵君墓表》。據該文，曹珏卒於元定宗元年（一二四六），享年七十四。此時距金亡為十二年。

三　知己

溪南詩老辛愿

愿字敬之，福昌人〔一〕。其大父自鳳翔來居縣西南女几山下〔二〕，以力田為業。敬之自號女几野人，年二十五，始知讀書，取《白氏諷諫集》自試，一日便能背誦。乃聚書環堵中讀之，

《書》至《伊訓》，《詩》至《河廣》〔三〕，頗若有所省，欲罷不能，因更致力焉。音義有不通者，搜訪百至，必通而後已，有一事闕十年者〔四〕。由是博極群書，於《三傳》為尤精〔五〕，至於內典〔六〕，亦稱該洽。杜詩韓筆，未嘗一日去其手。作文有綱目不亂，詩律深嚴，而有自得之趣。性野逸，不修威儀，貴人延客，敬之麻衣草屨，足脛赤露，坦然於其間，劇談豪飲，旁若無人。高獻臣為河南治中〔七〕，聞其名，引為上客。及獻臣為府尹所誣〔八〕，敬之亦被訊掠，幾預一網之禍。自是人以敬之之名為諱，絕不與交。不二三年，日事大狼狽，田五六十畝，歲入不足，一牛屢為追胥所奪〔九〕，竟賣之以為食。眾雛嗷嗷，張口待哺，雅負高氣，不能從俗俯仰。迫以饑凍，又不得不與世接，其枯槁憔悴，流離頓踣〔一〇〕，往往見之於詩。元光初，予與李欽叔在孟津〔一一〕，敬之自女几來，為之留數日。其行也，欽叔為設饌，備極豐腆，敬之放筯而歎曰：『平生飽食有數，每見吾二弟，必得美食。明日道路中，又當與老饑相抗去矣。』會有一日，辛老子僵仆柳泉、韓城之間〔一二〕，以天地為棺槨，日月為含襚〔一三〕，狐狸亦可，螻蟻亦可耳！』予二人為之惻然。

敬之佳句極多，如『自憐心似魯連子，人道面如裴晉公』〔一四〕、『萬事直須稱好好，百年端欲付休休』、『院靜寬留月，窗虛細度雲』、『浪翻魚出浦，花動鳥移枝』之類，恨不能悉記耳。《木栖》云：『吟窗醉幾秋風晚，只許幽人箇裏知。』《三鄉光武廟》云：『萬山青繞一川斜。』〔一五〕到其處知為工也。

予嘗論敬之，士之有所立，必藉國家教養，父兄淵源，師友講習，三者備而後可。喻如世之美婦，多出於膏腴甲族，薰醲含浸之下，閭閻間非無名色，一旦作公夫人，則舉步羞澀，曾大家婢不如，其理然也。故作新人材，言教育也；獨學無友，言講習也；生長見聞，言父兄也。至於傳記所載西子乃苧蘿山采薪氏之女，越君臣教之容止，七日而納之王，遂能惑夫差，傾吳國〔一六〕，豈常理也哉？敬之落落自拔，耿耿自信，百窮而不憫，百辱而不沮〔一七〕，任重道遠，若將死而後已者三十年，亦可謂難矣。

南渡以來，詩學為盛，後生輩一弄筆墨，岸然以風雅自名，高自標置，轉相販賣，少遭指擿〔一八〕，終死為敵。一時主文盟者，又皆泛愛多可，坐受愚弄，不為裁抑，且以激昂張大之語從臾之〔一九〕。至比為曹、劉、沈、謝者〔二〇〕，肩摩而踵接，李杜而下不論也。敬之業專而心通，敢以是非白黑自任，每讀劉、趙、雷、李、張、杜、王、麻諸人之詩〔二一〕，必為之探源委，發凡例，解絡脈，審音節，辨清濁，權輕重，片善不掩，微纇必指〔二二〕。如老吏斷獄，文峻網密，絲毫不相貸；如衲僧得正法眼〔二三〕，征詰開示，幾於截斷衆流。人有難之者，則曰：『我雖不解書，曉書莫如我。』故始則人怒之罵之，中而疑之，已而信服之。至論朋輩中，有公鑒而無姑息者，必以敬之為稱首。蓋不本於教育，不階於講習，不出於父兄，而卓然成就如此。然則若吾敬之者，真特立之士哉！劉景玄、趙宜之、雷希顏、李欽叔、張仲經、杜仲梁、王仲澤、麻知幾。

【校記】

含襚：原作『含襚』，據文意改。參注〔一三〕。

【注釋】

〔一〕福昌：治在今河南宜陽境內。

〔二〕大父：祖父。女几山：又名花果山，在河南宜陽境內。

〔三〕《伊訓》：《尚書》篇名。《河廣》：《詩經・衛風》篇名。

〔四〕闕：闕疑，無确解。

〔五〕《三傳》：指《春秋三傳》，即《春秋左氏傳》、《春秋公羊傳》、《春秋穀梁傳》。

〔六〕內典：指佛經。

〔七〕高獻臣：貞祐初任河南治中，參見《中州集》卷五《高治中庭玉》。

〔八〕為府尹所誣：參見《中州集》卷五《高治中庭玉》。

〔九〕追胥：追租的公差。

〔一〇〕頓踣：跌倒，指困頓挫折。

〔一一〕元光：金宣宗年號（一二二二—一二二三）。李欽叔：李獻能（一一九〇—一二三二），參見《中州集》卷六《李右司獻能》。孟津：今河南孟津。

〔一二〕柳泉：指河南宜陽縣柳泉鎮。韓城：指河南宜陽縣韓城鎮。

〔一三〕含襚：古代葬禮，以珠玉納死者口中曰『含』，以衣衾贈死者曰『襚』。

〔一四〕魯連子：魯仲連。裴晉公：裴度（七六五—八三九），字中立，河東聞喜（今山西聞喜）人。貞元五年（七八九）進士。憲宗元和時拜相，率兵討平淮西割據者吳元濟，封晉國公，世稱裴晉公。

〔一五〕光武：漢光武帝劉秀。光武廟：在今河南宜陽三鄉鎮。元好問《過三鄉望女几村追懷溪南詩老辛敬之二首（其二）》：「萬山青繞一川斜，好句真堪字字誇。」

〔一六〕西施事：參見《吳越春秋》卷五。

〔一七〕「百窮而不憫」二句：《孟子·公孫丑下》：「遺佚而不怨，阨窮而不憫。」

〔一八〕指擿：指責，指摘。

〔一九〕從臾：慫恿，奉承。

〔二〇〕曹、劉、沈、謝：曹植、劉楨、沈約、謝靈運。

〔二一〕劉、趙、雷、李、張、杜、王、麻：根據段末自注，分別指劉昂霄、趙元、雷淵、李獻能、張澄、杜仁傑、王渥、麻九疇。《中州集》皆有傳。

〔二二〕微纇：微小的瑕疵。

〔二三〕衲僧：和尚。正法眼：指禪宗嫡佛嫡祖於教外相傳之心印，即依徹見真理的智慧眼（正法眼），透見萬德秘藏之法（藏），亦即佛內心之悟境。

李講議汾

汾字長源，平晉人〔一〕，系出雁門〔二〕，曠達不羈，好以奇節自許。避亂入關，京兆尹子容愛其才〔三〕，招致門下。留二年，去之涇州，謁張公信甫〔四〕，一見即以上客禮之，自是遊道日廣，然關中無一人敢與相軒輊者。元光末，用薦書得從事史館〔五〕。舊例史院有監修，宰相為之；同修，翰長至直學士兼之〔六〕；編修官專纂述之事；若從事，則職名謂之書寫，特抄書小史耳。凡編修官得日錄，分受之，纂述既定，以藁授從事，從事錄潔本呈翰長。平居無事，則翰長及從事，或列坐飲酒賦詩，一預史事，則有官長、掾屬之別。長源素高亢，不肯一世，乃今以斗食故，人以府史畜之〔七〕，殊不自聊。高、張諸人〔八〕，率以新進入館，史家凡例，或未能盡知，就其所長，且不滿長源一笑。故刊修之際，長源在旁，則蓄縮慘沮〔九〕，握筆不能下。長源正襟危坐，讀太史公、左丘明一篇，或數百言，音吐洪暢，旁若無人。既畢，顧四坐，漫為一語云：『看！』秉筆諸人積不平，而雷、李尤所切齒〔一〇〕，乃以嫚罵官長，訟於有司。然時論亦有不直雷、李者，故證左相半，踰年不能決。右丞師公以傷風化為嫌〔一一〕，遣東曹掾置酒和解之〔一二〕，不得已乃罷。尋入關〔一三〕，明年驅數馬來京師，日以馬價佐歡，道逢怨家，則畫地大數而去〔一四〕。又明年，恒山公仙在鄧之西山〔一五〕，長源往說之，署行尚書省講議官。既而恒山與參知政事思烈相異同〔一六〕，頗謀自安，懼長源言論，欲除之，遁之泌陽，竟為所害〔一七〕。

長源孝友廉介，過人者甚多，寧寒餓而死，終不作寒乞聲向人，人亦以此愛之。平生以詩為專門之學，其所得為尤多，如『洛陽才子懷三策，長樂鐘聲又一年』〔一八〕、『清鏡功名兩行淚，浮雲親舊一囊錢』、『煙波蒼蒼孟津渡，旌旗歷歷河陽城』、『長河不洗中原恨，趙括元非上將才』、『三輔樓臺失歸燕，上林花木怨啼鵑。空餘一掬傷時淚，暗墮昭陵石馬前〔一九〕』。同輩作七言詩者皆不及也。

辛卯秋，遇予襄城〔二〇〕，杯酒間誦關中往來詩十數首，道其流離世故〔二一〕，妻子凋喪，道塗萬里，奔走狼狽之意。雖辭旨危苦，而耿耿自信者故在，鬱鬱不平者不能掩，清壯磊落，有幽並豪俠歌謠慷慨之氣。此詩兵火中散亡，今就其少作，予所能記憶者錄之。

【注釋】

〔一〕平晉：太原府屬縣，在今太原市南。

〔二〕雁門：在今山西代縣。雁門李氏：是歷史上的大姓。

〔三〕子容：其人不詳。

〔四〕涇州：今甘肅涇川。張公信甫：張行信，《中州集》卷九、《金史》卷一百七有傳。興定二年（一二一八），張行信出為彰化軍節度使，兼涇州管內觀察使。

〔五〕元光末：元光二年（一二二三）。《歸潛志》卷二：『元光間游梁，舉進士未中，能詩聲一日動京師，諸公辟為史院書寫。』

〔六〕翰長：翰林學士承旨。直學士：翰林直學士。

〔七〕斗食：微薄的俸祿。府史：管理財貨、文書、出納之類的小吏。

〔八〕高、張諸人：未詳所指。

〔九〕蓄縮慘沮：畏縮，憂傷，沮喪。

〔一〇〕雷、李：雷淵、李獻能。二人曾任翰林修撰。

〔一一〕右丞師公：師安石，據《金史》卷一百八《師安石傳》，師安石於正大四年（一二二七）進尚書右丞。

〔一二〕東曹掾：丞相幕府官員。

〔一三〕入關：西歸陝西岐陽（在今陝西扶風境内）。李庭有《送長源李弟西歸岐陽》。

〔一四〕大數：大罵。

〔一五〕恒山公仙：武仙，受封為恒山公，《金史》卷一一八有傳。鄧：鄧州，今河南鄧州。

〔一六〕參政思烈：完顏思烈，《金史》卷一百十一有傳。天興元年，武仙戰敗，汴京被圍，朝廷命完顏思烈與武仙入援，武仙不肯，為此與完顏思烈出現分歧。

〔一七〕泌陽：今河南泌陽。據《金史》卷十七《哀宗紀》，開興元年六月丁丑，武仙殺害李汾。《元好問全集》卷二十四《蘧然子墓碣銘》：『天下愛予者三人：李汾長源、辛愿敬之、李獻甫欽用。是三人者，皆有天下重名，然長源瘐死西山獄中。』

〔一八〕洛陽才子：指洛陽人賈誼。長樂：漢王朝宫殿。

〔一九〕昭陵：唐太宗李世民墓，在今陝西禮泉縣。《歸潛志》卷二引此詩，題作《再過長安》。

〔二〇〕辛卯：正大八年（一二三一）。襄城：今河南襄城。

〔二一〕世故：世事變故。

李戶部獻甫

獻甫字欽用，欽叔從弟也〔一〕，兄欽止、欽若〔二〕，皆中朝名勝，家故將種〔三〕，而同時四進士〔四〕，人門之秀，照映一時。欽用博通書傳，于左氏及地理之學為精。為人有幹局，心所到，則絕人遠甚，故時人有『精神滿腹』之目〔五〕。歷咸陽簿，辟行臺掾，屬正大初，夏人請和〔六〕，朝廷以馮子駿往議〔七〕，欽用預行。夏使有口辯，馮善人〔八〕，無以折之，往復之際，至以歲幣為言。欽用不能平，從旁進曰：『夏國與敝邑和好百年，今雖易君臣之名，而為兄弟之國，使兄而輸幣，寧有據耶？』曰：『兄弟且不論。宋日，曾與吾家二十五萬匹，典故具在，君獨不知耶？金朝必欲修舊好，非此例不可。』欽用作色曰：『使者尚忍言耶！宋以歲幣餌君家，而賜之姓，岸然以君父自居，夏國君臣無一悟者，誠謂使者當以為諱。乃今公言之，使者果能主此議，以從賜姓之例，敝邑雖歲捐五十萬，某請以身任之。』夏使語塞，和議乃定。使還，朝廷錄其功，授慶陽總帥府經歷官〔九〕。尋辟長安令，京兆行臺所在〔一〇〕，供須之繁，急於星火，欽用所以處之者，常若有餘，縣民賴之以安，入為尚書省掾。壬辰之兵，奏充行六部員外郎，守備之策，時相倚任之，以功遷鎮南軍節度副使〔一一〕，兼右警巡使。車駕東巡，死于蔡州之難，時年四十〔一二〕。所著詩書文號《天倪集》者，留京師，欽用死，其家亦破，非同年華陰王元禮購得之〔一三〕，幾有人琴俱亡之恨。然則文字言語之傳與否，亦有數存於其間耶。

【注釋】

〔一〕李欽叔：李獻能，參見《中州集》卷六《李右司獻能》。

〔二〕欽止：李獻甫長兄李獻卿，泰和三年（一二〇三）進士，仕至正議大夫、鹽部郎中。生平參《元好問全集》卷二十五《贊皇郡太君墓銘》。欽若：李獻甫次兄李獻誠，興定五年（一二二一）進士，曾任郟城令、陝縣令。

〔三〕家故將種：《歸潛志》卷二：『李獻能欽叔，河中人，先世以武功顯，仕至金吾衛上將軍，時號李金吾家。』

〔四〕同時四進士：《歸潛志》卷二：『從兄欽止獻卿先擢第，繼以卿叔，又繼以仲兄欽若獻誠、從弟欽用獻甫，故李氏有四桂堂。』

〔五〕精神滿腹：《晉書·溫嶠傳》：『深結錢鳳，為之聲譽，每曰：「錢世儀精神滿腹。」』

〔六〕夏人請和：據《金史》卷十七《哀宗紀》，事在正大二年（一二二五）。

〔七〕馮子駿：馮延登，參見《中州集》卷五《馮內翰延登》。

〔八〕馮善人：《中州集》卷五《馮內翰延登》：『子駿資稟淳雅，與人交，殊欵曲。』

〔九〕慶陽：今甘肅慶陽。

〔一〇〕行臺：指行御史臺。

〔一一〕鎮南軍：置於蔡州（今河南汝南）。

〔一二〕車駕東巡：指天興二年（一二三三）金哀宗出逃歸德之事。蔡州之難：天興三年蒙古兵攻陷蔡州，金哀宗自殺。《元好問全集》卷二十四《蘧然子墓碣銘》：『欽用從死淮西，時年未四十也。』以享年三十九歲計算，李獻甫生於承安元年（一一九六）。

〔一三〕王元禮：初名安仁，字元禮，華陰人。興定五年（一二二一）進士，官至同知裕州防禦使事。李庭《寓庵集》卷七有《金故朝請大夫同知裕州防禦使事王君墓誌銘》。

南冠五人

司馬侍郎朴

朴字文季，溫公之猶子〔一〕，宋兵部侍郎〔二〕，以奉使見留，居於祁陽〔三〕，授以官，託疾不拜〔四〕。遨遊王公之門，以壽終〔五〕。文季工書翰，有晉人筆意。興陵萬機之暇〔六〕，嘗購其遺墨學之。有《雪霽同韓公度登圓福寺閣和李效之》詩〔七〕，今略載於此：『積雪日出杲，雪飛梅已殘。朋遊要及時，閣鄰有遐觀。乘此蕪穢平，快覽天宇寬。霽色混銀界，曠望連江干。山如白毫相，滉瀁清揚端。一氣轉浩渺，萬里皆瀰漫。優哉賦梁苑，想像排廣寒。』此下不可讀，當俟善本考之。

【注釋】

〔一〕溫公：司馬光，因封溫國公，故名。猶子：姪子。

〔二〕宋兵部侍郎：司馬朴於靖康元年（一一二六）閏十一月，權右司郎中，為報謝使，使金營。十二月，遷兵部侍郎。

〔三〕以奉使見留：司馬朴於靖康二年正月出使金營，三月，被留。祁陽：或為祁州（今河北安國）。

〔四〕託疾不拜：據《建炎以來繫年要錄》卷一百二十一，紹興七年（一一三七），金廢偽齊，欲以司馬朴為汴京行臺尚書右丞，朴力辭而免。

〔五〕以壽終：《宋史》卷二九八《司馬朴傳》：『後卒於真定。訃聞，詔稱其忠節顯著，贈兵部尚書，謚曰忠潔。』

〔六〕興陵：金世宗，其墓號為興陵。

〔七〕韓公度：韓汝嘉，宰相韓昉之子，皇統二年（一一四二）進士，仕至翰林侍講學士。參見《中州集》卷八《韓內翰汝嘉》。圓福寺：在燕京。李效之：其人不詳。

滕奉使茂實

茂實字秀穎，姑蘇人〔一〕，初名裸，徽宗改賜焉。以太學正兼明堂司令，與樞密路允迪、翰林修撰宋彥通，奉使割三鎮〔二〕。太原尋奉密詔，據城不下〔三〕，國相怒，囚使人於雲中〔四〕。欽宗北遷，秀穎謁見，涕泣請從行〔五〕，主者不之許，放允迪、彦通南歸，茂實留雁門〔六〕，與兄宗正丞福字伯壽、淮南發運使褠共居〔七〕。久之，家人至自汴梁，秀穎往來并、代之間〔八〕，布衣終身。臨終，令黄幡裹尸而葬，仍大刻九字云：『宋使者東陽滕茂實墓。』〔九〕士大夫哀其忠，為之起墳於雁門，歲時致祭。

好問兒時，先大夫教誦秀穎《臨終》詩，然亦僅能記末章數語而已。庚子春〔一〇〕，自山東還鄉里，值鄉先生雁門李鍾秀挺〔一一〕，求秀穎詩文，鍾秀云：『喪亂以來，家所藏書，焚蕩都盡。避兵山中民家，偶於破箱中得秀穎詩一編，紙已敗爛，前序秀穎自作，可辨者百餘字，大略言能安於死生之分，而不能忘感慨不平之氣。又曰：「蘇屬國牧羊海上，而五言之作自此始，予敢援以為例。」〔一二〕後敘是筆吏林泉野老彦古彦古不著姓〔一三〕，年七十八，手録《三滕始末》，號東陽滕秀穎、鳳山、思遠記者〔一四〕，詩數百首，可讀者什六七。《臨終》一詩，缺三五字而已。非筆吏此集，則秀穎之事無以見於世。』予意先生名節凜然，不愧古人，其文字言語宜有神物護持，雖埋没之久，而光明發見，決有不可掩焉者。因備述於此，亦使彦古之名託之而不腐云。

褠字恐誤，當作裪，見南申高濟叔碑〔一五〕。

【校記】

初名祼：元吳師道《敬鄉録》卷四引《中州集》，『祼』作『果』。

【注釋】

〔一〕姑蘇：今江蘇蘇州。《宋史》卷四四九《滕茂實傳》作杭州臨安人。

〔二〕『與樞密路允迪』二句：《靖康要録》卷二：靖康元年（一一二六）二月十日，『簽書樞密院事路允迪與告知使、借右文殿修撰宋彦通、參議官借工部侍郎滕茂實館伴金人』。三鎮：指中山、河間、太原。

〔三〕奉密詔：《三朝北盟會編》卷四十三：靖康元年三月十六日，『詔河北三帥固守三鎮』。

〔四〕國相：指完顔宗翰。雲中：今山西大同。

〔五〕欽宗北遷：據《呻吟語》，靖康二年五月，宋欽宗經過代州（今山西代縣）。

〔六〕雁門：代州屬縣，治在代州（今山西代縣）。

〔七〕滕丞福：字伯壽，生平無考。淮南發運使裿：其人失考。本段末注曰：『裿字恐誤，當作祹。』疑是。祹疑是其兄滕祹。《宋史》卷四四九《滕茂實傳》稱此前，『時茂實兄絢通判代州，已先降金。粘罕素聞茂實名，乃遷之代州，又自京師取其弟華實同居，以慰其意。』

〔八〕往來并、代之間：據《南征録匯》，靖康元年冬，金人圍汴，移文索取滕茂實等人家屬。并：指并州，今山西太原。

〔九〕東陽：今浙江東陽。東陽，當是滕茂實郡望。

〔一〇〕庚子：一二四〇年。

〔一一〕李鍾秀：名挺，生平失考。

〔一二〕蘇屬國：蘇武。蘇武出使匈奴，歸漢後，被封典屬國。傳蘇武與李陵贈答，作有五言詩，見《文選》，後人疑為僞託之作。

〔一三〕林泉野老彦古：其人不詳。

〔一四〕《三滕始末》：疑是記録滕茂實三兄弟之事。鳳山、思遠：失考。

〔一五〕南申高濟叔碑：不詳。

通理何先生宏中

宏中字定遠，先世居雁門〔一〕。叔祖青，出武弁，任忻州兵馬使，因家焉〔二〕。祖行宣，西遊遇仙不返〔三〕。行宣之子子奇、子霖，政和中中武舉高科〔四〕。子奇秉義郎，武州宣寧尉〔五〕；子霖忠翊郎，守豐州安豐砦〔六〕，皆没王事。定遠，子奇子也，幼倜儻，儀觀秀整，雅以奇節自許。宣和末，方賊擾江浙〔七〕，定遠以太學武舉進士，陳破賊三策，徽宗褒諭，謂非近日言事者所可比，已而破賊如定遠策，遂知名。宣和元年，集英殿試策，中第二，調滑州韋城尉〔八〕。汴京被圍，州郡多避走，獨韋不下。兵退，統制武漢英奏辟〔九〕，欽宗御劄召赴軍前，以路塞不果。因請兵真定宣撫司，時副帥种師中兵已潰〔一〇〕，宣撫司檄定遠副漢英守銀冶路〔一一〕。既而太原破，西路無完城，定遠等提兵並山而東，將赴援京師。俄漢英戰死，定遠收合散亡，立山棚七十四所，號令所及，千里而遠。艱食數月〔一二〕，人不敢相食，詔以為武節大夫，河東河北兩路統制接應使。是後國朝兵日盛，所守唯銀冶一城而已。帥府募人生致定遠〔一三〕，天會五年二月〔一四〕，糧盡被擒。

大帥昭刺憐其忠〔一五〕，解縛，授以官，定遠投牒於地曰：『我常以此物誘人出死力，若輩乃欲以此嚇我耶？』帥嘉其不降屈，又問：『欲還鄉否？』定遠謀南奔，陽以願歸為言。會監送使臣有先與定遠相攻劫者訴之，因西京府君廟二年〔一六〕。帥一日召之，授以官，又不拜，使之充軍，亦不從，取家屬填城黃龍府〔一七〕，益偃蹇不行。帥怒，褫衣欲斬之〔一八〕，定遠欣然就戮曰：『得死所矣！』擁之行，已數十步，帥終不忍，召還，問：『爾授官不願，充軍又不行，填城又不行，斬又不懼，畢竟欲如何？』定遠徐曰：『生死在公，奚問為？』帥怒解，繫之西京獄，得州人保任者數十族〔一九〕，乃放歸，請為黃冠。時神霄宮廢，道士舊以徽宗為東華君〔二〇〕，將毀其像，定遠為起紫微殿，遷像事之。年六十三，正隆四年病歿〔二一〕。自號通理先生，所著《成真》、《通理》二集藏於家〔二二〕。州將傅慎微幾先贈詩云〔二三〕：『故人何定遠，造物不虛生。骨骼棱棱瘦，詩篇字字清。世皆尊道義，我獨見忠誠。尊酒分攜後，何時蓋復傾？』其餘與朱少章輩唱酬甚多〔二四〕，皆為所推重，載之墓碣之陰。

【校記】

宣和元年：疑是宣和六年（一一二四）之誤。因為：其一，據上文，宣和元年至二年，何宏中尚在太學。其二，據《宋史》卷二十二《徽宗紀》，宣和六年閏三月庚子，『御集英殿策進士』。

【注釋】

〔一〕雁門：今山西代縣。

〔二〕何青：生平無考。武弁：武官。忻州：今山西忻州。

〔三〕何行宣：生平無考。遇仙：當是出家為道。

〔四〕政和：宋徽宗年號（一一一一—一一一八）。

〔五〕武州：治在今山西五寨北。

〔六〕豐州：治在今山西河曲西。安豐砦：在今山西河曲境内。

〔七〕方賊：指方臘。據《宋史》卷四六八《方臘傳》，方臘義軍起於宣和二年十月，次年四月被平定。

〔八〕滑州：治在今河南浚縣南。韋城：北宋縣名，治在今河南長垣北。

〔九〕武漢英：生平不詳。

〔一〇〕种師中：字端孺（一〇五九—一一二六），洛陽人，种師道之弟。靖康元年守滑州，金人攻三鎮，率兵救援，迫金人退兵，留屯真定。知樞密院事許翰責其逗留，遂進軍壽陽之石坑，為金所襲。回師榆次，力爭而死。

〔一一〕銀冶：冶煉礦銀，銀礦。

〔一二〕艱食：糧食匱乏。

〔一三〕生致：活捉。

〔一四〕天會五年：一一二七年。

〔一五〕昭剌：其人不詳。

〔一六〕西京：今山西大同。

〔一七〕填城：指移民。黃龍府：治在今吉林農安。

〔一八〕褫衣：奪去衣服。

〔一九〕保任者：擔保之人。

〔二〇〕神霄宫：應是道教神霄派的道觀。

〔二一〕正隆四年：一一五九年。以享年六十三歲計，何宏中生於宋哲中紹聖四年（一〇九四）。

〔二二〕《成真》、《通理》：二集已佚。

〔二三〕傅慎微：字幾先，宋末登進士，累官河東路經制使。慎微率眾迎戰金兵，兵敗被俘。先後任陝西經略使、權同州節度使事、京兆、鄜延、環慶三路經濟使、同知京兆尹，權陝西諸路轉運使、改忻州刺史，累遷太常卿，除定武軍節度使，大定初，復為太常卿，遷禮部尚書。卒官，年七十六。《金史》卷一百二十八有傳。

〔二四〕朱少章：朱弁。參見下文。

醉軒姚先生孝錫

孝錫字仲純，豐縣人〔一〕，政和四年登科，調代州兵曹〔二〕。國朝兵入雁門，州將議以城降〔三〕，官屬恇怯，投死無所，仲純投床大鼾，略不以為意。帥府就注五臺簿〔四〕，未幾，移疾去，因家五臺。善治生，亭榭場圃，富於遊觀，賓客日盈其門，州境歲饑，出家所藏粟萬石賑貧乏，多所全濟，鄉人德之。中年之後，以家事付諸子，放浪山水間，詩酒自娱，醉軒其自號也。資稟簡重，喜怒不形於色。棄官時年二十九，至八十三乃終〔五〕，名士大夫，為詩以弔者數十人。

先生長於尺牘，所著《雞肋集》〔六〕，喪亂以來，止存律詩五卷而已，今略載於此。《次冠卿韻》云〔七〕：『節物後先南北異，人情冷暖古今同。』《次趙獻之韻》云〔八〕：『紅纈退風花著子，綠鍼浮水稻抽秧。』《溪墅早春》云：『久客交情諳冷暖，衰年病骨識陰晴。』《春日和德充》云〔九〕：『煙染綠絲迷別浦，雨催紅糝綴長條。』《新詩》云：『愁邊日晷偏疑短，夢裏江鄉未當歸』、『盤無兼味慚留客，夢厭多岐不到鄉。』《賦雪》云：『酒敵餘威翻索莫，詩含幽思倍清新。』《雨》云：『岸漲魚吹沫，山空石轉雷。』《雪》云：『舞風初學絮，帶雨不成花。』《峰山寺》云：『谷虛繁地籟，境寂散天香。雲生古木千章秀，山抱晴川一掌平。』《懷士會》云：『詩忙疏酒盞，俸薄減廚煙。』《感懷》云：『玄晏暮年常抱病，子山終日苦思歸。』〔一〇〕古詩尤有高趣，恨不復見之矣。挽詞今載於此：掌飲令胥持國云〔一一〕：『山東夫子老河東，誰與先生臭味同？早歲遽辭名宦裏，百年常樂聖賢中。醉軒風月千秋恨，蝸室樽罍一夢空。白玉樓成人不見，空餘鄉淚託東風。』司經劉迎云〔一二〕：『百年陸陸變蒼茫，曉向山林得老蒼。孤幹鬱生陳柏樹，故基歸立魯靈光。謀生有道田園樂，閱世無心壽命長。何日車聲過通德，拜公一炷影前香。』高平李仲略云〔一三〕：『蚤歲才猷著，崎嶇步世艱。非嫌食周粟，甘學抱吳關。高義追東漢，移文謝北山。孤風激貪懦，凜凜莫容攀。』平水毛麾云〔一四〕：『蓋世清芬五十年，直疑湖海水雲仙。不矜江夏無雙譽，便造南華第一篇。松菊就荒堪笑晚，尊罏託興果誰賢？佳城鬱鬱高名在，應與臺山萬古傳。』西京都轉運使丹元子田彥皋云〔一五〕：『琳琅風月三千首，遊戲塵凡八十秋。三徑尚存元亮菊，五湖空負子皮舟〔一六〕。』王元老云〔一七〕：『夫子人之傑，魁終道最純。鄉閭連沛邑，族系出虞賓。清節冰壺瑩，孤標玉樹新。妙齡探桂窟，雅志傲蒲輪。事業傳衣鉢，風流表搢紳。斗南惟此老，月旦復誰人？忍死哭亡社，偷安笑具臣。斯文雖未喪，吾道竟難伸。彭澤不書宋，東陵無負秦。直從强健日，收得自由身。把臂言猶在，回頭跡已陳。發書占賈鵬，絶筆感商麟。去矣騎箕尾，嗟哉厄已辰。終天從此别，窮壤向誰親。墮槨逢王果，留燈待沈彬。彭殤俱逝水，丘跖共荒榛。書帶緣新壟，笛聲起舊鄰。絶弦雙墮淚，撫劍一傷神。冢樹悲長夜，山花作好春。龜趺平木杪，誰為寫光塵？』承旨党世傑云〔一八〕：『望西山以馳吊兮，其下維德人；抱明月以蟠盤兮，寧終屈而不伸；天昏廓以西闢兮，群飛紛其上翥；將搏挐以並征兮，惜衡風之落羽。蘭為佩兮桂為帷，誰招余者兮余從與歸。青雲豈難振跡兮？顧犍結之不素；玄豹自媢其文兮，亦何嫌於隱霧。詩書與友兮，琴尊與遊；適意自安兮，樂閑自休。出吾餘以研桑兮，猶足以比素封之侯；惟清閒為秘福兮，非有力能兼取。雖神仙猶可畏兮，曾莫樂於下土；數與數相乘除兮，常此奪而彼與；陋巖栖之下槩兮，心實往而跡藏；出非徼而處非隱兮，吾獨蹈古人之所常；隨時委順以終老兮，噫先生為不亡。』

【注釋】

〔一〕豐縣：今江蘇豐縣。王寂《拙軒集》卷六《姚君哀詞》稱安豐人。安豐：今安徽壽縣。

〔二〕政和四年：一一一四年。當誤，該年姚孝錫僅十七歲。王寂《拙軒集》卷六《姚君哀詞》、周密《齊東野語》卷十一皆作宣和六年（一一二四）及第，可從。代州：今山西代縣。

〔三〕州將議以城降：據《三朝北盟會編》卷二十三引《金虜節要》：『代州三日失守，守臣李嗣本率吏民請命於賊。』時在天會四年（一一二六）。

〔四〕五臺：今山西五臺。

〔五〕八十三乃終：王寂《拙軒集》卷六《姚君哀詞》：『大定辛丑（一一八一）八月以疾終，春秋八十有三。』

據此，姚孝錫生於宋元符二年（一〇九九）。二十九歲棄官，時在天會五年（一一二七）。

〔六〕《雞肋集》：已佚。

〔七〕冠卿：成冠卿，其人失考。姚孝錫有《和成冠卿見寄》詩。

〔八〕趙獻之：或是趙可，字獻之，高平人，貞元二年（一一五四）進士。參見《中州集》卷二《趙内翰可》。

〔九〕德充：其人不詳。

〔一〇〕玄晏先生：皇甫謐自號玄晏先生。子山：庾信之字。

〔一一〕胥持國：字秉鈞，代州繁畤（今山西繁峙）人，經童出身。世宗時，除博野縣丞，授太子司倉轉掌飲令。《金史》卷一百二十九有傳。

〔一二〕劉迎：字無黨，大定十三年（一一七三）進士及第，曾任太子司經。參見《中州集》卷三《劉記室迎》。

〔一三〕高平：今山西高平。李仲略：李晏，參見《中州集》卷二《李承旨晏》。

〔一四〕平水：今山西臨汾。毛麾：參見《中州集》卷七《毛宮教麾》。

〔一五〕田彥皋：生平不詳。丹元子當是其號。據《金史》卷八《世宗紀下》，田彥皋曾於大定二十七年（一一八七）九月，以河中尹為賀宋生日使，次年十一月，再以河中尹為賀宋正旦使。

〔一六〕子皮：范蠡。

〔一七〕王元老：王寂，參見《中州集》卷二《王都運寂》。

〔一八〕党世傑：指党懷英，仕至翰林學士承旨。參見《中州集》卷三《承旨党公》。

朱奉使弁

弁字少章〔一〕，宋吉州團練使〔二〕。天會六年，以通問見留〔三〕，命以官，託目疾固辭，猝然以錐刺之，而不為瞬，用是得歸〔四〕。凡居雲朔二十年〔五〕，自號觀如居士。有《曲洧》、《風月堂詩話》行於世〔六〕。

【注釋】

〔一〕弁字少章：據《宋史》卷三七三《朱弁傳》，朱弁為徽州婺源人。

〔二〕吉州：今江西吉安。《宋史》卷三七三《朱弁傳》：『靖康之亂家碎於賊，弁南歸。建炎初議遣使問安兩宮，弁奮身自獻。詔補修武郎、借吉州團練使為通問副使。』

〔三〕天會六年：一一二八年。據《建炎以來繫年要錄》卷十、《宋史·高宗紀》，王倫、朱弁等人於建炎元年（一一二七）十一月使金。

〔四〕託目疾固辭：朱熹《奉使直秘閣朱公行狀》載其拒絕出仕偽齊之事。朱弁於皇統三年（一一四三）回南宋。

〔五〕雲朔：今山西大同。二十年：為約數，實際時間為十五年。

〔六〕《曲洧》：指《曲洧舊聞》，三卷，現存。《風月堂詩話》：二卷，現存。

附見

藼然子趙滋

滋字濟甫，本出馮翊〔一〕，其祖貞元間來為南京漕司戶籍判官，卒官下，妻子不能歸，遂為汴人。濟甫少日出閭里間，其曉音律、善談笑，得之宣政故家遺俗者為多〔二〕。及長，厭於遊蕩，乃更折節取古人書讀之，學書、學畫、學詩、學論文，立志既堅，力到便有所得。為人强記默識，不遺微隱，唐以來名人詩文，往往成誦如目前。考論文義，解析絡脈，殆若夙昔在文字間者。畫入能品，詩學亦有功，如《黄石廟》等作〔三〕，今代秉筆者，或亦未可輕議。閑閑趙公書法〔四〕，為今代第一手，學者多仿之，但得其形似而已，濟甫筆勢飛動，頗得公不傳之妙。宗室胙公〔五〕，文采風流，照映一時，而濟甫以布衣從之游，商略法書名畫，胙公亦以真賞稱焉。隆德太一故宮〔六〕，樓觀臺沼，門戶道路，花木水石，悉能歷數之，聽者曉然，如親到其處。至於宋名賢所居第宅坊曲，與其家行輩群從，孫息姻婭，排比前後，雖生長鄰里者，不加詳也。嘗過長清一禪寺與僧談，僧言五派傳授圖大不易作〔七〕，濟甫笑曰：『易與耳！』因索筆作圖坐中，他日以舊本證之，不毫末差也。丁酉歲歿于東平，時年五十九〔八〕。

【注釋】

〔一〕馮翊：今陝西大荔。

〔二〕宣政：北宋末年號政和、宣和的並稱。故家：仕宦人家。

〔三〕《黄石廟》：見《中州集》卷十：『狂豪擊車代無人，神石一砭志乃信。吹噓風雲遮楚秦，炎精熾然四百春。一縮尚吝續後塵，江山有待終此身。望望久愁横目民，朝陽淒淒霜未休。江燕竟來江北遊，山回鼎移海横流。天風何時清九州，草泥自古跧王侯。神棄不恤誰當羞，割牲釃酒空千秋。』

〔四〕閑閑趙公：指趙秉文。

〔五〕胙公：完顔璹。參見《中州集》卷五《密國公璹》。

〔六〕隆德太一故宫：《元好問全集》卷二十四《蘧然子墓碣銘》作『東京大内隆德太一故宫』，隆德太一故宫，即龍德太一宫，又稱北太一宫。建成於政和八年，位於徽宗潛邸，在龍德宫之後，故名。

〔七〕長清：今山東長清。五派：禪宗五派，即曹洞、臨濟、雲門、溈仰、法眼。

〔八〕丁酉：一二三七年。以享年五十九歲計，趙滋生於大定十九年（一一七九）。

先大夫詩

鄉先生權參知政事、代郡楊公叔玉撰先人墓銘〔一〕，今略載於此：

先生姓元氏，字德明，秀容人〔二〕，唐禮部侍郎次山之後〔三〕。自幼讀書，世俗鄙事，終其身不掛口。爲人誠實樂易，洞見肺腑，雖童子以言欺之，亦以爲誠然也。先大夫歿，遺産無幾。先生布衣蔬食，處之自若，家人不敢以生理累之，僮奴有竊拾東家之棗者，立命還之。貧人負債，則往往令折券以貸之也。累舉不第，放浪山水間，未嘗一日不飲酒賦詩。春秋四十有八，終於家〔四〕。先生作詩，不事雕飾，清美圓熟，無山林枯槁之氣。居東山福田精舍〔五〕，首尾十五年，東巖其自號也，有集三卷，藏於家〔六〕。銘曰：『貪夫徇財，智士死名；宇宙古今，萬轍混並。我機弗張，我戶弗扃；天宇泰然，物莫敢攖。飲芳食菲，巖岫杳冥；玉佩瓊琚，御風泠泠。魯山之醇，次山之清〔七〕；閲世幾傳，猶有典刑。邈哉先生！』

明昌、承安間，科舉之學盛，大夫士非賦不談，人知先人有聲場屋間，其以詩文爲業，則不知也。先人捐館後十年，好問避兵南渡〔八〕，遊道日廣，世始知有元東巖之詩。楊尚書之美云〔九〕：『彼美元夫子，學道知觀瀾。孔孟澤有餘，曾顔膏未殘〔一〇〕。』林觀察顯卿云〔一一〕：『文章變古名新體，孝弟傳家守舊規。』雷内翰希顔云〔一二〕：『詩句妙九州，孝友化一川。』王右司仲澤云〔一三〕：『讀書楓樹林，曳杖白石灣。至今文彩餘，虎子仍斑斑。』李長源云〔一四〕：『衣冠巢許自高雅，巖壑夔龍非棄捐。』餘人不能悉記。家集亂離以來，凡三失之，今所存者，特吾益之兄及門生輩所記憶者耳〔一五〕。

小子不肖，暗於事機，不能高蹈遠引，戀嫪升斗〔一六〕，徼倖萬一，以取縶維之禍〔一七〕，殘息奄奄，朝夕待盡，誠懼微言將絶，謹以古律詩四十首，附之《中州集》之癸册。庶幾來者知百餘年間，作詩如先人，而人或未之見。其餘抱一概之操〔一八〕，泯泯默默，終老而無聞者，豈勝計哉，是又可感歎也！

【注釋】

〔一〕楊叔玉：楊慥，代州五臺人，承安五年（一二〇〇）進士，天興元年（一二三二）三月，權參知政事，次年卒。參見《中州集》卷九《楊戶部慥》。

〔二〕秀容：今山西忻州。

〔三〕次山：元結，字次山，先世本鮮卑拓拔氏，北魏孝文帝時改姓元。其先居太原，後遷居魯山（今屬河南）。天寶十二年（七五三）進士，歷任山南道節度使、道州刺史等職。卒後贈禮部侍郎。

〔四〕終於家：據下文「先人捐館後十年，好問避兵南渡」之語，元德明約於泰和六年（一二〇六）去世。

〔五〕東山：又名繫舟山，在忻州東南方，故名。因元德明讀書於此，又稱元子讀書山。福田精舍：福田寺，又稱東巖寺。

〔六〕有集三卷：元德明詩集，或作《東巖集》。

〔七〕魯山：元德明（六九五—七五四），字紫芝，河南（今洛陽）人，世居太原，曾任魯山令。世稱元魯山。

〔八〕避兵南渡：時在貞祐四年（一二一六）。

〔九〕楊之美：楊雲翼，仕至吏部尚書。參見《中州集》卷四《禮部楊公雲翼》。

〔一〇〕曾顏：指孔子弟子曾參、顏回。

〔一一〕林顯卿：其人失考。

〔一二〕雷內翰希顏：雷淵，仕至翰林修撰，參見《中州集》卷六《雷御史淵》。
〔一三〕王右司仲澤：王渥，仕至權右司郎中，參見《中州集》卷六《王右司渥》。
〔一四〕李長源：李汾，參見《中州集》卷十《李講議汾》。
〔一五〕益之：元好謙，元好問長兄，元好問有《懷益之兄》詩。
〔一六〕戀嫪：留戀不舍。升斗：指俸禄。
〔一七〕縶維：拴馬的繩索，引申指束縛。縶維之禍：當指羈押聊城之事。
〔一八〕一概：一方面。

敏之兄詩

敏之諱好古，性識穎悟，讀書能强記，務為無所不窺。年二十就科舉，時先東巖君已捐館，太夫人年在喜懼〔一〕，望其立門戶為甚切。及再上不中，意殊不自聊，又娶婦不諧〔二〕，日致惡語，遂以狷介得疾。嘗作《望月》詩，有『莫怪更深仍坐待，密雲或有暫開時』之句，人或言詩境不開廣，非佳語也，歎曰：『吾得年不永，境趣能開廣否？』〔三〕未幾，沒於北兵之禍，年三十一〔四〕。（以上《中州集》卷十）

【注釋】

〔一〕太夫人：指其母王氏。年在喜懼：年齡較大。《論語·里仁》：『子曰：「父母之年，不可不知也，一則以喜，一則以懼。」』

〔二〕娶婦不諧：指夫妻不和。

〔三〕嘗作《望月》詩：《續夷堅志》卷一《敏之兄詩讖》：『敏之兄貞祐元年癸酉中秋日，約與王元卿、田德秀、田獻卿輩宴集，而其夜陰晦，罷。敏之有詩云：「佳辰無物慰相思，先賞空吟昨夜詩。莫倦更深仍坐待，密雲還有暫開時。」王、田戲曰：「詩境不開廓，君才盡耶？」敏之歎曰：「我得年僅三十，境界得開廓否？」明年，遭城陷之禍，年僅三十二。』元好問《敏之兄墓銘》略同。

〔四〕北兵之禍：指貞祐二年（一二一四）蒙古兵攻陷忻州，屠殺十餘萬人。元敏之卒時年齡，《續夷堅志》卷一《敏之兄詩讖》作三十二歲，元好問《敏之兄墓銘》作二十九歲。似以二十九歲為是。

附《中州樂府》小傳

宗室文卿

從郁字文卿，本名與瑀，字子玉，衛紹王改賜焉〔一〕。父金紫公〔二〕，有《中庸集》。文卿以父任充符寶〔三〕，章宗試一日百篇，賜第。朝廷經略西蜀，宗室綱遣太尉中孚之子公輔，說吳曦稱藩〔四〕，文卿私謂梁經父言〔五〕：『誘人以叛，豈有天下者所宜為？』其後蜀事竟不成〔六〕，識者稱焉。仕至安肅刺史〔七〕。

【校記】

吳犧：當是『吳曦』之誤。

【注釋】

〔一〕衛紹王：完顏永濟，泰和八年（一二〇八）即帝位，至寧元年（一二一三）被殺。貞祐四年（一二一六），追復衛王，謚紹。

〔二〕金紫公：失考。

〔三〕符寶：符寶郎，隸屬殿前都點檢司，掌御寶及金銀等牌。

〔四〕宗室綱：完顏綱，字正甫，本名元。累遷至尚書左丞。《金史》卷九十八有傳。太尉中孚：張中孚，天會八年（一一三〇），自宋降金，仕至參知政事、尚書左丞，封南陽郡王，貞元三年（一一五三）告老，加開府儀同三司，封崇王。《金史》卷七十九有傳。公輔：疑是張中孚之子張仔。《金史》卷九十八《完顏綱傳》：『綱遣前京兆府錄事張仔會吳曦於興州之置口，曦言歸心朝廷無他，張仔請以告身為報，曦盡出以付之，仍獻階州。』

〔五〕梁經父：梁持勝，參見《中州集》卷五《梁太常持勝》。

〔六〕蜀事不成：指吳曦被宋人安丙所殺之事。

〔七〕安肅：今河北徐水。

張太尉信甫

信甫名中孚，世為安定望族〔一〕，初以父任知寧、環、鎮戎三州〔二〕。天會中，宋亂，渭帥劉錡遁走〔三〕，諸將推信甫攝帥事，時左副元帥軍已次官池，信甫乃詣行營，約衣冠禮樂無變宋舊，則當送款，從之，即日事定，授鎮洮軍節度使，兼經原經略安撫使〔四〕，改陝西諸路節制使〔五〕。及地入於宋，信甫留臨安〔六〕。皇統中，理索北歸〔七〕，就拜行臺兵部尚書。天德二年〔八〕，參知政事。貞元初，新都城〔九〕，遷尚書左丞，以病乞身，出為濟南尹，改南京留守，未幾薨〔一〇〕。弟忠彥，字才甫，歸國授招撫使〔一一〕，世宗朝，終於吏部尚書〔一二〕。信甫昆弟天性友愛，起行陣間，而文雅俱有可稱。信甫自號長谷老人，才甫季弟某義谷〔一三〕，有《三谷集》傳於世〔一四〕。

【校記】

忠彥：《金史》卷七十九《張中彥傳》作『中彥』，當是。

【注釋】

〔一〕安定：指安定軍，治在今河北涇川縣北。

〔二〕初以父任知寧、環、鎮戎三州：《金史》卷七十九《張中孚傳》：『父達，仕宋至太師，封慶國公……宗翰圍太原，其父戰歿。』寧州：治在今甘肅寧縣。環州：治在今甘肅環縣。鎮戎州：治在今寧夏固原。

〔三〕渭：渭州，治在今甘肅平涼。劉錡：南宋將領，《宋史》卷三百六十六《劉錡傳》曰：『張浚宣撫陝西，一見奇其才，以為涇原經略使兼知渭州。浚合五路師潰於富平，慕洧以慶陽叛，攻環州。浚命錡救之，留別將守渭，自將救環。未幾，金攻渭，錡留李彥琪捍洧，親率精鋭還救渭，已無及，進退不可，乃走德順軍，彥琪遁歸渭，降金。』

〔四〕『時左』八句：《金史》卷七十九《張中孚傳》：『天會八年，睿宗以左副元帥次涇州，中孚率其將吏來降。睿宗以為鎮洮軍節度使知渭州，兼涇原路經略安撫使。』據此，左副元帥指完顏宗輔，金世宗之父，即金睿宗。官池，地名，其地不詳，或在涇州。

〔五〕改陝西諸路節制：《金史》卷七十九《張中孚傳》：『天眷初，為陝西諸路節制使知京兆府。』

〔六〕『地入於宋』二句：天眷二年（一一三九），金人以河南、陝西之地歸宋。《金史》卷七十九《張中孚傳》：『朝廷賜地江南，中孚遂入宋。』《三朝北盟會編》卷二百載，紹興十年三月，『永興軍路經略安撫使張中孚及其弟中彥來朝。張中孚、中彥自陝西來赴行在也，郭奕為之詩：「張中孚，張中彥，江南塞北都行遍。教我如何做列傳。」人皆傳道之』。

〔七〕理索北歸：據《金史》卷四《熙宗紀》，天眷三年，金人復取河南、陝西。《金史》卷七十九《張中孚傳》：『宗弼再定河南、陝西，移文宋人，使歸中孚。』《三朝盟會編》卷二百十二：紹興十二年（一一四二）九月，『張中孚加開府儀同三司，張中彥靖海軍節度使。金人索張中孚、中彥，秦檜還之，故加以官爵。』《宋史》卷三十《高宗紀》：『（紹興十二年）十一月辛亥，遣張中孚、中彥還金國。』

〔八〕天德二年：一一五〇年。

〔九〕貞元：完顏亮朝年號（一一五三—一一五六）。新都城：指營建燕京。

〔一〇〕未幾薨：《金史》卷七十九《張中孚傳》：『（貞元）三年，以疾告老，乃為濟南尹，加開府儀同三司，封宿王，移南京留守，又進封崇王。卒，年五十九，加贈鄧王。』卒時當在正隆元年（一一五六）前後。

〔一一〕授招撫使：《金史》卷九十七《張中彥傳》：『睿宗經略陝西，中彥降，除招撫使。』

〔一二〕終於吏部尚書：據《金史》卷九十七《張中彥傳》，世宗即位，召中彥入朝，『封宗國公，尋為吏部尚書』，逾年，除南京留守。後任真定尹等職。

〔一三〕季弟某義谷：據《金文最》卷八十七所載沈英《棲閒居士張中偉墓表》，才甫季弟為張中偉，字充甫，號義谷。

〔一四〕《三谷集》：當是中孚、中彥、中偉三兄弟合集，該集已佚。

王玄佐

賢佐一字玄佐，名澮，咸平人〔一〕。為人沉默寡欲，邃于易學，若有神授之，又通星曆、緯讖之學。明昌初，德行才能，召至京師，命以官，不拜。朝廷重其人，授信州教授〔二〕，未幾，自免去。再授博州教授〔三〕，郡守以下皆師尊之。一日，守酒客，適中使至〔四〕，中使漠然少年，重賢佐名，强之酒。守從旁救之曰：『王先生不茹葷酒，勿苦之也。』中使乃止。是夕，賢佐棄官遁歸鄉里。宣宗即位〔五〕，聞其名，議驛召之，以道梗不果。車駕南渡，人有自咸平來者，說賢佐年六十餘，起居如少壯人。宣宗重其人，常以字呼，遣王曼卿授遼東宣撫使，不拜〔六〕。又詔宰相以書招之云〔七〕：『阻奉仙標〔八〕，渴思道論，敬佇下風，瞻系何極！先生嘉遯林藪，脫屣浮榮，究大易之盈虛，洞玄象之終始。道尊德重，名動天朝，推其緒餘，足利天下。然君子之道，出處語默，何常之有？或拂衣而長往，或濡跡以捄時。故當其無事，則采薇山阿，餌木巖岫，固其宜矣。及多難之際，社稷傾危而不顧，蒼生倒懸而不解，其自為謀則善矣，仁人之心，固如是乎？某等猥以不才，謬膺重任，四郊多壘，各將誰孰？徒積慚汗，坐視何益？日夜以思，庶幾得明利害而外爵祿者，在天子左右，同濟太平。今聖上明發不寐，軫念元元〔九〕，屈己下賢，尊師重道。歎先生之絕識，仰先生之高風，雖黃帝尊廣成之道〔一〇〕，唐虞重潁陽之節〔一一〕，不是過也！先生懷寶遺世，如某輩之不肖，固在所棄，獨不念累世祖宗之基業，億兆生民之性命，忍忘之耶？昔商巖四老，定儲嗣而甦來；東山謝安，為蒼生而一起。今安危大計，非特定儲之勢也；强敵侵逼，又非東晉之時也；生民塗炭，亦已極矣！豈先生建策于明昌之初〔一二〕，獨無一言於貞祐之日乎？想先生幡然而改，惠然而來，審定大計，轉危為安，然後披蕙幌，拂雲扃，未為晚耳！敬聽車音，某雖不肖，請擁篲而先之。』書達，竟不至。遼東破時〔一三〕，年九十餘矣。

【校記】

守酒客：四部叢刊景元本《中州集》作『守澮客』。

足利天下：《滏水文集》卷十九《相府請王教授書》作『可利天下』。

各將誰執：《滏水文集》卷十九《相府請王教授書》作『咎將』。

日夜以思：《滏水文集》卷十九《相府請王教授書》無此四字。

潁陽：原作『穎陽』。茲改。

【注釋】

〔一〕咸平：府名，治在今遼寧開原。

〔二〕信州：治在今吉林長春西。

〔三〕博州：治在今山東聊城。

〔四〕中使：宮中派出的使者，多指宦官。

〔五〕宣宗即位：金宣宗即位於至寧元年（一二一三）。

〔六〕王曼卿：其人失考。《金史》卷十四《宣宗紀》：貞祐二年正月，『徵處士王澮，不至』。

〔七〕詔宰相以書招之：相府書信出自趙秉文之手，現存《滏水文集》卷十九，題作《相府請王教授書》。

〔八〕阻奉仙標：難以一睹您的風神。

〔九〕明發不寐：通宵未睡。《詩經·小雅·小宛》：『明發不寐，有懷二人。』軫念元元：擔憂百姓。

〔一〇〕廣成：廣成子，黃帝之師。

〔一一〕潁陽：指許由。許由隱居於潁陽。

〔一二〕建策：出謀獻策。

〔一三〕遼東破：指蒙古滅蒲鮮萬奴之事。貞祐三年（一二一五），蒲鮮萬奴叛金，據東京（今遼寧遼陽）自立，稱天王，國號大真。天興二年（一二三三），為蒙古軍所破。

折治中元禮

元禮字安上，世為麟、府經略使〔一〕。父定遠，僑居於忻〔二〕，遂占籍焉。明昌五年，兩科擢第〔三〕，學問該洽，為文有法度。仕至延安治中〔四〕，死於葭州之難〔五〕。坊州有詩云〔六〕：『籬落層層景，軒窗面面山。』至其處，知為工也。

【注釋】

〔一〕麟、府：麟州（治在今陝西神木北）和府州（治在今陝西府谷）。

〔二〕忻：忻州，今山西忻州。

〔三〕明昌五年：一一九四年。兩科擢第：指同時中詞賦、經義兩科進士。

〔四〕延安：府名，治在今陝西延安。

〔五〕葭州：治在今陝西佳縣。據《元史》卷一百十九《木華黎傳》，興定五年（一二二一）十月，蒙古攻陷葭州。

〔六〕坊州：治在今陝西黃陵。

引用書目（以書名拼音為序）

《八瓊室金石補正》，陸增祥撰，文物出版社一九八五年版
《白居易集箋校》，白居易著，朱金城箋校，上海古籍出版社一九八八年版
《北窗炙輠録》，施彦執撰，商務印書館一九三九年版
《北京圖書館藏歷代石刻拓本彙編》，北京圖書館金石組編，中州古籍出版社一九八九年版
《北齊書》，李百藥著，中華書局一九七二年版
《北堂書鈔》，虞世南編纂，文淵閣四庫全書本
《本事詩》，孟啓撰，董希平、程豔梅、王思静注，中華書局出版二〇一四年版
《碧雞漫志校正》，王灼著，岳珍校正，人民文學出版社二〇一五年版
《賓退録　卻掃編》，趙與旹、徐度撰，傅成、尚成校點，上海古籍出版社二〇一三年版
《磻溪集》，邱處機撰，正統道藏本
《補注杜詩》，黄希原本，黄鶴補注，文淵閣四庫全書本
《參寥子集》，釋道潛著，四部叢刊三編景宋本
《滄浪詩話校釋》，嚴羽撰，郭紹虞校釋，人民文學出版社一九六一年版
《晁具茨先生詩集》，晁沖之著，中華書局一九八五年版

《（成化）山西通志》，李侃修編，中華書局一九九八年版
《初白庵詩評》，查慎行撰，上海六藝書局石印本
《初學記》，徐堅等著，中華書局一九八一年版
《春秋經傳集解》，杜預集解，上海古籍出版社一九九八年版
《大正藏》，雍正敕修，河北佛教協會二〇〇七年版
《大智度論校勘》，龍樹菩薩著，鳩摩羅什譯，弘學校勘，社會科學文獻出版社二〇一四年版
《丹陽集》，葛勝仲著，文淵閣四庫全書本
《道家金石略》，陳垣編纂，文物出版社一九八八年版
《東都事略》，王稱著，文海出版社一九六七年版
《東萊呂紫微師友雜志》，呂本中撰，叢書集成初編本，中華書局一九八五年版
《東萊詩集》，呂本中著，四部叢刊續編景宋本
《東萊先生左氏博議》，呂祖謙，商務印書館一九五九年版
《東坡詩集注》，舊題王十朋著，文淵閣四庫全書本
《東坡易傳》，蘇軾撰，上海古籍出版社一九八九年版
《東坡志林　仇池筆記》，華東師範大學古籍研究所點校，華東師範大學出版社一九八三年版
《東軒筆錄》，魏泰撰，李裕民點校，中華書局一九九七年版
《東齋記事　春明退朝錄》，范鎮、宋敏求著，汝沛、誠剛點校，中華書局一九八〇年版

《杜牧集繫年校注》，杜牧著，吳在慶校注，中華書局二〇〇八年版
《杜詩詳注》，杜甫著，仇兆鼇注，中華書局一九七九年版
《二程遺書　二程外書》，程顥、程頤撰，二程門人編，上海古籍出版社一九九五年版
《法藏碎金錄》，晁迥著，文淵閣四庫全書本
《法言義疏》，楊雄著，汪榮寶義疏，陳仲夫點校，中華書局一九八七年版
《樊南文集》，李商隱著，上海古籍出版社一九八八年版
《范太史集》，范祖禹著，商務印書館影印四庫全書珍本初集一九三五年版
《范文正公集》，范仲淹著，國家圖書館出版社二〇〇六年版
《風月堂詩話》，朱弁著，陳新點校，中華書局一九八八年版
《浮溪集》，汪藻著，叢書集成初編本
《甫里先生文集》，陸龜蒙著，宋景昌等校點，河南大學出版社一九九六年版
《甘水仙源錄》，李道謙著，張宇初輯，商務印書館影印正統道藏一九二三年版
《高麗史》，鄭麟趾等著，孫曉等點校，西南師範大學出版社、人民出版社二〇一四年版
《庚子消夏記》，孫承澤撰，白雲波、古玉清點校，浙江人民美術出版社二〇一二年版
《公是集》，劉敞撰，叢書集成初編本
《攻媿集》，樓鑰著，叢書集成初編本
《古今論詩絕句》，宗廷輔撰，《宗月鋤先生遺著》本

《古今事文類聚》，祝穆編，文淵閣四庫全書本
《古文關鍵》，吕祖謙編著，叢書集成初編本
《管錐編》，錢鍾書著，中華書局二〇〇五年版
《（光緒）山西通志》，曾國荃等修，王軒、楊篤纂，江蘇廣陵古籍刻印社一九八九年版
《歸潛志》，劉祁撰，崔文印點校，中華書局一九八三年版
《歸田録》，歐陽修著，林青校注，三秦出版社二〇〇三年版
《龜山集》，楊時撰，商務印書館一九三六年版
《國語集解》，徐元誥撰，王樹民、沈長雲點校，中華書局二〇〇二年版
《還山遺稿》，楊奂著，魏崇武、褚玉晶校點，《楊奂集》本，吉林文史出版社二〇一〇年版
《海内十洲記》，東方朔撰，《博物志》（外七種），上海古籍出版二〇一二年版
《韓昌黎詩繫年集釋》，韓愈著，錢仲聯集釋，上海古籍出版社一九九四年版
《韓昌黎文集校注》，馬其昶校注，馬茂元整理，上海古籍出版社一九八七年版
《韓非子校注》，校注組撰寫，周勛初修訂，鳳凰出版社二〇〇九年版
《漢書》，班固著，中華書局一九六二年版
《翰苑群書》，洪遵輯，中華書局一九九一年版
《郝文忠公陵川文集》，郝經撰，秦雪清點校，山西人民出版社、山西古籍出版社二〇〇六年版
《河汾諸老詩集》，房祺編，張正義、劉達科校注，山西古籍出版社一九九六年版

《鴻慶居士集》，孫覿撰，文淵閣四庫全書本
《侯鯖録　墨客揮犀　續墨客揮犀》，趙令畤、彭乘輯撰，孔凡禮點校，中華書局二〇〇二年版
《後漢書》，范曄著，李賢等注，中華書局一九七三年版
《後山居士文集》，陳師道，上海古籍出版社一九八四年版
《後山詩話》，陳師道撰，何文煥輯《歷代詩話》本，中華書局二〇〇四年版
《滹南遺老集校注》，王若虚著，胡傳志、李定乾校注，遼海出版社二〇〇五年版
《花草稡編》，陳耀文輯，龍建國、楊月山點校，河北大學出版社二〇一〇年版
《華陽集》，王珪撰，叢書集成初編本
《淮海集箋注》，秦觀著，徐培均箋校，上海古籍出版社一九九四年版
《淮南鴻烈集解》，劉文典撰，中華書局一九八九年版
《皇極經世書》，邵雍撰，九州出版社二〇一二年版
《黄華集》，王庭筠著，遼海叢書本
《黄庭堅全集》，黄庭堅著，劉琳等點校，四川大學出版社二〇〇一年版
《黄庭堅詩集注》，黄庭堅著，任淵等注，劉尚榮校點，中華書局二〇〇三年版
《晦庵先生文集》，朱熹著，北京圖書館出版社二〇〇四年版
《家塾讀詩記》，呂祖謙撰，叢書集成初編本
《（嘉靖）山東通志》，陸釴等纂修，上海書店出版社一九九〇年版

《賈誼集校注》，賈誼著，王洲明、徐超校注，人民文學出版社一九九六年版
《稼軒詞編年箋注》，辛棄疾著，鄧廣銘箋注，上海古籍出版社一九九三年版
《建炎以來朝野雜記》，李心傳撰，徐規點校，中華書局二〇〇〇年版
《建炎以來繫年要錄》，李心傳撰，胡坤點校，中華書局二〇一三年版
《金代科舉》，薛瑞兆著，中國社會科學出版社二〇〇四年版
《金代文學家年譜》，王慶生著，鳳凰出版社二〇〇五年版
《金代文學研究》，胡傳志著，安徽大學出版社二〇〇〇年版
《金蓮仙史》，潘昶撰，上海古籍出版社一九九六年版
《金石萃編》，王昶編撰，中國書店一九八五年版
《金史》，脱脱等撰，中華書局一九七五年版
《金臺集》，迺賢撰，文淵閣四庫全書本
《金文最》，張金吾編，中華書局一九九〇年版
《錦繡萬花谷》，佚名輯，廣陵書社二〇〇八年版
《晉書》，房玄齡等撰，中華書局一九七四年版
《經典釋文》，陸德明著，張一弓注，上海古籍出版社二〇一三年版
《景德傳燈録譯注》，釋道原著，顧宏義注，上海書店出版社二〇一〇年版
《景文集》，宋祁撰，叢書集成初編本

《敬鄉錄》，吳師道編纂，文淵閣四庫全書本
《敬齋古今黈》，李冶撰，劉德權點校，中華書局一九九五年版
《靜修先生文集》，劉因撰，叢書集成初編本
《九家集注杜詩》，郭知達編，清武英殿聚珍版叢書本
《舊唐書》，劉昫等撰，中華書局一九七五年版
《潏水集》，李復撰，文淵閣四庫全書本
《郡齋讀書志校證》，晁公武撰，孫猛校證，上海古籍出版社二〇一一年版
《蘭泉老人遺集　楊晦叟集》，張建、楊庭秀撰，張鵬一輯，陝西文獻徵輯處，民國一二年版
《老子校釋》，朱謙之撰，中華書局一九八四年版
《樂府詩集》，郭茂倩編，中華書局一九七九年版
《冷齋夜話　梁溪漫志》，惠洪、費袞撰，李保民、金圓校點，上海古籍出版社二〇一二年版
《禮記正義》，鄭氏注，陸德明音義，孔穎達疏，十三經注疏本
《李商隱詩歌集解》，劉學鍇、余恕誠著，中華書局二〇〇四年版
《李商隱文編年校注》，劉學鍇、余恕誠著，中華書局二〇〇二年版
《李太白全集》，王琦注，中華書局一九七七年版
《歷代名畫記》，張彥遠撰，周曉薇校點，遼寧教育出版社二〇〇一年版
《遼代石刻文獻》，向南編，河北教育出版社一九九五年版

《遼東行部志》，王寂撰，張博泉注釋，黑龍江人民出版社一九八四年版
《遼史》，脱脱等撰，中華書局一九八三年版
《列女傳校注》，劉向撰，梁端校注，四部備要本
《列仙傳　神仙傳》，劉向、葛洪撰，上海古籍出版社一九九〇年版
《列仙傳校釋》，王叔岷撰，中華書局二〇〇七年版
《列子集釋》，楊伯峻撰，中華書局一九七九年版
《臨川先生文集》，王安石著，中華書局一九五九年版
《臨漢隱居詩話》，魏泰著，《歷代詩話》本，中華書局一九八一年版
《陵川集》，郝經撰，吳廣隆編審，馬甫平點校，山西古籍出版社二〇〇六年版
《劉賓客嘉話録校補及考證》，韋絢編，羅聯添校補，載其《唐代文學論集》，臺灣學生書局一九八九年版
《劉禹錫集》，劉禹錫著，卞孝萱校訂，中華書局一九九〇年版
《六臣注文選》，蕭統編，李善等注，中華書局二〇一二年版
《六研齋筆記　紫桃軒雜綴》，李日華著，郁震宏、李保陽等校，鳳凰出版社二〇一〇年版
《隆平集校證》，曾鞏撰，王瑞來校證，中華書局二〇一二年版
《陸贄集》，陸贄著，中華書局二〇〇六年版
《欒城集　欒城後集　欒城第三集》，蘇轍著，中華書局一九八九年版

《論語集注》，朱熹撰，齊魯書社一九九二年版
《論語注疏》，何晏注，宋邢昺疏，北京大學出版社一九九九年版
《呂氏春秋集釋》，許維遹著，北京市中國書店一九八五年版
《呂氏雜記　畫墁錄》，呂希哲、張舜民著，叢書集成初編本
《履齋示兒編》，孫奕撰，侯體健點校，中華書局二〇一四年版
《滿州金石志》，羅福頤著，藝文印書館一九七六年版
《毛詩正義》，《十三經注疏》本，中華書局一九八〇年版
《眉山唐先生文集》，唐庚撰，上海書店出版社一九八五年版
《梅溪先生文集》，王十朋著，上海書店出版社一九八九年版
《梅堯臣集編年校注》，梅堯臣著，朱東潤校注，上海古籍出版社一九八〇年版
《美芹十論譯注》，辛棄疾著，胡亞魁、楊靜譯注，中山大學出版社二〇一二年版
《捫虱新話》，陳善撰，叢書集成初編本
《孟子林廟歷代石刻集》，劉培桂編，齊魯書社二〇〇五年版
《孟子注疏》，趙岐注，孫奭疏，北京大學出版社一九九九年版
《夢溪筆談校證》，沈括著，胡道靜校證，上海古籍出版社一九八七年版
《澠水燕談錄》，王闢之著，中華書局一九八一年版
《明秀集注》，蔡松年著，魏道明注，石蓮龕匯刻九金人集本

《姚燧集》，姚燧著，查洪德、葉愛欣編校，人民文學出版社，二〇一一年版
《南齊書》，蕭子顯撰，中華書局一九七二年版
《南史》，李延壽撰，中華書局一九七五年版
《能改齋漫録》，吴曾撰，上海古籍出版社一九八四年版
《歐陽修全集》，歐陽修著，李逸安點校，中華書局二〇〇一年版
《佩韋齋輯聞　東齋記事　釋常談》，俞德鄰、無名氏撰，叢書集成初編本
《彭城集》，劉攽撰，叢書集成初編本
《皮子文藪》，皮日休著，蕭滌非整理，中華書局一九八一年版
《屏山集》，劉子翬撰，劉玶編，上海古籍出版社一九八七年版
《齊乘校釋》，于欽撰，劉敦厚等校譯，中華書局二〇一二年版
《齊東野語》，周密撰，張茂鵬點校，中華書局一九八三年版
《齊國劉豫録》，《大金國志校證》本，中華書局一九八六年版
《齊民要術》，賈思勰著，石聲漢校注，中華書局二〇〇九年版
《千頃堂書目》，黄虞稷撰，瞿鳳起、潘景鄭整理，上海古籍出版社二〇〇一年版
《（乾隆）江南通志》，趙弘恩監修，黄之雋等編纂，廣陵書社二〇一〇年版
《（乾隆）山東通志》，岳濬等監修，杜詔等編纂，文淵閣四庫全書本
《青崖集》，魏初著，四庫全書珍本初集

《清容居士集》，袁桷著，王頲校注，浙江古籍出版社二〇一五年版
《慶湖遺老詩集校注》，賀鑄著，王夢隱、張家順校注，河南大學出版社二〇〇八年版
《秋澗先生大全集》，王惲著，四部叢刊初編本
《臞翁詩評》，敖陶孫撰，《詩人玉屑》卷二引
《曲洧舊聞》，朱弁著，孔凡禮點校，中華書局二〇〇二年版
《全金元詞》，唐圭璋編，中華書局一九七九年版
《全遼金文》，閻鳳梧主編，山西古籍出版社二〇〇二年版
《全宋詞》，唐圭璋編，中華書局一九八五年版
《全宋詩》，傅璇琮等編，北京大學出版社一九九八年版
《全宋詩訂補》，陳新主編，大象出版社二〇〇五年版
《全宋文》，曾棗莊、劉琳主編，上海辭書出版社，安徽教育出版社二〇〇六年版
《全唐詩》，彭定求等編，中華書局一九六〇年版
《全唐詩補編　全唐詩續拾》，陳尚君輯校，中華書局一九九二年版
《全唐文》，董誥等編，中華書局一九八三年版
《容齋隨筆》，洪邁著，孔凡禮點校，中華書局二〇〇五版
《儒門事親》，張從正著，中國醫藥科技出版社二〇一一年版
《汝南遺事》，王鶚著，文淵閣四庫全書本

《入蜀記校注》，陸游著，蔣方校注，湖北人民出版社二〇〇四年版
《三朝北盟會編》，徐夢莘著，上海古籍出版社二〇〇八年版
《三國志》，陳壽撰，中華書局一九五九年版
《三蘇墳資料彙編》，郟縣檔案館編，河南大學出版社一九八六年版
《山堂肆考》，彭大翼著，文淵閣四庫全書本
《陝西通志》，劉于義監修，文淵閣四庫全書本
《尚書正義》，孔安國撰，孔穎達疏，北京大學出版社一九九九年版
《邵氏聞見後録》，邵博撰，中華書局一九八三年版
《邵氏聞見録》，邵伯溫撰，中華書局一九八三年版
《神農本草經》，顧觀光輯，學苑出版社二〇〇三年版
《師友談記　曲洧舊聞　西塘集耆舊續聞》，李廌、朱弁、陳鵠撰，孔凡禮點校，中華書局二〇〇二年版
《詩話總龜》，阮閱編撰，周本淳校點，人民文學出版社二〇〇五年版
《詩集傳》，朱熹集注，上海古籍出版社一九八〇年版
《詩品箋注》，鍾嶸著，曹旭箋注，人民文學出版社二〇〇九年版
《詩人玉屑》，魏慶之編，上海古籍出版社一九七八年版
《詩史釋證》，鄧小軍著，中華書局二〇〇四年版

《詩式校注》，皎然著，李壯鷹校注，人民文學出版社二〇〇三年版
《石林詩話》，葉夢得撰，《歷代詩話》本，中華書局一九八一年版
《石林燕語》，葉夢得撰，宇文紹奕考異，侯忠義點校，中華書局，一九九七年版
《石田先生文集》，馬祖常著，李叔毅、傅瑛點校，中州古籍出版社一九九一年版
《史記》，司馬遷著，中華書局一九五九年版
《史論五答》，施國祁著，《清代詩文集彙編》本，上海古籍出版社二〇一〇年版
《史通通釋》，劉知幾著，浦起龍釋，上海古籍出版社二〇〇九年版
《世說新語校箋》，徐震堮著，中華書局一九八四年版
《仕學規範（外二種）》，張鎡撰，上海古籍出版社一九九三年版
《式古堂書畫匯考　南宋院畫錄》，卞永譽等，上海古籍出版社一九九一年版
《首楞嚴經》，般剌密帝譯，惟則輯注，黑龍江人民出版社一九九四年版
《書斷》，張懷瓘著，石連坤評注，浙江人民美術出版社二〇一二年版
《蜀中廣記（外六種）》，曹學佺撰，上海古籍出版社一九九三年版
《庶齋老學叢談　日聞錄　霏雪錄》，盛如梓等撰，叢書集成初編本
《雙行精舍校注水雲集》，譚處端著，王獻唐校，齊魯書社一九八四年版
《雙溪醉隱集》，耶律鑄撰，金毓黻輯，遼海叢書本
《說郛三種》，陶宗儀編，上海古籍出版社二〇一二年版

《說詩晬語箋注》，沈德潛撰，王宏林箋注，人民文學出版社二〇一三年版
《說苑校證》，劉向撰，向宗魯校證，中華書局一九八七年版
《四庫全書總目》，永瑢等撰，中華書局，一九六五年版
《四十二章經》，尚榮譯注，中華書局二〇一〇年版
《四書章句集注》，朱熹撰，中華書局一九八三年版
《宋本杜工部集》，杜甫著，商務印書館一九五七年影印
《宋景文筆記》，宋祁撰，上海古籍出版社一九九二年版
《宋詩紀事》，厲鶚輯撰，上海古籍出版社一九八三年版
《宋書》，沈約撰，中華書局一九七四年版
《宋文鑒》，呂祖謙輯，明正德十三年慎獨齋刻本
《宋文選》，不著編者，文淵閣四庫全書本
《宋元學案》，全祖望著，中華書局一九八九年版
《搜神後記》，舊題晉陶潛撰，汪紹楹校注，中華書局一九八一年版
《蘇軾詞編年校注》，鄒同慶、王宗堂校注，中華書局二〇〇二年版
《蘇軾年譜》，孔凡禮撰，中華書局一九九八年版
《蘇軾詩集》，蘇軾著，王文誥輯注，孔凡禮點校，中華書局二〇〇七年版
《蘇軾文集》，蘇軾著，孔凡禮校注，中華書局一九八六年版

《蘇舜欽集編年校注》，蘇舜欽著，傅平驤、胡問陶校注，巴蜀書社一九九〇年版
《蘇轍集》，蘇轍著，中華書局一九九〇年版
《隋書》，魏徵、令狐德棻撰，中華書局一九七三年版
《歲寒堂詩話箋注》，張戒著，陳應鸞箋注，四川大學出版社一九九〇年版
《太平廣記》，李昉等編，中華書局一九六一年版
《太平寰宇記》，樂史著，中華書局二〇〇七年版
《太平御覽》，李昉等撰，中華書局一九六〇年版
《談藝錄》，錢鍾書著，生活·讀書·新知三聯書店二〇〇七年版
《唐百家詩選》，王安石編，文淵閣四庫全書本
《唐才子傳校箋》，傅璇琮主編，中華書局一九八七年版
《唐詩紀事》，計有功撰，上海古籍出版社一九八七年版
《唐宋歷史文獻研究叢稿》，梁太濟著，上海古籍出版社二〇〇四年版
《唐文粹》，姚鉉編，上海古籍出版社一九九四年版
《唐語林校證》，王讜編，周勛初校證，中華書局一九八七年版
《唐摭言校注》，王定保著，姜漢椿校注，上海社會科學院出版社二〇〇三年版
《唐子西文錄》，强幼安撰，《歷代詩話》本
《陶淵明集校箋》，陶淵明著，龔斌校箋，上海古籍出版社一九九六年版

《苕溪漁隱叢話》，胡仔纂集，王利器校點，人民文學出版社一九六二年版
《通俗編》，翟灝撰，中華書局二〇一三年版
《王荆公詩注補箋》，王安石著，李壁注，李之亮補箋，巴蜀書社二〇〇二年版
《王屋山志》，濟源市地方史志辦公室編，中州古籍出版社，一九九六年版
《王惲全集匯校》，王惲著，楊亮、鍾彦飛點校，中華書局二〇一三年版
《王直方詩話》，王直方撰，《宋詩話輯佚》本
《韋應物集校注》，韋應物著，陶敏、王友勝校注，上海古籍出版社二〇一一年版
《韋齋集　玉瀾集》，朱松、朱槔撰，四部叢刊續編本
《温公續詩話》，司馬光撰，《歷代詩話》本
《温國文正公文集》，司馬光著，四部叢刊景宋紹興本
《温庭筠全集校注》，温庭筠撰，劉學鍇校注，中華書局二〇〇七年版
《文賦集釋》，陸機撰，張少康集釋，人民文學出版社二〇〇二年版
《文憲集》，宋濂著，文淵閣四庫全書本
《文心雕龍注》，劉勰著，范文瀾注，人民文學出版社一九五八年版
《文選》，蕭統編，李善注，上海古籍出版社一九八六年版
《文苑英華》，李昉等編，中華書局一九六六年版
《文忠集》，周必大著，文淵閣四庫全書本

《文子疏義》，王利器編，中華書局二〇〇九年版
《吳越春秋校正注疏》，趙曄撰，叢書集成初編本
《五百家播芳大全文粹》，魏齊賢、葉棻編，文淵閣四庫全書本
《五代宋金元人邊疆行記十三種疏證稿》，賈敬彦注疏，中華書局二〇〇四年版
《五燈會元》，普濟著，蘇淵雷點校，中華書局二〇一二年版
《西京雜記（外五種）》，劉歆等撰，王根林校點，上海古籍出版社二〇一二年版
《西清詩話》，無為子撰，張伯偉編校，《稀見本宋人詩話四種本》，江蘇古籍出版社二〇〇二年版
《析津志輯佚》，熊夢祥著，北京古籍出版社一九八三年版
《先秦漢魏晉南北朝詩》，逯欽立輯校，中華書局一九八三年版
《閑閑老人滏水文集》，趙秉文著，商務印書館一九三六年版
《湘山野錄　續錄　玉壺清話》，文瑩撰，鄭世剛、楊立揚點校，中華書局一九八四年版
《小畜集》，王禹偁著，四部叢刊本
《小亨集》，楊弘道著，魏常武、胡鑫點校，《楊弘道集》本，吉林文史出版社二〇一〇年版
《斜川集校注》，蘇過著，舒大剛等校注，巴蜀書社一九九六年版
《謝靈運集校注》，謝靈運著，顧紹柏校注，中州古籍出版社一九九六年版
《新輯本桓譚新論》，桓譚撰，朱謙之校輯，中華書局二〇〇九年版
《新唐書》，歐陽修等撰，中華書局，一九七五年版

《新五代史》，歐陽修撰，中華書局，一九七四年版
《續齊諧記》，吳均撰，《拾遺記（外三種）》，上海古籍出版社二〇一二年版
《續骫骳説》，朱弁著，《曲洧舊聞》附，中華書局二〇〇二年版
《續資治通鑒長編》，李燾著、黄以周等輯補，上海古籍出版社，一九八六年版
《學林》，王觀國撰，田瑞娟點校，中華書局一九八八年版
《荀子集解》，王先謙撰，中華書局一九八八年版
《言行龜鑑》，張光祖撰，徐敏霞、文青校點，遼寧教育出版社二〇〇一年版
《晏子春秋集釋》，吳則虞撰，中華書局一九六二年版
《楊萬里集箋校》，楊萬里著，辛更儒箋校，中華書局二〇〇七年版
《鄴都佚志輯校注》，許作民輯校注，中州古籍出版社一九九六年版
《夷堅志》，洪邁撰，何卓點校，中華書局一九八一年版
《遺山樂府校注》，元好問著，趙永源校注，鳳凰出版社二〇〇六年版
《藝風堂金石文字目》，繆荃孫著，鳳城古籍書店一九九〇年版
《藝圃折中》，鄭厚撰，《説郛》本
《藝文類聚》，歐陽詢編，汪紹楹標點，上海古籍出版社一九九九年版
《殷芸小説》，殷芸編纂，上海古籍出版社一九八四年版
《隱居通議》，劉壎撰，叢書集成本

《瀛奎律髓匯評》，方回選評，李慶甲集評校，上海古籍出版社二〇〇五年版
《幽閒鼓吹》，張固撰，中華書局一九五八年版
《酉陽雜俎》，段成式撰，方南生點校，中華書局一九八一年版
《餘師錄》，王正德撰，叢書集成初編本
《娱書堂詩話》，趙與虤撰，叢書集成初編本
《庾子山集注》，庾信著，倪璠注，中華書局一九八〇年版
《玉海》，王應麟編撰，文淵閣四庫全書本
《玉臺新詠箋注》，徐陵編，吴兆宜注，程琰删補，穆克宏點校，中華書局一九八五年版
《玉堂嘉話》，王惲著，楊曉春點校，中華書局，二〇〇六年版
《寓庵集》，李庭著，清宣統刻藕香零拾本
《元城語錄解》，馬永卿輯，王崇慶解，叢書集成初編本
《元好問詩編年校注》，元好問著，狄寶心校注，中華書局二〇一一年版
《元好問文編年校注》，元好問著，狄寶心校注，中華書局二〇一二年版
《元好問全集》，姚奠中主編，李正民增訂，山西古籍出版社二〇〇四年版
《元和郡縣圖志》，李吉甫編，中華書局二〇一三年版
《元詩選》（初、二、三和癸集、補編），顧嗣立編撰，中華書局一九八七年至二〇〇二年版
《元史》，宋濂等撰，中華書局一九七六年版

《元文類》，蘇天爵編纂，上海古籍出版社一九九三年版
《元憲集》，宋庠撰，叢書集成初編本
《圓覺經夾頌集解講義》，正覺著，日本京都藏經書院編，商務印書館影印日本刊本
《圓悟佛果禪師語錄》，紹隆著，乾隆大藏經第一四四冊，全國圖書館文獻縮微複製中心二〇〇四年版
《越絕書》，袁康、吳平輯錄，樊祖謀點校，上海古籍出版社一九八五年版
《雲笈七籤》，張君房輯，齊魯書社一九八八年版
《韻語陽秋》，葛立方撰，上海古籍出版社一九八四年版
《湛然居士文集》，耶律楚材著，中華書局一九八六年版
《張方平集》，張方平著，中州古籍出版社二〇〇〇年版
《張祜詩集校注》，張祜著，尹占華校注，巴蜀書社二〇一〇年版
《張籍集繫年校注》，張籍著，徐禮節、余恕誠校注，中華書局二〇一一年版
《正統道藏》，張宇初等奉勅編修，臺灣藝文印書館一九七七年版
《證類本草》，唐慎微著，郭君雙等校注，中國醫藥科技出版社二〇一一年版
《直齋書錄解題》，陳振孫著，上海古籍出版社二〇〇五年版
《中興間氣集》，高仲武編，叢書集成初編本
《中州集》，元好問編撰，中華書局上海編輯所一九五九年版

《重刊增廣分門類林雜説》，王朋壽撰，文物出版社一九八二年版
《重陽教化集》，王重陽著，上海商務印書館影印正統道藏本
《周禮》，徐正英、常佩雨譯注，中華書局二〇一四年版
《周易正義》，王弼、韓康伯注，孔穎達疏，北京大學出版社二〇〇〇年版
《朱子語類》，黎靖德編，中華書局一九八六年版
《竹坡詩話》，周紫芝著，《歷代詩話》本
《竹莊詩話》，何汶撰，常振國、絳雲點校，中華書局一九八四年版
《莊靖集》，李俊民著，山西人民出版社一九八六年版
《莊子集解》，王先謙撰，中華書局二〇一二年版
《拙軒集》，王寂著，文淵閣四庫全書本
《資治通鑒》，司馬光著，中華書局一九五六年版
《滋溪文稿》，蘇天爵撰，陳高華、孟繁清點校，中華書局一九九七年版
《祖堂集》，靜筠二禪師編，上海古籍出版社二〇一一年版
《祖庭事苑》，《日本續藏經》本，日本京都藏經書院編，商務印書館影印日本刊本